HEYNE
BÜCHER

COLIN FORBES

# *Lawinenexpress*
# *Endspurt*

*Zwei Romane in einem Band*

WILHELM HEYNE VERLAG
MÜNCHEN

HEYNE ALLGEMEINE REIHE
Nr. 01/12300

*Umwelthinweis:*
Dieses Buch wurde auf
chlor- und säurefreiem Papier gedruckt

Taschenbuchausgabe 08/2001

Printed in Germany 2001
http://www.heyne.de
Umschlagillustration: IFA Bilderteam/Diaf, Düsseldorf
Umschlaggestaltung: Nele Schütz Design, München
Druck und Bindung: Elsnerdruck, Berlin

ISBN: 3-453-18795-4

*Lawinenexpress*

# Teil I
# DER SPARTA-RING

# 1. Basel und Zürich, Schweiz

Es war Mittwoch – gefährlicher Mittwoch – und wie immer der erste Mittwoch des Monats. Es war Mittwoch, der 3. Dezember, ein bitterkalter Tag mit tiefem Schnee auf den Straßen der altehrwürdigen schweizerischen Stadt, die im Lauf der Geschichte der Schauplatz so vieler geheimnisvoller Machenschaften gewesen ist.

VAGONE LETTI.

MOSKWA – MINSK – BREST – WARSZAWA – BERLIN – FRANKFURT/MAIN – HEIDELBERG – BASEL.

Das Schild mit den Zielortangaben außen an dem einzelnen Schlafwagen auf Gleis 1 ließ Vorstellungen von einer romantischen und gefährlichen Reise wach werden. Der Waggon stand für sich allein im Basler Bundesbahnhof; die Reisenden waren soeben ausgestiegen. Er machte einen verlassenen, fremdartigen und mit den Städtenamen auf dem Schild fast düsteren Eindruck. Für den Schlafwagen war dies die Endstation. Dieser Schlafwagen, der ständig von irgendwelchen Zügen abgekoppelt und an neue angehängt wurde, machte jede Woche die Reise vom Herzen des kommunistischen Weltreichs bis ins Zentrum Westeuropas.

Er hatte Moskau am Montag, dem 1. Dezember, um vier Uhr nachmittags verlassen – an dem Tag, an dem das sowjetische Politbüro zusammengetreten war, um die von Marschall Grigorij Pratschko persönlich geleiteten militärischen Großmanöver zu erörtern und zu bewerten. Der Schlafwagen war um 9 Uhr 20 am Basler Bundesbahnhof angekommen. Jetzt war es 9 Uhr 45. Das

Bahnpersonal war schon gegangen; der Waggon stand verlassen an dem menschenleeren Bahnsteig. Vor dem nahen Bahnhofsrestaurant standen zwei Männer in dunklem Mantel und Hut. Für den Schlafwagen legten sie kein erkennbares Interesse an den Tag. Der kleinere, schwerer gebaute Mann rauchte eine französische Zigarette, wobei er versuchte, seine Abneigung gegen den ungewohnten Tabak zu verbergen.

»Da rührt sich noch nichts«, murmelte er auf deutsch.

»Geduld, Gustav«, erwiderte sein schlankerer und größerer Begleiter. »Warten ist unser Beruf.«

Drinnen im Restaurant, an einem Tisch in unmittelbarer Nähe der Tür, blickte eine junge Engländerin auf ihre Uhr, während sie an einem Kaffee nippte, den sie nicht gemocht hatte. Sie hatte schon gezahlt und war bereit, jeden Augenblick das Lokal zu verlassen. An Elsa Lang wirkte alles unattraktiv. Sie trug einen schäbigen Regenmantel von militärischem Schnitt, und ein großer Hut mit herabhängender Krempe verbarg das meiste von ihrem dunklen, strähnigen Haar. Eine häßliche Hornbrille ließ fast das ganze Gesicht verschwinden. Ihre Schuhe wirkten abgetragen und waren an den Spitzen schäbig und rissig, ihr Koffer war zerkratzt und von einem trostlosen Grau. Sie nippte weiter an dem Kaffee, bis ihre Uhr 10 zeigte. Als der Sekundenzeiger senkrecht stand, erhob sie sich.

Sie nahm den Koffer, schlurfte aus dem Restaurant und ging an den beiden Männern mit ihren dunklen Mänteln und Hüten vorbei. Der jüngere, schwer gebaute Mann warf ihr einen Blick zu und sah dann weg. Sie ging langsam und mit vorgezogenen Schultern, als wäre ihr der Koffer zu schwer, und sah sich kurzsichtig um. Gustav, der sich eine zweite Gauloise angezündet hatte – wenn er unter Spannung stand, rauchte er zwanghaft, selbst ungewohnten Tabak –, machte hinter ihrem Rücken eine Handbewegung.

»Das ist vielleicht 'ne graue Maus, diese Kuh«, sagte er höhnisch.

»Laß deine Augen da, wo sie hingehören«, fauchte Walther Fischer im Flüsterton.

Dies war jedenfalls der Name in dem Paß, den er in der Tasche trug, in dem Paß, den die Fälschungsabteilung im Souterrain des KGB-Hauptquartiers am Moskauer Dscherschinskij-Platz mit großer Sorgfalt hergestellt hatte. Fischer begann, sich Sorgen zu machen. Der Bahnhof füllte sich immer mehr mit Reisenden, die den Transalpin-Expreß Basel–Wien und andere Züge erreichen wollten. Die beiden Männer bewegten sich vorwärts, um den Schlafwagen im Auge zu behalten, während Elsa Lang in der wimmelnden Menschenmenge stehenblieb, als wüßte sie nicht, wohin.

Im selben Augenblick erschien ein kleiner, stämmiger Mann in weißer Kellnerjacke aus der Richtung der Bahnhofshalle. Im Schutz der Menge ging er mit raschen Schritten zum hinteren Einstieg des Schlafwagens aus der Sowjetunion. Er ging zielstrebig auf den Waggon zu, als hätte er das selbstverständliche Recht, ihn zu betreten, und verschwand im Gang. Fischer, der größere der beiden Männer, hatte den Kopf über die Menge gehoben und gesehen, was geschehen war.

»Jemand ist eingestiegen«, flüsterte er. »Angezogen wie ein Steward.« Er packte seinen Begleiter, der sich schon in Bewegung gesetzt hatte, am Arm. »Noch nicht. Warte, bis er wieder ausgestiegen ist. Wegen dieser weißen Jacke werden wir uns was einfallen lassen müssen…« Er zog seinen dunklen Mantel aus, legte ihn zusammengefaltet über den Arm und wartete.

Im Innern des Schlafwagens machte sich der Kellner in der weißen Jacke zielbewußt ans Werk und ging sofort zum dritten Abteil. Nachdem er es betreten hatte, zog er die Tür zu, klappte das Waschbecken in der Ecke auf und langte mit dem Arm tief in das breite Abflußrohr des Beckens. Die Kassette wurde mit wasserfestem Klebeband an der Rohrwand gehalten, und er fluchte lautlos vor sich hin, während er sich abmühte, sie freizubekommen. Jeden Moment konnte irgendein Schweizer Bahnpolizist hereinkommen. Die verdammte Kassette ließ sich gewöhnlich leichter lösen. Er packte fest zu, drehte ein paarmal mit hartem Griff und hatte das Ding in der Hand. Er riß die Überreste des Klebebands von der Kassette ab und steckte sie in die Tasche.

Draußen in der Bahnhofshalle strömten immer mehr Menschen zusammen, als der Kellner ausstieg und schnell auf den Ausgang zuging. Fischer und Gustav setzten sich im selben Augenblick in Bewegung und drängten sich rücksichtslos durch die Reisenden. Der Kellner streifte Elsa Lang, die inmitten eiliger Reisender festgehalten wurde, und setzte seinen Weg zum Ausgang fort, als die beiden Männer zu ihm aufschlossen. In diesem Moment lichtete sich die Menschenmenge plötzlich; nur ein Mann war noch da – ein Mann mittlerer Größe mit einem Schnauzbart, der, in eine Zeitung vertieft, an einer Wand lehnte. Unter dem Schutz seines zusammengelegten Mantels preßte Fischer dem Kellner eine 9-Millimeter-Luger-Pistole in den Rücken.
»Ein falscher Schritt, und Sie sind ein toter Mann. So, jetzt hier entlang...«
Sie schoben den Steward mit sanfter Gewalt in einen leeren Teil der Halle rechts vom Ausgang. »Ziehen Sie diesen Mantel hier an«, befahl Fischer, während er die Luger in die Jackentasche zurückgleiten ließ. Während der bleichnasige Kellner gehorchte, behielt Fischer den Mann mit Brille und Schnauzbart im Auge, der nach wie vor in seine Zeitung vertieft schien. »So, und jetzt rein in den Mercedes da am Bordstein«, befahl Fischer. »Auf den Rücksitz...« Sie gingen hinaus in den Schnee; nach dem Ansturm der Reisenden war die Straße jetzt fast völlig leer, abgesehen von einem Wäschereiwagen ohne Firmenaufschrift, der wenige Meter vor dem Mercedes geparkt war.
Auf dem Rücksitz des Wagens durchsuchte Gustav den Kellner mit geübten Händen, während Fischer sich hinter das Lenkrad des gemieteten Fahrzeugs setzte und sich auf dem Fahrersitz umdrehte. »Ich kann absolut nichts finden, nur dieses Zeug hier«, meldete Gustav. Er zeigte eine Handvoll zerrissener und verfilzter Klebestreifen.
»Durchsuch ihn noch einmal – und zwar schnell. Wir werden noch den Expreß verpassen...« Im Schutz der Rückenlehne umwickelte Fischer den Lauf der Luger mit einem Wollschal. Das würde den Schall dämpfen, wenn er den Kellner erschoß. Anschließend

würde ein Reiseplaid über der Leiche auf dem Rücksitz die Entdeckung hinauszögern. Zudem war der Wagen in Mannheim angemietet worden. Dort würde die Schweizer Polizei zuerst Auskünfte einholen, und während sie damit beschäftigt sein würde, wären Fischer und sein Begleiter mit dem Transalpin-Expreß schon längst in Wien.

In der Bahnhofshalle schlenderte Matt Leroy, der englisch gekleidete Amerikaner mit dem Schnauzbart, langsam am Ausgang vorüber, wobei er seine zusammengefaltete Zeitung gelangweilt gegen das Hosenbein schlug. Der Fahrer hinterm Lenkrad des Wäschereiwagens sah das Signal im Rückspiegel, sprach kurz zu seinem Begleiter auf dem Beifahrersitz, stieg aus und ging mit einer Rolle sauberer Handtücher in der Hand nach hinten. Er steckte den Kopf durch das vordere Seitenfenster des Mercedes und sagte leise etwas auf deutsch, was Fischer herumfahren ließ.

»Steigen Sie aus, und dann rein in den Laderaum des Wagens dort.«

Fischer starrte auf das Ende der Handtuchrolle, die der Wäschereimann in der Hand hielt, starrte auf den Pistolenlauf, der in der Rolle steckte. »Und das Ding da nehme ich erst mal an mich, wenn's recht ist...« Der Mann im Overall fischte die Luger von Fischers Schoß und ließ sie in die Tasche gleiten. Auf dem Rücksitz blickte Gustav in eine andere Pistolenmündung, die durch ein zusammengerolltes Handtuch verdeckt wurde. Diese Waffe hielt der zweite Mann im Overall, der die Ladetür aufgerissen hatte. Der Kellner hatte Gustav schon seine Automatik abgenommen.

Von der Bahnhofshalle aus beobachtete Matt Leroy, wie die vier Männer in den Laderaum des Wäschereiwagens einstiegen, sah, wie die Türen sich schlossen, als der Kellner sich hinters Lenkrad setzte und den Motor anließ. Erst als der Wäschereiwagen abgefahren war, lief Leroy in den Bahnhof zurück und verlangsamte dann seine Schritte zu einem schnellen Gehen. Er blickte auf die große Bahnhofsuhr. Sie zeigte 10 Uhr 08. Zwei Minuten vor Abfahrt des Transalpin nach Zürich. Vor Zürich würde es keinen Aufenthalt geben.

Als er spürte, wie das Fahrzeug anrollte, stellte Fischer im Laderaum des Wäschereiwagens seine Frage, mit der er die Männer ablenken wollte, die ihn gefangen hatten. »Was hat er im Schlafwagen geholt? Und wie hat er's verloren...« Er sprach noch, als er versuchte, dem Mann, der ihm am nächsten stand, das Knie in den Unterleib zu stoßen. Der Wäschereimann wich dem Stoß aus und ließ den Pistolenlauf auf Fischers Schädel niedersausen. »Sehr dumm.« Er nickte kurz und lächelte Gustav an. Der zweite Wäschereimann ließ seine Pistole krachend auf Gustavs Hinterkopf landen. Beide Schläge waren tödlich gewesen; beide Männer lagen tot auf dem Boden des schwankenden Lastautos.
Kurz nach Tagesanbruch entdeckte am nächsten Morgen ein Schweizer Polizeibeamter bei einem Streifengang am Fluß in der Nähe des tosenden Rheinfalls von Schaffhausen einen großen Überseekoffer, der sich zwischen zwei massiven Felsblöcken verklemmt hatte. Der Fluß führte Hochwasser, und die Wassermassen überspülten den Koffer mit Gischt und Schaum. Vier Stunden waren nötig, um ein mit Hebekran und Greifer ausgerüstetes Polizeiboot unterhalb des Wasserfalls in Position zu bringen. Eine weitere Stunde verging, bis es gelungen war, den Koffer aus dem Hexenkessel gischtenden Wassers herauszuzerren. Am Ufer, beim Öffnen des Koffers, entdeckten die Beamten die nackten Leichen zweier Männer, die in den Koffer gezwängt worden waren. Eine Identifizierung war nicht möglich. Beide Männer waren an einem schweren Schlag auf den Schädel gestorben.

Als Matt Leroy langsam am Ausgang vorüberschlenderte und eben mit seiner zusammengefalteten Zeitung dem Fahrer des Wäschereiwagens das verabredete Zeichen gab, bestieg Elsa Lang den Erster-Klasse-Waggon Nr. 43 des Transalpin-Expreß Basel–Wien, der um 10 Uhr 10 abfahren sollte. Der Gang war menschenleer, als sie einen Waschraum betrat und die Tür verschloß. Dann handelte sie sehr schnell. Sie zog ihren schäbigen Regenmantel und ihre abgetragenen Schuhe aus und nahm den formlosen Hut und die Hornbrille ab. Einen Augenblick später hatte sie auch ihre

schwarze Perücke abgenommen. Darunter kam blondes Haar zum Vorschein, das sie rasch durchkämmte.
Sie legte ihren unscheinbaren grauen Koffer auf den Toilettensitz, öffnete den Reißverschluß der Kofferhülle und ließ ein teures Gepäckstück aus Schweinsleder zum Vorschein kommen. Sie machte den Luxuskoffer auf und entnahm ihm ein Paar Gucci-Schuhe, schlüpfte hinein, holte eine passende Gucci-Handtasche und einen Zobelmantel heraus, den sie sofort anzog. Die abnehmbare Kofferumhüllung stopfte sie zusammen mit der Perücke, dem Hut und den ausrangierten Schuhen unter teure Wäschestücke. Sie verschloß den Koffer, legte Make-up auf und blickte kurz prüfend in den Spiegel. Die Hornbrille verschwand in der Gucci-Handtasche. Die Elsa Lang, die den Waschraum verließ, hatte keinerlei Ähnlichkeit mehr mit dem schlampig wirkenden Mädchen, das ihn vor nur wenigen Minuten betreten hatte.
Das Umziehen hatte nicht nur ihre gesamte Erscheinung verändert; als sie jetzt zu ihrem reservierten Platz ging, wirkte sie auch schlanker und hochgewachsener, da sie nicht mehr gebückt schlurfte. Ihre Art zu gehen – am Gang erkennt man jede Frau und jeden Mann – hatte sich gleichfalls verändert. Sie ging mit einem forschen, elastischen Schritt, erreichte das leere Abteil und trat hinein. Um es für sich zu behalten, zog sie den Zobelmantel aus, breitete ihn auf einem anderen Sitz aus und legte die Gucci-Tasche auf einen dritten. Sie setzte sich, legte ihre schlanken, eleganten Beine übereinander und sah auf die Uhr. 10 Uhr 08. In zwei Minuten würde der Zug auf seiner langen Fahrt nach Wien zunächst nach Zürich abfahren. Sie öffnete ihre Handtasche – die Kassette, die der Kellner ihr zugesteckt hatte, befand sich in einem Seitenfach mit Reißverschluß –, nahm eine elfenbeinerne Zigarettenspitze heraus, steckte eine Zigarette hinein, zündete sie an und nahm einen tiefen und langen Zug.
»Mein Gott«, sagte sie zu sich selbst, »schon wieder dieses Rumoren im Magen. Werde ich in solchen Augenblicken nie die Spannung loswerden?«
Dann fiel ihr ein, was Harry Wargrave ihr einmal gesagt hatte.

»Wenn du keine Anspannung mehr spürst, bist du raus aus diesem Geschäft – du brauchst sie, damit die Reflexe rasiermesserscharf bleiben...« Die Erinnerung an diese Bemerkung tröstete sie ein wenig, während sie sich zwang, zu entspannen, sich zurückzulehnen und zu fühlen, wie ihr Puls sich normalisierte.

Sie fühlte sich noch mehr getröstet, als sie Matt Leroy vor ihrem Abteilfenster vorübergehen und in den nächsten Waggon einsteigen sah. Mein Gott, dachte sie, diesmal ist er spät dran; möchte gern wissen, warum? Der Expreß setzte sich in Bewegung, glitt nach Osten aus der riesigen Halle des Bundesbahnhofs in den Schneefall hinaus und beschleunigte rasch auf seiner schnellen einstündigen Fahrt nach Zürich.

Der Schweizer Bahnschaffner kam wenige Minuten später herein, als der Zug schon durch die Landschaft raste. Er ließ sich Zeit mit dem Prüfen ihrer Fahrkarte: Er war ein Mann, der weibliche Schönheit zu schätzen wußte. Und die hier ist eine Schönheit, dachte er, als er die Fahrkarte knipste und Elsa Lang dann wieder betrachtete. Gleichmütige graue Augen, in denen die Andeutung eines schelmischen Lächelns aufblitzte, erwiderten seinen Blick. Sie hatte eine auffallende Gesichtsform, eine wohlgeformte Nase, volle, aber feste Lippen und ein Kinn, das auf Charakter und Entschlossenheit schließen ließ.

»Angenehme Reise, Madame«, sagte er in gepflegtem Englisch. Er sah aus dem Fenster und zuckte die Achseln. »Trotz des Wetters...« Er verließ das Abteil. Ein aufmerksamer Schweizer, dachte Elsa Lang, als sie die Rückfahrkarte wieder in die Geldbörse steckte. »... Madame.« Er hatte ihren Ehering bemerkt, obwohl sie in Wahrheit mit ihren achtundzwanzig Jahren noch sehr ledig war. Ein weiteres Detail, auf dem Harry Wargrave bestanden hatte. »Verheiratete Frauen ziehen eine Spur weniger Aufmerksamkeit auf sich als ein alleinstehendes Mädchen, das allein reist.«

Draußen auf dem Gang prüfte der Schaffner die Rückfahrkarte des Amerikaners Matt Leroy, der sich gegen die Leiste des Türrahmens lehnte und eine Zigarette rauchte. »Ich habe um einen Platz in einem Raucherabteil gebeten«, bemerkte er beiläufig, »und dann hat man mir diesen gegeben«, log er. Er zeigte auf das leere Nichtraucherabteil hinter ihm, in dem seine Reisetasche auf einem Sitz lag. Der Schaffner schloß aus dem Akzent Leroys, daß er es mit einem Engländer zu tun hatte. Diesen Akzent hatte Leroy während seiner zwei Jahre als Sicherheitsbeamter an der amerikanischen Botschaft am Grosvenor Square zur Perfektion gebracht. Außerdem trug der Amerikaner einen in der Savile Row gekauften Kamelhaarmantel.

»In den Raucherabteilen ist noch viel Platz«, meinte der Schaffner, als er die Fahrkarte knipste.

»Macht nichts«, versicherte Leroy. »Bis Zürich ist es ja nicht weit.«

In Wahrheit hatte er sich den Platz im Nichtraucherabteil reservieren lassen, um in der Nähe Elsa Langs zu sein. Während der Schaffner seine Runde fortsetzte, sah Leroy auf die Uhr und strich sich über den Schnauzbart. Der Zeitplan war wie immer sehr knapp, und er hoffte wieder einmal inständig, daß der Expreß rechtzeitig in Zürich ankam. Die Tatsache, daß er genau wie Elsa mit einer Rückfahrkarte reiste, war nur ein weiteres Detail, auf dem der Engländer, Harry Wargrave, bestanden hatte. »Das läßt darauf schließen, daß Sie nach Basel zurückfahren werden«, hatte er hervorgehoben. »Nur für den Fall, daß die falsche Person in Ihrer Nähe steht...«

Punkt 11 Uhr 12 lief der Expreß im Züricher Hauptbahnhof ein. Elsa Lang stand bereits mit ihrem Koffer am Ende des Waggons, um sofort aussteigen zu können. Sie eilte zum Ausgang und trug ihren Koffer selbst zum Taxistand gegenüber vom Hotel Schweizerhof auf der anderen Straßenseite. Sie stieg in das erste wartende Taxi ein. Erst als sie im Wagen saß, sagte sie dem Fahrer mit leiser, sanfter Stimme, wohin sie wollte.

»Zum Flughafen, bitte. Ich bin ziemlich verspätet...«

Matt Leroy, der nach ihr aus dem Zug ausgestiegen war, hatte einen anderen Weg gewählt. Er sprintete durch die breite Seitenhalle an der Gepäckaufbewahrung vorbei und hatte die Wagenschlüssel schon in der Hand, als er den an der Stirnseite des Bahnhofs geparkten Citroën erreichte. Der Motor sprang augenblicklich an – der Wagen war ihm erst vor wenigen Minuten hingestellt worden –, und er fuhr noch so rechtzeitig zur Vorderseite des Bahnhofs, daß er Elsas Taxi wegfahren sehen konnte. Sie sah aus dem Fenster, so daß er sie erkennen konnte. Er folgte ihr in unauffälligem Abstand zum Flughafen, rund sechzehn Kilometer außerhalb der Stadt.

Der vierunddreißig Jahre alte Leroy hatte eine täuschend beflissen wirkende Erscheinung, aber es lag etwas wie stählerne Wachsamkeit in seiner Haltung, als er durch seine silbergeränderte Brille nach vorn spähte, um Elsas Taxi im Blickfeld zu behalten. Er sah immer wieder in den Rückspiegel, um sich zu vergewissern, daß kein Fahrzeug sie verfolgte. Seine Aufgabe bestand darin, dafür zu sorgen, daß Elsa Lang sicher den Züricher Flughafen erreichte. Unterstützt wurde er dabei von dem Team in Basel; das hatte die beiden Männer verschwinden lassen, die den Kellner abgefangen hatten. Und wie bei den vorhergehenden allmonatlichen Fahrten sah er auch diesmal mit einem Gefühl der Erleichterung, wie Elsa Langs Taxi vor dem Flughafengebäude vorfuhr, wie sie mit ihrer Gucci-Reisetasche ausstieg und ins Innere des Gebäudes eilte. Er ließ den Citroën stehen und folgte ihr.

Seine Erleichterung wurde noch größer, als er in der Halle einen hochgewachsenen, dunkelhaarigen Engländer an einem Zeitungsstand stehen sah, der sich für die ausliegenden Taschenbücher zu interessieren schien. Leroy seufzte; seine Aufgabe war wieder einmal erledigt. Jetzt übernahm Harry Wargrave.

Mit seinen siebenunddreißig Jahren hatte Harry Charles Frederick Wargrave dreimal soviel erlebt wie andere Männer seines Alters. Er war über einen Meter achtzig groß, schlank und bewegte sich leicht und mühelos. Seine Augenbrauen hatten die gleiche dunkle Farbe wie sein dichtes Haar. Wenn er Menschen mit seinem spöttischen Blick ansah, hoben sich oft unmerklich die Augenbrauen. Er hatte eine lange Nase, vorstehende Backenknochen und einen breiten Mund, dessen Mundwinkel Humor ahnen ließen. Als er in

seinem militärisch geschnittenen Regenmantel am Zeitungsstand wartete, vermittelte seine ganze Erscheinung den Eindruck von einem Mann, dem im Leben alles glatt und leicht von der Hand ging und der unbekümmert dahinlebte. Sein Verhalten strahlte eine sorglose Nachlässigkeit aus. Manch einer hatte seine Fehleinschätzung von Wargraves Person bedauern müssen. Einige waren schon vorher gestorben.
Mit neunzehn hatte Wargrave seine Pilotenausbildung durchgestanden – damals war er der jüngste Pilot der britischen Marine gewesen. Daneben besaß er einen Pilotenschein für Hubschrauber. Er hatte Torpedoboote gesteuert und beschrieb sich manchmal selbst als einen »›Technik-Verrückten‹. Wenn ich an einem Fahrzeug oder einem Flugzeug etwas Neues sehe, muß ich das Ding fahren oder fliegen...«.
Später, nach der Überstellung zum Nachrichtendienst der Marine im Rang eines Commanders, war er der britischen Botschaft in Washington mit der Aufgabe zugeteilt worden, in den USA tätige Spione aufzuspüren. Diese Spione hatten der Sowjetunion technische Geheimnisse verraten, die Großbritannien seinerseits mit den USA geteilt hatte. Dies alles war aber nur ein Anfang gewesen. Mit seinen fließenden französischen, deutschen, italienischen und serbokroatischen Sprachkenntnissen war er danach zum Secret Service abkommandiert worden – dem noch immer besten Geheimdienst der Welt, mögen einige Romanschreiber auch versuchen, ihn als einen Klub von lauter Trotteln hinzustellen.
Nachdem er in verschiedenen Teilen Westeuropas gearbeitet hatte – in dieser Zeit hatte er sämtliche Spitzenleute der Abschirmdienste und der Abwehrorganisationen gut kennengelernt –, wurde Wargrave zum Balkan in Marsch gesetzt. Von seinem Hauptsitz in Athen aus hatte er sich Aktivitäten gewidmet, die noch immer in Dunkel gehüllt waren. »Die größte Mördergrube der Welt«, hatte er den Balkan einmal genannt. »Wenn jemand dort unten überleben kann, kann er überall überleben...« Mit sechsunddreißig war Wargrave aus dem Dienst ausgeschieden und nach Kanada ausgewandert, wo er auf die Anlageratschläge des Industriellen und

Millionärs William Riverton gehört und sein kleines Kapital verzehnfacht hatte. Bei seinem Ausscheiden hatte er seine Philosophie in der für ihn typischen markigen Manier erklärt.
»Es ist wie bei einem Rennfahrer: In dem Beruf muß man aussteigen, bevor man vierzig ist, oder man ist ein toter Mann...«
Jetzt stand er im Züricher Flughafengebäude am Zeitungsstand. Er wußte genau, daß Elsa Lang gerade am Check-in-Schalter stand und sich für ihren Flug eintragen ließ, daß die Angestellte Elsas Reisetasche schon auf das Förderband gestellt hatte, das sie zu der wartenden Maschine befördern würde – obwohl er nicht einmal in Richtung der Agentin geblickt hatte. Er sah auf die Armbanduhr. 11 Uhr 37. Wieder einmal verdammt knapp, aber die gute Elsa hatte es geschafft. Wargrave hatte immer auf einem sehr knappen Zeitplan bestanden. Bei einer Meinungsverschiedenheit mit Matt Leroy hatte er die anscheinend durchaus vernünftigen Einwände des Amerikaners verworfen.
»Für Irrtümer oder Fehler gibt es nicht den kleinsten gottverdammten Spielraum«, hatte Leroy protestiert. »Wir haben die denkbar wenigste Zeit, um die Kassette aus dem Schlafwagen herauszuholen. Elsa stehen nur Minuten zur Verfügung, um den Transalpin-Expreß zu erreichen. Der Expreß muß fahrplanmäßig in Zürich ankommen, damit sie überhaupt eine Chance hat, rechtzeitig auf dem Flughafen anzukommen und ihre Maschine zu erwischen...«
»So ist es«, hatte Wargrave lakonisch bestätigt.
»Um Himmels willen; das ist alles, was Sie dazu zu sagen haben?«
»Je schneller der Fuchs sich bewegt, um so geringer wird die Chance der Hunde, die Fährte aufzunehmen, Matt«, hatte Wargrave mit einem sadonischen Grinsen bemerkt. »Ein knapper Zeitplan macht die Sache für uns verdammt schwierig – aber für den Feind noch schwieriger. Schon mal gesehen, wie sich ein Falke auf seine Beute stürzt? Er stößt herab wie der Blitz, und dann ist er auf und davon. Wir sind dieser Falke...«
Wargrave wollte sich gerade vom Zeitungsstand entfernen, um an

Bord von Elsas Maschine zu gehen – die Zeit wurde jetzt schon verdammt knapp –, als er sich bewußt wurde, daß Matt Leroy neben ihm stand. Der Amerikaner nahm einen Roman von Harold Robbins in die Hand. In Wargraves entspannter Haltung deutete nichts darauf hin, daß er aufs höchste konzentriert war. Leroy hatte strikte Anweisung, sich ihm nur im Notfall zu nähern. Über Lautsprecher erfolgte gerade der letzte Aufruf zum Flug 160 der Swissair.

Leroy kaufte das Taschenbuch und legte es dann auf einen Zeitschriftenstapel, während er bedächtig die Brieftasche einsteckte. Wargrave rief die Verkäuferin zurück und kaufte ein Exemplar desselben Romans. Er nahm es aber nicht an sich, nachdem das Mädchen es neben das von Leroy gelegt hatte. Er zahlte und wartete, bis das Mädchen einen anderen Kunden bediente. Erst dann nahm er Leroys Exemplar und lief auf das Gate zu, das Elsa Lang bereits passiert hatte.

In der Ersten Klasse der Schweizer DC-10 wählte Wargrave einen Platz auf der anderen Seite des Ganges eine Reihe hinter Elsa Lang. Sie saß da mit übereinandergeschlagenen Beinen und starrte aus dem Fenster. Eine Symphonie in Nylon, dachte Wargrave anerkennend, während er sich anschnallte. Und dies war ein weiteres kleines Detail, das er ihr eingeschärft hatte, als sie vor einem Jahr mit diesen allmonatlichen Routineflügen begonnen hatte.

»In der Maschine müssen Sie immer mit übereinandergeschlagenen Beinen dasitzen...«

»Tatsächlich?« hatte sie ironisch wissen wollen. »Hältst du es für wahrscheinlich, daß ich neuntausend Meter über dem Atlantik meine offizielle Unschuld verliere?«

»Ich muß gestehen, daß meine Möglichkeiten begrenzt sind, sie dir zu rauben«, hatte er ihr versichert. »Wenn mich aber jemand dabei ertappt, daß ich dich beobachte, wird der Anblick deiner Beine eine höchst unschuldige und ausreichende Erklärung sein.«

»Oder ist es vielleicht so, daß du einfach deine Pflichten zugunsten unverhüllter sexueller Absichten mißbrauchst?«

Nicht zum erstenmal im Umgang mit Elsa Lang war Wargrave damals um eine Antwort verlegen gewesen. Darüber dachte er jetzt nach, während er ihre Beine musterte und dann die anderen Fluggäste betrachtete. Unterdessen ließ der Pilot die Triebwerke aufheulen, um Schubkraft aufzubauen. Dann rollte die Maschine zur Hauptstartbahn. Das ist die falsche Reihenfolge, erinnerte Wargrave sich selbst: Erst die anderen Fluggäste, dann Elsas Beine. Nach dem Start mußte er den Waschraum aufsuchen, um die Notiz zu lesen, die Matt Leroy in sein Taschenbuch gesteckt hatte.

Vor dem Flughafengebäude hatte Matt Leroy es sich in seinem Citroën, in dem das Heizungsgebläse auf vollen Touren lief, gemütlich gemacht. Er rauchte eine Zigarette und wartete auf das Abheben der Maschine. Es hatte aufgehört zu schneien, aber die Wolkendecke hing niedrig; die prallen Wolken verhießen weiteren Schnee, und dabei war es erst Dezember. Die Wetterfrösche sprachen bei ihren langfristigen Vorhersagen schon jetzt davon, auf Europa komme der härteste Winter seit vielen Jahren zu. Und das nach dem heißesten und längsten Sommer seit Menschengedenken, in dem Westeuropa von Dürre heimgesucht worden war und die Temperaturen selbst im Süden Englands auf weit über dreißig Grad geklettert waren. »Das nennt man wohl Kompensation, glaube ich«, sagte Matt zu sich selbst. Er blickte hoch und sah die Maschine.

Die DC-10 stieg steil empor und zog einen Schweif schmutziger Abgase hinter sich her. Dann war sie verschwunden, verschluckt von der dichten Wolkendecke. Der Flug 160 der Swissair ging aber nicht in die USA oder nach Großbritannien, was normal gewesen wäre, hätte das Unternehmen drei Jahre früher stattgefunden. Der Zielort war Montreal in Kanada.

# 2. Montreal und Washington, D.C.

Im zehnten Stock des Baton Rouge Building in Montreal öffneten sich die Türen des Fahrstuhls um 15 Uhr 30 Ortszeit, und Elsa Lang stieg aus, gefolgt von Wargrave, der ihre Reisetasche trug. Es war noch immer Mittwoch, der 3. Dezember. Elsa warf einen Blick in beide Richtungen und ging dann durch den Korridor zu der Tür mit dem Schild, das die Aufschrift *Riverton Corp. Inc.* trug. Sie machte die Tür auf und sah sich einem Mädchen hinter einem riesigen Empfangstisch gegenüber. Wargrave sprach als erster.

»Wir werden erwartet...« Er sprach mit amerikanischem Akzent, nahm beim Sprechen nicht die Zigarre aus dem Mund und trug zudem eine Sonnenbrille. »Mrs. Perkins und Clyde Wilson. Mr. Riverton erwartet uns...«

Elsa Lang trug ihre dunkle Perücke und die Hornbrille, die sie aufgesetzt hatte, als Wargrave sie in dem gemieteten Wagen vom Flughafen herfuhr. Die Empfangsdame würdigte sie keines zweiten Blicks, sagte etwas in die Gegensprechanlage und bat sie dann, einzutreten. Elsa ging durch die vertraute Tür voran, und Wargrave schloß sie sorgfältig hinter sich, als ein gedrungener, pokergesichtiger Mann sich hinter einem Schreibtisch erhob, der viel kleiner war als der der Empfangsdame.

»Freue mich, daß Sie wieder da sind.«

Das war alles, was William Riverton, der legendäre kanadische Millionär und Industrielle, sagte, als er langsam und zielstrebig auf eine Tür an der Seitenwand seines Büros zuging und sie aufschloß. Der jetzt dreiundsiebzigjährige Riverton hatte während des Zweiten Weltkriegs eine der geheimsten Abwehrorganisationen der westlichen Hemisphäre geleitet. Selbst jetzt noch besaß dieser außergewöhnliche Mann eine starke Ausstrahlung. Sein unbewegliches Gesicht und seine sich nur langsam bewegenden Augen ließen etwas von enormer Willenskraft ahnen. Wargrave beobachtete den alten Krieger fast mit Zuneigung, während der Kanadier die schwere Tür aufschloß und beiseite trat, um die beiden einzulassen.

Der weitläufige Raum hinter der Tür war fensterlos und wurde durch Neonröhren an der Decke erleuchtet. An einer Wand zeigten einige Uhren die Uhrzeit in verschiedenen Teilen der Welt – Züricher Zeit, Bukarester Zeit, Moskauer Zeit...

»Setzen Sie sich, Sie müssen müde sein. Wie ist es gelaufen? Kaffee?«

Die Stimme war die eines Amerikaners. Der Mann, der gesprochen hatte, war fünfundfünfzigjährig, gut gebaut, mit sich lichtendem grauweißem Haar, einer fein gemeißelten Stirn und einem aufmunternden Lächeln, das Zuversicht und Gutmütigkeit ausstrahlte. Nur die Augen blickten prüfend, als suchten sie nach Anzeichen der Anspannung, nach einer Andeutung, es könnte Schwierigkeiten gegeben haben. Julian Haller umarmte Elsa und drückte sie an sich, half ihr aus dem Regenmantel und grinste, als sie Perücke und Brille abnahm.

»Das gefällt mir schon besser«, bemerkte er.

»Danke, Julian.« Elsa schenkte ihm ihr herzlichstes Lächeln. »Und Kaffee wäre fabelhaft – diese Zeitverschiebung macht mich noch wahnsinnig.«

»Hab' ich genau richtig hingekriegt, was?« grinste Julian Haller, als er Kaffee eingoß und dann genau so viel Sahne zugab, wie sie mochte. »Auf dem Seitentisch steht ein großer Scotch für dich, Harry«, fuhr er fort. »Ed hat vom Flughafen aus angerufen und euch angekündigt.« Als er ihr die Tasse reichte, blickte er auf die andere Seite des Raums, wo Wargrave die Kassette, die er aus Elsas Handtasche herausgenommen hatte, in einen Recorder steckte. »Wozu diese Eile?« fragte er leise.

»In Basel hat es ein bißchen Ärger gegeben«, erwiderte Wargrave. »Es sieht so aus, als sei jemand Angelo auf den Fersen – zwei bewaffnete Männer haben Necker geschnappt, nachdem er Elsa die Kassette zugesteckt hatte.«

Elsa fuhr in ihrem Stuhl herum. »Mir sagst du nie etwas«, beschuldigte sie ihn. »Auf dem Weg hierher im Wagen hättest du Zeit genug gehabt, es mir zu erzählen...«

»Du warst müde. Ich dachte, das hätte noch Zeit.« Wargrave setzte seinen Bericht an Haller fort, der sich eine Zigarette anzündete. Das Lächeln des Amerikaners verflüchtigte sich, als er dem Engländer mit gespannter Aufmerksamkeit zuhörte. »Leroy hat gute Arbeit geleistet – sehr gute«, bemerkte Wargrave. »Er hat entdeckt, was sich da abspielte, und seine Mannschaft hat Necker gerettet.«

»Und die beiden Männer, die ihn geschnappt hatten?«

»Auf dem Grund des Rheins, würde ich vermuten«, sagte Wargrave leichthin. Er sprach schnell weiter, als er Elsa zusammenzucken sah. »Ich werde jetzt die Kassette unseres unbekannten russischen Freundes Angelo abspielen. Alles bereit?«

Im Raum war plötzliche Spannung zu spüren, als die Spulen sich zu drehen begannen, als die vertraute Stimme deutlich in englischer Sprache zu reden anfing. Es war ein heiseres Flüstern, eine offensichtlich verstellte Stimme, die aus dem fast siebentausend Kilometer entfernten Moskau zu ihnen sprach – eine Stimme, von der sie jetzt wußten, daß sie nur einem wichtigen Mitglied des sowjetischen Politbüros gehören konnte.

Die Stimme des Mannes, den sie nur unter dem Codenamen Angelo kannten, hatte aufgehört zu sprechen. Ein entsetztes Raunen ging durch den Raum. Dies war die erschreckendste Nachricht, die Angelo je geschickt hatte. Die nach außen hin normalerweise so ruhige und entspannte Elsa saß verkrampft und angespannt da; die brennende Zigarette zwischen ihren Fingern hatte sie im Augenblick vergessen. Haller saß reglos hinter seinem Schreibtisch. Er hatte den Kopf leicht zur Seite geneigt. Wargrave, der beherrschteste der drei, nahm die Kassette heraus und sah Haller an.

»Also, der nächste Schritt wäre?«
»Du setzt dich am besten in die nächste Maschine nach Washington. Ich werde Bruno vorwarnen, daß du unterwegs bist...«
Der Amerikaner zog eine Schublade seines Schreibtischs heraus, verglich Abflugzeiten und dah auf die Uhr an der Wand, die Montrealer Zeit zeigte. »Wenn du dich sehr beeilst, Harry...«
»Bin schon unterwegs.«
Haller schloß die Tür, die zu Rivertons Büro führte, mit seinem eigenen Schlüssel auf, und Wargrave setzte seine dunkle Brille auf, während er hinauseilte. Er winkte dem kanadischen Industriellen mit zwei Fingern einen kurzen Gruß zu, den Riverton, ohne zu sprechen, mit einem Kopfnicken erwiderte. Sechzig Sekunden später saß Wargrave hinter dem Lenkrad seines Mietwagens.
Er hielt sich knapp unter der erlaubten Geschwindigkeit und kam gerade rechtzeitig am Flughafen an, um den nächsten Flug nach Washington zu erreichen. Als die Maschine abhob und wieder einmal in einer Wolkendecke verschwand, ließ Wargrave sich entspannt zurückfallen, achtete aber peinlich darauf, daß er nicht die Augen schloß, denn er durfte nicht einschlafen. Die Kassette hatte er in der Brusttasche. Die Zeitverschiebung des Fluges von Zürich nach Montreal traf ihn jetzt mit voller Wucht. In den nächsten Stunden mußte er jeden Gedanken an Schlaf vergessen. Harry Wargrave war unterwegs zu Bruno – das war der Codename für Joseph Moynihan, den Präsidenten der Vereinigten Staaten.

Am Dulles Airport in Washington hatte James Ryder, ein hochgewachsener dickbäuchiger Amerikaner, seine übliche Aufgabe. Er trug eine dunkle Brille und einen Vicuña-Mantel, was auf einen Mann von einiger Bedeutung schließen ließ, und stand mit einer Reisetasche in der Hand vor der Ankunfts-Anzeigetafel, aus der er ersah, daß die Maschine aus Montreal soeben gelandet war. Er mischte sich unter die Passagiere dieses Fluges, schlenderte zum Ausgang des Flughafengebäudes und wartete, während einige Fluggäste den Flughafenbus bestiegen. Er wartete weiter, während andere in Taxis einstiegen, und sah ungeduldig auf die Uhr, als

wäre er über die verspätete Ankunft seines eigenen Wagens verärgert.
Zehn Minuten später fuhr ein blauer Cadillac am Bordstein vor. Ryder blieb still stehen, während ein hochgewachsener Mann in Chauffeursuniform ausstieg, um den Wagen herumging und den hinteren Schlag öffnete. Ryder stieg ohne ein Wort des Dankes ein und machte es sich auf dem Rücksitz bequem, während der Fahrer sich wieder hinters Lenkrad setzte.
»Also, los jetzt. Treten sie drauf«, befahl Ryder und begann, in einer Zeitschrift zu lesen, die er aus der Tasche gezogen hatte.
Sie fuhren durch das Verkehrsgewühl des frühen Abends zum Weißen Haus, und während der Fahrt wurde zwischen den beiden Männern kein Wort gewechselt. Bei der Ankunft am Weißen Haus zeigten beide Männer dem diensttuenden Geheimdienstbeamten die von Joseph Moynihan persönlich unterzeichneten Sonderausweise. Weitere Formalitäten gab es nicht; sie wurden sofort in ein Vorzimmer geleitet, das direkt ins Ovale Büro führte. Wie befohlen ließ der Geheimdienstbeamte sie im Raum allein und schloß die Tür von außen ab.
Ryder setzte sich auf einen Stuhl und zog wieder seine Zeitschrift aus der Tasche, während Harry Wargrave seine Chauffeursmütze abnahm, die Uniformjacke zurechtrückte und an die Tür klopfte, die ins Ovale Büro führte. Nicht einmal der Chef der Geheimdienstbeamten, die den Präsidenten bewachten, war sich bewußt, daß der Chauffeur der wichtige Besucher war.

Nach dem Verlassen des Flugzeugs am Dulles Airport war Wargrave direkt zu einem für ihn persönlich freigehaltenen Raum gegangen, einem Raum, zu dem nur er einen Schlüssel besaß. Dort hatte er sofort die bereitliegende Chauffeursuniform angezogen. Dann war er zu der Stelle geeilt, wo der Cadillac geparkt war, und war zu dem wartenden Ryder um das Flughafengebäude herumgefahren. Ryder war »blind« – er hatte keine Ahnung, wer Wargrave war, und nahm an, der Engländer sei ein Kanadier. Ryder gehörte zur Geheimdienstmannschaft des Präsidenten und befolgte dessen persönliche Befehle, ohne Fragen zu stellen – und ohne seinen Chef über das zu informieren, was er tat. Auf Wargraves Klopfen hin öffnete Präsident Moynihan selbst, bat ihn herein und schloß die Tür.

»Irgendeine Art Notfall, Harry?« fragte Moynihan kurz.

»In unseren Augen ja, Herr Präsident...«

Wargrave ging zum Schreibtisch, auf dem der Recorder bereitstand, und legte die Kassette ein. Joseph Moynihan, einen Meter fünfundachtzig groß und in Hemdsärmeln, setzte sich hinter seinen Schreibtisch und goß einen großen Scotch ein. Er schob Wargrave das Glas hin. Moynihan war eine eindrucksvolle Gestalt, und das nicht nur wegen seiner Größe und seines Körperbaus. In seinem runden Gesicht bewegten sich die Augen schnell hin und her, und er blieb selten mehr als ein paar Minuten still und unbeweglich. Er strahlte Vitalität aus; beim Sprechen veränderte sich sein Gesichtsausdruck ständig, und er hatte eine unverblümte und direkte Art. Mit seinen einundvierzig Jahren war er in diesem Jahrhundert der jüngste Hausherr in der Präsidentenvilla; zudem war er der am stärksten antikommunistisch eingestellte Präsident seit der Oktoberrevolution. Er hockte sich auf eine Ecke des Schreibtischs, verschränkte die Arme und lauschte, als der Mann, dem sie den Codenamen Angelo gegeben hatten, zu sprechen begann.

»Hier spricht Angelo... Westeuropa ist von einer großen Gefahr bedroht... Marschall Pratschko hat soeben die bislang massivste militärische Vorübung für die Invasion Westdeutschlands, Frankreichs, Belgiens und der Niederlande beendet... Der Plan geht davon aus, daß sowjetische Panzer dreißig Minuten nach der Stunde Null in Hamburg einrollen... innerhalb von achtundvierzig Stunden werden jenseits des Rheins drei größere Brückenköpfe errichtet. Es werden einhundertsechzig sowjetische Divisionen eingesetzt... davon einhundert vollmotorisierte, fünfzig Panzerdivisionen und zehn Luftlandedivisionen... Panzerspitzen werden die Kanalhäfen sieben Tage nach der Stunde Null erreichen... Das Unternehmen Donnerschlag ist im Gebiet zwischen Kasachstan

und der ukrainischen Grenze geprobt worden; die Entfernungen entsprachen exakt denen, die unsere Rote Armee in Westeuropa vorfinden würde...«
Angelo fuhr fort, das Unternehmen Donnerschlag mit all seinen zutiefst erschreckenden Einzelheiten zu beschreiben. Das sowjetische Oberkommando habe eine transparente Karte von Westeuropa auf eine Karte über den Westen Rußlands im gleichen Maßstab gelegt. Die Wolga sei zum Rhein geworden. Wegweiser – unsichtbar für die in fast fünfhundert Kilometer Höhe vorüberziehenden amerikanischen Spionagesatelliten – mit Aufschriften wie *Paris 30 km, Hamburg 45 km, Calais 80 km* hätten auf die in der jeweiligen Entfernung befindliche sowjetische Stadt gezeigt. Eine sowjetische Armeegruppe habe die gegnerische NATO-Streitmacht dargestellt. Die angreifende sowjetische Hauptstreitmacht, Armeegruppen, die den NATO-Streitkräften im Verhältnis drei zu eins überlegen gewesen seien – was den tatsächlichen Verhältnissen entspreche –, sei von Marschall Pratschko persönlich befehligt worden. Der Angriff sei mit so überwältigender Macht vorgetragen worden und so schnell gewesen, daß man davon ausgegangen sei, der amerikanische Präsident werde es für zwecklos halten, einen atomaren Vergeltungsschlag anzuordnen.
Kurz vor dem Ende der Nachricht sprach Angelo die letzten Worte mit tiefer und kraftvoller Stimme. »Es ist unerläßlich, sofort eine gewaltige Demonstration amerikanischer Macht zu geben, um Marschall Pratschko und seine Anhänger abzuschrecken, die dabei sind, im Politbüro die Mehrheit zu bekommen...«
Für einen Augenblick hing die gleiche erschrockene Stille über dem Ovalen Büro, die nach dem Abspielen des Bandes über dem Raum im Baton Rouge Building in Montreal gelegen hatte. Aber schon als Wargrave den Recorder abstellte, stand Moynihan vom Schreibtisch auf, von dem er sich während der Wiedergabe des Bandes nicht weggerührt hatte.
»Ich glaube, wir können dies als einen größeren Notstand bezeichnen«, bemerkte Moynihan. »Eingegangene Satellitenmeldungen

bestätigen, daß in dem von Angelo genannten Gebiet umfangreiche militärische Manöver stattgefunden haben. Aber diese Meldungen können uns natürlich nicht das sagen, was Angelo uns berichtet hat. Und dann ist da noch das Problem mit den Laserwaffen – hier und in Moskau sind Wissenschaftler der Ansicht, daß sie kurz vor einem Durchbruch stehen.«

»Einem Durchbruch wozu?«

»Eines Tages, vielleicht schon sehr bald, werden Laserstrahlen über große Entfernungen in der Lage sein, Raketenleitsysteme zu stören – und das bedeutet, daß jede abgefeuerte Rakete unter Umständen auf die eigene Abschußbasis stürzt. Ergebnis Nummer eins? Ende der nuklearen Abschreckung. Ergebnis Nummer zwei? Die Sowjets werden sich in der Lage fühlen, ihre Landstreitkräfte in Europa einzusetzen, ohne einen nuklearen Vergeltungsschlag befürchten zu müssen...«

»Wie lautet also die Antwort darauf?« wollte Wargrave wissen.

»So.« Moynihan drückte einen Knopf auf seiner Gegensprechanlage. »Ed, berufen Sie bitte sofort eine Sitzung des Nationalen Sicherheitsrates ein. In einer Stunde. Es ist mir schnuppe, wo die Leute gerade sind. Sorgen Sie dafür, daß sie herkommen...«

Innerlich seufzte Wargrave erleichtert auf. Er war erleichtert, daß Joseph Moynihan im Weißen Haus saß. Wie viele der vorhergehenden Präsidenten wären so schnell zu einer Entscheidung gekommen, wie viele hätten so entschlossen gehandelt? Als wollte der Präsident Wargraves unausgesprochene Gedanken bestätigen, zog er seinen Hosenbund hoch und sagte knapp:

»Diese Sitzung ist eine rein formelle Sache. Ich habe schon entschieden, was zu tun ist. Die Sparta-Leute haben großartige Arbeit geleistet. Das sage ich Ihnen persönlich, Harry.« Er streckte die Hand aus und schüttelte Wargrave die Hand. Der Präsident hatte einen festen Griff. »Und Julian Haller können Sie das gleiche sagen...«

Vierundzwanzig Stunden später, nach der Rückkehr nach Montreal, wurde Wargrave die enorme Stärke von Moynihans Reaktion bewußt. Schon in der Nacht waren drei amerikanische Luftlandedivisionen in Fort Worth, Texas, mit ihrer gesamten Ausrüstung an Bord einer riesigen Flotte von Lockheed-C-5 A-Transportmaschinen gegangen. Im Weißen Haus blieb Moynihan die ganze Nacht in Hemdsärmeln auf und telefonierte mit dem Bundeskanzler der Bundesrepublik Deutschland, dem Premierminister Großbritanniens, dem Präsidenten der Französischen Republik und dem Oberkommandierenden der NATO in Brüssel. Und in dieser Zeit starteten laufend die riesigen Transportmaschinen und machten sich auf den Weg nach Osten über den Atlantik, zum europäischen Festland. Die Flugpläne waren darauf abgestimmt, die größtmögliche psychologische Wirkung zu erzielen – die geballte Streitmacht sollte die Moral der Europäer heben.

Um neun Uhr morgens, auf dem Höhepunkt der Rush-hour, hörten erschreckte Londoner auf dem Weg zur Arbeit plötzlich ein donnerndes Röhren am Himmel. Sie blickten hoch und sahen den endlosen Strom amerikanischer Flugzeuge, die knapp unterhalb der Wolkendecke flogen, einen unablässigen Strom von Maschinen, denen immer neue folgten. Weniger als sechzig Minuten später überflog die gigantische Kavalkade Brüssel, und innerhalb einer weiteren Stunde war die Luftstreitmacht in der Bundesrepublik gelandet. Um seinen Standpunkt mit letzter Klarheit zu verdeutlichen, hielt Moynihan eine kurze Fernsehansprache, die über Satellit in die ganze Welt ausgestrahlt wurde, eine Rede in der für ihn typischen direkten Sprache.

»Damit bei niemandem ein Mißverständnis aufkommt – die amerikanische Verteidigungslinie verläuft entlang der westdeutschen Grenze zu den sowjetischen Satellitenstaaten. Und was die Maschinen betrifft, sie soeben in der Bundesrepublik gelandet sind – wo die hergekommen sind, gibt es noch weit mehr...«

»Die Sparta-Leute haben großartige Arbeit geleistet...«

Als Präsident Moynihan im Weißen Haus Harry Wargrave beglückwünschte, hatte er sich beim Sparta-Ring bedanken wollen, der Sondereinheit des Geheimdienstes, die ihren Sitz außerhalb der USA in Montreal in Kanada hatte. Um zu erklären, wie diese einzigartige Einheit ins Leben gerufen wurde, ist ein Rückblick auf das vorhergehende Jahr notwendig – in die Zeit, zu der Vizepräsident Moynihan das Amt des Präsidenten von seinem Vorgänger übernommen hatte, der bei einem Skiunfall in Colorado plötzlich ums Leben gekommen war.

# 3. Prag, Tschechoslowakei

In diesem Moment der Zeitgeschichte hatte Matt Leroy – der später Elsa Lang bei ihren allmonatlichen Reisen von Basel zum Züricher Flughafen bewachte – kurz vor dem Ende seiner Dienstzeit als Sicherheitsoffizier an der amerikanischen Botschaft in Prag gestanden.
Es war der 8. Dezember. Es herrschte mildes Wetter, obwohl in der Hohen Tatra Schnee gefallen war. Der amerikanische Botschafter hatte zu einem Abendempfang für einige sowjetische Politbüromitglieder geladen, die der Tschechoslowakei einen Besuch abstatteten. Für Leroy sah es so aus, als würde sein letzter Abend vor der Rückkehr in die Staaten am folgenden Tag zu einem Ereignis werden.
»Meine erste Chance, Spitzenmänner des Feindes aus der Nähe zu betrachten«, vertraute er einem Untergebenen an.
Der Botschafter war nicht so begeistert. Er hatte soeben eine persönliche Weisung des erst vor kurzem zum Präsidenten ernannten Joseph Moynihan erhalten, in der dieser in der später so vertrauten markigen Art seinen Standpunkt darlegte. »Halten Sie ja nicht Händchen mit diesen Burschen aus dem Kreml. Feste Höflichkeit ist jetzt das Gebot der Stunde. Und bringen Sie auf keinen Fall irgendwelche Toasts auf die gottverdammte falsche russische ›Entspannung‹ aus...«
Während er sich unter die Gäste mischte, die unter glitzernden Kronleuchtern umherwanderten, blickte Matt Leroy scheinbar gleichgültig in die Runde. Gelegentlich nippte er an seinem Bour-

bon, den er in der Hand hielt. In Wahrheit nahm er jeden Anwesenden genauestens unter die Lupe. Dabei entging ihm nicht das kleinste Detail. Unter den wichtigeren Gästen aus dem Politbüro war auch Anatolij Sarubin, der Minister für Handel und Außenwirtschaft. Es war Sarubin, der auf Leroy zuging und mit dem Amerikaner anstieß.
»Auf ein Andauern der Entspannung, mein Freund«, meinte Sarubin in perfektem Englisch.
»Auf die Entspannung«, stimmte Leroy ohne Begeisterung ein.
Sarubin war ein kleiner, dunkelhaariger Russe mit einem gepflegten Schnurrbart, von fröhlichem Gehabe, und er stand im Ruf, ein ziemlicher Schürzenjäger zu sein. Trotz seiner Zweifel hatte Leroy entdeckt, daß er diesen gesprächigen, zu Scherzen aufgelegten Minister mochte, der eine fanatische Bewunderung für den Jazz David Brubecks gestand. »Ich habe alle seine Platten, spiele sie immer und immer wieder«, plauderte er weiter. »*Take Five* – diese Nummer ist mein Lieblingsstück...« Andere sowjetische Gäste waren Leroy weit weniger liebenswürdig erschienen.
Gegen neun kam etwas mehr Leben in die Party, und in der Umgebung Marschall Grigorij Pratschkos, des sowjetischen Verteidigungsministers, floß der Wodka bereits in Strömen. Pratschko, ein bulliger achtundfünfzigjähriger Mann mit einem mächtigen Brustkorb, war in voller Uniform erschienen. Seine Brust schmückten viele Reihen von Orden. »Genug, um eine Pfandleihe in der First Avenue auszustatten«, dachte Leroy säuerlich. Pratschko war ganz offensichtlich dabei, jeden anderen betrunken zu machen. Er bestand auf einem Trinkspruch nach dem anderen.
»Entspannung! Entspannung! Ist jemand da, der sich weigert, darauf mit mir anzustoßen? Dann soll er sich zeigen und als Feind des Friedens zu erkennen geben!«
Leroy beobachtete ihn unauffällig, bemerkte die brutale Nase, das aggressive Kinn, die aus Ohren und Nasenlöchern herausragenden Haarbüschel. »Haargenau der Dreckskerl, als der er beschrieben wird«, dachte Leroy. »Und Gott sei denen gnädig, die unter ihm dienen...« Leroy blieb immer in Bewegung. Er hielt nach ei-

nem bestimmten Mann Ausschau, einem Mann, von dessen Aussehen er seltsamerweise keine Beschreibung hatte. War es möglich, daß sich in dieser großen Menschenmenge auch Oberst Igor Scharpinsky befand?

Für westliche Geheimdienstchefs war der stellvertretende Leiter des KGB, Scharpinsky, nur ein Schatten. Sogar so sehr, daß man ihm den Spitznamen Oberst Schatten gegeben hatte. Über ihn war buchstäblich nichts weiter bekannt, als daß es ihn gab, und das Washingtoner Dossier über ihn bestand nur aus einer einzigen Seite mit wenigen Zeilen. Selbst diese wenigen Zeilen enthielten nur vage Informationen und nichts wirklich Greifbares. »Man munkelt, daß er der Verbindungsoffizier zum GRU ist, dem militärischen Abschirmdienst der Sowjets.« Und das war schon fast alles.

Einen Augenblick später entdeckte Leroy ein weiteres wichtiges Politbüromitglied. Auch dieser Mann pflegte nicht gerade romantische Gefühle zu wecken. Überrascht – der Mann war auf der Gästeliste nicht verzeichnet gewesen – tat Leroy so, als nähme er noch einen Schluck Bourbon, während er einen der gefürchtetsten Männer der Welt in Augenschein nahm. General Sergej Marenkow, den Chef des KGB. Der Chef der sowjetischen Geheimpolizei hielt sich am Rande der Menge, als wollte er jeden der Anwesenden unter die Lupe nehmen.

Marenkow, der einen dunkelblauen Anzug trug, war ein kleinwüchsiger, untersetzter Mann von fünfundfünfzig mit breiten Schultern. Er stand ruhig da; sein Gesicht mit dem kräftigen Kinn zeigte keinerlei Ausdruck. Als er unter buschigen Augenbrauen hervorblickte, schien er jeden der beim Empfang anwesenden Gäste einzuordnen – und genau das dürfte der KGB-Chef auch getan haben, dachte Leroy. Anders als bei seinem mysteriösen Stellvertreter, Oberst Scharpinsky, besaß Washington über Marenkow ein acht Zentimeter starkes Dossier. Der General war dafür bekannt, ein enzyklopädisches Gedächtnis zu haben. »Ich könnte wetten, daß er jeden einzelnen Mann in unserer Botschaft kennt – weiß, welchen Job er hat und wann er pinkeln geht«, sagte sich Leroy.

Marenkow begann plötzlich, sich um die Menge herumzubewegen. Inzwischen war der Raum von Lärm, lautem Stimmengewirr und endlosem Gläsergeklirr erfüllt. Anatolij Sarubin wurde nicht müde, zu plaudern und zu scherzen. Leroy nutzte seine Gelegenheit, als Marenkow an ihm vorüberging. Er hob sein Glas. »Frieden und guter Wille, um alles in der Welt, General...« Marenkow sagte etwas auf russisch und stieß mit Leroy an. Seine braunen Augen starrten den Amerikaner hart an, dann ging er weiter. Es war keine sonderlich freundliche Begegnung gewesen, aber Leroy hatte der Chance nicht widerstehen können, den KGB-Chef aus nächster Nähe zu studieren – wenn auch nur für wenige Sekunden.

Am Ende des Abends hatte Leroy das Gefühl, nichts ausgerichtet zu haben. Er hatte ganz gewiß niemanden entdeckt, der Igor Scharpinsky hätte sein können, niemanden, der sich in der Nähe Marenkows gehalten hätte. Es war ein interessanter Abend gewesen, etwas, was in seinem Abschlußbericht brauchbar sein würde, aber mehr nicht. Der Schock kam, als die Party vorüber war.

Als er nach Mitternacht in sein Zimmer zurückgekehrt war, um seine Koffer fertig zu packen – er wollte am nächsten Morgen die Frühmaschine nach Frankfurt nehmen –, langte er in die Jackentasche nach seinen Zigaretten und erstarrte. Soeben noch erschöpft von dem Gefühl der Enttäuschung, das so manchem Fest ein Ende macht, war er jetzt hellwach. In der Tasche hatten seine Finger etwas Ungewohntes berührt, etwas, was nicht dorthin gehörte. Langsam zog er einen versiegelten Umschlag heraus. Darauf stand in englischen Großbuchstaben NUR FÜR DEN PRÄSIDENTEN DER USA BESTIMMT.

Leroy ging in dieser Nacht später zu Bett, als er erwartet hatte. Nachdem er seinen technischen Assistenten aus dem Bett geholt hatte, ließ er den Umschlag einer Reihe von Tests unterziehen. Er enthielt weder Sprengstoff noch irgendein Gift. Den noch immer versiegelten Umschlag ließ er durchleuchten. Auf dem Filmbild zeigte sich der klare Umriß einer Kassette. Auf die Kassettenhülle hatte jemand die Buchstaben AN eingeritzt.

»Woher haben Sie das?« hatte West, der Techniker, plötzlich gefragt.
»Ist mir übergeben worden«, erwiderte Leroy und ließ es dabei bewenden. »Übrigens, die Sache ist streng geheim – wenn ich weg bin, dürfen Sie also niemandem davon erzählen...«
Um fünf Uhr war Leroy in seinem Schlafzimmer. Er hatte fertig gepackt und saß voll angezogen gegen das Kopfkissen gelehnt und dachte nach. Er wußte, daß der Umschlag nur von einem der Gäste beim Empfang in seine Tasche hatte praktiziert werden können. Der Betreffende hatte es sehr geschickt gemacht. Leroy hatte erst Minuten vor dem Empfang einen anderen Anzug angezogen. Die einzig mögliche Schlußfolgerung war – so phantastisch sie auch sein mochte –, daß einer der beim Empfang anwesenden Russen ihm den Umschlag zugesteckt hatte. Und das direkt unter den Augen von General Sergej Marenkow, dem Chef des KGB. Leroy schauderte bei dem Gedanken. Wer immer es gewesen war – der Mann mußte verdammt gute Nerven haben. Vielleicht war er aber auch verzweifelt.
Je mehr Leroy darüber nachdachte, um so plausibler erschien ihm diese Annahme. Es war nicht gerade ein Staatsgeheimnis, daß seine Dienstzeit an der Botschaft abgelaufen war und daß er in die Vereinigten Staaten zurückkehren würde – diese Tatsache würde sowjetischen Stellen bekannt sein. Jemand hatte sich diesen Umstand also zunutze gemacht – die Tatsache, daß die Kassette nur wenige Stunden in Prag verbleiben würde, nachdem sie ihm zugesteckt worden war.
»Und wie zum Teufel soll ich sie dem Präsidenten übergeben?« fragte er sich.
Es war bezeichnend für Matt Leroy, daß er die Notwendigkeit absoluter Geheimhaltung erkannte; das bedeutete nämlich, daß er seinen Vorgesetzten in Washington würde übergehen müssen. Als er am folgenden Tag in Washington landete, hatte er das Problem noch immer nicht gelöst. Statt dessen löste sich das Problem von selbst.
Vierundzwanzig Stunden nach Leroys Ankunft in Washington

traf der deutsche Bundeskanzler als Gast Präsident Moynihans ein. Matt Leroy wurde zu einem Empfang ins Weiße Haus geladen, bei dem er dem Bundeskanzler persönlich über seine Einschätzung der politischen Lage in der Tschechoslowakei Bericht erstatten sollte. Leroys Chef, Chuck Grant, behagte diese Idee gar nicht.

»Warum er sich nicht direkt von mir informieren läßt, weiß der Himmel«, bemerkte er wütend zu Leroy.

»Vielleicht mag er sich lieber von Leuten berichten lassen, die vor Ort gewesen sind«, meinte Leroy mit einem listigen Zwinkern.

In Wahrheit war es Präsident Joseph Moynihan, der die direkte Berichterstattung vorzog. Wie er in der für ihn typischen unorthodoxen Art einmal zu einem Berater bemerkte: »Es ist der Mann vor Ort, der Bescheid weiß. Die Schreibtischhengste hier bei uns lieben es, die Meldungen von draußen zu interpretieren, sprich zu versauen. Damit versuchen sie, ihre Existenzberechtigung nachzuweisen, und das in einem Job, der vermutlich völlig überflüssig ist...«

Auf dem Washingtoner Empfang wurde Leroy Moynihan vorgestellt, der ihn beim Arm nahm und zu dem Bundeskanzler führte.

»Einen Augenblick, Herr Präsident«, sagte Leroy schnell. Mit wenigen Worten hatte er erklärt, was es mit der Kassette auf sich hatte. »Ich habe sie bei mir«, fuhr er mit leiser Stimme fort. »Das könnte reines Dynamit sein...«

»Tatsächlich?« Moynihan grinste ihn breit und strahlend an. »Dynamit, sagten Sie? Na, dann freue ich mich schon jetzt aufs Öffnen.«

»Auf Explosivstoffe habe ich das Ding schon untersuchen lassen«, sagte Leroy schnell, »sowohl hier als auch in Prag...«

»Davon bin ich ausgegangen – das war nur ein kleiner Scherz. Also, glauben Sie, Sie könnten das Ding ebenso geschickt in meine Tasche praktizieren, wie das bei Ihnen in Prag gemacht worden ist? Vergessen Sie nicht, hier wimmelt es von Geheimdienstleuten...«

»Schon passiert, Herr Präsident.«

»Sie haben vielleicht Nerven, mein Lieber, damit direkt zu mir zu kommen – und ihre Vorgesetzten zu übergehen.«
»Ich kann mich Ihrer Bewertung meiner Handlungsweise nur anschließen«, erwiderte Leroy.
»Und Ihr Name ist Matt Leroy? Es könnte nämlich sein, daß ich einen derart unverschämten Burschen wie Sie in Zukunft mal brauche. Manche«, fuhr der Präsident mit dem Anflug eines Lächelns fort, »nennen so etwas Initiative. So, und jetzt gehen wir und unterhalten uns mit unserem hohen Gast.«

Spät in jener Nacht hörte sich Moynihan die Kassette allein im Ovalen Büro an. Der unbekannte Mann, der das Band besprochen hatte, begann mit der Eröffnung, sein künftiger Codename sei Angelo; er werde nur mit Kassetten in Erscheinung treten, und die Authentizität jeder Kassette werde an den Buchstaben AN zu erkennen sein, die er auf jeder Kassette einritzen werde. Anschließend informierte er über die sowjetische Politik, über die Ansichten der einflußreichsten Mitglieder des Politbüros sowie über die gegenwärtige Gliederung und Stationierung der Roten Armee in Osteuropa.
Was folgte, war noch außergewöhnlicher. Er instruierte den Präsidenten dahingehend, daß eine vollständig neue Geheimdiensteinheit außerhalb der Grenzen der Vereinigten Staaten ins Leben gerufen werden müsse, um Kassetten von Europa nach Nordamerika zu transportieren. »Ihre bestehenden Geheimdienste sind von Ihrer eigenen Presse und dem Kongreß gründlicher enttarnt und zerstört worden, als der sowjetische KGB das je hätte schaffen können«, fuhr die Stimme auf englisch fort. »Um mich zu schützen, müssen Sie die Sondereinheit ins Leben rufen. Ich schlage vor, daß sie von einem Amerikaner befehligt, im übrigen personell aber mit Europäern ausgestattet wird – die Leute werden immerhin in Europa operieren müssen. Britische Staatsangehörige könnten sich als besonders verläßlich erweisen – sie sind Inselbewohner...«
Es folgten weitere Informationen. Die Kassetten würden mit dem

Moskau-Expreß transportiert werden, und zwar in dem Schlafwagen versteckt, der an jedem ersten Mittwoch eines Monats in Basel ankomme. Dann kamen weitere Details – die Abteilnummer des Schlafwagens, das genaue Versteck. An jedem Freitag nach der Ankunft einer Kassette an einem Mittwoch solle der Empfang über das nach Osteuropa ausgestrahlte Programm der Voice of America bestätigt werden – durch das Abspielen einer Schallplatte, die er nennen werde und die um siebzehn Uhr Moskauer Zeit gespielt werden solle. Der Empfang dieser ersten Kassette sei durch das Spielen von Count Basies Aufnahme des *One o'clock jump* zu bestätigen. Das Band endete mit einer Warnung.

»Von keinem Angehörigen Ihrer Sondereinheit darf der Versuch unternommen werden, meine Identität herauszufinden. Das ist eine Bedingung. Was meine Motive betrifft, so sind sie meine persönliche Angelegenheit. Die nächste Kassette wird mit dem Schlafwagen des Moskau-Expreß geschickt werden, der am... in Basel ankommt...«

Der Vorgänger Moynihans, ein Mann, der den Konsensus liebte, hätte jetzt ohne Zweifel den Verteidigungsminister, den neuen CIA-Chef – den Moynihan eingesetzt hatte, um diese Organisation nach Möglichkeit zu reorganisieren – und weiß der Himmel wen noch konsultiert. Aber Angelo hatte seinen Mann richtig eingeschätzt. Am folgenden Morgen stellte Moynihan ein paar diskrete Nachforschungen an, ohne seine Motive zu verraten. Am Ende des Tages war er von der Echtheit der streng geheimen Informationen auf dem Tonband überzeugt und auch davon, daß Angelo nur ein Mitglied des sowjetischen Politbüros sein konnte. Moynihan ließ Julian Haller von der National Security Agency kommen.

Moynihan, ein ehemaliger Mann der Navy, kannte Julian Haller vom Vietnamkrieg her. Sie waren seitdem Freunde geblieben. Haller war ebenfalls ein Veteran der Navy – im Zweiten Weltkrieg hatte er an Bord des USS *Savannah* gedient und war später zum Geheimdienst der Navy abkommandiert worden. In dieser Funktion war er zum erstenmal dem Mann begegnet, der dann eines Tages durch Zufall zum Präsidenten wurde. »Haller«, sagte Moynihan gern, »ist einer der wenigen Männer, die mir wirklich sagen, was los ist. Er ist nicht normal – er hat keinen politischen Ehrgeiz...«

Julian Haller hörte schweigend zu, als Moynihan ihm erzählte, was sich ereignet hatte und daß er vorhabe, es mit Angelo zu versuchen. »Die Information auf dieser Kassette, die Sie gehört haben, kann nur von einem wichtigen Politbüromitglied stammen«, betonte der Präsident. »Ich habe das prüfen lassen.«

»Es könnte aber auch eine geschickte Falle sein«, warnte Haller. »Um Sie durch Fehlinformationen zu beeinflussen – während man Ihnen genügend echte Daten gibt, um Sie hinters Licht zu führen.«

»Ich habe das in Erwägung gezogen. Aber Angelo hat zuviel verraten.«

»Es hat den Anschein«, erwiderte der vorsichtige Haller. »Und er hat dabei bestimmte Dinge vorhergesagt, die – falls sie eintreten – unser Vertrauen stärken würden. Was ist jetzt zu tun?«

»Sie verschwinden. Offiziell werden Sie bei der NSA Ihren Abschied nehmen. Dann verschwinden Sie aus den Staaten und gründen die Sondereinheit. Angelo hat recht – die bestehenden Geheimdienstorganisationen sind für diese Art Arbeit ungeeignet; sie sind leck wie ein Sieb. Bestimmte Kongreßabgeordnete und bestimmte Zeitungsleute sind zu weit gegangen – sie haben den Schutzschild unserer Geheimdienste zerstört.« Moynihans Gesicht verdunkelte sich, und er schlug mit der Faust auf den Tisch. »Unterdessen macht der KGB ungerührt und mit voller Kraft weiter, spioniert, sabotiert, betreibt Subversion, und das alles mit dem vollen Rückhalt des Politbüros. Als ich diesen Job übernahm, habe ich einen Eid geschworen, die Vereinigten Staaten zu verteidigen – und das werde ich bei Gott auch tun!«

»Die CIA wird reorganisiert...«

»CIA. Club Internationaler Amateure! Dafür stehen diese Initialen bei mir.«

»Wenn das jemals rauskommt, könnte man es als recht hübsch verfassungswidrig bezeichnen«, warnte Haller von neuem.
»Auch daran habe ich gedacht. Ein Präsident, der – um der Sicherheit seines Landes willen – nicht bereit ist, das Risiko eines Impeachements auf sich zu nehmen, ist es nicht wert, auf diesem Stuhl zu sitzen.«
»Das ist ganz gewiß eine neuartige Auffassung«, gab Haller zu.
»Kanada ist das richtige Land«, fuhr er energisch fort. »Darf ich mich auf Sie berufen, um die Zusammenarbeit von William Riverton zu bekommen, dem kanadischen Industriellen? Er hat während des letzten Krieges für die alliierten Geheimdienste gearbeitet und könnte den Deckmantel liefern, den wir brauchen – vielleicht sogar die Operationsbasis?«
»Tun Sie das. Ich kenne ihn. Grüßen Sie das alte Schlachtroß von mir.« Moynihan machte eine Pause. »Sagen Sie, wird dies alles nicht Ihr Privatleben durcheinanderwirbeln? In der Zeit, die das Unternehmen dauert, werden Sie die Staaten nicht ein einziges Mal betreten können. Wie steht's mit Linda?«
Haller führte eine stabile Ehe; er war seit dreißig Jahren mit Linda verheiratet, einer Modedesignerin in New York. Mit Hilfe der Metroliner-Züge verbrachten sie so viel Zeit gemeinsam wie nur eben möglich, obwohl sie in verschiedenen Städten arbeiteten.
Moynihan beantwortete seine Frage selbst. »Wir werden Mittel und Wege finden, ihr häufige Reisen nach Montreal zu finanzieren. So, und wie steht's mit den richtigen Leuten?«
Haller grinste. »Das dürfte nicht so schwierig sein. Es gibt da einen Freund von mir, einen Engländer namens Harry Wargrave. Ehemaliger Geheimdienstmann der Navy, und dazu ist er auch von uns durchleuchtet worden – auch für unsere Geheimdienste absolut vertrauenswürdig. Ich sehe ihn als den Verbindungsmann zwischen Montreal und hier – vielleicht sogar als etwas mehr. Er ist jetzt gerade in Kanada und angelt irgendwo in der Gegend des Lake of the Woods.« Sein Grinsen wurde breiter. »Er ist sechsunddreißig. Und er glaubt, er hat sich ins Privatleben zurückgezogen.«

# 4. Montreal, Zürich, Moskau

Unter dem energischen Drängen Julian Hallers wurde die Sondereinheit, die Angelos Kassetten von Europa nach Nordamerika bringen sollte, innerhalb von sieben Tagen auf die Beine gestellt. Aber trotz Hallers Energie war dies nur durch die Zusammenarbeit des kanadischen Millionärs William Riverton möglich. Hallers Gespräch mit dem Kanadier war überraschend kurz. Als er hinter dessen Schreibtisch im zehnten Stockwerk des Baton Rouge Building saß, las Riverton Moynihans Einführungsschreiben nur einmal durch.

»Ich muß diesen Brief verbrennen«, informierte er Haller, der ihm gegenübersaß und eine Zigarette rauchte. »Bin in einer Minute wieder da.« Als er zurückkehrte und sich wieder hinsetzte, fühlte Haller sich zu einem Wort der Entschuldigung genötigt.

»Wir verlangen reichlich viel von Ihnen...«

»Wenn ich Sie recht verstehe«, unterbrach ihn Riverton, »sollen Sie eine streng geheime Einheit aufstellen, die gegen den KGB arbeitet. Das ist alles, was ich wissen werde – oder wissen will. Richtig?«

»Richtig...«

Riverton sprach schnell weiter, wobei er starr vor sich hinblickte, als wäre Haller gar nicht anwesend. Der Amerikaner hörte fasziniert zu. Er konnte beinahe die Wellen intensiver Konzentration in Rivertons Gehirn spüren, als der Kandier ein Problem nach dem anderen löste, ohne daß Haller es auch nur aufgeworfen hätte.

»Sie brauchen eine absolut sichere Operationsbasis. Hinter dieser

Seitentür links von mir befindet sich die Zimmerflucht, die ich im Zweiten Weltkrieg benutzt habe. Die Räume werden Ihnen zur Verfügung stehen, solange Sie sie brauchen. Ich lasse sofort elektronische Anlagen installieren, die selbst die kompliziertesten Abhörsysteme des KGB außer Gefecht setzen. Auf dem Dach dieses Gebäudes befindet sich eine Antennenanlage, mit der ich meine über die ganze Welt verstreuten Unternehmen erreichen kann. Ich kann Ihnen den leistungsfähigsten Sender zur Verfügung stellen, den es zur Zeit gibt. Sie werden auf mein gesamtes Kommunikationssystem zurückgreifen können...«

»Wir könnten unsere eigene Ausrüstung importieren...«, begann Haller.

»Unklug. Es sollte nichts über die Grenze kommen. Der Mann, dessen Brief ich eben verbrannt habe, schlägt vor, Geldmittel über eine Reihe von Bankkonten fließen zu lassen, bei denen sich die Herkunft der Gelder nicht feststellen läßt.« Riverton lächelte eine Sekunde und setzte dann wieder sein Pokergesicht auf. »Man kann die Herkunft aller Guthaben ermitteln, wenn man nur tief genug gräbt. Ich werde Ihnen daher eine Million Dollar auf ein Konto anweisen lassen, über das Sie nach Belieben verfügen können...«

»Dieses Geld wird eines Tages zurückgezahlt werden müssen«, warf Haller ein.

»Niemals. Eine Frage: Werden Angehörige Ihrer Einheit in regelmäßigen Abständen herkommen?«

»Ich gehe davon aus, daß bestimmte Leute – zwei oder drei – nur in monatlichen Abständen herkommen werden. Es werden vermutlich immer dieselben sein.«

»Geben Sie mir einen Tag vorher Nachricht, wenn Sie können. Ich werde dann meine Empfangsdamen da draußen auswechseln. Ich habe auch in anderen Teilen der Stadt Büros. Damit ist sichergestellt, daß keines der Mädchen die Leute zweimal zu sehen bekommt...«

Von Rivertons Büroflucht aus führte Haller eine Reihe von Telefongesprächen. Harry Wargrave war der erste Mann, den der

Amerikaner nach Montreal kommen ließ. Der Engländer war angewiesen worden, Diskretion zu wahren, und erschien in kanadischer Kleidung. Die Empfangsdame sprach er mit kanadischem Akzent an. Wargrave besaß die Gabe, in jedem Teil der Welt innerhalb von wenigen Tagen den besonderen Akzent der Gegend anzunehmen.

»Ich brauche Elsa Lang«, sagte der hochgewachsene, dunkelhaarige Engländer entschieden, nachdem Haller die Situation erläutert hatte. »Sie wird der Kurier sein, der die Kassetten herausbringt – eine junge Dame zieht weniger Aufmerksamkeit auf sich. Ihr Vater war britischer Admiral, sie spricht fließend Französisch, Italienisch und Deutsch, sie hat sehr gute Nerven und Mut, und seitdem sie einmal mit mir im Geheimdienst der Navy an der Washingtoner Botschaft gearbeitet hat, hat sie die Unbedenklichkeitsbescheinigung für streng geheime Aufgaben...«

»Du wirst dich also reaktivieren lassen, um uns zu helfen?« fragte Haller, wobei er den Engländer scharf beobachtete. Wargrave setzte ein schiefes Grinsen auf, an das sich der Amerikaner erinnerte; es zeigte normalerweise an, daß Wargrave sich in einem Streßzustand befand. »Irgend etwas schiefgegangen?« fragte Haller leise.

»Als du anriefst, stand ich kurz vor der Heirat mit einem irisch-kanadischen Mädchen. Ich sagte ihr, ich hätte einen Job in Aussicht, den ich mir ernsthaft überlegte; ich würde dann aber ziemlich regelmäßig auf Reisen sein – ich meinte damit diesen Job hier. Sie bekam einen Wutanfall und sagte, du bleibst entweder zu Hause, oder du kannst die Hochzeit vergessen. Na ja, dann habe ich ihr gesagt, schön, vergiß das Ganze...«

»Mir gefällt das gar nicht, Harry.«

»Du hast mich nicht verstanden. Sie ist noch mal davongekommen. Früher oder später hätte mich doch die Ungeduld gepackt; ich hätte mich nach etwas Aufregenderem gesehnt als nach einem Achtstundenjob hinter irgendeinem Schreibtisch. Du kennst mich...«

Ein einziges Telegramm Wargraves nach London brachte Elsa

Lang mit dem nächsten Transatlantikflug nach Montreal. Sie hatte gerade ein Jahr als Maskenbildnerin bei einer Filmgesellschaft hinter sich gebracht und hatte schon wieder »Wanderlust« bekommen, wie sie Haller bei ihrer ersten Begegnung erklärte. »Dieser Job – jedenfalls nach dem Wenigen, was Sie mir bisher erzählt haben – scheint eher mein Fall zu sein.«

»Maskenbildnerin – das ist weit weg von der Geheimdienstarbeit für die Navy«, hatte der Amerikaner mit einem breiten Lächeln gemeint. Ihr Washingtoner Dossier lag in einer Schublade seines Schreibtischs, und er hatte Elsa schon fünf Minuten nach dem Kennenlernen akzeptiert. Ihre Haltung und ihr herausfordernder Blick hatten ihn beeindruckt, als er sie vor den großen Risiken dieser Arbeit gewarnt hatte. »Heutzutage kann man auch ums Leben kommen, wenn man die Regent Street überquert«, hatte sie mit einem schalkhaften Lächeln geantwortet. »Ich habe den Eindruck, daß Sie mir einen wichtigen Job anbieten, etwas, was sich zu tun lohnt.«

Haller zündete sich eine frische Zigarette an und stellte seine Schockfrage, wobei er sorgfältig auf ihre Reaktion achtete. »Können Sie mit einer Waffe umgehen?« fragte er beiläufig.

»Ja. Am meisten vertraut bin ich mit der 38er Smith & Wesson und ähnlichen Handfeuerwaffen. In Washington hat Harry mich oft zum Schießstand des FBI mitgenommen, und da habe ich ziemlich viel geübt. Damals hatte der KGB gerade einen Dechiffrierer der französischen Botschaft entführt, und da hat Harry gemeint, ich täte gut daran, mich in Selbstverteidigung zu üben...«

Den nächsten Rekruten hatte Haller ausgewählt – Matt Leroy war zwar Amerikaner, besaß aber große Erfahrung im Untergrundkampf gegen die Sowjets. Und während einer kurzen Tätigkeit an der amerikanischen Botschaft in London hatte er seinen englischen Akzent so zur Perfektion gebracht, daß er als Brite durchgehen konnte. Zudem hatte er das gesamte Unternehmen in Bewegung gesetzt: Er war der Mann gewesen, der die Kassette aus Prag herausgebracht hatte. Und was Prag betraf, gab es noch ein weiteres Detail, das Haller nicht entgangen war. West, der Techniker, der den Leroy während des Prager Empfangs heimlich zugesteckten Umschlag auf Explosivstoffe und auf Gift untersucht hatte, war bereits aus der Tschechoslowakei ausgeflogen worden. Er befand sich gegenwärtig in Washington und sollte sehr bald ein Flugzeug besteigen, das ihn zu seinem nächsten Posten bringen sollte – in den abgelegensten Teil der Vereinigten Staaten, der Moynihan eingefallen war. Fairbanks, Alaska.

Der seit seiner Zeit in Athen mit den Ränkespielen des Balkans vertraute Wargrave hatte, kurz bevor er über den Atlantik flog, um gemeinsam mit Elsa Lang und Matt Leroy den europäischen Teil des Unternehmens zu organisieren, den Namen für die Einheit gefunden.

»Wir brauchen einen Codenamen für diesen Laden«, hatte Haller betont. »Der Präsident wird Bruno heißen. Und wie sollen wir uns nennen?«

»Warum nicht der Sparta-Ring?« hatte der Engländer erwidert. »Das hat einen harten Klang und erinnert an die Stoiker – und diese allmonatlichen Trips nach Basel werden so etwas wie stoische Eigenschaften notwendig machen. Am meisten spricht aber für diesen Namen, daß er griechisch klingt. Wenn auch nur die kleinste Andeutung davon dem KGB zu Ohren kommt, wird er sie von der Schweiz ablenken.«

»Also gut. Sparta ist der Name...«

In den folgenden zwölf Monaten funktionierte das Unternehmen reibungslos. In Basel hatte Wargrave für Matt Leroy eine Hilfstruppe zusammengestellt. Einer dieser Männer war Peter Necker, ein ehemaliger deutscher Kriminalbeamter, den der Engländer kannte und dem er vertraute. Necker spielte die Rolle des »Kellners« mit der weißen Jacke, der den Schlafwagen bestieg, um die Kassetten zu holen. Die Männer, die Necker schützen sollten, wählte er unter anderen aus, die er seit vielen Jahren kannte; einer war ein französischer Geheimdienstmann, der früh in den Ruhestand getreten war, der andere ein Holländer, den ihm General Max Scholten, der Chef der niederländischen Abwehr, empfohlen hatte. Alle drei waren überzeugte Antikommunisten, und keiner von ihnen wußte, worum es bei dem Unternehmen eigentlich ging. Wargrave hielt sämtliche Fäden in der Hand und führte den Sparta-Ring so, daß keine Querverbindungen entstehen konnten.

Obwohl er regelmäßig in der Schweiz operierte, verheimlichte er die Aktivitäten der Sparta-Leute sogar seinem alten Freund Oberst Leon Springer, dem stellvertretenden Leiter der schweizerischen Abwehr. Damit ging Wargrave ein wohlüberlegtes Risiko ein, wie er Haller in Montreal einmal erklärt hatte.

»Früher oder später wird Springer von unseren regelmäßigen Reisen nach Zürich und Basel erfahren. Er kennt mich gut. Er wird sofort Lunte riechen und vermuten, daß eine Spionageoperation im Gang ist...«

»Das Risiko müssen wir eingehen«, hatte Haller erwidert. »Wir wissen jetzt – und da gibt es auch nicht mehr den Schatten eines Zweifels –, daß die von Angelo einlaufenden Informationen unschätzbar sind. Es ist unheimlich – es ist fast so, als säße Bruno in jeder wichtigen Sitzung des Politbüros.«

»Und Angelo muß Anatolij Sarubin sein...«

»Auf Bildern sieht er aus wie ein Charmeur«, warf Elsa ein, während sie sich in dem fensterlosen Raum umsah, der ihr immer ein Gefühl der Platzangst eingab. »Ich wette, daß ich bei ihm schwach werden würde«, fügte sie boshaft mit einem Blick in Wargraves Richtung hinzu.

»Daß Mädchen immer übertreiben müssen...«

Trotz der von Angelo auf der ersten Kassette ausgesprochenen Warnung war es hinter den verschlossenen Türen des an Rivertons Büro angrenzenden Raums unvermeidlich zu Spekulationen über Angelos Identität gekommen. »Er ist das kultivierteste und kosmopolitischste Mitglied des Politbüros«, hatte Wargrave hervorgehoben. »Jeder, der ihm begegnet ist, hält ihn für einen vernünftigen Mann...«

»Er ist das polierte Aushängeschild, das der Kreml immer dann auskramt, wenn er befürchtet, der Westen könne nicht mehr auf

diesen Entspannungsschwindel hereinfallen«, grunzte Haller. »Das ist seine Hauptaufgabe – uns Salz in die Augen zu streuen.«
»Kommen wir wieder auf Oberst Springer zurück«, beharrte Wargrave. »Es kann sein, daß ich eines Tages das Gefühl haben werde, daß ich mich mit ihm in Verbindung setzen muß. Ich darf ihm auch nicht durch die leiseste Andeutung verraten, was vorgeht...«
»Verlassen Sie sich auf Ihr eigenes Urteil... Was in Europa zu tun ist, ist Ihre Sache...«
Die letzte Bemerkung des Amerikaners war ein Hinweis auf die Tatsache, daß er Montreal nie verlassen würde – sämtliche Operationen in Europa lagen in den Händen Wargraves, Elsas und Matt Leroys. Wargrave war aufgestanden, um sich zu verabschieden, als Haller darauf hinwies, er habe noch etwas zu sagen. Sein Gesichtsausdruck war finster, als er ihnen von einem Zwischenfall in Moskau berichtete, der ihm von einem sowjetischen Informanten geringer Bedeutung hinterbracht worden war.
»Anatolij Sarubin – von dem wir jetzt verdammt genau zu wissen meinen, daß er Angelo ist – inspiziert die Moskauer Bahnhöfe sehr häufig in seiner Eigenschaft als Minister für Handel und Außenwirtschaft. Angeblich zu dem Zweck, den Warentransport in den Westen zu beschleunigen. Sie brauchen natürlich die harten Devisen – diese Besuche können also durchaus normal sein.«
»Und bei diesen Gelegenheiten schmuggelt er die Kassetten in den Schlafwagen des Moskau-Expreß«, betonte Elsa...

Der Zwischenfall, von dem Haller ihnen erzählt hatte, hatte sich am Montag, dem 1. November, um drei Uhr nachmittags ereignet. Die Temperatur lag bei zehn Grad unter dem Gefrierpunkt, es war dunkel wie in der Nacht, und die Gleise waren mit einer Eisschicht überzogen, als Anatolij Sarubin, eingehüllt in einen schweren Mantel und mit Hut, allein auf dem Verschiebebahnhof neben dem Moskau-Expreß umherging. Der Zug sollte in wenigen Minuten in den Bahnhof einlaufen, bevor er in den Westen fuhr.

Sarubin bestieg den Schlafwagen, der zwei Tage später in Basel ankommen sollte, und begann, die einzelnen Abteile in Augenschein zu nehmen. Im Politbüro war bekannt, daß er peinlich auf absolute Sauberkeit in sowjetischen Zügen achtete. »Dieser Expreß ist eine rollende Propagandawaffe«, erklärte er oft. »Der Westen wird uns nach den Zügen und Zivilflugzeugen beurteilen, die sie dort zu sehen bekommen...« Sarubin ging weiter zum Ende des Schlafwagens und blieb dann stehen. Eine Gestalt, kaum mehr als ein Schatten, war aus einem der vorderen Abteile geschlüpft und hatte dann den Waggon verlassen. Sarubin beschleunigte seine Schritte und erreichte die vordere Waggontür, die sich in der Dunkelheit hin und her bewegte. Er blickte hinaus und erstarrte. Ein in der Stille und der Dunkelheit betäubend lauter Schuß krachte, dann ein zweiter. Die Schüsse waren aus so großer Nähe abgefeuert worden, daß Sarubin einen Augenblick lang glaubte, getroffen zu sein. Er sprang auf die Gleise hinunter und duckte sich. Rechts von ihm ging ein Mann mit einer Laterne, der jetzt das Licht löschte und hinter einer Reihe von Güterwagen verschwand. Sarubin, der sich noch immer duckte, wurde plötzlich vom Lichtstrahl einer starken Taschenlampe geblendet, der direkt auf sein Gesicht gerichtet war. Er wartete auf den dritten Schuß, der ihn töten würde.

»Oh... Sie sind's, Sarubin...«

Die Stimme war die General Sergej Marenkows, des KGB-Chefs. »Kommen Sie mal her, sehen Sie sich das an«, fuhr Marenkow mit harter Stimme fort. Der noch immer benommene Sarubin ging langsam an den Waggons des Expreß entlang, bis er neben Marenkow stand, der sich über einen zusammengekrümmten Körper beugte. Marenkow hatte noch die Pistole in der Hand. Der KGB-Chef richtete den Lichtstrahl der Taschenlampe auf das Gesicht des Mannes, den er erschossen hatte. »Es ist Starow vom GRU«, erklärte er mit harter Stimme. »Ein Saboteur – sehen Sie die Handgranate, die er in der Hand hält? Er wollte sie am Waggon anbringen.« Marenkow runzelte plötzlich die Stirn und sah Sarubin an. »Was hatten Sie denn hier zu suchen?«

»Ich war dabei, mir den Schlafwagen anzusehen...«
Der Mann mit der Laterne, den keiner von ihnen gesehen hatte, war jetzt mehr als dreihundert Meter entfernt. Er formulierte im Geist bereits den Bericht, der später zunächst Washington erreichte, bevor er an Julian Haller weitergeleitet wurde.

In dem fensterlosen Raum im zehnten Stock das Baton Rouge Building in Montreal hatte Wargrave schweigend zugehört, bis Haller seinen Bericht über den Zwischenfall auf dem Moskauer Verschiebebahnhof beendet hatte. »Es kann Zufall gewesen sein – daß Marenkow zur selben Zeit da war wie Sarubin...«
»Wenn mir nicht zwei weitere Berichte darüber vorlägen, daß unser Freund, General Marenkow, auch bei anderen Gelegenheiten auf diesem Bahnhof herumgeschnüffelt hat«, entgegnete der Amerikaner. »Es gibt eine zeitliche Grenze für das Überleben Angelos, und es könnte sein, daß seine Zeit bald abgelaufen ist.«

Das nächste Datum zum Abholen einer neuen Kassette war Mittwoch, der 3. Dezember. Es würde die zwölfte Kassette sein, die der Sparta-Ring übernahm. Am Dienstag, dem 2. Dezember, stieg Harry Wargrave im Hotel Schweizerhof in Zürich ab. Zu diesem Zeitpunkt konnte er noch nicht ahnen, daß die Kassette die Nachricht von dem Großmanöver »Unternehmen Donnerschlag« enthalten würde, das von Marschall Pratschko geleitet wurde; die Nachricht, die Präsident Moynihan dazu veranlassen sollte, über Nacht die riesige militärische Luftbrücke nach der Bundesrepublik Deutschland in Gang zu setzen.
Elsa Lang und Matt Leroy befanden sich bereits in Basel. Sie hatten sich wiederum in verschiedenen Hotels der Stadt einquartiert und hielten sich für das Abholen der Kassette am Morgen bereit. Auf Anweisung Wargraves übernachteten sie niemals zweimal im selben Hotel. Zudem hatte der Engländer soeben eine ernste Entscheidung getroffen: Er hatte sich entschlossen, Oberst Leon Springer von der schweizerischen Abwehr aufzusuchen. War es sein Instinkt gewesen, der ihn zu diesem Entschluß bewogen hat-

te? Oder hatte der Hinweis Hallers eine Rolle gespielt, mit dem Sparta-Ring könne es ohnehin bald zu Ende sein? Er war sich nicht sicher. Er wußte nur eins: Immer dann, wenn er in der Vergangenheit seinem Instinkt gefolgt war, hatte sich diese Entscheidung als richtig erwiesen.

Es war zwölf Uhr mittags, als er das kleine, überladene Büro Springers im zweiten Stock des Gebäudes am Ufer der Limmat betrat. Er hatte vom Hotel aus angerufen, und der Schweizer hatte ihn gebeten, sofort zu kommen. Springer erhob sich hinter dem Schreibtisch und ging auf den Engländer zu, um ihm die Hand zu reichen.

»Willkommen in der Schweiz, Harry. Seit unserer letzten Begegnung hat sich die internationale Spannung ein wenig gelegt«, bemerkte er in vorzüglichem Englisch.

Der dreiunddreißigjährige Oberst Leon Springer war das genaue Gegenteil des in Zeitungsartikeln so oft karikierten kalten Schweizers, dem Präzision über alles geht. Er war von schlankem Wuchs und hatte die Nase eines Habichts, lächelte ständig und liebte es, in kritischen Momenten Witze zu reißen. Der Schweizer, der einen eleganten, dunkelblauen Anzug trug, war liebenswürdig und gesprächig, ein Kettenraucher, der ständig in Bewegung war. Mit einer Hand strich er sich über den gepflegten Schnurrbart, mit der anderen goß er Kaffee ein.

Sein Hinweis auf ihre letzte Begegnung hatte Wargrave ein wichtiges Ereignis in seiner Laufbahn in Erinnerung gerufen. Er setzte sich in einen bequemen lederbezogenen Lehnstuhl und nahm die Tasse mit starkem Kaffee entgegen. Damals hatte er Springer geholfen, einen kommunistischen Spionagering zur Strecke zu bringen, der von Genf aus operiert hatte. Drei der sowjetischen Agenten waren ums Leben gekommen; zwei von ihnen hatte Wargrave selbst erschossen.

»Ich bin gelegentlich geschäftlich in der Schweiz, Leon«, bemerkte er. »Ich hätte dich schon früher einmal besuchen sollen.«

Springer lehnte sich in seinen drehbaren Bürostuhl zurück und strich sich von neuem über den Schnurrbart, während er aus dem

Fenster blickte. Draußen fiel leichter Schnee auf die alten Gebäude und Türme einer der schönsten Städte Europas. Wargrave beobachtete die Handbewegung mit plötzlich erhöhter Aufmerksamkeit; sie deutete darauf hin, daß der Schweizer sich in einer Streßsitution befand. »Du hast also deine alte Liebe um der friedlicheren Welt der Geschäfte willen aufgegeben?« wollte der Schweizer wissen. Habe ich da nicht eben einen Anflug von Skepsis entdeckt? fragte sich Wargrave.

»So friedlich ist sie gar nicht«, erwiderte er leichthin. »Das Geschäftsleben kann ein ebenso wilder Dschungel sein, und in ihm gilt das gleiche Gesetz – nur der Tüchtigste überlebt.« Er nippte an seinem brühheißen Kaffee. »Der einzige Unterschied besteht darin, daß sie nicht auf dich schießen – jedenfalls nicht oft.«

»Nur der Tüchtigste überlebt?« wiederholte der Schweizer. »Im Angesicht der Sowjets ist das eine Lektion, die viele unserer weichen westlichen Politiker noch lernen müssen – bevor es zu spät ist, und dafür bete ich inständig. Immerhin danke ich Gott, daß Joseph Moynihan im Weißen Haus sitzt – sein Vorgänger war ein Waschlappen.«

»Du sprichst mir aus dem Herzen...« Wargrave wechselte das Thema; er wollte das Gespräch um jeden Preis von Moynihan ablenken. »Wie geht es dir jetzt überhaupt? Brigadier Traber ist gesund und munter, hoffe ich?«

Springers scharfe Augen zogen sich zusammen: Der Engländer hatte ihm genau das Stichwort gegeben, auf das er gewartet hatte. »Ich werde ihm deine Grüße ausrichten.« Er machte eine Pause. »Es würde uns beiden noch weit besser gehen, wenn wir ein sehr besorgniserregendes Problem lösen könnten. Ich nehme an, du würdest darauf bestehen, daß du außer Diensten bist, wenn ich dich bitten würde, uns bei der Lösung dieses Problems zu helfen – außer Diensten und nur noch als Geschäftsmann tätig?« fügte er bedeutungsvoll hinzu.

»Sag mir ruhig, was für ein Problem das ist, Leon.«

»Du hast so viele Verbindungen, Harry, kennst so viele Leute, die dir von früher her noch verpflichtet sind. Bist du in der Lage, dich an einen dieser Leute zu wenden und ihn zu bitten, herzukommen und in einer kniffligen Sache Nachforschungen anzustellen?« Er machte wiederum eine Pause. »Ich muß der Fairneß halber sagen, daß das Risiko total sein könnte – und außerdem würde ich nicht erfahren wollen, wen du für diese Aufgabe auswählst...«

»Ich sagte, nur heraus damit.«

Springers Haltung änderte sich plötzlich. Er beugte sich über den Schreibtisch, und die Augen blickten gespannt und intensiv die Habichtsnase entlang. »Wir haben Grund zu der Annahme, daß in dem strategisch wichtigen Gebiet um Andermatt eine größere kommunistische Zelle operiert. Einer meiner Männer, den ich zu Nachforschungen dorthin geschickt hatte, wurde kürzlich am Rhône-Gletscher tot aufgefunden – in einem der Eistunnel. Er schien eines natürlichen Todes gestorben zu sein – bis meine Gerichtsmediziner die winzige Einstichstelle an der Schädelbasis fanden. Wir wissen noch immer nicht, welches Gift injiziert wurde.«

»Der Vorfall beweist aber, daß da oben in den Bergen irgend etwas vorgeht?«

»Genau. Das Problem ist nur, daß ich einen unbefangenen Mann brauche, der sich das Gebiet um Andermatt mal ansieht – einen Nichtschweizer, der, weil er ein Fremder ist, vielleicht etwas entdeckt, was wir übersehen würden. Ich will dir diese Sache nicht um jeden Preis aufdrängen – vor allem deshalb nicht, weil du einen deiner Freunde bitten müßtest, den Auftrag zu übernehmen...«

»Die Sache ist so gut wie erledigt.«

Wargrave trank seinen heißen Kaffee mit drei Schlucken aus. Er verspürte nicht den Wunsch, noch länger bei dem Oberst herumzusitzen, sosehr er ihn auch mochte. Zuviel Konversation konnte gefährlich werden. Beim Verlassen von Springers Hauptquartier fühlte er sich hochzufrieden: Er hatte seine häufigen Besuche in der Schweiz hinreichend erklärt und seine Verbindung zur schweizerischen Abwehrorganisation durch seine Bereitschaft gefestigt, ihr zu helfen.

In dem Augenblick, in dem der Engländer das Gebäude verlassen hatte, rief Springer seinen Chef, General Arthur Traber, über das Scrambler-Telefon an. An diesem Tag stattete Traber seinem Hauptquartier in Bern, der Schweizer Hauptstadt, einen Besuch ab. »Irgendeine neue Entwicklung an der Andermatt-Front?« fragte er, als er Springers Stimme hörte.

»Wargrave hat mich endlich besucht. Ich wußte, daß er kommen würde – früher oder später. Er hat mir weismachen wollen, daß er nur in seiner Eigenschaft als Geschäftsmann öfter in die Schweiz kommt. Entscheidend ist aber, daß er sich bereit erklärt hat, jemanden nach Andermatt zu schicken.«

»Haben Sie eine Ahnung, wen?« fragte Traber.

Springer gluckste, bevor er antwortete. »Sie erwarten doch wirklich nicht im Ernst, daß er mir das gesagt hat, oder, Herr General? Er ist ein einsamer Wolf, und gerade das macht ihn so effektiv. Der Mann jongliert mit drei Bällen, ohne daß es jemand merkt. Es kann aber sehr gut sein, daß er Erfolg hat, wo wir uns haben geschlagen geben müssen – das ist schon früher so gewesen.« Springer lachte wieder vor sich hin. »Er sagte mir, er sei jetzt in Geschäften hier unterwegs.«

»In Abwehrgeschäften?«

»Davon bin ich überzeugt. Was ich aber nicht begreife, sind diese allmonatlichen Besuche in Zürich. Er kommt an jedem ersten Dienstag eines Monats aus Montreal, nimmt sich ein Zimmer – immer in einem anderen Hotel –, verbringt dort die Nacht und fliegt am Mittwoch nach Montreal zurück. Warum Montreal?«

»Das würde ich gern von Ihnen hören.«

»Ich kann's Ihnen nicht sagen. Unsere Leute am Flughafen durchleuchten ihn nach allen Regeln der Kunst, aber dabei bleibt es. Ich kann mir aber sehr gut vorstellen, daß hier eine sehr wichtige, eine wirklich hochwichtige Sache abläuft...«

Wargrave ging auf Umwegen zum Hotel Schweizerhof zurück – für den Fall, daß er verfolgt wurde. Das war zwar unwahrscheinlich, aber diese Vorsichtsmaßnahme war ihm schon seit langem in Fleisch und Blut übergegangen. Er nahm ein Taxi zur Quaibrücke

– der letzten Brücke vor dem See –, bezahlte den Fahrer, wartete, bis eine Straßenbahn abfuhr, auf die er im letzten Moment aufsprang. Wenige Minuten später sprang er wieder ab, als sich gerade die automatischen Türen schlossen, und ging mit raschen Schritten durch die Bahnhofstraße zum Hotel Schweizerhof.
Sofort nach der Ankunft in seinem Zimmer meldete er ein Ferngespräch an. Er mußte lange warten und rauchte mehrere Zigaretten, während die Verbindung über verschiedene europäische Telefonzentralen hergestellt wurde. Um drei Uhr nachmittags – er hatte sich inzwischen einen Lunch aufs Zimmer kommen lassen – läutete das Telefon. Er sprach weniger als drei Minuten und sagte das, was er zu sagen hatte, durch die Blume; sein Gesprächspartner am anderen Ende der Leitung verstand aber sehr wohl, was gemeint war. »Andermatt, ja«, waren seine letzten Worte, bevor er auflegte. Und selbst Wargrave merkte nicht, daß er soeben eines der entscheidendsten Telefongespräche seiner Laufbahn geführt hatte.

Es war Dienstag, der 2. Dezember, als Wargrave sein Telefongespräch führte. Am folgenden Morgen, am Mittwoch, dem 3. Dezember, übernahm Elsa Lang die zwölfte Kassette von Peter Nekker, dem »Kellner« mit der weißen Jacke. Dies geschah im Menschengewimmel des Basler Bundesbahnhofs, nur Sekunden, bevor Necker von zwei Männern des KGB abgefangen wurde – den beiden, die am Ende in einem Überseekoffer gefunden wurden, der sich in den Felsblöcken des Schaffhausener Rheinfalls verfangen hatte.
Und es war diese zwölfte Kassette, welche die dringende Warnung Angelos übermittelte, man möge etwas gegen Marschall Pratschkos »Unternehmen Donnerschlag« tun. Es war diese Kassette, die Präsident Joseph Moynihan veranlaßte, die gigantische Luftstreitmacht in den riesigen C-5A-Transportmaschinen in die Bundesrepublik zu schicken, um das sowjetische Politbüro zu warnen. Die Reaktionen auf die Kassette waren enorm und machten sich weltweit bemerkbar.

Die eilig einberufene Sondersitzung des sowjetischen Politbüros war auf zwanzig Uhr Moskauer Zeit angesetzt worden. Es war Freitag, der 5. Dezember. Eine große schwarze ZIL-Limousine nach der anderen fuhr durch das Hauptportal des Kreml auf den Innenhof. Jeder Fahrer – alle waren KGB-Männer – trug einen flachen weichen Filzhut mit schmaler Krempe und einen schweren blauen Mantel. Leonid Sedow, der Erste Sekretär der KPdSU, traf als erster ein. Er kam von seiner Wohnung in dem neungeschossigen Wohnhaus Kutusow-Prospekt 26. General Sergej Marenkow, der die Wohnung über Sedow bewohnte, traf als nächster ein, wenige Minuten später gefolgt von Anatolij Sarubin, dem Minister für Handel und Außenwirtschaft.

Der letzte, der um drei Minuten vor acht ankam, war Marschall Grigorij Pratschko, wie immer in voller Uniform und mit glitzernden Rangabzeichen auf den Schulterklappen; auf der Brust glänzten die Reihen seiner Orden. Warum kommt er immer als letzter? fragte sich der Zyniker Leonid Sedow. Um sich einen dramatischen Auftritt zu verschaffen, natürlich. Sedow eröffnete die Sitzung in dem Augenblick, in dem Pratschko seinen schweren Körper in einen Stuhl gezwängt hatte.

Es war eine von Bitterkeit und beißenden Bemerkungen bestimmte Sitzung. Die Gemäßigten standen den Verfechtern eines harten Kurses unversöhnlich gegenüber. Endlich einmal verfügten die Gemäßigten über genügend Munition, um einen Frontalangriff auf Marschall Pratschko und dessen Anhänger zu eröffnen. Pratschko hörte eine Stunde lang in ungewohntem Schweigen zu, während die Attacken auf ihn niedergingen.

»Sie haben die Amerikaner dazu provoziert, zu handeln... die Moral der kapitalistischen Länder des Westens ist auf nie gekannte Höhen gehoben worden... Sie haben die Chancen unserer Genossen in Frankreich und Italien geschmälert, die Regierungsgewalt auf legalem Weg zu übernehmen... Ihr Säbelrasseln ist ein Rohrkrepierer gewesen, es hat uns ein volles Jahrzehnt zurückgeworfen...«

Pratschko, der kein hinterhältiger politischer Taktiker war, wartete bewußt, bis die Offensive verebbt war, und trat dann – erfahrener General, der er war – zum Gegenangriff an. Er machte eine theatralische Szene, als er einen Aktenordner öffnete und einen maschinegeschriebenen Bericht hervorholte, den er vor sich auf den hochglanzpolierten Tisch legte. Als er zu sprechen begann, reflektierten seine Orden das Licht der Kronleuchter.

»Ich habe hier einen von Oberst Igor Scharpinsky erstellten streng geheimen Bericht; Genosse Marenkow, der Vorgesetzte Scharpinskys, hat ebenfalls ein Exemplar. Wie Sie wissen, arbeitet Oberst Scharpinsky als Verbindungsoffizier zwischen GRU und KGB. Er hat die Angelegenheit für so gefährlich für die Sicherheit unseres Staates angesehen, daß er mir diesen Bericht vorgelegt hat…«

»Einen Augenblick!« Es war Leonid Sedow, der an der Stirnseite des langen Konferenztischs sitzende Erste Sekretär, der interveniert hatte. Der sechzig Jahre alte Sedow war ein gutgebauter Mann von mittlerer Größe mit dichtem ergrauendem Haar und einem merkwürdig geformten Kinn – es ging das Gerücht, er habe sich vor kurzem wegen irgendeiner Krankheit operieren lassen, über die niemand etwas wußte. Er wandte sich an General Marenkow, den Chef des KGB, der Pratschko unter buschigen Augenbrauen mit leidenschaftslosem Starren musterte. »General Marenkow, würden Sie es vorziehen, über diesen Bericht selbst zu referieren?«

»Ich habe nichts dagegen, daß der Marschall seinen Inhalt bekanntgibt. Wie er soeben gesagt hat, kann der Ernst des Berichts kaum übertrieben werden.«

»Dann werde ich fortfahren«, grunzte Pratschko. »Das ›Unternehmen Donnerschlag‹ wurde Hunderte von Kilometern von den Grenzen der Länder des Warschauer Paktes mit denen der NATO-Staaten entfernt durchgeführt – es ist also selbst unter den Bedingungen der sogenannten Entspannung nicht nötig gewesen, die NATO von den Manövern zu unterrichten. Und außerdem hatten die amerikanischen Himmelsspione keinerlei Möglichkeit, den wahren Zweck der Manöver zu erkennen«, fuhr der Marschall fort. »Sie sind noch nicht so weit, daß sie aus der Luft Wegweiser lesen können«, setzte er sarkastisch hinzu. »Und trotzdem reagiert der amerikanische Präsident nur wenige Tage nach dem Ende der Manöver damit, daß er riesige Truppenverstärkungen nach Europa schickt...«

»Entschuldigen Sie«, unterbrach Sedow, »aber mir ist nicht klar, worauf Sie hinauswollen. Könnten Sie vielleicht zur Sache kommen?«

»Nur jemand, der regelmäßig an diesem Tisch sitzt, hat Moynihan informieren können.«

Nachdem Pratschko seine Bombe hatte detonieren lassen, setzte er sich wieder hin. Dann brach ein Tumult los.

»Das ist beleidigend, verrückt«, protestierte Anatolij Sarubin.

»Sie gehen tatsächlich zu weit«, bemerkte Pawel Suslow, der schmalgesichtige Parteitheoretiker. Er hatte ebenso wie Sarubin und Marenkow an dem Empfang in der amerikanischen Botschaft in Prag vor mehr als einem Jahr teilgenommen, als die erste Kassette Matt Leroy in die Tasche geschmuggelt worden war. Die Anwesenheit dieses stillen Mannes war bisher fast unbemerkt geblieben. Sedow, der sein halbes Leben damit zugebracht hatte, zwischen »Tauben« und »Falken« das Gleichgewicht zu wahren, ging wieder dazwischen.

»Sie werden weit mehr Beweise brauchen, um zu erhärten, was Sie soeben behauptet haben«, sagte er finster.

»Hier sind sie.« Pratschko zog einen dicken Packen Papiere aus seinem Ordner. »Scharpinsky hat eine akribisch genaue Untersuchung unserer Aktionen und der amerikanischen Reaktionen des vergangenen Jahres vorgenommen. Immer wieder hat Moynihan unsere Schachzüge konterkariert. Es steht alles hier und läßt nur den einzigen Schluß zu – daß es einen Informanten auf höchster Ebene gibt...«

General Marenkow beugte sich vor. »Ich habe den Bericht gelesen«, sagte er abrupt. »Ich finde ihn nicht nur beunruhigend – ich finde ihn überzeugend. Ich schlage vor, daß wir sofort eine Untersuchungskommission einsetzen, um Licht in diese Angelegenheit

zu bringen – sie sollte vom Ersten Sekretär, mir selbst und Marschall Pratschko geleitet werden...«
»Wir sollten alle Gelegenheit haben, diesen Bericht zu lesen«, schnauzte Sarubin.
Sedow mischte sich zum drittenmal ein. »Ich schlage vor, wir stimmen über den Antrag General Marenkows ab...«
Marenkows Vorschlag wurde mit knapper Mehrheit angenommen. Die Sitzung wurde in einiger Konfusion beendet, und die Politbüromitglieder diskutierten noch heftig, als sie den Raum verließen. Nur drei Männer blieben zurück – Leonid Sedow, Marschall Pratschko und General Marenkow. Die Treibjagd auf Angelo hatte begonnen.

# 5. Montreal

»Diesmal wünsche ich, daß ihr mit größter Umsicht vorgeht – der Sparta-Ring wird uns bald um die Ohren fliegen. Ich rieche förmlich, daß Ärger auf uns zukommt«, fuhr Julian Haller fort, als er Wargrave und Elsa in dem an William Rivertons Büro angrenzenden Raum im Baton Rouge Building vor den Gefahren warnte.
Es war Montag, der 3. Januar. Am Mittwoch, dem 5. Januar, würden sie wieder einmal in der Schweiz sein, um die dreizehnte Kassette von Angelo abzuholen. Elsa Lang war überzeugt, daß es das Wetter war, das Haller deprimierte. Europa stöhnte jetzt unter dem schlimmsten Winter seit vierzig Jahren. Überall tobten Schneestürme, und ein Flughafen nach dem anderen wurde geschlossen. Sie versuchte, mit ein paar Scherzen die düstere Laune des Amerikaners zu heben.
»Unglückszahl Dreizehn? Ich wußte gar nicht, daß du abergläubisch bist, Julian. Und dabei bist du Agnostiker – du solltest dich schämen...«
»Wenn du mit deiner jetzigen Stimmung rüberfliegst, fällst du platt auf den Bauch«, fauchte Haller. Der Ausbruch tat ihm leid, als er Elsas Gesichtsausdruck sah. »Sieh mal, ich bin seit sehr, sehr langer Zeit in diesem Spiel. Ich spüre, wann ein Unternehmen, das monatelang gut gelaufen ist, gefährdet sein kann.«
»Damit hat er nicht unrecht, Elsa«, sagte Wargrave warnend. »Diese beiden KGB-Typen, die in Basel aufgekreuzt sind, waren kein gutes Omen...«
»Matt hat sie erledigt«, brauste Elsa auf. »Wir haben von Anfang an gewußt, daß es nicht leicht werden würde...«

»Ich bewundere deinen Kampfgeist«, sagte Haller leise. »Ich habe aber noch mehr Berichte darüber erhalten, daß Marenkow die Moskauer Bahnhöfe auch weiterhin im Auge behält – und der Bursche ist ein hartgesottener, sehr cleverer Profi. Der hat irgendeine Fährte aufgenommen.« Er beugte sich über den Schreibtisch und sprach mit großem Nachdruck. »Er hat das Ende eines Fadens in der Hand und spult das Knäuel auf, bis er etwas findet. Wir sitzen zwar mehr als sechstausendfünfhundert Kilometer von General Sergej Marenkow entfernt, aber ich spüre förmlich, wie er vorfühlt, wie er sich vortastet.«

»Wir behalten das im Auge«, sagte Wargrave. »Mittwochnachmittag sind wir mit einer weiteren Kassette zurück. Sitz hier bloß nicht rum und mach dir Sorgen. In Ordnung?«

Die nächsten achtundvierzig Stunden waren für Julian Haller ein Alptraum. Seine Frau Linda war von New York nach Montreal gekommen, und er freute sich darüber – aber zugleich tat es ihm leid. Linda Haller, eine beherrschte, sanfte Frau, machte in regelmäßigen Abständen Besuche in der kanadischen Stadt, und Riverton hatte einen Vertrag mit einer Modefirma arrangiert, um ihre Besuche plausibel erscheinen zu lassen. Sie hatte keine Ahnung von der Existenz des Sparta-Rings und hatte sich schon längst damit abgefunden, daß es viele Dinge gab, die ihr Mann nicht mit ihr besprechen konnte.

»Es zieht eine Krise auf, nicht wahr?« fragte sie ihn mitten in der Nacht, als sie aufstand und ihn in der Küche fand.

»Sagen wir, ich habe im Augenblick nicht gerade die beste Zeit meines Lebens.«

»Du wirst es schaffen. Das hast du früher auch getan.«

»Es sind noch andere Menschen beteiligt. Gute Leute.«

»Dann werde ich dir auch nicht damit in den Ohren liegen, daß du schlafen sollst. Ich weiß, daß du das nicht kannst. Bleiben wir also auf und spielen Scrabble.«

»Da schlägst du mich doch immer«, brummte er.

Sie schlang ihm einen Arm um den Nacken. »Heute nacht werde ich dich gewinnen lassen...«

Am Mittwochnachmittag hatte der Flug von Zürich wegen des schlechten Wetters Verspätung. Äußerlich beherrscht, machte Haller sich schwere Sorgen. Er tat etwas, was er noch nie gemacht hatte; er ging zu Riverton ins Büro und fragte ihn, ob er sich mit ihm unterhalten könnte, um die Zeit zu vertreiben. Der Millionär winkte ihm zu, er solle sich setzen, und begann von seinen Erlebnissen im Zweiten Weltkrieg zu sprechen. Er erzählte dem Amerikaner, wie er einmal sechsunddreißig Stunden aufgeblieben sei und auf Nachricht von einem Mädchen gewartet habe, das mit dem Fallschirm über Frankreich abgesprungen war und noch nicht das verabredete Zeichen für die sichere Ankunft gegeben hatte.

»Das Warten hat mich fast verrückt gemacht«, fuhr der Kanadier leise fort. Er vermied es, Haller anzusehen. »Aber das Warten ist in dieser Branche immer das Schlimmste. Ich mochte gerade dieses Mädchen sehr gern – sie hatte viel Mut und einen großartigen Humor. Sie war ein wenig wie die junge Dame, die jeden Monat hierherkommt...«

Haller war erstaunt. Ohne daß ein Wort gefallen wäre, schien der Kanadier seine Gedanken erraten zu haben. Elsa Lang war auch Haller ans Herz gewachsen. »Was war mit dem Mädchen, von dem Sie eben gesprochen haben?« fragte er.

»Nach sechsunddreißig Stunden kam das verabredete Signal – sie war in Sicherheit. Dieses Mädchen von Ihnen hat neulich übrigens einmal bei mir hereingesehen, und wir haben uns lange miteinander unterhalten. Um ihre Arbeit ist es dabei natürlich nicht gegangen«, fügte er schnell hinzu. »Haben Sie gewußt, daß sie um ein Haar geheiratet hätte, kurz bevor sie zu Ihnen gekommen ist?«

»Nein.« Haller hatte nicht einmal mitbekommen, daß Elsa sich überhaupt mit Riverton unterhalten hatte. Als er es sich überlegte, überraschte es ihn nicht sonderlich: Riverton war einer der sehr wenigen Männer, denen Menschen sich anvertrauen; das lag an etwas Undefinierbarem in seiner Persönlichkeit.

»Sie hat Schlimmes durchgemacht«, fuhr Riverton fort. »Ich vermute, daß sie in diesen Filmproduzenten sehr verliebt gewesen ist.

Ich nehme an, daß er älter war als sie – aber sie ist eins von den Mädchen, die sich zu älteren Männern hingezogen fühlen. Es stand schon alles fest – Tag der Hochzeit, auch wo sie ihre Flitterwochen verbringen wollten. Dann kam sie eines Abends sehr früh in seine Wohnung. Der verdammte Dummkopf hatte die Tür nicht abgeschlossen, und die Klingel war nicht in Ordnung. Sie spazierte herein und fand ihn mit ihrer besten Freundin im Bett. Das ist der Grund, weshalb sie jeden Job angenommen hätte, den Sie ihr geboten hätten – um diese Erfahrung schnell zu vergessen.«

»Und ich hatte keine Ahnung...«

»Hätten Sie sie genommen, wenn Sie es gewußt hätten? Sie ist clever – sie hat es für sich behalten.« Riverton sah den Amerikaner jetzt fest an. »Und wenn Sie ihr jemals zu verstehen geben sollten, daß ich Ihnen alles erzählt habe, werde ich Sie mit bloßen Händen umbringen. Aber denken Sie daran, wenn Ihr Unternehmen in Gefahr gerät...« Er sah auf, als Elsa Lang, gefolgt von Wargrave, den Raum betrat.

»Tut mir leid, so bei Ihnen hereinzuplatzen«, sagte Elsa rasch, »aber das Mädchen draußen sagte, Sie seien allein, und wir wußten, daß Julian sich Sorgen macht...« Sie hielt inne, als Riverton eine Anfrage aus der Gegensprechanlage beantwortete. »Ist in Ordnung, Miß Russell, ich habe die Herrschaften erwartet...« Haller ging bereits durch die Seitentür in die dahinterliegende Bürosuite. Nachdem Elsa und Wargrave eingetreten waren, schloß er die Tür und fuhr herum. »Ed hat eure Ankunft gar nicht durchgegeben...«

»Mit den Fernsprechleitungen ist irgend etwas nicht in Ordnung«, erklärte Wargrave, als er Elsa die dreizehnte Kassette abnahm und sie in den Recorder steckte. »Und außerdem hatte unsere Maschine ziemlich Verspätung – in Europa sind jetzt nur noch die Flughäfen Mailand, Zürich, London und Amsterdam offen. Das Wetter ist unglaublich. Fast der gesamte Kontinent wird von einem Schneesturm heimgesucht. Ich kann nur hoffen, daß sich das Wetter beruhigt, wenn wir im Februar den nächsten Trip machen...«

Haller machte sich an der Kaffeemaschine zu schaffen, um für Elsa Kaffee zu machen, die inzwischen ihre Pelzkappe und die dunkle Perücke abgenommen hatte. Auf ihrem Zobelmantel lagen Schneeflocken, obwohl sie vom Wagen schnell ins Baton Rouge Building gelaufen war. Der Amerikaner goß Wargrave einen großen Scotch ein und stellte das Glas neben den Recorder.
»Hat's in Basel diesmal irgendwelche Störungen gegeben?« fragte er ruhig.
»Nicht die Spur«, erwiderte Elsa und ließ sich in einen Lehnstuhl fallen. »Das gesamte Unternehmen ist völlig glatt verlaufen.« Sie zündete sich eine Zigarette an, während Haller Kaffee einschenkte. »Danke, Julian. Ich könnte ihn literweise trinken – es ist so unheimlich kalt draußen. Beim Anflug haben wir gesehen, daß der St.-Lorenz-Strom völlig zugefroren ist.« Sie trank einen Schluck Kaffee. »So, jetzt geht's mir schon viel besser. Ich möchte wissen, was Angelo uns diesmal zu erzählen hat...« Sie verstummte, als die vertraute heisere Stimme zu sprechen begann. Angelo hatte noch keine Minute gesprochen, da fror sie trotz der Wärme des Zimmers.

»Ich bin hier sehr plötzlich unbrauchbar geworden... Ich muß Sie bitten, sofort Maßnahmen zu treffen, damit Sie mich am kommenden Sonnabend, dem 8. Januar, aus Rumänien ausfliegen können. Es darf nichts schiefgehen... der Ernstfall ist eingetreten...«
Wargrave schaltete das Gerät ab und starrte zu Haller hinüber, der sich eine neue Zigarette anzündete; das war eine instinktive Reaktion, mit der er der Situation die Spannung nahm. Aus Elsas Gesicht war alle Farbe gewichen; Wargrave stand neben dem Recorder und stemmte die Hände in die Hüften. Seine Wangenknochen traten hervor, und er hatte die Augen halb geschlossen, während er intensiv nachdachte. »Bruno ist erreichbar, nehme ich an«, sagte er ruhig.
»Bruno ist nicht erreichbar«, sagte ihm Haller. Auch er nannte Präsident Moynihan beim Codenamen. »Er ist gestern plötzlich

nach Tokio geflogen – wegen Taiwan ist eine neue Krise ausgebrochen. Er wird erst in einer Woche zurück sein – wir sind also auf uns selbst gestellt...«

»Dann muß also die Schildkröte entscheiden«, sagte Elsa mit einem gequälten Lächeln. Schildkröte war der Spitzname, den sie für Julian Haller erfunden hatte, weil er keine Angst hatte, den Kopf hinzuhalten und größere Entscheidungen zu treffen, ohne im Weißen Haus nachzufragen.

»Sieht so aus«, stimmte die Schildkröte zu. »Wie einer unserer verehrten ehemaligen Präsidenten einmal sagte: Hier darf nicht gekniffen werden.« Er blickte zu Wargrave hoch. »Lassen Sie das Ding wieder laufen – hören wir uns das Schlimmste an...«

Angelo setzte seinen Bericht fort: Im Verlauf der vergangenen Monate habe sich der Verdacht erhärtet, daß es auf hoher Ebene einen Informanten gebe; schließlich sei die undichte Stelle so weit eingegrenzt worden, daß nur jemand im Politbüro in Betracht kommen konnte. Eine Troika von Männern – Leonid Sedow selbst, Marschall Pratschko und General Marenkow – sei mit dem Aufspüren des Verräters betraut worden. Und ebenso wie bei der vor einem Jahr empfangenen Kassette gab Angelo auch jetzt präzise Anweisungen, wie er gerettet werden sollte. »... eine Startbahn knapp westlich von Bukarest... müssen Sie auf der Karte finden... Landezeit für Rettungsflugzeug 11 Uhr 30 rumänischer Zeit, ich wiederhole, rumänischer Zeit... Zusammenarbeit bestimmter rumänischer Personen gewährleistet... hervorragender Pilot erforderlich... bestätigen Sie dieses Arrangement durch das Abspielen von Dave Brubecks *Take Five* im Programm der Voice of America am Donnerstag, dem 6. Januar, ich wiederhole, am Donnerstag, dem 6. Januar, um 17.00 Uhr Moskauer Zeit... Jede Verzögerung würde tödlich sein...«

Das Band endete mit der Warnung, jede Verzögerung werde tödlich sein. Elsa griff über den Tisch und nahm einen großen Schluck von Wargraves Scotch, den dieser noch nicht angerührt hatte. Als sie sprach, kehrte allmählich die Farbe in ihr Gesicht zurück. Sie gab sich Mühe, mit fester Stimme zu sprechen.

»Heute ist Mittwoch. Er will am Sonnabend ausgeflogen werden. Das ist doch absolut unmöglich.«
»Es stellt uns vor Probleme«, gab Haller zu.
»Probleme?« Elsa raubte es fast den Atem.
Wargrave hatte nichts gesagt, während er das Zimmer durchquerte und zu der Wand hinter Hallers Schreibtisch ging, wo eine Europakarte in großem Maßstab hing. Wargrave benutzte das Lineal, das er von Hallers Schreibtisch genommen hatte, und begann Entfernungen zu messen und zu rechnen. Eine Entfernung, die er sehr sorgfältig prüfte, war die Flugroute von Mailand nach Bukarest; dann nahm er ein biegsames Lineal und prüfte die gleiche Strecke auf einem großen Globus, der in der Ecke stand. Er klopfte mit dem Plastiklineal gegen seine Zähne, während er eine Melodie vor sich hinsummte; dann stellte er auf einem Notizblock Berechnungen an und sah schließlich zu Haller hinüber. »Ich brauche ein europäisches Kursbuch, das auf dem neuesten Stand ist – und sämtliche Flugpläne der großen Fluggesellschaften...«
»Wird erledigt.«
Haller verschwand in einen Nebenraum, den Elsa und Wargrave noch nie betreten hatten. Dort saß ein Funker, den Riverton für Haller ausfindig gemacht hatte, ein Mann, der früher zur See gefahren war, der dem Millionär als absolut vertrauenswürdig bekannt war und der einst für den kanadischen Geheimdienst gearbeitet hatte. Auf einem Tisch stand ein Sendegerät; auf einem anderen die Chiffriermaschine, die Haller persönlich bediente. Als weitere Vorsichtsmaßnahme war angeordnet worden, daß der Kanadier Wargrave oder Elsa nie zu Gesicht bekommen durfte. In dem Raum, den Haller verlassen hatte, stritt Elsa mit Wargrave.
»Heute ist Mittwoch, und er erwartet, am Sonnabend herausgeholt zu werden – das sind noch drei Tage, und wir sitzen hier in Nordamerika. Das wirst du nie schaffen.«
»Die Israelis haben das Entebbe-Unternehmen in sieben Tagen geplant und ausgeführt. In Bukarest wird mit uns zusammengearbeitet – es sollte also in drei Tagen zu schaffen sein.« Er setzte sein schiefes Grinsen auf. »Es muß ganz einfach zu schaffen sein...«

Die nächsten Minuten verbrachte er mit dem Studium der Fahr- und Flugpläne, die Haller hereingebracht hatte, und machte sich dann weitere Notizen auf seinem Block. Haller beobachtete ihn schweigend, rauchte eine frische Zigarette und trank ein Glas Milch. Der Engländer streckte seine schmerzenden Schultern und sah den Amerikaner an. »Es wird verdammt knapp, wie einer unserer berühmteren Generäle mal gesagt hat, aber ich kann es schaffen. Ich wünsche, die Gesamtleitung des Unternehmens zu übernehmen. Vorausgesetzt, wir machen uns überhaupt an die Sache heran...«

»Das werden wir tun«, sagte die Schildkröte. »Was Angelo uns über die sowjetischen Aufmarschpläne hat sagen können, ist von unschätzbarem Wert. Was die Gesamtleitung angeht, so bin ich bereit, mit der Möglichkeit des jederzeitigen Widerrufs zuzugestehen...«

»Ich sagte *Gesamt*leitung«, wiederholte Wargrave. Die beiden Männer starrten sich an. »Das europäische Festland ist mein Hinterhof«, erinnerte der Engländer Haller.

»Klingt vernünftig«, stimmte der Amerikaner zu. Er tippte auf eine Akte, die auf dem Schreibtisch lag. »Und ich weiß auch schon, warum es Bukarest sein soll. Am Samstag wird eine sowjetische Delegation Rumänien besuchen. Sie wollen versuchen, die Meinungsverschiedenheiten zwischen den beiden Staaten beizulegen. Die Zusammensetzung der Delegation ist interessant...« Er trank langsam noch etwas Milch.

»Los, raus damit«, protestierte Elsa, »spann uns nicht auf die Folter. Wer sind die Mitglieder dieser Delegation?«

»Der Bericht hat mich heute morgen erreicht. Sie wird angeführt von Anatolij Sarubin. Ein weiteres Mitglied ist Pawel Suslow, der Parteitheoretiker mit dem einwandfreien Privatleben. Sankt Marx persönlich.«

»Das nenne ich eine Überraschung«, kommentierte Elsa. Sie wandte sich an Wargrave. »Hättest du etwas dagegen, uns zu erzählen, wie wir dieses kleine Wunder vollbringen sollen?«

»Durchaus nicht, es ist alles nur eine Frage guter Organisation«, erwiderte Wargrave ironisch. »Das Unternehmen beginnt in Mailand. Zunächst leihen wir uns einen Jet, eine Hawker-Siddeley 125, die einem wohlhabenden italienischen Playboy gehört, den ich zufällig kenne. Merkwürdigerweise ist er glühender Antikommunist. Von Mailand nach Bukarest sind es rund zwölfhundertsechzig Kilometer und umgekehrt genau so viele. Die HS 125 hat eine Reichweite von mehr als fünftausend Kilometern, das ergibt also eine beruhigende Treibstoffreserve...«

Haller hatte sich in seinem Stuhl umgedreht und betrachtete die Karte an der Wand. »Warum können wir Angelo nicht direkt nach Zürich fliegen?«

»Weil mich das zu sehr in die Nähe der ungarischen Grenze bringen würde – die Russen könnten Abfangjäger aufsteigen lassen, um uns abzuschießen. Außerdem kann ich bei der gegenwärtigen Wetterlage nicht riskieren, die Alpen zu überfliegen. Wenn wir Angelo nach Mailand geflogen haben, bringen wir ihn mit der Bahn nach Zürich. Ich vermute, daß es ein Nachtzug sein wird, wahrscheinlich der Atlantik-Expreß.«

»Und wenn der Züricher Flughafen zu diesem Zeitpunkt geschlossen sein sollte? Die letzten Wetterberichte lassen durchaus den Schluß zu, daß das passieren kann.«

Wargrave machte ein grimmiges Gesicht und sah Elsa an. »In dem Fall werden wir die lange Tour nehmen müssen – durch ganz Europa zum Flughafen Schiphol bei Amsterdam. Durch irgendeine Laune des Wetters ist Holland bisher vom Schneesturm verschont geblieben. Und das könnte uns sehr hart auf die Probe stellen – es ist euch beiden doch klar, daß General Marenkow den gesamten Untergrundapparat von KGB und GRU in Bewegung setzen wird, wenn Angelo erst einmal draußen ist? Es wird verdammt hart, bevor wir ihn in die Staaten fliegen können.«

Haller war der Seitenblick Wargraves auf Elsa nicht entgangen. »Es ist nicht unbedingt notwendig, daß Elsa diese Reise mitmacht«, sagte er fest.

»Selbstverständlich ist es das nicht«, entgegnete Elsa ruhig. »Aber ich bin am Anfang dabeigewesen – und werde auch am Ende dabeisein...«

»Die Entscheidung sollte bei ihr liegen«, meinte Wargrave sanft. »Sie könnte aber sehr nützlich sein…«

»Ich verbiete es«, sagte Haller knapp.

»Ich dachte, ich hätte die Gesamtleitung«, bemerkte Wargrave. »Und dies ist nicht die Zeit, das Team aufzulösen. Übrigens müssen wir heute abend nach Europa zurückfliegen…« Diesmal warf er Elsa keinen Blick mehr zu. Sie saß mit ausdruckslosem Gesicht da; sie spürte noch immer die Auswirkungen der Zeitverschiebung des wenige Stunden zuvor beendeten Fluges über den Atlantik. »Es gibt heute abend einen Flug der Air Canada, mit dem wir morgen nachmittag in Schiphol sein können«, fuhr Wargrave fort. »Von dort fliegen wir nach Zürich und dann weiter nach Mailand, wo wir morgen abend, Donnerstag also, landen.«

»Ist das alles nicht ein bißchen überstürzt?« wollte Haller wissen.

»Das läßt mir den ganzen Freitag in Mailand, so daß ich Zeit habe, letzte Arrangements zu treffen. Und das kann ich in Europa besser erledigen als von hier aus. Am Sonnabendmorgen fliege ich den Jet nach Bukarest, um Angelo von dem kleinen Flugplatz abzuholen.«

»Du willst selber fliegen?«

»Ich habe diese Maschine schon ein paarmal bei Flügen mit meinem Bekannten, dem Playboy, geflogen…«

»Und ich habe gehört, daß die italienischen Mädchen ganz schön rassig sein sollen«, murmelte Elsa.

»Und er hat die besten von allen«, versicherte ihr Wargrave. Er riß die beschriebenen Blätter von seinem Notizblock ab und sah Haller an. »So, jetzt müssen wir jede Minute ausnutzen, bevor wir uns in diese Abendmaschine nach Schiphol setzen. Ich habe eine ganze Reihe von Telegrammen, die chiffriert und an verschiedene europäische Abwehroffiziere geschickt werden müssen, um sie vorzuwarnen – Scholten in Den Haag, Franz Wander vom BND, Oberst Springer in Zürich und Oberst Molinari vom SIFAR in Mailand.«

»Du willst sie ins Bild setzen?« fragte Haller.

»Nur darüber informieren, daß ich eventuell ihre Hilfe brauche – das ist alles. Über Angelo werde ich natürlich nichts verlauten lassen. Jedenfalls jetzt noch nicht. Unter Umständen werde ich ihnen aber reinen Wein einschenken müssen, wenn ich ihn erst einmal aus Rumänien herausgeholt habe...« Er schrieb beim Sprechen etwas auf den Notizblock. »Diese Geschichte könnte zu einer verdammt mörderischen Angelegenheit werden, falls wir gezwungen sein sollten, Angelo mit der Bahn nach Schiphol zu bringen. Und vergiß nicht, die Leute von der Voice of America dazu zu bringen, die Platte *Take Five* zu spielen, um Angelo anzukündigen, daß wir kommen, um ihn zu holen.«

»Als ob ich das vergessen könnte.« Haller lehnte sich in seinem Stuhl zurück, blickte an die Decke und sagte etwas, was Wargrave sofort mit dem Schreiben aufhören ließ. »Da ist noch ein kleines Detail, das ich vorhin leider nicht erwähnt habe. Es wird noch ein drittes sowjetisches Politbüromitglied diese Delegation nach Bukarest begleiten...«

»So ist es richtig, heb dir den Knüller für zuletzt auf«, scherzte Elsa.

»General Sergej Marenkow, der Chef des KGB.«

# Teil II
# FLUCHTWEG

# 6. Schiphol, Zürich, Mailand

Nachdem sie Montreal mit dem Air-Canada-Flug 866 verlassen hatten – die Maschine war am Mittwoch, dem 5. Januar, um 21 Uhr 35 gestartet –, überflogen Wargrave, Haller und Elsa den Atlantik während der Nacht. Auf dem Londoner Flughafen Heathrow hatten sie Anschluß an den KLM-Flug 128, der sie nach Schiphol vor den Toren Amsterdams brachte. Für Elsa wie für Wargrave war dies die zweite Atlantiküberquerung innerhalb von vierundzwanzig Stunden, und Elsa war der Kopf völlig verwirrt vor Erschöpfung.

»Ich glaube nicht, daß meine innere Uhr mir jemals wieder die richtige Zeit sagen wird«, bemerkte sie zu Julian Haller, der neben ihr saß, als sie sich der holländischen Küste näherten.

»Du hättest etwas schlafen sollen...«

»Sehr lustig, Schildkröte«, entgegnete sie bissig. »Ich hätte dich beinahe geweckt, damit es dir genauso elend geht wie mir. Du hast geschlafen wie ein Stein.«

»Tu ich immer«, versetzte Haller gleichmütig.

Elsa blickte aus dem Fenster auf Holland hinunter, als die Maschine an Höhe verlor. In der flachen Landschaft waren nur einzelne Schneeflecken zu sehen, als hätte eine riesige Hand Kreidestriche über die Felder gezogen. Von der Nordsee her wehte aber ein harter Wind, der hohe Wellen gegen die Deiche anbranden ließ. Als sie hinuntersah, entdeckte sie so etwas wie weiße Rauchfahnen – in Wahrheit war es Gischt, der vom Wind durch die Luft geweht wurde. Zwei Reihen hinter ihnen saß Harry Wargrave auf einem Platz am Gang, von dem aus er seine Begleiter im Auge behalten konnte. Dann leuchtete das Warnlicht auf, sie mußten die Gurte anlegen, und die Maschine setzte zur Landung an.

General Max Scholten, der Chef der niederländischen Abwehr, wartete im Büro des Geheimdienstes im Flughafengebäude bereits auf Wargrave. Die beiden Männer trafen sich allein. »Große Probleme?« wollte der Holländer wissen, als er Wargrave mit Wärme die Hand schüttelte.

»Mit einem Wort: Ja. Und wie sieht's hier aus?«

»Die Lage könnte explosiv werden – buchstäblich«, erwiderte der Abwehrschef und zündete sich eine Zigarre an.

General Scholten, einer von Wargraves engsten Freunden, war ein kleiner, sechzigjähriger Mann, der aber zehn Jahre jünger aussah. Er war untersetzt und hatte einen kleinen Wohlstandsbauch. Er hatte das rosige Gesicht eines Cherubs, blaue Augen, die oft und gern zwinkerten, und das fröhliche Lächeln eines zufriedenen Mannes. Seine cherubhafte Erscheinung hatte schon so manchen Spion getäuscht und zu Fall gebracht. Scholten hatte eine liebenswürdige Verhörtechnik, die meist damit endete, daß sich der Delinquent in Widersprüche verstrickte. Scholtens Erscheinung täuschte auch darüber hinweg, daß er unter den europäischen Abwehrchefs der gnadenloseste Kommunistenjäger war. »Mit einer Viper macht man keine Konversation«, hatte er einmal in seinem makellosen Englisch zu Wargrave bemerkt. »Man tritt vorsichtig von hinten an sie heran und schlägt ihr mit einer Axt den Kopf ab.«

Wargrave sah sich in dem kahlen Raum um; ein Tisch und zwei Stühle mit harten Rückenlehnen machten das einzige Mobiliar aus. Der Verhörraum, dachte er. »Um was für eine explosive Lage geht es?« fragte er.

»Ich habe läuten hören – aus sehr zuverlässiger Quelle –, daß die Geiger-Gruppe sehr bald nach Holland einsickern wird. Ich habe schon das Venlo-Team in Alarmbereitschaft versetzt.« Er zog an seiner Zigarre. »Ärgerlich ist nur, daß man die holländische Grenze so leicht überschreiten kann...«

»Das ist wirklich eine schlechte Nachricht«, bemerkte Wargrave.
Die Geiger-Gruppe, eine Bande von Terroristen, hatte während des vergangenen Jahres in der Bundesrepublik Deutschland verheerend gewütet. Die Terroristen hatten Banken überfallen, Geiseln genommen und einen führenden deutschen Politiker entführt; sie hatten sogar versucht, ein großes Kraftwerk in die Luft zu sprengen. Und das alles im Namen der Freiheit und der Weltrevolution, was sie auch immer darunter verstehen mochten. Wargrave bezweifelte, daß die Terroristen es selbst wußten.
»Ich glaube, daß sie vom KGB finanziert werden«, bemerkte Scholten ruhig. »Durch Fernsteuerung, natürlich. Das Problem besteht darin, dafür Beweise zu finden. Das würde den Genossen Sedow in eine schwere Bredouille bringen.«
»Warum kommen die Burschen her?«
»Die Deutschen haben ihnen zu sehr eingeheizt – also ziehen sie weiter in ein Land, von dem sie hoffen, es werde ihnen die Arbeit leichter machen. Ich würde sie liebend gern vor die Visiere des Venlo-Teams bekommen.« Scholten sprach von der Scharfschützeneinheit, die er gerade für solche Eventualitäten persönlich gegründet hatte. »Du bist aber nicht hergekommen, um dir meine Probleme anzuhören. Welche Sorgen hast denn du?«
»Wir sind hier, um einen äußerst wichtigen antikommunistischen Agenten herauszubringen«, sagte Wargrave vorsichtig. »Es kann sein, daß wir ihn mit dem Atlantik-Expreß herbringen. Ich kann dir später vielleicht mehr sagen – mit einer verschlüsselten Meldung. Wir werden das Scarab-System benutzen.«
»Ein dicker Fisch?« fragte Scholten beiläufig. »Oder rede ich beim jetzigen Stand der Dinge zuviel?«
»Ein dicker Fisch – einer, der das konzentrierte Feuer des KGB auf sich ziehen könnte, weil er zuviel weiß.«
Scholtens blaue Augen glänzten. »Wenn es dir gelingt, die Untergrundorganisation des KGB aus der Reserve zu locken, weil sie versuchen muß, diesen Mann zu ermorden, wäre das für uns eine einzigartige Gelegenheit, der Viper den Kopf abzuschlagen.«

»Solange nicht meiner dabei dran glauben muß, du blutrünstiges Ekel«, sagte Wargrave liebenswürdig. »Und das Flugzeug?«
»Die Boeing 707 deiner amerikanischen Freunde ist vor zehn Minuten gelandet – kurz bevor ihr selbst gelandet seid. Sie steht jetzt schwer bewacht in einem entlegenen Teil des Flughafengeländes. Und da eure Swissair-Maschine erst um sechzehn Uhr vierzig startet, könnten wir mit deinen Freunden jetzt vielleicht einen Drink nehmen – falls das nicht deine Sicherheitsvorkehrungen durcheinanderbringt. Ich würde gern dieses attraktive Mädchen kennenlernen...«
Wargrave war amüsiert. Er hatte die Maschine allein verlassen. Haller und Elsa warteten jetzt in der Lounge für Anschlußflüge. Scholten zwinkerte mit den Augen. »Ich habe beobachtet, daß sie dich mit einem ganz bestimmten Blick ansah, als du aus der Maschine kamst. Sie mag dich sehr.«
»Los, gehen wir also und nehmen einen Drink – mit meinen Freunden«, erwiderte Wargrave.
Der große Schneesturm tobte noch immer über Europa. Im Fernsehen sahen die Zuschauer dramatische Bilder der völlig zugefrorenen Elbe, erlebten mit, wie Schneepflüge in Österreich auf verlorenem Posten kämpften und wie die Schweizer zum drittenmal in diesem Jahrhundert auf dem Zürichsee Schlittschuh laufen konnten. Der Swissair-Flug 793 von Schiphol nach Zürich war ein Alptraum. Seitdem die Maschine die Grenze zur Bundesrepublik überflogen hatte, war die DC-9 in dichtes Schneetreiben und in eine Turbulenz nach der anderen geraten. Elsa sah nicht mehr aus dem Fenster, und Haller hatte seinen Roman weggelegt. Hinter ihnen saß Wargrave, die Hände auf dem Schoß zur Faust geballt, und blickte dauernd auf die Uhr. Nach der Landung in Zürich mußte er sofort einen wichtigen Anruf erledigen.
Beim Verlassen der Maschine auf dem Flughafen wurde er von einem Polizeibeamten in Empfang genommen, der ihm anbot, ihn zu Oberst Springer zu bringen, der über seine Ankunft Bescheid wisse. »Warten Sie eine Minute«, sagte Wargrave, »ich muß nur schnell meine Verlobte anrufen...«

Er wählte die Nummer in Andermatt und brauchte nur wenige Sekunden zu warten, bis am anderen Ende der Hörer abgenommen wurde; er hatte noch in Montreal ein Telegramm nach Andermatt aufgegeben. Er sprach sehr schnell, stellte ein paar Fragen und gab dann knappe Anweisungen. Ein Blick zur Uhr sagte ihm, daß das Telefonat weniger als drei Minuten gedauert hatte. Anschließend ließ er sich von dem Polizeibeamten zu Springer fahren.
Er gab dem Schweizer Oberst haargenau die gleiche Information wie General Scholten in Schiphol, fügte aber noch etwas hinzu: »Ich habe Leute in Andermatt, und es kann sein, daß sie etwas herausbekommen. Es ist aber noch zu früh, zu sagen, was es sein könnte.«
»Ich bin dir sehr dankbar...«
»Da ist noch etwas. Für den Notfall habe ich ihnen deine Telefonnummer gegeben – ohne ihnen zu sagen, wen sie an den Apparat bekommen. Sie werden nach einem Herrn Gehring fragen und sich unter dem Namen Leros melden. Wenn das geschieht – kannst du das Gespräch dann sofort zu dir durchstellen lassen – oder zu General Traber, falls du nicht da sein solltest? Ich möchte gern jede Meldung von Leros – und sei sie noch so unverständlich – sofort an mich weitergeleitet wissen. Bis dahin wirst du wissen, wie du mit mir in Verbindung treten kannst.«
»Leros wird Herrn Gehring verlangen«, wiederholte Springer. »Unsere Telefonistin wird Anweisung erhalten, den Anruf sofort durchzustellen, falls er erfolgt. Und jetzt?«
»Ich fliege mit der Swissair-Maschine um 19 Uhr 25 nach Mailand. Wenn überhaupt etwas passieren wird, wird es in den nächsten achtundvierzig Stunden passieren.« Wargrave sah aus dem Fenster. Es hatte schweres Schneetreiben eingesetzt. »Ist die Boeing aus den Staaten schon angekommen?«
»Sie soll in zwei Stunden landen – kurz nach deinem Abflug nach Mailand. Wir werden gut auf die Maschine aufpassen«, versprach er. Er machte eine Pause und zündete sich eine Zigarette an. »Dieser Agent, den du aus Europa herausbegleitest – der ist doch sicher von sehr großer Bedeutung, wenn ich das fragen darf?«

»Vermutlich der wichtigste seit Kriegsende.« Wargrave hatte sich entschlossen, Springer gegenüber ein wenig offener zu sein als gegenüber General Scholten; der Schweizer würde zudem eher ins Gefecht hineingezogen werden als der Holländer – und falls der Züricher Flughafen geöffnet blieb, würden sie überhaupt nicht nach Holland fahren. »Ich plane, ihn in der Nacht zum Sonntag hier in den Atlantik-Expreß zu setzen – übermorgen also –, denn die Meteorologen sagen voraus, daß der Mailänder Flughafen dann schon geschlossen sein wird.«

»So bald schon? Es ist vielleicht angezeigt, daß ich eine diskrete Alarmbereitschaft auslöse?«

»Das wäre durchaus angezeigt«, stimmte der Engländer zu. »Wir werden im Expreß eine eigene Funkanlage installieren, um ständig mit euch in Verbindung zu sein – Oberst Molinari in Mailand hat mir seine volle Zusammenarbeit zugesichert. Und ich frage mich auch, ob es nicht eine gute Idee wäre, wenn du in Chiasso für mich etwas Besonderes arrangieren könntest...« Er entwickelte seinen Plan in groben Zügen, und Springer stimmte sofort zu.

»Sei vorsichtig, und viel Glück«, sagte der Schweizer, als er sich von dem Engländer verabschiedete.

Sobald er wieder allein war, griff Springer zum Scrambler-Telefon, um seinen Chef anzurufen, General Traber in Zürich. Er erzählte kurz, was er erfahren hatte, und fügte dann einen Kommentar hinzu. »Es kann sein, daß dies die Gelegenheit ist, auf die wir gewartet haben – die wichtigsten sowjetischen Sabotageteams auszuräuchern, die die Russen für einen Ernstfall in Reserve halten. Oder sollten Sie vielleicht lieber Bern konsultieren?«

Ohne es zu wissen, hatte Springer fast die gleiche Idee wie General Scholten in Holland. Es trat eine kurze Pause ein, bevor Traber antwortete; als er sprach, jagte er seinem Stellvertreter einen Schrecken ein. »Ich glaube nicht, daß ich Bern schon jetzt behelligen muß. Sonnabend, sagten Sie? Das bedeutet also am Wochenende, wenn die meisten Minister ihre Schreibtische verlassen haben und nur schwer erreichbar sind. Wir könnten diese Sache auch auf eigene Faust regeln, Leon...«

Der Aufstand der europäischen Abwehrchefs gegen ihre eher zur Vorsicht neigenden Minister hatte begonnen.

»Vielleicht hätten wir den Zug nehmen sollen«, sagte Elsa munter.
Ihr doppelter Scotch machte sich selbständig und fiel vom Klapptisch herunter, als die Maschine über den Schweizer Alpen taumelte und dann an Höhe verlor. Der Whisky ergoß sich über den Ärmel der Schildkröte: Haller saß neben ihr. Sie zog ein Taschentuch heraus und fing an, den durchnäßten Ärmel abzuwischen.
»Aber, aber, Mr. Haller, Sie riechen wie eine Brennerei. Und ich habe in all diesen Monaten immer geglaubt, Sie seien Abstinenzler.«
»Willst du mir den nächsten nicht lieber gleich über den Kopf gießen, statt ihn durch die Kehle zu jagen?« grunzte Haller.
Hinter ihnen saß Harry Wargrave wie gewohnt zwei Reihen zurück am Mittelgang, von wo aus er seine Begleiter im Auge behalten und notfalls schnell aufspringen konnte. Als die Turbulenzen immer häufiger wurden, gratulierte er sich zu seiner Entscheidung, nicht direkt von Bukarest nach Zürich zu fliegen und die Alpen zu überqueren. Die HS 125, die in Mailand auf ihn wartete, war eine hervorragende zweistrahlige Maschine – aber nicht geeignet, in einem tobenden Schneesturm die Alpen zu überfliegen.
Ebenso wie Elsa hatte auch Wargrave innerhalb von vierundzwanzig Stunden zwei Atlantikflüge hinter sich gebracht, und die doppelte Zeitverschiebung traf ihn jetzt wie ein Hammerschlag. Sein Gesicht wirkte abgezehrt und übernächtigt, die Wangenknochen traten scharf unter der Haut hervor, und er dankte Gott dafür, daß er in Mailand zwei Nächte würde schlafen können – Donnerstag und Freitag –, bevor er am Sonnabend zu seinem riskanten Flug nach Bukarest aufbrach. Und wie Elsa hatte auch er auf dem Flug von Montreal nach Schiphol kein Auge zugetan.
Er hatte sich wegen der bevorstehenden Probleme das Hirn zermartert: Es gab zu viele Einzelheiten, die bedacht werden mußten.

Beim jetzigen Stand der Dinge war das nicht ganz einfach. Leute wie Springer und Molinari durften gerade so viel erfahren, daß sie ihre Vorbereitungen treffen konnten, ohne damit das große Geheimnis preiszugeben – daß es ein wichtiges Mitglied des sowjetischen Politbüros war, das sie ausfliegen wollten. Als die Maschine beim Landeanflug auf Mailand an Höhe verlor, beobachtete er, wie sie sich mit zusammengesteckten Köpfen unterhielten.
»Wenn der Mailänder Flughafen geöffnet bleibt, könnten wir nach Zürich zurückfliegen«, murmelte Haller.
»Das würde eine Menge Probleme lösen«, stimmte Elsa gelassen zu. »Auf Holz klopfen, hoffen und beten...«
Als sie sprach, tauchte die Maschine unvermutet in ein Luftloch, und wieder krampfte sich ihr der Magen zusammen. Draußen war vor lauter Schneetreiben nichts zu sehen, und Elsa fragte sich, ob sie »blind« landen würden, ob der Pilot mit Hilfe des Towers und des Radars eine Instrumentenlandung würde machen müssen. Das wäre eine riskante Angelegenheit bei diesem Wetter. Mein Gott, hoffentlich nicht, dachte sie, als die Warnlampen aufleuchteten. Sie beugte sich zu Haller hinüber, um mit ihren geschickten Fingern seinen Gurt zu befestigen.
»Ich kenne jemanden, der ruhig ein bißchen abnehmen dürfte«, neckte sie ihn, als sie den Gurt über seinen leichten Wohlstandsbauch zog. Dann befestigte sie ihren eigenen Sicherheitsgurt und drückte mit fester Hand ihre Zigarette aus. Die Wahrheit war nämlich die, daß Elsa Lang eine schreckliche Angst vorm Fliegen hatte, eine Angst, die sie vor jedermann verbarg – sogar vor Harry Wargrave, der von sich glaubte, er kenne Elsa besser als jeder andere.

Die Schweizer Maschine landete um 20 Uhr 05 auf dem Mailänder Flughafen. Es war noch immer Donnerstag, der 6. Januar. In weniger als sechsunddreißig Stunden würde Wargrave mit der Hawker-Siddeley 125 zu seinem Flug nach Bukarest aufbrechen, um Angelo abzuholen. Am Flughafen zeigte sich Haller von der Organisation Oberst Molinaris beeindruckt; sie wurden diskret an sämtlichen Zoll- und Paßbeamten vorbeigeleitet und schnell in einen großen fensterlosen Lieferwagen verfrachtet. Das Innere des Fahrzeugs strafte sein schlichtes Äußeres Lügen.

Es war mit bequemen Sitzen mit ledernen Armlehnen ausgestattet und gegen die bittere Kälte draußen gut beheizt. Sie lehnten sich entspannt zurück, als der Wagen den Flughafen durch die Frachteinfahrt verließ. Auf dem Vordersitz saß Molinari hinter einem kleinen Tisch und sprach auf italienisch sprudelnd in ein Funktelefon. Haller hatte keine Ahnung, was er sagte, aber Wargrave und Elsa, die beide fließend Italienisch konnten, entnahmen dem Wortschwall, daß Molinari ihre unmittelbar bevorstehende Ankunft am Bestimmungsort ankündigte.

»Dieses Fahrzeug ist ziemlich eindrucksvoll«, bemerkte Haller, als der Italiener sein Gespräch beendet hatte und sich zu ihnen umdrehte.

»Ein fahrbarer Befehlsstand«, erwiderte Molinari in vorzüglichem Englisch, »den wir vor allem bei der Terroristenbekämpfung einsetzen. Ich bringe Sie zu einer besonderen Operationsbasis, die wir nur selten benutzen und die voll und ganz zu Ihrer Verfügung steht...«

»Wie weit vom Bahnhof – Milano Centrale?« fragte Wargrave.

»Zwei Kilometer – Ihrer Nachricht entsprechend haben wir irgend etwas in der Nähe gesucht.«

Oberst Luigi Molinari, der SIFAR-Chef, war von der Erscheinung her ein typischer Norditaliener; vor dreiundvierzig Jahren in Piacenza geboren, war er kurz und gedrungen mit einem harten runden Schädel und hatte ruhige, bedächtige Manieren. Haller war von ihm beeindruckt; der Italiener strahlte eine Aura von Sachverstand und Härte aus. Seine nächste Bemerkung und seine nächste Handlung bestätigten diesen Eindruck. »Sie haben auch bestimmte Waffen verlangt«, sagte er zu Wargrave. Molinari öffnete einen großen Kasten auf dem Wagenboden, nahm eine 38er Smith & Wesson Special heraus und sah dann in die Runde. Haller und Elsa streckten gleichzeitig die Hand vor.

»Damen zuerst...«

Molinari händigte Elsa die Waffe und eine Schachtel Munition aus. Er bückte sich dann wieder und holte einen Colt .45 mit einer weiteren Packung Munition heraus und gab alles Julian Haller. Wargrave reichte er zwei Sten-Schnellfeuergewehre mit Reservemagazinen. Haller runzelte die Stirn. »Ziemlich auffällig, schwer zu verstecken, und kaum der letzte Schrei der Waffentechnik«, bemerkte er.

»Drei kritische Äußerungen in weniger als dreißig Sekunden«, erwiderte Wargrave. »Ziemlich gute Leistung.« Er entnahm seiner Reisetasche einen leeren Beutel und verstaute die Waffen darin. »Diese Dinger sind aber für meine Reise ins Nichts gedacht...« Er formulierte den Satz sorgfältig – Molinari hatte nicht den leisesten Hinweis erhalten, wohin die Hawker-Siddeley fliegen sollte. »Was das Alter dieser Waffe angeht, so habe ich noch nie gehört, daß sie Ladehemmung kriegt.«

»Ich habe auch anderes anzubieten«, versetzte Molinari. »Treffen Sie Ihre Wahl...« Haller stand von seinem Sitz auf und bemühte sich, das Gleichgewicht zu halten, als der Wagen in eine Kurve ging. Er stemmte eine Hand gegen die Wand. »Gepanzert, dieser Lastwagen – nicht wahr?« wollte er wissen, und Molinari nickte. In der Kiste befand sich ein kleines Arsenal: Deutsche 08- und Walther-Pistolen, Belgische Browning-Automatik-Pistolen, verschiedene 45er Colts, zwei Webley-Fosberys und sogar zwei Maschinenpistolen.

»Genug, um einen kleinen Krieg anzuzetteln«, kommentierte Haller, »aber ich denke, wir haben jetzt, was wir brauchen.«

»Ich habe den Eindruck, daß Sie einen kleinen Krieg anzetteln könnten«, erwiderte Molinari.

Er öffnete ein kleines Fenster an der Stirnwand des Laderaums, durch das man in die Fahrerkabine sehen konnte, nahm den Telefonhörer ab und sprach in die Sprechmuschel. »Sie werden sich dies vielleicht ansehen wollen«, sagte er zu Wargrave. Er zog einen Stadtplan hervor und reichte ihn dem Engländer. »Dieser Plan zeigt den Standort. Studieren Sie ihn und verbrennen Sie ihn, wenn wir angekommen sind...«

Hinter Wargrave lugten Haller und Elsa durch das kleine Fenster, das einen klaren Blick durch die Windschutzscheibe des Fahrzeugs freigab. Sie fuhren gerade durch eine enge Straße mit Kopfsteinpflaster in einem Armenviertel der Stadt. Zu beiden Seiten erhoben sich unerleuchtete Gebäude wie Mauern. Der Lastwagen war langsamer geworden, als er über das Kopfsteinpflaster rumpelte. Im Augenblick hatte es aufgehört zu schneien. Im Scheinwerferlicht sahen sie, daß sie eine Sackgasse durchfuhren; am Ende der Straße versperrte ihnen ein gewaltiges hölzernes Doppeltor den Weg. Die Einfahrt war gerade groß genug, einen großen Heuwagen durchzulassen, und vor hundert Jahren dürfte genau so etwas hier durchgefahren sein. Der Lastwagen rumpelte weiter. Elsa verkrampfte sich. Sie würden genau in dieses massive Tor hineinfahren. Im letzten Augenblick – auf Molinaris telefonische Vorwarnung hin – schwangen die Torhälften nach innen, und der Lastwagen fuhr auf einen riesigen, steinernen Innenhof und hielt an. Sie hatten ihr Quartier erreicht.

Der Hof, den sie nach dem Öffnen der Tür zum Laderaum betraten, war auf allen Seiten von alten sechsstöckigen Gebäuden umschlossen, aber Wargrave bemerkte, daß es gegenüber der Einfahrt, durch die sie hereingekommen waren, einen weiteren Ausgang gab. Molinari ging vor ihnen eine enge Steintreppe hinauf. Er trug Elsas Tasche, während sie den Zobelmantel fest unters Kinn hielt; die Nachtluft war bitterkalt. Sie sah sich neugierig in dem Raum im zweiten Stock um, in den Molinari sie geführt hatte.

Der Raum ging durch zwei Stockwerke und hatte im unteren ein seltsames halbrundes Fenster; Molinari zog sofort den Vorhang zu. In der Mitte des weitläufigen Raums stand ein riesiger, altmodischer, grüner Ofen, der spürbare Hitzewellen ausstrahlte. Das Mobiliar war schwer und dunkel. »Ich werde Ihnen Ihr Schlafzimmer zeigen«, sagte der Italiener zu Elsa. »Sie werden müde sein, und daneben befindet sich ein Badezimmer. In etwa einer halben Stunde wird Ihnen etwas zu essen gebracht«, fuhr er auf italienisch fort – Elsa hatte vorhin vorgeschlagen, sie sollten sich in seiner Sprache unterhalten. »Und dies wird Ihnen helfen, die Anspannung nach dem Flug loszuwerden.« Er holte eine Flasche Chianti aus einem Regal. »Es ist einen Stock höher. Hier entlang...«

Nach der Rückkehr in den unteren Raum, in dem Wargrave und Haller warteten, wurde Molinari energisch und geschäftsmäßig. Er bat sie, an einem Tisch Platz zu nehmen, auf dem Notizblocks und Kugelschreiber in regelmäßigen Abständen ausgelegt waren.

»Ich entnehme Ihrer Nachricht«, sagte er Wargrave zuliebe auf englisch, »daß Sie einen wichtigen kommunistischen Agenten herausholen wollen?«

»Die HS 125...«, begann der Engländer.

»Steht schon auf dem Mailänder Flughafen bereit.« Molinari lächelte dünn. »Ihr Freund und Ladykiller, Aldo Martino, war nur zu gern bereit, Ihnen zu helfen. Meine eigenen Männer bewachen die Maschine. Wann fliegen Sie ab?«

»Am Sonnabendmorgen um sieben Uhr dreißig. Ich erwarte, daß ich etwa um dreizehn Uhr dreißig zurück bin. Ich werde ein Transportmittel brauchen, um meinen Fluggast hierherzubringen. Er muß sich umziehen. Ich kann Ihnen keine genauen Maße geben – könnten Sie eine Auswahl von Kleidungsstücken in verschiedenen Größen beschaffen? Ein Vicuña-Mantel wäre sehr schön – ich möchte, daß er wohlhabend aussieht...«

»Wir bezahlen natürlich für alle diese Dinge«, warf Haller ein.

»Auch für das Flugzeug?« wollte Molinari mit unbewegtem Gesicht wissen. »Martino berechnet fünfzigtausend Dollar pro Flugstunde...«

»Fünfzigtausend Dollar!«

»Er macht nur Spaß«, versicherte Wargrave eilig dem Amerikaner. »Sowie Herr X sich umgezogen hat, werde ich ihn zum Mailänder Hauptbahnhof fahren. Der Zeitplan ist knapp, aber wir wollen ihn mit dem Atlantik-Expreß nach Zürich bringen – es sei denn, der Mailänder Flughafen ist noch geöffnet, so daß wir ihn hinfliegen könnten...«

»Das ist sehr unwahrscheinlich«, erwiderte Molinari. »Meine Wetterfrösche haben mir gesagt, daß der Flughafen wahrscheinlich in vierundzwanzig Stunden dichtmachen muß. Es könnte schon schwierig werden, mit der Hawker zu starten...«

»Ich muß starten, komme, was da wolle, aber nach dem, was Sie eben gesagt haben, werden wir also den Atlantik-Expreß nehmen müssen. So, jetzt habe ich noch eine Menge Fragen.«

»Alles, was Sie wollen, Harry. Sie wissen, ich bin Ihnen noch etwas schuldig...«

In diesem Augenblick kam Elsa Lang die Treppe herunter, und einer der Männer, die das Gebäude bewachten, brachte Matt Leroy herein. Leroy begrüßte Elsa mit einer Handbewegung und wandte sich dann an Haller. »Tut mir leid, daß ich mich verspätet habe – ich bin mit dem Zug aus Basel gekommen und habe mich anschließend ein wenig im Milano Centrale umgesehen. Schien eine gute Idee zu sein, mich etwas mit der Umgebung vertraut zu machen...«

»Ist in Ordnung!«, erwiderte Haller. Sein Blick wanderte zu Elsa hinüber. »Ihr solltet jetzt beide gut zuhören – ich erzähle euch später, was ihr nicht mitbekommen habt.«

»Das ist ein riesiger Bahnhof«, sagte der schnauzbärtige Amerikaner warnend. »Da kann alles passieren.«

»Meine Männer werden überall sein«, versicherte ihm Molinari. »In Uniform, um die Präsenz der Polizei zu demonstrieren – aber auch in Zivil.«

Wargrave fing an, schnell zu sprechen. Es gab noch so viel zu tun, und sie hatten so wenig Zeit. »Ich möchte zwei zusätzliche Schlafwagen an den Atlantik-Expreß angehängt haben – ausschließlich für uns reserviert. Haben Sie die Funkanlage beschaffen können, um die ich gebeten habe, Luigi?«

»Sie wartet im Milano Centrale«, erwiderte Molinari.

»Ich möchte die komplette Anlage im Schlafwagen installiert haben – und zwar im vorletzten. Wir haben einen eigenen Funker, der die Anlage bedienen wird, einen Mann namens Peter Necker. Ich habe ihm Ihre Nummer gegeben, und er...«

»Er befindet sich im Augenblick in einem Zimmer im dritten Stock dieses Hauses – neben dem Raum, in dem wir unsere eigene Sendeanlage haben.«
»Das wird Zeit sparen«, bemerkte Wargrave. »Ich muß innerhalb der nächsten Stunde ein paar dringende Funksprüche durchgeben. Um auf den Expreß zurückzukommen – ich brauche eine direkte Telefonleitung zwischen dem Abteil mit der Funkanlage im Schlafwagen und dem Lokführer.«
»Wir werden es erledigen.« Molinari fuhr fort, stenographische Notizen auf einen Block zu kritzeln. »Vierundzwanzig Stunden sind Zeit genug, und wir haben sogar noch mehr. Weiter?«
»Jetzt kommen wir zu dem Augenblick, in dem ich mit meinem Fluggast auf dem Mailänder Flughafen lande. Ich wäre Ihnen sehr dankbar, wenn Sie eine Nebelwand legen könnten, damit man uns nicht verfolgen kann...« Er ging in die Details, und Molinari sah keine Probleme. Der Italiener schlug sogar ein zweites Ablenkungsmanöver vor, dem die anderen sofort zustimmten.
Alle rauchten, und schon jetzt hing eine blaue Qualmwolke unter der Lampe überm Tisch. Elsa, die ein blaues, am Hals anliegendes Wollkleid angezogen hatte, spürte die im Raum herrschende Spannung. »Wenn ich dich recht verstehe, kehren wir mit dem Fluggast hierher zurück?« fragte sie. »Er muß sein Äußeres verändern, bevor wir Milano Centrale erreichen – ich habe meine Maskenbildnerausrüstung vom Film mitgebracht...«
»Kehren zurück?« wiederholte Haller mit einem seltsamen Unterton. »Und wohin wirst du dich begeben?«
»Ich werde mit Harry in dem Jet mitfliegen«, klärte sie ihn auf. »Das haben wir schon vereinbart...«
»Das wirst du nicht!« Haller schlug mit der Faust auf den schweren Tisch. »Ich verbiete es unter allen Umständen. Dieser Flug wird einer der gefährlichsten...«
»Du hältst mich doch nicht etwa für eine Mimose?« brauste Elsa auf.
Wargrave schaltete sich ruhig ein. »Sie könnte mir sehr nützlich sein...«

»Das wird sie nicht!« schnauzte Haller. »Weil sie nämlich nicht in dieser Maschine mitfliegen wird. Wenn Matt will, kann er ja mitfliegen...«
»Matt hat soeben zugestimmt«, meinte Matt listig.
Wargrave schüttelte den Kopf. Er sprach noch immer in seinem ruhigen, lakonischen Tonfall. »Matt brauche ich woanders: Er muß sich im Mailänder Hauptbahnhof umsehen. Er hat eine Gabe, Dinge zu entdecken, die anders sind als normal. Was Elsa betrifft, so spricht sie fließend Französisch – die zweite Landessprache in Rumänien. Außerdem kann ein Mädchen im entscheidenden Augenblick genau die richtige Ablenkung bedeuten.«
»Ich bin über all das gar nicht glücklich«, ereiferte sich Haller von neuem.
»Aber dieses Unternehmen wird von mir geleitet. Schon vergessen?«
»Ein weiblicher Agent«, warf Molinari begütigend ein, »kann einen Mann hervorragend ergänzen – vor allem, wenn beide schon einige Zeit zusammengearbeitet haben, wie ich es an diesen beiden Herrschaften sehen kann.«
Haller warf Matt Leroy einen Blick zu; der starrte in die Luft. »Sieh mich jetzt nicht an«, sagte Matt, »jetzt ist Elsa die Größte.«
»So, bevor wir jetzt essen«, sagte Wargrave entschlossen, »würde ich gern nach oben gehen und mit Peter Necker sprechen, und zwar allein, wenn es sich machen läßt...«
»Ich werde Ihnen das Zimmer zeigen«, erwiderte Molinari. Keiner der beiden Männer blickte in das verräucherte Zimmer zurück, als sie die Treppe hinaufgingen; dort herrschte eine Atmosphäre, die sie lieber mit Stillschweigen übergingen. Elsa saß mit vor Ärger gerötetem Gesicht da, Haller brütete dumpf vor sich hin, und Matt starrte wieder in die Luft.
Als Wargrave in dem Zimmer im dritten Stock mit Peter Necker allein war, gab er ihm Anweisungen, während er einen langen Funkspruch niederschrieb. Necker war der ehemalige Kriminalbeamte, der zwölf Monate lang die gefährliche Rolle des Kellners in der weißen Jacke gespielt und in Basel die Kassetten aus dem

Schlafwagenabteil des Moskau-Expreß herausgeholt hatte. Er war ein kleiner, gutgepolsterter Mann von zweiundfünfzig Jahren und hatte ein gnomenhaftes Gesicht, dichtes braunes Haar und einen permanent sanften Gesichtsausdruck.
Neckers Äußeres täuschte allerdings über seinen wirklichen Charakter hinweg. Kurz vor seiner Pensionierung hatte er einmal dienstfrei gehabt und war mit seinem Wagen die Düsseldorfer Königsallee entlanggefahren, als er plötzlich auf die Geiger-Gruppe gestoßen war. Die Männer waren aus einer Bank, die sie soeben überfallen hatten, auf die Straße gerannt. Necker war auf den Bürgersteig und direkt auf einen der Terroristen losgefahren, der stehengeblieben war und mit seiner Maschinenpistole aus kürzester Entfernung auf Necker gezielt hatte. Necker hatte das Gaspedal durchgetreten, die Windschutzscheibe war zersplittert, und er hatte – selbst unverletzt – den Terroristen überfahren. Außerdem war er mehrere Jahre lang als Funker beim Bundeskriminalamt in Wiesbaden tätig gewesen.
»Seien Sie sehr vorsichtig mit diesem Funkspruch«, mahnte ihn Wargrave. »Verschlüsseln Sie ihn mit einem Einmalcode und benutzen Sie dabei die Seiten eins bis hundert in diesem Buch...« Er reichte Necker ein Exemplar von Somerset Maughams »Silbermond und Kupfermünze«. »... und hier sind die technischen Daten, die Sie brauchen.«
Es war Oberst Springer gewesen, der vor nur einem Monat zu seinem Chef, General Traber, gesagt hatte, Wargrave sei ein einsamer Wolf. Und diesen Funkspruch behielt der Engländer bewußt für sich. Nur Peter Necker wußte noch davon. Der Funkspruch war an ein ranghohes Mitglied des jugoslawischen Politbüros gerichtet.
Julian Haller hielt seine Ankündigung absichtlich bis nach dem Essen zurück, bis Oberst Molinari gegangen war, um noch die vielen Dinge zu klären, die er organisieren mußte. Als Haller mit Elsa, Matt und Wargrave allein war, nippte er an einem der seltenen Gläser Wein, die er sich ab und zu erlaubte. Er stellte das Glas auf den Tisch und sah lächelnd in die Runde.

»Ich sollte vielleicht noch ein letztes Detail erwähnen. Bei diesem Unternehmen werden wir jede Hilfestellung benötigen, die wir überhaupt bekommen können. Ich habe es also so eingerichtet, daß noch ein weiterer Mann herkommt, ein gewisser Phillip John. Er kommt von einer anderen Organisation – und ist ein Killer...« Er sah Elsas Gesichtsausdruck und verbesserte sich. »Ein Scharfschütze, wollte ich sagen. Er kommt morgen aus Genua hierher.«

Wargrave spürte plötzlich ein Gefühl der Anspannung und beugte sich über den Tisch. »Dürfte ich fragen, von welcher anderen Organisation?« fragte er sanft.

»Von der CIA.« Haller setzte eine schuldbewußte Miene auf. »Jetzt mach dir bitte keine Sorgen, um Himmels willen. Er ist Brite – und man hat ihn immer nur für bestimmte Aufgaben im Hintergrund eingesetzt. Man kennt ihn also nicht. Und außerdem war er der einzige, der nahe genug war, um in so kurzer Zeit herkommen zu können.« Haller nahm einen tiefen Zug an seiner Zigarette und musterte den Engländer. Zeigte sich da ein Anflug von Mißtrauen oder von Zweifeln? »Wie es scheint, kann der Bursche einer Biene auf eine Entfernung von fünfzig Metern einen Flügel abschießen. Es könnte sogar sein, daß er besser ist als du«, fügte er mit einem Grinsen hinzu.

»Die CIA hat keine Ahnung, wozu wir ihn brauchen, nehme ich an?« fragte Wargrave.

»Um Gottes willen, nein!« Haller explodierte fast. »Ich habe denen nur gesagt, daß ich ihn für eine Arbeit hier in der Gegend brauche. Sie wissen ebensowenig, daß es den Sparta-Ring überhaupt gibt. Ich habe in meiner ehemaligen Eigenschaft als Mann der National Security Agency angefragt.«

»Ich möchte ein Gespräch unter vier Augen mit dem Mann, bevor ich mich entscheide«, sagte der Engländer warnend. »Und wenn er eintrifft, soll man ihn sofort zu mir schicken – bevor er Zeit hat, irgendwelche Zusammenhänge zu erkennen.«

Elsa lächelte in sich hinein. Mr. Phillip John würde sich noch wundern, an wen er geraten war; sie hatte in der Vergangenheit einmal miterlebt, wie Wargrave einen neuen Mann einem intensiven Verhör unterzogen hatte. Haller versuchte nochmals, Wargrave zu beruhigen.

»Wir werden zwei Schlafwagen bewachen müssen – und falls sich zeigt, daß wir die weite Reise nach Schiphol mit der Bahn machen müssen, werden wir einen Dienstplan aufstellen, damit jeder mal ein bißchen Schlaf bekommt. Ein zusätzlicher Mann könnte genau das ermöglichen...«

Wargrave dachte darüber nach. Ein Helfer im Hintergrund war kein normaler Agent. Man hielt solche Leute nur für bestimmte Unternehmen in Reserve, und außerdem war es untersagt, einen solchen Mann mehr als dreimal in einem Jahr einzusetzen. So war die Wahrscheinlichkeit äußerst gering, daß er dem KGB auffiel und bekannt wurde. »Ich habe von Phillip John gehört«, bemerkte er.

»Tatsächlich?« Haller zuckte zusammen. »Doch nicht von Molinari?«

»Nein, nicht von Molinari.« Wargrave drückte seine Zigarette aus. »Sagen wir einfach, ich habe meine Quellen – und die gefährden Phillip John keineswegs. Und, wie du schon gesagt hast, wir können jede nur erdenkliche Hilfe brauchen.« Er sah auf die Armbanduhr, nahm den Stadtplan Molinaris, auf dem eingezeichnet war, wo sie sich befanden, ging damit zum Ofen hinüber, öffnete die Klappe und verbrannte den Plan. »Ich glaube, jetzt ist es Zeit, schlafen zu gehen«, versetzte er.

»Hört sich gut an«, stimmte Elsa zu. Sie hatte Wargraves Ausdruck bemerkt. »Für dich haben sie ein Extrazimmer«, sagte sie frech und gähnte.

»Morgen werden wir einen randvollen Tag haben – müssen viele Details prüfen«, mahnte Wargrave. »Am Sonnabend wird es wieder anders sein – nach Bukarest und zurück, das ist ein langer Weg.«

## 7. Bukarest

Punkt 7 Uhr 30 am Sonnabend, dem 8. Januar, startete Wargraves Hawker-Siddeley 125 vom Mailänder Flughafen und verschwand in der dichten Wolkendecke. Neben dem Engländer saß Elsa Lang. Sie hatte sich auf dem Sitz des Kopiloten angeschnallt und eine Balkankarte in großem Maßstab auf dem Schoß ausgebreitet. Sie war schon früher mit Wargrave geflogen – in Cessnas – und hatte dabei eine Neigung zur Navigation gezeigt; sie hatte oft bestimmte Orientierungshilfen am Boden geortet, die Flugroute überwacht und geholfen, die Maschine auf Kurs zu halten.

»Was geschieht, wenn wir bei der Ankunft nicht das richtige Landesignal erhalten?« fragte sie.

»Dann kehren wir um und fliegen mit Höchstgeschwindigkeit wieder nach Hause…«

Angelos Anweisungen auf der letzten Kassette waren wie immer sehr präzise gewesen. Beim Landeanflug auf die Landebahn außerhalb Bukarests würden die Begrenzungslichter der Landebahn eingeschaltet werden, und eine Signallampe werde wiederholt Lichtzeichen geben – dreimal lang… einmal kurz… dreimal lang… Und er selbst, Angelo, werde an zwei silberfarbenen Buchstaben am Mantelrevers erkennbar sein: AN.

Die Maschine gewann rasch an Höhe und nahm zunächst Kurs auf Belgrad, das auf der direkten Route nach Bukarest lag.

»Hat Phillip John die Musterung bestanden?« fragte Elsa.

»Winchester und Cambridge. Dann eine kurze Zeit in einer Londoner Geschäftsbank. Das hat ihn alles entsetzlich gelangweilt, so

daß er etwas Aufregenderes suchte. Er hat es gefunden«, war Wargraves trockener Kommentar. »Er ist ein ruhiger Mann, und das hat mir gefallen. Reflexe wie bei einem Formel-I-Rennfahrer. Ich habe ihn mit dem alten Trick getestet – eine Waffe zwischen uns auf den Tisch gelegt, und wenn ich in der Unterhaltung ein bestimmtes Wort äußere, langt er nach der Waffe.«
»Wer hat gewonnen?«
»Seine Hand hat den Knauf zuerst erreicht...«
»Er hat dich geschlagen?«
»Meine Hand lag auf seiner und hielt sie fest.«
»Was ist er für ein Typ? Sieht er gut aus?«
»Einen Meter achtzig groß, wiegt einhundertvierzig Pfund, weißes Gesicht, gewelltes braunes Haar, sehr kontrollierte Bewegungen. Ein Profi...«
Als sie in einem Schneesturm die jugoslawische Küste erreichten, hatte Wargrave zum erstenmal Kontakt mit dem Radar der Belgrader Flugsicherung und Luftüberwachung. Durch das Mikrophon sprach er kurz mit dem Tower auf serbokroatisch. Während seiner Jahre auf dem Balkan hatte Wargrave einige gute Freunde gewonnen, und einer davon war Stane Sefer, der Chef der jugoslawischen Sicherheitspolizei. Es war Sefer gewesen, an den er mit Peter Neckers Hilfe am Donnerstagabend den geheimen Funkspruch geschickt hatte. Am Freitagabend hatte er mit einem Anruf in Belgrad die Erlaubnis Sefers erwirkt, Jugoslawien »in einer dringenden Mission« zu überfliegen.
»Unser Radar wird dich ins Land und wieder hinausgeleiten«, hatte Sefer versprochen. »Und bei diesem Wetter wirst du uns auch brauchen, um auf Kurs zu bleiben.«
Der hagergesichtige Stane Sefer hatte keine Fragen gestellt, war aber davon ausgegangen, daß Wargrave unterwegs war, um einen Agenten auszufliegen, der gegen die Russen arbeitete. Und ebenso wie die gesamte jugoslawische Regierung war auch Sefer nur zu gern bereit, jeden zu unterstützen, der den Jugoslawen dabei half, die übergroße sowjetische Macht auf Abstand zu halten. In Belgrad machte sich niemand Illusionen darüber, daß Jugoslawien

durchaus das nächste Angriffsziel der Roten Armee werden könnte – nach einer Besetzung Rumäniens, dessen unabhängige politische Führung die Absichten des russischen Bären mit dem gleichen Argwohn verfolgte.
Es herrschte sehr schlechtes Flugwetter – Blindflug durch ganz Jugoslawien –, und ohne die Hilfe von Sefers Radarstationen, die Wargrave sicher zur rumänischen Grenze geleiteten, hätte er es wohl nicht geschafft. Neben ihm saß Elsa Lang und studierte ihre Karte. Sie versuchte ständig, den Erdboden auszumachen. Dabei gab sie sich den Anschein, als wäre das alles selbstverständlich. Während der ersten Flugstunde hatte der ansehnliche Scotch, den sie kurz vor dem An-Bord-Gehen getrunken hatte, geholfen, aber die Flugzeit nach Bukarest betrug drei Stunden, und der leicht anästhetisierende Effekt des Getränks war inzwischen längst verflogen.
»Zumindest sieht es so aus, als hätten wir unseren Flug geheimhalten können«, sagte sie einmal.
Elsa wäre sicher weniger gleichmütig gewesen, hätte sie Zeuge einer Szene werden können, die sich kurz nach ihrem Start vom Mailänder Flughafen abgespielt hatte: Im Tower beklagte sich plötzlich einer der Fluglotsen, Toni Morosi, ein Mann mit einem bleichen Gesicht, über Magenkrämpfe. Man erlaubte ihm, seinen Platz im Tower zu verlassen. Statt zum Waschraum zu gehen, begab sich der angeblich kranke Morosi zu einer Telefonzelle und wählte eine Nummer in Mailand an. Am anderen Ende der Leitung wurde sofort der Hörer abgenommen.
»Hier Russo«, sagte Toni Morosi schnell. »Eine private Hawker-Siddeley, eine Düsenmaschine, ist um sieben Uhr dreißig mit östlichem Kurs gestartet...«
»Was ist daran auffällig?« verlangte die düstere Stimme zu wissen.
»Die Maschine ist den ganzen Freitag in einem besonderen Hangar bereitgehalten und von Sicherheitspolizei schwer bewacht worden...«
»Wer war an Bord?«

»Keine Ahnung...«
»Halten Sie mich auf dem laufenden.«
Am anderen Ende wurde aufgelegt. Morosi wischte sich die Stirn und eilte zum Waschraum; er setzte sich einige Minuten auf einen Toilettensitz und begab sich dann zurück in den Tower. Der Mann in einer Mailänger Garage, der Morosis Meldung angenommen hatte, chiffrierte sie später und gab die Information in einem Funkspruch weiter, den er mit einem starken Sendegerät nach Moskau übermittelte. Weil er der Nachricht keine besondere Bedeutung beimaß, ließ er sich mit der Übermittlung des Funkspruchs Zeit.

»Da fließt der Argesch...«
Elsa blickte aus dem Fenster auf die rumänische Ebene, durch die sich der Fluß schlängelte, und suchte die Orientierungshilfen der Landschaft auf ihrer Karte. Die Maschine flog jetzt in fünfzehnhundert Meter Höhe, und in der vergangenen halben Stunde hatte sie eine Orientierungshilfe nach der anderen geortet. Sie hatten Glück gehabt; nach dem Überfliegen der jugoslawischen Grenze, als sie außer Reichweite der Radarstationen Stane Sefers waren, hatte sich der Himmel aufgeklärt. Die Ebene unter ihnen war eine weiße Landschaft, aber es schneite wenigstens nicht mehr in diesem Teil des Balkans.
»Wir müssen bald da sein«, erwiderte Wargrave. »Halte bitte Ausschau nach dem Landestrahl.«
Es war kurz vor 11 Uhr 30 Bukarester Zeit – eine Stunde später als in Mailand –, und als sie sich der rumänischen Hauptstadt näherten, spürte Elsa, wie ihre Nerven immer mehr durcheinandergerieten. Sie warf Wargrave einen Blick zu. Er zeigte gespannte Aufmerksamkeit, wirkte aber ruhig. Er spürte ihren Blick und lächelte beruhigend. »Nicht jedes Mädchen bekommt einen Flug zum Balkan geboten – und das noch bei vollen Spesen...«
»Paß lieber auf jetzt«, erwiderte Elsa.
Hinter ihnen befand sich eine geräumige Kabine, in der bis zu sechs Fluggäste bequem untergebracht werden konnten, und Wargrave kam der Verdacht, daß durchaus mehr als nur ein Pas-

sagier an Bord kommen könnte – Anatolij Sarubin war verheiratet und hatte eine Tochter, und es schien unwahrscheinlich, daß er seine Familie zurücklassen würde. Die Dinge, die Elsa jetzt von dem hinteren Sitz nach vorn holte, waren weniger beruhigend als Wargraves Bemerkung. Sie legte sich das Sten-Gewehr und die Ersatzmagazine auf den Schoß, so daß der Engländer sie jederzeit erreichen konnte, und legte dann ihre eigene 38er Smith & Wesson ebenfalls bereit. Dann – direkt vor ihnen im Halbdunkel des Wintertages – leuchteten die Begrenzungslichter der Landebahn auf.

»Achte auf das Blinkfeuer«, mahnte Wargrave.

Aufs äußerste angespannt, blickte Elsa angestrengt nach unten, während Wargrave die Maschine steil herunterzog. Was erwartete sie dort unten? Sie landeten mitten in einem kommunistischen Staat – einem Staat, der sein Mißtrauen gegenüber Moskau zwar oft genug an den Tag gelegt hatte, letztlich aber doch ein kommunistischer Staat war und blieb. »Vergiß nicht die Buchstaben AN, die Angelo sich anstecken wollte«, erinnerte sie ihn. Das war eine verdammt überflüssige Bemerkung, dachte sie; als ob er die vergessen könnte. Dann begann die Signallampe zu blinken. Dreimal lang... einmal kurz... dreimal lang...

Wargrave drosselte die Triebwerke, als ihnen die parallelen Lichterreihen entgegenflogen; ein kurzes Rumpeln, als die Maschine den Boden berührte, dann rollte der Jet aus. Wargrave bremste so stark wie möglich ab. Er wußte nicht, wie lang die Landebahn war. Die Maschine kam zum Stillstand, und Elsa blickte aus dem rechten Seitenfenster. Sie sah nichts. Mein Gott, dachte sie, jetzt möchte ich gern aufs Klo. Wargrave ließ die Triebwerke weiterlaufen und sah ebenfalls aus dem Fenster.

»Komisch, scheint niemand da zu sein...«

»Aber jemand hat die Lichter eingeschaltet...«

»Also muß jemand da sein«, stimmte Wargrave zu.

Er nahm das Sten-Gewehr, und sie griff nach dem Knauf ihrer Smith & Wesson. Allein das Halten der Waffe tröstete sie ein wenig. Was zum Teufel ging da draußen im Halbdunkel eigentlich vor? Plötzlich schaltete Wargrave den an der Nase der Maschine befindlichen Suchscheinwerfer ein. Der Lichtstrahl durchschnitt die Dunkelheit und gab den Blick auf einen Mann frei, einen kleinwüchsigen, untersetzten Mann mit breiten Schultern, der einen schweren Pelzmantel trug und barhäuptig ging.

Der Mann kam näher, ging festen Schritts auf sie zu. Er trug eine Aktentasche. Beim ersten Aufblitzen des Lichtstrahls hatte er die Hand vor die Augen gelegt, aber jetzt hatte er sie heruntergenommen und kam mit gesenktem Kopf näher. Als er schon fast bei der Maschine angekommen war, wurde sein Gesicht deutlicher, ein Gesicht mit energischem Kinn und buschigen Augenbrauen, das Elsa sofort nach den vielen Fotos erkannte, die sie von diesem Mann gesehen hatte. Sie keuchte.

»Mein Gott, Harry! Das ist eine Falle, eine gottverdammte Falle...«

Der Mann, der auf sie zukam – der jetzt fast das Flugzeug erreicht hatte –, war General Sergej Marenkow, der Chef des KGB.

# 8. Bukarest, Wien, Mailand

Wargrave erkannte sofort, daß es hoffnungslos war. Er würde zwar versuchen können, sofort zu starten, aber der vor ihm liegende Rest der Startbahn würde nicht ausreichen; er hatte keine Zeit, die Maschine zu wenden, und außerdem hatten die Rumänen sicher Maschinengewehre auf das Flugzeug gerichtet, vielleicht sogar kleinere Feldgeschütze in Stellung gebracht. Das würde ihn aber nicht davon abhalten, einen Versuch zu wagen. Unter Umständen wäre eine Geisel genau das Richtige, sie aus der Falle entkommen zu lassen, eine Geisel vom Rang General Marenkows. Wargrave stieß die Tür auf und wartete, bis General Marenkow unten stand und heraufblickte.

»Keine Bewegung, General«, rief Wargrave durch das Heulen der Triebwerke. Er sprach Deutsch und erwartete nicht, daß der General ihn verstand, aber die Sprache des aus kürzester Entfernung auf seinen Brustkorb gerichteten Sten-Gewehrs würde der Russe auf jeden Fall verstehen.

Marenkow machte eine winkende Handbewegung, mit der er andeuten wollte, daß die automatische Treppenleiter heruntergelassen werden sollte. Wargrave zögerte, dann gab er Elsa Anweisung, auf den Knopf zu drücken. Die elektrisch betriebene Leiter wurde ausgefahren und senkte sich auf den Boden. Marenkow bestieg sie und wollte die Kanzel erklimmen. Er hielt erst inne, als Wargrave mit dem Gewehr gestikulierte und rief: »Bleiben Sie da stehen...«

»Haben Sie keine Augen im Kopf?« schnauzte der Russe auf englisch zurück.

»Mein Gott!« flüsterte Elsa Wargrave ins Ohr. »Sein Mantelaufschlag. Um Himmels willen, sieh dir seinen Mantelaufschlag an!«
Marenkow zeigte jetzt selbst auf den rechten Mantelaufschlag, an dem zwei silberne Buchstaben befestigt waren: AN. Wargrave starrte sie bleich an. Er beugte sich aus der Kanzel. Marenkow ging einen Schritt weiter und beugte sich vor, bis die Gesichter der beiden Männer sich beinahe berührten.
»Was bedeuten diese Buchstaben?« verlangte Wargrave zu wissen.
»Angelo. Ich bin Angelo. Wir müssen sofort losfliegen. Meine Freunde gehen ein schreckliches Risiko ein – nehmen Sie mich an Bord und fliegen Sie mich hier raus. Nichts wie weg hier...«
Inzwischen waren Gestalten in Pelzmänteln aus der fast vollständigen Dunkelheit aufgetaucht, und Wargrave war sicher, daß einer dieser Männer Ion Manescu war, der Chef der rumänischen Geheimpolizei. Seit Elsa Marenkow erkannt hatte, war kaum eine Minute vergangen, aber in dieser kurzen Zeit hatte Wargraves Gehirn fieberhaft gearbeitet und die ganze Geschichte Angelos rekapituliert. Er hätte sich selbst ohrfeigen können, weil ihm die Wahrheit nicht schon früher aufgegangen war. Er senkte die Waffe, streckte eine Hand aus und hievte den Russen an Bord. Er brauchte Elsa den Befehl gar nicht zu geben: Sie hatte schon auf den Knopf gedrückt, und die Leiter wurde surrend eingefahren. Wargrave schlug die Tür zur Kanzel zu, während Marenkow sich auf einen der vorderen Sitze fallen ließ, sich vorbeugte und etwas rief.
»Sie befinden sich auf einem Wendeplatz, einem großen Kreis. Ziehen Sie die Maschine um hundertachtzig Grad herum und starten Sie in die Richtung, aus der Sie gekommen sind. Es sollte schnell gehen.«
»Glauben Sie etwa, ich wollte noch zum Tee hierbleiben?«
Es war, wie Marenkow es beschrieben hatte: Wargrave konnte den Jet langsam im Halbkreis wenden, der dann mit der Nase in die Richtung zeigte, aus der er gekommen war. Die parallellaufenden

Lichterreihen lagen jetzt wieder vor ihnen. Wargrave ließ die Maschine anrollen, beschleunigte, die Begrenzungslichter verschmolzen, rasten vorüber, und dann hob die Maschine ab und gewann rasch an Höhe. Jetzt ging es nach Westen, auf die Radarstationen Stane Sefers zu, von denen er nichts zu befürchten hatte.

Hinterher ist man immer klüger. Nur bringt einem das nichts ein. Von Anfang bis Ende hatte das Unternehmen Angelo aber die deutliche Handschrift eines Profis getragen, eines Mannes, der das Spionagegeschäft auf höchster Ebene beherrschte. Und Anatolij Sarubin, der sowjetische Minister für Handel und Außenwirtschaft, war für diese Art Arbeit nicht qualifiziert gewesen. Es ist immer genau das, was einem vor der Nasenspitze liegt, was man nicht sieht, dachte Wargrave ironisch. Er drehte sich einmal kurz um und warf Marenkow einen Blick zu; dieser starrte ihn unter seinen buschigen Augenbrauen ebenfalls an. Er hatte die Arme verschränkt, und sein Gesicht war völlig ausdruckslos. Als er wieder nach vorn blickte, fragte sich Wargrave, warum ein Mann wie Marenkow so gehandelt hatte. Er konnte keine Erklärung finden. Warum?

Sergej Michail Loris Marenkow war zwanzig, als er 1941 in der Ukraine als Partisanenführer hinter den feindlichen Linien kämpfte. Er hatte angeborene Führungsqualitäten, und 1943 bereits war er stellvertretender Kommissar bei einer Panzereinheit in Kursk. Nikita Chruschtschow, ein Ukrainer wie er, hatte ihn unter seine Fittiche genommen und für seine außergewöhnlich schnelle Beförderung gesorgt. Nach Kriegsende hatte ein Talentsucher des KGB, der Marenkows Organisationsgabe, sein enzyklopädisches Gedächtnis und seine Tatkraft erkannt hatte, ihn für die Geheimpolizei angeworben.

Marenkow brauchte eine bestimmte Seite eines Berichts nur einmal zu lesen, dann war sie für immer in sein Gedächtnis eingebrannt. Er konnte Hunderte von Namen, Adressen und Telefonnummern behalten, jede beliebige Zahl von statistischen Daten

und vergaß niemals ein Gesicht oder einen Namen. Sein schneller Aufstieg auf der Leiter zur Macht wurde noch durch einen weiteren Umstand begünstigt – er schloß sich niemals irgendeiner Fraktion an, so daß ihm alle Seiten vertrauten. Dann, im Alter von fünfundvierzig Jahren, heiratete Sergej Marenkow.
Irina Marenkow, eine schlanke, zerbrechlich wirkende Schönheit, war das genaue Gegenteil ihres Mannes. Sie hatte ein waches politisches Gespür und schon vor der Heirat begonnen, am System der Sowjetunion zu zweifeln. Die Werke Alexander Solschenizyns gaben den letzten Anstoß zu ihrer Abkehr vom Kommunismus. Sie kam zu dem Schluß, daß der Sowjetstaat ein einziger Schwindel sei, fast so etwas wie eine Militärdiktatur, die zunehmend unter den Einfluß Marschall Grigorij Pratschkos und seiner Anhänger im Politbüro geraten sei. Sie säte die ersten Zweifel bei ihrem Mann.
Marenkow hatte aber auch schon selbst begonnen, sich um die Entwicklung in seinem Land zu sorgen. Er verabscheute die großspurige, herablassende Art seines Kollegen Marschall Pratschko, hielt seine Gefühle aber sorgfältig verborgen. Er wußte, daß die sowjetische Aufrüstung bei weitem das Maß überstieg, das zur Verteidigung gegen den Westen notwendig war. Dann wurde Oberst Igor Scharpinsky zu seinem Stellvertreter ernannt.
Es dauerte einige Zeit, bis Marenkow aufging, daß Scharpinsky ein Schützling Pratschkos war, den man in die Position des stellvertretenden Chefs des KGB manövriert hatte, um die Macht des GRU zu stärken – des militärischen Abschirmdienstes der Sowjetunion. Die offizielle Aufgabe Scharpinskys bestand darin, die Zusammenarbeit mit dem GRU zu intensivieren, aber insgeheim unterstützte er jedes Vorhaben Pratschkos. Dann kehrte Marenkow eines Abends spät in seine Wohnung am Kutusow-Prospekt 26 zurück und fand Irina tot auf. Sie hatte eine Überdosis Schlaftabletten genommen und einen kurzen Abschiedsbrief hinterlassen. *Als mutmaßliche Dissidentin bin ich zu einer Belastung für Dich geworden. Ich liebe Dich zu sehr, um Dich zu vernichten. Statt dessen töte ich mich selbst.*

Marenkow, der noch nie in seinem Leben eine Träne vergossen hatte, weinte eine Stunde lang. Drei Tage lang blieb er allein in der Wohnung und ließ niemanden zu sich. Dann setzte er eine Untersuchung in Gang. Er brauchte nur drei Tage, um herauszufinden, daß man – während er sich in der DDR aufhielt – eine Gerüchtekampagne gegen seine Frau begonnen hatte, die man subversiver Aktivitäten verdächtigte. Die Quelle dieser politischen Brunnenvergiftung war Oberst Igor Scharpinsky.
Marenkows verschwiegene Natur, die ihn – neben anderen Qualitäten – in die Dienste des KGB gebracht hatte, kam ihm jetzt gut zustatten. Er blieb eine Nacht bis zum Morgengrauen auf und dachte nach. Dann hatte er seine Entscheidung getroffen. Von nun an würde er gegen das pervertierte System arbeiten, das seine Frau in den Tod getrieben hatte und dabei war, sein Land zu zerstören. Er wurde zu Angelo.
Der hochintelligente Marenkow wußte nur zu gut, daß seine Zeit früher oder später um sein würde. Da war zum Beispiel im November dieser besorgniserregende Vorfall auf dem Moskauer Bahnhof gewesen, als er – nur eine Minute, nachdem er die neueste Kassette im Schlafwagen versteckt hatte – aus dem Waggon gesprungen war und sich urplötzlich Hauptmann Starow vom GRU gegenübergesehen hatte, der den Schlafwagen gerade hatte besteigen wollen, um ihn zu untersuchen. Mit charakteristischer Entschlossenheit hatte Marenkow Starow sofort mit zwei Schüssen getötet und ihm dann die Handgranate in die Hand praktiziert, die er immer in der Tasche trug, die Handgranate, die er selbst sofort entsichert und mit der er sich selbst in die Luft gejagt hätte, hätte man ihn je entdeckt und festnehmen wollen.
Als die Troika Leonid Sedow, Marschall Pratschko und er selbst eingesetzt worden war, um den Verräter auf höchster Ebene aufzuspüren, hatte er sich in der makabren Rolle eines Mannes wiedergefunden, der sich selbst zur Strecke bringen soll. Um ein wenig Zeit zu gewinnen, ließ er den Eindruck aufkommen, als verdächtige er Anatolij Sarubin, den er von Anfang an als nützlichen Schutzschild betrachtet hatte. Er hatte sich sogar Sarubins Vor-

liebe für amerikanischen Jazz zunutze gemacht, als er in den Kassetten darum bat, man möge über das Programm der Voice of America bestimmte Jazzplatten senden, um die sichere Ankunft der Kassetten in Washington zu bestätigen. Und dieser angebliche Verdacht gegenüber Sarubin war auch der Vorwand gewesen, mit dem er sich der sowjetischen Delegation, die Bukarest besuchte, als Begleiter angeschlossen hatte.
Und jetzt befand er sich in achttausend Fuß Höhe über Jugoslawien in einer Düsenmaschine, die von einem Engländer gesteuert wurde. Dabei war Marenkow sich bewußt, daß jeder Kilometer seiner langen Reise in die Vereinigten Staaten voller Gefahren sein würde – daß KGB und GRU sämtliche Kräfte mobilisieren würden, um ihn und seine Beschützer zu töten. Eine sichere und gefahrlose Reise stand ihm nicht bevor.
Nur wenige Minuten, nachdem Wargrave sich wieder in der Luft befand, verließ ein kleiner Konvoi von Automobilen das rumänische Flugfeld und fuhr mit hoher Geschwindigkeit nach Bukarest zurück. Als Marenkows Flucht ruchbar wurde, nahm Ion Manescu, der Chef der Geheimpolizei, sich vor, eine offizielle Untersuchung einzuleiten. Sein Bericht würde zeigen, daß unbekannte kapitalistische Agenten den Russen aus Rumänien ausgeflogen hätten. Manescu, der es eilig hatte, in die Hauptstadt zurückzukehren, saß hinterm Lenkrad des führenden Wagens. Er war für seine halsbrecherische Fahrweise bekannt und hatte die anderen Fahrzeuge bald abgeschüttelt.
Im letzten Wagen daß einer seiner Untergebenen, Leo Ionita. Der hielt vor einer Villa, die von einer mit Stacheldraht bewehrten Mauer umgeben war, rannte hinein, machte ein kurzes Telefonat und lief dann zu seinem Wagen zurück. Er beschleunigte das Tempo und erreichte Bukarest nur wenig später als Manescu, hielt wiederum an und rannte in die Eingangshalle eines großen Mietshauses. Dort wechselte er wenige Worte mit einem Angehörigen der sowjetischen Botschaft, der sich nach Ionitas Anruf hier eingefunden hatte. Minuten später fuhr der Russe auf direktem Weg zu seiner Botschaft.

Wie in Jugoslawien gibt es auch in Rumänien in der KP einen Bodensatz von Stalinisten, die insgeheim die Sowjetunion unterstützen. Leo Ionita war einer dieser heimlichen Stalinisten. Nur Minuten, nachdem der russische Kontaktmann Ionitas seine Botschaft erreicht hatte, wurde ein dringender Funkspruch nach Moskau übermittelt, der die Flucht General Marenkows meldete. Wiederum nur Minuten nach dem Eingang dieses Funkspruchs in Moskau ging vom KGB-Hauptquatier am Dscherschinskij-Platz 2 ein neuer Funkspruch nach Wien ab, wo Oberst Igor Scharpinsky sich zu einem seiner häufigen Besuche der österreichischen Hauptstadt aufhielt. Er erfuhr von Marenkows Flucht aus Rumänien, als Wargrave sich noch weit entfernt von Mailand in der Luft befand.

Es war 11 Uhr Wiener Zeit – eine Stunde früher als in Bukarest –, als der Moskauer Funkspruch die sowjetische Botschaft in der österreichischen Hauptstadt erreichte. Wie gewöhnlich war Scharpinsky mit einem Diplomatenpaß, der auf einen falschen Namen lautete, in Wien eingetroffen. Der Funkspruch lag auf dem Schreibtisch vor ihm, als er in seinem Büro im zweiten Stock saß und durch die Spitzenvorhänge auf die Straße starrte. Es herrschte schweres Schneetreiben, und in dicke Mäntel und Schals gehüllte Passanten stapften mit gesenkten Köpfen durch den Schnee.

Oberst Igor Scharpinsky war ein kleiner, gutgebauter Mann von fünfzig Jahren, über dessen gewölbter Stirn sich das Haar zu lichten begann. Der hohlwangige Scharpinsky hatte ein unentschlossen wirkendes Kinn, das nichts von seiner ungeheuren Willenskraft ahnen ließ. Im Augenblick trug er eine randlose Brille, und die blassen Augen hinter den Brillengläsern waren reglos und zeigten keinerlei Ausdruck, was wiederum nichts davon erkennen ließ, mit welchem Hochdruck er überlegte. Nach dem Empfang des brutalen Funkspruchs – »ausfindig machen und vernichten« – hätte ein unfähigerer Mann sofort etwas unternommen und eine Flut von Befehlen erlassen. Scharpinsky blieb zehn Minuten ruhig am Schreibtisch sitzen und dachte nach, bis er seinen Plan ausgearbeitet hatte.

Dann drückte er auf einen Knopf auf seinem Schreibtisch, mit dem er seinen Stellvertreter herbeirief, Rudi Bühler, einen DDR-Bürger, der im Auftrag des GRU die in Westeuropa tätigen Sabotageeinheiten leitete. Scharpinsky gab Bühler leise einige Anweisungen, die dieser sofort per Telefon weiterleitete. Nach einer Reihe von Anrufen legte Bühler auf und sah Scharpinsky an, der noch immer aus dem Fenster starrte.

»Er befindet sich immer noch in der Annagasse 821. Ein Team ist jetzt dorthin unterwegs. Für den Flug nach Zürich sind Plätze gebucht. Aber warum Zürich?«

Rudi Bühler, vierzig Jahre alt – zehn Jahre jünger als sein Chef –, war ein schwer gebauter Mann von mittlerer Größe, aber anders als Scharpinsky hatte der Ostdeutsche eine Neigung zur Fülle. Und anders als der glatthäutige Russe hatte der stupsnasige Bühler einen lederartigen Teint. Bevor er die Frage beantwortete, stand Scharpinsky von seinem Schreibtisch auf und ging mit wenigen elastischen Schritten zu einer Wandkarte, auf der eine Reihe von Stecknadeln eine Linie quer durch Jugoslawien markierten.

»Erstens: Unter einigen Routineberichten, die heute morgen aus Mailand eintrafen, befand sich auch einer, der den Start eines britischen Düsenflugzeugs in östlicher Richtung meldete. Zweitens: In dem Bericht eines Belgrader Agenten war von dem Überfliegen der Stadt durch eine Düsenmaschine die Rede – wiederum in östlicher Richtung. Andere Berichte von anderen jugoslawischen Agenten in den Radarstationen meldeten, die Maschine habe die rumänische Grenze in Richtung Bukarest überquert...«

Die von Scharpinsky erwähnten »jugoslawischen Agenten« waren bestimmte Stalinisten, die über geheime Sender regelmäßig Berichte nach Moskau übermittelten. In diesem Augenblick, in dem Wargrave seine Maschine durch den jugoslawischen Luftraum westwärts steuerte, verfolgten sowjetische Himmelsspione, die in vierhundertsiebzig Kilometer Höhe ihre Bahn zogen, seinen Kurs, dessen Verlauf sie sofort nach Moskau übermittelten.

»Ich verstehe noch immer nicht, warum wir nach Zürich fliegen«, beharrte Bühler.

»Weil sie versuchen werden, ihn von Mailand aus mit der Bahn dorthin zu bringen. Agenten, die sich im Mailänder Hauptbahnhof umgesehen haben, haben gestern über lebhafte Sicherheitsvorkehrungen berichtet. An den Atlantik-Expreß, der Mailand heute am späten Nachmittag verlassen wird, werden zwei zusätzliche Schlafwagen angehängt werden. Als ich die Meldung erhielt, maß ich ihr noch keine besondere Bedeutung bei…«

»Warum sollten sie ihn nicht per Flugzeug von Mailand nach Zürich bringen?« wandte Bühler ein.

Dies war ein Spiel, das beide Männer gut kannten und das sie schon oft praktiziert hatten. Bühler übernahm die Rolle des *advocatus diaboli* und versuchte, in der Argumentation seines Chefs Schwächen aufzudecken. Das gelang ihm nur selten.

»Weil ich soeben erfahren habe, daß der Mailänder Flughafen für den gesamten Flugverkehr gesperrt worden ist«, erwiderte der Russe. »Wir können zwar hoffen, daß die Maschine abstürzt, müssen aber davon ausgehen, daß sie einen erfahrenen Piloten ausgesucht haben, der den Jet im Blindflug landen wird. Wenn er damit Erfolg hat, werden sie mit Sicherheit keinen neuen Start wagen. Und der Züricher Flughafen ist noch immer offen – von dort aus könnten sie ihn direkt in die Vereinigten Staaten fliegen. Marenkow darf also niemals in Zürich ankommen…«

Während der folgenden Stunde brachte Scharpinsky eine lange Reihe von Funksprüchen in der ihm eigenen klaren Handschrift zu Papier. Beim Schreiben lauschte er Beethovens »Kaiserkonzert«, das er auf den Plattenteller gelegt hatte. Diese Musik erschien ihm dem Umfang des Unternehmens angemessen, das er jetzt in die Wege leitete und das den Einsatz größerer Sabotageeinheiten des GRU einschloß. Nachdem er seine Arbeit erledigt hatte, sprach er in seine Gegensprechanlage.

»Schicken Sie mir den diensthabenden Offizier aus der Chiffrierabteilung…«

Während er wartete, nahm Scharpinsky eine Reisetasche von einem Regal, die seit Monaten dort gepackt und vorbereitet gelegen hatte für den Fall, daß er plötzlich würde abreisen müssen. Alle drei Tage erschien ein weiblicher KGB-Offizier, packte die Tasche aus, breitete die Kleidungsstücke aus und packte die Tasche von neuem. Der Inhalt der Reisetasche war unschuldig genug – Winterkleidung (eine ähnliche Tasche enthielt Sommerkleidung), ein in Seide eingewickeltes wertvolles Buch und die jüngste Ausgabe des Katalogs von Sotheby's, dem Londoner Auktionshaus.

»Herein«, rief Scharpinsky aus, als jemand an die Tür klopfte. Leo Skoblin, ein Chiffrierbeamter aus dem Chiffrierraum im Untergeschoß, trat ein. Der fünfunddreißigjährige Skoblin hatte ein hageres Gesicht und ging mit einem leichten Humpeln. Scharpinsky reichte ihm die Funksprüche in einem versiegelten Umschlag; erst nachdem Skoblin den Raum verlassen hatte, bemerkte der Russe, daß die beiden Flugtickets nach Zürich, die Bühler vorhin hereingebracht hatte, offen auf seinem Schreibtisch lagen. Er legte einen Notizblock darüber; Scharpinsky war ein Perfektionist, den selbst der kleinste Lapsus irritierte, wenn es um Geheimhaltung ging.

Im Untergeschoß begann der leitende Chiffrierbeamte sofort mit dem Verschlüsseln der Funksprüche, die anschließend an geheime Empfänger in verschiedenen Teilen Europas übermittelt werden sollten, nach Zürich, Basel, Mailand, Mülhausen und Düsseldorf. Der längste Funkspruch aber ging nach Andermatt in der Schweiz.

Heinz Golchack, der österreichische Antiquar, der in der Wiener Annagasse 821 wohnte, erreichte den Flug 433 der Swissair von Schwechat gerade noch rechtzeitig. Die Maschine startete um 13 Uhr 25 – dies war der letzte Flug, und kurz nach dem Abflug des Jets wurde der Flughafen geschlossen. Golchack lehnte sich in seinen Sessel in der Touristenklasse zurück und studierte den Katalog von Sotheby's durch seine dicken Brillengläser, während die DC-10 schnell an Höhe gewann. Als die Stewardeß ihn fragte, was er zu trinken wünsche, antwortete er höflich, aber ein wenig unentschlossen.

»Haben Sie vielleicht irgendeinen... Schnaps?« fragte er freundlich. »Das beruhigt den Magen ein bißchen.« Er lächelte entschuldigend. »Ich bin kein sehr guter Fluggast, wissen Sie...«

»Verstehe, mein Herr. Seien Sie unbesorgt – Sie bekommen ihn sofort.«
Hinten in der Kombüse bemerkte die Stewardeß zu ihrer Freundin, ausnahmsweise habe sie bei diesem Wetter mal einen höflichen Fluggast. »Er ist wirklich ein Schatz«, fuhr sie fort, als sie den Drink einschenkte, »der typische zerstreute Professor.«
Seltsam, wenn man bedenkt, daß Heinz Golchack weniger als zwei Stunden zuvor in der Annagasse 821 von zwei in Mäntel mit Pelzkragen und Schals eingehüllten Männern Besuch bekommen hatte. Die beiden hatten mit tief in die Stirn gezogenen Hüten vor der Tür gestanden. Er hatte nur einen erwartet, nicht zwei. Dreißig Minuten vorher war er von einem Mann angerufen worden, der erklärt hatte, er sei ein Sammler seltener Bücher aus München; ob er Herrn Golchack besuchen dürfe?
»Ich habe einen Freund mitgebracht«, sagte der kleinere der beiden Männer, als Golchack in der Tür seiner Wohnung im fünften Stock stand, der einzigen Wohnung auf der Etage.
»Bitte, treten Sie ein. Ich habe noch etwas Kaffee warmgestellt...«
Heinz Golchack, ein nicht sehr großer, gutgebauter Mann, war zweiundfünfzig, Junggeselle, lebte allein und war fast ein Einsiedler – in Wien leben viele solche Menschen. Er schätzte seine Einsamkeit so hoch, daß er die Wohnung sogar selbst saubermachte. Er wollte gerade in die Küche gehen, als der kleinere Mann, der angerufen hatte, ihm von hinten mit einem Gummiknüppel einen brutalen Schlag auf den Kopf versetzte. Golchack war tot, bevor er zu Boden gefallen war.
Danach entwickelten seine beiden Besucher eine emsige Geschäftigkeit. Sein Mörder holte eine Gazekappe hervor, die er dem toten Antiquar über den Kopf zog, damit kein Blut auf den Teppich floß. Sein Begleiter sah immer wieder in eine Liste und hakte einen Punkt nach dem anderen ab, sobald er erledigt war. Eine Reisetasche aus dem Schlafzimmer wurde mit den Kleidungsstücken gepackt, die Golchack für eine Reise benötigt hätte. Seine Toilettensachen wurden aus dem Badezimmer geholt, sein Paß befand sich in einer Schublade.

Während einer der Männer die Reisetasche packte, leerte sein Begleiter die Kaffeekanne, die er auf dem Ofen gefunden hatte, wusch sie aus, trocknete sie ab und stellte sie zusammen mit den beiden Tassen, die Golchack schon bereitgestellt hatte, in den Küchenschrank. Kurz bevor sie die Wohnung verließen, zog der Mann, der Golchack getötet hatte, einen maschinengeschriebenen Zettel aus der Tasche und legte ihn auf einen Schreibtisch. Der Zettel stammte von einem Notizblock mit Swissair-Aufdruck und zeigte Abflug- und Ankunftszeit des Swissair-Fluges 433 nach Zürich.
Die beiden Männer verschlossen die Wohnung Golchacks mit den Schlüsseln, die sie in seiner Tasche gefunden hatten, und trugen seine Leiche und die Reisetasche über eine Wendeltreppe an der Rückfront des Hauses nach unten. Dort legten sie Leiche und Tasche auf den Rücksitz des alten Mercedes, den sie bei der Ankunft auf dem gepflasterten Innenhof geparkt hatten. Dann fuhren sie über den Hof durch die Ausfahrt mit dem massiven Doppeltor auf die Annagasse hinaus. Ein Motorradfahrer, der am Bordstein hielt, sah sie abfahren, betätigte den Kickstarter und fuhr mit hoher Geschwindigkeit zur sowjetischen Botschaft zurück, um Vollzug zu melden.
In einem abgelegenen Teil des Wienerwalds fuhren die beiden Männer den Mercedes rückwärts in einen alten Waldweg, bis sie an den Rand einer tiefen Grube kamen. Sie brauchten weniger als fünf Minuten, um die Reisetasche und den Leichnam hineinzuwerfen, mehrere Benzinkanister darüberzugießen und das Ganze mit benzingetränkten Lappen in Brand zu setzen. Als die Flammen ausgegangen waren und nur noch öliger Gestank und Rauch übrig waren, schaufelten sie Schnee auf die Überreste. Anschließend fuhren sie zurück zur sowjetischen Botschaft.
Dies alles war schon vor Monaten geplant worden, als Agenten Heinz Golchack als möglichen Kandidaten für einen Identitätswechsel im Notfall ausfindig gemacht hatten. Während eines der seltenen Besuche Golchacks in Salzburg waren sie mit Nachschlüsseln in seine Wohnung eingestiegen und hatten seinen Rei-

sepaß fotografiert, einen Paß, der anschließend im Labor im obersten Stockwerk der sowjetischen Botschaft kopiert worden war. Nur das Paßfoto war ausgetauscht worden. Heinz Golchack war jetzt ein verkohlter Leichnam im Wienerwald. Heinz Golchack war aber auch ein Passagier an Bord des Fluges 433 der Swissair nach Zürich.

# 9. Mailand und Zürich

*Caspar ist an Bord.*

»Mein Gott!« flüsterte Julian Haller vor sich hin, als er den Funkspruch las, den Oberst Molinari ihm eben im Tower des Mailänder Flughafens gereicht hatte, den Funkspruch, den Wargrave soeben aus seinem anfliegenden Jet gefunkt hatte. Vor dem Abflug des Engländers hatten sie auf einen Vorschlag Wargraves hin eine Liste sämtlicher Mitglieder des sowjetischen Politbüros angefertigt und ihnen Codenamen gegeben. »Wir gehen davon aus«, hatte Wargrave betont, »daß Sarubin Angelo ist – aber wenn es nun jemand anders sein sollte? Ich möchte dir so früh wie möglich Bescheid geben...«. Und Caspar war General Sergej Marenkow.

»Ich habe eine schlechte Nachricht für Sie«, fuhr Molinari fort. »Der Fluglotse sagt, es sei unmöglich, Ihre Maschine bei diesem Wetter herunterzubringen.«

Sie standen etwas abseits, außer Hörweite des Towerpersonals. Haller traf eine rasche Entscheidung. Sämtliche Abwehrchefs der Länder, deren Territorium Angelo passieren würde, mußten unvermeidlich über seine Identität aufgeklärt werden. Er sah Molinari fest an. »Ich kann Ihnen jetzt sagen, daß Wargrave ein wichtiges Mitglied des sowjetischen Politbüros herbringt. Wir müssen den Mann in die Vereinigten Staaten bringen. Der Fluggast, von dem ich spreche, ist General Sergej Marenkow, der Chef des KGB.«

Der hartgesottene italienische SIFAR-Offizier starrte Haller an, nickte und ging direkt zum Chefcontroller hinüber, einem Mann

Anfang der Vierzig mit klaren Augen. »Sie werden diesen Jet heruntersprechen...«
»Unmöglich!«
Molinari war nicht der Mann, der unter normalen Umständen zum Dramatisieren neigte, aber die jetzige Situation konnte kaum als normal bezeichnet werden. Er holte seinen Revolver hervor und legte ihn auf den Tisch des Fluglotsen. »Dieses Ding sagt, daß Sie die Maschine heruntersprechen werden. Dies ist ein nationaler Notstand. Oder haben Sie nicht den Mumm?« fragte er sanft.
»Das ist eine Beleidigung«, brauste der Controller auf.
»Für die ich mich in aller Form entschuldigen werde – wenn Sie diese Maschine sicher heruntergebracht haben.«
»Ich kann es nur versuchen...«
»Tun Sie mehr als das – schaffen Sie's...«

Wargrave verringerte den Anflugwinkel ein wenig, mehr, als er hätte tun mögen, aber es bestand die große Gefahr, daß die Maschine überzog. Der Mailänder Fluglotse war noch immer dabei, ihn herunterzusprechen, und sah ihn dabei nur als absinkendes Pünktchen auf dem Radarschirm. Die Knöchel der linken Hand, die der Fluglotse unter dem Tisch hielt, waren weiß. Hinter ihm stand der völlig reglose Molinari und fixierte das Pünktchen auf dem Radarschirm, das drei Menschenleben in höchster Gefahr darstellte. Neben ihm stand Julian Haller mit vorgezogenen Schultern und einer nicht angezündeten Zigarette im Mund. Haller hatte sich gezwungen, im Tower zu bleiben – viel lieber hätte er in dem für die Abwehr reservierten Raum gewartet, in dem er nicht hätte sehen können, was sich ereignete. Zum zwanzigsten Mal verfluchte er sich selbst, weil er Elsa Lang erlaubt hatte, Wargrave zu begleiten.
Auf dem Kopilotensitz erstarrte Elsa zu Eis. Normalerweise hätte der große Schluck Wodka, den ihr Marenkow aus seiner Flasche angeboten hatte, sie zur Besinnung gebracht. Der Wodka zeigte aber keinerlei Wirkung; sie hätte ebensogut Wasser trinken können. Der Russe hatte ihre Angst vorm Fliegen intuitiv erfaßt und

beugte sich jetzt vor, um ihr beruhigend die Schulter zu drücken. Er beobachtete ebenfalls den Höhenmesser. Sie spürten ein heftiges Rumpeln. Die Maschine hatte aufgesetzt. Wieder diese vorübersausenden verschwommenen Lichter, die weit nebelhafter wirkten als auf der Landebahn bei Bukarest und erst vorrüberrasten, dann vorüberglitten. Der Jet wurde langsamer, stand. Sie lösten ihre Sicherheitsgurte. Wargrave fuhr herum und langte nach dem Sten-Gewehr.

»Legen Sie sich flach auf den Boden«, befahl er dem Russen.

»Was ist denn los?« rief Elsa aus.

»Zu viele Fahrzeuge kommen auf uns zu...«

»Und außerdem werden die sowjetischen Satelliten unseren Kurs seit Bukarest verfolgt haben«, sagte Marenkow.

Die Uhr der Instrumententafel zeigte 13 Uhr 57. Draußen war es fast dunkel. Durch das Dunkel näherten sich die Scheinwerfer zahlreicher Fahrzeuge, die auf die stehende Maschine zurasten. Feuerwehrwagen, drei Krankenwagen und der gepanzerte Lastwagen, der sie am vergangenen Donnerstag zu Molinaris geheimer Operationsbasis gebracht hatte, nachdem sie in Mailand gelandet waren. Der gepanzerte Wagen erreichte sie als erster. Das Licht seiner Scheinwerfer strich über das Flugzeug, dann rollte der Wagen längsseits aus und ließ nur so viel Abstand, daß die automatische Treppenleiter ausgefahren werden konnte. Wargrave drückte auf den Knopf und stieß die Tür auf, als der Fahrer des gepanzerten Fahrzeugs ausstieg und die Treppenleiter mit einer Taschenlampe anstrahlte.

»Machen Sie die verdammte Lampe aus«, brüllte Wargrave.

Der Fahrer ließ die Lampe vor lauter Erstaunen und Furcht fallen. Wargrave befahl ihm heraufzukommen und verlangte seinen Ausweis. »Wir sind gekommen, um Sie abzuholen«, protestierte der Mann. »Der Flughafen ist von Militär umstellt...« Wargrave ignorierte den Protest, prüfte den Ausweis und gab ihn zurück.

»Wir werden mit Ihnen in der Fahrerkabine sitzen«, informierte Wargrave den Fahrer. »Wir drei. Und ich werde fahren. Sie zeigen mir den Weg.«

»Es ist kaum Platz genug – wir haben bewaffnete Wachen hinten, die Sie beschützen sollen...«
Elsa kletterte als erste im Eiltempo die Leiter herunter und wartete dann auf Marenkow, der behende herunterstieg und dabei seine Aktentasche an sich preßte. Dicht dahinter kam Wargrave. Sie kletterten in die Fahrerkabine des gepanzerten Lastwagens. Wargrave scheuchte den Fahrer auf Seite, setzte sich hinters Lenkrad und knallte die Tür zu.
»Das ist mein Lastwagen«, protestierte der Fahrer von neuem.
»Genau deshalb will ich selbst hinterm Lenkrad sitzen für den Fall, daß eines der Fahrzeuge dort hinten das falsche sein sollte«, schnauzte Wargrave. »So – jetzt sagen Sie mir, wie ich fahren muß. Wie kommen wir zu Molinari?«
»Fahren Sie auf den Tower zu – die Lichter, die Sie da hinten sehen können...«
Wargrave hatte das gepanzerte Fahrzeug bereits in Bewegung gesetzt und fuhr zunehmend schneller, während Feuerwehren und Krankenwagen auswichen, um eine Kollision zu vermeiden. »Sie sind ja wahnsinnig«, protestierte der Fahrer. »Sie und Ihr Passagier...« – er warf dem Mann zwischen Wargrave und Elsa, der sich in seinen Pelzmantel gehüllt und den Kragen hochgeschlagen hatte, um das Gesicht zu verbergen, einen neugierigen Blick zu – »wären hinten sicherer untergebracht. So ist das gedacht gewesen...«
»Wahnsinnig?« Wargrave zeigte ein bitteres Grinsen ohne den leisesten Anflug von Humor. »Wahnsinnig genug, auf einer vereisten Piste zu landen, wenn Ihr Controller sagt, es sei unmöglich. Wahnsinnig genug, zu wissen, daß, wenn irgendwo auf dem Flugfeld ein Empfangskomitee wartet, sie uns hinten im Laderaum vermuten werden und nicht hier vorn. Und wohin jetzt? Ich hab' Ihnen doch gesagt, Sie sollen mir den Weg zeigen, Herrgott nochmal...«
»Zwischen den beiden Blinklichtern da hindurch...«
Der Fahrer, ein Carabiniere, zuckte die Achseln über diesen Irren, als er auf zwei Lichter zeigte, die gerade noch sichtbar waren und

in regelmäßigen Abständen an- und ausgingen. Es herrschte dichtes Schneetreiben, die Sicht war fast gleich Null, und Elsa schnippte sich Schneeflocken vom Mantel. Auf ihrem Schoß lagen das Sten-Gewehr und ihre 38er Smith & Wesson. Hinter dem gepanzerten Wagen folgte dichtauf einer der Krankenwagen, den Wargrave bei der Erbsensuppe und wegen der Fahrgeräusche des Lastwagens nicht wahrnahm.

Erst als sie näher kamen, erkannte Wargrave, daß die Sicht so schlecht war, daß die kleinen Blinkleuchten in Wahrheit große Suchscheinwerfer waren. Sie waren auf zwei Armeefahrzeugen angebracht, die nur so viel Abstand voneinander hielten, daß der gepanzerte Lastwagen zwischen ihnen hindurchfahren konnte. Als er näher heranfuhr, bemerkte Wargrave dahinter die schattenhaften Umrisse weiterer Fahrzeuge, die wie eine Wagenburg angeordnet waren – in diesem Halbkreis sah er Polizeiautos, Motorräder und einen zweiten gepanzerten Lastwagen, das genaue Gegenstück zu dem Fahrzeug, das er selbst fuhr. Er drosselte die Geschwindigkeit, als sein Scheinwerferlicht eine Gruppe wartender Gestalten erfaßte; einer davon ist Molinari, dachte er, der andere Julian Haller. Unmittelbar zu seiner Rechten ragte der Tower empor, und allmählich wurde die Sicht klarer. Er hielt an. Hinter ihm hielt auch der Krankenwagen an; seine Scheinwerfer bestrichen die hinteren Türen des gepanzerten Lastwagens.

Die hinteren Türen von Wargraves Fahrzeug wurden aufgerissen, als die vier bewaffneten Carabinieri, die sich im Laderaum aufgehalten hatten, sich bereit machten, hinauszuspringen und um das Fahrzeug herum nach vorn zu laufen. Da kam plötzlich das scheußliche Rattern von Maschinengewehrfeuer aus dem stehenden Krankenwagen, und ein Kugelhagel peitschte in den Laderaum des Lastwagens. Die vier Carabinieri hatten keine Chance; sie waren innerhalb von Sekunden tot. Der Krankenwagen setzte aufjaulend zurück und entfernte sich von dem Knäuel zerfetzter Leiber.

Oberst Molinari, der neben einem der mit Suchscheinwerfern ausgerüsteten Fahrzeuge stand, reagierte augenblicklich und sprach schnell in das Walkie-Talkie, das er in der Hand hielt. Einer der Suchscheinwerfer fuhr herum und tauchte den Krankenwagen in gleißendes Licht. Aus dem Nichts erschien plötzlich ein leichter Panzerwagen, der auf seinen Ketten vorwärtsrasselte, bis er den Krankenwagen erfaßte und umstürzte. Nur ein Mann erschien auf der anderen Seite des umgestürzten Fahrzeugs und fing an zu rennen. Das Maschinengewehr des Panzerspähwagens ratterte kurz. Der rennende Mann sprang wie von einer Schnur gezogen in die Höhe, fiel zu Boden und blieb reglos auf dem Rücken liegen.

»Keine Bewegung!«

Wargrave hatte den Warnruf ausgestoßen. Er packte seine Sten und stieß die Mündung aus dem Wagenfenster. Aus der anderen Seite der Fahrerkabine zielte Elsa mit ihrer Smith & Wesson und entdeckte, daß sie die Waffe aus kürzester Entfernung auf Oberst Luigi Molinari gerichtet hielt.

»Steigen Sie auf dieser Seite aus – schnell!« befahl der SIFAR-Chef.

Sie sprangen gerade in dem Augenblick ins Freie, als die Suchscheinwerfer auf eine per Walkie-Talkie durchgegebene Anweisung Molinaris hin ausgeschaltet wurden; Hände ergriffen sie an den Armen und schoben sie eilig in den Laderaum des zweiten gepanzerten Lastwagens. Die Türen fielen zu, und Molinari drückte auf einen Lichtschalter. Er führte Elsa zu einem der ledergepolsterten Stühle. »Kaffee?« schlug er vor. »Stark?«

»Schwarz wie die Nacht, bitte...«

Molinari warf General Marenkow nur einen schnellen neugierigen Blick zu und goß dann Kaffee aus einer Thermosflasche ein. »Wir warten hier natürlich ein wenig«, sagte er zu Wargrave. »Gott sei Dank waren Sie nicht hinten im Laderaum – und ein Requiem für meine armen Carabinieri. Wie sind Sie darauf gekommen?«

»Das bin ich gar nicht, aber ich hatte einen Verdacht. Ich sah drei Krankenwagen. Drei Menschen kommen mit einer Maschine an. Ein Krankenwagen, ja. Zwei, immer noch einleuchtend. Aber drei, das schien mir einer zuviel zu sein. Wenn wir in der Fahrerkabine eine Funkmöglichkeit gehabt hätten, hätte ich Sie gewarnt. Und zum Glück haben Sie auch die Zwischenwand zwischen Fahrerkabine und dem Laderaum panzern lassen – ich hörte, wie im Rücken die Kugeln einschlugen...«

»Wir tun, was wir können«, erwiderte Molinari.

Es trat ein kurzes Schweigen ein, während sie alle mit schnellen, langen Schlucken Kaffee tranken. Jetzt trat die Reaktion ein. General Marenkow, der es sich auf seinem Stuhl bequem gemacht hatte, schien von allen Anwesenden am ruhigsten zu sein. »Es tut mir außerordentlich leid wegen Ihrer Männer«, sagte er zu Molinari. »Ich fürchte aber, dies ist nur der Anfang...«

»Ich bin Julian Haller«, warf der Amerikaner grimmig ein. »Ich bin der Mann, der für Ihre Befragung zuständig sein wird, wenn wir die Staaten erreicht haben. Ein paar Namen und Adressen für Oberst Molinari wären aber vielleicht schon jetzt angebracht – angesichts dessen, was soeben geschehen ist.«

»Absolut keine Befragung, bevor Sie mich nicht sicher nach Amerika gebracht haben«, entgegnete der Russe mit den buschigen Augenbrauen brüsk. »Das ist die normale Prozedur.« Er machte eine Pause und wandte sich an Molinari. »Für Sie mache ich eine Ausnahme. Die Namen von KGB-Leuten in Mailand kann ich Ihnen geben – aber nicht die der GRU-Leute, und die haben, soviel ich weiß, hier einen schlagkräftigen Apparat aufgebaut. Sind Sie bereit?«

Molinari zog einen Kugelschreiber aus der Tasche und setzte sich an den kleinen Klapptisch an der Vorderseite des Fahrzeugs, auf dem das Telefon und die Thermosflasche standen und ein Notizblock lag. Er erwartete, daß der Russe eine Liste aus seiner Aktentasche hervorholen würde – die aber, was er nicht wußte, nur die jüngsten Aufmarschpläne der Roten Armee enthielt –, und erschrak fast, als Marenkow sich zurücklehnte, halb die Augen schloß und begann, eine Reihe von Namen und Adressen herzusagen.

Im Tower hatte Toni Morosi, der Fluglotse, die Ankunft des gepanzerten Wagens beobachtet und mitangesehen, was dann gefolgt war. Er ging zum Chefcontroller hinüber, der sich noch immer von dem Streß erholte, den das Heruntersprechen des Jets und das anschließende Maschinengewehrfeuer draußen vor dem Tower bedeutet hatte. »Ich fühle mich scheußlich«, klagte Morosi. »Mein Magen wird schlimmer. Kann ich nach Hause gehen?«
»Dann schieben Sie bloß ab, Mann«, sagte ihm der Controller. Die häufigen Besuche Morosis auf der Toilette an diesem Morgen gingen ihm auf die Nerven, und außerdem war der Flughafen bis auf weiteres ohnehin für den gesamten Flugverkehr gesperrt. Nachdem er den Tower verlassen hatte, schien sich Morosis Gesundheit zusehends zu bessern, als er zu einer Telefonzelle eilte und die Mailänder Nummer anrief. Wieder meldete sich die düstere Stimme sofort.
»Hier Russo«, verkündete Morosi. »Die Maschine ist um dreizehn Uhr siebenundfünfzig sicher gelandet. Ein gepanzerter Wagen brachte die Passagiere zum Tower...«
»Und dann?«
»Es kam zu einer Schießerei. Die Passagiere wurden nicht verletzt...«
»Sind Sie dessen sicher?«
»Ich habe es alles vom Tower aus mitangesehen«, sagte Morosi aufgebracht. »Ich mache keine Fehler, wie Sie wissen. Sie haben die Passagiere in einen anderen Lastwagen verfrachtet. Der müßte jetzt bald abfahren...«
»Sie wissen, was Sie zu tun haben«, schnitt die Stimme ihm das Wort ab.
»Natürlich...«
»Dann tun Sie's.«

Der gepanzerte Lastwagen verließ das Haupttor des Flughafens. Vorweg fuhren zwei Polizeiwagen. Ein drittes Polizeifahrzeug folgte dichtauf. Und wenige Minuten, bevor der erste der beiden Polizeiwagen das Tor durchfahren hatte, waren drei Motorradfahrer vorausgeeilt. Bei dem Wetter hatten sie die Straße fast für sich. Fast.

In dem Renault, den er in kurzer Entfernung vom Flughafenausgang geparkt hatte, saß Toni Morosi hinterm Steuer und trommelte nervös aufs Lenkrad. Er hatte das Heizungsgebläse eingeschaltet, und zehn Minuten später war er schon fast eingeschlafen. Das Brummen der drei schweren Motorräder, die den Flughafen verließen, rissen ihn urplötzlich in die Wirklichkeit zurück. Er war wieder hellwach. Morosi sah sie in südlicher Richtung verschwinden und drehte den Zündschlüssel. Er mußte es siebenmal versuchen, bis der Motor ansprang, dann ließ er ihn im Leerlauf brummen und wartete. Zwei Polizeiautos kurvten durch das Tor und fuhren ebenfalls nach Süden, gefolgt von einem gepanzerten Lastwagen. Der vorsichtige Morosi wartete noch ein paar Sekunden und war dann verdammt froh, daß er es getan hatte, als der dritte Polizeiwagen erschien und hinter dem Lastwagen herjagte.

»Sieht aus, als wollten sie nach Genua«, murmelte er vor sich hin und fuhr hinter dem Konvoi her. Er hielt so viel Abstand, daß er gerade noch die Rücklichter des dritten Polizeiwagens erkennen konnte. Ihm stand eine lange Fahrt bevor.

Es war genau 14 Uhr 35, als der Konvoi Oberst Molinaris den Mailänder Flughafen verließ und an diesem winterlichen Januarnachmittag in südlicher Richtung auf Genua zufuhr. In dem der Abwehr vorbehaltenen Raum im Flughafengebäude wurde er über Funk unterrichtet, ein Renault – genau könne man das allerdings nicht sagen, obwohl der Polizeibeamte im letzten Wagen ein Nachtglas benutze – scheine den Konvoi zu verfolgen. »*Bene*«, war Molinaris einziger Kommentar, als er sein Funksprechgerät auf eine andere Wellenlänge umschaltete und schnell zu sprechen begann.

Es war Punkt 14 Uhr 50, als ein zweiter gepanzerter Wagen das Haupttor des Mailänder Flughafens verließ, aber diese Abfahrt unterschied sich in mehr als nur einer Hinsicht von der ersten. Erstens fuhr dieses Fahrzeug in die entgegengesetzte Richtung direkt auf die Mailänder Innenstadt zu. Zweitens fuhr es ohne jede Eskorte, als es mit hoher, fast gefährlich hoher Geschwindigkeit über die schneebedeckte Landstraße dahinraste. Wargrave, der am Steuer saß, warf einen Blick in den Rückspiegel und sah nichts als die leere Straße. »Es könnte klappen«, bemerkte er zu Elsa, die neben ihm auf dem Beifahrersitz saß.

»Das klingt nicht sehr hoffnungsvoll«, meinte Elsa.

»In diesem Geschäft nehme ich immer nur das Schlimmste an«, erwiderte Wargrave liebenswürdig.

Auf der anderen Seite der gepanzerten Zwischenwand hinter ihnen saß Julian Haller zusammen mit General Marenkow und vier SIFAR-Männern in Zivil, die automatische Waffen schußbereit auf dem Schoß hielten. Auch diesmal schien der Russe der ruhigste Fahrgast zu sein. Er las weiter in einem Roman von Agatha Christie, den Elsa ihm geliehen hatte. Haller fragte sich, ob das Fatalismus war. Oder verhielt es sich einfach so, daß das jahrelange Leben mit dem beständigen Druck und Streß seines Jobs Marenkow gelehrt hatte, niemals seine Gefühle zu zeigen? Der Lastwagen rumpelte mit hoher Geschwindigkeit weiter auf die Innenstadt Mailands zu.

Hinter ihnen hielt Ugo Sala sorgfältig Abstand zwischen dem Lastwagen und dem Funktaxi, das er selbst fuhr. Zuvor hatte er in einer Seitenstraße in der Nähe der Flughafenausfahrt gewartet und die Abfahrt von Oberst Molinaris Konvoi nach Süden und das Aufschließen Toni Morosis beobachtet. Der achtundvierzigjährige Ugo Sala, von kleiner Statur und eine Menge Gewicht mit sich herumschleppend, hatte einen großen Kopf und einen breiten, aggressiven Mund. Da er ein erfahrenerer Agent war als Morosi, hatte man ihm die Aufgabe zugewiesen, für den Alternativfall bereitzustehen. »Und jetzt habe ich vier Asse im Ärmel«, sagte er sich, als er näher an den Lastwagen heranfuhr. Es war jetzt nicht mehr gefährlich, aufzuschließen; der Verkehr war stärker geworden.

Hinterm Lenkrad des Lastwagens warf Wargrave wieder einen

Blick in den Rückspiegel. Er näherte sich der geheimen Operationsbasis Molinaris, in die man sie nach der Landung in Mailand gebracht hatte. Er fuhr jetzt wegen des Verkehrs und der Straßenbahnen langsamer. Kaum eine Minute später blickte er wieder in den Rückspiegel. »Ärger?« fragte Elsa.

»Ich glaube, wir werden von einem Taxi verfolgt.«

»Hier fahren viele Taxis herum...«

»Dieses ist aber schon kurz hinterm Flughafen aufgetaucht.«

»Ein Taxi sieht wie jedes andere aus. Woher willst du das wissen?«

»Er hat nur halb unter einem Schutzdach geparkt – eine Seite der Motorhaube ist dick mit Schnee bedeckt, die andere kaum.«

»Was müssen wir tun?«

»Ihn loswerden...«

Elsa sah auf die Uhr. »Es ist halb vier. Der Atlantik-Expreß fährt um fünf nach fünf ab – und ich muß noch an Marenkow arbeiten, um seine Erscheinung zu verändern. Wir können nicht kreuz und quer durch die Stadt hetzen.«

»Vielleicht müssen wir das auch gar nicht...«

In Mailand haben die Straßenbahnen absolute Vorfahrt. Wargrave näherte sich einer Kreuzung; die Straße vor ihm war frei. Er trat den Gashebel durch. Elsa warf einen Blick nach rechts und erstarrte. »Paß auf... Straßenbahnen!« Die erste einer ganzen Reihe von Straßenbahnen fuhr auf die Kreuzung, als Wargrave das Gaspedal durchtrat. Entsetzt sah Elsa, wie die vorderste Straßenbahn sich schrill klingelnd vor ihrem Seitenfenster auftürmte. Der Lastwagen donnerte weiter. Fußgänger drehten sich um und erstarrten vor Entsetzen. Der Straßenbahnfahrer, der noch immer ununterbrochen klingelte, machte sich auf den Zusammenstoß gefaßt. Wargrave sah nur starr geradeaus und trat weiterhin das Gaspedal durch. Hinten im Laderaum hörten die SIFAR-Männer das Schrillen der Klingel und hielten sich an den Armlehnen ihrer Sitze fest. Der Straßenbahnfahrer starrte ungläubig, als das Heck des Lastwagens im Nebel verschwand und die Straßenbahn weiterfuhr.

In seinem Funktaxi stieß Ugo Sala gemeine Flüche aus, als er so heftig auf die Bremse trat, daß er durch die Windschutzscheibe geflogen wäre, wenn er den Sicherheitsgurt nicht angelegt hätte. So brachte ihn das heftige Bremsen nur zum Keuchen. Immer noch fluchend wartete er, bis die Prozession der Straßenbahnen vorüber war. Sie hatte ihm total die Sicht versperrt.
Als er die Sackgasse erreichte, riß Wargrave das Lenkrad herum. Er hatte die Fahrt zwar schon verlangsamt, fuhr aber immer noch mit überhöhter Geschwindigkeit über das holprige Pflaster der engen Straße. Er griff nach dem Mikrophon, das Molinari bei ihrer ersten Fahrt hierher benutzt hatte. »Achtung, hier kommt Ronco, hier kommt Ronco...«, wiederholte er auf italienisch und benutzte das Codewort Molinaris. Elsa verkrampfte sich, als sie sah, daß das massive Doppeltor vor ihnen verschlossen blieb, während Wargrave mit hoher Geschwindigkeit darauf zufuhr.
»Um Himmels willen, wir können doch warten«, entfuhr es ihr.
»Aber nicht so lange, bis das Taxi das Ende dieser Straße erreicht und der Kerl uns sieht...«
Das riesige Tor, das noch immer geschlossen war, raste auf sie zu, als Wargrave über Funk seine Warnung wiederholte. Jetzt kracht's gleich, dachte Elsa. Der Lastwagen war noch etwa zwanzig Meter vom Tor entfernt, als die beiden Torflügel aufgingen und nach innen schwangen. Wargrave fuhr auf den Innenhof und trat auf die Bremse. Im Rückspiegel sah er, wie das Tor sich schloß. Sie waren da.
Als die letzte Straßenbahn die Kreuzung verließ, fuhr Ugo Sala weiter. Er sah, daß der Lastwagen verschwunden war, und fuhr langsam weiter, während er links und rechts in die Seitenstraßen blickte. Er brauchte nur wenige Minuten, um zu erkennen, daß er das Fahrzeug verloren hatte. Er fuhr an den Bordstein und sprach in ein Mikrophon, das nicht auf die normale Funktaxifrequenz eingestellt war.
»Hier Rom drei. Hier Rom drei. Passagier aus den Augen verloren. Ich wiederhole: Passagier aus den Augen verloren...«
»Wo befinden Sie sich?« antwortete eine Stimme, eine Stimme,

die sich aus einer Garage meldete, dem Sitz eines kleinen Funktaxiunternehmens.
»Via Pisani…«
»Dann wollen sie zum Mailänder Hauptbahnhof. Fahren Sie sofort hin und erwarten Sie dort die Ankunft des Passagiers…«

## 10. Zürich

Um genau 14 Uhr 35 – als der Konvoi Oberst Molinaris, der eventuelle Verfolger ablenken sollte, den Mailänder Flughafen verließ – landete Oberst Igor Scharpinsky in der angenommenen Identität Heinz Golchacks an Bord des Swissair-Fluges 433 in Zürich. Draußen tobte ein Schneesturm. Unter den Fluggästen, die hinter Golchack die Maschine verließen, befand sich auch Rudi Bühler, der auf einem andern Platz gesessen hatte. Bei der Paßkontrolle prüften die Schweizer Grenzbeamten die Papiere mit gewohnter Sorgfalt. Der Beamte, der Golchack gegenüberstand, betrachtete den kleinen, gutgebauten Mann, der vor ihm stand, sah sich dann das Paßfoto an.

»Würden Sie bitte einen Moment die Brille abnehmen?« bat der Beamte höflich.

»Selbstverständlich. Entschuldigen Sie...« erwiderte Golchack vage.

Er nahm die Brille mit den dicken Gläsern ab, die er auf dem Paßfoto nicht trug. Der Grenzbeamte erstarrte. Das Gesicht entsprach dem Foto – soweit ein Paßfoto überhaupt mit dem Inhaber eines Passes Ähnlichkeit haben kann –, aber jetzt, da Golchack die Brille abgenommen hatte, sah der Schweizer in zwei der durchdringendsten Augen, die er je zu Gesicht bekommen hatte: Es waren ausdruckslose, reglose Augen. Golchack bemerkte, daß der Grenzbeamte sich – wie bei den anderen Fluggästen – schnell den Namen und die Paßnummer notierte sowie nach der Heimatadresse fragte. Golchack konnte nicht wissen, daß dies die erste Alarmstufe

war, die Oberst Leon Springer bei allen Grenzkontrollstellen angeordnet hatte.
»Ich danke Ihnen, Herr Golchack. Werden Sie lange in der Schweiz bleiben?«
»Einen oder zwei Tage, dann reise ich weiter nach Deutschland...«
Draußen vor der Flughafenhalle ignorierte Golchack den Flughafenbus, den andere Fluggäste bestiegen, und winkte ein wartendes Taxi herbei. »Zum Hotel Baur-au-Lac, bitte.« Er machte es sich mit seiner Reisetasche auf dem Rücksitz bequem und wartete, bis sie ein Stück vom Flughafen entfernt waren, blickte dann auf die Uhr und bat den Fahrer, einen Moment anzuhalten. Golchack schien auf sich aufmerksam machen zu wollen. Draußen herrschte schweres Schneetreiben. Die Windschutzscheibe des Taxis vereiste, und nur der von den Scheibenwischern abgedeckte Ausschnitt ermöglichte dem Fahrer, zu sehen, wohin er fuhr.
»Ich habe mir etwas überlegt«, erklärte Golchack in vorzüglichem Deutsch. »Gibt es einen Zug, der nach Bonn fährt und den ich noch erreichen kann? Wenn ja, werde ich wohl erst später nach Zürich zurückkehren...«
»Um halb vier geht ein Zug nach Deutschland. Den sollten wir noch rechtzeitig erreichen können...«
»Dann fahren Sie mich bitte zum Hauptbahnhof. Bitte beeilen Sie sich – soweit das überhaupt möglich ist...« Golchack lächelte unbestimmt und zeigte mit einer Handbewegung auf das Wetter draußen.
Nach der Ankunft vor dem Züricher Hauptbahnhof bezahlte Golchack den Fahrer, beobachtete, daß sein Taxi schon einen neuen Fahrgast bekommen hatte, und betrat die riesige Halle des Hauptbahnhofs, in der eine Reihe von Gleisen endete. Dann tat er etwas Seltsames: Nachdem er einen Augenblick gewartet hatte, blickte er zu einem Mann hinüber, der an einem Zeitungsstand lehnte und anscheinend in die Ferne starrte, und fuhr mit der Rolltreppe zu der unterirdischen Ladenzeile hinunter.
Mit der Reisetasche in der Hand ging er an den Geschäften vorbei

und fuhr auf der anderen Seite wieder mit der Rolltreppe nach oben, die ihn auf die Straße auf der anderen Seite des Hauptbahnhofs führte. Als er die Gummimatte am Eingang des Hotels Schweizerhof betrat, öffneten sich die automatischen Glastüren, und ein Hitzeschwall schlug ihm entgegen. Beim Empfang zeigte er seinen Paß und bat um das Meldeformular.
»Ich habe ein Doppelzimmer mit Bad reservieren lassen...«
Der Empfangschef konsultierte seine Kartei. »Ja, Herr Golchack. Die Bestellung kam telefonisch aus Wien. Zimmer 201, bitte...«
Der professoral wirkende Gast ließ sich Zeit beim Ausfüllen des Meldeformulars und schrieb alles sorgfältig in Großbuchstaben nieder. Als er die Formalitäten erledigt hatte, war auch Rudi Bühler, der mit einem anderen Taxi gekommen war, in der Empfangshalle angekommen. Der Mann, der im Hauptbahnhof am Zeitungsstand gelehnt hatte, hatte sich gleichfalls eingefunden und besah sich jetzt Juwelen in einer Glasvitrine.
»Zimmer 201, sagten Sie?« wiederholte Golchack, damit Rudi Bühler es hören konnte.
»Ja, mein Herr. Der Hoteldiener wird Ihnen Ihr Zimmer zeigen...«
»Hätten Sie vielleicht... ein Kursbuch für mich? Ich möchte es mir gleich ansehen.«
Geduldig händigte ihm der Empfangschef ein Kursbuch aus, und Golchack rückte ein wenig zur Seite, um es zu studieren, während Rudi Bühler rasch sein Meldeformular ausfüllte. Hinter ihnen in der Halle widmete sich der Mann vom Zeitungsstand im Hauptbahnhof noch immer dem Schmuck in der Glasvitrine. Dann, wie zufällig, gingen alle drei Männer gleichzeitig zum Fahrstuhl, begleitet vom Hoteldiener, der Golchacks und Bühlers Reisetaschen trug.
Der Fahrstuhl war klein, und die vier Männer konnten sich nur mit Mühe und Not hineinquetschen. Als der Fahrstuhl in den zweiten Stock fuhr, hielt der Mann vom Zeitungsstand seinen Schlüssel so in der Hand, daß die Nummer zu erkennen war.

Zimmer 207. Der Hoteldiener nahm an, die drei Männer seien einander fremd, als der Lift im zweiten Stock hielt. »Ihr Zimmer ist im dritten Stock«, erklärte er Bühler. »Ich bin gleich wieder da...«

Der Gast von Zimmer 207 betrat sein Zimmer, während Golchack zusammen mit dem Hoteldiener weiter den Korridor entlangging. Als er in Zimmer 201 allein war, ließ Golchack ein wenig Zeit verstreichen, damit Bühler sein eigenes Zimmer erreichen und zum Zimmer 207 kommen konnte. Golchack besah sich das Badezimmer, ging zurück in das große Schlafzimmer mit dem Doppelbett und blickte dann durch die Spitzenvorhänge auf die Bahnhofstraße hinunter. Er starrte auf die reichste Straße der Welt, die Straße, in der sämtliche Schweizer Großbanken ihren Hauptsitz haben. Es schneite noch immer. Unten rollte eine Straßenbahn vorüber. Funken flogen, als der Bügel die vereiste Leitung entlangfuhr. Golchack sah auf die Uhr, öffnete die Zimmertür, sah, daß der Korridor verlassen lag, und ging zum Zimmer 207 hinüber. Er klopfte mit einem bestimmten Klopfzeichen an die Tür. Bühler machte sie einen Spaltbreit auf und ließ ihn dann ein. Golchack verschwendete keine Zeit für eine Begrüßung.

»Alles arrangiert?« fragte er auf deutsch. Er sah sich im Zimmer um. »Ich möchte sofort ein paar Funksprüche losschicken.«

»Wenn Sie bereit sind, bin ich's auch, Chef.«

Heinrich Baum, der Mann, der am Zeitungsstand im Hauptbahnhof gewartet hatte, war ein Schweizer Zahnarzt aus Basel. Baum war ein kompakt gebauter Mann von dreißig Jahren, dessen hageres Gesicht ein bleistiftdünner Schnurrbart zierte. Sein Auftreten war energisch. Er öffnete eine schwarze Tasche, die auf einem Tisch lag. Auf den ersten Blick schien sie zahnärztliche Instrumente zu enthalten. Baum drückte auf zwei verborgene Schnäpper und zog eine Teleskopantenne heraus, steckte drei Stecker fest, und damit war das getarnte Funkgerät sendebereit.

»Es sind zwei Funksprüche für Sie eingegangen«, informierte er Golchack, »einer aus Mailand und einer aus Moskau.«

Mit einem Gefühl der Erleichterung nahm Golchack seine Brille mit den dicken Augengläsern ab und setzte statt dessen seine gewohnte randlose Brille auf, so daß er deutlich sehen konnte. Der Funkspruch aus Mailand war kurz. *Peter sicher gelandet. Abfangversuch gescheitert. Alles deutet darauf hin, daß er mit dem Atlantik-Expreß reist, der um 17.05 aus Mailand abfährt.* Er reichte Bühler den Funkspruch.

»Dann sind wir ja gerade noch rechtzeitig hergekommen«, meinte er.

Der Funkspruch aus Moskau war noch kürzer. *Wenn notwendig, setzen Sie den gesamten Apparat ein, um Peter zu vernichten.* Obwohl der Funkspruch nicht unterschrieben war, wußte Golchack, daß er von Leonid Sedow persönlich und von Marschall Pratschko abgeschickt worden war. Er frohlockte einen kurzen Moment, war aber peinlich darauf bedacht, sich nichts anmerken zu lassen. Peter war der Codename für General Marenkow, und für Golchack war dies die Gelegenheit seines Lebens. Wenn er mit seiner Mission Erfolg hatte, war es durchaus nicht ausgeschlossen, daß er – mit Unterstützung Marschall Pratschkos – Marenkows Position als Chef des KGB würde übernehmen können. Den zweiten Funkspruch reichte er ebenfalls Bühler, wobei er sich bemühte, seine Stimme flach und tonlos klingen zu lassen.

»Jetzt stehen uns sämtliche Sabotageeinheiten des GRU zur Verfügung.«

»Hoffen wir, daß wir nicht so weit gehen müssen...«

Golchack warf ihm mit seinen blassen, ausdruckslosen Augen einen Blick zu, und Bühler wünschte, er hätte den Mund gehalten. Er eilte ins Badezimmer und verbrannte beide Funksprüche. Die Glut spülte er ins Klo. Im Schlafzimmer entnahm Golchack dem Auktionskatalog von Sotheby's drei Blatt Papier, die er Baum reichte. Er hatte die drei Funksprüche niedergeschrieben, als er in seinem Schlafzimmer darauf gewartet hatte, daß Bühler das Zimmer 207 erreichte.

»Senden Sie sie in der von mir angegebenen Reihenfolge«, wies er den Schweizer an. »Verschlüsseln Sie den ersten, dann senden Sie ihn, dann den zweiten, und so weiter.« Er wandte sich an Bühler,

als der Chef der Sabotagetrupps ins Zimmer zurückkam. »Lassen Sie mich einen Blick auf die Karte werfen...«
Bühler breitete eine Karte der Schweiz in großem Maßstab aus, die er aus seinem Zimmer mitgebracht und aufs Doppelbett gelegt hatte. Golchack beugte sich über die Karte, nahm einen Kugelschreiber aus der Tasche und kreiste in der Luft zwei Gebiete ein, wobei er darauf achtete, nicht die Karte zu markieren. »An einem dieser beiden Punkte zwischen Mailand und Zürich werden wir Peter liquidieren.« Er sprach ruhig, als ginge es um eine geschäftliche Transaktion. Bühler starrte auf das zweite Gebiet, das Golchack bezeichnet hatte.
»Wir würden selbst das versuchen?«
»Wenn nötig, ja. Ich habe Andermatt schon alarmiert. Die Zerstörung wird gewaltig sein – aber kommt es darauf an, wenn wir nur Peter vernichten?«
Während sie sich unterhielten, war Heinrich Baum schon dabei, den ersten, sehr kurzen, verschlüsselten Funkspruch durchzugeben. Und bevor er mit dem Senden begann, hatte er eine kleine Uhr mit Summer auf zweieinhalb Minuten eingestellt. Es war zwar unwahrscheinlich, daß sich schweizerische Peilfahrzeuge in der Nähe befanden, aber Golchack ging niemals ein überflüssiges Risiko ein. Zwei Peilfahrzeuge, die zusammenarbeiten, brauchen mindestens fünf Minuten, um einen Geheimsender zu orten – um von zwei verschiedenen Standorten aus mit Hilfe der Funkpeilung den Schnittpunkt festzustellen, der den Standort des Senders bezeichnet.
Zudem mußten Baums Funksprüche nur wenige Kilometer zu dem Ort übermittelt werden, an dem sich der Hauptsender der Sowjets befand. Jenseits des Ostufers der Limmat, die die alte Stadt Zürich teilt, erhebt sich steil der Zürichberg, ein bewaldeter Hügel, der im Sommer das bevorzugte Ausflugsziel der Züricher ist. Im Winter ist er menschenleer, und nur wenige Menschen gehen auf den gewundenen Pfaden spazieren. In der Nähe des Heubeeri-Wegs parkte ein großer Caravan.
Offiziell beobachtete Professor Georg Mohner, der wohlbekannte

Schweizer Meteorologe, der allein in diesem Caravan saß, die Veränderungen des Wetters, und das Innere des Caravans entsprach diesem Bild: Er war mit meteorologischen Ausrüstungsgegenständen vollgestopft. Was Professor Mohner den seltenen Besuchern seines gutgeheizten Caravans nicht auf die Nase band, war die verborgene, motorbetriebene Antenne, die per Knopfdruck ausgefahren und blitzschnell wieder eingefahren werden konnte. Ebensowenig zeigte der hochgewachsene, magere und asketisch wirkende Mann den außergewöhnlich leistungsfähigen Sender, der von den Höhen des Zürichbergs aus Funksprüche nach ganz Europa übermitteln konnte.
Keine zwei Minuten nach dem Empfang des ersten Funkspruchs von Baum aus dem Hotel Schweizerhof hatte Mohner seine eigene Antenne ausgefahren und sendete über eine lange Distanz. Und ebenso wie Baum stand seine Kontrolluhr auf zweieinhalb Minuten. Der erste Funkspruch ging nach Mailand, der zweite nach Moskau. Der dritte – und längste – ging nach Andermatt.
Im Zimmer 207 des Hotels Schweizerhof sah Golchack auf seine Armbanduhr. Es war genau 16 Uhr. In rund einer Stunde würde der Atlantik-Expreß von Mailand zu seiner langen Fahrt aufbrechen, die ihn am Ende nach Amsterdam führen würde. Und schon jetzt war die geheime sowjetische Operationsbasis, die Golchack in der Schweiz eingerichtet hatte, aktionsbereit.

In Wien war es genau 16 Uhr, als Leo Skoblin, der Chiffrierbeamte aus dem Chiffrierraum der sowjetischen Botschaft, seinen Dienst beendet hatte und das Gebäude verließ. Er eilte davon, so schnell sein Humpeln das zuließ, und kletterte hinters Lenkrad seines Volkswagens. Der Motor war kalt und sprang erst beim achten Versuch an. Er seufzte erleichtert auf und fuhr schnell davon. Er schlängelte sich, mit den Händen fest am Lenkrad, durch den dichten Verkehr.
Vielleicht lag es am dichten Verkehrsgewühl, vielleicht auch daran, daß er es so ungewöhnlich eilig hatte, daß er nur gelegentlich in den Rückspiegel blickte. Sicher ist, daß er den alten Mercedes

nicht sah, der ihm folgte, ein Fahrzeug, in dem dieselben beiden Männer saßen, die zuvor an diesem Nachmittag im Wienerwald die Leiche eines Antiquars namens Heinz Golchack mit Benzin übergossen und verbrannt hatten.

Es war Leo Skoblin gewesen, dem Oberst Igor Scharpinsky den versiegelten Umschlag mit den Funksprüchen ausgehändigt hatte, bevor er Wien verließ, um unter dem Namen Heinz Golchack seine Maschine nach Zürich zu erreichen. Es war Leo Skoblin gewesen, der auf Scharpinskys Schreibtisch die beiden Flugtickets für den Flug in die Schweizer Stadt entdeckt hatte. Und es war der peinlich genau arbeitende Scharpinsky gewesen, der Befehl gegeben hatte, Skoblin im Auge zu behalten, aber nur als reine Vorsichtsmaßnahme.

Als er die Hauptpost erreicht hatte, humpelte Skoblin hinein und flüsterte am Schalter für Ferngespräche die Nummer über die Theke, mit der er verbunden werden wollte. Das Mädchen verstand ihn beim erstenmal nicht richtig, und er wiederholte etwas lauter die Züricher Telefonnummer, aber immer noch leise genug, um niemanden mithören zu lassen.

»Sie werden warten müssen«, sagte das Mädchen. »Ich werde die Zellennummer ausrufen...«

»Sagen Sie nur ›Ihre Züricher Nummer‹«, bat er.

In fieberhafter Ungeduld, die er sorgfältig verbarg, setzte er sich mit dem Rücken zur Wand auf eine der Bänke. Von Skoblins Standpunkt aus war das System nicht sehr vorteilhaft. Bei einem Auslandsgespräch gab man dem Mädchen die Nummer und wartete dann, bis die Verbindung hergestellt war und das Mädchen die Nummer der Zelle ausrief, in der man das Gespräch annehmen konnte. Leo Skoblin war kein Amateur – er hatte einen Sitzplatz gewählt, von dem aus er eine gute Sicht hatte –, bemerkte aber dennoch nicht das leise Eintreten der beiden Männer aus dem Mercedes, die in einem dunklen Teil der Halle Posten bezogen.

Er mußte zehn Minuten warten, und dann rief das Mädchen die Nachricht aus, »Ihr Gespräch mit Zürich ist da. Nehmen Sie es in Zelle drei an...«

Skoblin humpelte schnell zu Zelle drei, die in der Nähe des Ausgangs lag. Er schloß die Tür sorgfältig hinter sich, nahm den Hörer ab und sprach schnell auf deutsch. »Dieser Anruf ist sehr dringend. Herr Kramer. Paul Kramer. Stellen Sie mich zu Arthur Petersen durch. Bitte beeilen Sie sich...«
»Einen Augenblick, bitte...«
Die Telefonistin im Abwehrhauptquartier General Trabers reagierte schnell. Die Namen, die man ihr genannt hatte, hatten absoluten Vorrang, und sie stellte sofort zum privaten Anschluß Trabers durch. »Herr Paul Kramer für Sie – aus Wien...«
»Stellen Sie ihn durch...«
»Hier Paul Kramer...«
»Petersen am Apparat...« Traber, ein kleinwüchsiger, dicklicher Mann von fünfundfünzig mit rollenden Augen, ertappte sich dabei, daß er den Hörer fest umklammert hielt. Die Verbindung war gut, und er spürte die ungeheure Spannung in der Stimme, die aus dem fern im Osten liegenden Wien zu ihm sprach, der Stimme, die er nur sehr selten zu hören bekam. Die Stimme fing an, schnell zu sprechen.
»Ich habe die Nachricht schon vor zwei Stunden gehört, bin aber erst jetzt dazu gekommen, wegzugehen. Das Krokodil kommt. Er ist auf dem Weg nach Zürich...«
Drinnen in der Telefonzelle hörte Leo Skoblin das Quietschen der schlecht geölten Scharniere, als die Zellentür hinter ihm geöffnet wurde. Er hatte nicht einmal mehr die Zeit, den Kopf zu wenden, als ihm das Messer mit der kurzen Schneide unterhalb des linken Schulterblatts bis ans Heft in den Rücken gestoßen wurde. Am anderen Ende der Leitung hörte Traber ein kurzes Aufkeuchen. »Hallo«, sagte er. Als keine Antwort kam, legte er auf. Ihm war leicht übel. Leo Skoblin, der israelische Agent, war ein netter Bursche gewesen. Und Krokodil war der Codename Oberst Igor Scharpinskys.
Es kam noch mehr hinzu – kurz vor diesem Anruf war von Harry Wargrave ein Funkspruch aus Mailand eingegangen, in dem Traber darüber informiert wurde, daß der »wichtige antikommunisti-

sche Agent«, den der Engländer bei seinem Besuch in Zürich erwähnt hatte, General Sergej Marenkow sei, der Chef des sowjetischen KGB. »Jetzt ist bald die Hölle los«, sagte sich der Schweizer. Er nahm den Hörer ab und bat, sofort mit Oberst Springer verbunden zu werden.

Oberst Springer befand sich in diesem Augenblick im Abwehrhauptquartier in Lugano in der Südschweiz. Man hatte entschieden, daß Springer den Atlantik-Expreß bei seiner Fahrt durch den Abschnitt südlich des Gotthards überwachen sollte; nördlich des Gotthard würde General Traber die Überwachung übernehmen. Traber bekam über das Scrambler-Telefon rasch eine Verbindung.

»Leon«, eröffnete er das Gespräch ohne jede Vorrede, »ich habe soeben von Wargrave erfahren, daß der Passagier, den sie herausbringen, General Marenkow vom KGB ist...«

»Gott im Himmel...«

»Es kann sein, daß auch wir seine Hilfe brauchen. Wappnen Sie sich – es kommt noch mehr. Ich habe außerdem soeben aus einer einwandfreien Quelle erfahren, daß das Krokodil etwa vor zwei Stunden nach Zürich aufgebrochen ist.«

»Noch weitere Details?« fragte Springer schnell.

»Keine. Ich fürchte, die Quelle ist während der Unterhaltung erstochen worden.«

»Dies«, betonte Springer, »könnte eine einzigartige Gelegenheit für uns sein, die wir nie wieder haben werden – unter Umständen taucht der gesamte Sabotageapparat der Kommunisten auf, um einen so eminent wichtigen Mann wie Marenkow zu erledigen. Ich schlage roten Alarm für das ganze Land vor und totale Urlaubssperre...«

»Meine nächste Maßnahme«, versicherte ihm Traber. »So, jetzt muß ich aus der Leitung. Viel Glück dort unten bei Ihnen...«

Traber unterbrach die Verbindung und begann, eine Reihe von Telefongesprächen zu führen. Nach dem, was Skoblin ihm erzählt hatte, mußte Scharpinsky mit dem Flugzeug gekommen sein.

Trabers erster Anruf galt den Sicherheitsbeamten des Züricher Flughafens.

»Ich wünsche, daß sofort eine Liste aller Fluggäste zusammengestellt wird, die mit dem Swissair-Flug 433 aus Wien gekommen sind. Ich will wissen, wo sie sich im Augenblick befinden. Überprüfen Sie den Flughafenbus. Spüren Sie sämtliche Taxifahrer auf, die Fluggäste dieses Fluges gefahren haben. Wann ich diese Liste haben will? In einer halben Stunde liegt sie auf meinem Schreibtisch!«

# 11. Mailand, Moskau, Den Haag

Es war 16 Uhr am Sonnabend, dem 8. Januar, als Heinz Golchack im Hotel Schweizerhof seine Operationsbasis eingerichtet hatte. In Mailand war es gleichfalls 16 Uhr, als Wargrave nach der Rückkehr in das geheime Quartier Oberst Molinaris hinter dem massiven, verschlossenen Doppeltor am Ende der Sackgasse eine Reihe verschlüsselter Funksprüche an verschiedene europäische Abwehrchefs abgehen ließ. Der zuvor instruierte Funker Peter Necker brauchte den Namen »Sarubin« nur durch »Marenkow« zu ersetzen.

Diese Funksprüche gingen an General Traber in Zürich, an Hauptmann Franz Wander vom BND, an General Max Scholten, den Chef der niederländischen Abwehr in Den Haag. Während Wargrave diese Warnungen über Funk durchgeben ließ, steigerte sich das Tempo des gesamten Unternehmens, und in dem Gebäude, das Molinari den Sparta-Leuten zur Verfügung gestellt hatte, herrschte eine Atmosphäre äußerster Anspannung. Um 17 Uhr 05 würde der Atlantik-Expreß vom Mailänder Hauptbahnhof abfahren.

In ihrem Schlafzimmer war Elsa Lang dabei, General Marenkows äußere Erscheinung mit Hilfe der Maskenbildnerausrüstung, die sie immer bei sich hatte, zu verändern. Dabei kam ihr die Erfahrung zugute, die sie während ihrer einjährigen Tätigkeit für die Londoner Filmgesellschaft als Maskenbildnerin erworben hatte. Marenkow, der sich einen weißen Pullover um die Schultern drapiert hatte, saß geduldig auf einem Stuhl, während sie seine buschigen Augenbrauen stutzte und seine Frisur änderte. Auch diesmal wieder schien der Russe der gelassenste Mensch im Haus zu sein.

»Es wird nicht ganz leicht sein, mich in einen Filmstar zu verwandeln«, scherzte er, als er seine neue Erscheinung im Wandspiegel betrachtete.

»Nun ja, ein Gregory Peck wird wohl nicht aus Ihnen werden«, erwiderte sie, wobei ihre Hände emsig weiterarbeiteten, »aber wenn Sie ein bißchen größer wären, könnten sie als Lee Marvin durchgehen...«

»Das ist ein Bösewicht – genau wie ich...«

Elsa grinste, als der Russe sich vor Lachen schüttelte. »Halten Sie still, Sie Flegel, ich habe noch zu tun...« Seitdem der Russe Elsas Todesangst vorm Fliegen erahnt und ihr kurz vor der abenteuerlichen Landung auf dem Mailänder Flughafen seine Wodkaflasche gereicht hatte, hatte sich zwischen dem Russen und dem englischen Mädchen ein merkwürdiges Verhältnis herausgebildet. Eine Freundschaft hätte man es kaum nennen können, aber beide fühlten sich zueinander hingezogen. Zwischen beiden herrschte das Gemeinsamkeitsgefühl von Menschen, die eine tiefe Einsamkeit verbergen. Elsa hatte kurz vor dem Eintritt bei Sparta ihren künftigen Ehemann verloren; Marenkow hatte seine Frau verloren. Aber das wußte keiner vom anderen.

»So, und jetzt die Kleidung...«, sagte Elsa munter.

Molinari hatte sich in der kurzen Zeit, die ihm zu Verfügung gestanden hatte, selbst übertroffen und eine breite Auswahl von Wintersachen in verschiedenen Größen und Schnitten ins Gebäude bringen lassen, einschließlich dreier Vicuña-Mäntel. Marenkow probierte rasch mehrere Anzüge an, bis sich Elsa mit einem dunkelblauen Tagesanzug zufrieden zeigte. Und einer der Vicuña-Mäntel paßte ihm wie angegossen. Er stellte sich vor dem Spiegel in Pose. »Ich glaube, ich werde in Amerika viel Spaß haben«, bemerkte er gut gelaunt.

»Wir werden als Mann und Frau reisen«, fuhr sie lebhaft fort. »Sie sind George Wells, ein Ölmanager, der für die Shell International arbeitet – es gibt einen solchen Mann, aber der hält sich gegenwärtig in Venezuela auf. Die Tatsache, daß der Atlantik-Expreß nach Holland fährt, wo die Shell ihren Hauptsitz hat, macht Ihre Rolle noch glaubwürdiger. Wir reisen natürlich Erster Klasse und werden ein Schlafwagenabteil haben...«

»Zehn Jahre früher, und ich hätte meine gute Kinderstube vergessen...«

Sie zeigte durch ein Lächeln, daß sie das Kompliment zu schätzen wußte, wurde dann aber wieder geschäftlich. »Ihre Krawatte sitzt nicht richtig...« Kundige Finger nestelten an der Krawatte. »Wir sind sehr gut bestückt...« Sie mußte erklären, daß sie damit »wohlhabend« meinte. »... daher die teure Kleidung. Ihr Paß wird noch vor der Abreise fertig sein...«

Sofort nach der Ankunft war Marenkow fotografiert worden, und einer von Molinaris technischen Experten war jetzt im Untergeschoß dabei, letzte Hand an den Paß anzulegen, der vorab so weit wie möglich vorbereitet worden war; nur das Paßfoto sowie die Angaben über Körpergröße und Farbe der Augen hatte noch gefehlt. »Die Fahrkarten haben natürlich Sie bei sich«, sagte sie und reichte ihm zwei Falttaschen.

»Wir brauchen Fahrkarten?«

»Um im Milano Centrale durch die Sperre zu kommen – es muß alles normal aussehen, für den Fall, daß jemand uns beobachtet...«

Sie fuhr herum, als sie hörte, daß die Tür aufging, ließ die Hand in eine Schublade gleiten und ergriff ihre Smith & Wesson. Marenkow bewegte sich mit außergewöhnlicher Behendigkeit, packte eine volle Weinflasche am Hals und hob sie hoch, um sie jederzeit wurfbereit zu haben, und stellte sich Elsa gegenüber. In der Türöffnung musterte Harry Wargrave die beiden, die Hände auf die Hüften gestützt.

»Nicht übel«, bemerkte der Engländer und studierte Marenkows verändertes Erscheinungsbild. »Sehr bemerkenswert, um die Wahrheit zu sagen. Sie haben noch etwa fünfzehn Minuten – wir wollen den Mailänder Hauptbahnhof kurz vor Abfahrt des Zuges

erreichen.« Er verließ den Raum, und Elsa sprach ernst auf den Russen ein.
»Ich bin zu Ihrem Schutz da. Von jetzt an werden Sie genau das tun, was ich Ihnen sage.« Sie zeigte auf die beiden Falttaschen, die er in der linken Hand hielt. »Die Fahrkarten gelten bis Amsterdam, falls wir bis nach Schiphol fahren müssen, wenn der Züricher Flughafen geschlossen wird, was ich aber nicht hoffe. Die Bettkarten sind für Wagen vier reserviert, den hintersten Schlafwagen – das ist der erste, den wir hinter der Sperre erreichen. Wir steigen aber erst in den Schlafwagen davor ein und gehen dann zurück...«
»Wargrave hat dies alles sehr gut organisiert«, bemerkte Marenkow.
»Noch eins«, fuhr Elsa fort. »Einen verkleideten Mann – oder eine verkleidete Frau – erkennt man am leichtesten am Gang. Sie haben einen schweren, stampfenden Schritt. Das müssen Sie ändern. So, jetzt wollen wir mal üben – gehen Sie hier im Zimmer umher, und ich werde meine Kritik äußern. Und vergessen Sie nicht, der gefährlichste Ort könnte der Mailänder Hauptbahnhof sein, bevor wir den Zug besteigen...«

Um 16 Uhr 15 wanderte eine schnauzbärtige Gestalt mit Brille und Regenmantel in der riesigen Halle des Milano Centrale umher, einem Kopfbahnhof, der es an Größe mit dem Frankfurter Hauptbahnhof aufnehmen kann. Aus Marmor erbaut, mit riesigen Säulen und dem hohen gewölbten Dach sieht er eher wie ein majestätisches Mausoleum als wie ein Bahnhof aus. Matt Leroy machte sich Sorgen, als er mit einer zusammengefalteten Zeitung in der Hand seinen Rundgang fortsetzte.
Er war inzwischen mit vielen europäischen Bahnhöfen vertraut, und Milano Centrale gefiel ihm überhaupt nicht. Dieser Bahnhof war zu groß, es gab zu viele Winkel, in denen sich Scharfschützen verstecken konnten. Allzu besorgniserregend ist die Lage aber nicht, denn für die Sicherheit zeichnete ja Molinari verantwortlich, sagte er sich. Unter die Reisenden, die bereits den Atlan-

tik-Expreß bestiegen – viele von ihnen waren italienische Gastarbeiter, die von ihrem Weihnachtsurlaub in Italien zu ihren Arbeitsplätzen in der Schweiz und in der Bundesrepublik zurückkehrten – mischte sich jetzt ein kleines Heer von SIFAR-Leuten in Zivil.

Molinari hatte noch mehr getan: Leroy entdeckte eine große Zahl uniformierter Carabinieri, die die Anwesenheit der Staatsmacht offen zur Schau trugen. Und hoch oben hinter irgendwelchen Bürofenstern, das wußte Leroy, waren drei von Molinaris gutausgebildeten Scharfschützen postiert; sie waren mit Gewehren mit Zielfernrohren ausgerüstet. Die zusammengefaltete Zeitung, die der Amerikaner in der Hand hielt, trug er nicht zufällig mit sich herum; jeder SIFAR-Mann im Bahnhof wußte, daß er mit ihr wie beiläufig in irgendeine Richtung würde zeigen können, um auf etwas hinzuweisen, was seinen Verdacht erregt hatte.

Ein Mann, den Matt Leroy nicht bemerkte, war ein kleinwüchsiger Italiener, der eine Menge Gewicht mit sich herumschleppte und einen breiten, aggressiven Mund hatte. Ugo Sala, der Mann, der Wargraves Lastwagen vom Flughafen gefolgt war und ihn dann verloren hatte, als die Straßenbahnen ihm den Weg versperrten, stand vor dem Restaurant und trank eine Tasse Kaffee; in der Nähe war die Barriere, hinter der die sechzehn Waggons des Atlantik-Expreß sich bis weit aus der Halle erstreckten.

Anders als Toni Morosi, der Fluglotse, der auf das Ablenkungsmanöver Oberst Molinaris hereingefallen und dem Fahrzeugkonvoi in Richtung Genua gefolgt war, hatte Ugo Sala, ein erfahrener KGB-Agent, sich zu einer Spezialausbildung in der Sowjetunion aufgehalten. Und während dieser Zeit in Moskau hatte er General Marenkow mehrmals aus der Nähe gesehen. Er warf einen Blick auf die Bahnhofsuhr. Es war 16 Uhr 35. Bis zur Abfahrt des Atlantik-Expreß blieb noch eine halbe Stunde.

Um 18 Uhr in Moskau – in Zürich und Mailand war es erst 16 Uhr – sah sich die dreiköpfige Untersuchungskommission, die zur Aufgabe hatte, den geheimen Informanten ausfindig zu machen, vor einer anderen und weit erschreckenderen Aufgabe. Auf Drängen Marschall Pratschkos war der Funkspruch an Oberst Scharpinsky hinausgegangen, er könne den gesamten sowjetischen Sabotageapparat in Westeuropa einsetzen, um Marenkow zur Strecke zu bringen. Anatolij Sarubin hatte Marenkow als drittes Kommissionsmitglied ersetzt. Seltsamerweise war es der gemäßigte Sarubin gewesen, der Pratschkos Vorschlag unterstützt hatte, aber er hatte dies in sehr vorsichtigen Formulierungen getan.

»Da Oberst Scharpinsky, ihr persönlicher Schützling«, erinnerte der kleine, dunkelhaarige Russe Pratschko, »es versäumt hat, seinen eigenen Chef rechtzeitig zu verdächtigen, schlage ich vor, daß wir ihm Gelegenheit geben, seinen gigantischen Fehler zu korrigieren...«

Pratschko wurde borstig wie die ihm aus Ohren und Nase herausragenden Härchen, grunzte etwas und schwieg. Es war der Erste Sekretär, Leonid Sedow, der schließlich die bange Frage stellte. Sedow, der seine Position dadurch sicherte, daß er die Gemäßigten und die Scharfmacher in einem Drahtseilakt im Gleichgewicht hielt, gefiel Sarubins Reaktion insgeheim sehr. Falls es zu einem großen Desaster kam, würden sie die Verantwortung auf der breiten Brust Pratschkos abladen können.

»Was sollen wir tun?« wollte Sedow wissen. »Was passiert mit allen wichtigen KGB-Agenten in Westeuropa – Agenten, deren Namen und Adressen Marenkow in seinem bemerkenswerten Gedächtnis gespeichert hat?« Er schwieg einen Moment. »Ich denke dabei vor allem an die Bundesrepublik Deutschland...«

Die drei Männer an dem langen, blankpolierten Konferenztisch unter den Kronleuchtern des Kremlsaals sprachen eine Minute lang kein Wort. Dies war eine lebenswichtige Frage. Vor zehn Jahren noch waren die meisten der viertausend kommunistischen Spione in der Bundesrepublik Westdeutsche gewesen; sie hatten sich später als unzuverlässig erwiesen und waren unter großen Mühen durch linientreue DDR-Bürger ersetzt worden, denen man eine falsche Identität hatte geben müssen – und das ist eine Arbeit, die sich nicht über Nacht erledigen läßt. Und jetzt wurden

diese feindlichen Agenten von dem westdeutschen Analytiker Dr. Richard Meier mit Hilfe eines unter dem Namen NADIS bekannten Hochleistungscomputers aufgespürt.
NADIS war mit Daten über die Verhaltensmuster von Personen gefüttert worden, die man verdächtigte, sowjetische Agenten zu sein – mit Angaben über tote Briefkästen, Geldbewegungen auf verdächtigen Bankkonten, über heimliche Agententreffpunkte. Aus den Daten, die der Computer ausdruckte, konnte Meier scheinbar nicht miteinander in Verbindung stehende Personen und Ereignisse zusammenbringen und Querverbindungen nachweisen. Wenn man dazu noch in Betracht zog, daß Marenkow die Namen und Adressen der wichtigsten KGB-Leute kannte, war der deutsche BND in der Lage, ein riesiges Schleppnetz auszuwerfen und den gesamten Untergrundapparat der Sowjets mit einem Fischzug zu beseitigen. Es würde mindestens ein Jahrzehnt dauern, diesen Apparat wiederaufzubauen. Es war Leonid Sedow, der das Schweigen brach.
»Falls Marenkow entkommen sollte«, meinte er, »wäre es dann nicht besser, die Agenten zu evakuieren? Sie könnten später wieder in die Bundesrepublik einsickern. Es dauert mindestens fünf Jahre, einen Agenten auszubilden«, erinnerte er sie.
»Sie schlagen vor, wir sollten einen vorläufigen Alarm auslösen?« fragte Pratschko.
»Dies ist vielleicht eher Ihr Fachgebiet«, wich Sedow elegant aus.
Marschall Pratschko saß in der Klemme, und das wußte er genau. Wenn er nein sagte und es zu einer Katastrophe kam, würde man ihm die Schuld geben. Wenn er ja sagte – ja zur Evakuierung – und sich diese Maßnahme als unnötig erwies, würde man ihm ebenfalls die Schuld aufladen.
»Nur einen vorläufigen Alarm«, sagte er schließlich. Er wollte noch ein paar Pfeile im Köcher behalten.
»Und da Ihr Schützling, Oberst Scharpinsky, das Unternehmen zur Vernichtung Marenkows leitet«, bemerkte Sarubin listig, »wie könnte da etwas schiefgehen?«

Der Züricher Flughafen ist geschlossen worden.
Der düstere Funkspruch General Trabers erreichte Wargrave nur fünfzehn Minuten vor der Abfahrt mit Marenkow zum Mailänder Hauptbahnhof. Sie befanden sich noch in dem seltsamen, über zwei Stockwerke gehenden Raum mit dem halbmondförmigen Fenster, den sie bei der Ankunft im geheimen Quartier Oberst Molinaris zum erstenmal gesehen hatten. Wargrave zeigte Julian Haller den Funkspruch. Der Amerikaner las ihn und schürzte die Lippen – ein seltenes Zeichen, daß er unter Streß stand.
»Das bedeutet, daß wir die lange Reise machen müssen«, bemerkte der Engländer. »Den ganzen Weg quer durch Europa nach Holland, da Schiphol der einzige noch offene Flughafen ist. Was dem KGB mehr Zeit gibt, Marenkow zu erledigen...«
»Irgendwelche zusätzliche Vorsichtsmaßnahmen?« fragte Haller knapp.
»Eine Menge.« Wargrave sah auf seine Uhr. »Molinari hat im dritten Stock zum Glück ein Scrambler-Telefon installieren lassen. Ich werde es bis zum letzten Moment hier benutzen. Und noch etwas, Julian...« Er nannte dem Amerikaner noch ein paar besondere Details, wie der Russe im Zug zu bewachen sei. »So, und jetzt muß ich diese Anrufe erledigen...«
Auf dem Weg nach oben blieb Wargrave kurz im zweiten Stock, um Phillip John, dem Scharfschützen, den Julian Haller von der CIA ausgeliehen hatte, weitere Instruktionen zu geben. Das frischgebackene britische Sparta-Mitglied war gerade dabei, eine 9-mm-Luger-Pistole zu überprüfen, als Wargrave eintrat. Der einen Meter achtzig große dreiunddreißigjährige Phillip John hatte gewelltes braunes Haar und gleichmütige blaue Augen, die jeden fest ansahen, mit dem er sprach. Der weißgesichtige John blickte kaum auf, als sein Besucher den Raum betrat, und fingerte weiter an seiner Waffe herum, bis er sie in sein mit einer Feder zu öffnendes Schulterhalfter steckte.
»Läuten die Alarmglocken?« fragte er beiläufig.
»Wie kommen Sie darauf?« wollte Wargrave wissen.
»Ich habe gelernt, Atmosphäre zu erspüren.« John lächelte

schwach. »Und ich habe gehört, daß Sie in einem verdammten Eiltempo die Treppe heraufgekommen sind.«

»Der Züricher Flughafen ist geschlossen worden. Also müssen wir den ganzen Weg nach Schiphol.«

»Könnte Spaß machen...«

»Ich hoffe, diese letzte Bemerkung entspricht nicht Ihrer allgemeinen Einstellung zu der Aufgabe, die vor uns liegt«, sagte Wargrave langsam und mit Nachdruck.

»Es hat keinen Sinn, daß wir uns in die Haare geraten.« John hatte eine sanfte Stimme und ein leichtes und selbstverständliches Auftreten. Seine Bewegungen waren aber alles andere als beiläufig und leicht gewesen, als sie das Spiel »Wer hat die Waffe zuerst« gespielt hatten, um seine Reflexe zu testen, wie Wargrave sich erinnerte. Sogar Johns Kleidung war eher leger; er trug einen schwarz-weißkarierten Sportanzug, der sorgfältig so geschnitten war, daß man die Luger in seiner linken Achselhöhle nicht sehen konnte. Er lächelte über den angespannten Ausdruck in Wargraves Gesicht.

»Den Ausdruck Ihrer jungen Agentin mag ich lieber«, bemerkte er. »Da sie dabei ist, wird die Reise wie im Flug vergehen.«

»Und das ist ein weiterer Punkt«, fuhr Wargrave mit dem gleichen gelassenen Tonfall fort. »Wenn ich Sie dabei erwische, daß Sie mit dem Mädchen anbändeln, breche ich Ihnen den Arm.«

»Kein Problem«, versicherte ihm John leichthin. »Ich habe aber Augen im Kopf, und sie hat zwei fabelhafte Beine. Oder ist Ihnen das noch nicht aufgefallen?«

Wargrave ignorierte diese Bemerkung, gab ihm detaillierte Anweisungen und verließ den Raum. Auf dem Weg nach oben ärgerte er sich ein wenig über sich selbst. Er war doch nicht etwa eifersüchtig auf diesen gutaussehenden Burschen, den er mit Elsa hatte plaudern sehen?

In den nächsten Minuten, allein in seinem Zimmer im dritten Stock mit dem Scrambler-Telefon, war er fieberhaft tätig. Sein erster Anruf bei General Traber versetzte ihm einen Schock. Der Schweizer Abwehrchef aus Zürich unterbrach ihn.

»Ja, die Meteorologen erwarten, daß unser Flughafen tagelang geschlossen bleibt. Und ich habe noch mehr schlechte Nachrichten – ich habe allen Grund zu der Annahme, daß sich Oberst Igor Scharpinsky in diesem Augenblick irgendwo in Zürich aufhält. Ich lasse gerade nach ihm fahnden – aber ohne eine Personenbeschreibung sind die Aussichten nicht sehr vielversprechend.«

»Er wird das Unternehmen leiten, mit dem sie Marenkow zur Strecke bringen wollen...«

»Das meine ich auch. Irgend etwas Neues aus Andermatt – von Ihrem Agenten? Das könnte sich als äußerst wichtig erweisen, da Andermatt über dem Gotthardtunnel sitzt, durch den der Atlantik-Expreß hindurch muß«, erinnerte Traber den Engländer.

»Nicht ein Wort. Diese Dinge brauchen Zeit. Aber vergessen Sie nicht, daß ich meinem Freund Ihre Nummer gegeben habe und daß der Codename Leros ist. Falls Sie eine Meldung von Leros erhalten, leiten Sie sie sofort an mich weiter – es könnte eine kryptographische Meldung sein, aber ich werde sie verstehen...«

Wargraves nächster Anruf galt Hauptmann Franz Wander vom deutschen BND, der in Wiesbaden auf das Gespräch wartete. Wander hatte bereits den verschlüsselten Funkspruch erhalten, in dem er informiert worden war, daß Marenkow der Passagier sei. Wander war in der für ihn bezeichnenden Art sofort tätig geworden. »In wenigen Minuten steige ich in einen Zug nach Basel«, sagte er dem Engländer mit fröhlicher Stimme. »Ich habe schon mit Traber Verbindung aufgenommen und werde von dort an Ihre Sicherheit übernehmen, während Sie durch Deutschland reisen. Was sagen Sie, Harry? Scharpinsky ist in Zürich? Das gefällt mir aber gar nicht...«

»Das gefällt niemandem«, gab Wargrave zu.

»Noch etwas«, fuhr der Deutsche fort. »Wenn den Sowjets klarwird, daß es Ihnen gelingt, Marenkow sicher herauszubringen, sehe ich einen Exodus all ihrer wichtigen Untergrundagenten voraus – ich habe an der Grenze im Osten also volle Alarmbereitschaft angeordnet. Merkwürdigerweise macht dieser schreckliche Schneesturm es leichter für uns, sämtliche Grenzübergänge abzuriegeln. Wir könnten einen großen Fischzug landen...«

»*Wenn* wir Marenkow sicher herausbringen«, wiederholte Wargrave. »Ich mag Ihre Zuversicht – aber glauben Sie mir, das wird eine Schinderei...«
Der Anruf bei Oberst Springer in Lugano – der Schweizer hatte eine Nachricht hinterlassen, daß er dort zu erreichen sei – war kürzer. Wargrave versicherte sich nur, daß die besonderen Arrangements, um die er zuvor gebeten hatte, in Chiasso tatsächlich getroffen werden würden. »An den letzten Schlafwagen wird ein offener Güterwagen angehängt werden«, versicherte ihm der Schweizer Oberst.

In Den Haag sprach der untersetzte General Scholten, der Mann mit dem rosigen Gesicht, mit seinem Assistenten Jan Sailer, der vom Äußeren her das genaue Gegenteil seines Chefs war. Sailer war einen Meter fünfundachtzig groß, hatte ein mageres Gesicht und trug einen ewig besorgten Ausdruck zur Schau. Jetzt gab er Scholten die jüngsten Berichte über die Bewegungen der terroristischen Geiger-Gruppe. Der siebenunddreißigjährige Holländer, der seinen Chef um Haupteslänge überragte, schüttelte mißmutig den Kopf.
»Gerüchte, nichts als Gerüchte – nichts Greifbares, in das ich 'reinbeißen kann...«
»Aber alles deutet darauf hin, daß die Geiger-Gruppe nach Holland einsickert? Richtig?«
»Sieht fast so aus...«
Er wartete, während Scholten über sein Scrambler-Telefon den Anruf aus Mailand entgegennahm. Er hatte bereits Wargraves verschlüsselten Funkspruch erhalten, daß Marenkow sich im Atlantik-Expreß befinden werde. Und er wußte, daß der Züricher Flughafen geschlossen worden war. Das bedeutete, daß Marenkow bald mit der bereitstehenden Boeing 707 von Schiphol ausgeflogen werden würde – falls er überlebte. Und er wußte auch, daß die Deutschen die Grenze im Osten abgeriegelt hatten, um einer Flucht wichtiger Untergrundagenten vorzubeugen.
»Wir freuen uns darauf, Sie in Amsterdam zu sehen«, beschloß er

das Gespräch mit Wargrave. »Falls notwendig, kann ich Sie ja auch im Atlantik-Expreß erreichen. Ein letztes Wort. Seien Sie vorsichtig!«

Scholten legte den Hörer auf, stand auf und trat ans Fenster. Die Dächer der Parlamentsgebäude in der Ferne waren mit dünnen Schneespuren überzogen, mehr war es nicht. Der große europäische Schneesturm ließ die Niederlande noch immer verschont. Und eine Tugend, die Scholten besaß, war die Gabe, zwei Züge vorauszudenken.

»Erinnern Sie sich daran, daß 1951 die sowjetischen Agenten Burgess und MacLean an Bord des sowjetischen Frachters *Maria Uljanowa* vor Dünkirchen abgeholt wurden?« fragte er plötzlich.

»Ich glaube, ich habe davon gehört, ja«, erwiderte Sailer. Er begriff die Bemerkung seines Chefs überhaupt nicht.

»Das Interessante ist, daß die Geschichte sich manchmal doch wiederholen kann«, fuhr Scholten fort. »Ich habe soeben gehört, daß die *Maxim Gorkij*, ein sowjetischer Frachter von siebzehntausend Tonnen, soeben Helgoland passiert hat und in schwerer See nach Süden stampft. Sie wird bald vor der holländischen Küste sein.«

»Tatsächlich?« bemerkte Sailer, der noch immer nicht sah, in welche Richtung sein Chef dachte. »Sie wird eine harte Überfahrt haben – das Barometer fällt rasch.« Das entsprach den Tatsachen – ein Sturm von Windstärke acht kam gerade auf, und man hatte schon die Deichwachen alarmiert, die die Deiche schützen sollten, wenn die riesigen Wellen heranbrandeten. Vor weniger als achtundvierzig Stunden hatte Elsa Lang beim Hinuntersehen aus der KLM-Maschine, die sie von London nach Schiphol brachte, die weißen Schaumkronen gesehen, die gegen die holländische Küste schlugen. »Übrigens«, fragte Sailer, »haben Sie den Minister über die jüngste Entwicklung informiert?«

»Noch nicht.« Scholten wandte sich vom Fenster ab und lächelte. »Es ist immerhin Sonnabend, und wir wollen ihm doch nicht das Wochenende verderben. Jedenfalls nicht vor der Zeit...«

Die Wahrheit war, daß Scholten – ebenso wie General Traber in Zürich – nicht die leiseste Absicht hatte, mit seiner Regierung in

Verbindung zu treten. Die Revolte der Abwehrchefs gegen ihre unentschlossenen Politiker kam allmählich auf Touren.

Im Zimmer 207 des Hotels Schweizerhof in Zürich war es 16 Uhr 30, als auch Heinz Golchack hörte, daß der Züricher Flughafen geschlossen worden war. Er hatte die simple Vorsichtsmaßnahme ergriffen, seinen Stellvertreter Rudi Bühler beim Flughafen anrufen zu lassen, wann eine bestimmte Maschine nach Deutschland starte. Er reagierte sofort auf die Nachricht.

»Das bedeutet, daß sie Peter bis nach Schiphol in Holland bringen müssen. Nur für den Fall, daß er hier überhaupt lebend ankommt, werden wir ein paar weitere Vorbereitungen treffen...«

Golchack schrieb zwei weitere Funksprüche zum Verschlüsseln nieder, die er seinem Funker Heinrich Baum zur Übermittlung an Professor Mohner in seinem Caravan auf dem Zürichberg gab. Mohner würde sie dann an den endgültigen Bestimmungsort funken. Der erste Funkspruch ging an den erfahrenen GRU-Agenten Jurij Gusew, der sich in diesem Augenblick in Mülhausen in Frankreich aufhielt – in der Nähe Basels also. Der zweite Funkspruch war für Rolf Geiger bestimmt, den führenden Kopf der terroristischen Geiger-Gruppe, die soeben in Amsterdam eingetroffen war.

In diesem Augenblick, in dem der große Schneesturm weiter über Europa tobte, schwirrte der Äther vor Funksprüchen, die von einem Sender zum anderen gingen, mochten sie legal oder illegal sein. Und eine halbe Stunde, bevor der Atlantik-Expreß zu seiner langen Fahrt abfuhr, bewegten sich zwei große feindliche Streitmächte – die westlichen Abwehrsysteme und der kombinierte Apparat von KGB und GRU – aufeinander zu. Sie waren auf Kollisionskurs.

Um 16 Uhr 35 waren die Sparta-Leute bereit, General Marenkow zum Mailänder Hauptbahnhof und zum Atlantik-Expreß zu bringen. Wargrave, der sich in einem Raum im dritten Stock allein mit Oberst Molinari befand, besprach mit dem SIFAR-Chef noch letzte Einzelheiten der notwendigen Sicherheitsvorkehrungen. Phillip John war schon mit Peter Necker in seinem eigenen Wagen zum Bahnhof abgefahren; Necker, der Funker, sollte die Sendeanlage bedienen, die Molinari im zweiten Schlafwagen hatte installieren lassen.

»Alles klar?« fragte Wargrave.

»Völlig. Und bestens ausgeklügelt«, bestätigte Molinari. »Ich wünsche Ihnen außergewöhnlich viel Glück...«

»Zeit, daß wir losfahren...«

In dem durch zwei Stockwerke gehenden Raum wartete Elsa zusammen mit Marenkow, der ihren Gucci-Reisekoffer trug. »Du siehst mir verdammt kostspielig aus. Ich könnte dich nie ernähren«, ließ Wargrave sich vernehmen. Elsa zog eine Schnute, wirbelte in ihren Gucci-Schuhen herum, ließ ihren Zobelmantel flattern und zeigte ihre zum Koffer passende Gucci-Handtasche. »Ich bin ziemlich sicher, daß du dir eine Frau wie mich nicht leisten kannst«, sagte sie ihm schnippisch. Sie hakte sich bei Marenkow ein. »Dieser Herr paßt weit besser zu mir, wie du siehst...«

Der Russe war das Urbild des erfolgreichen Industriekapitäns, als er in seinem Vicuña-Mantel, seinen handgearbeiteten Schuhen und seinem Homburg dastand. Um zu demonstrieren, daß er seine Lektion gelernt hatte, machte er ein paar energische, leichtfüßige Schritte durchs Zimmer – die völlig anders waren als sein normales schweres Stampfen. Elsa klatschte in die Hände und applaudierte. Wargrave nickte beifällig, als er auf die Tür zuging, die zum Hof hinunterführte, wo der Mercedes 450 SEL Automatic bereitstand. Er nahm nur noch die Hälfte von dem wahr, was im Raum vorging; sein Geist beschäftigte sich genauso mit der Frage, ob er auch nichts vergessen hatte. Er sah sich noch einmal prüfend um. Als er oben nach seinem Gespräch mit Molinari allein zurückgeblieben war, hatte er noch ein letztes Telefonat geführt, aber diesmal nicht mit dem Scrambler-Telefon. Es war ein vorbestelltes, handvermitteltes Gespräch gewesen, das er beim Mailänder Fernamt angemeldet hatte: ein Gespräch mit einem Anschluß in Andermatt.

# 12. Andermatt, Schweiz

Um 16 Uhr 40 legte Robert Frey in der Bar des Hotels Storchen in Andermatt den Telefonhörer auf und blickte hoch, als eine Frau die Treppe herunterkam und in die Halle nebenan ging. »Anna, ich habe hier eine große Bloody Mary für dich«, rief er aus.

»Trink sie selbst – vielleicht bleibt sie dir im Hals stecken...«

Andermatt ist ein Wintersportort, eine kleine Stadt mit weißgetünchten Häusern mit steilen Dächern und einer einzigen Hauptstraße. Der Ort liegt am Ausgang eines langgestreckten Tals, das nach Gletsch und zum Rhône-Gletscher führt. Seine Hotels und Pensionen waren voll von Gästen, einer buntgemischten Schar aus vielen Nationen. Unter denen, die vor kurzem von den Skihängen zurückgekehrt waren, befand sich auch Anna Markos, eine auffallende Frau von achtunddreißig mit einer vollbusigen Figur, die in diesem Augenblick die ungeteilte Aufmerksamkeit Robert Freys in Anspruch nahm. Die Griechin stand am Eingang zur Bar, stemmte die Hände auf die Hüften und sah Frey aufreizend an.

»Na, komm schon«, sagte er auf französisch, »hör auf mit diesen Albernheiten.«

Er nahm seinen eigenen Drink und die Bloody Mary und ging zu einer Couch hinüber, die vor einem offenen Feuer stand, wo knisternd und krachend ein halber Baumstamm brannte. Frey setzte sich, machte es sich bequem und wollte Anna mit einem Finger herbeiwinken. Anna Markos zog ihre wohlgeformten Schultern hoch, ging in die Bar, ignorierte den leeren Platz neben Frey und setzte sich auf einen Stuhl gegenüber.

»Warum müssen wir immer kämpfen?« verlangte Frey zu wissen.
»Weil du glaubst, du brauchtest nur den Finger krumm zu machen, damit jede Frau sich nackt auszieht und sich vor dir hinlegt.«
»Das Vergnügen haben schon viele gehabt...«
Jetzt füllte nach und nach die Menge der *Après-ski*-Hungrigen das Hotel und die Bar; man sah den Gesichtern die Anstrengungen auf den Hängen und die Vorfreude auf einen wilden Abend an. Es waren Franzosen da, Deutsche, Skandinavier, einige wenige Briten (der Schweizer Franken ist für einen britischen Normalbürger zu teuer geworden).
Anna Markos zog ihre Skijacke aus, ignorierte Frey und drehte sich nach den Menschen um. Sie nahm ihre Skimütze ab, schüttelte ihr langes schwarzes Haar aus und präsentierte dem riesigen Schweizer einen Augenblick lang ihr Profil, als sie in einem Wandspiegel kurz ihr Aussehen prüfte. Es war ein großartiges Profil mit einer hinreißenden gebogenen Nase, hohen Wangenknochen, einem energischen, wohlgeformten Kinn. Und jetzt konnte Frey auch deutlicher sehen, wie sich ihre Brust gegen die enge azurblaue Bluse preßte; er sah die Umrisse ihrer langen, kräftigen Beine, die sie langsam und mit Vorbedacht übereinanderschlug. Sie langte nach ihrem Drink und wich dabei geschickt dem Zugriff seiner Hand aus. Mit einem langen Schluck trank sie das halbe Glas leer. Ihre großen schwarzen Augen warfen ihm über den Rand des Glases hinweg einen zornigen Blick zu.
»Und dieser Drink verschafft dir nicht einmal einen Einstieg bei mir.«
»Und doch kennen wir uns seit über...«
»Man hat uns nie vorgestellt – du bist in mein Privatleben eingedrungen«, gab sie ironisch zurück.
Was die Stärke der Persönlichkeit und der Erscheinung betraf, war Robert Frey, der berühmte Schweizer Bergsteiger, Anna Markos ebenbürtig. Frey war die dominierende Figur in Andermatt, nahm an allem Anteil, was in der kleinen Stadt geschah, und die Winter-

sportsaison war der Höhepunkt seines Arbeitsjahres. Er war fast einen Meter neunzig groß, ein großer, bärenstarker Mann von fünfundvierzig mit einer großen Hakennase und einer wilden Mähne dunklen Haars. Frey strahlte körperliche Vitalität und Lebensfreude aus. Er war so etwas wie ein Idol des Ortes.
Als Bergsteiger hatte Frey sämtliche wichtigen Gipfel der Schweiz erklommen einschließlich aller Wände des Mordbergs Eiger. Er war ein hervorragender Skiläufer, ein erfahrener Pilot, außerdem noch Geologe und Lawinenexperte; er war Mitglied der Schnee- und Lawinenforschungsanstalt, die ihren Sitz gut zweitausend Meter oberhalb von Davos hatte. Um diese Jahreszeit war er ständig unterwegs: entweder mit dem Hubschrauber, um sich über den Schneefall und die Schneehöhen zu informieren und nach möglichen Lawinenzonen zu suchen; er betrieb daneben eine Skischule für ausländische Gäste und hatte nach Einbruch der Dunkelheit auch noch Zeit für das muntere Treiben des *Après-ski*.
Nach Einbruch der Dunkelheit war der stets zu Späßen aufgelegte und schulterklopfende Schweizer in seinem Element. Der von seiner Frau getrennt lebende Robert Frey hatte einen großen Appetit auf Frauen, und es verging kaum ein Abend, an dem sein Appetit nicht mit einer neuen Eroberung gestillt wurde. Anna Markos war – bis jetzt – einer seiner wenigen Mißerfolge. Der inzwischen verheilte Kratzer auf seiner rechten Wange zeugte davon, wie heftig sich Anna verteidigt hatte, als er sie in ihrem Schlafzimmer überrascht und ihr den Weg versperrt hatte. Seitdem begehrte er sie nur noch mehr; er saß breitbeinig vor dem offenen Feuer da, starrte ihre wundervollen Schenkel an und malte sich den Augenblick aus, in dem sie unter seinem mächtigen Leib begraben sein würden.
»Na, schon wieder beim Träumen?« fragte Anna sarkastisch.
Robert Frey antwortete nicht. Er warf zwei französischen Mädchen, die soeben die Bar betreten hatten, einen Blick zu. Sie starrten ihn einen Moment frech an und bestellten sich dann zwei Drinks. Von der Diskothek im Nebenraum tönte Popmusik herüber; einige Paare begannen zu tanzen. Der Abend kam nur lang-

sam in Fahrt. Er seufzte, leerte sein Glas und stand auf. Er beugte sich hinunter und nahm Anna Markos' Kinn in seine mächtige Pranke. Sie starrte herausfordernd zu ihm hinauf.

»Ich sehe dich nachher noch, meine Schöne...«

Sie sagte nichts, als er losschlenderte, seinen Parka vom Kleiderhaken nahm und ihn um die Schultern legte. Er ging in die Nacht hinaus und kletterte hinters Lenkrad eines VW-Transporters. Als er weggefahren war, ließ Anna Markos ihr Getränk stehen, ging zum Hotelausgang, wobei sie ihre pelzgefütterte Skijacke anzog, und sah hinaus. Jetzt um fünf Uhr war es schon stockdunkel, und in dem leichten Schneefall verschwammen die Lichter der kleinen Stadt zu einem sanften Glühen. Sie eilte zu ihrem gemieteten Renault und schloß ihn auf. Als sie den Zündschlüssel drehte, verschwanden in der Ferne schon die Rücklichter von Freys Wagen.

Sie folgte ihm durch die enge Straße, in der Paare mit Skiern auf den Schultern dahinschlenderten. Die Skier sahen aus wie schreckliche Waffen. Dann bremste sie ab und fuhr an den Straßenrand, um zwei Armeefahrzeuge passieren zu lassen. Sie blickte zurück und sah, daß Soldaten mit automatischen Waffen hinter der zurückgezogenen Abdeckplane hervorlugten. Ist hier irgendeine militärische Übung in Gang? fragte sie sich. Anna Markos konnte nicht wissen, daß General Traber von seinem Züricher Hauptquartier aus eine Teilalarmbereitschaft für die gesamte Schweiz angeordnet hatte.

Sie fuhr weiter und erreichte den Stadtrand; Andermatt endet urplötzlich. Dahinter erstreckte sich das schnurgerade Tal, das nach Gletsch und zum Rhône-Gletscher führt; in einem der Eistunnel dieses Gletschers hatte man vor kurzem den Agenten Oberst Springers ermordet aufgefunden. Sie hielt am Rand der verlassenen Straße an, verließ den Wagen, zog einen kleinen einäugigen Feldstecher aus der Tasche und sah hindurch. Die Sicht durch die einzige Linse war nicht allzu gut, aber die Lichter einiger Bauernhäuser ließen sie deutlicher sehen, und zudem hörte es jetzt auf zu schneien. Sie war noch rechtzeitig gekommen, um Freys Trans-

porter in der Toreinfahrt verschwinden zu sehen. Über den eng beieinanderstehenden Häusern erhob sich die Funkantenne, mit der Frey zur Lawinenforschungsanstalt oberhalb von Davos Verbindung hielt.
Als Anna Markos allein neben ihrem Wagen stand, konnte sie das starke Nachtglas nicht sehen, daß von einem der Fenster des Bauernhauses auf sie gerichtet wurde. Emil Platow, ein kleinwüchsiger, dünner Schweizer von vierzig Jahren mit braunem Haar und Koteletten, ließ das Nachtglas sinken, als Robert Frey den abgedunkelten Raum betrat und seinen Parka abwarf. Seine Silhouette zeichnete sich vor dem Licht im Flur ab. »Was zum Teufel geht hier vor?«
»Diese Freundin von Ihnen ist hinter Ihnen hergefahren. Sie hat kurz hinter der Stadt angehalten. Dies ist schon das zweite Mal. Ich glaube, sie beobachtet uns durch ein Fernglas...«
Ohne ein Wort nahm Frey Platow das Nachtglas ab und beobachtete den in der Ferne geparkten Renault und die schattenhafte Gestalt, die daneben stand. Das Gesicht war zwar unmöglich zu erkennen, aber die Haltung, die Gestalt und der Wagen waren ihm vertraut. Platow sprach weiter.
»Ich habe sie vorgestern abend an genau derselben Stelle entdeckt, etwa um die gleiche Zeit.«
Frey ließ das Nachtglas sinken und zog die Vorhänge zu. »Machen Sie das verdammte Licht an!« schnauzte er. Als das Zimmer wieder erleuchtet war, ging er zu einem Wandschrank hinüber, nahm eine Flasche heraus und goß sich ein Glas Wein ein. Er stand da und trank es aus, bevor er sprach.
»Schön, ich gebe Ihnen recht – es sieht aus, als hätten wir unseren Spion gefunden.«

## 13. Mailand, Hauptbahnhof

Matt Leroy ging durch die Sperre und bestieg den zweiten Schlafwagen um genau 16 Uhr 55 – zehn Minuten vor Abfahrt des Zuges. Er machte sich auf den Weg ans Ende des Zuges und begann, jedes Abteil zu durchsuchen. Auf Gleis fünf im Milano Centrale erstreckte sich der sechzehn Waggons lange Atlantik-Expreß. Am Ende des Zuges befanden sich die beiden Schlafwagen, die für die Sparta-Leute angehängt worden waren.

Davor standen die beiden fahrplanmäßigen Schlafwagen und davor die drei regulären Erster-Klasse-Wagen. Der Rest des Zuges bestand aus Zweiter-Klasse-Wagen – die meisten waren schon besetzt – und dem Speisewagen. In dem zweiten der hintersten Schlafwagen nahm Leroy von einem als Bahninspektor gekleideten SIFAR-Mann drei Schlüsssel entgegen. Sämtliche Schlüssel waren gleich und paßten für die Vordertür des Waggons, so daß die beiden letzten Wagen vom Rest des Zuges abgeriegelt werden konnten. Als Leroy das letzte Abteil erreichte, machte er ein bestimmtes Klopfzeichen. Peter Necker öffnete die Tür erst einen Spalt breit, dann weiter.

»Haben Sie alles bekommen, was Sie brauchen?« wollte Leroy wissen.

»Die Funkanlage ist einfach hervorragend«, erwiderte der Deutsche in seinem gepflegten Englisch.

Leroy warf einen Blick ins Abteil. Dort befanden sich dermaßen viele Instrumente, daß er sich an das Cockpit einer Boeing 747 erinnert fühlte. Er nickte Necker einen kurzen Gruß zu und ging weiter, um den letzten Waggon zu untersuchen. Jetzt stand die Ankunft von Mr. und Mrs. Wells – von General Marenkow und Elsa Lang – unmittelbar bevor.

Jenseits der Haupthalle, in der tiefer gelegenen kleinen Halle am unteren Ende der Rolltreppen, stand Phillip John in der Nähe des Ausgangs. Er blickte einmal auf die Uhr und begann dann, auf und ab zu wandern, um sich warmzuhalten, während immer mehr Fahrgäste in den riesigen Bahnhof hinauffuhren. Er behielt die Via Pisani draußen weiter im Auge und hielt nach einem dunkelblauen Mercedes 450 SEL Automatic Ausschau.

Hinterm Lenkrad des Mercedes sah Wargrave die weitläufige Silhouette des Milano Centrale näherkommen, als er mit gleichbleibender, aber nicht zu hoher Geschwindigkeit darauf zufuhr. Zu seiner Linken ragte das rhombenförmige, gigantische Pirelli-Gebäude in die Höhe. Hinter ihm saßen Elsa und Marenkow. Seit der Abfahrt vom Innenhof des geheimen Quartiers von Oberst Molinari hatte niemand ein Wort gesprochen, und er entschied, daß es an der Zeit sei, ein wenig die Spannung zu lockern.

»Molinari befindet sich schon im Bahnhof, um die Sicherheitsvorkehrungen zu prüfen«, sagte er zu Marenkow. »Elsa wird Sie in die Haupthalle bringen und dann über die Rolltreppe zur oberen Halle. Widerstehen Sie der Versuchung, sich zu beeilen – im Bahnhof wimmelt es von Wachen, obwohl Sie das nicht sehen werden. Ich werde Ihnen folgen und am oberen Ende der Rolltreppe auf sie warten. Ich werde auch darauf achten, daß Sie nicht verfolgt werden.«

»Ein wohlorganisiertes Unternehmen, Mr. Wargrave«, bemerkte der Russe. »Bis jetzt jedenfalls…«

»Vielen Dank für Ihren Vertrauensbeweis«, versetzte Wargrave trocken.

»Ich wollte Ihnen nur eine kleine Warnung zukommen lassen«, entgegnete Marenkow ruhig. »Irgendwo werden sie den ersten Versuch wagen – vielleicht schon in den nächsten Minuten…«

»So ist's richtig«, sagte Elsa heiter. »Muntern Sie uns ruhig auf.«

»Was auch immer geschieht, wenn wir gleich anhalten – Sie gehen unbeirrt in den Bahnhof hinein«, wies Wargrave ihn an. »Was auch immer geschieht«, wiederholte er.
Er wendete den Mercedes, kurvte an den Bordstein heran und hielt an. Ein Gepräckträger riß den hinteren Schlag mit ungewöhnlicher Schnelligkeit auf; wenigstens trug der SIFAR-Mann die Uniform eines Gepäckträgers. Er nahm den Gucci-Reisekoffer an sich und verschwand auf der Treppe. Marenkow stieg gerade hinter Elsa Lang aus dem Wagen aus, als sich der Zwischenfall ereignete. Zwei Wagen, die sich dem Bahnhof näherten, stießen mit einem ohrenbetäubenden Krachen zusammen. Der Russe erstarrte. »Los, weiter – ein Ablenkungsmanöver«, flüsterte Elsa und nahm seinen Arm. »Alles nach Plan...«
Dort, wo die beiden Wagen zusammengeprallt waren, war jetzt der Teufel los. Die beiden Fahrer waren ausgestiegen und standen wild gestikulierend und schreiend vor ihren Wagen, während uniformierte Carabinieri auf sie zuliefen. Die Aufmerksamkeit aller Passanten wurde auf den Unfall gelenkt; viele der Spätankömmlinge unter den Fahrgästen blieben stehen, um sich den Tumult anzusehen. Elsa und ihr Ehemann auf Zeit befanden sich schon am oberen Ende der Treppe, gingen in die untere Halle, gingen an Phillip John und drei Caribinieri mit Gewehren in der Hand vorüber und betraten die Rolltreppe, die sie in die obere Halle brachte.
»Gleis fünf«, sagte Elsa, als sie die Rolltreppe verließen. In diesem Moment, in dem sie auf die Sperre zuzugehen begannen, wäre ein schläfriger Gepäckträger, der einen Elektrokarren fuhr, um ein Haar in Elsa hineingefahren. Der Russe reagierte blitzschnell; er packte Elsa an der Taille und riß sie zur Seite. Dann, als sie seinen Arm nahm, ging er einige Schritte lang mit seinem gewohnten schweren und stampfenden Gang. Dieser Beinaheunfall hatte ihn seine Lektion vergessen lassen. Nachdem er sich wieder gefangen hatte, wurde sein Gang leichtfüßiger, und mit raschen Schritten gingen jetzt beide auf die Sperre zu. Marenkow hielt die Fahrkarten in der Hand.

Vor dem Restaurant stand Ugo Sala, der KGB-Agent, und trank seine zweite Tasse Kaffee, um sich warmzuhalten und die bittere Kälte zu vergessen. Das wohlhabend aussehende Paar hatte er bis zu dem Zwischenfall mit dem Elektrokarren ohne großes Interesse angesehen. Jetzt erstarrte er. Während seiner Ausbildung in Moskau hatte er ja General Marenkow mehrmals zu Gesicht bekommen, und Ugo Sala war ein scharfer Beobachter. Er hatte die Veränderung des Gangs bemerkt, und als er den Mann im Vicuña-Mantel jetzt genauer ansah, war er von dessen wahrer Identität überzeugt, obwohl die Veränderung der äußeren Erscheinung erstaunlich war.

Hätte Sala eine Waffe bei sich gehabt – was nicht der Fall war – und wäre er ein guter Schütze gewesen – was ebenfalls nicht zutraf –, hätte er jetzt vielleicht versucht, Marenkow zu erschießen. Das wäre ihm allerdings nicht gelungen, denn wenige Meter entfernt standen zwei SIFAR-Männer in Zivil, die die Hände in der Tasche hielten. Statt dessen verließ er den Bahnhof und eilte zu seinem geparkten Taxi. Als er am Steuer saß und die Tür zugeschlagen hatte, benutzte er sein Funktelefon.

»Hier Rom drei. Hier Rom drei. Der Fahrgast hat jetzt den Zug bestiegen...«

Am unteren Ende der Rolltreppe stand Phillip John zusammen mit Harry Wargrave und wartete, als Mr. und Mrs. Wells, der Ölmanager der Shell International und seine »Frau«, außer Sicht verschwanden und in die obere Halle gingen. Hinter ihnen, draußen vor dem Bahnhof, setzte sich der durch den von Molinari inszenierten Unfall ausgelöste Tumult fort. »Sie sehen müde aus«, sagte John. Wargrave warf dem weißgesichtigen Scharfschützen einen Blick zu. Es war eine einfache Feststellung gewesen, dahingesprochen, als wäre es John total gleichgültig.

»Wenn wir Schiphol erreicht haben, können wir uns Müdigkeit leisten«, erwiderte Wargrave knapp.

Aber John hatte recht. Wargrave fühlte sich im ganzen Körper wie gerädert. In der Nacht zum Sonnabend hatte er kaum ein Auge zu-

getan; er hatte die halbe Nacht mit Molinari aufgesessen und war mit ihm noch einmal sämtliche Pläne durchgegangen. Und vor wenigen Stunden erst war er nach Bukarest und zurück geflogen.
Die untere Halle war jetzt fast menschenleer; die Carabinieri waren verschwunden, und die letzten späten Reisenden waren die Rolltreppe hinaufgestürmt. Die beiden Engländer waren allein, als Wargrave sich eine Zigarette anzündete, »bis später« sagte und die Rolltreppe betrat, die sich langsam aufwärts bewegte. Phillip John würde allein in den Schlafwagen einsteigen.
Als die Rolltreppe ihn nach oben beförderte, stand Wargrave entspannt mit einer Hand auf dem Geländer da; er wartete auf den ersten Blick in die obere Halle. Elsa und Marenkow gingen jetzt vermutlich gerade durch die Sperre. Als er oben angekommen war, stieg Wargrave von der Rolltreppe hinunter und hielt dann inne. Er ging ein paar Meter nach rechts, bis er vor der nach unten führenden Rolltreppe stehenblieb. Elsa und Marenkow hatten soeben die Sperre passiert und gingen auf die Tür des zweiten Schlafwagens zu.
Am unteren Ende der Rolltreppe riß Phillip John seine 9-Millimeter-Luger aus dem Schulterhalfter, zielte rasch, hielt die Pistole mit beiden Händen und feuerte einen einzigen Schuß ab. Wargrave fiel rückwärts und brach auf der Rolltreppe zusammen, die seinen zusammengesunkenen Körper langsam in die untere Halle zurücktrug.

Elsa und Marenkow hörten den Schuß; sie hielt noch immer den Arm des Russen und blickte sich noch rechtzeitig um, um Wargrave zusammenbrechen zu sehen, um zu sehen, wie sein lebloser Körper langsam außer Sicht verschwand, als die Rolltreppe ihn nach unten brachte. Ihr Griff um Marenkows Arm wurde fester. Sie hatte das Gefühl, als würde sich ihr die Kehle zuschnüren; sie fühlte sich krank vor Entsetzen, bis ihr Training sie dazu brachte, sich zusammenzunehmen.
»Wir steigen sofort ein...«
Matt Leroy wartete am Eingang des zweiten Schlafwagens und

wollte gerade eine Frage stellen, aber Elsa unterbrach ihn. »Ich muß sofort zu Julian...« Leroy, der Order hatte, bei der einzigen geöffneten Tür der beiden letzten Schlafwagen zu bleiben, wies einen SIFAR-Mann auf dem Gang an, die beiden zu begleiten. Haller wartete in Abteil drei auf sie – er hatte das geheime Quartier wenige Minuten vor Wargrave zusammen mit Molinari verlassen, um sich durch eigenen Augenschein von den am Bahnhof getroffenen Sicherheitsvorkehrungen zu überzeugen. Das Lächeln in seinem Gesicht gefror, als er Elsas Gesichtsausdruck sah.

»Oh, Julian – sie haben Harry erschossen. Er war am oberen Ende der Rolltreppe, als...« Ihr versagte die Stimme. Es war Marenkow, der ihr einen Arm um die Taille legte und sie behutsam zu einem Sitzplatz führte. Der Amerikaner stand schnell auf. »Schließen Sie diese Tür ab«, befahl er, »und öffnen Sie sie nur auf das verabredete Klopfzeichen...« Marenkow schloß die Tür ab, als Elsa sich einen Ruck gab und die Smith & Wesson aus der Handtasche nahm. Sie legte sie auf den Sitz neben sich.

»Es wird gleich wieder gehen«, sagte sie dem Russen, »und außerdem habe ich noch eine Aufgabe zu erfüllen...«

Marenkow setzte sich neben sie und sprach mit ungewöhnlicher Sanftheit auf sie ein. »In Rußland gibt es ein Sprichwort – Tränen waschen alle Spannungen weg...«

»Keine Tränen...«

Draußen im Gang ging Julian Haller mit einem grimmigen Gesichtsausdruck auf und ab. In den letzten beiden Schlafwagen waren sämtliche Vorhänge heruntergelassen, um die Waggons vor Einblick zu schützen. Am Ende des zweiten Waggons wartete Matt Leroy noch immer an der geöffneten Tür. »Wargrave ist erschossen worden«, informierte ihn Haller. »Bleiben Sie, wo Sie sind«, befahl er, als Leroy sich der Tür zuwandte. »Niemand darf den Zug verlassen.« In diesem Augenblick stieg Phillip John ein und sah sich Haller gegenüber.

»Sie haben die Nachricht gehört?« fragte er leise.

»Daß Wargrave erschossen worden ist? Ja. Wie geht's ihm?«

»Sie haben ihn in die Rotkreuzstation hier im Bahnhof gebracht.«

John machte eine Pause. »Ich fürchte, ich habe eine schlechte Nachricht für Sie. Harry Wargrave ist tot.«
Haller starrte ihn an. Sein Gesicht verriet keinerlei Bewegung. »Wie ist das passiert?« wollte er wissen. »Haben sie den Mörder geschnappt?«
»Bis jetzt nicht. Ich stand unten am Ende der Rolltreppe, als jemand einen Schuß abfeuerte. Ich konnte nicht sehen, woher er kam. Muß ein hervorragender Scharfschütze gewesen sein. Der Bahnhof wimmelt jetzt von Carabinieri und SIFAR-Leuten. Sie haben sämtliche Ausgänge abgeriegelt, und Molinari leitet die Suchaktion persönlich.«
»Lösen Sie Leroy hier ab«, befahl Haller. »Machen Sie diese verdammte Tür zu und erlauben Sie niemandem, einzusteigen. Sie kommen mit mir«, sagte er zu Leroy. »Beziehen Sie vor unserem Abteil Posten.« Er holte tief Luft und ging zum Abteil drei zurück. Wenn du eine miese Aufgabe zu erledigen hast, erledige sie gleich, sagte er sich. Er hätte nur zu gern noch mit Oberst Molinari gesprochen, aber der Expreß würde gleich abfahren. Auf sein Klopfzeichen hin wurde die Tür von Elsa einen Spalt breit geöffnet. Durch die enge Türöffnung hielt sie ihre Smith & Wesson auf ihn gerichtet. Alles haargenau so, wie Wargrave es ausdrücklich angeordnet hat, dachte er traurig. Ihre Augen sahen ihn forschend an, als er eintrat und die Tür verschloß.
»Ist er noch am Leben?« fragte sie leise.
Haller schüttelte den Kopf. Sie setzte sich kerzengerade hin, hielt die Waffe auf dem Schoß und starrte auf die Wand. Haller drückte ihre Schulter, zündete eine Zigarette an und steckte sie ihr zwischen die Lippen. »Ich hasse diese verdammte Organisation«, sagte sie tonlos. Marenkow verschränkte taktvoll die Arme und schwieg, als er sich neben sie setzte. Sie haßt mich jetzt, dachte er – wenn ich in Rußland geblieben wäre, wäre der Mann, den dieses Mädchen insgeheim geliebt hat, noch am Leben.

Nur zwei Minuten vor der Abfahrt des Atlantik-Expreß erschien ein verspäteter Reisender, der in einer Hand eine kleine Reisetasche trug und in der anderen den Stock hielt, auf den er sich beim Gehen stützte. Der einen Meter achtzig große Mann schien kleiner zu sein, als er mit geneigtem Kopf und gekrümmten Schultern vorwärtshumpelte. Er trug einen schweren Mantel aus Astrachanfell, der den Mann gewichtiger wirken ließ, als er tatsächlich war, und einen Tirolerhut mit einer kleinen roten Feder im Hutband. Sein graues Haar wirkte ungepflegt, und er blinzelte durch eine Zwei-Stärken-Brille. Trotz seines leichten Humpelns bewegte er sich mit seinem seltsam torkelnden Gang erstaunlich schnell. Phillip John, der hinter dem Fenster der geschlossenen Waggontür stand, schätzte sein Alter auf sechzig und verschwendete keinen weiteren Gedanken an ihn.

Der Fahrgast bestieg den zweiten Schlafwagen und zeigte dem Schaffner eine Fahrkarte auf den Namen Joseph Laurier. Der Reisende wurde in ein Singleabteil geführt, das für ihn reserviert war. Laurier sprach kein Wort mit dem Schlafwagenschaffner, der kurz darauf hörte, wie die Abteiltür von innen verschlossen wurde. »Alter Griesgram«, dachte der Schaffner, als er zu seinem Platz am Ende des Waggons zurückkehrte. So einen Typ erlebte er auf jeder Fahrt.

Eine Minute später fuhr der von einer Lok 111 mit der Achsanordnung Bo-Bo gezogene Expreß – ein Zug mit sechzehn Waggons und einem Gesamtgewicht von über siebenhundert Tonnen – unter dem riesigen Kuppeldach des Milano Centrale an, ratterte über das Gewirr der zahlreichen Weichen und beschleunigte rasch auf seiner Fahrt nach Norden. Die Bahnhofsuhr zeigte genau 17 Uhr 05.

# Teil III
# LAWINENEXPRESS

## 14. Chiasso, Lugano

Die Waggons schwankten leicht von einer Seite zur anderen, als der Expreß bei seiner Fahrt durch die flache, schneebedeckte Poebene stetig weiter beschleunigte. In einer Stunde würde er Chiasso erreichen, den schweizerischen Grenzbahnhof. In seinem Singleabteil hob Joseph Laurier, der Reisende, der den Zug als letzter bestiegen hatte, den Vorhang, um in die Nacht hinauszusehen. Die Lichter der Mailänder Vororte waren bereits verschwunden; im Schein des aufsteigenden Vollmonds sah Laurier, wie es auf die unendliche Ebene schneite. Anders als die meisten Menschen, die soeben einen Zug bestiegen haben, wirkte Laurier ruhelos.

Er zog den Vorhang herunter, verließ sein Abteil und begann, mit seinem schlurfenden Gang nach vorn zu gehen. Er ging langsam, stützte sich am Geländer ab, um das Gleichgewicht zu halten, ging durch die beiden Schlafwagen hindurch und blickte dann in jedes Abteil, während er von Waggon zu Waggon weiterging.

Manchmal blickten Reisende auf, als er vorüberging, aber seinem unbestimmten Blick konnte niemand entnehmen, daß er sich jeden Menschen in diesem Zug genau ansah. Er ging durch den Speisewagen, in dem gerade die Tische gedeckt wurden – das erste Abendessen begann um sechs –, und setzte langsam den Weg bis zum vorderen Ende des Zuges fort. Schon lange, bevor der Expreß sich Chiasso näherte, hatte Laurier den ganzen Zug abgeschritten und war wieder in sein Abteil zurückgekehrt.

Im Funkabteil am Ende des letzten Schlafwagens nahm Peter Necker den Kopfhörer ab und blickte zu Matt Leroy auf. »Ich habe Oberst Springer wieder eine Meldung geschickt, daß bis jetzt alles in Ordnung ist...«

»In Ordnung?« Leroy starrte den gnomenhaften kleinen Deutschen an, der ein so gutes Englisch sprach. Dies war eine der Qualifikationen, die ihn befähigt hatten, seinen ehemaligen Job als mehrsprachiger Funker bei der Kriminalpolizei in Wiesbaden zu bekommen. »In Ordnung?« wiederholte Leroy. »Obwohl Harry Wargrave tot ist?«

»Haben Sie die Leiche gesehen?« fragte Necker.

»Um Himmels willen, nein – man hat mir nicht erlaubt, den Zug zu verlassen.«

Der schnauzbärtige Amerikaner war irritiert. Necker war ein Freund Wargraves gewesen und hatte bei der Nachricht vom Tod des Engländers keinerlei Gefühlsregung gezeigt. Diese gottverdammten Europäer, dachte Leroy. Kalt wie Hundeschnauzen und großmäulig.

»Hat Haller oder sonst jemand die Leiche gesehen?« beharrte Necker.

»Nein.«

»Verstehe...«

Leroy wußte nicht, ob er sich würde beherrschen können, und verließ das Funkabteil. Er ging zum Abteil drei zurück, in dem Haller und Elsa Marenkow bewachten. Phillip John trat zur Seite, um ihn in den letzten Waggon eintreten zu lassen. »Sie sehen aus, als hätten Sie eine Kröte verschluckt«, bemerkte der Engländer mit seiner sanften Stimme. »Sie vermissen wohl die Coca-Cola, was?«

Leroy gab ihm einen unsanften Schlag auf den Arm. »Genau das habe ich getan, mein Lieber, also lassen Sie diese neunmalklugen Sprüche. Außerdem sieht man Ihre dritte Brustwarze...« Er berührte Johns Schulterhalfter. Eine rasche Bewegung, und Leroy sah sich der Mündung der Luger gegenüber. »Na schön«, gab er zu, »mit dem Kracher sind Sie wirklich schnell...« Als er in den letzten Schlafwagen verschwand, steckte John die Waffe ins Half-

ter und machte den obersten Mantelknopf auf. Der Mantel hatte so gespannt, daß die Umrisse der Pistole zu sehen gewesen waren. John war ein Mann, der sich durchaus etwas sagen ließ.
Leroy klopfte an die Abteiltür und ließ die verabredete Prozedur über sich ergehen – die Tür ging einen Spalt breit auf, Haller starrte hinaus, einen 45er Colt in der Hand, und ließ ihn dann eintreten. Leroy war erleichtert, zu sehen, daß die Stimmung sich wenigstens äußerlich ein wenig gebessert hatte. Jeder gab sich Mühe, seine düsteren Gedanken zu verbergen. Marenkow war dabei, eine Patience zu legen; als Leroy eintrat, langte Elsa hinüber und legte eine Karte an die richtige Stelle. »Necker hat eben wieder eine Meldung an Springer geschickt«, sagte Leroy zu Haller.
»Wir werden bald in Chiasso sein«, bemerkte der Amerikaner.
Er hob den Fenstervorhang ein wenig, als der Expreß durch den Bahnhof von Como fuhr, und zog ihn dann wieder herunter. Er konnte nicht ahnen, daß der Expreß bei seiner Fahrt durch die Nacht aus einem Fenster im vierten Stock eines Wohnhauses in der Nähe des Schienenstrangs beobachtet wurde. In dem abgedunkelten Zimmer saß der Wohnungsinhaber und beobachtete das Vorübergleiten des langen Glühwurms. Er schloß die Vorhänge, machte das Licht an, öffnete einen Schrank, drückte auf einen verborgenen Schalter, der eine Klappe öffnete. Dahinter verbarg sich ein leistungsstarkes Sendegerät. Der Mann begann zu funken.
Als der Expreß sich Chiasso näherte, lag Joseph Laurier entspannt auf dem Bett seines Singleabteils im zweiten Schlafwagen. Er sah auf seine Uhr und wurde wieder unruhig. Er ließ seine langen Beine auf den Fußboden gleiten, nahm das Messer mit Knochenhandgriff, das er unter dem Kopfkissen versteckt hatte, und steckte es in die dicke Wollsocke an seinem rechten Bein. Als er seinen schweren Astrachan-Mantel überzog und den Tirolerhut aufsetzte, wurde der Zug langsamer. Als der Expreß anhielt, nahm Laurier seinen Stock.

Es war 18 Uhr 05, als der Atlantik-Expreß am schweizerischen Grenzbahnhof mit seinem riesigen Verschiebebahnhof hielt, an dem Schweizer Grenz- und Zollbeamte die Züge besteigen. Es hatte aufgehört zu schneien. Nach dem ständigen Rattern der Räder senkte sich eine unheimliche Stille über das Innere des Zuges. Der Bahnsteig draußen war menschenleer. In Abteil drei nahm Elsa ihre Pistole und legte sie sich auf den Schoß.

»Sie erwarten Ärger?« fragte Marenkow.

»Wir sind in Chiasso. Jeder Aufenthalt kann Gefahr bringen. Würde es Ihnen etwas ausmachen, mit Ihrer Patience aufzuhören, bis wir wieder fahren? Ich möchte nicht durch irgend etwas abgelenkt werden...«

›Dann werden Sie Ihre Beine verstecken müssen – wenn Sie wollen, daß ich nicht abgelenkt werde.«

Elsa zwang sich zu einem Lächeln: Der Russe versuchte, sie in diesem Moment höchster Anspannung aufzumuntern. Haller war auf den Gang hinausgegangen, um Wache zu halten, und sie spürte die Last der Verantwortung, Marenkow allein zu bewachen – und er hatte wieder einmal intuitiv erfaßt, wie es um sie stand.

Draußen auf dem Bahnsteig schlurfte Laurier vor dem dritten Schlafwagen auf und ab; er wirkte wie ein Mann, der nach der überheizten Luft im Zug ein wenig frische Luft braucht. Er bemerkte Anzeichen dafür, daß sich etwas tat. Aus dem Wartesaal erschienen drei neue Fahrgäste; alle drei waren Männer und trugen zum Schutz gegen die Kälte dicke Pelzmäntel. Sie reisten offensichtlich gemeinsam. Mit ihren Koffern und Reisetaschen stiegen sie in einen Zweiter-Klasse-Waggon ein und schlugen die Tür zu. Laurier beobachtete sie und drehte sich dann um, um das hintere Ende des Bahnsteigs zu beobachten.

Kurz hinter dem Ende des Zuges versperrte eine mehr als zwei Meter hohe Zeltplane die Sicht auf den dahinterliegenden Teil des Bahnhofs. Irgendwo in der Ferne hörte Laurier das Rumpeln näher kommender Räder. Er warf wieder einen Blick nach links, als ein vierter Reisender aus dem Wartesaal kam und auf den Expreß zuschlenderte. Dies war ein weit auffallenderer Mann als die drei Durchschnittstypen, die den Zweiter-Klasse-Wagen bestiegen hatten.

Der Neuankömmling, der selbst an diesem bitterkalten Abend ohne Hut ging, war einen Meter fünfundachtzig groß, trug einen langen blauen Mantel und rauchte eine Pfeife. Als er unmittelbar vor Laurier vorüberging, fielen diesem die hervorstehenden Wangenknochen, die kräftige Nase, der gepflegte Schnurrbart, der ebenso schwarz war wie das dichte Haupthaar, das harte Kinn und die dunklen wachen Augen auf. Der Mann ging mit gleichmäßigen, beherrschten Schritten. Alles an ihm ließ verborgene Kraftreserven ahnen. Er steckte sich das schlanke Aktenköfferchen unter den Arm, zerrte mit beiden Händen an dem halb zugefrorenen Türgriff und verschwand in einem Erster-Klasse-Waggon.

Etwa zehn Minuten lang geschah nichts weiter, und dann gab es eine dumpfe Erschütterung, und der Expreß erbebte leicht. Ans hintere Ende des Zuges war irgendein Waggon angehängt worden. Laurier stieg wieder ein, und als er wenige Minuten später aus seinem Abteilfenster blickte, sah er ein halbes Dutzend Schweizer Grenz- und Zollbeamte einsteigen. Was höchst ungewöhnlich ist, dachte Laurier; normalerweise bestiegen in Chiasso nur je zwei Grenz- und Zollbeamte die nach Norden fahrenden Züge.

In Abteil drei fuhr Elsa zusammen, als der Zug unter dem dumpfen Anstoß erbebte. »Was um Himmels willen war das?« fragte sie Haller, der soeben ins Abteil zurückgekommen war.

»Die rangieren wohl, nehme ich an. Hier gibt's einen großen Verschiebebahnhof...«

Wenige Minuten später setzte sich der Expreß wieder in Bewegung; er fuhr jetzt auf das Ostufer des Luganer Sees, auf den Damm zu, der die Züge zum westlichen Ufer bringt. In Abteil drei war sich niemand der Bedeutung des dumpfen Aufpralls bewußt, der den Zug erschüttert hatte. Ans Ende des Zuges war ein offener Güterwagen angehängt worden – und auf dem Güterwagen stand ein mit Ketten befestigter Alouette-Hubschrauber, dessen Rotorblätter parallel zu den Außenwänden des Güterwagens gelegt worden waren.

»Ich glaube, ich vertrete mir ein bißchen die Beine«, sagte Elsa. »Hast du etwas dagegen?« fragte sie Haller. »Ich kriege noch Platzangst, wenn ich weiter in diesem Abteil eingesperrt bleibe.«
»Solange du in den beiden letzten Schlafwagen bleibst«, erwiderte der Amerikaner.
»Es geht nicht nur darum, daß ich mir ein bißchen Bewegung verschaffe...« Elsa hatte ihre Reisetasche geöffnet und setzte sich jetzt ihre dunkle Perücke auf. »Vielleicht ist es gut, daß ich mir die Reisenden einmal ansehe – es könnte sein, daß mir etwas auffällt.« Sie setzte ihre dunkle Hornbrille auf und zog den militärisch geschnittenen Regenmantel an, den sie in Basel bei der Übernahme der Kassetten von Peter Necker immer getragen hatte. »Wenn ich so aussehe, wird mich niemand erkennen. Das hoffe ich jedenfalls nicht«, fügte sie mit gespielter Entrüstung hinzu.
»Also gut, aber sei vorsichtig«, sagte Haller zögernd. »Vielleicht ist es eine gute Idee«, setzte er hinzu.
Haller hatte sich rasch anders entschieden. Nicht weil er der Meinung war, sie könne tatsächlich etwas Auffälliges entdecken – aber ein kleiner Rundgang konnte dazu beitragen, ihr etwas von der Anspannung zu nehmen, die durch die schockartige Nachricht von Wargraves Tod ausgelöst worden war.
Elsa dachte an Harry Wargrave, als sie durch den hin- und herschwankenden Gang schritt und dann wartete, während Phillip John die Tür des zweiten Waggons aufschloß. In Mailand, als Wargrave noch die Bahnfahrt geplant hatte, hatte er ihr eine Anweisung gegeben. »Zieh dir hinter Chiasso die Sachen an, die du in Basel getragen hast, und mache einen Gang durch den Zug. Sieh dir die Fahrgäste gut an – du könntest jemanden entdecken. Der Vorschlag muß aber von dir selbst kommen – Julian würde mir ins Gesicht springen, wenn ich ihm damit käme...«
Mehrere Waggons weiter vorn betraten sechs Männer in den Uniformen schweizerischer Grenz- und Zollbeamter gerade das Abteil, in dem die drei Männer saßen, die in Chiasso zugestiegen waren. Die drei Männer mit den dunklen Gesichtern sahen überrascht hoch angesichts dieser Invasion von Beamten und holten

ihre Reisepässe hervor. Das Abteil war jetzt so überfüllt, daß sich kaum noch jemand bewegen konnte.
»Gepäck!« schnauzte einer der Beamten unfreundlich.
Er hievte eine Reisetasche aus dem Gepäcknetz herunter, öffnete das Schnappschloß, starrte hinein und stieß einen Pfiff aus. In der Tasche, auf einigen Kleidungsstücken, lagen drei Walther-Pistolen. Einer der Italiener griff nach einer der Pistolen und wurde von einem Schweizer daran gehindert, der ihn mit einem heftigen Schlag in den Sitz zurückstieß. Ein zweiter Italiener versuchte, einen anderen Schweizer durch einen Tiefschlag außer Gefecht zu setzen, erhielt aber einen Faustschlag aufs Kinn. Innerhalb einer Minute hatten alle drei Männer Handschellen an, und zwei weitere Reisetaschen waren geöffnet worden. Wieder ließ einer der Schweizer einen Pfiff hören und zeigte seinen Kollegen den Inhalt.
»Sprengstoff auch noch. Handgranaten, Gelatinedynamit...«
Elsa betrat den Gang dieses Wagens, als der erste Italiener herausgebracht und in Fahrtrichtung geschubst wurde. Sie verlangsamte ihren Schritt und sah, wie auch die beiden anderen Italiener in Handschellen in die gleiche Richtung geführt wurden. Als sie an dem Abteil vorüberging, ließ einer der Schweizer Beamten gerade das Rollo zum Gang herunter, aber sie hatte schon die auf einem Sitz liegende Reisetasche mit den Pistolen gesehen. Sie kehrte um und ging zum hinteren Ende des Zuges zurück, um Haller zu berichten, was sie gesehen hatte.
Als sie durch den Schlafwagen vor den abgeriegelten beiden letzten Wagen ging, sah sie einen grauhaarigen Mann mit einem Stock aus einem der Abteile heraustreten, der es sich aber anders überlegte und wieder hineinging. Sie ging schnell weiter. Als sie an seinem Abteil vorüberging, bemerkte sie, daß die Abteiltür nur halb geschlossen war. Sie hörte etwas und drehte sich um. Eine Hand packte sie an der Kehle, eine zweite ergriff ihre Handtasche, als sie nach ihrer Waffe langte. Sie wurde mit brutaler Gewalt ins Abteil gezerrt. »Wenn Sie zu schreien versuchen, erwürge ich Sie«, zischte ihr eine Stimme ins Ohr.

Im Abteil wehrte sich die halb erstickte Elsa heftig, trat wild um sich und versuchte, die Schienbeine des Angreifers zu treffen. Die Handtasche mit der Waffe wurde ihr entwunden. Laurier gab ihr einen harten Schubs auf den Rücken, was sie bäuchlings aufs Bett fallen ließ. Er schlug die Tür zu und schloß sie ab, als sie herumfuhr und sich mit einer zur Kralle gekrümmten Hand zum Angriff bereitmachte. Dann erstarrte sie vor Entsetzen, als Laurier die graue Perücke und die Brille abnahm.

»Du würdest mich doch nicht im Ernst umbringen wollen? Oder?« fragte Harry Wargrave mit einem spöttischen Unterton.

Sie starrte zu ihm hoch. Aus ihrem Gesicht war alle Farbe gewichen. Wargrave grinste auf sie herunter. »Tut mir leid, daß ich so unsanft mit dir umgehen mußte, aber ich mußte dich schnell hier hereinkriegen – auf dem Gang hätte jemand kommen können…«

»Was…« Ihre Stimme erstarb, aber diesmal vor Bewegung: »Mein Gott, ich dachte, du wärst tot…«

»Das sollte auch jeder denken – ich habe es mit Phillip John und Oberst Molinari so verabredet. Es war John, der den Schuß abfeuerte – er hat mit voller Absicht nur die Schulter gestreift. Er ist zum Glück ein fabelhafter Schütze. Dann haben sie mich in Windeseile zur Rotkreuzstation des Bahnhofs gebracht. In einem angrenzenden Raum habe ich mir schnell diese Sachen angezogen und hatte dann noch eine Minute Zeit, den Zug zu besteigen. Zigarette?«

Sie übersah die ihr hingestreckte Schachtel und sah Wargrave ausdruckslos an. »Es ist wohl zuviel verlangt, wissen zu wollen, was das ganze Theater soll?« fragte sie in seltsam eisigem Ton.

»In diesem Zug stimmt irgend etwas nicht – ich kann aber noch nicht sagen, was es ist. Ich mußte allein arbeiten, ohne ständig Haller im Genick zu haben. Und ich wollte mir alle Fahrgäste ansehen, ohne selbst erkannt zu werden. Ich bin schon lange in diesem Geschäft, und ich möchte annehmen, daß der KGB ein Bild von mir hat…«

»Du hast mir nicht Bescheid gesagt«, sagte sie sehr leise.

»Das konnte ich nicht...«
»Du Dreckskerl!« Sie stand plötzlich auf, holte mit der rechten Hand aus und versetzte ihm einen harten Schlag ins Gesicht. Dann kam sie zur Besinnung, umarmte ihn und vergrub das Gesicht an seiner Brust. »Harry, du Dreckskerl... Dreckskerl... Dreckskerl.« Ihr Körper, der sich an ihn preßte, zitterte und bebte. Er hob ihr Kinn, bis sich ihre Augen trafen. »Keine Tränen«, sagte er warnend. »Wenn du zu Haller zurückgehst, mußt du normal aussehen. Keine geschwollenen Augen...« Er hielt sie fest, bis das Zittern aufhörte, dann hielt er sie auf Armeslänge von sich. Ihre Augen glänzten feucht, aber sie hatte die Tränen zurückgehalten. »Gutes Mädchen...«
»Ich muß scheußlich aussehen.« Sie wandte sich ab und besah sich prüfend im Wandspiegel. Ihre schwarze Perücke war verrutscht; ihre Hornbrille war während des Kampfes zu Boden gefallen, aber unbeschädigt geblieben. Sie machte sich zurecht, während sie sich weiter unterhielten. »Du hast gesagt, keine Tränen – soll das heißen, ich soll zurückgehen, ohne ihnen etwas zu sagen?«
»Haargenau das – jedenfalls für den Augenblick.«
»Julian ist deinetwegen ziemlich niedergeschmettert. Er hat zwar nicht viel gesagt, aber ich merke es ihm an. *Ihn* kannst du doch unmöglich im Verdacht haben?«
»Julian Haller ist der beste Agent, den Washington je hervorgebracht hat. Du mußt mir nur vertrauen. Beim jetzigen Stand der Dinge kann ein Mann, der draußen ist – außerhalb der beiden letzten Waggons – sehr nützliche Arbeit leisten.«
Er sagte ihr nicht alles, was er wußte. Das spürte Elsa sehr deutlich, aber inzwischen hatte sie die Situation akzeptiert. In der Vergangenheit hatte der immer unorthodoxe Harry Wargrave, der einsame Wolf, schon so oft recht behalten. »Aber Phillip John weiß doch Bescheid«, hob sie hervor.
»Er weiß nur, daß ich am Leben bin. Er glaubt, ich sei noch in Mailand und würde das Unternehmen von dort aus leiten. Und«, fuhr er sanft fort. »ich konnte dich wirklich nicht vorwarnen – bist du sicher, daß du überzeugend hättest reagieren können, wenn du die Wahrheit gewußt hättest?«

»Nein«, gab sie zu. »Kann ich gelegentlich mal vorbeikommen und dich heimlich treffen?«

»Aber selbstverständlich. Und in regelmäßigen Abständen. Ich muß alles wissen, was in den hinteren Schlafwagen vorgeht. Noch etwas – es kann jeden Augenblick passieren, daß General Traber mir einen dringenden Funkspruch aus Zürich schickt. Der Funkspruch wird von jemandem sein, der sich Leros nennt. Den bringst du mir sofort her…«

»Dein Funker, Peter Necker, hält dich für tot – jedenfalls nehme ich an, daß er dich für tot hält.« Sie runzelte die Stirn. »Du hast ihm nichts gesagt? Nein? Komisch – ich bin zu ihm gegangen, um es ihm zu sagen, und wenn ich es recht bedenke, hat er die Nachricht ziemlich ungerührt aufgenommen…« Sie lächelte schwach und sah Wargrave mit einem Anflug von Stolz an. »Als hätte er nicht glauben können, daß man dich so leicht erledigen kann.« Sie sah sich ein letztes Mal prüfend im Spiegel an und setzte ihre Hornbrille auf, dann sah sie Wargrave ins Gesicht. »Wenn ich wirklich so aussähe wie jetzt, würdest du mich dann überhaupt eines Blickes würdigen?«

Er faßte ihr ans Kinn und küßte sie voll auf den Mund. »Und das ist etwas, was du Julian nicht berichtest«, sagte er mit gespieltem Ernst. »Er hält nichts von geschlechtlichem Umgang unter Agenten.«

»Ich gehe jetzt lieber«, sagte sie hastig. »Oh, beinahe hätte ich es vergessen. In Chiasso sind drei Mörder zugestiegen, aber die schweizerische Abwehr hat sie geschnappt.« Sie erzählte ihm rasch, was sich ereignet hatte. Wargraves Reaktion überraschte sie. Er hörte mit halbgeschlossenen Augen zu, dann nahm er sie ins Verhör.

»Ein bißchen zu offenkundig, nicht wahr?« bemerkte er. »Die Leute vom KGB sind sonst weit besser. Das stinkt meilenweit nach Ablenkungsmanöver – diese Sache sollte unsere Wachsamkeit erlahmen lassen.« Sein Tonfall wurde drängend. »Versuche Haller klarzumachen, daß du das Gefühl hast, wir gerieten allmählich in eine Gefahrenzone. Es kann sein, daß die Festnahme dieser drei

Schlägertypen ihn beruhigt hat.« Er klopfte ein unregelmäßiges Zeichen aufs Waschbecken. »Klopfe so, wenn du zurückkommst – dann weiß ich, daß du es bist. Und sieh um Gottes willen zu, daß Haller begreift – ich spüre, daß große Gefahr auf uns zukommt...«

Als der Atlantik-Expreß in dem hoch über der Stadt liegenden Bahnhof von Lugano hielt, patrouillierten auf den Straßen unterhalb des Bahnhofs drei verschiedene Gespanne von Funkpeilfahrzeugen. Die Wagen unterstanden dem direkten Befehl Oberst Springers, der sein hiesiges Hauptquartier an der winzigen Piazza Cioccaro aufgeschlagen hatte.

»Wenn irgendein Geheimsender der von Scharpinsky in Zürich eingerichteten Operationsbasis etwas über eventuelle Fortschritte funken sollte, muß der Sender irgendwo in der Nähe des Bahnhofs liegen«, sagte Springer zu seinem Stellvertreter, Hauptmann Theodor Horner.

Horner, ein kleiner, rundschultriger Mann von vierzig mit rötlichen Haaren und Augenbrauen, blickte vom Büro im ersten Stock auf den menschenleeren Platz hinunter. Der von alten Steingebäuden umrahmte Platz besaß auf der Westseite einen Eingang zu der Seilbahn, die zum Bahnhof hinauffuhr. »Und welche möglichen Fortschritte könnten sie melden?« wollte er wissen.

»Daß sich nichts getan hat«, erwiderte Springer geheimnisvoll. »So, und jetzt gehe ich zum Zug. Er läuft in zwei Minuten ein...«

Er lief die Treppe hinunter. Dort wartete der agile Oberst, bis der Wachmann ihm die Tür geöffnet hatte, und eilte dann über den schönen kleinen Platz zu der Seilbahn, die bereits auf ihn wartete. Kaum war er in der Kabine, schlossen sich die Türen hinter ihm, und die Bahn fuhr durch den Tunnel zum Bahnhof hinauf. »Daß sich nichts getan hat...« Springer war von Peter Necker bereits über Funk informiert worden, daß man drei Italiener mit Waffen und Sprengstoff festgenommen habe. Eins zu Null für uns, dachte er, als er die Kabine verließ und zu dem Bahnsteig ging, an dem die

nach Norden fahrenden Züge hielten. Der Atlantik-Expreß glitt an ihm vorüber, hielt.
Auf dem Bahnsteig standen keine Reisenden, um einzusteigen. Springer fragte sich, ob Wargrave kurz aussteigen würde, um sich mit ihm zu unterhalten; auf ausdrückliche Anordnung Hallers hatte man vom »Tod« des Engländers nichts verlauten lassen. Der Amerikaner hielt es nicht für angebracht, zum jetzigen Zeitpunkt schlechte Nachrichten zu verbreiten. Der Schweizer sah zu, als eine Tür aufging und zwei uniformierte Männer auf den Bahnsteig traten, denen die drei Italiener in Handschellen folgten. Man mußte ihnen aus dem Waggon helfen. Dann verließ ein dritter Uniformierter den Zug, und die drei Italiener wurden zu drei bereitstehenden Polizeiwagen geschubst.
Auf der anderen Straßenseite, fast außer Sichtweite, parkte ein unbeleuchteter grüner Volkswagen. Springer wartete, bis der Expreß sich wieder in Bewegung gesetzt hatte, warf einen Blick zum Volkswagen hinüber, den er für den Wagen irgendeines Eisenbahners von der Nachtschicht hielt, und ging wieder zurück zur Seilbahn, die ihn zur Piazza Cioccaro zurückbringen sollte. Seine Leute würden sofort damit beginnen, die drei Italiener einem intensiven Verhör zu unterziehen.
Hinterm Lenkrad des grünen Volkswagens hockte Franco Visani, stellvertretender Filialleiter einer der kleineren Bankniederlassungen in Lugano; er war ein kleiner, beleibter Schweizer von siebenundvierzig. Er beobachtete, wie die drei Italiener in Handschellen abgeführt und in die Polizeiwagen verfrachtet wurden. Er behielt die Fahrzeuge auch weiterhin im Auge, als er einen schlanken Zivilisten zur Seilbahn gehen sah. Er fragte sich, wer dieser Mann sein mochte. Er wartete noch ein wenig länger, bis die Polizeifahrzeuge losgefahren waren, schaltete das Fahrlicht ein, ließ den Motor an und fuhr auf der kurvenreichen Straße schnell in die Stadt hinunter.
Er brauchte nur drei Minuten, um zu seiner Wohnung zu kommen. Kaum war er drinnen, machte er sofort den Wandschrank auf, in dem ein Sender verborgen war, und begann, seinen bereits

vorbereiteten Funkspruch zu senden. Visani war ein äußerst zuversichtlicher Mann. Obgleich er auf seine Armbanduhr sah, vergaß er, seine Kontrolluhr auf zweieinhalb Minuten einzustellen. Er ignorierte, was er gelernt hatte. Ohnehin hatte dieser Funkspruch die höchste Dringlichkeitsstufe und mußte vollständig gesendet werden. Zudem war er ein langsamer und pedantischer Funker.

Oberst Springer war gerade in sein Büro im ersten Stock zurückgekehrt, nachdem er unten kurz mit dem Wachmann gesprochen hatte, als zwei Funkpeilfahrzeuge, die zusammenarbeiteten, plötzlich Visanis Funkspruch zu registrieren begannen. Die Funker in beiden Wagen richteten die Antennen behutsam aus, stellten den Verlauf der Funkwellen fest, bis sie den Schnittpunkt erwischt und damit den Standort des Senders festgestellt hatten. In Springers Funkraum läutete ein Telefon. Horner hörte einen Augenblick zu und legte dann auf.

»Ein Sender. An der Piazza Dante, um Gottes willen.«

Springer rannte jetzt zum zweitenmal innerhalb von zehn Minuten die Treppe hinunter. Er wurde von drei Männern begleitet, die wie er Zivilkleidung trugen, und rannte durch eine Seitenstraße weiter. Als er die Piazza Dante erreichte, waren bereits uniformierte Polizeibeamte zur Stelle. Einer hatte sich mit einem Nachschlüssel Zutritt zum Haus verschafft.

»Im vierten Stock, glaube ich«, sagte er zu Springer. »Einer meiner Männer ist schon oben...«

Im vierten Stock wurde wiederum ein Nachschlüssel benutzt. Zwei Polizisten drangen mit gezogenen Pistolen in die Wohnung ein. Springer folgte ihnen gelassen, die Hände in den Manteltaschen. Visani war gerade dabei, das Senden zu beenden, hatte soeben »Ende« gefunkt und wollte den Wandschrank schließen. Er drehte sich um und blickte auf die Pistolen der Polizeibeamten. Springer, der sich außer Sicht hielt, entdeckte in einem Wandspiegel das Gesicht des kommunistischen Agenten. Er verließ unbemerkt die Wohnung und kehrte zur Piazza Cioccaro zurück, um Horner Bescheid zu sagen.

»Franco Visani! Ausgerechnet der! Ich habe schon von einem Polizeiwagen aus über Funk Anweisung gegeben, sämtliche Bekannte von ihm, von denen wir wissen, festzunehmen. Ich glaube, wir haben soeben eine größere Zelle gesprengt. Würde gern wissen, was der Kerl gerade gefunkt hat?«
Springer wäre trotz seines Erfolgs weniger wohl gewesen, hätte er den Inhalt des Funkspruchs gekannt, den Franco Visani soeben an den Caravan Professor Mohners auf den Höhen des Zürichbergs übermittelt hatte – eines Funkspruchs, den Mohner sofort ins Hotel Schweizerhof weitergefunkt hatte.

*Ablenkungsmanöver soeben beendet. Drei Männer in Handschellen soeben von der Polizei in Lugano aus dem Atlantik-Expreß herausgeholt und abgeführt worden...*
In Zimmer 207 des Hotels Schweizerhof las Heinz Golchack den Funkspruch und grunzte. Dieser Funkspruch war nicht gerade ein Muster an Knappheit, und er nahm sich vor, Visani durch dessen unmittelbaren Vorgesetzten eine Rüge erteilen zu lassen. Golchack reichte den Funkspruch seinem Stellvertreter Rudi Bühler, dem Sabotageexperten.
»Es funktioniert«, bemerkte Golchack gelassen. Er sah auf seine Uhr, die 19 Uhr 10 zeigte, ging zu der Schweizkarte in großem Maßstab hinüber, die auf dem Bett ausgebreitet war, und zeigte auf einen bestimmten Punkt der Eisenbahnlinie zwischen Lugano und Bellinzona, dem nächsten Aufenthalt. »Dort wird es passieren.«
»Dann sollten wir in einer halben Stunde aus dem Hotel raus sein«, erwiderte Bühler.
»Wir werden sehen.« Auf jeden Fall, dachte Golchack, habe ich noch eine weitere Karte im Ärmel, etwas, wovon nicht einmal Bühler etwas weiß. Es war eine gute Rückversicherung, einen ausgebildeten Mörder im Zug zu wissen.

# 15. Vira, Bellinzona

*Körpergröße: 1,90 Meter; Farbe der Augen: schwarz; Name: Jorge Santos. Staatsangehörigkeit: spanisch.*

In Lugano hatten die schweizerischen Paß- und Zollbeamten das Erster-Klasse-Abteil betreten, in dem der vierte der Reisenden saß, die in Chiasso zugestiegen waren. Der bemerkenswert hochgewachsene Santos saß mit ausgestreckten Beinen auf seinem Fensterplatz, während einer der Schweizer seinen Reisepaß prüfte und ihn dann zurückgab. Der entspannt dasitzende Spanier, der gelassen seine Pfeife rauchte, gab den Blick des Grenzbeamten ungerührt zurück, während er sich mit einem Daumennagel durch den dunklen, gepflegten Schnurrbart fuhr.

»Wohin reisen Sie, mein Herr?« wollte der Schweizer wissen.

»Ich fahre bis nach Amsterdam«, erwiderte Santos in sorgfältigem Französisch.

Dieser Fahrgast hat etwas Magnetisierendes, dachte der Schweizer, etwas von aufgestauter Spannung, obwohl er äußerlich so gelassen wirkt. Der Schweizer war sich seiner Sache nicht sicher, konnte sich aber auch nicht über den Grund für seine Unsicherheit klarwerden. Der uniformierte Beamte war einer von Springers Männern. Eine Durchsuchung der Reisetasche des Spaniers durch seinen Kollegen in Zollbeamtenuniform erbrachte gleichfalls nichts Ungewöhnliches.

»Vielen Dank, mein Herr...«

Die beiden Beamten zogen sich zurück und setzten ihren Weg durch den Zug fort. Santos, der ruhig seine Pfeife paffte, sah aus

dem Fenster. Dort draußen wurden drei Männer in Handschellen aus dem Bahnhof geführt. Auf der kurzen Fahrt von Chiasso waren Jorge Santos mehrere Dinge aufgefallen. Ein ziemlich langweilig aussehendes Mädchen mit dunklem Haar und Brille war an seinem Abteil vorübergegangen und hatte hineingesehen. Er hatte den Eindruck, daß sie jemanden suchte. Und dann war ein schon recht betagter Mann mit ungepflegtem grauem Haar und einem Stock vorbeigekommen, der ebenfalls hineingeblickt hatte.
Schon bald nachdem die Schweizer Beamten gegangen waren, stand Santos auf, öffnete die Tür, sah, daß der Gang leer war, und schlüpfte rasch in das nächste leere Erster-Klasse-Abteil. Seine Bewegungen waren alles andere als langsam und beiläufig, als er unter einen Sitz langte, die mit Klebeband befestigte 9-Millimeter-Luger hervorzog und sie in die Tasche gleiten ließ. Er kehrte in sein eigenes Abteil zurück und nahm wieder seinen Fensterplatz ein, streckte die Beine aus und zog genüßlich an seiner Pfeife.

In der kleinen militärischen Anlage in der Nähe der Straße, die von Lugano über die Hochebene nach Bellinzona führt, ging der uniformierte Schweizer Wachsoldat stampfend auf und ab, damit ihm die Füße nicht einfroren. Mein Gott, was für eine Nacht zum Wacheschieben! Hinter ihm befand sich ein geschlossenes Tor zwischen hohen Stacheldrahtzäunen, die einige dicht zusammengedrängte Betonbauten schützten, die hauptsächlich als Schuppen für Armeefahrzeuge dienten. Dann erstarrte der Soldat und nahm das Gewehr von der Schulter.
Ein großer Mercedes, der auf der verschneiten einsamen Landstraße näher kam, bog plötzlich ab und fuhr jetzt auf das Tor zu. Von den Scheinwerfern geblendet, sprang der Soldat zur Seite. Der Wagen fuhr direkt neben ihn und hielt dann an. Der Fahrer, ein hochgewachsener, gelenkiger Mann mit einem schweren Wintermantel, stieg aus. Er hielt die rechte Hand in der Manteltasche, als er auf italienisch schnell zu sprechen begann. Der Soldat unterbrach ihn.
»Dies ist militärisches Gebiet. Sie dürfen hier nicht…«

»Um Gottes willen, es geht um meine Tochter. Und Sie haben ein Telefon.« Der Mann zeigte auf die Leitung über ihnen, unter der der Wagen angehalten hatte. »Schauen Sie auf den Rücksitz. Sie ist sehr krank – wir brauchen einen Arzt, ein Krankenhaus, und zwar schnell...«

Der Soldat warf dem Mann auf dem Beifahrersitz einen Blick zu und blickte dann auf den Rücksitz; dort saß ein Mann, der die Scheibe heruntergekurbelt hatte. Der Schweizer Soldat hatte selbst eine Tochter, aber was er neben dem hinten sitzenden Mann entdeckte, war kein Kind, sondern eine dunkelhaarige junge Dame Ende zwanzig, ein Mädchen, das sich vor Schmerz krümmte, sich an den Bauch faßte und schrecklich stöhnte. Der Soldat blickte noch immer in den Wagen, als der hochgewachsene Fahrer ihm ein Messer tief in den Rücken stieß. Der Soldat brach tot zusammen.

Der nächste Schritt des Unternehmens lief mit einer Präzision ab, die ein Schweizer Militärbefehlshaber sicher bewundert hätte. Das urplötzlich quicklebendige Mädchen sprang mit einem Drahtschneider aus dem Wagen und machte sich daran, in den Zaun ein Loch zu schneiden, das es einem Mann erlaubte, aufrecht hindurchzugehen. Der hochgewachsene Fahrer kletterte aufs Wagendach, ließ sich von einem anderen der Männer den Drahtschneider mit langen Handgriffen reichen und durchschnitt die Telefonleitung. Der Mann, der neben dem Mädchen auf dem Rücksitz gesessen hatte, beugte sich über den Leichnam des Soldaten und nahm ihm den Wintermantel und die Mütze ab.

Drei Minuten später wurde wütend an die Tür des Wachhäuschens hinter dem Einfahrtstor gehämmert. Der dienstfreie schweizerische Soldat, der drinnen schlief und die Beine auf einen Stuhl gelegt hatte, wachte erschreckt auf. Trotz seiner Schlaftrunkenheit hatte er noch Geistesgegenwart genug, sein Gewehr aufzunehmen, bevor er die Tür öffnete. Draußen stand ein uniformierter Soldat, den er für Giulio hielt, gebeugt da und hielt ein zusammengesunkenes Mädchen im Arm. »Was zum Teufel...« Er sprach noch, als das Mädchen ihn mit einer Mauser-Pistole er-

schoß. Sie ließ sich aus den Armen des vermeintlichen Soldaten zu Boden gleiten, rannte in das Wachhäuschen, durchquerte ein leeres Zimmer und blieb in der Tür zu einem weiteren Zimmer stehen, in dem ein dritter Schweizer Soldat gerade zum Telefonhörer griff. Sie schoß zweimal auf ihn.
»War das notwendig, Luisa?« fragte der Mann in Uniform.
»So ging es am schnellsten. Los, an die Arbeit jetzt...«
Die dunkelhaarige Luisa hatte ein ausgeprägtes Kinn, scharfe Augen und ein herrisches Auftreten. Sie drängte die drei Männer zur Eile und blickte dann auf die Uhr. Es war 18 Uhr 50. In vier Minuten würde der Atlantik-Expreß Lugano erreichen. Zufrieden, daß sie den Zeitplan einhielten, ging sie zurück zu dem Loch im Zaun.
Sechs Minuten später trugen alle drei Männer die Uniformen der toten Schweizer Soldaten. Zwei der Uniformen saßen schlecht, aber das war ein Detail, das man nur im Licht und aus der Nähe bemerken würde. Keiner der drei Männer in dem Armeefahrzeug, das sie jetzt durchs Tor fuhren – das sie mit einem im Wachraum hängenden Schlüssel geöffnet hatten –, hatte die Absicht, sich aus der Nähe betrachten zu lassen. Das Fahrzeug, das sie aus einem der Schuppen geholt hatten, war ein Jeep mit einem auf der Ladefläche montierten Maschinengewehr. Das MG war auf einer drehbaren Lafette befestigt, so daß sie aus jedem Winkel würden schießen können.
Der Mercedes hatte den mit nur drei Soldaten bemannten Armeeposten – was die Angreifer schon lange vor ihrer Ankunft gewußt hatten – bereits verlassen. Luisa saß am Steuer und fuhr mit hoher Geschwindigkeit nach Norden; rechts von der Straße verlief der Schienenstrang, auf dem der Atlantik-Expreß nach Bellinzona rollen würde. In der Ferne erkannte sie die Umrisse des Bahnwärterhäuschens von Vira. Sie trat heftig auf die Bremse, und der Wagen hielt mit quietschenden Reifen an; dann schaltete sie die Scheinwerfer aus und ein, aus und ein, aus und ein...
Im Bahnwärterhäuschen sah Emilio Valenti, ein kleiner Mann mit einem Froschgesicht, der in den letzten zehn Minuten wiederholt

in südlicher Richtung auf die Landstraße gestarrt hatte, das Aufblinken der Scheinwerfer. Er ging zu seinem Kollegen hinüber, der vor den Kontrollschaltern stand. Bahnwärter Carli widmete seine volle Aufmerksamkeit den Instrumenten; der Atlantik-Expreß würde gleich seinen Streckenabschnitt passieren. »Zigarette?« schlug Emilio vor. Sein Kollege schüttelte den Kopf; in dem Aschenbecher neben ihm brannte noch eine, was Emilio bereits bemerkt hatte. Emilio holte tief Luft, hob den schweren Schraubenschlüssel, den er in der Hand hielt, und ließ ihn mit voller Wucht auf Carlis Schädel niedersausen. Carli war auf der Stelle tot. Er rutschte langsam zu Boden, als Emilio einen Knopf auf der Instrumententafel drückte. An dem nach Norden führenden Gleis schaltete ein Signal von Grün auf Rot.

Emilio griff seinen Mantel und zog ihn über, während er das Bahnwärterhäuschen verließ und die Treppenstufen hinuntereilte. Er keuchte und rannte wie ein Kaninchen über die Gleise und dann die Böschung hinunter, als auch schon der Mercedes ankam. Luisa trat auf die Bremse, und der Wagen kam mit kreischenden Bremsen zum Stehen. »Nicht die Vordertür – steigen Sie hinten ein...« Sie fuhr schon wieder an, bevor er die Tür hatte zuschlagen können.

»Ich glaube, ich habe ihn umgebracht...«, begann Emilio nervös.

»Halten Sie den Mund, Sie Waschlappen. Ich habe eine Aufgabe zu erledigen...«

Sie konnte im Rückspiegel die Scheinwerfer des Jeeps sehen, der jetzt die Geschwindigkeit verlangsamte. Und einen halben Kilometer hinter ihr sahen die drei Männer im Jeep, der jetzt am Straßenrand hielt, die Lichter des heranrasenden Atlantik-Expreß.

»Vergiß nicht, Marco, der letzte Schlafwagen«, erinnerte der Mann am Steuer seinen Begleiter. »Wir wissen, daß er sich in dem Waggon aufhält.«

»Glaubst du etwa, ich verstünde meinen Job nicht?« schnauzte Marco. »Du besorgst das Fahren – ich erledige dies.« Er umfaßte das schwere Maschinengewehr mit einem festeren Griff, als der Fahrer den Motor anließ.

»Warum bist du so nervös?« fragte Haller. »Sie haben doch diese drei Ganoven in Lugano aus dem Zug geholt. Sie werden später natürlich noch etwas anderes versuchen...«

»Ich habe einfach nur dieses merkwürdige Gefühl«, beharrte Elsa. »Nenne es eine Vorahnung oder was auch immer – ich habe das verdammte Gefühl, daß bald etwas Scheußliches passieren wird...«

Der Expreß hatte Lugano verlassen und beschleunigte jetzt, als er sich der Hochebene hinter der Stadt näherte, die der Zug vor der langen Abfahrt nach Bellinzona passieren mußte, wo der Schienenstrang eng an den aufragenden Bergwänden entlangführt. Im Abteil saß Haller neben Elsa, während Marenkow mit dem Rücken zum Fenster stand und sich die steifgewordenen Beine vertrat. Der Vorhang war heruntergelassen, so daß der massive Rumpf des Russen von draußen eine perfekte Silhouette ergab. Er beobachtete Elsa genau.

»Was war, als Sie durch den Zug gegangen sind?« fragte er.

»Ich habe gesehen, wie diese drei Revolvermänner festgenommen wurden...«

»Ich glaube, Sie haben etwas anderes gesehen – oder erlebt. Oder irre ich mich?« Marenkow hielt warnend eine Hand hoch. »Überlegen Sie, bevor Sie sprechen. Ich bin ein Mann, der vor der Intuition einer klugen Frau Achtung hat.« Als er dies sagte, dachte Marenkow an seine arme, tote Frau Irina und an die Zeiten, in denen sie die kommenden Machtverschiebungen in der Moskauer Führungsspitze vorausgeahnt und ihn gewarnt hatte.

»Vielen Dank«, erwiderte Elsa ein wenig unhöflich. Marenkow lernte sie allmählich etwas zu gut kennen. Sie riskierte einen Seitenblick zu Haller, der auf Marenkow als leicht brüskierend wirken mußte. »Ich meine einfach, daß wir es uns nicht eine Sekunde lang leisten können, in unserer Wachsamkeit nachzulassen.«

»Wie zum Teufel kommst du zu der Annahme, ich sei nicht wachsam«, brauste der Amerikaner auf. »Bis Schiphol steht uns ein tödliches Spießrutenlaufen bevor. Ich begreife nicht, was gerade in diesem Augenblick in dich gefahren ist.«

»Furcht«, sagte Marenkow leise. Er stand noch immer mit dem Rücken zum Fenster und sah Elsa neugierig an. »Furcht ist etwas, was ich immer riechen kann.« Der Russe zuckte die Achseln und gab es auf, das englische Mädchen weiter auszuforschen. »Der Expreß wird langsamer«, bemerkte er.
Haller sah auf seine Armbanduhr, obwohl er wußte, daß sie noch nicht kurz vor Bellinzona sein konnten. »Da muß irgendein Signal auf Rot stehen«, meinte er.

Im Stellwerk von Lugano starrte dessen Leiter, Alois Reiter, ein vierzigjähriger Mann mit ruhelosen Augen, auf seine Instrumententafel. Er starrte auf das Stoppsignal von Vira, ein Stoppsignal, für das es keinerlei Grund gab. Ein anderer Mann hätte vielleicht gezögert und über mögliche Ursachen nachgedacht, hätte unter Umständen das Bahnwärterhäuschen von Vira angerufen. Statt dessen befolgte Reiter auf der Stelle seine Anweisungen. Er wählte eine Nummer, die ihn sofort mit dem Hauptquartier Oberst Springers verband. Horner nahm den Anruf entgegen, hörte kurz zu, legte die Hand auf die Sprechmuschel und berichtete Springer von der Neuigkeit.
»Da steht irgendein Signal unerklärlicherweise auf Rot – in der Nähe von Vira. Der Expreß wird in weniger als zwei Minuten dort angehalten werden...«
Springer reagierte wie elektrisiert. »Warnen Sie Haller – Großalarm.« Er warf einen Blick auf eine Wandkarte und wandte sich dann einem anderen Beamten zu. »Großalarm für Sektor 431. Alle Fahrzeuge sind anzuhalten – zivile, Polizeifahrzeuge, militärische, einfach alle. Errichten Sie um den gesamten Sektor herum Straßensperren. Riegeln Sie ihn ab. Es darf nichts und niemand herein oder heraus.«
»Auch Militärfahrzeuge?« wollte der Beamte wissen.
»Ich sagte, alle Fahrzeuge«, brauste Springer auf. »Alles, was sich bewegt. Und vergessen Sie nicht den Flugplatz von Locarno...«
Der Beamte hatte bereits zum Telefon gegriffen und erteilte eine Flut von Anweisungen. Überall im Sektor 431 begannen Einheiten

der Schweizer Armee und der Abwehr, in die Nacht hinauszufahren; Hubschrauber stiegen auf, leichte Armeeflugzeuge wurden aus den Hangars gerollt. Horner bediente jetzt das Sendegerät selbst und funkte die Anweisung zum Großalarm hinaus. *Guisan... Guisan... Guisan...* Das war der Name des schweizerischen Oberbefehlshabers im Zweiten Weltkrieg, der in einem kritischen Moment die Totalmobilmachung der Schweizer Streitkräfte angeordnet hatte, und zwar gegen den vehementen Widerstand seiner Regierung. In General Traber und Oberst Springer lebte der Geist Guisans fort.

Der Atlantik-Expreß rollte kaum noch, als heftig an die Tür von Marenkows Abteil geklopft wurde. Haller schloß die Tür auf und öffnete sie ein wenig. Draußen auf dem Gang sah sich Matt Leroy der Mündung von Hallers 45er Colt gegenüber. »Über Funk ist soeben ein Großalarm angeordnet worden«, sagte Leroy aufgeregt.

»Gehen Sie zurück ans Ende des Wagens...« Haller trat auf den Gang hinaus und rannte zum Funkabteil im nächsten Schlafwagen. Dort sah er seinen Funker Peter Necker – gegen alle Anweisung – auf dem Gang stehen. »Guisan«, rief Necker. »Guisan – Guisan...«

Haller machte auf dem Absatz kehrt, ging zurück in sein Abteil, in dem Marenkow noch immer mit dem Rücken zum Fenster stand. »Runter auf den Fußboden«, rief Haller aus, packte den Russen und zwang ihn zu Boden. Elsa hatte sich schon hingeworfen, als Marenkow sich neben ihr ausstreckte. »Unter anderen Umständen würde ich diese Lage sehr zu schätzen wissen«, sagte er ihr. Als ihr aufging, daß er sie nur beruhigen wollte, nahm sie seine Hand und drückte sie. »Sie werden schon damit fertig werden.«

»Darauf können wir uns verlassen«, erwiderte Marenkow, der die extreme Spannung verbarg, die er empfand.

Haller hatte das Abteil verlassen, und Elsa langte hinauf, um die Tür abzuschließen. Der Expreß stand jetzt auf freier Strecke, und der Amerikaner stand an der Stelle, an der Phillip John Wache hielt. Er packte den Engländer am Arm. »Kommen Sie mit«, befahl er und betrat ein leeres Abteil. Er machte das Licht aus, zog den Vorhang ein wenig hoch, dann ganz. Er konnte nichts sehen, was seine Aufmerksamkeit erregte. Es schneite nicht, der Himmel war klar, und die dicht neben dem Schienenstrang verlaufende leere Landstraße wurde vom Vollmond beschienen. Haller zog das Fenster herunter, worauf eine Welle eisiger Luft ins Abteil strömte. Er blickte nach Norden, sah das rote Signal, sah nach Süden und kniete nieder.

»Da kommen sie...« Er hatte kaum zu Ende gesprochen, als sie das trommelnde Rattern eines Maschinengewehrs hörten. In der Stille der Nacht war das Geräusch erschreckend laut. »Ein Armeejeep«, sagte Haller schnell. »Zielen Sie auf den Fahrer. Treffen Sie den Fahrer...«

John quetschte sich vor Haller, hockte sich in der Ecke ruhig in Position und legte mit seiner Luger an. Er zielte auf einen Punkt auf der Landstraße, den der Jeep noch nicht erreicht hatte. Das Feuer des Maschinengewehrs war jetzt ein donnerndes Krachen. Die Salven durchschlugen die Fenster des letzten Schlafwagens, als der Jeep auf der Landstraße vorüberraste. Der Mann am MG war ein Experte, der den Lauf beim Feuern ein wenig auf und ab bewegte, um eine möglichst große Fläche zu bestreichen. John wartete reglos, die Luger um Anschlag. Ein Kugelhagel peitschte durch das Abteil, und dann kam der Jeep in Sicht. John feuerte dreimal in schneller Folge. Das Rattern des Maschinengewehrfeuers hörte auf, als der Jeep mit dem zweiten Schlafwagen gleichauf war. Dann verschwand er in die Nacht und fuhr in nördlicher Richtung auf der Landstraße davon.

»Hab' sie verfehlt. Schweinerei«, sagte John bitter.

»Bewegliches Ziel«, bemerkte Haller voller Mitgefühl, als er vom Fußboden aufstand. Er rannte auf dem Gang zurück und benutzte das verabredete Klopfzeichen. Die Tür wurde von Elsa geöffnet. In der Türspalte zeigte sich ihr Revolver. Ihre Hand zitterte nicht, wie Haller bemerkte. Marenkow kam gerade wieder auf die Beine. Hinter ihm waren der Fenstervorhang zerfetzt und die Scheibe

zertrümmert. Wäre er eine Minute länger stehengeblieben, hätten die Kugeln ausgereicht, ihn ein dutzendmal zu töten. Der Russe trat auf Glassplitter, als er zur Tür ging.
»Meinen Glückwunsch zu Ihrem Sicherheitssystem, Mr. Haller. Ist von Ihren Männern jemand getroffen worden? Nein? Gott sei Dank. Ja, Ihre Abwehr ist wirklich hervorragend. Die Burschen werden natürlich einen neuen Versuch unternehmen, aber dieser kleine Zwischenfall beruhigt mich erheblich.«
Haller gab sich Mühe, sich seine Überraschung nicht anmerken zu lassen. Der Russe schien die gelassenste Person im gesamten Schlafwagen zu sein. Am anderen Ende des Gangs sah Haller, wie Matt Leroy einen Daumen hochreckte, womit er andeutete, daß der zweite Schlafwagen ungeschoren geblieben war. »Wir ziehen in den nächsten Schlafwagen um«, sagte Haller zu Marenkow. »Elsa, begleite ihn hinüber...« Er starrte über ihre Schultern hinweg durch die zertrümmerte Fensterscheibe in die Nacht hinaus. »Und das nenne ich eine verdammt schnelle Reaktion...«
Entlang der Landstraße war ein Konvoi Schweizer Militärfahrzeuge aufgetaucht und hielt jetzt an. Mit automatischen Waffen bewaffnete Soldaten sprangen von den Mannschaftswagen und schwärmten aus, um den haltenden Expreß zu umstellen.

Von seinem Hauptquartier in Lugano aus hatte Springer den Stellwerksleiter Alois Reiter und zwei andere Eisenbahner mit einem schnellen Wagen zum Bahnwärterhäuschen von Vira geschickt. Inzwischen bewegten sich überall im Sektor 431 Militär- und Abwehrfahrzeuge. Straßensperren waren errichtet worden. An strategisch wichtigen Punkten setzten große Hubschrauber Truppen ab. Das gesamte, für den Kriegsfall gedachte Sabotageabwehrsystem war mobilisiert worden. Eine Einheit hatte bereits den Militärposten erreicht, aus dem die Bande den Jeep entwendet hatte. Über Funk meldeten die Männer die Entdeckung der Leichen von drei Schweizer Soldaten. Der Oberst gab den Befehl, die Nachricht sofort an alle im Sektor 431 operierenden Einheiten weiterzugeben.

Die drei kommunistischen Agenten, die den Expreß mit einem Kugelhagel überfallen hatten, hatten den Jeep inzwischen aufgegeben und in einer Baumgruppe versteckt. Sie fuhren jetzt Mercedes. Mit ihnen fuhr auch Emilio Valenti, der Bahnwärter, der den Expreß gestoppt hatte. Am Steuer saß Luisa. Ihr Gesicht zeigte die Anspannung, als sie mit hoher Geschwindigkeit nach Norden in Richtung Bellinzona fuhr. Da sie eine leere Landstraße vor sich wußte, trat sie das Gaspedal durch. Die Tachonadel kletterte auf einhundertachtzig Stundenkilometer, eine gefährliche Geschwindigkeit auf der eisglatten Straße.

»Sie werden uns noch umbringen bei dem Tempo«, warnte Marco, der Mann, der das Maschinengewehr bedient hatte.

»Halten Sie die Klappe.« Luisa sprach, als äußerte sie einen Befehl. »Sie haben Ihren Job erledigt, jetzt werde ich meinen erledigen – nämlich uns hier rauszubringen.«

Der Wagen schlitterte, als sie eine Kurve nahm. Sie schien die Gewalt über die Limousine zu verlieren, machte heftige Lenkbewegungen, bekam den Mercedes wieder unter Kontrolle und beschleunigte auf der nächsten Geraden. Hinter sich hörte sie Marco keuchen. »Ängstlich?« fragte sie. »Dann machen Sie doch die Tür auf und steigen Sie aus...«

»Ein Hubschrauber kommt auf uns zu«, bemerkte der schlaksige Mann neben ihr. »Wann werden wir die Wagen wechseln?«

»In drei Minuten, vielleicht in vier. Dann haben wir die Hunde abgeschüttelt. In einer halben Stunde sind wir am Flugplatz...«

»Die längste halbe Stunde unseres Lebens«, sagte Marco hinter ihr. »Heilige Mutter Gottes! Sehen Sie! Da vorn...«

Der Mercedes raste mit Höchstgeschwindigkeit ein Gefälle hinunter; auf beiden Seiten war die Straße von baumbestandenen Böschungen gesäumt. Vor ihnen lag eine Straßensperre aus Polizeifahrzeugen, die quer über die Fahrbahn gestellt worden waren. Als Luisa die Geschwindigkeit drosselte, wurde ein Suchscheinwerfer eingeschaltet, der direkt auf ihr Gesicht gerichtet war und sie blendete. Sie duckte sich, bremste weiter ab, fuhr auf das Bankett, legte den Rückwärtsgang ein, setzte zurück, riß das Lenkrad herum und

fuhr in die Richtung los, aus der sie gekommen war. Dann ließ sie lästerliche Flüche hören und trat auf die Bremse.
Ein Armeepanzer war plötzlich zwischen den Bäumen aufgetaucht und blockierte jetzt die Fahrbahn. Der Lauf seines langen Geschützes wurde gesenkt und direkt auf den Wagen gerichtet. Luisa langte nach ihrer Pistole im Handschuhfach. Im selben Augenblick zertrümmerte ein Soldat das Seitenfenster auf der Fahrerseite und legte mit seinem Gewehr auf sie an. Auch die hinteren Scheiben wurden eingeschlagen; Gewehrläufe ragten ins Innere des Wagens.
»Bleiben Sie, wo Sie sind. Keine Bewegung«, rief eine Stimme auf italienisch.
Die Türen wurden aufgerissen. Die vier Männer leisteten keinerlei Widerstand, aber Luisa fing an, den Offizier, der die Pistole aus dem Handschuhfach an sich gerissen hatte, zu kratzen und zu treten. Der ließ die Pistole fallen und versetzte ihr mit dem Handrükken einen brutalen Schlag. Luisa fiel gegen das Lenkrad; sie blutete, war taumelig und nur noch halb bei Bewußtsein, als der Offizier sie aus dem Wagen zerrte. »Das wird Sie lehren, Schweizer Soldaten zu ermorden«, sagte er ruhig. »Legen Sie dem Miststück Handschellen an«, befahl er einem Untergebenen.
Viele Kilometer entfernt, unten im Tal des Lago Maggiore, hatten Armeefahrzeuge bei der Routineüberprüfung eines kleineren Flugplatzes eine leichte Sportmaschine umstellt. Der Pilot leistete keinen Widerstand. Innerhalb von dreißig Minuten hatte Oberst Springer die wichtigste kommunistische Sabotagegruppe im Raum Lugano zerschlagen.
Der Atlantik-Expreß hatte sich wieder in Bewegung gesetzt. Er rollte jetzt auf die lange Abfahrt zu, auf der der Schienenstrang sich auf dem Weg nach Bellinzona eng an die Berghänge schmiegt.
Elsa klopfte an die Tür von Wargraves Abteil. Er öffnete sie ein wenig, ließ Elsa eintreten und verschloß die Tür wieder. »Ein munteres Spielchen«, bemerkte er. »Marenkow haben sie natürlich nicht erwischt? Kognak?« Er bot ihr ein metallenes Fläschchen an. »Du siehst aus, als könntest du ihn gebrauchen.«

Sie beobachtete den Engländer, während sie aus dem Fläschchen trank. Er war noch immer als Joseph Laurier verkleidet und trug auch noch seine strähnige graue Perücke und die Zweistärkenbrille. Selbst wenn man seine Verkleidung berücksichtigte, sah er verdammt erschöpft aus.
»Nein, Marenkow haben sie nicht erwischt«, bestätigte sie. »Auch sonst niemanden – obwohl mir nicht klar ist, woher du deine Zuversicht hast.«
»Denk an den Zeitfaktor. Der Expreß stand schon eine volle Minute, bevor das Maschinengewehr das Feuer eröffnete. Es war ein unplanmäßiger Halt, und Haller ist kein Dummkopf. Erzähl mir, wie sich alles abgespielt hat...«
Er hörte aufmerksam zu und stellte einmal mehr fest, wie sehr Elsa die Gabe besaß, einen komplexen Sachverhalt mit wenigen Worten wiederzugeben. Sie hatte ihre schwarze Perücke und die Brille abgenommen, als wollte sie sich ihm so präsentabel wie nur möglich zeigen. »Du hast also recht gehabt«, sagte sie zum Abschluß ihres Berichts. »Diese drei sogenannten Attentäter, die in Chiasso zugestiegen sind, waren nichts als ein Ablenkungsmanöver – um uns vor dem professionell durchgeführten wirklichen Angriff in Sicherheit zu wiegen.«
Wargrave schüttelte den Kopf. »Er war nicht so professionell durchgeführt, wie ich befürchtet habe. Sie haben die Sache verpatzt. Sie war bis zu einem bestimmten Punkt gut geplant – aber dann haben sie ihre Gelegenheit verpaßt.«
»Tatsächlich?« Manchmal hatte sie das Gefühl, als sei Wargrave ein wenig zu selbstsicher. »Also schön, wie hättest du die Sache gemacht?«
»Ich hätte den ganzen Schlafwagen mit Salven bestrichen, als der Zug noch abbremste – von einem schnell fahrenden Jeep aus hätte man das schaffen können. Sie haben Haller genau die Zeit gelassen, die er brauchte, um angemessen zu reagieren. Du sagst, John hat versucht, den Fahrer zu erschießen? Etwa wie groß war die Entfernung zwischen Fenster und Jeep?«
»Wir waren rund fünfzig Meter von der Landstraße entfernt. Ju-

lian hat gesagt, der Jeep habe sich Zeit gelassen – er fuhr mit etwa fünfunddreißig Stundenkilometern.«
Wargrave machte die gleiche Bemerkung wie Haller. »Aber es war ein bewegliches Ziel – und dunkel war es auch. Wie wird übrigens Marenkow jetzt bewacht?«
»Haargenau so, wie du es angeordnet hast.« Sie stand auf, um sich Perücke und Brille aufzusetzen. »Ich gehe jetzt lieber zurück – Julian hat mich rausgelassen, damit ich sehen kann, was sich in den anderen Waggons getan hat. Die meisten Fahrgäste sind ziemlich verängstigt. Jetzt gehen Bahnbeamte durch die Wagen, um den Leuten zu erzählen, das Ganze sei eine Schweizer Armeeübung gewesen – was mit dem letzten Schlafwagen passiert ist, hat natürlich niemand gesehen. Ich glaube nicht, daß jeder diese Story schlucken wird.«
Wargrave zog eine kleine Pappspule für Nähgarn aus der Tasche. »Noch etwas. Wenn wir in Bellinzona halten, steigst du aus und gehst mit dieser Spule im Handschuh auf den Bahnsteig. Ein Mann in Schweizer Eisenbahneruniform wird auf dich zugehen und dir auf französisch sagen, du solltest wieder einsteigen, der Zug werde bald nach Airolo abfahren. Stecke ihm diese Spule zu. Es ist eine Nachricht für Springer.«
»Er weiß von Joseph Laurier?«
»Nein, aber du hast mir gesagt, daß Julian nicht über mein vermeintliches Ableben berichtet hat.« Er drückte ihr den Arm. »Und paß schön auf. Der Angriff von Vira war nur der Anfang.«
»Es kommt mehr auf uns zu?«
»Darauf kannst du dich verlassen. Den Hauptgang wird Oberst Igor Scharpinsky noch servieren müssen.«
Elsa betrachtete die winzige Spule, die Wargrave ihr für Springers Mann in Bellinzona gegeben hatte. »Warum kann nicht unser Funker, Peter Necker, einen Funkspruch durchgeben? Ich kann so tun, als sei er von mir.«
»Weil in der Nachricht gefordert wird, daß Necker selbst überprüft werden soll, und zwar schnellstens.«

In Lugano hatte Oberst Springer eine seiner blitzschnellen Entscheidungen getroffen, die seine Untergebenen so oft in Aufregung versetzten. Er hatte sich entschlossen, in Bellinzona zuzusteigen und mit dem Atlantik-Expreß mitzufahren. Er hatte Horner als Stallwache zurückgelassen und fuhr jetzt durch die Außenbezirke der Stadt zu einem Militärflugplatz, der bereits benachrichtigt worden war. Und noch vor seinem plötzlichen Aufbruch hatte er neue Anweisungen erteilt.
»Ich wünsche, daß an jedem Ort, an dem der Expreß vor Zürich hält, Funkpeilwagen eingesetzt werden – in Bellinzona, Airolo, Göschenen...«
»Sie meinen, wir könnten unseren Erfolg hier in Lugano woanders wiederholen?« fühlte Horner vor.
»Scharpinsky wird erfahren müssen, was vorgeht, damit er seinen nächsten Zug planen kann. Und das bedeutet, daß ein sowjetischer Agent, der sich im Expreß befindet, in irgendeiner Form eine Nachricht übermitteln – oder durch ein Zeichen zu erkennen geben – muß, daß Marenkow noch am Leben ist. Nach dem Angriff von Vira bin ich sicher, daß in Bellinzona irgendeine Nachricht übermittelt wird.«
»Ich werde alles veranlassen...«
»Wir werden das Unternehmen ausweiten«, fuhr Springer hastig fort. »Zwischen hier und Zürich werden nur sehr wenige Reisende aussteigen. Aber wer auch immer den Zug verläßt, muß durch neutrale Polizeiwagen beschattet werden...«
»Ich werde auch das veranlassen...«
»Und sollten irgendwelche Ortsbewohner in der Nähe eines Bahnhofs herumstehen, wenn der Expreß einläuft, müssen auch die beschattet werden...«
Springer dachte an diese Instruktionen, als er seinen Wagen beschleunigte. Er wußte, daß er nicht viel Zeit hatte. Immerhin würde der Zug in Bellinzona ein wenig aufgehalten werden, denn der zerschossene Schlafwagen mit dem angehängten offenen Güterwagen mußte abgehängt werden. Dann hieß es natürlich den Güterwagen mit dem Alouette-Hubschrauber wieder an den Ex-

preß anzukuppeln. Und warum hatte Wargrave ihn überhaupt gebeten, den Hubschrauber mitfahren zu lassen?
Als er sich dem Flugplatz näherte, hatte Springer das Gefühl, einigen Grund zur Zufriedenheit zu haben. Er hatte gehört, daß Franco Visani, der den kommunistischen Geheimsender an der Piazza Dante bedient hatte, erkennen ließ, daß er während des Verhörs weich werden würde. »Bevor der Expreß in Basel ankommt, kann ich vielleicht den gesamten Untergrundapparat der Kommunisten aufrollen«, sagte er zu sich selbst. »Je weiter der Zug fährt, desto mehr Ratten werden aus ihren Löchern auftauchen.«
Der Militärpilot der leichten Maschine, der die Scheinwerfer von Springers Wagen hatte näher kommen sehen, ließ den Motor warmlaufen, als der Oberst ausstieg, auf das Flugzeug zulief und auf den Passagiersitz kletterte. Das mit Kufen ausgestattete Flugzeug glitt über die Piste und hob ab. Wieder sah Springer auf seine Uhr. Mit etwas Glück würde er es schaffen können.
Die Frau mit dem harten Gesicht, die einen schäbigen Mantel und einen Hut trug, stand in einer dunklen Ecke der Bahnhofshalle von Bellinzona, als der Atlantik-Expreß einlief und hielt. Am Südende des Bahnsteigs war wie in Chiasso eine große Sichtblende aus Segeltuch errichtet worden, wo man im Schutz einer ähnlichen Sichtblende den Güterwagen mit dem Alouette-Hubschrauber angekoppelt hatte. Die Sichtblende ließ die Frau unbeeindruckt – sie hielt nach etwas völlig anderem Ausschau.
Anders als sonst wurden an diesem Abend trotz der bitterkalten Nacht ungewöhnlich viele Abteilfenster geöffnet; ruhelose Reisende, die die Geschichte von der »Schweizer Armeeübung« nicht überzeugt hatte, wollten mit eigenen Augen sehen, was vorging. Die Augen der Frau wurden hellwach, als sich eine Tür öffnete und ein Reisender auf den Bahnsteig trat. Joseph Laurier, der seinen Pelzmantel anhatte und seinen Stock in der Hand hielt, begann, gemächlich auf und ab zu schlendern. Einen Augenblick später, als sich eine andere Waggontür öffnete, blickte die Frau in eine andere Richtung.

Elsa Lang, die ihren Zobelmantel und ihre Gucci-Schuhe anhatte und ihre Gucci-Handtasche eng an sich preßte, schlenderte bis zur Eingangshalle und blieb dort stehen, um sich eine Zigarette anzuzünden. Die Frau verzog den Mund, als sie die Kleidung der attraktiven blonden Dame bemerkte. Dann verließ ein anderer Fahrgast den Zug, und die Augen der Frau wandten sich nochmals ab.
Phillip John, der mit seinem eleganten Kamelhaarmantel wie ein Dressman aussah, schlenderte gleichfalls über den Bahnsteig und beobachtete dabei Elsa. Die linke Hand hatte er in die Manteltasche gesteckt. Seine rechte Hand – seine Schußhand – bewegte sich frei.
Einen Augenblick später erschien Jorge Santos, der baumlange Spanier, der seine Pfeife rauchte, in der Nähe des Bahnhofsausgangs auf dem verschneiten Bahnsteig. Elsa beobachtete ihn, als er sich umsah, studierte sein selbstbewußtes Auftreten und sein auffallend männliches Gesicht, das einen fast tierhaften Magnetismus ausstrahlte. Mein Gott, dachte sie, was für ein gutaussehender Kerl. Sie hatte ihn schon früher in einem Erster-Klasse-Abteil sitzen sehen, aber nicht bemerkt, wie hochgewachsen er war. Eine Sekunde lang trafen sich ihre Blicke, dann sah Santos weg. Seine Pfeife war ausgegangen. Er bückte sich sehr bedächtig, hob einen Fuß und klopfte seine Pfeife an der Schuhsohle aus.
»Madame Wells?« Elsa drehte sich um und sah sich einem Mann in Schweizer Eisenbahneruniform gegenüber. »Sie sollten lieber wieder einsteigen. Der Expreß fährt gleich weiter«, murmelte er. Sie standen sehr eng beieinander, als sie ihm die Spule zusteckte, die Wargrave ihr gegeben hatte, und er nahm sie ihr so geschickt ab, daß niemand die Übergabe bemerkte. Danach ließ der Schweizer sie stehen und ging in die dunkle Halle zurück. Elsa blieb noch auf dem Bahnsteig und ging ein wenig auf und ab – wäre sie sofort eingestiegen, hätte das zu auffällig wirken können.
Der Schweizer in der Eisenbahneruniform hatte gerade den Ausgang des Bahnhofs erreicht, als draußen ein Wagen anhielt und der in einen Schal gehüllte Oberst Springer ausstieg. »Ist der Atlantik-Expreß noch da?« fragte der Oberst den Eisenbahner.
»Noch mindestens zehn Minuten«, erwiderte der Mann und über-

gab Springer dabei unauffällig die Spule. Der Oberst betrat ein Büro, das für ihn reserviert worden war, schloß die Tür und nickte einem seiner Mitarbeiter zu, Major Jürgen Thall, der ihn bereits erwartete. Springer zog die Nachricht aus der Spule, las sie rasch durch und reichte den Zettel dann seinem Untergebenen.
»Eine Blitzmeldung für Hauptmann Franz Wander vom deutschen BND. Er dürfte jetzt im Abwehrhauptquartier in Basel warten. Die Antwort muß – muß«, betonte Springer, »über Funktelefon an mich persönlich gerichtet werden. Sie darf nicht über Peter Necker geleitet werden, den Funker im Zug. Und ich wünsche die Antwort innerhalb von dreißig Minuten...«
Er ging zurück in die Bahnhofshalle und dann auf den Bahnsteig. Dabei kam er an einer Frau in einem schäbigen Mantel und mit Hut vorüber, die von einem seiner Männer in Schweizer Bahninspektoruniform angesprochen wurde. »Kann ich Ihnen helfen, Madame?« hatte der Beamte einen Augenblick vorher gefragt.
»Ich habe auf meinen Mann gewartet«, erklärte die Frau. »Dies ist doch der Fünf-Uhr-Expreß aus Mailand?«
»Dies ist der Atlantik-Expreß, ja, Madame.«
»Dann hätte er jetzt doch schon ausgestiegen sein müssen?«
»Ich denke ja«, versicherte der Agent Springers. »Sind Sie sicher, daß er mit diesem Zug gefahren ist?«
»Er wollte es – es sei denn, er ist durch eine geschäftliche Besprechung aufgehalten worden.«
»Dann muß er aufgehalten worden sein. Sie werden sehen, er kommt bestimmt morgen früh.«
»Sie haben sicher recht. Vielen Dank.«
Die schäbig gekleidete Frau ging durch die Halle zurück und verließ dann den Bahnhof. Draußen wartete ein alter Fiat mit einem Mann am Steuer. Sie setzte sich neben ihn, schloß die Tür, und er fuhr los. »Er hat mir das Signal gegeben«, sagte sie. »Sie haben ihn nicht getötet. Marenkow lebt noch und sitzt irgendwo im Zug.«

Auf dem Bahnsteig des Bahnhofs von Bellinzona humpelte Joseph Laurier noch immer ruhelos herum, während Jorge Santos bereits

wieder eingestiegen war. Santos lehnte sich jetzt aus dem Fenster, im rechten Mundwinkel seine erkaltete Pfeife. Elsa ging zum letzten Schlafwagen zurück, gefolgt von Phillip John, der sich einige Meter hinter ihr hielt. In dem Augenblick trat Oberst Springer aus der Halle. Hinter ihm erschien sein Assistent, Major Thall. Beide überquerten den Bahnsteig und bestiegen den Zug.
Nichts in Lauriers Haltung oder Gesichtsausdruck verriet seine grenzenlose Überraschung. Er hatte den Oberst sofort erkannt und den Blick Springers nach Norden aufgefangen – in Richtung Gotthard, dem der Expreß sich schon bald nähern würde. Hatte Springer – wie Laurier – erahnt, daß der Atlantik-Expreß in eine gigantische Falle rollen würde, wenn er die gewaltige Schlucht erklomm? Denn auf beiden Seiten wurde die Schlucht von mächtigen Bergwänden gesäumt, die den Schienenstrang wie in eine Zange nahmen.
Hinter der Sichtblende am Ende des Bahnsteigs hatten die mit gewohnter Schnelligkeit und Tüchtigkeit arbeitenden Schweizer Eisenbahner schon den von Kugeln durchsiebten Schlafwagen und den Güterwagen abgekoppelt. Anschließend hatten sie die beiden Wagen auf das Nebengleis nach Locarno rangiert, sie getrennt und den Güterwagen mit dem Alouette-Hubschrauber an den Schlafwagen angehängt, in dem jetzt die Sparta-Leute saßen. Laurier bestieg den Zug, warf einen letzten Blick auf den Gotthard, schloß die Tür. Eine Minute später verließ der Atlantik-Expreß Bellinzona.

Kurz zuvor, als die Frau in dem schäbigen Mantel und mit Hut die Bahnhofshalle verließ und in den Fiat einstieg, notierte sich einer von Springers Leuten das Kennzeichen des Wagens. Als der Wagen losfuhr, gab er dem Fahrer eines vor dem Bahnhof parkenden Polizeiwagens durch Kopfschütteln ein Zeichen. Da die schneebedeckten Straßen Bellinzonas zu dieser Zeit verlassen waren, würde es unmöglich sein, den Fiat zu verfolgen, ohne entdeckt zu werden.
Nachdem er das Bahnhofsgelände verlassen hatte, fuhr der Fiat

weniger als einen Kilometer und bog dann in eine offenstehende Garage ein. Die Türen wurden sofort von einem Mann geschlossen, der den Wagen bereits erwartet hatte. Der Fahrer des Fiats eilte in seine Wohnung, gefolgt von der Frau, die sich schon wieder eine Zigarette anzündete – sie war Kettenraucherin. Dann öffnete der Mann das im Fernseher versteckte Sendegerät und begann, einen von zwei schon vorbereiteten Funksprüchen zu senden. Anders als sein Kollege in Lugano, der Bankangestellte Franco Visani, beendete der Fahrer des Fiat seinen Funkspruch in weniger als zwei Minuten – die patrouillierenden Funkpeilwagen konnten den Standort des Senders folglich nicht ermitteln.

Weniger als eine Stunde später – anhand des Kennzeichens war die Wohnung des Fahrers ermittelt worden – war das Paar festgenommen. Es wurde sofort einem intensiven Verhör unterzogen. Man verweigerte den beiden jegliche Nahrung; nur Wasser wurde ihnen erlaubt. Vor allem aber durften beide nicht rauchen – und da wurde die Frau als erste weich. Danach wurden achtzehn Männer und Frauen, die Sabotagegruppe der Kommunisten im Raum Bellinzona, festgenommen. Das geschah aber erst sechzehn Stunden später. Der entscheidende Faktor war der nach Zürich übermittelte Funkspruch.

# 16. Zürich, Andermatt

Um 19 Uhr 45 erhielt General Traber in Zürich einen Funkspruch, in dem ihm mitgeteilt wurde, der Atlantik-Expreß habe soeben Bellinzona verlassen. Er gab die Nachricht an seinen Assistenten Major Kurt Dobler weiter, der im selben Raum an einem zweiten Schreibtisch saß. Dobler, ein wachsamer Mann von vierzig mit einem hageren Gesicht und einem langen Unterkiefer, der ihm ein fuchsähnliches Aussehen verlieh, stand von seinem Schreibtisch auf und trug die Zeit auf einer Wandkarte neben Bellinzona ein.
»Irgendwelche neuen Entwicklungen bezüglich der Fluggäste aus Wien, die mit Flug 433 gekommen sind?« fragte er.
Seit dem so tragisch unterbrochenen Anruf Leo Skoblins aus Wien hatte Traber persönlich die Leitung der Suche nach Oberst Igor Scharpinsky übernommen. Immerhin hatte Skoblin noch sagen können, das Krokodil – Scharpinsky – sei nach Zürich unterwegs. Der Abwehrchef hielt seinen Füllhalter über die Passagierliste, schüttelte dann aber den Kopf.
»Wir haben die meisten aufgespürt, und sie scheinen echt zu sein. Ich habe soeben gehört, daß dieser Heinz Golchack das Hotel verläßt und abreist.«
»War das nicht dieser österreichische Fluggast, der die Reiseroute geändert hat?«
»Genau der. Wir haben den Taxifahrer gefunden, der ihn vom Flughafen in die Stadt gefahren hat. Golchack hat in anscheinend gebeten, ihn ins Baur-au-Lac zu fahren, sich dann aber entschlossen, statt dessen mit der Bahn nach Bonn zu fahren. Das erschien mir seltsam, so daß ich Lorenz in Wien angerufen und ihn um ei-

nen Gefallen gebeten habe. Er ist mir weiß Gott einen Gefallen schuldig gewesen.«

»Was ist dabei rausgekommen?« fragte Dobler.

»Lorenz hat sich als kooperativer erwiesen, als ich erhoffen konnte. Er ging mit einigen seiner Abwehrleute in die Wohnung Golchacks, verschaffte sich Zutritt und durchsuchte sie. Golchack war zwar nicht da, aber sie fanden einen Zettel mit dem Aufdruck der Swissair, auf dem die Flugzeit des Fluges 433 notiert war. Das wär's also...«

Mit einem resignierten Ausdruck nahm der füllige Schweizer seinen Füllhalter und strich einen der wenigen noch verbliebenen Namen auf der Liste aus, den Namen Heinz Golchack.

*Peter noch am Leben. Noch immer im Atlantik-Expreß. Absolut sicher.*

In Zimmer 207 des Hotels Schweizerhof in Zürich – weniger als zwei Kilometer von General Trabers Hauptquartier entfernt – las Heinz Golchack den Funkspruch, der ihm soeben aus Bellinzona übermittelt worden war. Er sah auf seine Armbanduhr. 19 Uhr 45. Er nahm seine randlose Brille ab und fing an, sie zu putzen, obwohl sie völlig sauber war. Bühler, sein schwergewichtiger, stupsnasiger Stellvertreter, der seinen Chef so sehr gut kannte, bemerkte die Geste. Golchack begann, den Druck zu fühlen, dem er ausgesetzt war.

»Das ist eine Enttäuschung«, fühlte Bühler vor.

Golchack sah ihn kurz mit seinen blassen Augen an, und der Ostdeutsche wünschte, er hätte den Mund gehalten. Golchack setzte die Brille wieder auf und studierte die auf dem Bett ausgebreitete Schweizkarte. Auf einem in der Nähe stehenden Tisch lief sein Transistorradio. Es war auf Zimmerlautstärke gestellt; sie mußten unbedingt die Nachrichten hören, um sicher zu sein, daß der Züricher Flughafen auch weiterhin geschlossen blieb. Golchack zog seinen Kugelschreiber heraus und kreiste ein Gebiet auf der Karte ein, die er auch diesmal nicht berührte.

»Bellinzona war nichts weiter als Phase eins«, sagte er ruhig.

»Jetzt werden wir Phase zwei einleiten...«
Ohne sich zu rühren, starrte Bühler das Gebiet an, das Golchack bezeichnet hatte. Er war immerhin Chef der in Westeuropa operierenden Sabotagegruppen des GRU. Diesmal ließ er sich durch Golchacks Blick nicht einschüchtern. »Das bedeutet, daß wir einen unserer großen Sabotagepläne für eine eventuelle spätere Invasion der Schweiz aufdecken müssen.«
»Tatsächlich?« fragte Golchack sanft.
»Ich dachte nur, ich sollte es erwähnen...«
»Sie haben es also erwähnt – damit es später in Moskau auch ja in den Akten steht, da habe ich keinen Zweifel«, fuhr Golchack in dem gleichen sanften Tonfall fort. »Und ich werde mir überlegen, ob ich es in meinem eigenen Bericht erwähnen soll – daß Sie in einem entscheidenden Augenblick gezögert haben...«
»Sie verstehen mich falsch«, beeilte sich Bühler zu sagen.
»Auch das werde ich später überdenken – ob ich Sie falsch verstanden habe, Rudi.« Golchack ließ seinen Untergebenen in Ungewißheit, um ihn zu disziplinieren, und ging zum Fenster hinüber, um auf die Straße zu starren.
Es herrschte dichtes Schneetreiben; er sah einen dicken weißen Vorhang aus Schnee, der den Ausblick trübte. Der Züricher Flughafen würde mit Sicherheit gesperrt bleiben. Plötzlich drehte er sich rasch um und erteilte einen knappen Befehl.
»Schicken Sie den Funkspruch nach Andermatt. Phase zwei. Sofort!«

General Traber saß in seinem Büro und qualmte an seinem Zigarillo. Er war nicht zufrieden mit dem Stand der Dinge. Seit der Zeit vor der russischen Revolution von 1917 war die Schweiz wegen ihrer Neutralität ein Refugium für kommunistische Agenten gewesen – seit den Tagen, in denen Lenin mit seinen Getreuen in Zürich darauf gewartet hatte, daß in irgendeinem westlichen Land die Revolution ausbrach – Rußland hatte auf seiner Prioritätenliste weit unten gestanden. Den Russen war die Schweiz folglich sehr vertraut, und das war eine Tatsache, die die Schweizer Abwehr nie

außer Betracht ließ. Traber griff zum Telefon und bat, über das Scrambler-Telefon mit Oberst Springer im Atlantik-Expreß verbunden zu werden.
In militärischen Kreisen der Schweiz war es ein offenes Geheimnis, daß der brillante Springer zum Nachfolger Trabers herangezüchtet wurde, dessen Pensionierung bald erfolgen würde, und daß er Trabers volles Vertrauen genoß. Als das Gespräch da war, erklärte er dem Oberst die Situation.
»Ich schlage vor, daß wir in Zürich wieder vom Nullpunkt aus anfangen«, sagte Springer lebhaft. »Schicken Sie Leute mit der Passagierliste des Fluges 433 in alle Hotels – und lassen Sie die Anmeldeformulare überprüfen...«
»Eine höllische Arbeit«, bemerkte Traber. »Wir haben so wenig Zeit.«
»Beginnen Sie sofort damit«, drängte Springer. »Stellen Sie jeden verfügbaren Mann dazu ab. Wenn es auch nur die Chance eins zu tausend gibt, Scharpinsky aufzuspüren, so dürfen wir sie dennoch nicht versäumen.«
»Ich werde sofort loslegen«, versprach Traber.
»Noch eins – setzen Sie auch jeden verfügbaren Funkpeilwagen ein. Scharpinsky muß mit seinen Leuten Funkkontakt halten, um diese Operation persönlich zu leiten. Davon bin ich überzeugt...«
»Wird gemacht...«
»Und setzen Sie zwei dieser Wagen in der Nähe des Hauptbahnhofs ein«, fuhr Springer fort. »In Lugano hat es geklappt, und vielleicht klappt es auch in Zürich. Ist übrigens von Wargraves Agenten in Andermatt irgendeine Nachricht eingegangen?«
»Leider nein.«
Zehn Minuten später parkte einer von Trabers Funkpeilwagen in einer Nebenstraße direkt unter dem im ersten Stock gelegenen Restaurant des Hotels Schweizerhof.

Weniger als drei Stunden zuvor, als Anna Markos neben ihrem geparkten Renault stand und durch den Feldstecher das Bauernhaus beobachtete, sagte ihr das plötzliche Zuziehen des Vorhangs, daß man auf sie aufmerksam geworden war. Daß Robert Frey den Vorhang zugezogen hatte, konnte sie nicht wissen. Sie stieg wieder in ihren Wagen ein und fuhr die kurze Strecke nach Andermatt zurück; sie wendete in der schmalen Straße und ließ den Renault an einer Stelle stehen, die man vom Bauernhaus aus wahrscheinlich nicht einsehen konnte. Dann ging sie zu Fuß zum Stadtrand zurück und wartete.

Sie trug ihre Skijacke und enge Skihosen. Der eisige Ostwind schnitt wie ein Messer durch die pelzverbrämte Kapuze. Aber Anna hatte die schneidend kalten Athener Winter überstanden, und Griechenland ist den sibirischen Winden näher als Andermatt. Sie trat näher an das letzte Haus Andermatts heran und setzte die Beobachtung des in der Ferne liegenden Bauernhauses fort. Sie sah auf die Uhr. 17 Uhr 30. Der Atlantik-Expreß mußte jetzt irgendwo zwischen Mailand und Chiasso sein. Dann hörte sie das Geräusch, auf das sie gewartet hatte.

Das Schwirren des Hubschraubers war in der kalten Nacht zwar nur schwach, aber dennoch deutlich zu hören; wie schon bei früheren Gelegenheiten um diese Uhrzeit stellte sie auch diesmal fest, wie schnell Freys Männer den Hubschrauber aus der Scheune geholt hatten, in der die Maschine untergebracht war. Sie hob ihren einäugigen Feldstecher an die Augen und sah die sausenden Rotorblätter, als der Sikorsky-Hubschrauber aufstieg. Sie folgte mit dem Fernglas den Lichtern des Hubschraubers. Den Rumpf konnte sie in dem Schneetreiben nur noch verschwommen wahrnehmen.

Der Hubschrauber flog direkt durchs Tal auf sie zu, wobei er ständig an Höhe gewann. Andermatt überflog er in einer Höhe von eintausend Fuß, als er seinen Flug nach Osten in Richtung auf den Gotthard und den majestätischen Wasserhorngipfel fortsetzte. Robert Frey würde später zurückkehren, um sich in das allabendliche Getümmel des *Après-ski* zu stürzen, aber im Augenblick ging er ernsteren Verpflichtungen nach. Er mußte die allgemeine Lawinenlage prüfen, bevor er seinen Routinebericht nach Davos schickte.

Anna Markos wischte sich den Schnee von ihrem Anzug ab und kletterte wieder hinters Lenkrad ihres Renaults. Sie hatte den Motor laufen lassen; bei Temperaturen wie diesen dauerte es sonst oft fünf Minuten, bis die verdammte Kiste ansprang. Sie fuhr mit hoher Geschwindigkeit über die leere Straße unten im Tal und bog hinter den dichtgedrängt stehenden Gebäuden des Bauernhofs ab, die dunkel dalagen. Nirgendwo war ein Licht zu sehen. Sie ging ein Risiko ein, aber wenn eine Wache zurückgelassen worden war, würde sie sagen, sie habe Frey besuchen wollen.
An der Rückseite des Bauernhauses fand sie eine Glastür. Sie stieß ihre behandschuhte Hand gegen eine der kleinen Scheiben und fühlte dann vorsichtig hinein. Sie war überrascht, den Schlüssel im Schloß zu finden; wäre es nicht so gewesen, hätte sie die Nachschlüssel in der Tasche benutzt. Es war kein amateurhaftes Vorgehen gewesen, daß Anna zunächst die Scheibe zerbrochen hatte; sie wollte, daß man später ihren Einbruch entdeckte.
Sie untersuchte das Innere des Hauses mit Hilfe einer Taschenlampe und ging von einem Zimmer ins nächste, bis sie Robert Freys Arbeitszimmer betrat, den Raum auf der Westseite, von dem aus Emil Platow, Freys Helfer, sie vorhin durch sein Nachtglas beobachtet hatte. Hier verweilte sie länger.
Der große, längliche Raum maß etwa fünf mal sieben Meter; der gebohnerte Parkettfußboden war mit kostbaren Perserteppichen belegt. In einer Ecke, auf einem Stahltisch, stand das Sendegerät, mit dem Frey seine Meldungen ans Lawineninstitut von Davos übermittelte. Sie las einige Worte, die auf einem Vordruck neben dem Sendegerät notiert waren. *Langsam wachsende Schneedecke auf dem Wasserhorn. Bis jetzt noch keinerlei Anzeichen dafür, daß sich eine gefährliche Situation entwickelt...*
Es war ein in eine Wand eingebauter Schreibschrank, der schließlich ihre Aufmerksamkeit erregte. Sie ließ die Platte herunter und studierte das Innere. In den Fächern standen zwei Bücher übers Bergsteigen, aber im übrigen fehlten die Papiere und sonstigen Kleinigkeiten, die man gewöhnlich in einem solchen Möbelstück findet, und das fiel Anna auf. Ihre geübten Finger begannen, die

Innenseiten der Fächer zu betasten. Sie drückte und fühlte vor. Plötzlich drückte ihr rechter Zeigefinger etwas ein. Sie vernahm ein leichtes Surren wie von einem kleinen Elektromotor, und darauf glitt ihr das gesamte Schubfach entgegen, bis es über der Schreibplatte stehenblieb. Dahinter verbarg sich ein zweites Sendegerät.

Vielleicht ist das nur ein Ersatzsender für den Fall, daß der andere einmal ausfällt, überlegte sie. Die Unterbringung des Ersatzsenders ist ausgeklügelt, aber das wahrscheinlich nur, um ihn vor der Zerstörungswut von Einbrechern zu schützen. Wahrscheinlich...

Sie drückte wieder auf dieselbe Stelle im Schubfach, worauf es wieder in seine ursprüngliche Position zurückglitt. Jetzt war wieder nichts von dem zu sehen, was sich dahinter verbarg.

Eine volle Minute lang blieb sie vor dem Schreibschrank stehen. Sie hatte die Schreibplatte wieder hochgeklappt. Dann tat sie etwas Merkwürdiges. Sie nahm einen der tropfenförmigen Ohrringe ab, die sie trug, hielt ihn in der Hand und suchte dann mit der Taschenlampe nach einem nicht von einem Teppich bedeckten Stück Parkett. Dort ließ sie den Ohrring fallen und verließ anschließend das Haus durch die Hintertür, bestieg ihren Renault und fuhr nach Andermatt zurück.

In ihrem Zimmer im Hotel Storchen ging sie zu der Schublade, in der ihr Schmuckkästchen lag, schloß es auf und entnahm ihm ein Armband und eine falsche Perlenkette. Sie legte ihren zweiten Ohrring dazu und steckte dann alles in ihren weiten Autohandschuh. Sie verließ ihr Zimmer und ging wieder hinaus. In einer verlassenen Straße fand sie einen mit Eis überzogenen Gully Sie zerstampfte das Eis mit dem Stiefelabsatz und warf den gesamten Schmuck in den Gully. Als sie zum Storchen zurückging, konnte sie förmlich die vertraute Stimme hören. »Denk an die Details, Anna – du darfst niemals die Kleinigkeit übersehen, die deinen Tod bedeuten kann...«

Um 18 Uhr 15 landete der Sikorsky-Hubschrauber Robert Freys wieder auf dem Bauernhof. Es war Emil Platow, der den Einbruch entdeckte. Robert Frey ging, gefolgt von den anderen vier Männern, die nach ihm der Maschine entstiegen waren, durch die Vordertür und betrat anschließend sofort sein Arbeitszimmer. Er warf seinen Parka auf einen Stuhl und setzte sich hin, um seine kurze Meldung fürs Lawineninstitut niederzuschreiben. *Keine nennenswerte Erhöhung der Schneedecke auf dem Wasserhorn. Habe die Zahlen mit denen des Vorjahrs verglichen, und wenn man die als Maßstab zugrunde legt...*

Frey bemerkte plötzlich, daß ihm jemand über die Schulter sah. Er drehte sich um und entdeckte, daß Erich Volcker, ein kleiner, dikker, kahlköpfiger Mann von fünfundvierzig, hinter ihm stand. »Ich kann diesen verdammten Bericht nicht zu Ende bringen, wenn Sie mir zusehen«, polterte er.

»Tut mir leid...«

»Es ist eingebrochen worden...« Emil Platow, der kleinwüchsige, magere Schweizer mit dem braunen Haar und den Koteletten, kam plötzlich ins Arbeitszimmer gelaufen. »In unserer Abwesenheit ist jemand hier gewesen. Eine Glasscheibe der Hintertür ist eingeschlagen worden...«

»Beruhigen Sie sich, Emil«, tadelte ihn der hünenhafte Bergsteiger.

Er stand auf, stemmte die Hände in die Hüften und sah sich im Zimmer um. Er bemerkte, daß der Schreibschrank in der Wand geschlossen war, und ließ seine Augen weiterwandern. Die anderen fünf Männer, durch seine Anwesenheit eingeschüchtert, blieben völlig reglos und still stehen. Freys Augen setzten die Suche fort; er ließ den Blick über das Mobiliar gleiten und besah sich dann den Fußboden. Er machte zwei lange Schritte, bückte sich, stand auf und ließ den Ohrring zwischen den Fingern baumeln. Er lächelte Erich Volcker an.

»Ich kenne dieses Ding. Wie dumm von ihr, ihre Visitenkarte dazulassen, nicht wahr?«

# 17. Der Gotthard

Diese gigantische Schlucht, die von der wichtigsten Eisenbahnverbindung von Mitteleuropa zum Mittelmeerraum durchfahren wird, ist in ihrer ehrfurchtgebietenden Großartigkeit eines der Wunder dieser Welt – sie kann es sogar mit dem Grand Canyon in Arizona aufnehmen. Der Schienenstrang klettert schier endlos empor, passiert spiralförmige Tunnel und windet sich beim Aufstieg um dreihundertsechzig Grad, überquert abgrundtiefe Schluchten und Einschnitte, wobei die eindrucksvollen Alpengipfel auf beiden Seiten zum Greifen nah erscheinen.

Im Sommer ist dieser Paß eindrucksvoll genug, aber im Winter kann er einem fast Angst einflößen. Hoch oben an den fast senkrecht aufragenden Felswänden liegen Millionen Tonnen Schnee – oft braucht nur ein Skifahrer über einen Abhang zu fahren, und eine Lawine donnert zu Tal. In der Nähe von Airolo, der kleinen Stadt am Südende des strategisch wichtigen Tunnels, der das Alpenmassiv durchquert und am Nordende auch unter Andermatt hindurchführt, ragen riesige Felsbrocken über dem Schienenstrang in die Luft. An vielen Stellen ist die Bahnlinie von Lawinenschutzgittern gesäumt. Dies ist Lawinenland.

Es war der Gotthard, der Wargrave Sorgen machte. Der Gotthard beschäftigte auch Oberst Springer so sehr, daß er von Lugano abgeflogen war, um in Bellinzona den Atlantik-Expreß zu besteigen. Und in der Gestalt Joseph Lauriers ging Wargrave auch jetzt noch ruhelos durch den Zug. Vor sich in dem sonst leeren Gang sah er den hünenhaften Spanier, Jorge Santos, der sich gegen die

Wand lehnte und seine Pfeife paffte. Wargrave blieb neben Santos stehen und hängte seinen Stock an einen Haltegriff.

»Auch Sie, mein Freund, finden diese Reise ziemlich beunruhigend – und bald werden wir in einer Gegend sein, die für die griechischen Götter wie geschaffen erscheint, an einem veritablen Olymp«, bemerkte Laurier in fließendem Französisch.

Santos' schwarze Augen warfen dem Ankömmling einen aufmerksamen Blick zu. Dann zuckte er die Achseln. »Diese langen nächtlichen Bahnfahrten sind recht anstrengend.« Er machte eine Pause und sog an seiner Pfeife. »Und dann diese seltsame Geschichte hinter Lugano, als der Expreß hielt. Ein Schweizer Bahninspektor hat mir erzählt, es sei eine Armeeübung gewesen. Glauben Sie das?«

»Ich glaube, es handelte sich um eine weit düsterere Angelegenheit«, erwiderte Laurier. »Wenn ich echtes Maschinengewehrfeuer höre, dann weiß ich, daß es sich nicht um eine Übung handelt. Da wurde nicht mit Platzpatronen geschossen.«

»Und jetzt fahren wir auf den Gotthard zu«, bemerkte Santos. »Ein Ort, der einem Angst machen kann.«

»Wer weiß, was in einem Nachtzug alles passieren kann?« sinnierte Laurier. »Hier sind so viele Menschen, die einander fremd sind, für viele Stunden eng zusammengepfercht.« Er betrachtete das Profil des neben ihm stehenden Mannes, ein auffallendes Profil mit seiner Adlernase und den hervorstehenden Wangenknochen. »Ich fahre mit diesem Zug bis Amsterdam«, bemerkte er. »Sie auch?«

»Bis zur Endstation. Es wird also eine sehr lange Nacht werden...«

Im Expreß machte sich eine immer spürbarer werdende Spannung bemerkbar, als er sich über einen sanften Abhang auf die riesige Schlucht zubewegte. Im Schlafwagen wurde gerade das zweite Abendessen serviert, und die Kellner mußten mehr Getränke als Speisen auftragen. Reisende in ihren Abteilen, die sich eigentlich für die Nacht hätten hinlegen können, saßen aufrecht da und

starrten aus den Fenstern auf die mondbeschienene Landschaft. Im letzten Schlafwagen des Zuges wurden den Reisenden Speisen aus einem Abteil gebracht, das Molinari in Mailand in eine provisorische Kombüse hatte verwandeln lassen.
»Warum hätte man uns nicht einfach aus dem Speisewagen etwas zu essen bringen können?« wollte Marenkow wissen, der gerade in eine Pizza hineinbiß.
»Weil Gift eine der Waffen des KGB ist«, erwiderte Haller unverblümt.
»Mögen Sie Pizzas nicht?« fragte Elsa den Russen.
»Ich kriege alles runter«, erwiderte der Russe doppelsinnig.
Oberst Springer saß ihm gegenüber und aß ebenfalls eine Pizza von einem Pappteller; dazu trank er Kaffee aus einem Pappbecher. Er hatte den Russen bereits um eine Liste der in der Schweiz tätigen Agenten des KGB gebeten, und Marenkow hatte sich mit einem Blick auf Haller an die Stirn getippt. »In dem Augenblick, in dem ich mich in Schiphol an Bord der Boeing befinde, und sobald die Maschine sich dreißigtausend Fuß über dem Atlantik befindet, gebe ich Ihnen sämtliche Informationen, die Sie benötigen...«
»Ich brauche sie jetzt«, sagte Springer ihm in scharfem Ton. »Immerhin dient das auch Ihrem Schutz...«
»Das ist das normale Verfahren«, erwiderte Marenkow brüsk. »Es ist mein Paß in die Vereinigten Staaten – die Informationen, die ich im Gehirn mit mir herumtrage. Sämtliche ehemaligen KGB-Agenten, die nach Amerika geflohen sind, haben bis zum Betreten amerikanischen Bodens gewartet, bis sie redeten...«
»Es hat keinen Zweck«, warf Haller ein. »Ich habe das alles schon früher mit dem General durchexerziert – und, wie er sagt, es ist tatsächlich das normale Verfahren.«
Springer zeigte ein verschlossenes und grimmiges Gesicht, als er Marenkow anstarrte, der seinen Blick ausdruckslos erwiderte. Elsa entschied, daß es an der Zeit sei, die zwischen den beiden Männern wachsende Spannung zu lockern. »Lassen Sie ihn doch in Ruhe weiteressen«, sagte sie dem Schweizer Oberst leichthin. »Wir haben auch so schon genug um die Ohren«, meinte sie, »da müssen wir uns nicht auch noch streiten...«

Sie hatten ihre Mahlzeit beendet, als Matt Leroy an die Tür klopfte. »Ein dringendes Gespräch für Oberst Springer über Funktelefon«, verkündete er. Er betrachtete die Überreste der Mahlzeit. »Schön zu sehen, daß hier niemand mehr Hunger leiden muß«, bemerkte er trocken. Haller sah bestürzt aus. »Mein Gott, es ist höchste Zeit, daß John Sie ablöst – zerren Sie ihn aus seinem Abteil raus, und dann kommen Sie wieder und essen Sie etwas...«
Elsa beklagte sich, sie sei etwas steif in den Beinen, und begleitete Springer zum Funkabteil; sie hatte vermutet, dieser Anruf könne die Antwort auf Wargraves Bitte um Überprüfung Peter Neckers, ihres Funkers, sein. Und da Springer zuvor von Haller über Wargraves »Tod« in Mailand informiert worden war, wollte sie nicht, daß die Meldung an Haller weitergeleitet wurde. In seinem Funkabteil hatte der gnomenhaft wirkende Necker soeben seine Mahlzeit beendet. Springer nahm den Anruf entgegen. Ohne Necker anzusehen, sagte er mehrmals »Ja« und schließlich: »Sind Sie sicher?« Er legte dann auf und nahm Elsa mit auf den Gang
»Ich verstehe nicht, was geschehen ist«, sagte er ernst. »Ich habe einen von Wargrave in Bellinzona abgezeichneten Funkspruch erhalten, und Haller sagt mir, er sei in Mailand gestorben. In der Nachricht hieß es, ich sollte Ihnen die Antwort geben. Dieser Anruf kam von meinem Chef, General Traber, in Zürich. Er hat eine Nachricht von Hauptmann Wander vom deutschen BND erhalten, der jetzt in Basel wartet, um von dort an für die Sicherheit des Zuges zu sorgen. Peter Necker ist durchleuchtet und für zuverlässig befunden worden. Wander sagt, er würde für Necker die Hand ins Feuer legen.«
»Erzählen Sie es Haller nicht – oder sonst jemandem. Ich komme später wieder zu Ihnen...«
»Wie Sie meinen...«
Springer zeigte einen neugierigen Gesichtsausdruck, als er Elsa einen Augenblick lang musterte, einen Ausdruck, den man als so etwas wie Hoffnung deuten konnte. »Ich habe Hallers Bericht ohnehin für seltsam gehalten«, murmelte er. »Ich lege die ganze Geschichte in Ihre Hände...«

Phillip John hatte unterdessen Matt Leroy abgelöst und stand jetzt am vorderen Ende des Waggons, als Elsa sich ihm näherte. Der Engländer, wie immer elegant und gelassen wirkend in seinem karierten Anzug, lächelte schwach. Sie hatte den Eindruck, daß er sich während seiner kurzen Ruhepause rasiert hatte. »Sie können wohl nicht von mir lassen?« zog er sie auf.
»Es mag Ihnen seltsam vorkommen, aber wenn ich mir ungeheure Mühe gebe, schaffe ich es für eine oder zwei Stunden«, entgegnete sie. »Und jetzt haben Sie vielleicht die Güte, mich in den nächsten Wagen zu lassen.«
»Wozu?«
»Weil ich es will, verdammt noch mal«, fauchte sie zurück.
»Sie brauchen nur einen Wunsch zu äußern, Gnädigste – und schon ist er erfüllt«, erwiderte John, der völlig unbeeindruckt war. Er hob die Hände und machte sich an Elsas schwarzer Perücke zu schaffen, als wollte er sie zurechtrücken. Sie hatte sie aufgesetzt, bevor sie Hallers Abteil verlassen hatte. Dann zog er ihre Hornbrille hoch, bis sie auf der Nasenwurzel saß. Eine Sekunde lang berührte er ihre Wange. »Früher oder später, wenn dies alles einmal vorüber ist, sollten wir beide...«
Sie ging durch die Tür, die er aufgeschlossen hatte, ohne etwas zu erwidern. Sie hörte, wie er zuschloß, und eilte zu Joseph Lauriers Schlafwagen. In seinem Abteil prüfte Wargrave den Sitz des Messers mit dem Knochengriff, das er zuvor in seine rechte Socke gesteckt hatte, bevor er die Tür aufmachte und sie einließ. Sie erzählte ihm von dem Anruf, der Necker von jedem Verdacht freisprach, und er nickte. Er trug noch immer die strähnige graue Perücke Lauriers und die Zweistärkenbrille, und wieder einmal dachte sie daran, wie schrecklich erschöpft er aussah.
»Wie wär's mit etwas zu essen?« fragte sie. »Ich hoffe, du hast im Speisewagen etwas bekommen?«
»Nein.« Er zeigte auf seine Reisetasche. »Ich habe aus Mailand eine Thermoskanne mit Kaffee und ein paar belegte Brote mitgebracht. Wie sieht's hinten im Abteil mit Marenkow aus?«
»Lausig. Springer hat versucht, Marenkow eine Liste mit Namen

von Schweizer KGB-Agenten zu entlocken, aber der wollte nicht. Haller tritt als Friedensstifter auf. Aber da ist noch mehr.«

Er zündete eine Zigarette an und steckte sie ihr zwischen die Lippen, als sie auf dem Bett saß. »Was soll das heißen – da ist noch mehr?«

»Spannung – und sie wird ständig größer. Nur Phillip John, der jetzt übrigens gerade Wache hält, scheint von allem unbeeindruckt zu sein. Dieser eingebildete Dreckskerl. So wie ich es sehe«, fuhr Elsa fort, wobei sie die Beine übereinanderschlug und ihre Hornbrille abnahm, »besteht die Gefahr gerade darin, daß nichts weiter passiert ist. Es geht ihnen allmählich auf die Nerven – das Warten, die Untätigkeit. Und dennoch sind sie sicher, daß irgend etwas passieren wird, etwas Großes. Sie machen sich Sorgen wegen des Gotthard.«

»Ich auch...«

Wargrave schaltete das Licht aus und zog den Fenstervorhang hoch. Der Expreß nahm jetzt eine steile Steigung, fuhr durch endlose Kurven bei der Fahrt zu dem nicht mehr allzu weit entfernten Airolo. Und die großen Berge kamen immer näher an den Zug heran, die großen Gipfel, die Wargrave nur noch dann erkennen konnte, wenn er den Kopf beugte. Sie wurden vom Mond beschienen. Aus dem Schatten einer Schlucht ragte ein langer Eiszapfen wie ein Speer in die Nacht, ein Speer, der aus einem mitten in der Luft gefrorenen großen Wasserfall herausragte. Das Rattern der Räder hörte sich plötzlich anders an, als der Expreß auf eine Brücke fuhr, die eine tiefe Schlucht überspannte. Wargrave zog den Vorhang herunter und machte das Licht an. »Sind neue Wetterberichte gekommen?« fragte er. »Ich denke an das Wetter nördlich des Gotthard...«

»Schrecklich, sagt Springer. Da tobt ein fürchterlicher Schneesturm. Nur auf diesem Abschnitt zwischen Airolo und Chiasso hat es vorübergehend aufgehört zu schneien – und zwar nicht für lange, wie die Meteorologen meinen. Oh, ehe ich's vergesse, und damit du etwas zum Freuen hast – es wird hier bald Föhn erwartet.«

»Ich glaube, der Föhn hat schon eingesetzt – man kann fast spüren, wie er den Zug von der Seite trifft...«
Wargrave nahm seine graue Perücke ab. Er nahm auch seine Zweistärkenbrille ab und machte sich dann ein wenig zurecht. Er kämmte sich das Haar, und Elsa sah mit Sorge sein Erscheinungsbild, das jetzt nicht verkleidet war. »Mein Gott, du siehst müde aus – deine Augen sind blutunterlaufen. Wann hast du zuletzt geschlafen?«
»Weiß ich nicht mehr«, meinte Wargrave fröhlich. Es war Sonnabendnacht. Am vergangenen Freitagabend war er bis tief in die Nacht aufgeblieben, um mit Molinari bestimmte Details des vor ihm liegenden Unternehmens zu besprechen. Am Sonnabendmorgen hatte er den anstrengenden Flug nach Bukarest und zurück mit zwei ziemlich schwierigen Landungen hinter sich gebracht. Und seitdem er den Atlantik-Expreß bestiegen hatte, hatte er kein Auge zugetan. Er betrachtete sich im Wandspiegel. »So, jetzt bin ich wieder der Alte – so gefalle ich mir besser.«
»Warum gibst du die Verkleidung als Laurier auf?« fragte sie.
»Weil die Zeit da ist, wieder aufzutauchen – nach dem, was du mir erzählst, scheint die Moral dahinten in dem Schlafwagenabteil nicht besonders gut zu sein...«
»Ist das alles?« fragte sie leise. »Du erwartest, daß irgendwas passiert, nicht wahr? Und du wirst Julian einen unglaublichen Schock versetzen. Wie ich ihn kenne, wird er aus der Haut fahren«, sagte sie warnend.
Er umfaßte ihre Schultern. »Jetzt hör auf mit diesem ängstlichen Getue und geh zurück zu den anderen. Erzähl ihnen kein Wort von mir. Nicht ein Wort.«
»Wenn du meinst...«
Wargrave wartete ein paar Minuten, um ihr Zeit zu lassen, zu ihrem Abteil zurückzugehen, und öffnete dann die Tür. Er spähte in beide Richtungen, um sich zu vergewissern, daß der Gang leer war, und ging dann zum hinteren Ende des Waggons, der sich wieder einmal in einer endlos scheinenden Kurve zur Seite neigte. Einmal zog er einen Vorhang hoch, und die eisverkrusteten

Wände des Passes ragten drohend über ihm auf; ihre dunklen Schatten wurden immer wieder unterbrochen durch das Eis weiterer Wasserfälle, das im Mondschein aufleuchtete. Wargrave hielt an der Tür zum letzten Schlafwagen inne, zündete sich eine Zigarette an und klopfte dann in einer bestimmten Weise.

Phillip John machte auf. Er hielt seine Luger in der rechten Hand. Sein weißes Gesicht zeigte schockartige Überraschung, dann gewann er die Fassung zurück und ließ die Luger langsam in das Halfter mit dem Federmechanismus zurückgleiten. Wargrave legte ihm eine Hand auf die Brust und schob ihn sanft gegen die Tür des Waschraums zurück.

»Werde ich nicht eingelassen?« fragte er mild.

»Ich dachte, Sie seien noch in Mailand...«

»Ich bin überall und nirgends«, klärte Wargrave ihn liebenswürdig auf, als John wieder die Tür abschloß. »Die Leute wissen nie, wo ich wieder auftauche – und das hat mir in all den Jahren geholfen, am Leben zu bleiben. Unterhalten wir uns ein wenig, solange wir allein sind...«

Sie waren in dem engen Raum zwischen Waggonende und Waschraum eingezwängt. Von dem menschenleeren Gang aus hätte man sie ohnehin nicht sehen können. »Was um Himmels willen soll das alles?« verlangte John zu wissen. »Seitdem wir Mailand verlassen haben, hält man für Sie hier die Totenwache...«

»Weil es notwendig war, mein Guter«, erklärte Wargrave und ahmte Johns Public-School-Akzent nach. Er sah, wie eine leichte Röte in das weiße Gesicht schoß. »Und jetzt ist es an der Zeit, die Reserven ins Gefecht zu führen – mich also. Wir haben eine Arbeit zu erledigen. In diesem Waggon gibt es jemanden, den man früher einmal als Angehörigen der fünften Kolonne bezeichnet hätte. Im Klartext: jemanden vom KGB oder vom GRU.«

»In diesem Waggon?« sagte John gedehnt. »Das soll wohl ein Witz sein.« Er starrte Wargrave an. »Nein, Sie scherzen nicht. Wer ist der Mann?«

»Ich kann mich nicht erinnern, gesagt zu haben, daß es ein Mann ist.«

Wieder starrte John ihn hart an; auch diesmal wieder flackerte so etwas wie Überraschung in seinen Augen auf. »Sie können doch unmöglich Elsa Lang verdächtigen? Ich habe angenommen, sie ist bei Ihrer Truppe, seitdem...«

»Die besten Maulwürfe sind Insider und genießen das Vertrauen ihrer Vorgesetzten seit ewigen Zeiten, John. Das ist der Schlüssel ihres Erfolgs. Das müßten Sie inzwischen doch gelernt haben?«

»Elsa Lang? Ich bin erschlagen. Mein Gott, Haller wird Amok laufen, wenn er das erfährt.« Er runzelte die Stirn. »Haben Sie wirklich Beweise? Sie stehen in dem Ruf, niemals einem Menschen zu trauen...«

»Ich habe Beweise.« Wargrave trat seine halbgerauchte Zigarette unterm Fuß aus und zündete sich sofort eine frische an. Der Zug schaukelte gerade durch eine neue langgezogene Kurve. Wargrave blickte aus dem Fenster und sah das Leuchten der vorderen Waggons hinter der Lok und die Funken der Oberleitung.

»Was wollen Sie denn mit dieser jungen Dame Lang machen?« fragte John.

»Nichts.«

»Aber Sie haben gesagt, Sie hätten Beweise...«

»Das habe ich gesagt, ja«, stimmte Wargrave lakonisch zu. »Aber ich habe mit keinem Wort gesagt, daß Elsa die Agentin sei. Nur *Sie* haben ihren Namen ins Spiel gebracht. In Wirklichkeit ist ein Mann eingeschmuggelt worden; und zwar vom GRU...«

»Vom GRU?«

»Genau. Einen KGB-Mann hätte Marenkow erkannt. Aber es ist einer von Oberst Igor Scharpinskys Leuten. Necker war ein vorrangig Verdächtiger. Er hatte Zugang zum Kommunikationssystem...«

»War?« wollte John wissen.

»Ja. Er ist vor nur wenigen Minuten von der Liste der Verdächtigen gestrichen worden. Springer hat Elsa eine Nachricht für mich gegeben. Verstehen Sie, John«, fuhr Wargrave freundlich fort, »ich war meiner Sache sicher, als ich erfuhr, daß diese Maschinengewehrbande bei Vira den letzten Schlafwagen mit Kugeln durchsiebte. Nur den letzten Schlafwagen, wohlgemerkt – nicht den Schlafwagen davor, den Marenkow und Elsa in Mailand bestiegen haben. Die Burschen wußten also, daß er sich im letzten Waggon befand.«

John machte ein nachdenkliches Gesicht und lehnte sich gegen die Tür des Waschraums. »Das ist einleuchtend«, gab er zu. »Und wer ist jetzt der Kandidat als GRU-Mann?«

»Sie sind das.«

»Sie müssen völlig den Verstand verloren haben...«

»Weil Sie ein Scharfschütze sind«, erklärte Wargrave.

»Dann hätte ich Sie im Mailänder Hauptbahnhof ohne weiteres töten können...«

Wargrave schüttelte den Kopf. »Sie wußten, daß Sie das nicht tun konnten. Sie wußten, daß Oberst Molinari über den angeblichen Mord im Bilde war. Und Sie wollten mit dem Atlantik-Expreß mitfahren. Übrigens«, fuhr er fort, »wenn Sie mich erschossen und versucht hätten zu fliehen: Drei von Molinaris Scharfschützen haben Sie ständig im Visier gehabt, als Sie sich in der Halle aufhielten – das war eine reine Vorsichtsmaßnahme.«

»Sie sind übergeschnappt wie ein tollwütiger Fuchs...« Johns Mund verzog sich zu einem schiefen Schnauben. »Und warum habe ich Marenkow noch nicht längst erschossen?«

»Weil Sie nicht eine einzige Gelegenheit dazu hatten. Immer dann, wenn diese Abteiltür geöffnet wird, wird einem irgendein Revolver unter die Nase gehalten. Ob Hallers oder Elsas – das ist dabei belanglos. Und Sie sind ein Profi, John – Sie wissen, daß, selbst wenn Sie schießen würden, Sie durch die Reflexbewegungen der Finger am Abzug auch selbst getötet würden. Ich habe nämlich sehr ausgeklügelte Vorsichtsmaßnahmen getroffen, bevor ich in diesen Zug eingestiegen bin.«

»Das ist doch nichts weiter als reine Spekulation«, protestierte John. »Sie haben gesagt, Sie hätten Beweise – jetzt zeigen Sie mir mal Ihre verdammten Beweise, Sie Vollidiot.«

»Vira«, erwiderte Wargrave einfach. »Elsa hat mir haargenau beschrieben, was dort geschehen ist. Sie haben von einem festen

Standort aus mit Ihrer Luger auf drei Männer gezielt, die sich mit nicht mehr als fünfunddreißig Stundenkilometern an Ihnen vorbeibewegten. Sie haben drei Schüsse abgefeuert – und haben jedesmal danebengeschossen...«

»Es war ein bewegliches Ziel...«

»Auf eine Entfernung von knapp fünfzig Metern. Drei Männer, dicht beieinander. Sie haben genau gezielt, um ja keinen von Ihren eigenen Männern zu treffen.«

John seufzte. »Das ist mir alles zu hoch. Jetzt brauche ich auch eine Zigarette...« Er schlüpfte mit der rechten Hand in sein Jackett und wollte die Luger hervorziehen. Wargrave drückte das glühende Ende seiner Zigarette auf Johns Handrücken. John zuckte zusammen und ließ die Waffe fallen, die scheppernd zu Boden fiel; er versetzte Wargrave einen harten, klatschenden Schlag auf den Hals. Wargrave ging ein wenig zu spät auf, daß John beidhändig schlagen konnte und links wie rechts gleichermaßen kräftig und beweglich war. Ihm wurde schwarz vor Augen, als John ihm mit dem Knie wild in den Unterleib stieß, aber er hatte den Angriff kommen sehen und die Wirkung durch eine schnelle Drehung mildern können. Er zielte einen Schlag auf Johns Unterbauch, aber John drehte sich gleichfalls weg und fing den Schlag mit der Hüfte ab.

Die beiden Männer kämpften in dem engen Raum zwischen Waschraum und Außentür miteinander, aber Wargrave war noch immer benommen von dem unerwarteten Schlag. Er sah seinen Gegner nur als verschwommene Gestalt, und zudem war John kräftiger, als er erwartet hatte. Plötzlich senkte John den Kopf und stieß ihn Wargrave hart ins Gesicht, während er gleichzeitig den Türgriff herunterdrückte, so daß die Waggontür aufflog. Wargrave fiel in die Nacht hinaus, aber im Fallen langte seine linke Hand nach oben und packte die Oberseite der Tür, und dann hing er mit nur dieser einen Hand an der schwingenden Tür in der Luft.

Der Expreß war soeben auf eine weitere geschwungene Brücke gefahren, die eine tief unter Wargrave gähnende Schlucht über-

spannte. Nur das Schwanken des Waggons verhinderte, daß seine Hand beim Zurückschwingen der Tür zerschmettert wurde. Jetzt aber begann die Tür wieder, auf den Waggon zuzuschwingen. John wartete mit der schnell vom Fußboden aufgehobenen Luger in der Hand. Er hatte keineswegs die Absicht, Wargrave zu erschießen – den Knall eines Schusses würde er nie erklären können. Wargrave sollte ganz einfach verschwinden. Er stand ja sowieso in dem Ruf, ein einsamer Wolf zu sein – wer würde sich also wundern, wenn er wieder einmal verschwand? Dies alles schoß John blitzschnell durch den Kopf, als er darauf wartete, mit dem Lauf der Luger auf Wargraves halberfrorene Knöchel einschlagen zu können, diese Knöchel zu zerschmettern.
Die Waggontür bewegte sich langsam auf John zu. Wargrave stöhnte vor Schmerz auf. Er streckte den Arm aus, ließ dann die Hand fallen und krümmte sich zusammen. John beobachtete ihn wie ein Arzt, der die Reaktion eines Patienten prüft. Sein kalkweißes Gesicht zeigte keinerlei Gemütsbewegung, keinerlei Ausdruck. Die Waggontür schwang näher heran, und John hob den Lauf seiner Luger. Er hielt den Blick auf die angespannten Knöchel gerichtet, die alles waren, was Wargrave vom Sturz ins Nichts trennte. Phillip John hob den Pistolenlauf und zielte mit vorsichtiger Sorgfalt. Die Tür schwang näher heran, Wargraves rechte Hand, die das Messer hielt, das er aus seiner rechten Socke gezogen hatte, stach auf Johns Bauch ein. Der Expreß schwankte. John fiel aus der Tür ins Freie; sein Körper verfehlte das Brückengeländer und stürzte mehr als dreißig Meter tief in den fast zugefrorenen Fluß am Grund der Schlucht. Er schlug mit dem Rücken auf. Langsam fließendes Wasser, das aus den Höhen der Alpen zu Tal floß, gefror über ihm, und sofort bildete sich ein dünner Eisfilm auf seinem Leichnam. Wargrave, der sich unterdessen in den Zug zurückgehangelt und in Sicherheit gebracht hatte, blickte in die Schlucht hinab, bevor er die Tür schloß. Aus seiner Nase rann Blut. John war mit ihm zusammengeprallt, bevor er in die Tiefe gestürzt war. Zwölf Stunden später bot sich schweizerischen Soldaten, die sich in die Schlucht heruntergearbeitet hatten, ein ma-

kabrer Anblick – sie entdeckten John, der auf dem Rücken lag, blicklos nach oben starrte und in eine dicke Eisschicht gehüllt war. Die Männer mußten Elektrobohrer einsetzen, um an John heranzukommen.

# 18. Das Wasserhorn

In der Seitenstraße neben dem Hotel Schweizerhof in Zürich rauchte der Funker des Funkpeilwagens eine im Dienst eigentlich verbotene Zigarette, um sich wachzuhalten. Seit der Ankunft des Peilwagens hatte es in diesem Bezirk keinerlei Anzeichen für eine illegale Funktätigkeit gegeben. Etwa einen Kilometer entfernt waren ein paar Männer General Trabers dabei, die Meldeformulare eines Hotels zu überprüfen. Bevor sie den Schweizerhof erreichten, hatten sie noch vier andere Hotels zu besuchen.
In Zimmer 207 wischte sich Heinz Golchack dicke Schweißperlen von seiner hohen Stirn. In dem gutbezeizten Hotelzimmer war es gewiß warm, aber es war nicht nur die Zimmertemperatur, die Golchack zum Schwitzen brachte. Nach sehr kurzer Zeit würde sich am Gotthard eine historische »Naturkatastrophe« ereignen, eine Katastrophe von ungeheuren Ausmaßen. Dies machte Golchack jedoch nicht zu schaffen. Ihn bewegte nur eine Frage: Würde diese Katastrophe General Sergej Marenkow töten?
Scharpinsky war sich der bei seinen beiden Begleitern ständig stärker werdenden inneren Spannung bewußt, aber er tat, als bemerkte er nichts davon. An Heinrich Baum, seinem Funker, zweifelte er am meisten. Baum war immerhin Schweizer. Laß ihn ruhig schwitzen, dachte Golchack. Und Golchack war ein Mann, der immer ein paar zusätzliche Pfeile im Köcher behielt. »Verlassen Sie sich nie auf einen Plan allein«, schärfte er seinen Untergebenen immer wieder ein. »Man muß unbedingt etwas in Reserve behalten…« Und Golchacks Eingreifreserve befand sich im Augenblick

im Atlantik-Expreß: zwei Männer waren es, auf die er seine Hoffnungen setzte.
Einer von ihnen, Phillip John, war vor drei Jahren in die moribunde amerikanische CIA eingeschleust worden. John hatte für seine amerikanischen Auftraggeber sogar einige Hinrichtungen vollstreckt, um seine Glaubwürdigkeit zu festigen. Unterdessen hatte er auf den Moment gewartet, in dem Golchack ihm befehlen würde, für seinen wahren Auftraggeber, den GRU, tätig zu werden. Es war keineswegs ausgeschlossen, daß John Gelegenheit haben würde, Marenkow irgendwann während dieser Reise zu liquidieren.
»Baum«, sagte Golchack plötzlich, »wenn ich Ihnen Bescheid gebe, müssen diese beiden Funksprüche sofort gesendet werden...« Er reichte dem Schweizer zwei Zettel. »Der kürzere, der nach Basel geht, muß als erster übermittelt werden. Dann schicken Sie den Amsterdamer Funkspruch ab. Verschlüsseln Sie beide...«
Golchack zwang sich dazu, beim Nachdenken still auf einem Stuhl sitzen zu bleiben. Der Junggeselle Golchack-Scharpinsky hatte sein Leben der Mühe geweiht, auf der Leiter zur Macht im Sowjetstaat nach oben zu kommen. Obwohl er nie geheiratet hatte, war er weiblichen Reizen durchaus zugänglich. Seine Triebe hatte er jedoch nur in kurzen Affären befriedigt, bei denen keine Gefahr bestand, daß sie ihn von seinem Lebensziel ablenkten. Selbst jetzt, nachdem er den Beginn des massiven Einsatzes in Andermatt befohlen hatte, hatte er noch immer ein paar Asse im Ärmel.
Der lange Funkspruch nach Amsterdam beunruhigte ihn ein wenig – er war für eine sichere Übermittlung vielleicht etwas zu lang. Er war aber unerläßlich. Er enthielt sehr detaillierte Anweisungen für Rolf Geiger, den Chef der Geiger-Bande, die sich jetzt in der Nähe der holländischen Grenze aufhielt. Und da war natürlich auch noch der zweite Mann im Atlantik-Expreß. Nicos Leonides war immer noch da...

Nicos Leonides. In bestimmten Kreisen auf dem Balkan brachte allein schon die Nennung des Namens so manchen Mann um den

Schlaf; prominente Antikommunisten meinten nachts Schritte auf der Treppe zu hören. Sie fürchteten, sie könnten »auf die Liste gesetzt« worden sein, wie die unschuldige Formulierung lautete. Die Bezeichnung »Berufskiller« wäre eine unzutreffende Beschreibung dessen, was Leonides war. Bei diesem Wort stellt man sich einen gemieteten Mörder vor, der für viel Geld »Kontrakte« erfüllt und bestimmte Menschen auf Befehl umbringt. Leonides, ein überzeugter Kommunist aus Saloniki, liquidierte nur wohlbekannte Antikommunisten. Sein Auftraggeber, Oberst Igor Scharpinsky, hatte ihn seltsamerweise noch nie zu Gesicht bekommen.

Leonides hatte Scharpinsky zum erstenmal seine Dienste angeboten, als dieser unter einem falschen Namen als angeblicher Militärattaché an der sowjetischen Botschaft in Athen diente. Leonides meldete sich ausschließlich von Telefonzellen aus. Scharpinsky war zunächst skeptisch gewesen; er hatte eine Falle vermutet und mißtraute zudem den Beteuerungen des Griechen, er handle nur aus idealistischen Motiven. So hatte Scharpinsky zunächst das Angebot Leonides' ignoriert, als Scharfrichter zu arbeiten. Mehrere Telefongespräche später hatte Scharpinsky dann aber dem Vorschlag Leonides' zugestimmt, daß es »angezeigt« sei, den Herausgeber einer bestimmten Athener Tageszeitung, einen älteren Mann, zu liquidieren.

Drei Tage später las der skeptische Scharpinsky zu seinem großen Erstaunen, man habe den ausgebrannten Wagen des griechischen Zeitungsmannes am Fuß eines steilen Felsens im Meer gefunden; die Leiche sei von einem Sturm hinausgetrieben worden, hieß es. Zwei Jahre und drei Morde später war Scharpinsky überzeugt, für den Notfall eine ideale menschliche Waffe zu besitzen. Da die Opfer stets von Leonides ausgesucht worden waren, sagte sich Scharpinsky schlau, daß der Grieche seine kommunistische Überzeugung mit privater Rache zu vereinen wußte. Typisch für die Bauernmentalität dieser Leute vom Balkan. Der Russe hatte den Griechen auf Umwegen aber immer ansprechen können. Und zum Glück hatte Leonides sich gerade zur rechten Zeit in Mailand aufgehalten. Er befand sich jetzt als Reisender im Atlantik-Expreß.

Jorge Santos hatte es sich an seinem Fensterplatz bequem gemacht und streckte seine langen Beine aus, die er an den Knöcheln übereinandergeschlagen hatte. Er zündete wieder seine Pfeife an und blickte kurz auf, als draußen auf dem Gang Harry Wargrave vorübereilte, um zu Phillip John zu gehen. Wie Wargrave hatte auch der Spanier nicht im Speisewagen gegessen; er hatte sich eine Flasche Wein und einige Lebensmittel mitgebracht, die er soeben verzehrt hatte.
Er paffte seine Pfeife, sah auf die Uhr und wechselte dann seine Stellung, um die Steifheit aus seinen Gliedern herauszubekommen. Er fühlte, daß im Zug zunehmendes Unbehagen spürbar wurde, als der Expreß jetzt die langgezogene Steigung in Richtung Gotthardtunnel nahm. Rein äußerlich war Jorge Santos einer der gelassensten Reisenden im Atlantik-Expreß.

»Ich bin noch immer der Meinung, du hättest es mir sagen sollen, Harry...«
Elsa benutzte einen Gazestreifen aus ihrem Erste-Hilfe-Verbandskasten, um das Blut von Wargraves Nase abzuwischen, als Julian Haller mit grimmigem Gesicht zum zweitenmal seinen Tadel aussprach. Sie saßen zusammen mit Marenkow und Oberst Springer im Schlafwagenabteil. Wargrave zeigte sich aber uneinsichtig, sogar in recht aggressiver Weise.
»Es hat funktioniert«, bellte der Engländer knapp. »Ich habe den GRU-Mann aus dem Zug gestoßen, den sie hier eingeschmuggelt hatten. Und denken Sie auch daran«, fuhr er mit Nachdruck fort, »daß Sie mir vor der Abreise aus Amerika zugesagt haben, in Europa hätte ich die Leitung des Unternehmens...«
»Sie hätten mir vertrauen können...«, fing Haller wieder an.
»Das hätte zuviel Schauspielerei erfordert«, beharrte Wargrave. »Sie hatten auch so schon genug um die Ohren. Wir sollten also aufhören, unsere Zeit zu verschwenden, und uns der nächsten Phase des Unternehmens zuwenden.«

»Und die wäre?« wollte Springer wissen.
»Ich werde mit dem Alouette-Hubschrauber losfliegen, den Sie auf diesem Güterwagen abgestellt haben. Elsa fliegt mit mir. Und dann brauche ich noch den Funker, den du mitgebracht hast, Leon – um mit dem Expreß Verbindung zu halten, wenn wir in der Luft sind...«
»Das kommt gar nicht in Frage«, polterte Haller los. »Elsa mitzunehmen...«
»Muß ich dich wirklich noch einmal daran erinnern, Julian«, versetzte Wargrave leise, »daß ich dieses Unternehmen leite, solange wir in Europa sind?«
»Warum willst du den Hubschrauber jetzt einsetzen?« fragte Springer neugierig. »Zwischen hier und Airolo habe ich in bestimmten Abständen an der Bahnlinie Soldaten postiert... Sie stehen an allen wichtigen strategischen Punkten...«
»Weil ich es vielleicht für richtig halte, die Strecken zwischen diesen Punkten zu überprüfen.« Wargrave grinste sardonisch, als Elsa den Gazestreifen wegnahm. »Wenn dir das nicht gefällt, nenn es ruhig meinen sechsten Sinn – jetzt ist schon seit einiger Zeit nichts mehr passiert, und ich rechne damit, daß Scharpinsky schon sehr bald wieder in Aktion tritt.«
Marenkow hatte sich nicht an der Diskussion beteiligt, aber die Erwähnung seines Stellvertreters, Oberst Igor Scharpinskys, rief ihn auf den Plan. Haller hatte sich erst vor kurzem entschlossen, Marenkow von der vermuteten Anwesenheit des GRU-Mannes in Zürich zu erzählen. »Ich stimme Mr. Wargrave zu«, sagte er ruhig. »Es ist schon zu lange ruhig geblieben. Ich spüre wie er, daß sich irgend etwas zusammenbraut...«
Fünfzehn Minuten später half Wargrave Elsa über den gähnenden Schlund zwischen dem schwankenden Schlafwagen und dem offenen Güterwagen, auf dem der von einigen Schweizer Soldaten bewachte Alouette-Hubschrauber angekettet stand. Elsa kletterte in die Kabine und streckte einen Arm hinunter, um die automatische Waffe entgegenzunehmen, die ihr von einem der Soldaten gereicht wurden. »Viel Glück«, rief der Schweizer aus.

Elsa trug Skihosen und eine Pelzjacke mit Kapuze, die sie sich über den Kopf gezogen hatte; dazu pelzgefütterte Stiefel – sämtliche Kleidungsstücke hatte sie von einem von Springers Gebirgsjägern erhalten, die sich im Zug befanden. Auf dem Sitz des Kopiloten saß bereits der Funker Springers, Max Bruder, ein kleiner, dünner Mann, der Englisch beherrschte. Wargrave kletterte als letzter an Bord und setzte sich auf dem Pilotensitz zurecht, als zwei Schweizer Soldaten sich auf dem schwankenden Güterwagen bückten, um auf ein bestimmtes Zeichen hin die Ketten zu lösen.

Von der offenen Tür des letzten Schlafwagens aus sah Oberst Springer besorgt zu. Sein Gesicht war von der Kälte gerötet. Er war allein – Haller war im Abteil zurückgeblieben, um Marenkow zu bewachen, während Matt Leroy auf dem Gang patrouillierte. Der Schweizer Oberst war alles andere als glücklich über das Manöver, das Wargrave vorhatte. Dieser mußte den Augenblick des Abhebens mit unglaublicher Präzision berechnen. Der offene Güterwagen schwankte beachtlich – wie immer beim letzten Wagen eines Zuges. In dem Augenblick, in dem die Ketten gelöst wurden, mußte Wargrave sofort die maximale Steigleistung zur Verfügung haben, um problemlos abheben zu können. Er durfte auf keinen Fall den Motor abwürgen, denn dann würde der Hubschrauber krachend auf den Güterwagen zurückfallen – oder auf den Gleisen zerschellen. Zudem blies ein kräftiger Seitenwind aus östlicher Richtung.

Hinter Wargrave in der beheizten Kabine saß Elsa, die sich dabei ertappte, daß sie die automatische Waffe fest umklammert hielt, als Harry den Motor anließ. Das Rotorblatt über ihnen begann sich zu drehen, erst ruckhaft, bis es ein schnelles gleichmäßiges Schwirren erreicht hatte. Elsa sah nach unten und entdeckte, daß ihre Knöchel in dem fahlen Lichtschein der Instrumententafel weiß aufleuchteten. Der Hubschrauber vibrierte vor Kraft und schien förmlich auf das Abheben zu drängen. Elsa holte tief Luft und zwang sich zu entspannen. In diesem Augenblick hob Wargrave eine Hand und ließ sie wieder sinken – das war das Zeichen für das Lösen der Ketten. Ausgerechnet in diesem Augenblick schwankte der Güterwagen besonders heftig, und zudem erfaßte ein starker Windstoß den Hubschrauber.

»Mein Gott...«

Der Hubschrauber stieg senkrecht auf und befand sich schon über dem Zug, als der Seitenwind den Rumpf mit solcher Wucht traf, daß die Maschine zur Seite geschleudert wurde. Dann brachte Wargrave den Hubschrauber wieder unter Kontrolle, und Elsa blickte aus dem Fenster nach unten. Tief unter ihr sah sie die Lichter des Atlantik-Expreß, eine gebogene Lichterkette, als der Zug wieder einmal in eine der endlosen Kurven hineinfuhr. Elsa lehnte sich behaglich in ihrem Sitz zurück, rückte ihren Kopfhörer zurecht und sah auf ihre Armbanduhr. Es war 20 Uhr 15. Sie sprach in das Mikrophon unter ihrem Kinn.

»Was ist das für ein hoher Gipfel da hinten – drüben im Nordwesten?«

»Das«, erwiderte Wargrave, »ist das Wasserhorn.«

In Andermatt war es 20 Uhr, als ein schwerer Traktor Robert Freys Sikorsky-Hubschrauber aus der Scheune des Bauernhofs westlich des Skiparadieses zog; Anna Markos hatte sich geirrt, als sie annahm, Freys Männer würden den Hubschrauber ins Freie ziehen. Als der Hubschrauber auftauchte, stand Robert Frey neben seinem Stellvertreter Emil Platow, den er um Haupteslänge überragte.

»Beeilen Sie sich«, befahl Frey dem Traktorfahrer. »Wir haben nicht die ganze Nacht Zeit, um die Sache zu erledigen...«

Nachdem der Fahrer das Schleppseil gelöst hatte, bestieg Frey den mit Kufen ausgerüsteten Hubschrauber. Hinter ihnen sprangen Emil Platow und vier andere Männer in die Maschine. Innerhalb von drei Minuten befand sich Frey, der sich auf den Pilotensitz gesetzt hatte, in der Luft. Der Hubschrauber, der in südöstlicher Richtung auf den mächtigen Wasserhorngipfel zuflog, der sich über der Gotthardbahnlinie auftürmte, gewann rasch an Höhe.

Die Lichter Andermatts verschwanden unter ihnen, als Frey seinen Flug fortsetzte. Er hatte das Lawineninstitut in Davos bereits darüber informiert, daß er sich zu einem weiteren Flug entschlossen habe, weil die Temperatur um mehrere Grad gestiegen sei. *Eine routinemäßige Vorsichtsmaßnahme...* hatte es in seinem Funkspruch geheißen. Die Kabine hinter ihm war voll beladen – unter anderem mit einem aus fünf Mann bestehenden Team, das seinen Sprengstoffexperten Emil Platow einschloß. Mitunter wird tatsächlich eine geringe Menge Sprengstoff benutzt, um eine kleinere Lawine auszulösen, die eine spätere größere und gefährliche Lawine verhindern kann. Jetzt hatte der Hubschrauber aber zusätzlich fast eine Tonne Gelatinedynamit geladen und war damit so etwas wie ein fliegender Sprengkörper, der von Frey zu dem mächtigen Wasserhornmassiv geflogen wurde.

Kurze Zeit bevor Robert Frey von Andermatt zurückgefahren war, um den Sikorsky-Hubschrauber zu besteigen, hatte er Anna Markos in ihrem Hotelzimmer im Storchen einen Besuch abgestattet. Anna saß vor ihrem Toilettentisch und machte sich offensichtlich gerade für den Abend zurecht, als jemand an die Tür klopfte. Sie stand auf, ging an die Tür und sagte, ohne zu öffnen: »Wer ist da?« Eine tiefe, vertraute Stimme antwortete.
»Ich bin's – Robert. Robert Frey.«
Sie schloß die Tür auf, ließ ihn eintreten und kehrte zu ihrem Toilettentisch zurück. Sie betrachtete den hünenhaften Schweizer mit der wilden Mähne, der hinter ihr stand und sie mit unverhohlener Bewunderung ansah, im Spiegel. Er beugte sich über sie, umfaßte ihre üppigen Brüste und drückte sie leicht. »Und wer hätte es außer mir sein können? Habe ich etwa einen Rivalen?«
»Dutzende...« Ihre Fingernägel krallten sich in seinen vorwitzigen Händen fest, und er zog sie mit einem Grunzen zurück. Einen Augenblick lang sah sie im Spiegel einen fast tierisch wilden Ausdruck in seinem Gesicht, als er sich etwas Blut von der Hand wischte, dann lächelte er und zuckte die Achseln. »Irgend jemand hat mir meinen Schmuck gestohlen«, informierte sie ihn. »Sieh mal...« Sie öffnete die Schublade und klappte ihr leeres Schmuckkästchen auf. »Ich habe die Sachen gestern abend hineingelegt, und vorhin, als ich sie anlegen wollte...« Sie zog ihre wohlge-

formten Schultern hoch. »Ich weiß, daß die Sachen nicht sehr wertvoll sind – aber dennoch…«
»Du solltest die Polizei benachrichtigen. Wenn ich du wäre, würde ich es sofort tun. Die Wache ist ganz in der Nähe – erste Straße links, wenn du das Hotel verlassen hast…«
»Meinst du wirklich?« fragte sie zweifelnd.
»In der Schweiz nimmt die Polizei Diebstähle sehr ernst. Komm, ich helfe dir in den Mantel…«
Sie zog sich einen dicken Pullover über und ließ sich von ihm den Mantel halten. »Es würde ihnen gar nicht gefallen, wenn du einen Einbruch nicht meldest«, sagte Frey leichthin, als er sie nach unten begleitete. Die Bar war überfüllt, rauchgeschwängert und dröhnte unter den Klängen aufreizender Popmusik. Er ging mit ihr zum Ausgang und erklärte ihr nochmals, wie sie zu gehen habe. »Ich würde gern mitkommen, aber ich erwarte einen Anruf aus Davos«, bemerkte er beiläufig.
Er blieb vor dem Hoteleingang stehen, als sie wegging, rieb sich kräftig das Gesicht, als machte ihm der schneidende Wind zu schaffen, stieg dann in seinen Lieferwagen und fuhr mit hoher Geschwindigkeit zum Bauernhof zurück. Wenige Meter weiter auf der Straße parkte ein unbeleuchteter Peugeot. Am Steuer saß Erich Volcker. Er hatte das Zeichen gesehen, das Frey ihm gegeben hatte, und wartete, bis Anna Markos in der Seitenstraße verschwunden war. Dann schaltete er die Scheinwerfer ein und versuchte, den Motor anzulassen.
Anna Markos ging die leere Seitenstraße hinunter und zog ihre Ohrenschützer ab; jetzt konnte sie ihr feines Gehör wieder gebrauchen. Die Straße war kerzengerade und eng – so eng, daß sie nur ein Fahrzeug durchließ. Auf beiden Seiten waren die Fensterläden zugeklappt. Die Häuser lagen still da, und leichte Schneeflocken wirbelten träge zur Erde herab. In der abendlichen Stille hörte Anna nur das Knirschen ihrer Stiefel auf dem verharschten Schnee. Und dies, das wußte sie, war nicht der Weg zur Polizeiwache.
Dann hörte sie, wie hinter ihr der Wagen in die Straße einbog. Sie

begann, schneller zu gehen. Mit ihren langen, kräftigen Beinen schritt sie weit aus. Sie gab sich Mühe, nicht zu laufen: Ein Ausrutscher auf der vereisten Straße, und es wäre mit ihr zu Ende. Am Steuer des Peugeot saß eine groteske Gestalt: Erich Volcker war klein und sehr fett, aber es war hartes Fett, das er mit sich herumtrug. Er hatte stämmige Beine und kleine, zierliche Füße. Sein runder Schädel war völlig kahl, und seine aufgeworfenen Lippen zogen sich zusammen, als er die Griechin in den Scheinwerferkegel bekam. Er holte tief Luft und trat das Gaspedal durch.
Anna Markos hörte die Veränderung des Motorengeräuschs. Im Scheinwerferlicht sah sie wenige Meter vor sich einen großen runden Felsbrocken, der vor einer Haustür lag. Sie ging das Risiko ein, die wenigen Schritte zu laufen, bückte sich, hob den Felsbrokken auf und fuhr herum. Hinterm Lenkrad starrte Volcker sie fassungslos an, als er sie herumfahren und ihn anblicken sah. Er behielt den Fuß auf dem Gaspedal. Der Felsbrocken flog durch die Luft, traf Volckers Windschutzscheibe mit großer Wucht, und die Scheibe zersplitterte. Für einen Moment hatte er noch das volle Sehvermögen, in der Sekunde darauf konnte er nichts mehr sehen. Er hielt das Lenkrad starr auf Kurs, sah aus dem Seitenfenster und beobachtete, wie die Hauswände an ihm vorüberrasten. Er wahrte immer den gleichen Abstand von den Häusern und wartete nur noch auf den dumpfen Aufprall, wenn er die Griechin erfaßte und überfuhr.
Anna preßte sich in den Hauseingang und beobachtete, wie der Wagen an ihr vorüberglitt, weiter die Straße hinunterfuhr, an der Ecke fast zum Stehen kam und dann um die Kurve verschwand. Sie ging mit raschen Schritten die Straße zurück und bog dann nach rechts in die Hauptstraße ein, wo es Lichter und Menschen gab. Als sie wieder das Hotel Storchen betrat, zeigte ihr Gesicht das gleiche neugierige Lächeln wie in dem Augenblick, in dem sie ihren Schmuck zusammengepackt hatte, um ihn in den Gully zu werfen.
Anna Markos, die Agentin, die Harry Wargrave nach Andermatt entsandt hatte, war eine sehr tapfere Frau. Sie hatte zwar den Ver-

dacht gehabt, daß Robert Frey das Oberhaupt der von Andermatt aus operierenden kommunistischen Zelle sei, war aber nicht sicher gewesen. Unter Einsatz ihres Lebens hatte sie Frey eine Falle gestellt und sich dabei selbst als Köder angeboten – und jetzt hatte sie Gewißheit. Der Versuch, sie zu ermorden, hatte ihren Verdacht erhärtet. Als sie die überfüllte Empfangshalle betrat, packte ein Franzose sie am Arm.

»Anna, komm, laß uns einen Drink nehmen. Für den Anfang...«

»René, ich suche Robert Frey...«

»Er ist gerade weggefahren...«

»In welche Richtung? Hast du eine Ahnung?«

»Ja, er ist dort hinuntergefahren...«

René zeigte nach Westen, in Richtung auf den Bauernhof außerhalb Andermatts, wo der Hubschrauber in der Scheune stand. Anna rannte nach oben, schloß sich in ihrem Zimmer ein und rief zum zweitenmal in einer Stunde den Bahnhof von Göschenen an.

»Können Sie mir sagen, wann der Atlantik-Expreß in Göschenen erwartet wird?«

»Es hat eine Verspätung gegeben, Madame, aber der Expreß holt die Zeit wieder auf. Wir erwarten ihn für 20 Uhr 49...«

»Wenn ich also mit der Schollenen-Bahn um 20 Uhr 31 von Andermatt losfahre, müßte ich ihn rechtzeitig erreichen?«

»Aber gewiß, Madame – das ist der Anschlußzug.«

Um die Züricher Nummer zu erreichen, die sie im Kopf hatte, mußte Anna Markos länger warten. Das Mädchen am anderen Ende der Leitung wiederholte nur die Nummer. »Hier spricht Leros«, sagte Anna schnell, »ein Gespräch von Leros für Herrn Gehring. Es ist sehr dringend...«

»Einen Augenblick, bitte...«

General Traber, der in seinem Züricher Hauptquartier am Schreibtisch saß, erstarrte, als er hörte, wer ihn da verlangte. Es war das allererste Mal, daß Wargraves Agent in Andermatt ihn zu sprechen wünschte. »Stellen Sie ihn sofort durch«, erwiderte er. Er war noch überraschter, als er die Stimme einer Frau hörte, die

ihn in akzentfreiem Deutsch ansprach. »Ja, ich bin Gehring«, sagte er sofort.
»Bitte nennen Sie Mr. Roose sofort – es ist sehr dringend – einen Namen. Sie haben mich verstanden – Mr. Roose? Der Name ist Robert Frey, Robert Frey. Wiederholen Sie ihn bitte. Ja, das ist richtig…«
Anna hatte aufgelegt, bevor Traber etwas erwidern konnte. Mr. Roose war Harry Wargrave. Den Hinweis auf Robert Frey begriff der Schweizer Abwehrchef überhaupt nicht; Frey war einer der geachtetsten Bürger der Schweiz. Traber verschwendete aber keine Zeit mit Spekulationen. Er drückte einen Knopf auf seiner Gegensprechanlage und bat, mit dem diensthabenden Offizier der Funkabteilung verbunden zu werden. Innerhalb von drei Minuten war die Nachricht auf dem Weg zum Funkabteil im Schlafwagen am Ende des Atlantik-Expreß.

Robert Frey war ein Perfektionist. Er war nie mit etwas zufrieden, und mit der Art und Weise, in der sein Sabotageteam jetzt arbeitete, war er sogar höchst unzufrieden – obwohl die Männer seit der Landung des Sikorsky-Hubschraubers am Rand des felsigen Hochplateaus auf dem Gipfel des Wasserhorns durchaus schnell gearbeitet hatten. Das Wegschaufeln der obersten Schneeschicht – um an die darunterliegende Eisschicht heranzukommen – hatte nicht viel Zeit in Anspruch genommen; der Ostwind, der Wargraves Hubschrauber beim Abheben vom Güterwagen des Atlantik-Expreß fast zur Erde geworfen hätte, hatte fast den gesamten Schnee vom Gipfel des Wasserhorns hinweggefegt und nur eine dünne Schicht zurückgelassen.
»Beeilt euch«, befahl Frey. »Bewegt eure Muskeln, verdammt noch mal – wir halten den Zeitplan nicht ein…«
»Das tun wir sehr wohl«, murmelte Emil Platow zu dem neben ihm schuftenden Mann und sah auf seine Uhr.
»Wie war das, Emil?« verlangte Frey zu wissen. Seine hünenhafte Gestalt ragte drohend über dem gebückten Platow auf.
»Wir halten den Zeitplan ein«, fauchte der Schweizer gereizt.

»Diesen Teil können wir schnell erledigen. Den zweiten – nein. Benutzen Sie eigentlich nie dieses Knochengehäuse, das man Gehirn nennt?«

Und Frey hatte recht. In langen Abständen waren fünf Löcher freigeschaufelt worden. Jetzt begannen sie, die Bohrer einzusetzen, die von dem tragbaren Generator im Hubschrauber gespeist wurden. Kabel verliefen wie Rettungsleinen vom Sikorsky-Hubschrauber zu den Bohrern, die die Männer benutzten. Sie durchbohrten die Eisschicht auf dem Gipfel und trieben Löcher in den Fels. Es war ein kalkuliertes Risiko – die Bohrer einzusetzen –, aber die ausgewählten Stellen waren weit genug von den steil abfallenden Rändern des Plateaus entfernt.

Frey hatte die Bohrstellen schon vor langer Zeit ausgesucht – und Frey wußte etwas, was er in seinen Berichten nach Davos unterschlug, wenn er von seinen Inspektionsflügen zur Untersuchung der Stabilität der Berghänge hoch oben über dem Gotthard zurückkehrte. Quer über das Wasserhorn verlief im Zickzack ein riesiger Felsriß, eine große Spalte, deren Tiefe Frey einmal mit seismologischen Geräten ausgelotet hatte. Der Chef der in Andermatt beheimateten kommunistischen Zelle wußte, daß die vermeintliche Unverwundbarkeit des Bergriesen über der Gotthardbahn eine Mär war.

Als er auf dem Gipfel stand und seine ungeheuerliche Sabotageaktion leitete, während der schneidende Wind ihm ins Gesicht blies, fühlte Robert Frey sich wie ein König. War es Hingabe für die kommunistische Sache, die ihn fünfzehn Jahre lang dazu getrieben hatte, diesen Untergrundapparat aufzubauen, mit dem er den gesamten Kanton Tessin durchsetzt hatte? Sein Bezirk reichte von Airolo am Südende des Gotthardtunnel bis Chiasso an der italienischen Grenze.

Es war Robert Frey gewesen, der zunächst auf Anweisung aus Wien und dann aus Zürich das Ablenkungsmanöver geplant und angeordnet hatte, mit dem in Chiasso die drei italienischen Revolvermänner in den Zug gebracht worden waren. Es war Robert Frey gewesen, der den Überfall mit dem Maschinengewehr bei Vira be-

fohlen hatte. Es waren seine unglaubliche Eitelkeit gewesen, die Gier nach geheimer Macht, das Gefühl, der Tessin sei seine ganz persönliche »Provinz«, die ihn dazu gebracht hatten, sein Land zu verraten.
Nachdem die Bohrlöcher fertig waren, begann der nervenzerreißende Höhepunkt des Unternehmens, das Herabsenken des Sprengstoffs in die vorbereiteten Löcher. Diesen Teil der Arbeit besorgte Frey persönlich; während Emil Platow ihm die kleinen, runden Kapseln reichte, senkte er sie behutsam hinab. Die vier anderen Männer trugen die Sprengstoffkapseln ängstlich vom Hubschrauber heran. Nachdem Frey die letzte Kapsel untergebracht hatte, blieb nur noch die Herstellung des elektrischen Zündsystems, mit dem die Detonation ausgelöst werden sollte – nicht mit einem Schlag, sondern in Abständen von einigen Sekunden. Frey hatte nicht weniger als eine Kettenreaktion im Sinn – wenn ein Teil des Berggipfels barst, sollte er auf den nächsten stürzen und dort die Wirkung verstärken, bis der tiefe Riß im Berg sich auftat und die halbe Bergspitze auf den Schienenstrang herunterfallen ließ – es sollte eine Steinlawine von nie gekanntem Ausmaß geben.
»Da kommt ein Hubschrauber«, sagte Platow plötzlich.
Frey sah nach oben; Platow übertraf seinen Chef nur in einem: Er besaß ein extrem gutes Gehör. Und Emil Platow hatte recht. Ein Hubschrauber flog auf das Wasserhorn zu.

Wargraves Alouette-Hubschrauber befand sich jetzt schon weit nördlich des Atlantik-Expreß, als er seinen Flug über dem Schienenstrang fortsetzte. Wargrave war sich seiner Sache noch immer nicht sicher; er wußte nicht, wonach er Ausschau halten sollte. Nach fahrenden Zivilfahrzeugen, sich bewegenden Männern, nach etwas, das nicht so war, wie es sein sollte? Die Sicht in der mondhellen Nacht war phantastisch – in der Ferne konnte er die Hauptkette der Alpengipfel sehen, die halb in Wolken und in den schrecklichen Schneestürmen nördlich des Gotthards verschwunden waren.

Hinter ihm blickte Elsa durch ihr Nachtglas in einem weiten Bogen nach Nordwesten und suchte die Berge ab. Sie hielt inne, als sie den Wasserhorngipfel ins Blickfeld bekam. Sie wartete einen Moment, bevor sie etwas sagte. Wargrave hatte es lieber, wenn man seiner Sache sicher war, bevor man den Mund aufmachte. Dann ließ sie das Glas sinken und sprach in das Kehlkopfmikrophon.
»Auf dem Wasserhorn ist ein Hubschrauber gelandet...«
»Bist du sicher?« wollte Wargrave wissen.
»Wenn ich nicht sicher wäre, hätte ich es nicht gesagt. Und ich glaube, auf dem Gipfel bewegen sich mehrere Männer...«
»Das ist das Wasserhorn«, bestätigte Max Bruder, der Schweizer Funker.
»Melden Sie's an Springer«, befahl Wargrave knapp. »Ich wünsche eine sofortige Überprüfung – und das bedeutet eine Antwort innerhalb weniger Minuten. Wiederholen Sie – in wenigen Minuten...«
Wargrave änderte den Kurs und flog den Hubschrauber vom Schienenstrang weg direkt auf das riesige Bergmassiv zu, das im Mondschein leuchtete. Hinter ihm steckte Elsa ein frisches Magazin in ihre Automatik und entsicherte sie. Bruder funkte seine Meldung. Elsa griff nach einem Reservemagazin und legte es sich auf den Schoß. Wargrave kniff die Augen zusammen und bemühte sich, zu erkennen, was auf dem Gipfel vorging. In weniger als einer Minute sah er, daß Elsa nur zu recht hatte. Da stand ein Hubschrauber – und in seiner Nähe bewegten sich mehrere Männer.
Nachdem Springer im Zug die Anfrage erhalten hatte, reagierte er sofort. Über Necker nahm er Verbindung mit der Armeebefehlsstelle in Andermatt auf. Die Antwort auf seine dringende Anfrage ließ nicht lange auf sich warten. Frey hatte wie gewöhnlich vor dem Abflug mit seinem Sikorsky den örtlichen Militärkommandeur von seinem Routineflug zur Prüfung der Schneesituation in Kenntnis gesetzt. Springer las die Antwort und diktierte einen Funkspruch, der sofort an Wargrave übermittelt werden sollte.
*Hubschrauber auf dem Wasserhorn unter Befehl von Robert Frey, dem hochgeachteten und fähigen Bergsteiger. Sein Abflug zu ei-*

*ner routinemäßigen Lawinenüberprüfung vom Militärbefehlshaber in Andermatt genehmigt. Springer.*

»Das wär's also«, bemerkte Elsa, als sie den Funkspruch las, den Bruder ihr gegeben hatte. »Blinder Alarm. Und ich habe uns vom Schienenstrang abgebracht. Tut mit leid, Harry...«

»Für Wachsamkeit mußt du dich nie entschuldigen, Elsa«, sagte Wargrave scharf. »Es hätte etwas dran sein können.«

»Robert Frey ist ein bemerkenswerter Mann«, meinte Max Bruder, als Wargrave von neuem den Kurs änderte, um zum Schienenstrang zurückzufliegen. »Ich bin ihm einmal begegnet – es war eine Ehre für mich, einem solchen Mann die Hand zu schütteln...«

»Ist er so etwas wie eine lokale Größe?« wollte Elsa wissen.

»Nur einer der besten Bergsteiger der Welt«, erwiderte Wargrave. »So, jetzt wollen wir uns mal wieder der Bahnlinie zuwenden...«

»Der Hubschrauber entfernt sich«, sagte Emil Platow, der seine Erleichterung nicht verhehlen konnte. »Komisch – es war kein Armeehubschrauber. Keine Erkennungszeichen...«

»Irgendein dämlicher Zivilpilot, der vom Kurs abgekommen ist und seinen Flugplatz sucht«, erwiderte Frey.

»Um diese Tageszeit?« Platow schlug sich mit seinen behandschuhten Händen auf den Körper, um den Kreislauf in Gang zu bringen. Es war bitter kalt, aber die Aussicht war großartig. Sie sahen ein weites Panorama von Bergketten mit schneebedeckten Gipfeln. Platow stand auf einem Felsblock und konnte sehen, wie tief unter ihm das Mondlicht in großen Eisspeeren glitzerte, wie große Wasserfälle mitten in der Luft gefroren waren und wie dunkle Schatten andeuteten, wo bodenlose Schluchten in die Gesteinsmassen einschnitten.

»Sie machen sich zuviel Sorgen«, bemerkte Frey und verband zwei Kabel miteinander. Wenn er diese Arbeit beendet hatte, brauchte es nur einen Knopfdruck auf der Schaltbox, um eine Reihe massiver Explosionen in Gang zu setzen. Nachdem er die Verbindung

hergestellt hatte, sah Frey auf seine Uhr. Sie waren vor der Zeit fertig geworden. Zwar nur um wenige Minuten, aber sie hatten Zeit eingespart. Und das auch nur, weil er seine gutausgebildeten Männer angetrieben hatte. Jetzt konnte nichts mehr den Atlantik-Expreß retten.
Robert Frey machte sich allerdings keinerlei Gedanken über die Folgen der ungeheuren Katastrophe, die er auszulösen im Begriff stand. Mit hoher Wahrscheinlichkeit würde die Berner Regierung gerade ihn zum Leiter der Kommission ernennen, die die Katastrophe untersuchen sollte. Wenn die Steinlawine erst einmal in Gang gekommen war, würde sich kein Mensch mehr an die dumpfen Detonationen erinnern, die den Gipfel erschüttert hatten – falls überhaupt jemand sie hören würde. Und für den Fall, daß etwas schiefging, hatte Frey den Fluchtweg schon geplant.
»Ich glaube, ich sehe ihn kommen!« rief Platow aus.
»Sind Sie sicher?« hakte Frey nach und stieg zu Platow auf den Felsen.
»Um Gottes willen, natürlich bin ich sicher!«
»Dann sagen Sie den anderen, sie sollen schnell zurück in den Hubschrauber. Los, Mann, bewegen Sie sich!«
Vor Nervosität und Aufregung fast außer sich, rannte Platow übers Plateau zu den vier anderen, um den Befehl an sie weiterzugeben. Sie standen dichtgedrängt zusammen, als wollten sie sich gegenseitig vor der durchdringenden Kälte schützen. Auf dem Felsen hob Frey das Fernglas, das er um den Hals trug, und richtete es auf den Gotthard unter ihm. Und Platow hatte recht gehabt. Tief unten waren die weit entfernten Lichter des Atlantik-Expreß aufgetaucht, der soeben aus einer Kurve gekommen war.

Die Alouette hatte beinahe wieder eine Position über dem Schienenstrang erreicht, als Bruder meldete, von Springer komme gerade eine dringende Nachricht aus dem Zug. Bruder nahm den Funkspruch auf und reichte ihn dann Wargrave, der einen Blick darauf warf und laut fluchte. Elsa verstand jedes Wort. Sie reckte gerade den Kopf, um auf die Bahnlinie hinunterzusehen.

»Gottverdammter Mist...«

*Nachricht von Leros,* lautete der Funkspruch, *Robert Frey. Wiederhole – Robert Frey.*

»Die Männer auf dem Wasserhorn«, brüllte Wargrave – seine Stimme überschlug sich fast, als er ins Mikrophon sprach –, »das ist ein kommunistischer Sabotagetrupp!«

Er hatte bereits mit einer heftigen Lenkbewegung den Kurs geändert. Die Alouette neigte sich so plötzlich zur Seite, daß Elsa sich an der Armlehne festhalten mußte, um das Gleichgewicht zu halten. Wargrave beschleunigte mitten in der Kursänderung, flog immer höher und schneller, bis der Rotor über ihnen sich bei einer Geschwindigkeit von einhundertdreißig Stundenkilometern schwirrend drehte. Jetzt ging es auf kürzestem Weg zum Wasserhorngipfel zurück. In der Kabine machte sich plötzlich Spannung breit, als der völlig verwirrte Bruder protestierte.

»Aber das ist Robert Frey...«

»Ein hochgeachteter und fähiger Bergsteiger«, wiederholte Wargrave gehässig die Beschreibung Springers von vorhin. »Elsa, mach dich bereit, diese Männer zu erschießen – jeden einzelnen Mann auf dem Gipfel. Du mußt schießen, um zu töten...«

Elsa reagierte augenblicklich, ließ ihr Nachtglas fallen und griff nach ihrem automatischen Gewehr. Sie näherten sich dem mächtigen Gipfel mit hoher Geschwindigkeit, als sie ein Fenster öffnete und eisig kalte Nachtluft in die beheizte Kabine strömte. Elsa kniete nieder und legte den Gewehrlauf auf die Fensterkante. Ihr Gesicht wurde urplötzlich eisig in dem schneidenden Wind. Der Hubschrauber schwankte und taumelte bei dem plötzlichen Vertikalflug, der sie in eine bestimmte Höhenposition über dem Gipfel bringen sollte. Unter diesen Umständen wird es verdammt schwierig, überhaupt auf etwas zu zielen, dachte sie. Wargrave schien ihre Gedanken zu erraten, als er seinen Steigflug fortsetzte. Seine Wangenknochen zeichneten sich deutlich vor den Lichtern der Instrumententafel ab.

»Gib ihnen einen Kugelhagel – bewege das Gewehr ein wenig von oben nach unten und dann auch noch seitlich. Wir kriegen sie nur, wenn wir sie mit Kugeln eindecken...«

Auf dem Wasserhorngipfel hatten die vier Männer fast den stehenden Sikorsky-Hubschrauber erreicht. In ihrer Angst, nicht schnell genug bei der Maschine zu sein, rannten sie über die leichte Schneedecke. Der fünfte Mann aber war plötzlich stehengeblieben, drehte sich um und richtete etwas nach oben. Ein Schuß ertönte, dann noch einer, aber beide verfehlten Wargraves Hubschrauber, der sich jetzt langsam auf den Gipfel hinabsenkte. Elsa gab einen Feuerstoß ab und bewegte dabei die Waffe in einem leichten Bogen.

Auf dem Gipfel peitschten die Kugeln den Schnee auf, erreichten Emil Platow, den Mann, der gefeuert hatte. Er sackte im Schnee zusammen. Zwanzig Meter weiter verfluchte Frey die verrückte und dumme Reaktion Emils, bückte sich über die Schaltbox und drückte auf den Auslöseknopf. Einen Augenblick lang geschah nichts. Einen Moment lang zweifelte sogar der höchst zuversichtliche Frey daran, daß die Schaltung funktionierte. Dann spürte er das erste Zittern, das erste schreckliche Grollen. Er rannte auf den Hubschrauber zu und blieb dann stehen. Sein Gehirn hatte momentan aufgehört zu arbeiten: Er konnte nicht verkraften, was er sah.

Der Sikorsky mit den vier Männern an Bord kippte um, als der darunterliegende Fels zerbrach. Frey hatte das Ausmaß der kombinierten Detonationen unterschätzt. Ein, zwei Sekunden lang blieb der Sikorsky auf dem Grat liegen, dann stürzte er in die Tiefe. Beim Aufprall auf einem Grat brach der Rotor ab, dann auch die Halterung. Der Rumpf mit den vier Männern stürzte weiter den Hang hinab, bis er – mehrere hundert Meter weiter unten – auf eine Felsnase stürzte. Der Hubschrauber explodierte, wurde zu einem glühenden Feuerball und verschwand in einer Wolke auseinanderberstender Einzelteile. Durch einen reinen Zufall war nur Robert Frey am Leben geblieben, der jetzt auf einem übriggebliebenen, kleinen Stück Fels stand und auf die Alouette starrte, die über ihm schwebte.

»Den Mann will ich lebend haben«, bellte Wargrave. »Laß den Rettungskorb hinunter, Elsa...«

Max Bruder brauchte er keinen Anweisungen zu geben. Er funkte schon an Springer. *Lawine kommt... Riesige Lawine, die auf die Bahnlinie zustürzt. Von Frey ausgelöst... Wiederhole... Lawine kommt direkt auf den Expreß zu... Vom Wasserhorn... vom Wasserhorn...*

Vom in der Luft stillstehenden Hubschrauber aus hatten sie deutlich den dumpfen Knall der Detonationen vernommen, denen das schreckliche Grollen folgte, als das Wasserhorn an dem Bergriß auseinanderbrach und Millionen Tonnen Schnee und Gestein in einer langsam beginnenden, dann immer schneller werdenden Lawine von gigantischen Ausmaßen zu Tal schickte. Aus der Luft sah es aus, als beobachtete man einen Ozean, der sich im Winkel von fünfundvierzig Grad bewegte, als der halbe Berg auseinanderbrach und donnernd zu Tal stürzte – auf die tief unten liegenden Gleise der Gotthardbahn.

Elsa, die während ihrer Zeit an der Washingtoner Botschaft mit Wargrave gelegentlich im Hubschrauber geflogen war (damals hatte er ihr beigebracht, einen Rettungskorb zu bedienen), war schon dabei, den Korb aus der geöffneten Tür hinabzulassen, während Wargrave den Hubschrauber über dem verbliebenen Rest des Gipfels in der Schwebe hielt. Es war nicht leicht; überall in der Kabine lagen Ausrüstungsgegenstände, kurze Skier, Stöcke und Bergsteigerstiefel herum. Einmal wäre sie um ein Haar aus der Tür gefallen, als sie über ein Seil mit einem großen Greifhaken stolperte.

»Bleib lieber an Bord«, bemerkte Wargrave durch sein Mikrophon.

»Dann laß mich in Ruhe, damit ich mich konzentrieren kann«, fauchte Elsa zurück. »Für den Anfang wäre es ganz gut, wenn du die Maschine still halten könntest...«

Wargrave lächelte kurz; Elsa Lang war in Form. Sie hatte Mut und Biß, und das war gut so angesichts dessen, was sie vorhatte. Beinahe wäre ihm eine Mahnung entschlüpft, wie sie mit Frey umgehen solle, wenn der erst einmal in der Maschine sei, aber dann entschloß er sich, lieber den Mund zu halten. Der schwankende Rettungskorb war jetzt kaum mehr als einen Meter von dem hü-

nenhaften Schweizer Bergsteiger entfernt. Das Gerät schwankte hin und her. Elsa, die sich auf ihre schwierige Arbeit konzentrierte, bemerkte nicht, wie Frey eine kleine 22er Pistole aus der Manteltasche zog und sie mit dem Lauf in den engen Ärmelaufschlag am linken Handgelenk steckte. Dann langte er nach oben, packte den schwankenden Rettungskorb und hielt ihn fest, während er die Gurte anlegte, justierte und festzog. Dann gab er mit einer Handbewegung ein Zeichen.
Elsa begann, ihn nach oben zu ziehen, während der Hubschrauber weiter auf der Stelle schwebte und Frey unten hin und her schwankte. Er kam Meter und Meter näher an den Hubschrauber heran. Max Bruder schickte jetzt ununterbrochen seine Warnung an Springer. Unter ihnen ging der gigantische Bergrutsch weiter, der sich immer weiter ausdehnte, je schneller die Gesteinsmassen hinunterstürzten; eine kilometerbreite Welle aus Fels und Schnee rollte jetzt auf die Baumgrenze und den Tannenwald zu, der auf ihrem Weg lag. Tief unten glänzten die Gleise der Gotthardbahn. Der Atlantik-Expreß kam immer näher und näher.
»Noch eine Minute, dann ist er an Bord«, berichtete Elsa.
»Ich will ihn lebend – aber behalte den Burschen im Auge. Ich kann dir nicht helfen...«
Wargrave war alles andere als glücklich über das, was sie da versuchten. Einerseits hatte er vermutet, wie wichtig es für Springer sein könnte, Robert Frey verhören zu können – Anna Markos' Nachricht hatte erkennen lassen, daß sie in ihm den kommunistischen Spitzenagenten der Andermatter Gruppe sah. Andererseits machte sich Wargrave Sorgen, weil Elsa mit dem Bergsteiger allein zurechtkommen mußte – er selbst mußte sich aufs Fliegen konzentrieren.
Elsa war vollauf damit beschäftigt, die schwierige Schlußphase der Bergung Freys hinter sich zu bringen und ihn in die Kabine zu holen. Mit einer Hand nahm sie Kopfhörer und Mikrophon ab. Ihre Smith & Wesson war griffbereit – sie hatte sie in den Bund ihrer Skihosen gesteckt. Sie mußte jetzt ganz allein mit diesem hünenhaften Schweizer fertig werden. Deutlich konnte sie sein Gesicht

sehen, als er zu ihr hochstarrte. Flackerte da so etwas wie Überraschung auf, als er bemerkte, daß es ein Mädchen war, das ihn in Sicherheit brachte? Sie hielt den Blick starr auf die große Adlernase gerichtet; da er eine riesige Schneebrille trug, konnte sie seine Augen kaum erkennen. Irgend etwas sagte ihr, daß dies ein besonderer Mann war, daß sie verdammt aufpassen mußte.
Dann zog sie den Rettungskorb durch die geöffnete Tür herein, und Frey war an Bord. Der Bergsteiger sah sich um, entdeckte, daß der Pilot damit beschäftigt war, den Hubschrauber unter Kontrolle zu halten, und daß der Funker neben ihm genug damit zu tun hatte, seinen dringenden Funkspruch zu senden. Als das Mädchen die Tür zuschlug, wollte Frey mit der rechten Hand die Pistole aus dem linken Ärmel ziehen. Die Waffe blieb aber, wo sie war – der Ärmel war zu eng. Elsa hielt ihn mit der Smith & Wesson in Schach. Dann kippte der Hubschrauber plötzlich weg. Elsa wurde gegen die Seitenwand geworfen, und sie verlor die Pistole. Frey stürzte sich mit seinem mächtigen Leib auf sie, warf sie im hinteren Teil der Kabine auf den Rücken und sich selbst hinterher, so daß sie hilflos unter ihm lag. Mit der rechten Hand packte er ihre Kehle und drückte zu.
Elsa, die sich unter Freys Rumpf kaum rühren konnte, tastete mit der rechten Hand über den Kabinenboden, spürte den Greifhaken, packte ihn und legte ihn um Freys kräftigen Hals. Als er die Spitze gegen die Kehle drücken fühlte, ließ er sie überrascht los. Halb erstickt und mit zornblitzenden Augen schrie sie ihn auf französisch an. »Runter, lassen Sie mich los, oder ich reiße Ihnen die Kehle auf...«
Frey bekam Angst – und das nicht nur, weil die Spitze des Hakens ihm an der Kehle saß. Der Ausdruck in den Augen des Mädchens war schrecklich. Sie würde es tun. Er wußte, daß sie es tun würde. »Stehen Sie langsam auf – sehr langsam, rate ich Ihnen«, zischte Elsa durch die Zähne. Frey rappelte sich auf. Elsa kam sofort nach ihm hoch, hielt den Haken aber weiter an seiner Kehle. Dann spürte Frey, wie ihm der Lauf einer Pistole hart in den Rücken gepreßt wurde, und er hörte die Stimme Max Bruders.

»Eine falsche Bewegung, und ich werde Ihr Rückgrat zertrümmern...«
Innerhalb von zwei Minuten hatten sie Frey die Hände auf dem Rücken festgebunden und ihn gefessselt. Elsa, die ihm seine 22er Pistole aus dem Ärmel gezerrt hatte, ging nicht sehr sanft vor, als sie die letzten Knoten zuband. Anschließend rollte sie ihn in den hinteren Teil der Kabine. Sie ließ ihn mit dem Gesicht nach oben liegen, damit er atmen konnte. Bevor sie ihn verließ, bückte sie sich und drohte ihm mit dem Greifhaken. »Ein Piepser von Ihnen, und ich benutze dieses Ding. Verstanden?«
Wargrave hatte den Hubschrauber bereits in einem Halbkreis herumgezogen und flog jetzt mit hoher Geschwindigkeit durchs Gotthardtal auf den Expreß zu. Zu diesem Zeitpunkt ahnte er noch nicht, daß er den wichtigsten Sabotageagenten der Sowjets in der Schweiz gefangengenommen hatte; er wußte auch nicht, daß Oberst Springer, der die Meldung von Bruder erhalten hatte, schon zwei eilige Funksprüche nach Andermatt und an General Traber in Zürich geschickt hatte. Schon nach wenigen Stunden waren Streifenwagen selbst in so weit voneinander entfernten Städten wie Genf und Lugano unterwegs; die Beamten hatten Listen mit allen Freunden und Bekannten Freys bei sich, von denen man wußte. Sie klopften mitten in der Nacht an viele Türen und holten die Leute zu intensiven Verhören aus den Betten. In weniger als fünf Tagen war der gesamte Sabotagering Freys zerschlagen. Im Augenblick jedoch hatte Wargrave nichts anderes im Kopf als die gewaltige Lawine, die immer weiter zu Tal schoß, als der Atlantik-Expreß die Steigung hinauffuhr.

# 19. Die Lawine

Robert Frey war ein brillanter Organisator, der es für richtig hielt, sich gegen die Möglichkeit zu sichern, daß sich selbst die allerbesten Pläne zerschlagen. Und das Unternehmen zur Zerstörung des Atlantik-Expreß – dem für den Ernstfall vorgesehenen Plan zur Blockierung des Gotthards entnommen – hing nicht zuletzt vom exakten Timing ab. Der Zug mußte zur genau rechten Zeit am rechten Ort sein, um von der vollen Wucht der Lawine getroffen zu werden, die Frey auf dem Wasserhorn ausgelöst hatte.

Folglich hatte er an der Bahnlinie in regelmäßigen Abständen einzelne Mitglieder seiner ausgedehnten Sabotageorganisation postiert – und zwar immer an Stellen, an denen der Zug wegen der starken Steigung langsamer fahren mußte. Frey hatte den wahrscheinlichen Verlauf der Lawine sorgfältig berechnet und herausgefunden, welcher Streckenabschnitt getroffen werden würde. Es war unerläßlich, daß der Expreß sich in diesem Streckenabschnitt befand, wenn die Lawine im Tal ankam. Und weil diese Männer Freys einzeln postiert waren und zudem weit voneinander entfernt standen, hatte Wargrave sie bei seinem Flug nicht ausmachen können.

Als Oberst Springer aus Wargraves Hubschrauber die erste Lawinenwarnung erhielt, reagierte er mit gewohnter Energie und Entschlußfreudigkeit. In dem Abteil neben dem, in dem Haller und Marenkow saßen, beugte er sich zusammen mit seinem Assistenten Jürgen Thall über eine Karte. »Da ist das Wasserhorn.« Er zog einen Kreis um einen Streckenabschnitt. »Wenn die Lawine den

Schienenstrang erreicht, dann vermutlich irgendwo in diesem Kreis...«

»Und im Augenblick befinden wir uns etwa in der Mitte«, betonte Thall.

»Ein wenig näher am Nordende der Gefahrenzone«, erwiderte Springer. »Los, rufen Sie den Lokführer an – sagen Sie ihm, daß ich Höchstgeschwindigkeit haben will...«

Thall verließ das Abteil, rannte den Gang entlang zum Funkabteil, in dem eine direkte Telefonverbindung zum Führerstand der Lok hergestellt worden war. Nachdem er in seinem Abteil allein war, machte Springer das Licht aus, zog den Vorhang hoch und öffnete das Fenster. Er achtete nicht auf den hereinströmenden Schwall eiskalter Luft und starrte das furchterregende Schauspiel an, das sich im Mondschein bot.

Da war kein dramatisches Grollen, keine rasend schnelle Bewegung, sondern nur das gleichmäßige Rutschen eines ganzen Bergs, der sich auf den Schienenstrang zubewegte. Es war, als käme eine große Flutwelle im Zeitlupentempo auf ihn zu, eine Flutwelle aus Gestein und Schneemassen, ein Erdrutsch mit Millionen Tonnen von Schnee. Als Springer nach oben blickte, erreichte die Lawine die Baumgrenze, die ersten Bäume eines großen Tannenwalds, der sich auf den unteren Hängen ausbreitete. Wie eine rieisige Meeresflutwelle überspülte der Schnee die Tannen, und Springer wußte, daß unter dieser weißen Welle große, in Jahrzehnten herangewachsene Bäume wie Streichhölzer zermalmt wurden. Dann sah er etwas, was ihm das Blut in den Adern gefrieren ließ. Die Schneelawine erreichte einen riesigen Felsvorsprung. Statt sich über ihm in die Tiefe zu ergießen, riß sie den Felsvorsprung mit. Da ging Springer auf, daß dies keine gewöhnliche Lawine war, mochte sie auch gigantische Ausmaße haben: das halbe Wasserhorn kam zu Tal, dies war eine Steinlawine, die Geschichte machen würde. Er drehte sich um, als Thall die Abteiltür aufriß.

»Wir kommen nicht zum Lokführer durch...«

»Warum denn nicht, zum Teufel?«

»Er nimmt nicht ab...«

In diesem Augenblick wurde der Expreß, der gerade eine Steigung nahm, noch langsamer, dann hielt er. Wenige Sekunden später begann er, rückwärts zu rollen, zurück in den am meisten gefährdeten Streckenabschnitt.

Im Führerstand der Lokomotive mit der Achsanordnung Bo-Bo, die den Atlantik-Expreß die Steigung hinaufzog, befanden sich zwei Männer. Sie hatten wenig zu tun und mußten nur die Meßgeräte im Auge behalten und auf die vor ihnen liegenden Signale achten. Das Motorengeräusch hatte jeden Laut der herunterstürzenden Lawine erstickt. Enrico, der Erste Lokführer, machte gerade die Hände mit einem Putzlappen sauber, als Freys Mann auf die Lok sprang und in den Führerstand stürzte. Enrico starrte ungläubig, als der Mann seinem Kollegen mit dem Lauf seiner Pistole einen brutalen Schlag auf den Kopf versetzte und ihm den Schädel spaltete. Der Mann richtete die Waffe auf Enrico. »Drehen Sie sich um...« Der Lokführer gehorchte, worauf der Saboteur ihm einen schweren Schlag versetzte, von dem er meinte, er habe den Lokführer getötet. Dieser sank zu Boden, war aber nur halb betäubt, da der Lauf abgeglitten war. Der Mann Freys, Anton Gayler, studierte kurz die Meßgeräte, bewegte dann einen Hebel und schließlich zwei weitere, nachdem der Expreß zum Stehen gekommen war. Der Atlantik-Expreß rollte zurück.
Gayler, ein kleinwüchsiger, stämmiger Mann mit vorstehenden Zähnen, fürchtete nicht, von der Lawine erfaßt zu werden; östlich des Schienenstrangs, nur wenige Meter entfernt, wartete ein Fahrer am Steuer eines mit laufendem Motor wartenden Fiats darauf, Gayler aufzunehmen und ihn auf der Ostseite der Schlucht aus der Gefahrenzone und vor der Lawine in Sicherheit zu bringen. Als der Expreß seine langsame Rückwärtsfahrt fortsetzte, sah Gayler auf der Westseite des Führerstands aus dem Fenster. Auf dem Bahndamm liefen mehrere uniformierte Männer auf ihn zu. Einer von ihnen, ein Zivilist, rannte weit vor den anderen. Gayler nahm seine Waffe und zielte.

»Schicken Sie Soldaten zum Führerstand...« befahl Springer und schob sich an Thall vorbei auf den Gang. Es war aber der Oberst, der den Zug als erster verließ. Er öffnete eine Tür am Ende des Waggons, trat aufs Trittbrett und sprang dann vorsichtig aus dem langsam zurücksetzenden Expreß auf den Bahndamm. Er hatte noch vierzehn Waggons vor sich, bevor er die Lokomotive erreichte. Zielstrebig lief er an den Gleisen entlang. Seine neunschüssige 32er Browning Automatik hielt er schußbereit in der Hand. In seinem Wettlauf gegen die Zeit hatte er aber einen Vorteil auf seiner Seite – der Expreß rollte rückwärts und kam ihm entgegen, so daß die Lokomotive schnell immer näher kam.
Er war schon recht nah an die Lok herangekommen, als er die Silhouette eines Mannes sah, der sich aus dem Führerstand lehnte, eine Silhouette ohne Eisenbahnermütze oder Uniform, eine Silhouette, die mit irgend etwas auf ihn zielte. Springer duckte sich, lief aber weiter, hörte einen Schuß, dann noch einen, während neben ihm Schotter aufgewirbelt wurde. Springer hörte plötzlich auf zu laufen, riß seine Automatik hoch, nahm sie ruhig in beide Hände und feuerte. Irgend etwas – die Pistole des Mörders – fiel aus dem Fenster und landete auf dem Bahndamm.
Gayler, der sich in den Führerstand zurückgezogen hatte, fluchte und taumelte zur anderen Seite des Führerstands hinüber. Die Knöchel seiner rechten Hand waren zerschmettert, und er blutete. Mit der linken Hand ließ er sich aus dem Führerstand auf den Bahndamm hinab und stolperte dann auf die nahe Straße. Zwölf Meter entfernt stand ein Fiat mit laufendem Motor, dessen Fahrer ihn bereits erwartete. Gayler keuchte vor Erleichterung über sein Glück, so nahe beim Fluchtfahrzeug ausgestiegen zu sein.
Auf der Ostseite des Zuges war ein Abteilfenster geöffnet worden. Das Abteil war dunkel. Der Schatten des Oberkörpers eines Mannes erschien im Fenster, das durch das Waggondach vorm Mondschein geschützt wurde. Eine Hand ragte heraus. Als Gayler auf den wartenden Fiat zustolperte, wurde ein Schuß abgefeuert, und Anton Gayler fiel tot auf die Straße. Ein zweiter Schuß wurde abgefeuert. Der Mann im Fiat sackte tot hinterm Lenkrad zu-

sammen. Dies war Scharfschützenqualität von der Art, wie sie dem toten Phillip John zugeschrieben gewesen war. Die Gestalt im Dunkeln zog sich zurück, und das Fenster wurde geschlossen.
Der Expreß rollte noch immer rückwärts, als Springer in den Führerstand kletterte. Er erfaßte die Szene mit einem Blick. Ein Mann vermutlich tot; Enrico, der Erste Lokführer, bewegte sich schwach auf dem Fußboden, als er sich allmählich von dem Schlag erholte, der ihn nur gestreift hatte. Springer kniete neben ihm nieder und schüttelte ihn unsanft.
»Reißen Sie sich zusammen – und zwar schnell. Ich muß den Zug schnell wieder in Fahrt bringen – vorwärts. Eine Lawine kommt auf uns zu. Kommen Sie auf die Beine, Mann, um Gottes willen. Was muß ich tun, um den Expreß vorwärts fahren zu lassen...«
Enrico richtete sich mit einer ungeheuren Kraftanstrengung auf und lehnte sich mit dem Rücken gegen den Führerstand. Er zeigte auf etwas. Springer ergriff einen Hebel. Ein Kopfschütteln. Eine Handbewegung. Springer griff nach einem anderen Hebel. Enrico nickte, versuchte zu rufen: »Vorsicht...« Springer legte den Hebel um, und der Expreß blieb mit kreischenden Bremsen ruckartig stehen. Weitere Handbewegungen. Springers Hand bewegte sich von Hebel zu Hebel, bis Enrico nickte. Der stehende Expreß begann langsam anzufahren, so langsam, daß Springer entsetzt war. Der Zug schien kaum von der Stelle zu kommen. Nach ihm waren zwei Schweizer Soldaten in den Führerstand gekommen, und einer versuchte, Enrico Erste Hilfe zu geben. Der Lokführer, ein stämmiger Mann aus Basel, winkte aber ab und rappelte sich auf, um Springer zu helfen.
»Wer sind Sie?« fragte er.
»Militärischer Geheimdienst...« Das war nicht die Antwort, die Springer unter normalen Umständen gegeben hätte, aber er wollte den Mann beeindrucken und ihm klarmachen, daß dies eine extreme Notsituation war. »Ich wünsche, daß Sie die Motoren mit voller Kraft laufen lassen«, sagte Springer heftig. »Eine Lawine kommt direkt auf uns zu...«
»Könnte gefährlich sein auf diesem Streckenabschnitt...« Der

Lokführer bewegte dennoch die entsprechenden Hebel; vielleicht war ihm plötzlich aufgegangen, daß Lawinen noch gefährlicher sein können. Die Räder begannen, sich ein wenig schneller zu drehen; Springer spürte, wie die gewaltige Kraft der Motoren die Stahlplatten unter seinen Füßen erzittern ließ. Der Lokführer war seinen Anweisungen aufs Wort gefolgt, und der Atlantik-Expreß rollte jetzt eine steile Steigung hinauf, aber noch immer beängstigend langsam; er rumpelte über mehrere Brücken, die weite Schlünde überspannten, schwankte in den langgezogenen Kurven, während die Anzeigenadeln der Instrumente erzitterten. Verschiedene Nadeln waren, wie Springer bemerkte, über rote Markierungen hinausgegangen: Ein Anzeichen dafür, welch enorme Spannungen aufgebaut wurden. Er ging zur Westseite des Führerstands hinüber.

Der große Wald war verschwunden, ausgelöscht von der Sturmflut der heranrasenden Lawine, die jetzt seitlich des Zuges bis auf einen knappen Kilometer herangekommen war. Die riesige Welle aus Gestein und Schnee war so hoch, daß Springer kaum mehr daran zweifelte, daß sie den Expreß überrollen würde. Normalerweise wäre sie auf dem engen Talgrund zum Stillstand gekommen, aber diesmal kam zuviel den Abhang herunter, die Welle war zu hoch, zu schnell...

Springer rasten viele Gedanken durch den Kopf, als er die Katastrophe näherkommen sah; er dachte an seine Frau Clara und an seinen achtzehnjährigen Sohn Charles, der an der Lausanner Universität studierte – beide waren jetzt sicher zu Hause in der Züricher Wohnung. Wahrscheinlich würde er sie beide nie wiedersehen. Und dann erkannte er mit einemmal das wirkliche Ausmaß dessen, was da herangestürmt kam – es war eine *dreifache* Lawine, die dieses Ungeheuer Frey da ausgelöst hatte, nur um einen einzelnen Mann zu töten – an die anderen dreihundertfünfzig Seelen, die sich in diesem Zug befanden, hatte er keinen Gedanken verschwendet...

Zuerst hatte Springer das identifiziert, was er als eine größere Pulverschneelawine kannte, die im Sturz kaum mehr als ein zischendes Geräusch hören läßt, eine ungeheure Welle aus Schnee, der im Mondschein leuchtete – ein Schauspiel von einer gewissen majestätischen Größe. Aber durch das Brummen der mit voller Kraft arbeitenden Motoren vernahm er jetzt das zwischen den Bergwänden widerhallende Donnern, das ihm sagte, daß auch gewaltige Eismassen zu Tal stürzten. Und als wäre dies alles noch nicht schrecklich genug, sah er riesige Felsblöcke, die inmitten der weißen Pulverschneewolke herabflogen. Es war auch eine Gesteinslawine.

... 11. September 1881. Das Dörfchen Elm im Schatten des Plattenbergkopfs. Millionen Tonnen Gestein und Fels waren heruntergefallen, ein mächtiger Wind war dem Ansturm vorausgegangen und hatte Menschen durch die Luft gewirbelt, ganze Häuser wegfliegen und andere unter dem Druck der Luftwelle bersten lassen. Auch das war eine Gesteinslawine gewesen. Und im Expreß befinden sich dreihundertfünfzig Reisende, dachte Springer wieder. Oh, mein Gott...

Im gesamten Zug hatte sich jetzt nackte Panik der Reisenden bemächtigt, die sich trotz der Bemühungen der Schweizer Eisenbahner und der Abwehrleute auf den Gängen drängten. Nichts hielt sie mehr in ihren Abteilen. Das Donnern der fallenden Eismassen machte die Panik vollständig. Einige öffneten in ihrer Todesangst die Türen und sprangen auf den Bahnkörper, rannten auf das Ende des Zuges zu, als läge dort die Rettung – statt dessen liefen sie genau auf die Lawine zu.

Am Ende des Zuges bot sich ein noch schrecklicheres Bild. In ihrem abgedunkelten Abteil standen Haller und Marenkow am Fenster und blickten hinaus. Und Julian Haller, der rasch auf seine Uhr sah, dachte an seine Frau Linda. In New York war es jetzt 14 Uhr 35 Ortszeit. Sie arbeitete jetzt vermutlich in ihrer Modefirma in der Madison Avenue. Ob er sie jemals wiedersah? Er bezweifelte es. Zumindest würde sie in den Genuß seiner großzügigen Pensionsregelung kommen. Plötzlich lief ein langhaariges Mädchen unter dem Fenster vorüber – sie rannte auf die Lawine zu. Ihr

Gesicht war vor Angst verzerrt. Marenkow lehnte sich hinaus, packte sie beim Haarschopf. Als sie aufschrie, benutzte er die zweite Hand, um sie unter der Achselhöhle zu packen, und zog sie tatsächlich ins Abteil. Er schlug ihr mit der flachen Hand ins Gesicht, um ihre Hysterie zu durchbrechen. Haller öffnete die Abteiltür und sah sich Matt Leroy gegenüber, der draußen Wache hielt.

»Was ist los?« wollte Leroy wissen.

»Nichts Besonderes«, erwiderte Haller mit bitterer Ironie. »Bringen Sie dieses Mädchen wieder weiter nach vorn zu ihrem Abteil – übergeben Sie sie einem der Abwehrbeamten und sagen Sie ihm, er soll aufpassen, daß sie drinbleibt...«

Auf der Westseite des Bahndamms hatten Bahnbeamte und Männer aus Springers Einheit die meisten der flüchtenden Reisenden inzwischen eingefangen und schoben sie jetzt in den langsam fahrenden Zug zurück. Andere Reisende halfen, sie in die Waggons zu ziehen. Haller stellte sich wieder ans Fenster neben Marenkow und sah etwas Entsetzliches. Aus einigen Häusern in der Ferne, die in der Bahn der Lawine lagen, rannten Menschen. Beide Männer sahen, wie ein kleines Kind über ein Feld rannte, verfolgt von einer Frau, vermutlich der Mutter.

Als das Kind weiterrannte, tauchte wie aus dem Nichts ein großer Felsbrocken auf und fiel auf das Kind. Haller fühlte sich physisch krank, als er beobachtete, wie die völlig gebrochene Mutter bei dem Felsklotz ankam und vergeblich versuchte, ihn mit den Händen wegzurücken – vergeblich. Der Stein mußte eine Vierteltonne gewogen haben. Der Amerikaner warf Marenkow einen Blick zu und fühlte Wut in sich aufsteigen, als er den leidenschaftslosen Ausdruck auf dem Gesicht des Russen sah. Er hätte ihn schlagen mögen. Dann sprach Marenkow mit einem gedehnten Grollen.

»Diese Dreckskerle...«

»Ihre Leute«, fauchte Haller.

»Seien Sie so freundlich und informieren Sie Oberst Springer«, fuhr Marenkow in dem gleichen grollenden Ton fort, »daß ich ihm aus dem Kopf eine vollständige Liste der in der Schweiz tätigen

KGB-Agenten geben werde, sobald es ihm recht ist. Die GRU-Leute kenne ich leider nicht...«

Im Gang eines Erster-Klasse-Waggons stand Jorge Santos inmitten einer Menge anderer Menschen, die wie er auf die heranrasende Lawine starrten. Ihm war etwas aufgefallen, und als er mit seiner erkalteten Pfeife zwischen den Zähnen dastand, versuchte er, eine Berechnung anzustellen. Die beiden östlichen Wände des Wasserhorns waren jetzt durch eine Schlucht getrennt und neigten sich einander zu. Es kamen nun also zwei getrennte Lawinenwellen aufeinander zu. Wenn sie sich rechtzeitig begegneten, würde diese massive Kollision vielleicht den gewaltigen Felsrutsch stoppen können.

Fünfhundert Fuß über der Lawine in der Alouette war Wargrave das gleiche Phänomen aufgefallen. Er hielt den Hubschrauber auf der Stelle schwebend und ging an eine höchst gefährliche Aufgabe heran. Unter den Ausrüstungsgegenständen, die Springer auf Vorschlag des Engländers in den Hubschrauber hatte bringen lassen, befanden sich auch zweihundert Kilogramm Gelatinedynamit; schon am vorhergehenden Donnerstag hatte Wargrave eine Situation vorhergesehen, in der es vielleicht notwendig sein würde, ein feindliches Gefährt, das sich dem Expreß näherte, zu bombardieren. Wargrave hatte einige der Sprengstoffzylinder jetzt zu einer Bombe zusammengebunden, die er auf dem Schoß hielt und mit einer Zündschnur versehen hatte. Wenn er das Vorwärtsstürmen der Lawine rechter Hand mit der Bombe verlangsamen konnte, würde das der zweiten Lawine möglicherweise Zeit lassen, mit ihr zu kollidieren.

»Ihr sollt aber wissen«, sagte er warnend zu Elsa und Max Bruder, »daß dies verdammt gefährlich ist. Es ist eine kurze Zündschnur – sie muß kurz sein –, und wenn die Ladung zu früh explodiert...«

»Im Zug befinden sich mehrere hundert Menschen«, sagte Elsa leise. »Hier oben sind wir nur vier...«

Ihre Kehle war wie ausgedörrt, und sie fühlte sich krank vor

Furcht, als Wargrave das Fenster öffnete, die Zündschnur in Brand setzte und die selbstgemachte Bombe fallen ließ. In dem Moment, in dem er sie losgelassen hatte, ging er mit Vollgas in den Steigflug. Die Bombe detonierte in der Sekunde, in der sie den Erdboden berührte, und zwar nur wenige Meter vor der rechten Lawine. Die Bombe hielt die Welle nur für Sekunden auf, aber dann stieß die linke Welle in einer gewaltigen Kollision mit ihr zusammen. Das Geräusch des Zusammenpralls erreichte den Hubschrauber. Die Alouette erbebte unter der Druckwelle, als eine riesige Schneewolke hochwirbelte und den Hubschrauber einhüllte. Dann verzog sich der Schneestaub, und Wargrave ließ die Maschine in Richtung auf den Zug heruntergehen.
Die Lawine endete in dem normalen Kegel. Eine Schneezunge schob sich noch über den Bahndamm hinter dem Expreß und überflutete den Gleiskörper, aber die Wucht war jetzt gering geworden. Der Atlantik-Expreß setzte seine Fahrt in Richtung Airolo fort, der letzten Bahnstation vor dem Gotthardtunnel.

## 20. Die Falle im Schollenen-Tunnel

Unmittelbar nachdem sie von Andermatt aus General Traber in Zürich angerufen hatte, um ihre Warnung durchzugeben, die er weitergefunkt hatte – die Warnung, ohne die der Atlantik-Expreß nicht gerettet worden wäre –, hatte Anna Markos in ihrem Zimmer im Hotel Storchen ihre Reisetasche gepackt. Sie schätzte, daß ihr gerade noch genug Zeit blieb, den Zug um 20 Uhr 31 von Andermatt nach Göschenen zu erreichen, wo sie nach kurzem Aufenthalt in den Atlantik-Expreß zusteigen würde.

Bevor sie das Zimmer verließ – die Rechnung hatte sie schon vorher beglichen –, ergriff sie eine Vorsichtsmaßnahme. Sie faßte an ihre linke Achselhöhle, um sicher zu sein, daß das dort verborgene Messer richtig in der Scheide steckte und sich leicht herausziehen ließ. Anders als Elsa Lang, der Harry Wargrave auf dem Washingtoner Schießstand des FBI beigebracht hatte, mit Pistolen und Automatikwaffen umzugehen, war Anna ein Kind des Balkans. Dort benutzten die Frauen Messer.

Und wiederum anders als Elsa, die Tochter eines britischen Admirals, die an der Godolphin Public School in Salisbury erzogen worden war, war Anna in den ärmlichen Gassen Athens aufgewachsen. Sie war nur sieben Jahre alt gewesen, als beide Eltern zur Zeit des griechischen Bürgerkriegs von den Kommunisten umgebracht wurden – zur Zeit jenes Kriegs, den die griechischen Antikommunisten zu einem Teil dank der Militärhilfe Präsident Trumans gewonnen hatten. Und auf dem Balkan sind Leidenschaften stärker und halten länger an als im Westen. Seitdem sie achtzehn geworden war, hatte Anna ihr Leben dem Kampf gegen den kommunistischen Untergrundapparat geweiht. In Athen war sie zum erstenmal Harry Wargrave begegnet und hatte sich dann mit ihm verbündet.

Sie ging durch den Hinterausgang zur Garage und zog die Decke weg, die sie über die Kühlerhaube ihres gemieteten Renaults gebreitet hatte, um das Einfrieren des Motors zu verhindern. Nach kaum zwei Minuten fuhr sie aus dem Torbogen auf die Hauptstraße. Sie brauchte nur eine kurze Strecke bis zu dem am östlichen Stadtrand von Andermatt gelegenen Bahnhof zurückzulegen, aber sie fuhr vorsichtig. Dies war nicht der richtige Moment, um gegen eine Hauswand zu schlittern. Außer ihrem waren noch ein oder zwei andere Wagen auf der Straße, und rund hundert Meter hinter ihr folgte ihr ein kleiner grauer Fiat in diskretem Abstand. Am Lenkrad saß der fette, kahlköpfige Erich Volcker, der Mann, der zuvor erfolglos versucht hatte, sie in der Seitenstraße zu überfahren.

Anna wollte zur Schollenen-Bahn, die auf der Hauptstrecke Mailand–Zürich von Andermatt nach Göschenen hinunterfährt. Dies ist eine der merkwürdigsten und düstersten Bahnstrecken ganz Europas. Mit einer Steigung von eins zu fünfeinhalb rattert und rumpelt die Zahnradbahn dahin. Unter den Waggons sind große Zahnräder angebracht, die in die Leitschiene zwischen den Gleisen eingreifen. Auf rund viereinhalb Kilometern Strecke überwindet die Bahn ein Gefälle von mehr als dreihundert Metern. Die Fahrt dauert fünfzehn Minuten. In dieser Zeit fährt sie kreischend durch eine Reihe von Tunneln und Lawinendächern, und an einer Stelle überquert sie die Reuß, die an dieser Stelle wild und reißend durch die schreckliche Schlucht zu Tal stürzt und sich in einen großen Wasserfall ergießt. Wenn man am Tage fährt, ist es ein merkwürdiges Erlebnis; bei Nacht wird die Fahrt eine erschreckende Erfahrung, die dem Reisenden unter die Haut geht, denn das mahlende Geräusch der sich nur langsam drehenden Zahnräder hallt in den dunklen Tunneln wider.

Gelegentlich geben Öffnungen im Felsen und kurze freie Strecken den Blick auf ein großartiges Panorama frei – den Abstieg in die Schlucht, das rasende Schäumen des Flusses. Zur Zeit war die Reuß zugefroren. Als Anna vor dem Bahnhof anhielt, war sie nicht überrascht, zu sehen, daß sie offenbar die einzige Reisende war. In einer Woche würde der Zug mit heimkehrenden Urlaubern überfüllt sein. Sie ließ den Renault draußen stehen – die Leute von der Autovermietung konnte sie auch später noch informieren – und betrat die Schalterhalle, um ihre Fahrkarte zu kaufen.

»Sie werden etwa drei Minuten Zeit haben, um in Göschenen den Anschlußzug zu bekommen«, informierte sie der Schalterbeamte. »Wenn Sie da sind, gehen Sie schnell hinüber zum Hauptgebäude...«

»Vielen Dank«, erwiderte Anna auf deutsch. »Ich kenne den Weg – ich bin erst vor vierzehn Tagen hergekommen...«

Sie suchte sich ein Abteil in der Mitte des kurzen Zuges aus, legte die Reisetasche auf den Sitz neben sich, um sie beim Aussteigen griffbereit zu haben, und seufzte erleichtert auf. Sie war heil und in einem Stück aus Andermatt herausgekommen. Und sie hatte ihre Aufgabe erfüllt: Sie wußte, wer die geheime kommunistische Zelle mit Hauptsitz in Andermatt kontrollierte und lenkte. Dann ging die Abteiltür auf, und ein Mann stieg zu, als der Zug sich gerade in Bewegung setzte. Er setzte sich schräg gegenüber von Anna hin; es war Erich Volcker. Er zog eine Zigarre hervor und hielt kurz inne.

»Stört es Sie, wenn ich meine Zigarre rauche, mein Fräulein?«

Anna sah ihn kurz an, zuckte die Achseln und wandte, ohne zu antworten, den Blick ab. Das Mahlen der Zahnräder begann, und sie hatte das Gefühl, daß der Zug bei dieser steilen Abfahrt enormen Belastungen ausgesetzt war, daß die Zahnräder vielleicht aushaken und daß der Zug durch den Tunnel in die Tiefe rasen könnte. Es war eine irrationale Furcht; sie wußte, daß die schweizerischen Zahnradbahnen Wunderwerke der Ingenieurkunst sind, daß sie in ihrer gesamten Geschichte immer unfehlbar ihren Dienst versehen haben – ohne jeden Unfall.

»Einige Menschen haben etwas gegen Zigarren«, fuhr Volcker fort und paffte weiter, bis die Spitze der Zigarre rot glühte.
Anna fühlte sich angespannt, und ihre Nerven waren im Augenblick nicht die besten. Mit ihrem kurzen Blick hatte sie an Erich Volcker eine Menge bemerkt; ihr war seine muskulöse Fettleibigkeit aufgefallen, sein obszön kahler Schädel und seine kleinen, wachsamen Augen. Manche kahlköpfige Männer üben auf Frauen eine magnetische Anziehungskraft aus; Erich Volcker gehörte nicht zu dieser Kategorie. Und sie war mißtrauisch. Warum hatte er gerade dieses Abteil gewählt – der ganze übrige Zug war doch leer?
Möglicherweise hatte sie von diesem scheußlichen Mann nichts Aufregenderes als eine amouröse Attacke zu erwarten. Diese Erfahrung war Anna Markos nur zu vertraut. Als Volcker versucht hatte, sie in der Andermatter Seitenstraße zu überfahren, hatte sie im gleißenden Scheinwerferlicht keine Chance gehabt, das Gesicht des Fahrers zu erkennen, bevor sie die Windschutzscheibe zerschmtterte. Sie sah wiederholt auf die Uhr. Noch dreiundzwanzig Minuten allein mit diesem Widerling. Außerdem hatte er kein Gepäck bei sich. War er ein Bahnbeamter auf der Heimfahrt? Wenn ja, warum trug er keine Uniform? Mit einem entmutigend arroganten Gesichtsausdruck durchdachte Anna weitere Möglichkeiten, während der Zug in einen neuen Tunnel hineinfuhr. Durch eine höhlenartige Öffnung im Fels erhaschte sie einen Blick auf die mondbeschienene und zugefrorene Reuß.
»Ich hoffe, Sie haben einen angenehmen Urlaub gehabt?« Volcker sprach mit seiner kehligen Stimme unbeirrt weiter und setzte sich auf den Sitz ihr gegenüber. »In Andermatt hat jeder einen wunderbaren Urlaub.«
Zum erstenmal sah Anna Markos ihm voll ins Gesicht. Ihre vollen Lippen schürzten sich zu einem verächtlichen Ausdruck, als sie ihren Pelzmantel aufmachte, als spürte sie jetzt die Wärme im Abteil. Sie bemerkte seine auffallend großen Hände. Auf der Rückseite seiner Finger sprossen schwarze Haare. Davon könnte er auf seiner Glatze ein paar gebrauchen, dachte sie. Sie hatte die Hände

lässig im Schoß gefaltet, während er sie weiter anstarrte und an seiner Zigarre zog, bis die Spitze wiederum rotglühend war. Dann nahm er die Zigarre aus dem Mund, beugte sich blitzschnell vor und stieß ihr das glühende Ende gegen die Hand, um ihr einen Schock zu versetzen – er wollte sie für ein paar Sekunden aus dem Gleichgewicht bringen.

Wenigstens hatte er sich das vorgenommen. Annas Hände bewegten sich so schnell, daß er kaum folgen konnte. Sie schlug ihm die Zigarre aus der Hand, es regnete Funken, von denen ihm einige gegen die Wange flogen. »Sie Miststück...« Seine riesigen Hände packten ihre Kehle und umklammerten ihren Hals in einem eisernen Würgegriff. Seine langen Finger hielten sie wie ein Würgehalsband, und seine Daumen drückten ihr die Luftröhre ein. Sie zerkratzte die rechte Seite seines Gesichts. Das Blut schoß heraus, als sie ihm eine tiefe Kratzwunde beibrachte, aber Volcker ignorierte den Schmerz. Er wußte, daß es nur dreißig Sekunden dauern würde. Sie drehte sich mühsam auf dem Sitz herum und ließ sich zurückfallen, aber er hielt eisern fest und stürzte sich mit seinem massiven Rumpf auf sie. Sie sah nur noch wie durch dichten Nebel und spürte, wie ihr das Bewußtsein schwand.

Mit einer plötzlichen heftigen Bewegung schwang sie ihren kraftvollen Körper seitlich vom Sitz herunter, wobei sie Volcker mitzog. Er landete unter ihr auf dem Fußboden. Aber noch immer hielt er sie in seinem Würgegriff fest. Sie spürte das Vibrieren der Zahnräder durch den Fußboden, als der Zug seinen mühsamen Weg durch den Schollenen-Tunnel fortsetzte. Mit letzter Willenskraft bewahrte sie sich davor, ohnmächtig zu werden. Volckers fette, kahlköpfige Silhouette verschwand immer mehr im Nebel.

Annas rechte Hand steckte zwischen ihren beiden Leibern. Sie packte den Griff ihres Messers und zog es mit aller Kraft aus der Scheide und befreite es dann aus Volckers tödlicher Umklammerung. Sie knirschte mit den Zähnen, umfaßte das Messer mit ihrer ganzen Kraft und stieß es ihm nach oben in die Seite. Er stieß ein unterdrücktes, tierhaftes Keuchen aus, und dann ließen seine

Hände ihre Kehle los. Sie hörte ein eigenartiges Klopfen. Anna rang nach Luft und zog sich wieder auf den Sitz. Das Geräusch, das sie gehört hatte, war das Klopfen von Volckers winzigen Füßen, die sich zuckend bewegten. Das Geräusch erstarb. Volcker lag sehr still da. Seine Augen waren geöffnet und starrten ins Leere.
Anna sah auf die Uhr. 20 Uhr 40. Nur noch sechs Minuten bis Göschenen. Sie beugte sich über den Toten und zog und zerrte, um das Messer herauszubekommen. Sie brauchte ihre ganze Kraft, um die Waffe freizubekommen. Mit einem großen Taschentuch, das sie in einer seiner Taschen gefunden hatte, wischte sie die Fingerabdrücke vom Griff ab, nachdem sie sich zuvor Handschuhe übergezogen hatte. Dann wischte sie auch die Schneide ab, tupfte ein paar Blutflecken auf dem Fußboden weg und steckte Volcker das Taschentuch wieder in die Tasche.
In seiner Brieftasche fand sie eine Karte mit seinem Namen. Unter seinem Namen war auf deutsch gedruckt: »Flugzeugmechaniker.« Eine zweite Visitenkarte trug den Namen Robert Freys. Sie steckte die Brieftasche zurück und starrte aus dem Fenster. Der Zug, der sich noch immer im Schneckentempo bergab bewegte, hatte den Tunnel verlassen und fuhr jetzt unter einem Lawinendach hindurch. Unter dem Dach lag der Gleiskörper offen da – seitlich des Schienenstrangs fiel eine Bergwand steil ab. Bis weit in die Tiefe sah sie nichts als glitzerndes Eis. Sie öffnete die Tür und ließ sie im Takt mit dem sanften Vibrieren der Zahnräder gegen den Türrahmen schlagen.
Sie stellte sich hinter den toten Mann, bückte sich und hievte ihn an den Schultern hoch. Er schien eine halbe Tonne zu wiegen. Als sie ihn mit den Händen in seinen Achselhöhlen hochgewuchtet hatte, taumelte sie mit dem leblosen Körper vorwärts, bis er die geöffnete Tür berührte. Ihr Brustkorb wogte vor Anstrengung; sie holte nochmals tief Luft und schob Volcker mit aller Kraft nach vorn. Die Tür flog auf, Volcker fiel durch die Öffnung, fiel über den Gleiskörper hinaus und stürzte in die Tiefe, bis er nicht mehr zu sehen war. Die Nachtluft strömte herein, das Abteil wurde plötzlich eiskalt. Anna lehnte sich hinaus, blickte nach links und sah,

daß sich ein weiterer Tunnel näherte. Sie zog die Tür heran und machte sie zu.
Sie suchte den Fußboden nach Blutspuren ab und besah sich dann im Spiegel. Ihr Hals war zerkratzt und geschwollen. Sie machte ihre Reisetasche auf, nahm einen Schal heraus und band ihn sich um, machte den Pelzmantel wieder zu und zog sich die Kapuze über den Kopf. Sie nahm einen Lippenstift aus ihrer Handtasche und schminkte sich die Lippen. Danach fühlte sie sich schon viel besser. Dann fiel ihr die Zigarre ein. Sie fand sie unter einem Sitz, wo sie noch immer glomm, und warf sie aus dem Fenster.
Als der kleine Zug aus dem Tunnel auftauchte und an seinem eigenen Bahnhof hielt, stand sie an der Tür. In Göschenen, nördlich des Hauptmassivs der Alpen, tobte ein Schneesturm. Sie sah auf ihre Uhr, 20 Uhr 46. Wieder einmal war ein Schweizer Zug pünktlich angekommen. Sie hob ihre Reisetasche auf, öffnete die Tür, ging in den Schneesturm hinaus und eilte zum Hauptgebäude hinüber. Sie drehte sich nicht einmal um, um der Öffnung des Schollenen-Tunnels noch einen letzten Blick zuzuwerfen.

# 21. Göschenen, Zürich

Um die Zeit, als der Atlantik-Expreß Airolo erreichte, hatte Wargrave mit Hilfe des Schweizer Funkers Max Bruder die Alouette auf einem Flugplatz in der Nähe aufgesetzt. Der Flugplatz schien von der halben Schweizer Armee umstellt zu sein. Springer legte die kurze Entfernung zum Flugplatz im Wagen zurück. Als Robert Frey aus dem Hubschrauber gebracht wurde, sah er sich feindseligen und bewaffneten Männern gegenüber – sie machten so feindselige Gesichter, daß Springer den bislang so hochgeachteten Bergsteiger selbst zu einer bereitstehenden Grünen Minna begleitete. Bei den nördlich des Gotthards herrschenden scheußlichen Wetterverhältnissen würde der Hubschrauber von jetzt an ohnehin nutzlos sein; folglich ließ man ihn auf dem Flugplatz stehen. Anschließend fuhr Springer Wargrave, Elsa und Bruder zum Atlantik-Expreß, der wieder anfuhr, als sie kaum eingestiegen waren.

Der Zug hatte seine zehnminütige Fahrt durch den Gotthard-Tunnel kaum begonnen, als Wargrave in dem Schlafwagenabteil, in dem Marenkow noch immer unter Bewachung stand, einen »Kriegsrat« einberief, wie er es ausdrückte. Außer Elsa und Julian Haller war auch Oberst Springer anwesend. Wargrave eröffnete das Gespräch mit einer für ihn typischen Bemerkung. »Ich habe den Verdacht, daß das, was geschehen ist, wahrscheinlich nur der Anfang war. Wie die britischen Eisenbahner sagen; das Schlimmste kommt immer erst nach der Suppe...«

»Was ich an dir so liebe«, warf Elsa ein, »ist dein ewiger Optimismus...«

»Mein ewiger Realismus«, korrigierte Wargrave mit einem Lächeln. »Wir wissen, daß General Traber die Ankunft Oberst Igor Scharpinskys in Zürich gemeldet hat, und wie ich diesen Herrn kenne, wird er nicht so leicht aufgeben...«
»Ich kann Ihnen eine Beschreibung von dem Burschen geben«, sagte Marenkow plötzlich.
Springer starrte den Russen an; seit der Lawine hatte sich Marenkows Haltung radikal verändert. Jetzt war keine Rede mehr davon, daß er erst nach dem Abflug in die Vereinigten Staaten Informationen liefern werde. »Die könnten wir gebrauchen«, meinte der Schweizer zustimmend. »Im Westen ist er als Oberst Schatten bekannt, weil es noch nie jemandem gelungen ist, ihn zu fotografieren...«
»Und ich könnte nach Ihrer Beschreibung eine Skizze anfertigen«, schlug Elsa vor. Sie zog bereits einen großen Notizblock aus der Reisetasche. »Während meiner Zeit als Maskenbildnerin bei einer Filmgesellschaft habe ich die Pausen genutzt, um Menschen zu zeichnen...«
»Klammern wir das Thema ein paar Minuten aus«, schlug Springer vor. »Wir haben noch fast zwei Stunden, bevor wir in Zürich sind. Es gibt da etwas Rätselhaftes, das ich nicht verstehe. Der Mann, der die beiden Lokführer im Führerstand überfiel, wurde erschossen – einmal wurde er von mir getroffen, aber ich habe ihn nur angeschossen. Er schaffte es noch, auf der anderen Seite des Zuges zu fliehen, und war zu einem wartenden Wagen unterwegs, als irgend jemand ihn erschoß. Dieser Jemand hat dann noch den Fahrer des Fluchtwagens erschossen.«
»Einer Ihrer Leute?« wollte Haller wissen.
»Nein. Das ist es ja gerade – ich habe es nachgeprüft. Aber einer meiner Männer, der östlich des Zuges auf einem Felsvorsprung stand und den Expreß beobachtete, hat mir gesagt, daß jemand im Zug aus einem geöffneten Fenster gefeuert und zwei Schüsse abgegeben habe.«
Wargrave rutschte auf seinem Sitz hin und her. »Haben Sie eine Ahnung, aus welcher Entfernung die Schüsse abgegeben wurden?«

»Der Mann, der mir berichtet hat, schätzt, daß der erste Schuß aus einer Entfernung von etwa hundert Metern abgegeben wurde – und der Saboteur, der mit einem einzigen Schuß erledigt wurde, bewegte sich auch noch. Und was den Mann am Steuer des Fluchtwagens betrifft, so war er noch weiter entfernt...«
»Das muß aber ein besonderer Scharfschütze gewesen sein«, rief Elsa aus.
»Genau«, warf Springer ein. »Und genau das ist es, was mir Kummer macht – irgendwo im Expreß haben wir unter den dreihundertfünfzig Reisenden einen exzellenten Scharfschützen. Wer ist das? Warum sitzt er im Zug?«
Das Donnern des Zuges im Tunnel war sehr laut, und Elsa mußte ihre Stimme heben, um gehört zu werden. »Aber wenn er zwei von Scharpinskys Männern erschossen hat, muß er doch auf unserer Seite sein...«
»Ich bewundere deinen schnellen Verstand, dein logisches Denken«, bemerkte Wargrave trocken. »Das wirkt so beruhigend.«
»Ich habe das seltsame Gefühl, daß mich jemand auf den Arm nimmt«, erwiderte Elsa ätzend. »Oder ist es etwa so, daß ich ein bißchen Naivität ins Spiel bringe?«
Wargrave grinste, als sie ihn wütend ansah. »Naiv bist du nicht. Aber der unbekannte Scharfschütze könnte einen exzellenten Grund gehabt haben, diese beiden Männer zu erschießen – wenn er rücksichtslos genug ist. Indem er sie umbrachte, stellte er sicher, daß sie nicht mehr reden und in keinem Verhör mehr plaudern. Die Schüsse können etwas noch Schlimmeres bedeuten...«
»Daß er ein wichtiger Mann ist«, sagte Springer ruhig. »Wichtig und mächtig genug, zwei seiner eigenen Leute zu erschießen, um seine eigene Identität zu schützen...«
»Das macht die Liste möglicher Namen sehr klein«, meinte Marenkow.
»Machen Sie sie klein«, schlug Haller vor.
»Boris Wolkow. Simowitsch, der Bulgare. Leitermann, der Deutsche aus Leipzig. Sie alle sind KGB-Scharfschützen allerersten Kalibers.«

»Da stimme ich Ihnen zu«, sagte Haller. »Die Frage ist nur – wer ist es, der mit uns in diesem Zug sitzt?«
Marenkow schüttelte den Kopf. »Leitermann befindet sich in den USA und wartet auf einen Einsatz. Zehn Minuten nach dem Abflug der Boeing von Schiphol werden Sie von mir Details bekommen, und dann können Sie ihn sofort verhaften lassen.« Er winkte ab, als Haller zu sprechen begann. »Nein, darüber sind wir uns ja einig – die vollständigen Informationen erst dann, wenn ich über dem Atlantik bin. Wolkow befindet sich wegen eines Leberleidens in einer Moskauer Klinik. Die GRU-Leute kann ich nicht nennen, weil ich sie nicht kenne.«
»Bleibt also Simowitsch übrig«, betonte Haller.
Wargrave mischte sich ein. »Simowitsch ist vor achtzehn Monaten in Brüssel vom Secret Service getötet worden.«
»Das läßt keinen der von Ihnen genannten Männer übrig, Marenkow«, bemerkte Haller irritiert.
»Das stimmt nicht ganz«, entgegnete der Russe. »Es gibt noch einen vierten Mann.« Er wandte sich an Wargrave. »Sie haben einmal in Griechenland gearbeitet?«
»Wenn Sie es sagen.«
»Dann haben Sie vielleicht einmal den Namen Nicos Leonides gehört?«
»Nein.«
»Er ist Scharpinskys bevorzugter Henker – obwohl er, soviel ich weiß, bisher nur in seiner Heimat Griechenland gearbeitet hat. Ich habe keine Beschreibung von ihm, aber es wäre eine Möglichkeit.«
»Und keinerlei Beschreibung – nicht einmal ein Hinweis auf seine Gewohnheiten, Vorlieben, auf Dinge, die er nicht mag?« wollte Elsa wissen.
»Nichts.« Der Russe sah sich im Abteil um. Sein Gesichtsausdruck war düster. »Eines weiß ich allerdings genau – für Oberst Scharpinsky steht persönlich so viel auf dem Spiel, daß er sich selbst in den Zug setzen wird, wenn er erfährt, daß ich noch immer am Leben bin. Ich bin davon überzeugt, daß er dann in Zürich zusteigen

wird.« Der Russe ballte die Faust. »Darauf können Sie sich verlassen.«
»Dann müssen Sie ihn uns schnell beschreiben«, sagte Elsa mit Nachdruck.
»Das wird Ihnen nicht unbedingt weiterhelfen – er ist ein Meister in der Kunst der Verkleidung, ein geborener Schauspieler. Aber er wird diesen Zug besteigen, bevor er die Schweiz verlassen hat – darauf wette ich mein Leben.« Er lächelte ohne einen Anflug von Humor. »Wenn ich es mir recht überlege, tue ich das ohnehin – ich setze mein Leben aufs Spiel...«

Wargrave verließ das Abteil und ging durch den Zug weiter nach vorn. Der Expreß näherte sich inzwischen Göschenen. Anders als frühere Nachtzüge nach Holland würde der neue Atlantik-Expreß in nördlicher Richtung direkt nach Zürich weiterfahren und die Stadt nicht wie früher umgehen. Die nächsten Stationen würden Luzern und Basel sein. Und trotz aller Bemühungen der Schweizer Eisenbahner, die Reisenden zu beruhigen, machte sich nach dem schrecklichen Lawinenerlebnis noch immer nervöse Spannung im Zug bemerkbar.
Als er an den Abteilen vorübereilte, bemerkte Wargrave, daß manche Vorhänge zugezogen waren; dort versuchten die Leute zu schlafen, während andere hellwach waren und ängstlich hinausstarrten, obwohl sie außer den Tunnelwänden nichts sehen konnten. Als der Expreß sich dem Tunnelausgang und dem Bahnhof von Göschenen näherte, wurde er langsamer, dann glitt er am Bahnsteig entlang und hielt. Draußen tobte ein Schneesturm, und der Bahnsteig war von einem dicken weißen Teppich bedeckt. Eine einzige Reisende stieg zu.
Anna Markos hatte sich einen Platz in einem Erster-Klasse-Abteil reservieren lassen und war erleichtert, das Abteil leer zu finden. Im nächsten Abteil saß Jorge Santos und beobachtete sie, als sie vorbeiging. Er saß ebenfalls allein, hatte die Beine ausgestreckt und die Pfeife zwischen den Zähnen. Als der Expreß sich wieder in Bewegung setzte, streckte Santos sich, stand auf und trat auf den

Gang. Einen Augenblick blieb er vor dem angrenzenden Abteil stehen, in dem Anna Markos den Mantel auszog und im Profil ihre großartige Figur zeigte. Als sie zur Seite blickte, sah sie, daß Santos sie beobachtete. Der Spanier zwinkerte ihr zu. Sie kehrte ihm den Rücken, und nachdem sie sich gesetzt und die Beine übereinandergeschlagen hatte und wieder auf den Gang blickte, war er verschwunden. Zwei Minuten später betrat Harry Wargrave ihr Abteil, zog die Vorhänge zum Gang zu und setzte sich ihr gegenüber hin.

»Ich danke dir, Anna«, sagte er einfach.

»Meine Nachricht – hat sie dich erreicht?« Wie Wargrave sprach sie fast flüsternd.

»Gerade noch rechtzeitig – Gott sei Dank. Jetzt kann ich es dir sagen – du hast den Zug vor der totalen Zerstörung gerettet. Frey hat auf dem Wasserhorn eine riesige Lawine ausgelöst...«

»Oh, mein Gott...«

»Du hast uns alle gerettet, Anna«, wiederholte Wargrave sanft. »War es sehr hart in Andermatt?« Er beugte sich vor. »Du siehst angegriffen aus. Es ist etwas passiert, nicht wahr?«

Anna zuckte die Achseln. »Ja, es ist etwas passiert...« Sie beschrieb kurz ihre Erlebnisse, und Wargraves Gesichtsausdruck wurde grimmiger, als sie fortfuhr. »Ich bin zum Teil aus Instinkt auf Robert Frey gekommen. Auch durch Glück und weil ich nachgegraben habe.« Sie nahm einen tiefen Zug aus ihrer Zigarette. »Er war für mein Gefühl ein bißchen zu sehr der beliebte Supermann. Aber das bewies noch gar nichts. Ich habe dann nachgeprüft, wer sich an dem Tag, an dem Springers Agent im Eistunnel tot aufgefunden worden war, in der Nähe des Rhône-Gletschers aufgehalten hatte. An jenem Morgen war Robert Frey ganz in der Nähe, in Gletsch, gelandet. Noch immer kein schlüssiger Beweis...«

Sie beschrieb, was sich seitdem ereignet hatte. »... selbst das versteckte Sendegerät in seinem Bauernhaus war noch kein sicherer Beweis. Natürlich lagen keine Codebücher herum. Also habe ich mich, wie ich es dir erzählt habe, als lebenden Köder angeboten...

als er mich in diese Todesfalle in der Seitenstraße lockte, wußte ich Bescheid...«

»Und dann noch dieser Mann in der Schollenen-Bahn, der versucht hat, dich umzubringen«, erinnerte Wargrave sie. Er preßte ihr rechtes Bein überm Knie, und zwar so fest, daß es weh tat. »Um Himmels willen, du hattest den Auftrag, behutsam vorzugehen und nicht mit aller Gewalt...«

»Aber du gibst doch zu, daß ich den Expreß gerettet habe, Harry. Auch in Athen sind wir Risiken eingegangen, wie du dich erinnern wirst...« Sein harter Griff am Bein beruhigte sie. Es hatte einmal eine Zeit gegeben, in der sie angedeutet hatte, daß sie beide ein Liebespaar werden sollten, aber Wargrave hatte ihr – wenn auch zögernd – zu verstehen gegeben, daß es für Geheimagenten reiner Wahnsinn sei, ihren Gefühlen freien Lauf zu lassen. Sie hatte verstanden, daß er recht hatte, aber selbst jetzt noch spürte sie bei der Berührung seiner Hand dieses Gefühl von damals. »Jetzt bin ich hier – was soll ich tun?« fragte sie, als er die Hand zurückzog.

»Gib dich nicht zu erkennen. Ich werde niemandem sagen, daß du im Zug bist – es kann sein, daß ich noch jemanden brauche, von dem niemand etwas weiß.« Er beugte sich vor und nahm ihr behutsam den Schal ab. Er zuckte zusammen, als er ihre Verletzungen sah, die sich inzwischen in häßliche blaue Striemen verwandelt hatten.

»Das muß sich unbedingt ein Arzt ansehen...«

»Später. Es tut ein bißchen weh, aber ich werde es überleben. Gibt es sonst noch etwas, was ich wissen sollte?«

»Ja. Oberst Igor Scharpinsky hält sich irgendwo in Zürich auf...«

»Dieser Verbrecher! Weiß Gott, wir haben uns in Athen die größte Mühe gegeben, ihm auf die Spur zu kommen. Es kommt mir vor, als wären es hundert Jahre her...«

Wargrave erklärte, wie General Traber erfahren hatte, daß Krokodil – Scharpinskys Codename – in Zürich eingetroffen sei und daß General Marenkow überzeugt sei, daß der KGB-Oberst in Zürich in den Zug steigen werde. »Aber immerhin haben wir eine Be-

schreibung von ihm«, fuhr er fort, »und Elsa Lang zeichnet jetzt eine Porträtskizze, die uns vielleicht weiterhilft.«
»Er ist sehr schlau und total skrupellos«, sagte Anna warnend.
»Selbst wenn wir das einkalkulieren, kann es doch sein, daß Traber ihn schon aufgespürt hat...«

*Die gigantische Wasserhorn-Lawine, die den Atlantik-Expreß unter sich hätte begraben können, hat ihn nur knapp verfehlt... der Zug setzt jetzt seine Fahrt nach Zürich fort...*
In Zimmer 207 im Hotel Schweizerhof war es 20 Uhr 40, als Heinz Golchack das kleine Transistorradio abstellte, aus dem er soeben die Nachrichten gehört hatte. Da er sich bewußt war, daß sowohl Rudi Bühler, sein stupsnasiger Stellvertreter und Sabotageexperte des GRU, als auch Heinrich Baum, der Schweizer Funker, ihn beobachteten, setzte Golchack ein völlig ausdrucksloses Gesicht auf und putzte seine randlose Brille.
»Was zum Teufel machen wir jetzt?« fragte Bühler aggressiv, als er das Schweigen nicht länger ertragen konnte.
»Zunächst einmal vernichten wir diese Karte da...«
Er wartete, während Baum im Badezimmer die Karte verbrannte, und wartete dann weiter, als Baum eilig zurückkam, um einen Funkspruch entgegenzunehmen, der soeben über Professor Mohners Sender auf dem Zürichberg aus Moskau einging. Er las den Funkspruch schweigend und ging dann ins Badezimmer, um ihn selbst zu verbrennen. Als er zurückkam, glitzerten Schweißperlen auf seiner hohen runden Stirn.
»Funken Sie die kurze Nachricht nach Basel«, wies er Baum an, »und dann die lange an die Geiger-Gruppe in Amsterdam...« Der Baseler Funkspruch ging an Juri Gusew, den Killer des GRU, der jetzt dort eingetroffen war, nachdem er sich auf Golchacks vorhergehenden Funkspruch hin von Mülhausen im Elsaß in Marsch gesetzt hatte.
Heinrich Baum, der Schweizer Zahnarzt aus Basel, machte ein zweifelndes Gesicht. »Dieser Amsterdamer Funkspruch ist sehr lang«, fühlte er vor. »Können wir ihn nicht kürzer machen?«

Golchack starrte ihn mit seinen blassen Augen an, aber der Schweizer starrte trotzig zurück. Sie waren jetzt seit fünf Stunden ohne Nahrung in dem Zimmer eingeschlossen und hatten nur etwas Kaffee aus der Thermoskanne trinken können, die Bühler mitgebracht hatte. Golchack, der Abstinenzler war – »Alkohol verdunkelt das Gehirn und trübt das Urteilsvermögen« –, aß selbst sehr wenig und vermochte keinen Grund zu sehen, warum seine Untergebenen sich nicht seinen Gewohnheiten anpassen sollten. Im Raum herrschte aber ein Gefühl von klaustrophober Spannung, und Baum hätte eine Menge dafür gegeben, wenn er selbst in dem Schneesturm, der die Stadt einhüllte, einen kurzen Spaziergang auf der Bahnhofstraße hätte machen können.
»Wenn es möglich gewesen wäre, ihn kürzer zu machen, hätte ich das schon selbst getan«, entgegnete Golchack kalt. »Ziehen Sie meine Anweisungen in Zweifel?« fragte er sanft.
»Selbstverständlich nicht...«
»Warum sitzen Sie dann noch nicht am Sendegerät?« fragte Golchack in dem beherrschten Tonfall, den Baum so entnervend fand. Der Schweizer setzte sich vor sein Sendegerät und begann, den kürzeren Funkspruch nach Basel zu übermitteln.

Der Funker in dem Peilwagen, der in der Seitenstraße unter dem im ersten Stock gelegenen Restaurant des Hotels Schweizerhof parkte, griff nach dem Funktelefon, das ihn direkt mit General Traber verband. Traber selbst nahm den Hörer ab.
»Wir haben Funkkontakt, General.« Er gab sich Mühe, sich seine Aufregung nicht anmerken zu lassen. In einem Ernstfall schätzte Traber es nicht, wenn man sich Emotionen anmerken ließ. »Das Hotel Schweizerhof. Ja, absolut sicher.«
»Bleiben Sie dran. Ich komme selbst rüber...«

Die Polizeistreife, die die Anmeldeformulare der Hotels überprüfte, war soeben im Schweizerhof angekommen, als die untersetzte Gestalt General Trabers, der ein Zigarillo paffte und die Hände tief in den Manteltaschen vergraben hielt, die Empfangshalle betrat.

Ihm folgten sechs seiner Männer, sämtlich in Zivil und sämtlich bewaffnet.
»Was gefunden?« fragte Traber und warf einen Blick ins Register.
»Heinz Golchack ist gar nicht nach Deutschland weitergereist«, sagte einer der Polizisten schnell. »Er ist hier gemeldet – Zimmer 201.«
»Aha.« Traber paffte weiter. »Sonst noch jemand seit etwa mittags angekommen?«
»Heinrich Baum, ein Zahnarzt aus Basel – Zimmer 207. Und ein gewisser Rudi Bühler – auch aus Wien. Seine Ankunft könnte ebenfalls mit dem Flug 433 in Zusammenhang stehen – Zimmer 316.«
»Golchacks Zimmer zuerst«, befahl Traber. Er sah sich den Mann am Empfang an. »Hauptschlüssel, bitte. Und sollte irgendein Hotelgast versuchen zu telefonieren – egal aus welchem Zimmer –, dann ist Ihre Telefonzentrale vorübergehend außer Betrieb.« Er wandte sich an den Hotelportier, der jedes Wort in sich einsog. »Bringen Sie uns erst zu Zimmer 201...«
Die beiden Polizeibeamten blieben unten in der Empfangshalle, als Traber mit zweien seiner Männer im Fahrstuhl nach oben fuhr, während die anderen vier die Treppe benutzten. Vor Zimmer 201 blieb Traber stehen und wartete, während ein Agent leise den Schlüssel ins Schloß steckte, ihn umdrehte und mit erhobener Pistole die Tür aufriß und ins Zimmer stürmte. Sein Kollege folgte ihm. Als sie das Zimmer leer fanden, gingen sie den Korridor entlang zu Zimmer 207, das auf den Namen Heinrich Baum registriert war. Sie gingen wie eben vor, aber das Ergebnis sah anders aus.
Heinrich Baum hatte soeben seinen überlangen Funkspruch nach Amsterdam beendet und war gerade dabei, sein Sendegerät zu schließen, als die Tür aufgerissen wurde. Er griff nach seiner Pistole, die neben dem Sendegerät lag, und drehte sich noch um, als Trabers Mann ihn erschoß. Er fiel zu Boden und zog im Fallen den Zettel mit dem verschlüsselten Amsterdamer Funkspruch mit.

Den Baseler Funkspruch hatte er bereits vernichtet. Traber bückte sich und hob das Papier auf.
»Ein Jammer, daß wir ihn nicht mehr vernehmen können«, bemerkte er. »Und der Himmel weiß, wie lange unsere Kryptographen brauchen, das Zeug zu entschlüsseln – falls ihnen das überhaupt gelingt. Es ist vermutlich ein sowjetischer Einmalcode. Es sei denn, das Codebuch befindet sich hier im Raum...«
»Tut mir sehr leid, General«, entschuldigte sich der Mann, der Baum erschossen hatte, »aber er hat nach seiner Waffe gegriffen...«
»Sie haben richtig gehandelt. Und ich kann nicht sagen, daß es mir leid tut, daß ein dreckiger Schweizer Verräter dieses Ende gefunden hat.«
Eine kurze Durchsuchung des Zimmers förderte kein Codebuch zutage, aber im Badezimmer schnupperte Traber vernehmlich. »Hier riecht's verbrannt. Die vorhergehenden Funksprüche verbrannt und dann ins Klo gespült, natürlich.« Sie entdeckten, daß Zimmer 316 – das Zimmer Rudi Bühlers – gleichfalls leer war, und anschließend fuhr Traber mit dem Fahrstuhl in die Empfangshalle hinunter. Er wandte sich in entschiedenem Ton an den Mann am Empfang.
»Golchack und Bühler sind verschwunden. Falls sie durch den Haupteingang hinausgegangen sind, müssen Sie sie doch gesehen haben? Meine Männer durchsuchen das Hotel, aber ich bin nicht sehr optimistisch.«
Der Mann setzte ein zweifelndes Gesicht auf. »Es kann sein, daß sie gegangen sind, als ein Kollege mich für ein paar Minuten vertrat, als ich auf der Toilette war. Das war vor weniger als einer Viertelstunde...«

Heinz Golchack hatte das Hotel tatsächlich vor weniger als fünfzehn Minuten verlassen. Er hatte dem Stellvertreter am Empfang gesagt, er habe Migräne, und die kalte Nachtluft werde vielleicht guttun. Während dieser kurzen Plauderei war Rudi Bühler unbemerkt hinausgeschlüpft. Nach dem Verlassen des Hotels war Gol-

chack die wenigen Meter zu der Rolltreppe gelaufen, die zu der unterirdischen Ladenstraße führt.
Zu dieser Stunde war die unterirdische Passage menschenleer. Er hatte rasch seine Brille abgenommen und sie in die Tasche gesteckt. Aus einer anderen Tasche hatte er eine Mütze des Typs geholt, den Chauffeure tragen, und sie tief in die Stirn gezogen. Er hatte die Ladenpassage durchquert und war auf eine andere Rolltreppe gestiegen, die ihn auf die andere Seite des Bahnhofplatzes gebracht hatte, und hatte ein Taxi herbeigewinkt.
»Zum Pelikan-Platz bitte«, hatte er dem Fahrer in makellosem Deutsch gesagt.
Nach dem Aussteigen am Pelikan-Platz hatte er gewartet, bis das Taxi verschwunden war, und war erst dann über die Straße gegangen, um anschließend in raschem Tempo durch eine Reihe von Seitenstraßen zu gehen.
Obwohl schweres Schneetreiben herrschte, fühlte Golchack sich sehr wohl. Er liebte das alte Zürich mit seinen Türmen, alten Gebäuden und gewundenen Straßen – ebenso wie er aus den gleichen Gründen Wien liebte. Er hätte sogar den Rest seines Lebens glücklich in der schweizerischen Stadt verbringen können. Außerdem waren die Züricher Mädchen großartig mit ihrem aufrechten Gang und ihren schlanken Figuren. Derlei gab es in Sowjetrußland nicht. Schließlich kam er in der Lindengasse 451 an, vor einer Villa nahe dem Ende einer Sackgasse.
Er zog einen Schlüssel aus der Tasche, öffnete die Tür und trat ein. Am oberen Ende einer Treppe in der durch zwei Stockwerke gehenden Halle kam ihm eine hochgewachsene, dunkelhaarige Frau Mitte dreißig entgegen. Sie hielt eine Automatic in der Hand, die sie wieder in ihre Handtasche gleiten ließ, als sie den Besucher erkannte.
»Laß den hier verschwinden«, befahl er.
Er hatte ihr den auf Heinz Golchack ausgestellten Paß ausgehändigt. Sie führte ihn in einen großen Raum mit schweren Vorhängen voll dunkler Möbel und Antiquitäten. Er nahm seine schneebedeckte Mütze und den Mantel ab, die beide erkennen ließen, daß

er draußen herumgelaufen war, und übergab der Frau auch diese Dinge. Dann setzte er sich und zog seine durchnäßten Schuhe aus. »Und laß auch diese Sachen verschwinden. Wann wird der Expreß ankommen?«

»Als ich das letztemal die Auskunft anrief – vor zehn Minuten –, sagten sie, 22 Uhr 33. Voraussichtliche Weiterfahrt 23 Uhr.«

»Dann müssen wir uns beeilen – es gibt noch eine Menge zu tun. Ich werde mit dem Atlantik-Expreß mitfahren...«

»Der Sicherheitskordon am Hauptbahnhof wird sehr massiv sein, Herr Vogler.«

Herr Vogler... Bei der Reise von Wien nach Zürich hatte Oberst Igor Scharpinsky die Identität einer realen Person angenommen – die des armen Antiquars Heinz Golchack, dessen verbrannte Überreste jetzt in einer schneebedeckten Grube irgendwo in einem abgelegenen Teil des Wienerwalds lagen. Jetzt nahm Scharpinsky vorübergehend die Identität Eduard Voglers an, eines Schweizer Antiquitätenhändlers, der *nicht* existierte – aber dessen angebliche Existenz von Ilse Murset, einer erfahrenen Antiquitätenhändlerin, mit großer Sorgfalt aufgebaut worden war.

In der stillen Lindengasse kümmerte sich niemand um seine Nachbarn, aber dennoch wußte man dort, daß Eduard Vogler einen großen Teil seiner Zeit mit Auslandsreisen verbrachte, daß er etwas exzentrisch war, eine Nachteule, ein Mann, der meist spät in seine Villa zurückkehrte und bis in den frühen Morgen arbeitete. Nur sehr selten hatte man einen Mann, dessen Gestalt der Scharpinskys einigermaßen ähnlich sah, zu später Stunde in die Villa eilen sehen, aber im allgemeinen ging man davon aus, daß er kaum jemals zu Hause war.

Ilse brachte die nassen Kleidungsstücke weg und kam mit einem Hausmantel und Slipper wieder, die Scharpinsky anzog. Dann setzte er sich auf einen Stuhl hinter einem Schreibtisch, auf dem ganze Bündel von Rechnungen lagen. Es war höchst unwahrscheinlich, daß die Polizei sich für diese Adresse interessieren würde, aber wenn sie doch hier erschien, würde sie Eduard Vogler bei seinen Geschäften finden. »Sind alle da?« fragte Scharpinsky.

»Gut. Bring sie herunter, dann können wir uns überlegen, wie wir den Sicherheitskordon General Trabers durchbrechen...«
Es war kein Zufall gewesen, daß Scharpinsky das Hotel Schweizerhof kurz vor dem Eintreffen der Schweizer Abwehrbeamten verlassen hatte. Bei seinen seltenen Einsätzen im Ausland blieb er nie länger als fünf Stunden an einem Ort. Während er darauf wartete, daß Ilse seine Untergebenen herunterbrachte, dachte er düster an den Funkspruch, den ihm Baum ausgehändigt hatte, bevor er selbst das Hotel verlassen hatte.
*Allen wichtigen Agenten wird jetzt dringend nahegelegt, Westeuropa zu verlassen...*
Dieser Funkspruch war für Scharpinsky ein schrecklicher Schlag, denn er ließ erkennen, daß Moskau die Möglichkeit erwog, er könne mit seiner Mission scheitern, General Marenkow zu töten. Und die Tatsache, daß der Funkspruch keine Unterschrift trug, sagte ihm, daß Leonid Sedow ihn persönlich diktiert hatte. Sie hatten in Moskau im Rundfunk gehört, daß die Lawine den Atlantik-Expreß nicht zerstört hatte.

Um 20 Uhr 40 hatte Scharpinsky in Zürich die Nachricht gehört, daß der Atlantik-Expreß unbeschädigt geblieben war. Zu dieser Zeit war es in Moskau 22 Uhr 40. Der Erste Sekretär der KPdSU, Leonid Sedow, saß zu dieser Zeit mit den beiden anderen Politbüromitgliedern zusammen, die die Marenkow-Krise meistern sollten – Marschall Pratschko und Anatolij Sarubin. Der normalerweise so aggressive und selbstbewußte Pratschko war seltsam schweigsam, als sie dasaßen und die Nachricht verdauten. Es war Sarubin, der kleine, dunkelhaarige Handelsminister mit den verfeinerten Manieren, der die Schuld behutsam auf Pratschko lenkte.
»Ihr Schützling scheint sich in dieser wichtigen Angelegenheit nicht durch Brillanz hervorzutun«, meinte er liebenswürdig. »Bisher hat er nichts weiter vollbracht, als unseren gesamten Untergrundapparat in der Schweiz auffliegen zu lassen...«
»Er mußte schließlich etwas wagen«, meinte Pratschko selbstbe-

wußt und zupfte an den dicken Schweineborsten, die ihm aus der Nase wuchsen.
»Er hätte auch Erfolg haben müssen«, bemerkte Sarubin. »Wie lange sollen wir noch zulassen, daß er so weitermacht – etwa bis sie Marenkow ausfliegen und er unsere sämtlichen Agenten preisgibt – Männer, die wir in jahrelanger, mühsamer Arbeit ausgebildet und eingeschleust haben? Ich denke dabei besonders an die Bundesrepublik Deutschland«, fügte er hinzu.
»Scharpinsky wird schon etwas einfallen«, polterte Pratschko.
»Aber wenn nicht?« warf Leonid Sedow ein und rieb sich das Kinn. Die vor kurzem durchgeführte Operation hatte ein ständiges Kitzeln zurückgelassen, das ihn in Augenblicken der Anspannung irritierte. Seine Stimme war fest und entschieden, als er Marschall Pratschko direkt ansah. »Ist es jetzt nicht an der Zeit, eine Evakuierung all unserer wichtigen Agenten aus der Bundesrepublik, Frankreich und Belgien anzuordnen – bevor es zu spät ist? Sie können später immer noch zurückkehren.«
»Meine Informationen gehen dahin«, erwiderte Pratschko, der Zeit gewinnen wollte, »daß die deutschen Grenzkontrollstellen im Osten in Alarmbereitschaft versetzt und personell verstärkt worden sind. Und bei diesem Wetter wird es unseren Leuten noch schwerer fallen, über die Grenze in die DDR zu entkommen...«
»Dann müssen sie versuchen, den Frachter *Maxim Gorkij* zu erreichen, der im Augenblick, von der Ostsee kommend, nach Süden fährt und bald die holländische Küste erreichen wird...«
»Wenn *Sie* das empfehlen«, stimmte Pratschko listig zu.
»Nein!« Sedows Stimme klang scharf. »Sie sind der Verteidigungsminister, und wir erwarten Ihre Vorschläge...«
Pratschko saß in der Falle, und das wußte er auch. In der Schweiz hatte es das erste Debakel gegeben, das man ihm in die Schuhe schieben konnte, und jetzt stand er vor zwei unmöglichen Alternativen. Wenn er nein sagte und Marenkow heil in Amerika ankam, wäre der sowjetische Untergrundapparat in Westeuropa zertrümmert. Wenn er ja sagte, würden die Agenten zwar entkommen, aber es würde viel Zeit erfordern, sie wieder nach West-

europa einzuschleusen. Er entschied sich für die im Augenblick weniger gefährlich erscheinende Alternative.
»Ich empfehle die Evakuierung...«
Sarubin, das stellte er jetzt fest, hatte in weniger als einer Minute offiziell protokolliert, daß dies die Entscheidung des Verteidigungsministers sei. Pratschko gefiel das gar nicht, aber er konnte nichts dagegen tun. Er machte eine letzte Bemerkung.
»In diesem Moment entwickelt Oberst Scharpinsky vermutlich Pläne, die zur Vernichtung des Verräters Sergej Marenkow führen werden...«

## 22. Zürich, Hauptbahnhof

Es war 21 Uhr 10 – weniger als zwei Stunden vor der planmäßigen Abfahrt des Atlantik-Expreß aus Zürich –, als Scharpinsky im Wohnzimmer der Villa in der Lindengasse saß und drei Fotos betrachtete, die vor ihm auf dem Tisch lagen. Er hatte vier Männern, die die Villa inzwischen verlassen hatten, genaue Anweisungen gegeben. Jetzt war er mit Ilse Murset allein und spürte, wie seine innere Anspannung ständig stärker wurde. Das Warten war immer der schlimmste Teil eines neuen Unternehmens, aber immerhin hatte er alles vorbereitet. Und Rudi Bühler mußte inzwischen in Basel sein, um dort in den Atlantik-Expreß zuzusteigen.

Als Bühler das Hotel Schweizerhof wenige Sekunden vor Scharpinsky verlassen hatte, war er zum Hauptbahnhof hinübergegangen und in einen Zug nach Basel gestiegen. Der Mann am Hotelempfang hatte den Männern Trabers inzwischen sicher seine Beschreibung gegeben – falls diese ihre vorübergehende Operationsbasis ausgehoben hatten –, und es war nur zu ratsam, daß er sofort die Stadt verließ.

Als Oberst Scharpinsky die drei Fotografien betrachtete, berührte Ilses schlanke weiße Hand seinen Nacken.

»Was können dir diese Fotos denn sagen?«

»Studiere den Feind«, erwiderte Scharpinsky. »Wenn ich diese Bilder betrachte, glaube ich, daß es möglich ist, vorherzusehen, wie diese Männer unter Druck reagieren werden...«

Das erste Foto, das am unschärfsten war, zeigte Oberst Springer, der seine Hutkrempe heruntergezogen hatte. Das Bild war von einem Fenster in der Bahnhofstraße aus mit einem Teleobjektiv aufgenommen worden. Das zweite – sehr viel klarere – Bild zeigte General Max Scholten, dessen rosiges Gesicht leicht zu identifizieren war. Der holländische Abwehrchef war vor dem Hotel Astoria gegenüber dem Haager Bahnhof aufgenommen worden. Auf dem dritten, vor mehreren Jahren in Athen geschossenen Bild war Harry Wargrave zu sehen. Scharpinsky tippte mit dem Finger auf dieses dritte Bild. »Dieser Mann ist der gefährlichste der drei...«

»Du bist angespannt...« Ilses Finger fuhr fort, den Nacken des Russen zu streicheln. »Wollen wir nach oben gehen?« Ihre hochgewachsene, schlanke Figur straffte sich, als sie den Reißverschluß auf der Vorderseite ihres Kleides aufmachte. Der Russe zögerte und sah auf seine Uhr.
»Wir haben keine Zeit, nach oben zu gehen.«
»Dann machen wir's eben hier auf dem Fußboden...«

Zwei der Männer, die die Villa sofort nach Empfang der Anweisungen Scharpinskys verlassen hatten, gingen zu einem Citroën, der weiter unten auf der Straße abgestellt war. Der hochgewachsene und massive Klaus Jaeger, ein DDR-Bürger, setzte sich ans Steuer, während sein kleinerer und schlankerer Begleiter Hans-Otto Nacken, ebenfalls ein DDR-Bürger, sich neben ihn setzte. Beide hatten gefälschte westdeutsche Papiere bei sich. Nach nur wenigen Minuten näherten sie sich dem Hauptbahnhof.
Jaeger hielt nicht direkt vor dem Bahnhof, sondern fuhr den Citroën um das Bahnhofsgebäude herum, wo er ihn im Schatten parkte. Beide Männer stiegen aus und betraten den Bahnhof durch den Seiteneingang. Sie schlenderten an der Gepäckaufbewahrung vorüber. Um nicht aufzufallen, trug Jaeger eine Reisetasche. Sie gingen mehrere Minuten umher und beobachteten die Gepäckträger, die auf die Ankunft der Nachtzüge warteten.
»Der da drüben«, sagte Jaeger, blieb stehen und zündete sich eine Zigarette an. »Der hat in etwa den richtigen Körperbau und die richtige Größe.«

Nacken ließ Jaeger stehen und schlenderte zu dem relativ kleinen und gutgebauten Gepäckträger hinüber, der in seiner Erscheinung eine gewisse Ähnlichkeit mit Scharpinsky besaß. »Ich sehe an der Anzeigentafel, daß der Atlantik-Expreß erst um elf abfährt. Ich habe mich in der Zeit vertan und habe also eine lange Wartezeit vor mir. Die Zeiten auf der Tafel stimmen doch, oder?«

»Ja, mein Herr. Und es ist ein Wunder, daß der Zug aufholt. Haben Sie die Nachricht gehört?«

»Welche Nachricht?«

»Südlich des Gotthards hat es eine Lawine gegeben – die schlimmste dieses Jahrhunderts, sagt man. Sie hätte den Expreß um ein Haar unter sich begraben.«

»Mein Gott! Nein, davon habe ich nichts gehört. Nun, zwischen hier und Basel kann es Gott sei Dank keine Lawine geben.« Er bot dem Gepäckträger eine Zigarette an. »Muß 'ne ziemlich langweilige Arbeit für Sie sein – hier die ganze Nacht herumzuhängen. Wie lange haben Sie noch Dienst?« fragte er beiläufig.

Der Gepäckträger nahm einen tiefen Zug aus seiner Zigarette. »Morgen früh um acht ist meine Schicht zu Ende. Man gewöhnt sich dran...«

Nacken plauderte noch einige Minuten weiter und ging dann weg. Er steckte die linke Hand in die Manteltasche. Das war das Signal, auf das Jaeger, der aus der Ferne zusah, gewartet hatte. Er ging zu dem Gepäckträger hinüber. »Könnten Sie das restliche Gepäck aus meinem Wagen holen? Er steht an der Stirnseite des Bahnhofs.« Er stellte die Reisetasche, die er bei sich hatte, auf den Karren des Gepäckträgers und folgte dem Mann nach draußen. Sie gingen an der Gepäckaufbewahrung und einem schlechtbeleuchteten Seitengewölbe vorbei. Niemand sonst war zu sehen.

Als sie den Citroën erreicht hatten, öffnete Jaeger die hintere Tür. Er sah sich um, um sicherzugehen, daß sich niemand in der Nähe befand. »Der Koffer da auf dem Rücksitz«, sagte er. »Seien Sie vorsichtig, er ist schwer...« Als der Gepäckträger sich hineinbeugte, zog Jaeger einen kleinen lederbezogenen Totschläger aus Stahl aus der Tasche, beugte sich über den Gepäckträger und schlug ihm mit beträchtlicher Kraft auf den Kopf. Der Mann brach tot zusammen.

Nacken löste sich aus dem Schatten des Bahnhofs und half Jaeger, den Leichnam im Wagen zu verstauen. »Der Gepäckkarren...« erinnerte Jaeger seinen Begleiter, als er ein Reiseplaid über den leblosen Körper breitete. Nacken rollte den Gepäckkarren in den Schatten des Bahnhofsgebäudes zurück. Sie würden das Ding später noch brauchen. Dann setzten sich die beiden Männer auf die Vordersitze, schlossen leise die Türen, und Jaeger fuhr los, zunächst über die Limmatbrücke.

Er fuhr zu einem stillen Teil des Sees jenseits der Quaibrücke und hielt am Ufer unter einer Baumgruppe an. Dann stellte er den Motor ab und schaltete die Scheinwerfer aus. Es bedurfte der Anstrengungen beider Männer, um den toten Mann zu entkleiden, ihm seine Uniform, Mütze und Stiefel abzunehmen. Jaeger nahm seine Brieftasche an sich und prüfte im Schein einer Taschenlampe, ob der Eisenbahnerausweis des Toten dabei war. »Das wär's«, sagte Jaeger. »So, jetzt müssen wir den Kerl verschwinden lassen...«

Sie umwickelten den Leichnam mit schweren Ketten – dem Inhalt des schweren Koffers, auf den Jaeger den Gepäckträger aufmerksam gemacht hatte – und trugen ihn gemeinsam zum See hinunter. An diesem Ende des Sees war das Eis nur dünn. Die Wassertiefe betrug rund zwanzig Meter. Einer hielt die Füße der Leiche, der andere die Schultern, dann ließen sie sie schaukeln, um Schwung zu bekommen, und warfen sie dann in den See. Der beschwerte Leichnam durchbrach das klirrende Eis und versank.

Jaeger setzte sich wieder ans Steuer des Wagens und fuhr zur Quaibrücke zurück, überquerte sie und fuhr dann weiter zur Lindengasse. Sie hatten jetzt bei sich, was sie hatten holen sollen, eine Gepäckträgeruniform, und außerdem würde die Frau des Toten ihren Mann erst am nächsten Morgen als vermißt melden – wenn er überhaupt verheiratet gewesen ist, dachte Jaeger gefühllos –, also erst lange nach Abfahrt des Atlantik-Expreß. Immerhin wäre sein Dienst, wie er Nacken erzählt hatte, erst morgens um acht zu Ende gewesen.

Das zweite Zwei-Mann-Team, das von der Lindengasse aus losgeschickt worden war, hatte eine leichtere Aufgabe als Jaeger und Nacken. Sie setzten sich in einen anderen Wagen und fuhren zur Westseite der Stadt, bis sie in einem Industrievorort eine große Garage erreichten. Einer der Männer stieg aus, öffnete die Doppeltür und schloß sie wieder, nachdem der Wagen in die Garage gefahren worden war. Er hielt neben einem riesigen Lastwagen, der auf der Seite die Aufschrift *Möbelhaus Salzburg* trug.

Der Fahrer stieg aus, machte in der Garage Licht und nahm eine Schachtel aus dem Wagen. Als er sie aufmachte, enthielt sie nichts Schrecklicheres als Leberwurstbrote und eine Thermosflasche mit Kaffee. »Keinen Alkohol«, hatte Scharpinsky ihnen eingeschärft. »Wenn ich herausbekomme, daß Sie mir nicht gehorcht haben, werde ich dafür sorgen, daß man Sie abruft und sofort nach Hause beordert...« Der zweite Mann ging zu einem Wandtelefon und wählte eine Nummer. Ilse Murset nahm am anderen Ende ab.

»Hier André«, meldete sich der Mann. »Die Sendung ist jetzt lieferfertig...«

»Verstanden!« Ilse legte auf.

Der Mann, der Ilse angerufen hatte, kletterte in der Garage in die Fahrerkabine des Möbelwagens, zog die Persenning beiseite und prüfte die Ladung. Auch der Lastwagen enthielt nichts Schlimmeres als eine Ladung Möbel, war aber sehr schwer beladen, und die Ladeklappe ragte gefährlich nach hinten. Außerdem war da noch eine seltsame Seilrolle, die die Ladeklappe mit der Fahrerkabine verband.

»Alfred, hier ist deiner...«

Der Mann in der Fahrerkabine warf einen Overall herunter, kletterte dann selbst wieder hinab und ging dann zum hinteren Ende der Garage, wo mehr Platz war. In wenigen Minuten hatten beide sich umgezogen und sahen jetzt aus wie Möbelfahrer. Sie setzten sich auf eine Bank, aßen ihre belegten Brote und tranken ihren Kaffee. Der Fahrer sah in regelmäßigen Abständen auf seine Uhr.

Sobald sie die Kleidung des Gepäckträgers in der Lindengasse 451 abgeliefert hatten, fuhren Jaeger und Nacken wieder im Citroën davon und überquerten von neuem die Quaibrücke. Diesmal fuhren sie aber nicht in südlicher Richtung am Seeufer entlang, sondern bogen nach Norden ab und folgten der Limmat. Sie fuhren auf der Hauptstraße bergauf in Richtung Zürichberg. Sie durchfuhren gerade eine teure Wohngegend mit hübschen Villen und gepflegten Gärten, als Jaeger das Lenkrad herumriß und in eine Auffahrt einbog.

Hinter ihnen schloß ein Mann, der in der bitteren Kälte auf sie gewartet hatte, das schmiedeeiserne Tor. Jaeger hielt vor einer zweistöckigen Villa, von deren Balkon Eiszapfen herabhingen. Er stellte den Motor ab und stieg aus. »Checken Sie den Wagen«, befahl er Nacken. »Und vor allem die Maschine...«

Eine Frau von etwa fünfzig mit einem strengen Gesicht hatte den Wagen ankommen hören und öffnete die Vordertür. Sie ließ Jaeger eintreten und schloß die Tür wieder. Sie hatte das Haar hinten zu einem Knoten gebunden und trug ein langes dunkles Kleid, das ihr das Aussehen einer Haushälterin verlieh. »Ihre Kleidungsstücke liegen alle im großen Schlafzimmer bereit«, erklärte sie.

»Lassen Sie das hier verschwinden...« Jaeger reichte ihr seinen Ausweis. »Und wo ist der Reisepaß?« Sie sprachen in fließendem Russisch miteinander. Die Frau zog einen Reisepaß aus der Tasche und gab ihn ihm. Er prüfte ihn rasch. Der sowjetische Diplomatenpaß war auf den Namen Boris Wolkow ausgestellt; Rang: Hauptmann. Jaeger ging nach oben, um sich umzuziehen.

Der Tagesanzug, der auf dem Bett lag, hatte einen russischen Schnitt und war aus russischem Tuch. Jaeger zog sich auch russische Unterwäsche, Schuhe, ein Hemd und eine Krawatte an. Auch der Hut war aus Rußland. Als er wieder hinunterging, sah er, daß sich auch Nacken umgezogen hatte, der jetzt eine russische Chauffeuruniform trug. »Den Wagen«, sagte Jaeger, »ich möchte ihn mir selbst noch einmal ansehen...« Er folgte Nacken und betrat die Garage direkt durch eine Tür an der Rückfront der Villa.

In der Garage stand ein glitzernder Mercedes, der vor kurzem blitzblank poliert worden war. Der Glanz wird bei dem Wetter nicht lange halten, dachte Jaeger. Der Wagen trug die Kennzeichen eines Diplomatenfahrzeugs, nämlich die Schilder der sowjetischen Botschaft in Bern. Er ließ Nacken einsteigen und den Anlasser betätigen, um den Motor zu testen. Der Wagen sprang sofort an. Jaeger ging zufrieden und beruhigt ins Haus zurück und wählte die Telefonnummer der Lindengasse 451. Wieder nahm Ilse Murset den Hörer ab.

»Hier Bernard«, meldete sich Jaeger. »Die Sammlung ist jetzt versandfertig...«

»Verstanden!« Ilse legte auf.

»Sämtliche Arrangements sind getroffen«, sagte sie Scharpinsky und zog den Reißverschluß ihres Kleides hoch. »Jeder ist auf seinem Posten, und ich bin bereit, dich zum Hauptbahnhof zu fahren.«

Oberst Igor Scharpinsky, der noch im Hemd dasaß, nickte. »Jetzt dauert's nicht mehr lange, General Traber«, sagte er. »Jetzt dauert's nicht mehr lange...«

Der Atlantik-Expreß holte die verlorene Zeit bei seiner Nonstopabfahrt vom Gotthard durch einen wüsten Schneesturm rasch auf. Im Führerstand der Bo-Bo-Lokomotive half Enrico jetzt ein ausgeruhter Lokführer. Springer hatte darauf bestanden, daß er Enrico von Airolo an begleitete. Dieses Arrangement hatte dem stämmigen Mann aus Basel gar nicht behagt.

»Es braucht schon mehr als einen Schlag auf den Kopf, um mich außer Gefecht zu setzen«, brummte er, als er die Instrumente prüfte und die Signale beobachtete. »Und wir werden planmäßig in Zürich eintreffen. Verflucht noch eins – mein Ruf steht auf dem Spiel...«

In dem Abteil im letzten Schlafwagen, in dem Marenkow bewacht wurde, herrschte eine gespannte Atmosphäre, die immer unangenehmer wurde, je mehr der Zug sich Zürich näherte. Julian Haller war irritiert, daß der Russe jetzt schon zum drittenmal die gleiche Bemerkung machte, war aber schon zu erschöpft, um sich darüber aufzuregen.

»Ich bin überzeugt, daß Scharpinsky in Zürich zusteigt...«
»Daß er den Versuch machen wird«, korrigierte ihn Elsa. Sie hielt die Porträtskizze Igor Scharpinskys hoch, die sie nach Marenkows Beschreibung auf ihren Block gezeichnet hatte. »So, jetzt wissen wir zum erstenmal, wie er aussieht.«
Der untersetzte, breitschultrige Russe winkte ungeduldig ab. »Das wird nichts nützen – ich kann immer wieder nur sagen, daß er ein genialer Verkleidungskünstler ist...«
»Seien Sie doch nicht immer so verdammt pessimistisch«, fauchte Elsa zurück. »Ich sage Ihnen doch, daß ich ein volles Jahre als Maskenbildnerin beim Film gearbeitet habe. Ich weiß, wie man das Aussehen eines Schauspielers verändert. Wenn überhaupt jemand in der Lage ist, ihn zu identifizieren, wenn er einsteigt, dann ich...«
Das bejahten sowohl Wargrave wie Springer, der gleichfalls im Abteil saß. Der Plan bestand also darin, daß Elsa sich nach der Ankunft in Zürich an die Sperre stellen und jeden ansehen sollte, der in den Zug einstieg. Der Schweizer Oberst hatte ohnehin Grund, zufrieden zu sein. Marenkow hatte aus dem Kopf bereits eine Liste mit Namen und Adressen sämtlicher KGB-Agenten in der Schweiz geliefert – allerdings keine der GRU-Agenten, über die er kaum etwas wußte.
»In welchen Gebieten außerhalb der Sowjetunion hat Scharpinsky gearbeitet, als er unter Tarnnamen an den verschiedenen sowjetischen Botschaften diente?« wollte Wargrave wissen.
Marenkow zählte die Posten an den Fingern ab. »Paris – sechs Monate. London weitere sechs Monate. Washington zwei Jahre. Athen ein Jahr. Schließlich ein weiteres Jahr in Den Haag.«
»Er spricht also wahrscheinlich fließend Griechisch, Französisch, Englisch und Amerikanisch?«
»Ich habe bisher immer den Eindruck gehabt, daß die beiden letzten ein und dieselbe Sprache sind«, warf Haller maliziös ein.
»Wir haben alle unsere Illusionen«, erwiderte Wargrave grinsend. »Hab' ich nicht recht, General?«
»Absolut«, erwiderte Marenkow. »Scharpinsky hat eine beachtli-

che Sprachbegabung. Das war einer der Gründe für seine zahlreichen Versetzungen und für seinen raschen Aufstieg zu meinem Stellvertreter. Anders als die meisten Russen ist er ein geborener Kosmopolit. Außerdem spricht er noch fließend Deutsch«, fügte er hinzu. »Er hat einige Zeit in Ost-Berlin gearbeitet und von dort zu Terroristengruppen Kontakt gehalten.«
Haller streckte sich und gähnte. »Nun, wir werden einfach abwarten müssen, was passiert, wenn wir in Zürich angekommen sind...« Er blickte auf seine Uhr. »... und das wird nicht mehr lange dauern.«
»Scharpinsky wird in diesen Zug einsteigen«, wiederholte Marenkow bockig. »Ich kenne ihn.«
»Wenn die Zeit da ist, wollen wir hoffen, daß auch ich ihn dann gut genug kenne«, sagte Elsa mit Nachdruck, als sie ihre Skizze studierte.

Der mit einer Eiskruste überzogene Atlantik-Expreß glitt in das riesige Gewölbe des Züricher Hauptbahnhofs hinein, wurde auf Gleis vier geleitet und hielt an. Der Sicherheitskordon, mit dem Traber den Hauptbahnhof umgeben hatte, war einer der engsten, die er je organisiert hatte. In einem unauffälligen schweren Mantel und einem weichen Hut stand er in der Nähe der Sperre und paffte seine kurze Zigarre, als die Reisenden aus dem Zug zu strömen begannen. Die meisten waren hohlwangig vor Mangel an Schlaf und überstandener Angst. Es waren aber nicht die aussteigenden Reisenden, die Traber ruhig studierte; ihn interessierten die sich drängenden Fahrgäste, die in den Expreß einsteigen wollten.
Dreißig Abwehrbeamte, bewaffnet und in Zivil, waren über das Bahnhofsgebäude verteilt. In der Bahnhofshalle patrouillierten zudem ungewöhnlich viele uniformierte Polizisten. Draußen im Schnee stand an strategischen Punkten ein Dutzend Streifenwagen mit Verstärkungen. Sie standen sämtlich mit dem Assistenten Trabers in Funkverbindung, Major Kurt Dobler, der mit einem kompakten Walkie-Talkie in der Hand dicht bei seinem Chef

stand. Oberst Springer ging durch die Sperre, zeigte seinen Dienstausweis in der Handfläche und begrüßte Traber.
»Wie steht's im Expreß?« murmelte Traber.
»Gespannte Atmosphäre. Aber alles unter Kontrolle. Unsere VIP ist überzeugt, daß Scharpinsky versuchen wird, in den Expreß einzusteigen...«
»Scheint unwahrscheinlich, jetzt, wo Sie eine Beschreibung haben...« Springer hatte seinen Chef vom Zug aus informiert, daß Marenkow ihnen vom Aussehen des KGB-Obersten erzählt hatte.
»Andererseits«, fuhr Traber fort, »haben wir noch immer nicht die Schweizer Schaltzentrale der Sowjets lokalisiert...«
An der Sperre waren außergewöhnliche Sicherheitsvorkehrungen getroffen worden. Neben den Schalterbeamten warteten Sicherheitsbeamte, um die Reisepässe zu kontrollieren, und hinter denen stand eine Gruppe uniformierter Polizisten. Wenige Meter weiter rechts war eine weitere Sperre geöffnet – sie war für Gepäckträger reserviert, die Gepäck zum Zug bringen sollten. Jeder Gepäckträger wurde angehalten, während ein Hundeführer einen abgerichteten Schäferhund die Gepäckstücke nach Sprengstoff beschnuppern ließ.
»Wer ist dieses attraktive Mädchen im Pelzmantel, das da auf der anderen Seite der Sperre wartet?« wollte Traber wissen.
»Eine von uns. Elsa Lang. Es kann sein, daß sie Scharpinsky erkennt, falls er versucht, in den Expreß einzusteigen...«
Auf der anderen Seite der Sperre stand Elsa mit hochgeschlagener Kapuze, um sich vor der Kälte zu schützen. Sie rauchte eine Zigarette, wobei sie die wartenden Reisenden offen musterte, als wartete sie auf einen Freund, mit dem sie sich verabredet hatte. Von ihrer Arbeit als Maskenbildnerin her wußte sie, wie leicht man das Erscheinungsbild eines Menschen ändern kann. Folglich konzentrierte sie sich auf Größe und Körperbau und hielt nach einem kleinen, gutgebauten Mann Ausschau. Vergiß alles andere, mahnte sie sich selbst – Schnurrbärte, Bärte, Kleidung, Alter –, richte deine Aufmerksamkeit auf das, was nicht leicht geändert werden kann. Ein in ihrer Nähe stehender Mann in Zivil kam nä-

her und sprach hinter vorgehaltener Hand, während er sich eine Zigarette anzündete.
»Abwehr. Oberst Springer hat mir von Ihnen erzählt. Wenn Sie ihn sehen, sagen Sie es mir – selbst wenn Sie nur glauben, daß er es sein könnte. Sehen Sie ihn dann nicht wieder an...«
»Ich beherrsche meinen Job...«
»Das habe ich schon gemerkt. Und entfernen Sie sich deutlich von mir, sobald Sie auf ihn gezeigt haben. Es könnte zu einer Schießerei kommen...«
»Vielen Dank für die Warnung«, erwiderte Elsa etwas liebenswürdiger hinter ihrem Taschentuch. Ihre Augen waren noch immer auf die Menge gerichtet, die hinter der Sperre zusammengedrängt stand.
Jorge Santos, der sich aus dem Fenster seines Erster-Klasse-Abteils lehnte, rauchte noch immer seine Pfeife. Nur jemand, der ihn sehr gut kannte, hätte etwas leicht Auffallendes an ihm bemerkt, als er am offenen Fenster dastand und die letzten Reisenden aussteigen und durch die Sperre gehen sah. Normalerweise hielt er seine Pfeife beim Rauchen fest in den rechten Mundwinkel geklemmt; jetzt ragte die Pfeife aus dem linken Mundwinkel. Wenige Schritte von ihm entfernt öffnete Wargrave eine Tür und sprang auf den Bahnsteig hinunter. Wargrave nahm eine Position ein, von der aus er Elsa Lang Feuerschutz geben konnte. In der Manteltasche hielt er die Smith & Wesson umklammert.
Auf beiden Seiten der Sperre meinten die Abwehr- und Sicherheitsbeamten, auf eine unmittelbar bevorstehende Gefahr zu warten, als die Reisenden langsam durch die Sperre zu gehen begannen, während ihre Reisepässe und Fahrkarten kontrolliert wurden. Jetzt gingen auch schon die ersten Gepäckträger durch die Sperre; sie blieben stehen und warteten, während der Schäferhund das Gepäck beschnupperte. In diesem Augenblick fuhr ein großer Möbelwagen mit der Aufschrift *Möbelhaus Salzburg* am Ostufer der Limmat entlang. Der Fahrer sah auf seine Uhr und bog mit dem schweren Fahrzeug auf die Brücke ein, die direkt zum Hauptbahnhof führt.

»Bis jetzt Fehlanzeige«, murmelte Traber. Major Dobler, sein Stellvertreter, erhielt gerade eine Meldung durchs Walkie-Talkie. »Mein Gott!« murrte er. »Sind Sie sicher? Lassen Sie es in Bern nachprüfen. Höchste Dringlichkeitsstufe...«
»Was ist passiert?« fragte Traber ruhig, als Springer näher kam.
»Draußen ist soeben ein Mercedes mit sowjetischen Diplomatenkennzeichen vorgefahren. Ein Fahrgast – da kommt er...«
Ein hochgewachsener, schwergebauter Mann mit geradem Rükken und entschieden militärischer Haltung betrat jetzt das Bahnhofsgebäude. Er trug einen Pelzmantel und Hut. Hinter ihm nahm einer von Trabers Männern seinen Hut ab, ein Signal für seinen Chef. Der Neuankömmling reihte sich in die Schlange ein.
»Was zum Teufel geht hier vor?« zischte Springer.
»Mir gefällt das gar nicht«, erwiderte Traber energisch. »Halten Sie die Augen offen...«
Als der Fahrgast aus der sowjetischen Diplomatenlimousine die Sicherheitsbeamten erreichte, kam die Schlange der Wartenden ins Stocken, und es schien einige Verwirrung zu geben. Ein anderer Abwehrbeamter entfernte sich behutsam von der Sperre und eilte zu Traber hinüber. »Was sollen wir tun? Er hat einen Diplomatenpaß bei sich. Militärattaché an der sowjetischen Botschaft in Bern. Ein Hauptmann Boris Wolkow...«
»Wer?« explodierte Springer. »Boris Wolkow ist ein bestens ausgebildeter Killer! Zum Teufel mit seinem Diplomatenpaß. Halten Sie ihn an der Sperre auf...« Er verstummte, als draußen vor dem Bahnhofsgebäude ein fürchterliches Krachen zu hören war. Dort war der große Möbelwagen aus Salzburg auf den Bürgersteig gefahren. In der Fahrerkabine hatte der Fahrer das mit der Ladeklappe verbundene Seil gelöst, so daß ein Sturzregen von Möbeln sich auf die Reisenden ergoß, die nach einem Taxi anstanden. Die dann folgende Szene war schrecklich. Männer und Frauen, die unter Möbelstücken begraben lagen, begannen zu schreien. Unter einem Kleiderschrank ragte eine Frauenhand hervor, die sich zunächst noch schwach bewegte und dann reglos hing. Im Bahnhofsgebäude wandten alle die Augen in die Richtung, aus der der Lärm

gekommen war, alle bis auf die Männer Oberst Springers, die die Sperre auch weiterhin im Auge behielten, an der Klaus Jaeger in der Gestalt eines sowjetischen Hauptmanns aufs heftigste protestierte.

Durch die zweite Sperre betrat ein kleiner, gutgebauter Gepäckträger, dessen Karren soeben von dem Schäferhund beschnuppert worden war, den Bahnsteig. Der Mann hatte seine Mütze in die Stirn geschoben und schob seinen Gepäckkarren weiter auf den Bahnsteig. Als er an Jorge Santos vorüberkam, dem er nur einen kurzen Seitenblick zuwarf, ging er weiter den Bahnsteig hinunter. Auf dem Karren lag ein einziger blauer Koffer. Santos lehnte noch immer aus dem Fenster.

»Können Sie denn einen Diplomatenpaß nicht erkennen, wenn Sie einen vor sich haben?« rief Jaeger auf deutsch. »Meine Botschaft wird von diesem Vorfall erfahren, das schwöre ich Ihnen...«

Er protestierte immer noch, als der Abwehrbeamte mit dem Paß verschwand. Als er vor Springer stand, reichte er diesem den Paß.

»Sieht echt aus«, bemerkte der Beamte.

»Und wenn er vergoldet wäre, ich pfeife drauf«, sagte Springer wütend. »Der Mann steigt nicht in den Zug. Los, gehen Sie hin und sagen Sie ihm, der Paß sähe nicht echt aus, wir müßten in Bern nachfragen.« Er sah Traber an. »Und es wird ungeheuer lange dauern, bis wir mit Bern Verbindung haben...«

»Hier scheint eine Menge auf einmal zu passieren«, bemerkte Traber und blickte zur Hauptseite des Bahnhofsgebäudes, wohin Major Dobler gerannt war, um sich den Unfall des Möbelwagens anzusehen. »Fast so, als hätte jemand geplant, unsere Aufmerksamkeit abzulenken.«

»Um Wolkow Zeit zum Einsteigen zu geben, natürlich«, bellte Springer. Dann runzelte er die Stirn. »Nein, das kann nicht stimmen. Wenn dieser Mann selbst Boris Wolkow wäre, könnte er niemals mit seinem richtigen Namen auftreten. Da ist etwas, was ich nicht verstehe – was mir nicht gefällt...«

Der Hauptbahnhof war in Aufruhr. Der Möbelwagen war inzwischen zwischen Streifenwagen eingekeilt. Unter einigen Möbel-

stücken schrien noch immer Menschen. Ein Krankenwagen hielt mit heulender Sirene neben dem Möbelwagen an. Der Fahrer und sein Begleiter, die dieses brutale Ablenkungsmanöver inszeniert hatten, waren zuversichtlich gewesen, in dem allgemeinen Durcheinander zu entkommen. Mit einer Rolltreppe tauchten sie ins Untergeschoß mit der Ladenzeile hinab. Dort trennten sie sich und gingen auf verschiedene Rolltreppenausgänge zu. Beide Männer erschienen mit Pistolen in den Händen auf der anderen Seite des Bahnhofsplatzes.
Sie fanden sich einem Gemenge aus Passanten und Polizisten gegenüber. Um noch mehr Verwirrung zu stiften, schossen sie wild um sich, und verschiedene Fußgänger, die Deckung suchten, stießen mit Polizeibeamten zusammen. Zwei Beamte ignorierten aber den Tumult, hoben ihre eigenen Pistolen, zielten mit beiden Händen. Jeder der beiden Polizisten feuerte zweimal. Der Lastwagenfahrer lief noch, bis er tot zusammenbrach. Sein Komplize starb fünf Sekunden später.
Im Bahnhofsgebäude stürmte Klaus Jaeger, der noch immer seine Rolle eines sowjetischen Hauptmanns spielte, zu Springer und entriß dem Schweizer den Diplomatenpaß. »Sie werden von Moskau noch mehr über diesen Vorfall zu hören bekommen«, rief er aus. »Er könnte durchaus eine diplomatische Verstimmung mit Ihrer Regierung auslösen...« Springer ließ ihn mit dem Paß gehen, als Jaeger mit raschen Schritten zu seiner wartenden Limousine zurückging, in der Nacken in seiner Chauffeuruniform sitzengeblieben war. Als Major Kurt Dobler zurückkam, um von dem schrecklichen Desaster mit dem Möbelwagen zu berichten, ergriff Springer das Walkie-Talkie und begann, schnell zu sprechen. Jetzt war seine Stimme sehr sachlich.
»Ich wünsche, daß alle nicht gekennzeichneten PKW's und Lieferwagen – wohlgemerkt alle nicht gekennzeichneten – der sowjetischen Limousine folgen. Sie sollen sich ablösen. Sie sollen ihr folgen, sie aber nicht abfangen. Und sämtliche verfügbaren Funkpeilwagen tun das gleiche. So, los jetzt!«
Er gab Dobler das Walkie-Talkie zurück und sah Traber an. »Darf

ich jetzt wieder an Sie übergeben? Ich steige jetzt lieber wieder in den Zug ein…«

Selbst als Nacken – mit Jaeger auf dem Rücksitz – den Mercedes vom Hauptbahnhof wegfuhr, funktionierte das große Netz, das Springer ausgeworfen hatte, hervorragend. Ein Wäschereiwagen, der den Weg zum Zürichberg gewählt hatte, fuhr sogar vor der sowjetischen Limousine her, als deren Scheinwerfer im Rückspiegel auftauchten. Der Beifahrer meldete über Funk die Position, und von da an folgten ihnen Funkpeilwagen auf der Straße zum Zürichberg.

Bei der Ankunft vor der Villa auf dem Hügel bog Jaegers Wagen in das schmiedeeiserne Tor ein, das auch diesmal wieder prompt hinter ihnen geschlossen wurde. Jaeger war überzeugt, daß niemand ihn verfolgt hatte, denn hinter ihnen hatte er keine Wagen gesehen. In der Villa begann Nacken, der auch als Funker arbeitete, den bereits vorbereiteten verschlüsselten Funkspruch an Professor Mohner zu senden, der auf dem Zürichberg in seinem Wohnwagen saß. Der Funkspruch informierte Moskau, daß Oberst Igor Scharpinsky den Atlantik-Expreß bestiegen hatte.

Keine zehn Minuten später kreuzten sich die Peilstrahlen zweier Funkmeßwagen, die in der Nähe des Zoos oben auf dem Zürichberg standen. Damit war ein Sender im Heubeeri-Weg im Wald des Berggipfels lokalisiert. Professor Mohner, der hochgeehrte Meteorologe, hatte soeben seinen überlangen Funkspruch beendet, als an die Tür seines Wohnwagens geklopft wurde. Als er aufmachte, sah er sich Abwehrbeamten mit Pistolen in den Händen gegenüber.

»Ich habe mich schon gefragt, wie lange es dauern wird, bis Sie kommen«, sagte er.

Pünktlich um 23 Uhr rollte der Atlantik-Expreß im Züricher Hauptbahnhof an. Vor ihm lag die Fahrt nach Basel und dann in die Bundesrepublik Deutschland. In verschiedenen Abteilen machten es sich die zahlreichen neu Zugestiegenen gemütlich und hörten sich von Reisenden, die schon in Mailand eingestiegen waren, die Geschichte von der großen Lawine an. Als der Bahnsteig an ihm vorüberglitt, fiel Jorge Santos, der noch immer aus dem Fenster lehnte, ein Gepäckkarren auf, der verlassen auf dem Bahnsteig stand. Sein Mund preßte sich zusammen, als er das Fenster auf dem Gang hochzog und zu seinem Abteil zurückging. Wie in vielen anderen Abteilen waren auch in seinem die Vorhänge auf der Gangseite zugezogen. Erst als Santos die Tür aufmachte, sah er den Mann, der in dem sonst leeren Abteil auf seinem Fensterplatz saß. Santos trat ein und schloß die Tür. Seine Pfeife hing noch immer im linken Mundwinkel.

»Hallo, Nicos«, sagte Wargrave. »Ich habe mir gedacht, jetzt ist der Moment gekommen, gemeinsam vorzugehen.«

»Da gebe ich dir recht«, erwiderte Nicos Leonides. »Oberst Igor Scharpinsky ist soeben zugestiegen...«

## 23. Basel, Den Haag

Drei Jahre zuvor in Athen war es Harry Wargraves Einfall gewesen, daß Nicos Leonides, insgeheim ein überzeugter Antikommunist, versuchen sollte, sich in den sowjetischen Untergrundapparat auf dem Balkan einzuschleusen, indem er sich den Sowjets als privater Killer anbot. »Mir ist aus zuverlässiger Quelle zu Ohren gekommen, daß Oberst Scharpinsky hier in Athen an der sowjetischen Botschaft arbeitet«, hatte er erklärt. »Versuche, an ihn heranzukommen...«

»Das wird Zeit und Einfallsreichtum erfordern«, hatte Leonides gemahnt.

»Dann werden wir ihm Leichen liefern«, hatte Wargrave vorgeschlagen. »Leichen prominenter antikommunistischer Griechen, die er liebend gern tot sähe...«

Wargrave, der damals für den britischen Secret Service arbeitete, hatte neben seiner normalen Arbeit in der für ihn typischen Weise auf eigene Faust operiert. In einem bestimmten Zeitraum hatten Wargrave und Leonides – nachdem der Grieche Scharpinsky am Telefon überredet hatte, er solle ihm erlauben, sich zu bewähren – drei wichtige Hinrichtungen, drei »Leichen« geliefert.

Das erste »Opfer« war der ältere antikommunistische Herausgeber einer führenden Athener Tageszeitung gewesen. Er war nur einer von Leonides' zahlreichen Freunden – und auf dem Balkan stehen sich Freunde weit näher als im Westen. Als ihm klarwurde, daß er bei den Sowjets ohnehin auf der Abschußliste stand, hatte sich der Zeitungsmann willig bereit erklärt, mitzumachen. Seinen ausgebrannten Wagen hatte man nach einer stürmischen Nacht am Fuß eines steilen Felsens gefunden, und es war angenommen worden, sein Leichnam sei in die offene See hinausgespült worden. Statt dessen war der »tote« Verleger, ein Witwer, heimlich mit einem Motorboot auf eine der entlegeneren griechischen Inseln gebracht worden, wo er sich noch immer seines ungewöhnlichen Ruhestands erfreute.

In angemessener Folge hatten sich zwei weitere »Opfer« zur Zusammenarbeit bereit erklärt, beides Freunde Leonides' aus dem griechischen antikommunistischen Untergrund. Auch sie waren Witwer, so daß es keine familiären Komplikationen geben konnte. Einer, ein alternder Politiker, war in einem Flugzeug »ums Leben gekommen«, das nach einer Bombenexplosion ins Meer gestürzt war – aber erst nachdem der Politiker, der die Maschine geflogen hatte, sich zuvor mit dem Fallschirm über Land in Sicherheit gebracht hatte. Der dritte Mann, ein ranghoher älterer Abwehrmann, der kurz vor der Pensionierung stand, war »verstorben«, als sein Wagen beim Drehen des Zündschlüssels explodierte. Die Überreste des Leichnams, die man weit verstreut fand, waren die eines Toten, den Leonides aus einem Leichenschauhaus gestohlen hatte.

Alle drei griechischen »Opfer« lebten jetzt auf der entlegenen Insel in der Ägäis – und lebten vom »Erlös« eines großen Bankraubs, den Leonides selbst begangen hatte, allerdings ohne einem Menschen auch nur ein Haar zu krümmen. Damit hatte sich Nicos Leonides in den Augen Scharpinskys als einzigartig effektiver Killer qualifiziert, der »Unfälle« zu inszenieren wußte, die niemals auf sowjetische Hintermänner zurückgeführt werden konnten.

Es war Harry Wargrave gewesen, der Leonides vor dem Abflug aus Montreal telegrafiert hatte, er solle nach Mailand fliegen und die Wiener Nummer anrufen, die man ihm für den Fall genannt hatte, daß er sich mit Oberst Scharpinsky in Verbindung setzen wolle. Der KGB-Oberst hatte den Köder geschluckt und Leonides befohlen, mit dem Atlantik-Expreß mitzufahren und Marenkow zu töten, sobald sich eine Gelegenheit bot.

»Ich nehme an, daß er noch immer auf mich zählt«, sagte Leonides mit einem ironischen Lächeln, als er sich Wargrave gegenüber hinsetzte.
»Woher weißt du, daß er gerade eingestiegen ist?« fragte Wargrave scharf.
»Weil ich angewiesen worden bin, im Züricher Hauptbahnhof vom Fenster aus zu signalisieren, ob Marenkow noch am Leben sei – und zwar dadurch, daß ich meine Pfeife in den linken Mundwinkel stecke...«
»Und wer ist nun Scharpinsky?«
»Ich habe keine Ahnung...« Leonides breitete resigniert die Hände aus. »Ich habe sorgfältig beobachtet, und keiner der Reisenden, die in den Zug einstiegen, hat mich beachtet. Das war mein Fehler...«
»Welcher Fehler?«
»Ich glaube, daß er als Gepäckträger verkleidet durch die Sperre gekommen ist.«
Leonides beschrieb den verlassenen Gepäckkarren, den er beim Anrollen des Expreß auf dem Bahnsteig gesehen hatte. »Ein Gepäckträger nimmt seinen Karren immer mit«, betonte der Grieche. »Inzwischen wird er sich in einen der zahlreichen Reisenden verwandelt haben, die in Zürich zugestiegen sind. Was soll ich als nächstes tun?« fragte er plötzlich. »Und was ist mit Anna im Abteil nebenan?«
Anna Markos, Leonides' Schwägerin, hatte in Athen ebenfalls zu Wargraves geheimer Agentenzelle gehört. Ihre Schwester, einst Leonides' Frau, war bei einem in der Innenstadt Athens von Kommunisten verübten Bombenanschlag ums Leben gekommen. Für mich arbeitet sehr viel Haß, dachte Wargrave, als er den Blick des hünenhaften Griechen erwiderte.
»Ihr bleibt beide getarnt«, entschied er. »Übrigens, ich gehe doch wohl mit Recht davon aus, daß du diese beiden Saboteure erschossen hast, als der Expreß auf freier Strecke hielt?«
»Mein bisheriger sehr magerer Beitrag zu unseren vereinten Bemühungen«, erwiderte Leonides.

»Ja, ihr behaltet beide eure Tarnung bei«, wiederholte Wargrave. »Ich habe so eine Vorahnung, daß ich vor Ende dieses Unternehmens ein paar recht ungewöhnliche, um nicht zu sagen total ungesetzliche Methoden anwenden muß. Nehmen wir also einen Moment an, wir befänden uns noch in Athen.«
»Ich habe vor, Scharpinsky zu töten, wenn wir ihn erst einmal entdeckt haben«, sagte Leonides leise. »Ich will nicht, daß dieser Mann gegen einen unserer Leute ausgetauscht wird, die in Rußland im Gefängnis sitzen. Ich will ihn töten. Habe ich mich klar genug ausgedrückt?«
Wargrave stand auf. Sein Gesicht war blaß. »Und bis wir in Schiphol ankommen und Marenkow an Bord dieser bereitstehenden Boeing haben, die ihn in die Staaten fliegen soll, leite ich das gesamte Unternehmen und gebe jeden einzelnen Befehl. Habe auch ich mich klar genug ausgedrückt, Nicos?«
»Zu meinem Bedauern muß ich sagen – ja...«

In dem Single-Schlafwagenabteil, das für einen gewissen Waldo Hackmann reserviert worden war, einen amerikanischen Staatsbürger – die Reservierung war von Lugano an bestätigt –, hatte sich Oberst Igor Scharpinsky seiner Gepäckträgeruniform entledigt. Aus dem blauen Koffer, den er mit in den Zug genommen hatte, hatte er neue Kleidungsstücke genommen und sich umgezogen. Die Gepäckträgeruniform hatte er in einen mit Ziegelsteinen beschwerten Kunststoffsack gesteckt. Er zog das Fenster herunter, wartete, ohne auf den Schwall eisiger Luft zu achten, der ins Abteil strömte, bis der Expreß eine Brücke über einen Fluß überquerte, und schleuderte dann den Kunststoffsack hinaus. Er fiel lange durch die Luft, bis er auf dem dünnen Eis aufschlug, es durchbrach und versank. Scharpinsky schloß das Fenster und zog das Rollo herunter. Dann drehte er die Heizung auf, um das Abteil warm zu bekommen, bevor irgendein Schweizer Beamter es betrat.
Er trug jetzt ein kariertes Sportjackett und Hosen amerikanischen Schnitts. Seine Wangen hatte er mit Wattebäuschen ausgestopft.

Vor dem Verlassen der Villa in der Lindengasse 451 hatte ihm Ilse Murset noch den Schädel kahl rasiert. Er setzte seine Hornbrille auf und betrachtete sich prüfend im Spiegel. Unter seinem karierten Sportjackett – das Etikett auf der Innenseite zeigte den Namen eines Herrenausstatters in der Fifth Avenue in New York – trug er einen sehr dicken Pullover, der ihm ein beleibtes Aussehen verlieh. Er zündete sich eine dicke Zigarre an, zog seinen amerikanischen Reisepaß hervor und prüfte ihn. Jetzt war er Waldo Hackmann, ein Kunsthändler aus Boston, der sich auf alte Meister spezialisiert hatte.
Sein Koffer, den er auf dem Bett hatte liegen lassen, trug verschiedene Aufkleber, die ihn als weitgereisten Mann erscheinen ließen. Hotel Georges V., Paris; Dorchester, London; Ritz-Carlton in Boston und Mark Hopkins in San Francisco. Er hatte soeben den prüfenden Blick in den Spiegel beendet, als jemand an die Abteiltür klopfte. Hackmann machte auf und sah den Schlafwagenschaffner vor sich.
»Dieses Abteil ist von Lugano an für einen Mr. Waldo Hackmann reserviert worden«, erklärte der Schaffner.
»Ich bin Hackmann«, erwiderte Scharpinsky mit perfektem amerikanischem Akzent. »Ich bin gestern mit einem anderen Zug nach Zürich gefahren – ich habe meine Pläne ändern müssen...«
Er zeigte seinen Reisepaß und seine Fahrkarte, als hinter dem Schaffner ein Schweizer Paßkontrollbeamter erschien, an dem Schaffner vorbeilangte und begann, das Dokument zu kontrollieren. Scharpinsky bemerkte, daß der Beamte nicht nur den Paß prüfte, sondern sich auch den Namen und die Paßnummer notierte. Er blickte auf und sah den Reisenden an. »Und Ihre Heimatanschrift, Sir?« Scharpinsky nannte ihm eine Adresse in Beacon Hill, Boston. Als sich die Tür schloß und er wieder allein war, nahm Scharpinsky einen tiefen Zug aus seiner Zigarre. Wie er vorhergesehen hatte, wurden jetzt sämtliche Reisenden genau unter die Lupe genommen. Und schon sehr bald würden sie in den Vereinigten Staaten nachfragen...

Nach der Rückkehr aus Nicos Leonides' Abteil zum Schlafwagen am Ende des Zuges war es Wargrave plötzlich eingefallen, daß sämtliche Reisenden, die in Zürich zugestiegen waren, einer gründlichen Kontrolle unterzogen werden sollten. Waldo Hackmanns Papiere waren unter den ersten, die unter die Lupe genommen wurden.
Aus dem Funkabteil, in dem Peter Necker seinen Dienst versah, ging sofort ein Funkspruch mit einer genauen Personenbeschreibung Hackmanns an das Hauptquartier der Interpol in Paris, in dem auf Wunsch General Trabers einige Beamte Nachtdienst machten. Von Paris aus wurden die Informationen unverzüglich ans FBI-Hauptquartier in Washington weitergeleitet; in der amerikanischen Hauptstadt war es 17 Uhr 15 Ortszeit. Von Washington aus erfolgte dann sofort ein Anruf bei der FBI-Außenstelle in Boston.
Die Agenten Crammer und Hinds fuhren sogleich zu der Adresse in Beacon Hill, die Hackmann angegeben hatte, obwohl ein Blick ins Telefonbuch bereits bestätigt hatte, daß unter dieser Anschrift ein Waldo Hackmann wohnte. Das Haus in der ruhigen Straße mit ihren alten und pittoresken Gebäuden schien zwar leer zu sein, aber Crammer und Hinds hatten strikte Anweisungen. Sie öffneten die Vordertür mit Nachschlüsseln und durchsuchten das Innere des Hauses. Es war Crammer, der in einem Papierkorb die zerknüllte Kopie von Hackmanns Terminplan für die Europareise fand.
*Sonnabend, 8. Januar: Zürich; Sonntag, 9. Januar: Amsterdam; Montag, 10. Januar: Paris; Dienstag, 11. Januar: Brüssel...*
Die an Washington gerichtete Bitte um Überprüfung der Angaben und Daten Waldmanns hatten den Vermerk »dringend« getragen, so daß Crammer sofort in Washington anrief. Von dort ging die Antwort zunächst nach Paris und dann an Necker im Atlantik-Expreß. Und niemandem kam der Verdacht, daß der echte Waldo Hackmann – ein kommunistischer »Schläfer«, der Anweisungen befolgt hatte, die Scharpinsky ihm in Wien vor seinem Abflug nach Zürich gegeben hatte – im Augenblick ein angenehmes Wo-

chenende im New Yorker St. Regis Hotel verbrachte, wo er unter falschem Namen abgestiegen war. Der Atlantik-Expreß näherte sich Basel, als Springer Waldo Hackmann von der Liste der Verdächtigen strich.
Mehr als fünfhundert Kilometer weiter nördlich von Basel änderte der sowjetische 17000-Tonnen-Frachter *Maxim Gorkij*, der neue Stolz des Sowjetadmirals Gorschkow in seiner Flotte von Spionageschiffen, den Kurs. Das Schiff war mit hochentwickelten elektronischen Geräten ausgerüstet und befand sich auf der Fahrt von der Ostsee nach dem afrikanischen Staat Angola. Der Kapitän des Schiffs, Josef Morow, hatte von seinem Heimathafen Leningrad einen dringenden verschlüsselten Funkspruch empfangen, in dem ihm befohlen wurde, vor der Rheinmündung in der Nähe Rotterdams vor Anker zu gehen. Das Schiff durchpflügte schwere See, als der Kapitän diese neue Anweisung mit Kommissar Walentin Rykin erörterte, der ebenfalls einen Funkspruch erhalten hatte.
»Ich würde gern wissen, wie lange wir noch warten sollen«, sagte Morow barsch. »Ich bin für die Sicherheit dieses Schiffes verantwortlich, und das Barometer fällt sehr schnell...«
Rykin, ein kleinwüchsiger, breitschultriger Mann mit einem dichten schwarzen Haarschopf, dessen Rang höher war als selbst der des Kapitäns, zuckte nur die Achseln. »Zwölf Stunden, vielleicht. Dann kehren wir um und fahren mit voller Kraft nach Leningrad zurück...«
»Mit voller Kraft! Bei diesem Wetter...«
»Das ist Ihr Problem. Sie müssen darauf vorbereitet sein, eine große Zahl wichtiger Agenten an Bord zu nehmen, die in Abständen mit Motorbooten zum Schiff kommen – möglicherweise werden sie sogar von holländischen Torpedobooten verfolgt werden.«
»Wir werden uns in holländischen Gewässern befinden. Wenn die Leute der niederländischen Küstenwache an Bord kommen wollen...«
»Sie werden davon abgehalten werden«, bellte Rykin. »Ich habe schon Befehl gegeben, Maschinengewehre zu montieren...«

»Sie müssen verrückt sein«, protestierte Morow. »Sie können doch nicht auf holländische Schiffe das Feuer eröffnen – das wird eine internationale Krise geben...«
»Es wird nur geschehen, falls es notwendig werden sollte...« Eine riesige Welle traf die Kommandobrücke, und Kommissar Rykin wurde gegen die Holzvertäfelung geschleudert, als der Bug des Schiffs in die schäumenden grünen Fluten eintauchte. Rykin gewann das Gleichgewicht wieder und zwang sich, nicht mehr den schmerzenden verletzten Ellbogen zu reiben; ein Sowjetkommissar war gegen Schmerz unempfindlich. »Nur im Notfall«, wiederholte er. »Außerdem ist Holland nichts weiter als ein Spielzeugstaat«, schnaubte er verächtlich. »Wie viele Panzerdivisionen können die schon auf die Beine stellen?«

Es war Mitternacht, als der Atlantik-Expreß sich Basel näherte. In Den Haag war es ebenfalls Mitternacht, als General Max Scholten im Hauptquartier der niederländischen Abwehr am Fenster seines Büros im zweiten Stock stand. Das Gebäude stand am Hofvijver-See mitten in der Stadt. Der stürmische Wind der Stärke acht, der von der Nordsee her hereinwehte, peitschte die Oberfläche des Sees auf und brachte das sonst so ruhige Gewässer in Wallung. Ähnlich sah es im Kopf des holländischen Abwehrchefs aus. Sein Assistent, Major Sailer, legte den Hörer auf und meldete die Neuigkeit.
»Der Atlantik-Expreß wird in fünf Minuten in Basel einlaufen – und bislang hat General Marenkow überlebt...«
»Was die Berichte erklärt, die ich aus Deutschland und Frankreich erhalte, daß nämlich die sowjetischen Spitzenagenten zu laufen anfangen – und offensichtlich in unsere Richtung. Die Deutschen haben ihre Grenze zur DDR abgeriegelt...«
»Und Sie erwähnten, Sie hätten zuverlässig erfahren, daß die Geiger-Gruppe tatsächlich nach Holland kommt«, erinnerte Sailer seinen Chef. »Nicht daß ich da einen Zusammenhang sehe...«
»Na, ich weiß nicht...« In der Ferne konnte der rundgesichtige holländische Abwehrchef die verschwommenen Umrisse des Par-

lamentsgebäudes sehen. Sailer stellte sich neben ihm ans Fenster.
»Meinen Sie nicht, daß wir vielleicht den Minister informieren sollten...«
»Um diese Uhrzeit?« fragte Scholten mit gespieltem Entsetzen. »Und außerdem ist Wochenende – fast Sonntagmorgen. Nein, diese Sache werde ich allein in die Hand nehmen...« Er verstummte, als Sailer den Hörer des Telefons abnahm, das für Gespräche der höchsten Dringlichkeitsstufe reserviert war. Sailer hörte zu, bedankte sich und legte auf.
»Die Hochsee-Radar-Leute von der Marine haben soeben diesen sowjetischen Superfrachter *Maxim Gorkij* auf die Schirme bekommen. Sie sagen, er habe den Kurs geändert und laufe direkt auf die Rheinmündung zu...«
Scholten warf einen Blick auf eine Wandkarte Westeuropas. »Jetzt würde ich aber wirklich gern wissen, was das zu sagen hat – ich spüre, daß sich hier ein Mosaik ergibt, das den Atlantik-Expreß mit dem Frachter in Zusammenhang bringen könnte. Ich möchte mit Harry Wargrave im Expreß telefonieren...«
»Aber der Expreß kommt nicht einen Moment auch nur in die Nähe der Maasmündung...« Sailer meinte die Rheinmündung. »Er fährt direkt über das Rheinland nach Amsterdam...«
»Versetzen Sie sämtliche Torpedoboot-Patrouillen in Alarmbereitschaft«, befahl Scholten.

Als der Atlantik-Expreß durch die Baseler Außenbezirke auf den Bahnhof zurollte, sprach Wargrave in Neckers Funkabteil über Funktelefon mit General Max Scholten. Es war keine lange Unterhaltung, da beide Männer über die Gabe verfügten, sich knapp und präzise auszudrücken. Als er auf Wiederhören sagte, dankte Wargrave im stillen Gott, daß am Ende des Fluchtwegs – im holländischen Sektor – einer der überzeugtesten und rücksichtslosesten Abwehrchefs Europas zuständig war. Dem rosigen Max Scholten sah man seinen harten Antikommunismus nicht ohne weiteres an.
Seitdem der Zug Zürich verlassen hatte, hatte Necker zahlreiche

Funksprüche senden müssen. Einer war an Hauptmann Franz Wander vom deutschen BND gegangen, der in Basel auf dem Badischen Bahnhof wartete – dem Bahnhof jenseits des Baseler Bundesbahnhofs, an dem die deutschen Grenz- und Zollbeamten sämtliche nach Deutschland gehenden Züge besteigen. Selbst wenn der Funkspruch von den Sowjets aufgefangen worden wäre, hätte er für sie keinen Sinn ergeben. Er lautete: *Inge befindet sich im Atlantik-Expreß. Bitte besteigen Sie den Zug und nehmen Verhaftung vor, sobald deutsches Territorium erreicht ist.* Im Klartext bedeutete der Funkspruch, daß Marenkow alias Inge noch am Leben sei und daß um umfassende Sicherheitsvorkehrungen gebeten werde, sobald von den Schweizer Behörden übernommen werde.

Zwei Minuten später rollte der Expreß unter dem Dach des Baseler Bundesbahnhofs in die Gleishalle und hielt. In seinem Abteil hatte Waldo Hackmann das Rollo hochgezogen und das Licht ausgemacht und saß jetzt im Dunkeln auf seinem Platz. Nur die glühende Spitze seiner Zigarre war zu sehen. Der Zufall wollte es, daß er von seinem Fenster aus auf den mit einem Drahtzaun abgesperrten »Käfig« blicken konnte, in dem Reisende warten mußten, die nach der Schweizer Zollkontrolle in die Züge einsteigen wollten.

Hackmann nahm seine Zigarre fester zwischen die Zähne, als er die Menschen im »Käfig« studierte. Unter ihnen erkannte er deutlich Jurij Gusew, den »Star« unter den Killern des GRU, ein Stück weiter entfernt Rudi Bühler, seinen Stellvertreter, der schon vorher mit der Bahn von Zürich nach Basel gefahren war. Bühler, ein massiger Mann mittlerer Größe mit einem ledern wirkenden Teint, hatte seine äußere Erscheinung verändert. Er trug jetzt französische Kleidung und hatte einen langen Regenmantel an, der ihn etwas größer erscheinen ließ. In der Tasche trug er einen Reisepaß, der ihn als Pierre Masson, Werbegraphiker, auswies.

Jurij Gusew war klein, hatte einen breiten Brustkorb und große Füße, die in handgearbeiteten Schuhen steckten. Er trug nur eine Aktentasche – die bereits durchsucht worden war – und stand mit hochgezogenen Schultern neben dem geschlossenen Ausgangstor, als Oberst Springer den »Käfig« betrat. Hinterher konnte Springer sich nie Klarheit darüber verschaffen, was es gewesen war, das seine Aufmerksamkeit auf Jurij Gusew gelenkt hatte. Sein Instinkt? Vielleicht eine Aura der Anspannung, die den in der Nähe des Ausgangs stehenden Mann umgab, der ungeduldig darauf zu warten schien, den engen Drahtkäfig verlassen zu können?

»Wer ist das?« fragte er einen der Abwehrleute.

»Ein Holländer namens Stoel...«

Springer blieb, wo er war, und starrte immer noch Gusew an, der zwei Meter entfernt stand. Während eines langen Urlaubs in den Niederlanden hatte Springer, ein sehr sprachbegabter Mann, sich einige Kenntnisse der Landessprache angeeignet. Er rief auf holländisch aus: »Warum reisen Sie nach Holland? Welchen Beruf haben Sie? Wie lange haben Sie sich in der Schweiz aufgehalten?«

Gusew erstarrte. Er verstand nichts, antwortete dann auf deutsch. »Sprechen Sie mit mir? Wie lange will man uns hier noch wie Tiere in den Käfig sperren?«

»Wenn der Holländer ist, bin ich es auch«, murmelte Springer.

»Man hat seine Aktentasche untersucht und außerdem eine Leibesvisitation vorgenommen. Keine Waffen«, erwiderte der Abwehrbeamte.

Springer musterte den Mann von oben bis unten, bis sein Blick an den übergroßen Schuhen mit den schweren Absätzen hängenblieb. »Ziehen Sie die Schuhe aus«, befahl er auf deutsch.

Gusew bückte sich sehr langsam. Seine rechte Hand begann, den rechten Schuh auszuziehen, dann riß er mit einer blitzschnellen Bewegung den Absatz herum und zog die kleine Bayard-9-Millimeter-Automatic aus dem präparierten Absatz und wirbelte mit einer Drehung herum, der man mit den Augen kaum folgen konnte. Zwei Schüsse ertönten, und Gusew taumelte auf das Drahtgitter zu, an dem sich seine Hände festkrallten. Springer sah ihn an. Die Browning, mit der er die beiden Schüsse abgegeben hatte, hielt er noch in der Hand. Und in seinem abgedunkelten Abteil betrachtete Hackmann den makabren Anblick seines Killers Gusew, der ihn direkt anzustarren schien. Die Hände Gusews klammerten sich noch immer am Drahtgitter fest, als er langsam auf den Betonfußboden sank und zusammenbrach.

Der »Käfig« wurde sofort geöffnet, um die übrigen Reisenden auf den Bahnsteig zu lassen. Rudi Bühler stieg ein, ohne behelligt zu werden. In seinem Abteil saß Scharpinsky in der Gestalt Waldo Hackmanns und dachte voller Bestürzung nach. Er hatte so sehr darauf gebaut, daß Gusew einen Weg finden würde, um sich Zugang zu dem letzten Schlafwagen zu verschaffen und Marenkow zu töten. Jetzt blieb ihm nur noch Rudi Bühler, und der war alles andere als ein ausgebildeter Killer. Und Nicos Leonides, den er vorhin zum erstenmal gesehen hatte – denn er hatte gewußt, in welchem Fenster welches Wagens er zu suchen habe, als er mit seinem Gepäckkarren an dem Expreß entlanggegangen war –, besaß nicht mehr das Vertrauen des KGB-Obersten. Wäre Leonides zuverlässig, hätte er seinen Auftrag schon längst erledigt.

Als der Expreß aus dem Baseler Bundesbahnhof hinausrollte und auf den Badischen Bahnhof zufuhr, traf Scharpinsky eine Entscheidung. Jetzt gab es nur noch eine mögliche Lösung: Die Geiger-Gruppe mußte den gesamten Atlantik-Expreß zerstören und mit ihm Marenkow.

# 24. Deutschland, Amsterdam, Den Haag

»Mein Gott, sieh dir das an – Crufts Hundeschau!«
Elsa stand neben Matt Leroy und starrte verblüfft die Szene auf dem schneebedeckten Bahnsteig an, als der Zug in Basel, Badischer Bahnhof, hielt. Auf dem Bahnsteig standen vierzig Schäferhunde, jeder mit einem Hundeführer. Die Tiere zerrten an den Leinen, als könnten sie es nicht erwarten, in den Zug zu kommen.
»Ich kapiere das nicht«, erwiderte Matt Leroy, als die Türen der drei Schlafwagen aufgingen und die Tiere in den Zug sprangen.
Hauptmann Franz Wander vom Bundesnachrichtendienst, ein breitschultriger Mann mit einem lächelnden Gesicht, dessen Englisch einen leichten Cambridge-Akzent hatte, erklärte Julian Haller und Wargrave seine Taktik. Im Nachbarabteil bewachte Elsa Marenkow.
»Es ist gerade Mitternacht vorbei. Bei der Fahrt durch die Bundesrepublik wird es meist überwiegend dunkel sein – und das bedeutet, daß die Leute kaum einen Grund haben werden, durch den Zug zu laufen. Durchschnittlich drei Hunde könnten pro Waggon eingesetzt werden, um im Gang aufzupassen. Das wird die Reisenden in den Abteilen halten. Ich wünsche eine totale Kontrolle aller Fahrgäste, bis Sie die holländische Grenze erreicht haben.«
»Sie könnten ein paar Beschwerden kriegen«, bemerkte Haller mit einem trockenen Lächeln.
»Mit Beschwerden werde ich schon fertig.« Trotz seiner massigen Figur wirkte Wander recht elegant in seinem grauen Tagesanzug.

Er grinste breit. »Wir werden den Leuten erzählen, es habe eine Bombendrohung gegeben – und daß die Hunde hier sind, um den eventuell versteckten Sprengstoff aufzuspüren.« Er sah Wargrave an. »Irgendwelche Einwände, Harry?«
»Keine.« Wargrave breitete die Hände aus. »Das nenne ich brillant. Wir könnten nachts vielleicht sogar mal wieder schlafen…«
»Einige Leute in den normalen Waggons werden vielleicht den Waschraum aufsuchen wollen«, bemerkte Haller.
»Wir werden ihnen ein prachtvolles Geleit geben, hin und zurück – mit je einem Hund…«

In der Öffentlichkeit ist noch immer nicht allgemein bekannt, daß die meisten Terrororganisationen, die im Westen arbeiten, vom KGB oder vom GRU finanziert – und oft genug auch bewaffnet werden; mögen die Verbindungen auch noch so indirekt sein. Die Kontakte laufen häufig über Ost-Berlin.
Für die Sowjetunion zahlt sich diese Politik in hohen Dividenden aus. Indem so im Westen ständig die Unruhe geschürt wird, kann die sowjetische Propaganda die Lebensbedingungen im Westen mit den »friedlichen Zuständen« in der Sowjetunion vergleichen, einem »Frieden«, der durch den engmaschigen polizeistaatlichen Apparat des KGB gewährleistet wird. Die terroristische Geiger-Gruppe, die in der Bundesrepublik Deutschland zahlreiche Anschläge verübt hatte, war ein hervorragendes Beispiel für diese Politik.
Sie wurde von Rolf Geiger angeführt, einem Armenier, dessen wirklicher Name Dikran Kikojan war. Die Gruppe hatte kurz vor dem Grenzübertritt nach Holland gestanden, um dort Anschläge zu verüben, als Geiger – der sein neues Hauptquartier in Amsterdam bereits eingerichtet hatte – Scharpinskys frühe Warnmeldung aus dem Hotel Schweizerhof in Zürich erhielt. *Bereiten Sie einen Plan zur Zerstörung des Atlantik-Expreß vor. Warten Sie auf weitere Nachricht.*
In Amsterdam war es Mitternacht – der Atlantik-Expreß rollte ge-

rade auf den Baseler Bundesbahnhof zu, und wenige Kilometer weiter südlich von Amsterdam, in Den Haag, hatte General Max Scholten soeben von der Kursänderung der *Maxim Gorkij* erfahren. Rolf Geiger stand im dritten Stock eines alten Hauses am Fenster und ging die Pläne durch, die er entwickelt hatte. Vom Fenster aus blickte er auf einen Kanal; gegenüber, auf der anderen Seite, standen fünfstöckige Lagerhäuser mit großen Flaschenzügen über Doppeltüren. Die Flaschenzüge hatten einmal dazu gedient, Waren in die Lagerhäuser zu befördern. In diesem Augenblick tukkerte ein Patrouillenboot der Polizei unter einer gewölbten Brücke hindurch und passierte dann das Fenster, an dem Geiger stand. Hinter ihm telefonierte sein Assistent Joop Kist, ein kleiner, schmalgesichtiger Mann von dreißig, mit dem Amsterdamer Bahnhof. Kist bedankte sich und legte auf.

»Sie erwarten den Atlantik-Expreß für zehn Uhr morgen früh...«

»Gut. Schick Erika zu mir und bleib mit dem Funker unten, bis ich dich rufe.«

Geiger war ein kleiner, lebhafter Mann Anfang der Fünfzig. Sein Gesicht war hager; er hatte eine lange Nase und einen Schnurrbart, dessen Farbe der seines sorgfältig gepflegten Kopfhaars entsprach. Geiger entsprach kaum dem Bild, das sich der Mann auf der Straße von einem Terroristenchef macht. In London wäre er als Dandy durchgegangen, und mit seinen höflichen Manieren und seiner Fähigkeit, Mädchen zum Lachen zu bringen, hatte er auch einigen Erfolg bei Frauen. Joop Kist, seine jüngste Neuerwerbung, hatte er absichtlich weggeschickt, weil er seine Pläne mit Erika Kern besprach. Kist war vor allem wegen seiner holländischen Muttersprache unentbehrlich.

Geiger wandte sich vom Fenster ab, als die junge Frau eintrat. Erika Kern, eine attraktive dunkelhaarige Frau mit einer vollen Figur, war zweiunddreißig Jahre alt und gebürtige Ostdeutsche. Sie war außer Geiger das einzige Gruppenmitglied, das davon wußte, daß die Bande vom sowjetischen GRU kontrolliert wurde. Die anderen – »Bauern«, wie Geiger sie mitunter abschätzig nannte –

lebten in der Vorstellung, sie kämpften für die Befreiung unterdrückter Völker in aller Welt – was die Bewohner der Sowjetunion nicht einschloß.
»Alles vorbereitet für den Fall, daß wir in Aktion treten müssen?« fragte Geiger.
»Ja«, erwiderte Erika energisch. »Erstens wird der Expreß nach Belgien umgeleitet werden müssen, damit gesichert ist, daß er über die Maasbrücke fährt. Das ist erledigt.«
»Geh noch mal alles durch…«
»In Willich sind vier Männer mit Sprengstoff zurückgeblieben, um den Bahndamm nördlich von Düsseldorf in die Luft zu sprengen – das bedeutet, daß sie den Expreß ab Köln über Brüssel umleiten müssen. Dann wird er über die Maasbrücke nach Amsterdam weiterfahren.«
»Und die Hauptgruppe?« wollte Geiger wissen.
»Befindet sich schon in Dordrecht – nahe an der Maas und mit genügend Sprengstoff ausgerüstet, um drei Brücken kilometerhoch in die Luft zu jagen. Der ganze Expreß wird im Fluß versinken. Was ist mit Uniformen?«
»Die üblichen.« Geiger lächelte und strich sich über den Schnurrbart. »Wenn man uns sieht, wollen wir wenigstens unser Erkennungszeichen zurücklassen.«
Die Wahl der »Uniform« war ein Teil der Vorliebe Geigers für die Verbreitung von Angst und Schrecken gewesen, als er noch in der Bundesrepublik operierte – damals hatte die Gruppe Banken und öffentliche Gebäude in die Luft gesprengt und Geiseln genommen. Jedes Mitglied der Gruppe trug im Einsatz eine schwarze wollene Skimaske, eine schwarze Windjacke und schwarze Skihosen. Diese Aufmachung machte einen tief erschreckenden und düsteren Eindruck. Geiger blickte auf die Uhr.
»Jetzt können wir nichts weiter tun, als auf den nächsten Funkspruch zu warten…«
»Du vertraust diesem Joop Kist?« fragte Erika zweifelnd.
»Der ist auch so ein Bauer, ein Idealist – jedenfalls habe ich dafür gesorgt, daß er sehr wenig über unsere Pläne weiß…«

»Er macht mir trotzdem Kummer. Wenn es einen Notfall gibt und ich recht behalte?«
»Dann erschieß ihn«, sagte ihr Geiger fröhlich.

Der Atlantik-Expreß raste schon durch die von Schneestürmen heimgesuchte Bundesrepublik, als Elsa Lang vom Anfang des Zuges zum letzten Schlafwagen zurückging. Sie war jetzt fast am Ende ihrer Kraft. Es war ihre eigene Idee gewesen, sämtliche Reisenden des Zuges anzusehen, um herauszufinden, ob der KGB-Oberst sich im Zug befand. Die Skizze Igor Scharpinskys hatte sie sich längst eingeprägt. Als sie den nächsten Schlafwagen erreichte, drehte sich Waldo Hackmann – nachdem er dem Schaffner am Ende des Waggons ein großzügiges Trinkgeld gegeben hatte – um und ging mit einem großen Glas Kognak in der Hand zu seinem Abteil zurück.
Einen Moment lang trafen sich ihre Blicke, dann ging Hackmann vor ihr her und verschwand in sein Abteil. Als sie an der Tür vorüberkam, merkte sich Elsa automatisch die Nummer. Abteil 19. An diesem Reisenden war ihr nichts bekannt vorgekommen. Als sie an einem von Hauptmann Wanders Hundeführern vorbeikam, streichelte sie das Tier, kehrte zu einem der leeren Abteile im letzten Schlafwagen zurück und sagte Matt Leroy gute Nacht, der gerade Wache hielt. »Angenehme Träume«, wünschte ihr der schnauzbärtige Amerikaner.
»Ich werde schlafen wie ein Stein...«
Sie ließ sich angezogen auf das untere Bett fallen und schlief augenblicklich ein. Sie hatte aber keine angenehmen Träume; statt dessen wälzte sie sich ständig unter Alpträumen unruhig hin und her. Sie befand sich im Baseler Hauptbahnhof, um wieder einmal eine dieser elenden Kassetten zu übernehmen... sie landete mit Wargrave auf dem Flugplatz vor Bukarest und sah, wie General Marenkow und nicht Anatolij Sarubin auf die Maschine zuging... hörte das plötzliche Maschinengewehrfeuer auf dem Mailänder Flughafen, als aus dem falschen Krankenwagen auf die Rückseite des Lastwagens gefeuert wurde, in dessen Fahrerkabine sie mit

Wargrave und Marenkow saß... wieder Maschinengewehrfeuer, als sie bei Vira auf dem Fußboden lag, während aus dem vorbeifahrenden Jeep ein Kugelhagel den Schlafwagen durchsiebte... sah die heranstürmende Lawine näher kommen, die alles unter sich begrub – da wachte sie auf. Sie seufzte erleichtert auf und lauschte dem gleichmäßigen Geräusch der Räder des Expreß, der sie nach Schiphol bringen sollte, in Sicherheit...

Um 2 Uhr 30 näherte sich der Expreß Karlsruhe, wo er einen kurzen Aufenthalt haben würde. In Abteil 19 schlürfte Scharpinsky den letzten Rest Kognak aus. Dann sprach er mit Rudi Bühler, der vor zehn Minuten, als der deutsche Hundeführer vorübergehend aus dem Gang verschwunden war, ins Abteil gekommen war.
»Sie müssen zusehen, daß Sie diesen Funkspruch auf den Weg bringen«, sagte Scharpinsky seinem Stellvertreter. »Sie müssen in Karlsruhe aussteigen – dort wird ein Wagen auf Sie warten –, zum Haus fahren und sich dort persönlich vergewissern, daß der Funkspruch sofort nach Amsterdam übermittelt wird. Irgendwelche Fragen?« Er sagte dies in einem Ton, als könnte es keine geben.
»Das ist ein sehr langer Funkspruch«, bemerkte Bühler, als er die verschlüsselte Nachricht betrachtete, die der Russe ihm ausgehändigt hatte. »Wenn die Deutschen Funkpeilwagen einsetzen...«
»In diesem Stadium des Unternehmens sind wir alle entbehrlich«, sagte ihm Scharpinsky brutal. »Auch ich«, fügte er unverblümt hinzu.
»Sie haben also vor, im Expreß zu bleiben?«
»Bis zum allerletzten Moment – für den Fall, daß ich die Aufgabe selbst erledigen kann. Obwohl ich da meine Zweifel habe – bei all diesen verdammten Hunden, die der BND hier im Zug eingesetzt hat.«
Bühler warf seinem Chef einen Blick zu, der mit gewohnter Selbstbeherrschung gesprochen hatte. Bühler hatte Igor Scharpinsky noch nie gemocht, aber jetzt, kurz vor dem Abschied, empfand er doch so etwas wie widerwillige Bewunderung für den KGB-Oberst. Der Kerl hat Schneid, dachte er. Mit dem zusam-

mengerollten Funkspruch in der zum Teil ausgehöhlten Zigarre, die er gerade rauchte, verließ Bühler das Abteil. Der Expreß befand sich kurz vor Karlsruhe und wurde schon langsamer. Der deutsche Hundeführer, der wieder im Gang stand, sah nichts Merkwürdiges an einem Reisenden, der aussteigen wollte.
Zu dieser frühen Morgenstunde verließ nur eine Handvoll Reisende den Zug. Rudi Bühler verließ den Bahnhof, ging ein paar hundert Meter zu Fuß und setzte sich dann auf den Rücksitz eines BMW, der sofort losfuhr. Bühler drückte seine Zigarre mit dem Funkspruch aus. Eine Minute später folgte ein als Kühlwagen getarnter Funkpeilwagen dem BMW – ein wenig verspätet, weil der Fahrer Mühe gehabt hatte, den Motor in Gang zu bekommen. Hauptmann Wander hatte den Karlsruher Hauptbahnhof mit verschiedenen BND-Fahrzeugen umstellen lassen. Jeder einzelne Reisende, der den Zug verlassen hatte, wurde beschattet.
Als sie vor einem Mietshaus ankamen, eilte Bühler hinein und ging die Treppen zum fünften Stock hinauf, wo sein Funker mit dem Sendegerät wartete. Wie er zu Scharpinsky gesagt hatte, war der Funkspruch überlang. Kurz vor dem Ende des Funkspruchs hatten zwei Funkpeilwagen den Sender lokalisiert. Bühler hatte die verschlüsselte Nachricht an Amsterdam gerade vernichtet, als deutsche Polizei in die Wohnung stürmte. Der Sabotagechef des GRU befand sich gerade in einem der Schlafzimmer, als er die Wohnungstür zersplittern hörte. Er reagierte sofort und sehr schnell. Er riß das Schlafzimmerfenster auf, schwang sich hinaus, trat auf einen Mauervorsprung, drehte sich um und schoß mit seiner Walther fünfmal auf die Polizisten, die ins Zimmer kamen. Dann tastete er sich eilig das Gesims entlang. Er hatte aber eines übersehen: Der Stein war mit Eis überzogen. Bühler rutschte aus, schlitterte und versuchte sich festzuhalten, als er übers Geländer fiel. Er ließ einen langgezogenen Schrei hören, der erst verstummte, als er fünf Stockwerke tiefer aufs Pflaster fiel.

In dem alten Amsterdamer Haus am Kanal las Rolf Geiger um drei Uhr morgens den entschlüsselten Funkspruch aus Karlsruhe. Er blickte auf und sah Erika Kern an, die ihn mit erwartungsvollem Gesicht anblickte. Er nickte.

»Haben wir grünes Licht?« fragte Erika.

»Das haben wir«, bestätigte Geiger freundlich. Er schnippte sich ein Staubkorn vom Jackenärmel. »Funke die Nachricht nach Willich. Sag ihnen, sie sollen sich beeilen – sehr beeilen...«

Willich ist ein kleines Dorf, das etwa auf halbem Weg zwischen Düsseldorf und der niederländischen Grenze liegt. Zehn Minuten später fuhren vier Männer von einem der neuen Reihenhäuser zur Autobahn nach Düsseldorf, von der sie nach kurzer Zeit auf eine Seitenstraße abfuhren, die sie zu einer Scheune führte. In der Scheune zogen sie sich um und verkleideten sich als Krankenwagenfahrer. Dann bestiegen sie den in der Scheune versteckten Krankenwagen, ein Fahrzeug, das sie vor einem Monat für ein Unternehmen gestohlen hatte, zu dem es nie gekommen war. Mit heulender Sirene verließen sie die Scheune und fuhren mit hoher Geschwindigkeit durch den Schneesturm zu einer Stelle nördlich von Düsseldorf, an der die Bahnlinie Basel–Amsterdam auf einem langen Erddamm verläuft.

Die Männer brauchten fünf Minuten, um die schweren Sprengladungen anzubringen, die sie im Krankenwagen mitgebracht hatten. Sie brachten die Sprengsätze an verschiedenen sorgfältig ausgewählten Stellen an und legten dann die Kabel für den Zeitzünder. Dann verließen sie den Bahndamm, fuhren ein kurzes Stück in Richtung Holland, hielten an und warteten. Die Detonation war gewaltig. Es gab ein grelles Aufblitzen, dann flogen in einer Schneewolke Teile der Gleisanlagen in die Luft. Und mit einem gewaltigen Erdrutsch senkten sich einhundert Meter Damm auf die nahegelegene Straße.

Darauf fuhr der Krankenwagen wieder an und raste auf die holländische Grenze zu. Die Sirene heulte ununterbrochen. Nach wenigen Minuten kam ihnen ein Streifenwagen entgegen. Der Fahrer des Polizeifahrzeugs dachte kurz über den Krankenwagen nach und bemerkte zu seinem Kollegen: »Irgendein armer Teufel, dem es dreckig geht...«

Um 4 Uhr 20 hatte der Atlantik-Expreß Mainz verlassen und befand sich auf dem Weg nach Köln. Hauptmann Franz Wander weckte jeden im letzten Schlafwagen auf und bat alle in Marenkows Abteil. Julian Haller, der vor Mangel an Schlaf bleischwere Lider hatte, war noch immer wach, aber Wargrave und Elsa hatten eine Weile ruhen können, bis der deutsche Abwehrmann sie holte.

»Ich finde, Sie sollten wissen«, informierte Wander sie knapp, »daß der Expreß ab Köln umgeleitet werden muß, um dann über Aachen und Brüssel nach Amsterdam zu fahren...«

»Warum?« fuhr Wargrave dazwischen.

»Ein Stück Bahndamm nördlich von Düsseldorf ist in die Luft gesprengt worden, so daß der Zug nicht die direkte Route nach Amsterdam nehmen kann. Wir erwarten noch mehr solcher Späße von der Geiger-Gruppe«, fügte er in seinem hervorragenden Englisch hinzu.

»Da liegt was im Busch«, bemerkte Wargrave, »das rieche ich förmlich...«

»Ich sehe keinen Zusammenhang mit der Tatsache, daß General Marenkow sich im Zug befindet«, erwiderte Wander. »Wäre der ganze Zug zerstört worden, wenn wir zur fraglichen Zeit über diesen Streckenabschnitt gefahren wären? Ich glaube kaum – einige Waggons wären vermutlich schwer mitgenommen worden, aber die meisten hätten es unbeschädigt überstanden.«

»Genau«, erwiderte der Engländer. »Sie hätten nicht absolut sicher sein können, Marenkow erwischt zu haben.« Er stand auf. »Ich glaube, ich führe per Funktelefon mal ein langes Gespräch mit General Scholten...«

Wargrave ging zum Funkabteil und fragte Peter Necker, ob er das Funktelefon mal allein bedienen könne. Nachdem Necker hinausgegangen war, sprach Wargrave nicht weniger als zwanzig Minuten mit Scholten, dann ging er weiter nach vorn, um Nicos Leonides zu sprechen. Er schloß die Tür und sprach schnell auf den Griechen ein. »... also halte dich für mich bereit...«, waren Wargraves letzte Worte, als er hinausging und ins Nebenabteil trat, um mit Anna Markos das gleiche zu besprechen. Als er sie verließ, hatte er einen grimmig entschlossenen Gesichtsausdruck. Er würde sich am Ende auf seine griechische Zelle verlassen müssen, um die Sache zu erledigen.

Zehn Minuten vor dem langen Telefonat Harry Wargraves mit General Max Scholten erreichte den holländischen Abwehrchef ein Ortsgespräch. Sein Stellvertreter, Major Sailer, nahm den Hörer ab und wandte sich dann an Scholten.

»Da ist ein gewisser Panhuys am Apparat...«

»Ich nehme das Gespräch an«, sagte Scholten schnell. Er hörte nur kurze Zeit zu, sagte ab und zu ja oder nein, legte dann auf und ging zur Wandkarte hinüber. »Diese Explosion auf der Strecke nördlich von Düsseldorf bedeutet, daß der Atlantik-Expreß über Aachen und Brüssel geleitet wird«, bemerkte er.

»Das wissen wir schon«, erwiderte Sailer. »Wir haben die Nachricht vor fünfzehn Minuten erhalten.«

Scholten zog einen Bleistift aus der Tasche und kreiste auf der Karte schwungvoll ein bestimmtes Gebiet ein. Der Kreis, den er gezeichnet hatte, schloß in etwa das Rheindelta ein. »Irgendwo in diesem Kreis wird sich der Höhepunkt ereignen«, sagte er voraus. »Versetzen Sie das Venlo-Team in Alarmbereitschaft«, fügte er beiläufig hinzu.

Die Anweisung ließ Sailer aufhorchen. Das Venlo-Team war eine Gruppe handverlesener holländischer Scharfschützen, die von Scholten höchstpersönlich wegen ihrer ganz besonderen Schießkünste ausgewählt worden waren, eine streng geheime Einheit zur Terroristenbekämpfung, die dem holländischen Abwehrchef direkt unterstand.

»Wo bringen wir sie unter?« fragte Sailer.

»In der geheimen Basis in Dordrecht...«

Ohne es zu wissen, entsandte Scholten seine Männer in dieselbe Stadt, in der sich die Geiger-Gruppe versammelte, aber das war kein purer Zufall. Scholten machte sich daran, seine Gründe zu erläutern.

»Wir wissen, daß der Atlantik-Expreß via Brüssel und Roozendal nach Amsterdam umgeleitet wird, Sailer. Wie würden Sie einen ganzen Eisenbahnzug zerstören – um sicher zu sein, daß Sie den einen Reisenden erwischen, dem Sie nach dem Leben trachten?«

»Ich würde den Bahndamm in die Luft jagen – so wie sie es nördlich von Düsseldorf getan haben...«

»Aber damit wäre nur ein Teil des Zuges zerstört. Marenkow könnte durchaus überleben. Überlegen Sie weiter.«

»Mir sind die Ideen ausgegangen«, bekannte Sailer.

»Ich würde eine ganze Brücke in die Luft sprengen, während der Expreß sich auf ihr befindet – sagen wie die lange Maasbrücke. Dann würde der gesamte Expreß in den Fluß stürzen...«

»Oh, mein Gott...« Sailer verstummte, als das Telefon läutete. Er nahm den Anruf entgegen und reichte seinem Chef den Hörer. »Harry Wargrave möchte mit Ihnen sprechen; der Anruf kommt direkt aus dem Atlantik-Expreß...«

»Lassen Sie mich allein, während ich mit ihm spreche.« Scholten sprach zwanzig Minuten lang mit dem Engländer über die funktelefonische Verbindung, legte dann auf und rief Sailer über die Gegensprechanlage zurück. Sein Stellvertreter erschien einigermaßen aufgeregt wieder auf der Bildfläche.

»Es laufen Berichte ein, daß etliche schnelle Motorboote mit hoher Geschwindigkeit auf die *Maxim Gorkij* zufahren. Die meisten haben es schon geschafft, aber zwei sind in der schweren See gekentert, bevor sie das Schiff erreichten. Es hat keine Überlebenden gegeben.«

»Und alle waren Sowjetagenten, die sich absetzen wollten. Ich mag es, wenn Ungeziefer sich selbst vernichtet«, bemerkte Scholten. »Und jetzt muß ich Sie bitten, einer Verschwörung zwischen Ihnen und mir zuzustimmen...« Scholten behielt seinen Stellvertreter sorgfältig im Auge. »Sind Sie dazu bereit?«

»Ich habe mich schon immer für einen Verschwörer gehalten«, erwiderte Sailer mit einem trockenen Lächeln.

»Dann gehen Sie los und stehlen Sie aus zwei verschiedenen Sportgeschäften vier komplette ›Kostüme‹, wie sie von der Geiger-Gruppe getragen werden – schwarze Skimasken, schwarze

Windjacken und schwarze Skihosen. Sie können Nachschlüssel benutzen, damit es nicht nach einem Einbruch aussieht, und lassen Sie sich um Himmels willen nicht von der Polizei erwischen. Zwei verschiedene Geschäfte, vergessen Sie das nicht – es kann sein, daß der Verlust erst nach Monaten bemerkt wird.«

»Irgendwelche speziellen Größen?«

»Ja, darauf wollte ich gerade kommen. Zwei Ausstattungen für hochgewachsene Männer, zwei für mittelgroße. Wir wollen versuchen, den Sowjets einen sehr schweren Schlag zu versetzen, Sailer. Oh, da sind noch zwei Dinge. Schnappen Sie sich De Vos, den Kommandeur der Torpedoboote – sagen Sie ihm, er soll sich nicht zuviel Mühe geben, eins dieser Motorboote abzufangen. Bei diesem Wetter ohnehin eine riskante Arbeit«, fügte er beiläufig hinzu. »Danach möchte ich gern selbst ein Wörtchen mit meinem Freund De Vos reden...«

Rund eine halbe Stunde zuvor, kurz nachdem Scholten den Anruf des Mannes angenommen hatte, der sich Panhuys nannte, war Erika Kern in Amsterdam mit der Luger in der Hand ins Erdgeschoß hinuntergeschlichen. Sie öffnete die Hintertür, die zu einem mit Kopfsteinpflaster belegten Durchgang führte, und sah sich Joop Kist gegenüber, der gleichfalls eine Luger in der Hand hielt.

»Was zum Teufel haben Sie hier draußen zu suchen?« fuhr sie ihn auf deutsch an.

»Ich habe irgendeinen Herumtreiber gehört – es hat einen Einbruchsversuch gegeben...« Kist zeigte ihr, daß sich Spuren einer Brechstange an der Tür befanden. »Ich glaube, die Brüder haben es erst nebenan versucht und dann hier. Ich muß sie verscheucht haben...«

Die noch immer mißtrauische Erika ging zum Fenster des Nachbarhauses hinüber, dessen Scheibe zerbrochen war, und sah hinein. Sie konnte nichts sehen. Joop Kist dankte Gott, daß sie keine Taschenlampe mitgenommen hatte – sonst hätte sie womöglich das Telefon entdeckt, mit dem er General Scholten angerufen hat-

te, vielleicht sogar das Brecheisen, das er auf dem Fußboden hatte liegen lassen und mit dem er den Einbruchsversuch in Geigers Haus vorgetäuscht hatte.
»Gehen wir wieder nach oben«, sagte Erika böse. »Und verriegeln Sie ja diese Tür gut...«
Als Kist wieder allein war, atmete er erleichtert auf und verriegelte die Tür. Es war für Scholten ein Glücksfall gewesen, daß es ihm gelungen war, einen Agenten in die Geiger-Gruppe einzuschleusen. Bedauerlicherweise hatte Kist ihm am Telefon nicht viel sagen können – nur daß Geiger eine unmittelbar bevorstehende Aktion plane und daß er Erika Kern befohlen habe, den Wagen für eine Fahrt in Richtung belgische Grenze jederzeit verfügbar zu halten. Mit anderen Worten, was Scholten sofort erkannt hatte, für eine Fahrt in Richtung Dordrecht und Maasbrücke.

Auf dem Flughafen Schiphol, dem einzigen in Westeuropa, von dem aus noch Flüge von und nach den Vereinigten Staaten möglich waren, bewachten holländische Soldaten die Boeing 707, die in einem abgelegenen Hangar stand. Jeeps mit aufmontierten Maschinengewehren kurvten Tag und Nacht um den Hangar herum; in der Halle selbst befanden sich weitere Soldaten, die sich dauernd die Füße vertraten, um sich warm zu halten, während sie die Maschine bewachten. Sie war bereits vollgetankt, und die Crew schlief in einem nahe gelegenen Gebäude.

Die *Maxim Gorkij*, die in der Rheinmündung beigedreht hatte, mußte jetzt schwere Sturzseen hinnehmen. Trotz seiner Größe machten dem 17000-Tonner die Brecher schwer zu schaffen, und der Kapitän des Schiffs, Josef Morow, wurde zunehmend zorniger, als er in der privaten Atmosphäre seiner Kabine mit Kommissar Rykin die Lage erörterte.
»Indem Sie mich zwingen, hierzubleiben, gefährden Sie das Schiff und die gesamte Mannschaft«, brüllte er.
»Meine Befehle bleiben unverändert«, entgegnete Rykin kalt.
»Sie reden wie ein dressierter Papagei!« Morow übersah Rykins

kalten Gesichtsausdruck und tobte weiter. »Ich habe schon einen Mann der Besatzung bei dem Versuch verloren, einen dieser Irren aufzunehmen, die mit Barkassen und Motorbooten zu uns kommen...«

»Diese Irren sind einige der wichtigsten Bürger der Sowjetunion. Wir haben schon mehr als einhundert Männer gerettet – Spitzenagenten, deren Ausbildung Jahre gekostet hat, die Elite unseres Untergrundapparats...«

»Und wie lange dauert es wohl, ein Besatzungsmitglied meines Schiffs auszubilden?« fragte Morow wütend. »Wir drehen in einer der schlimmsten Seen bei, die ich je erlebt habe.«

»Ich habe gedacht, Sie seien ein fähiger Kapitän«, schnaubte Rykin. »Sie werden doch wohl mit so einem Sturm fertig werden...«

»Das fällt nicht in Ihren Verantwortungsbereich«, konterte Morow wütend. »Sie sitzen nur auf Ihrem dicken Hintern herum und verlangen dann den ganzen Ruhm für sich, falls wir jemals nach Leningrad zurückkehren sollten. Nicht daß ich auch nur einen Pfifferling für diesen Ruhm gäbe«, fuhr er fort. »Und seien Sie bloß nicht so gleichmütig – es ist schon vorgekommen, daß Schiffe kentern.«

»Sie übertreiben«, erwiderte Rykin, aber jetzt lag ein Anflug von Nervosität in seiner Stimme.

»Sehen Sie mal aus dem Bullauge«, befahl ihm Morow.

Rykin hielt sich an den Möbeln fest, um nicht das Gleichgewicht zu verlieren, ging zum Bullauge und zog den Vorhang beiseite. In diesem Augenblick schoß ein gigantischer, schaumgekrönter grüner Brecher auf das Bullauge zu. Rykin zuckte zusammen, als dieses Ungeheuer das Schiff traf, das Bullauge verdunkelte und ihn quer durch die Kabine schleuderte. Er lag noch immer auf dem Fußboden, als Morow plötzlich über ihm stand und etwas sagte, was ihn bis ins Mark erschreckte.

»Sie scheinen auch vergessen zu haben, daß wir ursprünglich nach Angola fahren sollten – und was dieses Schiff geladen hat.«

Es war der Hinweis auf die Ladung, die Rykin solche Angst machte. Die *Maxim Gorkij*, ursprünglich nach dem kommunistischen Staat Angola in Afrika unterwegs, transportierte in ihren Laderäumen Waffen und Munition für Guerilla-Streitkräfte im südlichen Afrika einschließlich zweitausend Tonnen Gelatinedynamit und Amytol. Als Rykin sich wieder aufrappelte, wußte er, daß er auf einer schwimmenden Sprengladung stand.

# 25. Maxim Gorkij

Um 6 Uhr 15 verließ der Atlantik-Expreß Köln und fuhr dann in westlicher Richtung nach Aachen; die Umleitung würde dann über Brüssel nach Amsterdam führen. Im letzten Schlafwagen saß Elsa Lang mit Marenkow und Julian Haller zusammen, wobei sie mit verschiedenen Variationen der Skizze experimentierte, die sie von Scharpinsky angefertigt hatte. Sie arbeitete nach dem nach Marenkows Beschreibung hergestellten Original und strichelte jetzt immer neue Bilder des KGB-Obersten hin – Scharpinsky mit Bart, mit Schnurrbart, glatt rasiert und mit randloser Brille.

»Was soll diese Kritzelei?« fragte Haller gereizt. Er hatte sich nachts geweigert zu schlafen und befand sich jetzt am Rande der totalen Erschöpfung.

»Der General sagt, Scharpinsky sei ein Verkleidungskünstler«, erwiderte Elsa ungerührt und strichelte weiter. »Wir sind alle ziemlich sicher, daß Scharpinsky in Zürich zugestiegen ist. Es kann doch sein, daß eine dieser Skizzen irgendeinem Mann, der in diesem Zug sitzt, ähnelt…«

»Du machst dir vielleicht Hoffnungen«, sagte Haller.

»Ich bin nur hartnäckig, Schildkröte«, entgegnete sie und benutzte dabei Hallers Spitznamen. »Du steckst den Kopf heraus – und jetzt tue ich es, denn früher oder später werde ich ihn entdecken…«

Sie machte noch immer neue Skizzen, als sie in der Grenzstadt Aachen ankamen, in der Hauptmann Wander den belgischen Abwehrleuten übergab. »Sichere Reise nach Schiphol«, wünschte der Deutsche, als er Harry Wargrave die Hand schüttelte. »Ich bin sicher, daß Sie es jetzt schaffen werden…«

»Vielen Dank, daß Sie uns heil durch Deutschland gebracht haben«, erwiderte Wargrave. »Das haben wir wahrscheinlich Ihren vierbeinigen Freunden zu verdanken…« Er zeigte auf die Schäferhunde, die jetzt mit ihren Hundeführern den Zug verließen. »Das war eine verdammt schlaue Idee.«

Zwischen Aachen und Brüssel Nord hatte der Speisewagen zum Frühstück geöffnet. Als einer der ersten erschien Waldo Hackmann im Speisewagen. Er trug noch immer seinen karierten Sportanzug und seine Hornbrille. Er wählte einen Eckplatz am hinteren Ende des Wagens, so daß er alle Speisegäste übersehen und auch den Eingang zur Küche im Auge behalten konnte. In seinem amerikanischen Akzent bestellte er sich ein üppiges Frühstück mit Schinken und Eiern, zündete sich eine Zigarre an und begann in einem Exemplar der *Time* zu lesen.

Im Schlafwagen am Ende des Zuges hatte Wargrave Elsa soeben vorgeschlagen, sie sollten im Speisewagen frühstücken. Julian Haller sagte, er wolle nur Kaffee, und bat sie, das Frühstück für Marenkow, Matt Leroy und Peter Necker bringen zu lassen. In der Küche werde ein belgischer Abwehrmann die Zubereitung der Speisen überwachen, damit kein Gift hineinpraktiziert werden könne.

Als sie den Speisewagen betreten hatten, wählten Wargrave und Elsa den Eckplatz an der Küche. Wenige Tische weiter saß Nicos Leonides Anna Markos gegenüber. Er tat so, als wäre sie Luft, als würden sie sich nicht kennen. »Mein Gott, was für ein herrliches Gefühl der Freiheit, mal wieder an einem Frühstückstisch zu sitzen«, murmelte Elsa und brach ein Brötchen. »Mit alltäglichen Mitreisenden zusammenzusitzen und die Landschaft vorübergleiten zu sehen.«

»So fabelhaft finde ich die Landschaft nun auch wieder nicht«, bemerkte Wargrave.

Sie fuhren gerade durch die Ausläufer der Ardennen. Es schneite noch immer heftig, und die Bäume waren dick mit Schnee bedeckt. Beim Frühstücken nahm Elsa die anderen Reisenden im Speisewagen unter die Lupe; ob einer von ihnen Scharpinsky war? Am an-

deren Ende des Speisewagens hatte Waldo Hackmann Wargrave beobachtet, und es bereitete dem Russen ungeheure Befriedigung, den Engländer dort sitzen zu sehen. Er sah auf seine Uhr. 8 Uhr 15. In zwei Stunden würde der Engländer auf dem Grund der Maas liegen; später würde seine Leiche von der Rheinströmung ins Meer gespült werden. Bei diesem Gedanken schlürfte er seine nächste Tasse Kaffee mit doppeltem Behagen.
Er saß noch immer an seinem Tisch, als Wargrave und Elsa auf dem Weg zu ihrem Schlafwagen an ihm vorbeigingen. Es amüsierte Scharpinsky, daß der Engländer Waldo Hackmann, den amerikanischen Kunsthändler aus Boston, Massachusetts, keines zweiten Blicks würdigte.

Um 7 Uhr 45 – als Wargrave und Elsa noch im Speisewagen frühstückten – verließ Rolf Geiger sein Amsterdamer Hauptquartier, um nach Süden, zur Maas, zu fahren. Er saß allein auf dem Rücksitz seines Mercedes 450 SEL. Er trug einen eleganten Mantel mit Pelzkragen und las die jüngste Ausgabe von *Le Monde*. Neben ihm lag ein Aktenkoffer. Am Steuer saß Erika Kern in einem schicken Chauffeusenkostüm und fuhr energisch und schwungvoll durch den frühmorgendlichen Verkehr. Auf dem Beifahrersitz hockte stumm und düster Joop Kist.
Rolf Geiger zog eine eindrucksvolle Schau ab; er hatte in der Vergangenheit schon mehrmals festgestellt, daß die Insassen von Streifenwagen ihn keines zweiten Blicks mehr würdigten, wenn die attraktive Erika Kern am Steuer saß und ihre Aufmerksamkeit ablenkte. Nach einer Viertelstunde hatten sie Amsterdam hinter sich gelassen und fuhren mit hoher Geschwindigkeit nach Süden. Erika trat jetzt kräftig aufs Gaspedal. Sie passierten ein Hinweisschild, und Geiger warf einen Blick darauf. *Flughafen Schiphol.*
Weniger als eine Stunde später befanden sie sich schon südlich von Dordrecht und in der Nähe der großen Maasbrücke. Wie in fast ganz Holland lag auch hier kaum Schnee – nur ein paar schmale Reste zwischen den Birken, die sie auf einem einsamen Streckenabschnitt passierten. In diesem Augenblick machte Joop Kist zum erstenmal den Mund auf.

»Halten Sie an. Ich muß mal pinkeln...«
»Um Himmels willen«, fauchte Erika. »Wir sind fast da.«
»Ich muß aber mal«, beharrte Kist. »Und zwar jetzt!«
Auf dem Rücksitz seufzte Geiger auf. »Halt an und laß ihn austreten«, sagte er. »Und Sie beeilen sich, wenn ich bitten darf«, sagte er zu Kist.
Der Holländer stieg aus und eilte hinter eine Baumgruppe. Er öffnete seine Gürtelschnalle, zog die kleine elektronische Sendekapsel, die dahinter versteckt gewesen war, und legte sie neben einen Feldstein. Auf den Feldstein kritzelte er einen etwas mißratenen Pfeil, der nach Süden zeigte. Als er zum Wagen zurückging, nestelte er an seinem Reißverschluß herum. Kist hatte nicht die Absicht, eine Leibesvisitation durch die mißtrauische Erika zu riskieren, wenn sie erst einmal am Ziel waren – und er hatte keinerlei Chance, die Kapsel am Mercedes anzubringen. Mit einem ungeduldigen Schnauben fuhr Erika wieder los.
Hinter ihnen hatte das von Scholten in Dordrecht stationierte Venlo-Team das Piepen der kleinen Sendekapsel aufgefangen, nachdem der Mercedes die Stadt erreicht hatte. Ein neutraler Lastwagen, in dem sechs der holländischen Scharfschützen saßen, hielt sich mindestens zwei Kilometer hinter Geigers Wagen und folgte dem Piepen in südlicher Richtung.
Kurz nachdem sie angehalten hatten, um Kist zum Austreten aussteigen zu lassen, fuhr Erika plötzlich von der Hauptstraße ab und bog auf einen Feldweg ein, der durch ein kleines Wäldchen zu einer von der Straße nicht sichtbaren Scheune führte. Hinter der Scheune stand ein großer Tankwagen, mit dem die übrigen Angehörigen der Geiger-Gruppe ihren Bestimmungsort erreicht hatten. Er war mit einem besonderen Belüftungssystem ausgerüstet und besaß eine in der Rückwand ausgeschnittene Eingangstür. Die Terroristen waren in einem leeren Benzintank vor der Scheune angekommen.
Geiger stieg sofort aus dem Wagen und betrat die Scheune. Es war eine seltsame Szene. Weder die Umgebung – die Scheune mit ihrem strohbedeckten Fußboden und ihrem Gestank nach Tier-

losung – noch die sechs Männer in schwarzen Skimasken, Windjacken und Skihosen paßten zu dem eleganten Armenier.
»Alles fertig zur Sprengung der Maasbrücke?« fragte er.
Der Anführer des eigentlichen Sabotagetrupps, Jacek Wojna, ein hünenhafter, mehr als einen Meter fünfundachtzig großer und unheimlich wirkender Pole, antwortete. »Die Bomben sind fertig. Ich habe ursprünglich Zeitzünder benutzen wollen, aber die könnten versagen – ich werde die Ladungen jetzt aus der Ferne elektrisch zünden.«
»Und die Wachen auf der Brücke?« erkundigte sich Geiger in scharfem Ton.
»Nur zwei.« Wojna umfaßte die Automatik, die er in der Hand hielt. »Die sind ein Kinderspiel. Und das Fluchtboot liegt bereit...«
»Sie müssen warten, bis der Expreß sich genau auf der Mitte der Brücke befindet«, beharrte Geiger.
»Auch das versteht sich von selbst«, erwiderte Wojna gleichgültig. »Wir werden bald mit dem Tankwagen losfahren...«
Er erstarrte. Eine plötzliche Spannung erfüllte die Scheune. Die Männer in Skimasken umklammerten ihre automatischen Waffen und sahen Wojna an, als erwarteten sie von ihm Hilfe und Rat. Aus der Ferne ertönte der Motorenlärm eines Hubschraubers, der immer näher kam. Geiger wandte sich an Erika. »Wir müssen sofort losfahren – und unseren Freund aus dem Atlantik-Expreß abholen...«

In General Scholtens Kommandozentrale strömten auch weiterhin Meldungen zusammen – Berichte von Wagen, die illegal nach Holland kamen, was bei der unübersichtlich verlaufenden Grenze sehr leicht war; Meldungen vom Kommandeur der Torpedoboote aus der Rheinmündung, daß weitere schnelle Motorboote zur *Maxim Gorkij* unterwegs seien. Es war aber besonders ein Bericht, der die Aufmerksamkeit des Abwehrchefs erregte.
»Diese Meldung von dem Hubschrauberpiloten, Sailer. Er erwähnt, er habe südlich von Dordrecht draußen auf dem Land einen Tankwagen und einen Mercedes gesichtet...«

»Wahrscheinlich macht der Fahrer nur eine kleine Pause.«
»Die Fahrer, meinen Sie wohl – da sind zwei Fahrzeuge. Eine kleine Pause einlegen, sagten Sie? Bei diesem Wetter? An so einem gottverlassenen Ort?«
»Scheint tatsächlich ein bißchen eigenartig...«
»Und es ist in der Nähe der Maas«, fuhr Scholten fort und betrachtete die Wandkarte. »Mehr noch – der Platz befindet sich nahe der Stelle, an der sie Joop Kists Sendekapsel gefunden haben.« Er stand auf. »Wie dem auch sei – wir müssen jetzt zu unserem Rendezvous aufbrechen. Ich glaube, wir haben sie endlich gefunden. Gott sei Dank. Fahren Sie wie der Teufel, wenn wir erst mal im Wagen sitzen...«
»Jetzt erinnere ich mich, wo ich Scharpinsky gesehen habe...«
Der Atlantik-Expreß befand sich jetzt schon ein gutes Stück nördlich von Brüssel, hatte Roozendal passiert und näherte sich der großen Maasbrücke, als Elsa diese Worte sprach. Sie war inzwischen zu ihrer ursprünglichen Skizze zurückgekehrt, der sie eine Hornbrille aufgemalt hatte. Haller setzte ein zweifelndes Gesicht auf, aber Wargrave reagierte augenblicklich.
»Wo? Wann?«
»Beim Frühstück am Ende des Speisewagens. Aber auch schon früher – heute nacht. Er sitzt in Abteil 19. Im übernächsten Wagen...«
»Dann gehen wir sofort hin«, sagte Wargrave erregt.
»Nehmen Sie zwei belgische Abwehrleute mit«, mahnte Haller.
Draußen auf dem Gang schüttelte Wargrave den Kopf. »Keine belgischen Abwehrleute. Zeig mir nur das Abteil – dann holen wir erst einmal zwei andere Leute...« Elsa folgte Wargrave, nachdem Leroy sie in den nächsten Waggon gelassen hatte. Sie hielt sich dicht hinter Wargrave und ergriff ihre Smith & Wesson in der Handtasche. Als sie an Abteil 19 vorüberkam, zeigte sie stumm auf die Tür, und Wargrave nickte, ohne seine Schritte zu verlangsamen. Er sah einmal kurz auf seine Uhr, dann blickte er auf die vorübergleitende holländische Landschaft hinaus. Sie waren noch zwanzig Kilometer von der Maasbrücke entfernt.

Als sie Anna Markos' Abteil erreichten, gab er ihr ein Zeichen, ihm zu folgen, und betrat dann das nächste Abteil, in dem Nicos Leonides saß und seine Pfeife rauchte. Wargrave stellte Elsa kurz vor. »... und dies sind Anna Markos und Nicos Leonides – sie arbeiten mit mir zusammen.«

»Freut mich, Sie kennenzulernen.« Leonides stand auf und verneigte sich. Anna Markos und Elsa starrten sich an – zwei Frauen, die sich gegenseitig musterten und vorsichtig abschätzten. Dann streckte Elsa die Hand aus und war über den festen Händedruck der Griechin verblüfft. Wargrave sprach ungeduldig weiter.

»Elsa hat Scharpinsky erkannt und weiß, wo er sitzt – wir werden ihn jetzt schnappen. Und wir haben noch reichlich Zeit, die Sache zu erledigen...«

Wargrave sprach noch, als der Expreß erbebte, heftig schwankte, viel zu schnell abbremste und mit kreischenden Bremsklötzen anhielt. Das überstürzte Bremsen des Zuges wirbelte sie durcheinander. Wargrave rappelte sich auf, und Leonides half sowohl Elsa wie Anna auf die Beine. Im gesamten Expreß kam es zum Durcheinander, als Koffer aus den Gepäcknetzen flogen und Reisende von ihren Sitzen gerissen wurden.

»Es war vereinbart, daß ein Signal den Zug stoppt«, erregte sich Wargrave.

»Das war kein Signal«, sagte Elsa warnend. »Jemand hat die Notbremse gezogen – Scharpinsky...«

»Er steigt aus«, vermutete Leonides. »Ich habe vor ein paar Sekunden auf der Landstraße einen parkenden Wagen gesehen, der kurz mit den Scheinwerfern blinkte – auf der Ostseite...«

Wargrave lief voran und rannte den Gang hinunter. Er riß die Waggontür auf der Ostseite auf und sprang auf den Gleiskörper hinunter. In der Ferne sah er die Umrisse eines Mannes, der zwischen den entlaubten Bäumen hindurch auf die nahe gelegene Straße zulief. »Da drüben ist er...« Sie liefen durch ein Wäldchen auf die Straße zu, die sie nicht sehen konnten. Als Wargrave zwischen den Bäumen ins Freie lief, raste ein Mercedes in nördlicher Richtung davon. Wargrave war erstaunt, eine Frau am Steuer zu

sehen, eine Frau in Chauffeusenuniform. Auf dem Rücksitz zwei Männer.
»Himmel!« explodierte Leonides hinter ihm. »Zwei Sekunden früher, und ich hätte ihn töten können.«
Wargrave stand auf der Straße, als ein BMW, der ebenfalls nach Norden fuhr, mit etwas mäßigerer Geschwindigkeit auf sie zukam. Wargrave ruderte mit den Armen und brachte den Fahrer dazu, anzuhalten. Als das Fahrzeug stand, riß er auf der Fahrerseite die Tür auf. Der Fahrer saß allein im Wagen. Es war ein nüchtern aussehender Mann in einem grauen Tagesanzug. Wargrave hielt ihm eine Karte unter die Nase. Da er bemerkt hatte, daß der Wagen ein französisches Kennzeichen trug, sprach Wargrave den Fahrer auf französisch an.
»Abwehr... wir müssen Ihren Wagen leihen. In dem Wagen, der eben hier vorbeigekommen ist, sitzen Terroristen...«
»Und ich soll hier warten – mitten in der Wildnis?«
»Steigen Sie aus, um Gottes willen! Hinter dem Wäldchen da steht ein Zug. Gehen Sie zum Schlafwagen am Ende des Zuges und fragen Sie nach einem Mann namens Haller. Sagen Sie ihm, wir verfolgten den Mann, den wir gesucht hätten...«
Wargrave schlüpfte hinters Lenkrad. Leonides setzte sich neben ihn, während Anna und Elsa hinten einstiegen. Wargrave war erleichtert zu sehen, daß der völlig verwirrte Eigentümer des Wagens durch das Wäldchen auf den Zug zustolperte, als er selbst anfuhr. Wargrave trat das Gaspedal durch. Die Straße vor ihnen war leer. Die Fahrerin des Mercedes hatte ihren Vorsprung gut genutzt. Vom Rücksitz stellte Elsa eine Frage.
»Du sagtest gerade etwas von einem Signal, als der Expreß anhielt...«
»Alles mit General Scholten von der holländischen Abwehr besprochen – um den Zug anzuhalten, bevor er die Maasbrücke erreicht.«
»Die Maasbrücke?«
Leonides zeigte mit einer Handbewegung auf den Schienenstrang zu ihrer Linken, der jetzt näher an der Straße verlief. »Ist das dein

Signal?« Er zeigte auf ein Warnsignal, das auf Rot stand. Plötzlich nahm Wargrave den Fuß vom Gaspedal. Vor ihnen parkten zwei Fahrzeuge am Straßenrand, ein Citroën und ein militärisch aussehender Lastwagen mit einer Persenning über der Ladefläche. Neben dem Citroën stand die kleine, rundliche Gestalt General Max Scholtens, der einen schweren Ledermantel trug.

»Hier ist kein Mercedes vorbeigekommen«, sagte Scholten, nachdem Wargrave ihm erzählt hatte, was passiert war. »Er muß auf einen Feldweg abgebogen sein, der zur Maas hinunterführt – wahrscheinlich zu einer Anlegebrücke, an der ein Boot wartet, um Scharpinsky aufzunehmen und ihn zur *Gorkij* zu bringen. Es ist alles für Sie bereit...« Er sah Elsa und Anna Markos an, die beide noch auf dem Rücksitz des BMW saßen. »Sind das wirklich die beiden anderen?« fragte er zweifelnd.

»Sie sind genauso viel wert wie Männer«, entgegnete Wargrave scharf. »Eine von ihnen hat vor zwölf Stunden einen kommunistischen Agenten erstochen.«

»Ich bitte um Vergebung«, erwiderte Scholten. »Ich weiß schließlich, wie loyal Frauen sein können. So, jetzt sollten wir uns lieber auf den Weg machen...«

Wargrave setzte sich wieder ans Steuer des BMW und fuhr hinter dem Citroën des Holländers her. Dahinter folgte der LKW mit der Persenning. Wargrave war durchaus imstande, schnell zu fahren, aber Scholten legte ein geradezu beängstigendes Tempo vor. Leonides, der im BMW auf dem Beifahrersitz saß, schloß die Augen, als Scholten wie ein Wahnsinniger die Kurven beinahe auf zwei Rädern nahm und fast mit mehr Glück als Geschicklichkeit auf der Straße blieb. Dann bog er nach rechts auf einen Feldweg ab, der sich zwischen Bäumen hindurchschlängelte, und hielt vor einer Scheune. Alle stiegen aus. Sechs Männer mit Gewehren kamen ihnen entgegen.

»Dies ist das Venlo-Team«, sagte Scholten zur Wargrave. »Sie haben die Geiger-Gruppe vernichtet.« Er wandte sich an einen der Männer. »Jan, haben Sie es geschafft, Joop Kist zu retten?«

»Es tut mir sehr leid, nein...« Jan zeigte auf eine Gestalt, die auf dem Boden lag. »Es war dieser große Dreckskerl, der ihn im letzten Augenblick getötet hat. Er muß geahnt haben, daß er einer von uns war...«
»Und was ist mit dem Kerl passiert?«
»Er liegt da drüben...« Jan zeigte auf eine zusammengekrümmte Gestalt, die in der Ecke der Scheune lag. »Ich habe ihm mein halbes Magazin verpaßt...«
»Gut.« Scholten ging zu Joop Kists Leiche hinüber und breitete ihm behutsam ein Taschentuch übers Gesicht. Der Abwehrchef konnte einen Anflug von Bewegung nicht verbergen, als er auf den toten Kist hinabsah. »Er war einer von diesen altmodischen Burschen, ein Patriot. Nun, Joop, wir werden die Schuld hundertfach zurückzahlen...« Seine Stimme wurde härter, als er sich in der Scheune umsah, in der die Leichen von sechs Männern mit schwarzen Skimasken und Skihosen lagen. Sie waren von Kugeln aus den automatischen Gewehren des Venlo-Teams durchsiebt. »Sie wissen, was Sie zu tun haben – wir brauchen vier Leichen in dem Lastwagen, den ich fahren werde, Jan. Und unsere Freunde...« Er zeigte mit einer Handbewegung auf Wargrave. »... werden den Citroën nehmen, der, wie ich zu meinem Bedauern gestehen muß, heute morgen in Den Haag aus einer Garage gestohlen worden ist.«
»Dann bleiben noch zwei Leichen übrig einschließlich des Hünen«, hob Jan hervor.
»Werfen Sie sie in die Maas«, sagte Scholten brutal.
Er wandte sich an Wargrave, als dieser näher kam und mit leiser Stimme sprach. »Können Sie darauf vertrauen, daß diese Männer den Mund halten? Und wie sieht es mit Ihrem Minister aus? Ich will nicht, daß Ihr Kopf rollt, Max.«
»Das Venlo-Team ist mir ergeben«, erwiderte Scholten. »Verstehen Sie, offiziell haben sie heute ihr Quartier in Dordrecht nie verlassen. Was den Minister betrifft, so wird er meine Geschichte schlucken, weil sie ihm in den Kram paßt. Wie jeder Minister in der Welt ist er vor allem auf seine Karriere bedacht. Außerdem

habe ich einer Nachrichtenagentur den vertraulichen Tip gegeben, daß die Geiger-Gruppe nach Holland eingesickert ist und hier etwas Großes plant. So, Harry, jetzt müssen wir los...«

An Bord des sowjetischen Frachters *Maxim Gorkij* war der Funker soeben aufgeregt in Kommissar Rykins Kabine gelaufen. »Dieser Funkspruch, den ich nach Moskau senden sollte – ich kann ihn nicht funken...«

»Warum denn nicht, zum Teufel?« fragte Rykin barsch. »Es ist unerläßlich, daß wir über die gegenwärtige Lage berichten.«

»Wir werden massiv gestört, Genosse. Ich kann überhaupt keinen Funkspruch durchgeben...«

Auf Befehl Scholtens hatten Störsender entlang der niederländischen Küste jetzt begonnen, die Sendeanlagen der Sowjets massiv zu stören. Die *Maxim Gorkij* hatte keinerlei Kontakt zur Außenwelt mehr.

Die vier Gestalten in schwarzen Skimasken, Windjacken und schwarzen Skihosen bewegten sich vorsichtig auf die Anlegebrücke weiter unten. Dort lag das niederländische Torpedoboot im Schutz einer kleinen Landzunge, die in die Maas hinausragte, vor Anker. Das Torpedoboot war von Kommandeur De Vos auf Vorschlag General Scholtens in Reserve gehalten worden; der Marinemann kannte zwar die genauen Gründe nicht, war aber ein enger persönlicher Freund des holländischen Abwehrchefs und hatte zugestimmt, ohne Fragen zu stellen. Die beiden Holländer, die das Boot bewachten, saßen in der Kabine und spielten Karten.

Eine hochgewachsene Gestalt glitt allein durchs Schilf und schlüpfte mit der oft geübten Behendigkeit eines erfahrenen Kommandosoldaten an Bord. Als der Mann die Kabinentür erreichte, drückte er den Türgriff behutsam herunter und stürmte dann hinein. Der erste Holländer wandte dem Eindringling den Rücken zu, der ihm nicht zu hart mit einem Totschläger auf den Kopf schlug – aber doch hart genug, ihn außer Gefecht zu setzen. Der Holländer gegenüber war schon halb aus dem Stuhl, als auch

er von dem Totschläger getroffen wurde und ohnmächtig zu Boden sank.
»Fesseln«, befahl Wargrave aus seiner Skimaske, als die drei übrigen Gestalten ihm in die Kabine folgten, »und lassen Sie sie in dem Schuppen am Bootssteg liegen...«
Elsa Lang und Anna Markos widmeten sich den Gefangenen, während Wargrave Leonides zur Kommandobrücke führte. »Hier gibt's keine Probleme«, sagte er dem Griechen. »Ich hab' mal eins von diesen Dingern gefahren, als ich noch beim Geheimdienst der Navy war. Britische und französische Torpedoboote kenne ich auch. Ich hoffe nur, daß du im kritischen Moment das Ruder übernehmen kannst – ich werde anderweitig beschäftigt sein...«
»Ich bin Grieche«, erinnerte ihn Leonides, »und habe mein halbes Leben auf der Ägäis zugebracht, mit motorgetriebenen Kajiks und anderen Booten. Du brauchst mir nur alles zu zeigen...«
Fünf Minuten später bewegte sich das Torpedoboot mit Leonides am Ruder auf die Fahrrinne der Maas zu. Er schaltete auf volle Kraft, um ein Gefühl für das Boot zu bekommen, und nickte dann Wargrave zu, der ihn beobachtete. Der Grieche ging mit dem Boot um, als hätte er es schon jahrelang gefahren – zudem wurde er immer selbstbewußter, als er die Kraft der Motoren spürte und sah, wie der Bug den hohen Seegang durchschnitt. Wargrave ging an Deck und entdeckte Anna, die die Persenning von dem drehbaren Maschinengewehr abnahm.
»Zeig mir, wie es funktioniert«, verlangte sie.
»Das Ding ist in unserem Plan nicht vorgesehen...«
»Zeig mir, wie es funktioniert«, befahl sie.
Wargrave zuckte die Achseln und erklärte rasch den Mechanismus. Es war immerhin möglich, daß sie das Maschinengewehr brauchen würden, wenn er nicht verfügbar war, um es zu bedienen. In der Kabine hatte Elsa Lang ein Nachtglas vom Kartentisch genommen und suchte das gegenüberliegende Ufer der Maas ab. Mit hochgezogenen Schultern und den Ellbogen auf die Handleiste gepreßt, fuhr sie fort, angestrengt auf das Ufer zu blicken. Als Wargrave die Kabine betrat, lag Erregung in ihrer Stimme.

»Auf der anderen Seite legt gerade ein großes Motorboot ab. Ich bin verdammt sicher, daß ich Scharpinsky habe an Bord gehen sehen – zusammen mit einem kleineren Mann. Ich habe sie voll ins Blickfeld bekommen, als sie noch an Deck standen...«
»Bist du sicher?« fragte Wargrave.
»Sag das noch einmal, dann kriegst du von mir eins verpaßt...«
»Dann müssen sie auf besseres Wetter gewartet haben.«
Das Wetter wurde tatsächlich besser; der stürmische Wind hatte nachgelassen. Auch der schwere Seegang auf der geschützten Maas war geringer geworden, als Wargrave beobachtete, wie das große Motorboot schneller wurde und auf die offene See zusteuerte – in Richtung *Maxim Gorkij*. »Wollen wir versuchen, ihm den Weg abzuschneiden?« schlug Elsa vor.
»Zu spät, aber er könnte uns genau dorthin führen, wohin wir wollen.«
Wargrave ging zurück auf die Brücke, wo Leonides am Ruder stand und sich zunehmend wohler fühlte. Er wurde mit dem Boot vertrauter, ließ die Maschinen noch stärker arbeiten und genoß das sonore Brummen. Sie befanden sich jetzt schon fast in der Mitte des Flusses zwischen den beiden Ufern. Vor ihnen lag die offene See. »Halte dich hinter dem Motorboot«, befahl Wargrave. »Es bringt uns direkt zur *Gorkij*...«

In der Fahrerkabine des Lastwagens mit der Persenningabdeckung saß General Scholten selbst am Steuer. Major Sailer saß neben ihm auf dem Beifahrersitz. Scholten lenkte das schwere Fahrzeug auf der gewundenen, einsamen Landstraße auf eine Stelle an der Maasmündung zu. Auf der Ladefläche lag ihre schreckliche Fracht – die vier Leichen der ehemaligen Geiger-Terroristen, die noch immer ihre scheußliche »Uniform« trugen. Zwischen Scholten und Sailer lag eine große Signallampe auf der Sitzbank.
Als sie weiterfuhren, war es eher Nacht als Tag; über ihnen hingen in geringer Höhe schwere, dunkle, schnell dahinfliegende Wolken. Scholten fuhr nur mit Standlicht. Er wollte vermeiden, mit weithin sichtbaren Scheinwerfern auf sich aufmerksam zu machen.

»Glauben Sie, wir kommen damit durch?« fragte Sailer.
»Wir haben eine gute Chance. Eins habe ich Ihnen noch gar nicht gesagt – inzwischen wird meine Frau der Nachrichtenagentur einen weiteren anonymen Tip gegeben haben, daß nämlich das Gerücht gehe, die Geiger-Gruppe habe sich eines unserer Torpedoboote bemächtigt. Das Ende der ganzen Geschichte könnte verdammt ironisch werden.«
»Ironisch?« fragte Sailer.
»Das GRU kontrolliert die Geiger-Gruppe – obwohl wir das nie haben beweisen können. Auf Moskau wartet eine sehr böse Überraschung.«
Das Motorboot mit Oberst Igor Scharpinsky und Rolf Geiger an Bord hielt auf die *Maxim Gorkij* zu und durchpflügte die See mit hoher Geschwindigkeit. Der Sturm flaute ab. Das Boot fuhr auf den Ärmelkanal zu; die Schrauben wirbelten schäumendes Kielwasser auf, als das Boot durch die Wellen raste. Das Schiff vor ihnen mit den Zwillingsschornsteinen, dessen Masten vor elektronischer Ausrüstung starrten, stieß Rauchwolken aus, als es zu seiner schnellen Fahrt zum Kattegatt, zur Ostsee und nach Leningrad ansetzte. Es wartete nur noch auf das Eintreffen des schweren Motorboots, dann würde Kapitän Morow den Befehl geben: »Volle Kraft voraus...«
Hinter dem Motorboot durchpflügte Wargraves Torpedoboot mit Höchstgeschwindigkeit die See. Leonides stand am Ruder, während Anna Markos, den Skianzug vom sprühenden Gischt durchnäßt, mit gespreizten Beinen am Maschinengewehr hockte, um das Gleichgewicht zu halten. Elsa, die ihr Nachtglas auf das sowjetische Schiff gerichtet hielt, entdeckte als erste das auf dem Deck der *Gorkij* montierte Maschinengewehr, dem auf Befehl Rykins die Persenning abgenommen worden war. An einer anderen Stelle des Decks, an der Ladung festgezurrt war, hatte sich eine weitere Persenning gelöst, die im Wind flatterte.
»Sie haben ein Geschütz an Deck«, sagte sie warnend zu Wargrave, der neben ihr stand. »Und ich glaube, ich kann sogar einen Panzer sehen...«

»Wahrscheinlich ein Panzerspähwagen...«
»Leckereien für die hungernden Afrikaner«, bemerkte Elsa säuerlich.
Wargrave verließ sie, um Leonides Anweisung zu geben, er solle das Torpedoboot in die erforderliche Position bringen. Sein Blick fiel auf die beiden Torpedorohre. Torpedos waren die Hauptbewaffnung des Boots, und er versuchte sich an die präzisen Instruktionen zu erinnern, die ihm ein holländischer Torpedoboot-Kapitän einmal während eines Probelaufs gegeben hatte. Er würde nur eine Chance haben, alles richtig zu machen. Er betrachtete die beiden Knöpfe, einen für jeden Torpedo. Er war keineswegs sicher, daß er es schaffen würde, selbst bei dieser ruhigeren See.
Durch ihr Nachtglas konnte Elsa jetzt die Leiter sehen, die vom Deck des Frachters zu einer Plattform über der Wasserlinie führte, die oft von den Wellen überspült wurde, als das Schiff rollte und stampfte. Am oberen Ende der Leiter warteten Männer in Ölzeug, um Scharpinsky, Rolf Geiger und Erika Kern an Bord zu helfen, sobald das Motorboot längsseits beigedreht hatte. Wargrave schätzte die Entfernung ab, gab einen Befehl, und Leonides riß das Ruder herum. In diesem Augenblick eröffnete Rykins Maschinengewehr das Feuer.
Die Entfernung war noch zu groß, und der Kugelhagel ließ nur kleine Spritzer auf der Wasseroberfläche tanzen – aber das Torpedoboot kam jetzt mit jeder Sekunde näher auf Schußweite heran. Anna hockte hinter ihrem Maschinengewehr und wartete noch ab. Ihr Gesicht war zu einer harten Maske erstarrt und zeigte keinerlei Spur von Furcht. Elsa war starr vor Angst – um Anna –, und Wargrave blickte jetzt konzentriert durch die Zielvorrichtung. Seine rechte Hand hielt sich in der Nähe der Auslöseknöpfe.
Scharpinskys Motorboot hatte jetzt die Fahrt verlangsamt und befand sich in der Nähe der Plattform. Durch ihr Nachtglas konnte Elsa ihn deutlich erkennen, wie er sich bereit machte, auf die schwankende Plattform zu springen. Dann eröffnete Rykins Maschinengewehr von neuem das Feuer, diesmal aus weit kürzerer Entdernung. Ein Kugelhagel schlug auf dem Deck des Torpedo-

boots ein. Zwei der Geschosse trafen Anna Markos in der Schulter, und sie sackte über ihrem Geschütz zusammen. Elsa rannte aufs Deck hinaus und hangelte sich an der Reling weiter, bis sie bei Anna war.

»Halt mich fest und zieh mich hoch!« Die Griechin spie die Worte förmlich aus. »Ich erwische diese Schweine noch...«

Elsa packte sie unter den Achselhöhlen und hielt selbst das Gleichgewicht, indem sie sich an der verwundeten Frau festklammerte. Anna ließ den Lauf des Maschinengewehrs langsam kreisen und feuerte eine Garbe nach der anderen ab. Plötzlich erstarb das Feuer von Rykins Geschütz, als der sowjetische Schütze zusammenbrach. Der leichtfüßigere und kleinere Geiger war jetzt auf die Plattform gesprungen und kletterte in Windeseile die Leiter hinauf, als Anna ihr Geschütz drehte und ununterbrochen weiterfeuerte. Geiger wurde von einer Garbe erfaßt, als er gerade das obere Ende der Leiter erreicht hatte. Er schien rückwärts vom Schiff zu springen und fiel ins Meer. Unter ihm standen Scharpinsky und Erika Kern bis zu den Schenkeln im Wasser auf der Plattform und sahen wie erstarrt zu.

Wargrave, der unbeirrt durch die Zielvorrichtung blickte, war sich dessen, was um ihn herum vorging, kaum bewußt. Er merkte kaum, daß Elsa Anna vom Maschinengewehr weg auf die Kabinentür zuschleppte. Sein Gesicht war vor Konzentration angespannt, und seine Wangenknochen traten scharf hervor, als er erst auf den einen Knopf und dann auf den anderen drückte.

»Nummer eins abgefeuert. Nummer zwei...«

Er sah kurz die beiden Torpedos aufblitzen, als sie ins Wasser fielen. Sie waren mit einem akustischen Zielsuchgerät ausgerüstet, das die glänzenden »Zigarren« auf das nächstliegende Maschinengeräusch zusteuern würde – auf das der *Maxim Gorkij*, die Kurs auf Leningrad genommen hatte. Dann waren die beiden Torpedos verschwunden. Leonides riß von neuem das Ruder herum und steuerte das Torpedoboot in einem weiten Halbkreis, bevor er wieder auf Geradeausfahrt ging und auf die aufblitzende Signallampe zuhielt, mit der Scholten ihm an Land den Kurs wies.

Ein Torpedo traf die *Gorkij* am Heck und riß ein gewaltiges Loch in die Ruderanlage. Der zweite Torpedo schlug ein, als Scharpinsky gerade das obere Ende der Leiter erreichte – dieser Torpedo traf aber mittschiffs und drang in den Hauptladeraum ein, in dem zweitausend Tonnen hochexplosiven Sprengstoffs verstaut waren. Ein donnerndes Brüllen ertönte. Die Mitte des Frachters wurde buchstäblich in den Himmel gehoben. Die Zwillingsschornsteine lösten sich in eine Wolke von Einzelteilen auf. Ein riesiger Rauchpilz stieg zum Himmel auf und verschmolz mit den tief hängenden Wolken, bis Rauch und Wolken nicht mehr zu unterscheiden waren. Der Bug des Frachters trieb noch kurz verloren in der See, kippte dann um und ging wie die zertrümmerte Schwanzflosse eines mißgebildeten Hais unter. Das Echo der Explosion dröhnte Leonides noch in den Ohren, als er schon die Maschinen drosselte und das Torpedoboot in der Nähe der Stelle, an der die Signallampe noch immer aufblitzte, auf Grund setzte. Es gab keine Überlebenden von der *Maxim Gorkij*.

General Scholten und Major Sailer brauchten mit Hilfe der anderen nur wenige Minuten, um die vier Leichen der Geiger-Terroristen an Bord des auf Grund gesetzten Torpedoboots zu bringen. Sie ließen sie in der Kabine liegen. Aus der Ferne ertönte das Geräusch eines anderen näher kommenden Torpedoboots. »Begeben Sie sich sofort auf die Ladefläche des Lastwagens und verhalten Sie sich still«, befahl er Wargrave und dessen drei Begleitern. »Und dies wird der verwundeten Frau helfen – wir werden sie in ein Krankenhaus bringen, sobald wir können...« Er reichte Wargrave, der sofort auf die Ladefläche sprang, einen Erste-Hilfe-Verbandskasten. Elsa und Leonides kümmerten sich dort schon um Anna Markos.

Das näher kommende Torpedoboot kam um eine Landzunge herum, als Scholten und Sailer das auf Grund gesetzte Torpedoboot unter Feuer nahmen. Sie deckten das Boot mit einem Kugelhagel aus ihren automatischen Gewehren ein. Sämtliche Scheiben an Bord wurden zertrümmert. Sie hatten gerade ihre Magazine leergeschossen, als das ankommende Torpedoboot kurz vor dem Strand beidrehte. Kommandeur De Vos, Scholtens guter Freund, watete in Gummistiefeln an Land.

»Sie haben einen Fehler gemacht«, klärte Scholten den hochgewachsenen Offizier mit dem zynischen Gesicht auf. »Sie sind zu dicht unter Land gefahren und dann auf Grund gelaufen... Ich glaube, du wirst sie alle tot finden.«

»Da bin ich völlig sicher«, erwiderte De Vos mit ausdruckslosem Gesicht. Er warf dem Lastwagen einen Blick zu und sah dann wieder weg. »Und ich habe alles mitangesehen, und falls...« Er lächelte trocken. »... es eine Untersuchung geben sollte, werde ich dein bester Zeuge sein. Meinen Glückwunsch, General – die Geiger-Gruppe hat soeben ihren letzten Einsatz hinter sich gebracht...«

# 26. Nachspiel

Eine Stunde später hob eine Boeing 707 von der Startbahn des Flughafens Schiphol ab und nahm Kurs auf Washington. An Bord befanden sich General Sergej Marenkow, Julian Haller und Matt Leroy. Marenkow leistete sich einen kleinen Scherz mit Julian Haller, den der vor Schlafmangel zum Umfallen erschöpfte Amerikaner nicht recht zu schätzen wußte. Der Russe beharrte darauf, er wolle sich erst auf dem Höhenmesser vergewissern, daß sie sich tatsächlich in dreißigtausend Fuß Höhe befänden, bevor er sich einverstanden erkläre, mit seinen Aussagen zu beginnen – und aus seinem fabelhaften Gedächtnis eine Liste sämtlicher KGB-Agenten in der westlichen Hemisphäre herunterzusagen.

Eine Woche später statteten Harry Wargrave, Elsa Lang und Nicos Leonides Anna Markos in ihrem Amsterdamer Krankenhaus einen weiteren Besuch ab. Sie fanden sie aufrecht im Bett sitzend und sehr unhöflich mit ihrem Arzt umgehend. »Er behält mich nur hier, damit er meine Figur anstarren kann«, beklagte sie sich vor den anderen.

»Eine sehr schöne Figur«, bestätigte der Arzt. »Sie ist so schön, daß ich zu meinem Bedauern sagen muß, ich könnte mich versucht fühlen, Sie schon in vierzehn Tagen als völlig gesund zu entlassen…«

Annas dunkle Augen blitzten. »Bis dahin wird er weiter mit dem Stethoskop herumfummeln und so tun, als wäre er Arzt…«

Draußen auf dem Korridor verabschiedeten sich Wargrave und Elsa von Nicos Leonides. Nachdem er gegangen war, nahm War-

grave Elsa beim Arm und ging mit ihr zu seinem Wagen. »Dies ist mein letzter Job dieser Art gewesen«, sagte er ihr. »Ich bin ohnehin von Julian Haller dazu gepreßt worden. Warum fahren wir jetzt also nicht nach Kanada zurück, vielleicht nach British Columbia – ich sehne mich schon lange danach, mir mal den Puget Sound ein bißchen näher anzusehen.«
»Wir?« fragte Elsa. »Ist das ein Vorschlag oder ein Antrag?«
»Beides.«
»Dann werde ich das erste genießen und auf dem zweiten bestehen.«

Im zehnten Stock des Baton Rouge Building in Montreal hatte sich Julian Haller eingefunden, um sich von William Riverton zu verabschieden, dem kanadischen Industriellen, der den Sparta-Leuten auf Bitten Präsident Joseph Moynihans Geld und Quartier gewährt hatte. Zum erstenmal seit Beginn des Unternehmens vor mehr als einem Jahr stand Riverton in der Bürosuite, die von den Sparta-Leuten benutzt worden war.
Sie war jetzt leer und kahl. Sämtliche Möbel und Einrichtungsgegenstände sowie die Sendeanlagen waren entfernt worden, und die Stimmen der beiden Männer hallten von den Wänden wider, als sie sprachen. »Wie ich erfahren habe«, bemerkte Riverton und sah starr geradeaus, »ist Marschall Pratschko zusammen mit seinen Gesinnungsgenossen aus dem Politbüro entfernt worden – das bedeutet, daß wenigstens vorübergehend die Gemäßigten im Kreml die Oberhand gewonnen haben. Ich habe es heute morgen in der Zeitung gelesen.«
»So etwas wie ein Sieg für uns, nehme ich an«, erwiderte Haller.
»Sie werden mir alle sehr fehlen«, fuhr Riverton fort, »aber das läßt sich nicht ändern. Und wie in der Vergangenheit wird der Westen auch in Zukunft nur von einer Handvoll Männern gerettet werden.« Sein Tonfall veränderte sich, als er die Hand ausstreckte. Obwohl er kein junger Mann mehr war, klang seine Stimme fest und entschlossen.
»Am Ende werden wir die Sowjets schlagen...«

## *1. Kapitel*
## Sonntag, 24. Mai

Nachdem der Mord geschehen war, nahm man an, daß Charles Warner – der doch immer so wachsam gewesen war – seine Unachtsamkeit der herrlichen Stimmung jenes Tages zu verdanken gehabt hatte. Als er sein Motorboot aus dem Hafen von Lindau auf den Bodensee hinaussteuerte, war es sonniger, friedlicher Nachmittag.

»Und es war ein teuflisch geschickter und tollkühn ausgeführter Mord«, bemerkte Tweed zwei Tage später in London Martel gegenüber.

Warner war der einzige Insasse des Motorboots. Es glitt jetzt langsam durch die Hafenausfahrt, die auf einer Seite von einer steinernen Figur des bayerischen Löwen und auf der anderen von dem emporragenden Leuchtturm flankiert war. Den Regeln entsprechend, ließ Warner sein Horn kurz auftuten.

Warner war ein schlanker, gelenkiger Mann von vierzig Jahren. Er trug einen Anzug deutscher Machart, und auf dem Sitz neben ihm lag ein Tirolerhut. Er wollte über den See hinüber und in der Schweiz heimlich an Land gehen. Dafür hatte er den Hut gegen eine seemännisch wirkende Schirmmütze ausgetauscht, die ausgezeichnet zu der allgemeinen Ferienszenerie paßte.

Die weite Fläche des Sees lag vor ihm, und nichts konnte seinen Verdacht erregen. Wie Spielzeug glitt eine Flotte von Jachten unter ihren bunten Segeln im glänzenden Licht der Nachmittagssonne dahin. Weit voraus stiegen die zerklüfteten, schneebedeckten Gipfel der Schweiz und von Liechtenstein in den Himmel. Weiter rechts sah er gerade einen der vielen weißen Dampfer, die den Bodensee befahren, in Richtung Konstanz verschwinden.

Links von ihm nutzte eine Gruppe von Windsurfern die leichte Brise aus und glitt über die glasige Wasserfläche. Als sie jetzt seinen Kurs kreuzten, zählte er sechs Surfer.

»Nun seid schon so gut und kommt mir nicht in die Quere«, murmelte Warner, als er das Gas zurücknahm.

Es waren alles junge, kräftige Leute, die nur mit Badehosen bekleidet waren und ihre merkwürdigen Gefährte jetzt zu einem Kreis formierten. Zwei der jungen Männer waren blond. Warner war etwa eine halbe Meile vom Ufer entfernt, und er merkte, daß die Surfer offenbar ihr Spielchen mit ihm treiben wollten, ihn einschlossen und ihm damit den Weg versperrten.

»Lauft und spielt woanders«, brummelte Warner.

Er hatte schon Lust, einfach Gas zu geben und denen ein bißchen Angst einzujagen – aber sie waren zu nah, und er hätte zu leicht mit einem von ihnen kollidieren können. Der Größere von den beiden Blonden winkte und brachte sein Surfbrett längsseits. Mit der linken Hand hielt er das Segel aufrecht, und mit der rechten griff er nach dem Messer, das er in einer Scheide um den Schenkel geschnallt trug. Die Beunruhigung, die nun in dem Engländer aufflackerte, kam zu spät. Der Windsurfer ließ das Segel los und sprang in das Motorboot hinüber. Er benutzte sein Messer blitzschnell und mit tödlicher Genauigkeit. Aus den verschiedensten Winkeln stach er immer wieder auf sein Opfer ein.

Die anderen fünf Windsurfer bildeten mit ihren Segeln eine Art Schirm und verbargen so das Motorboot vor allen, die vielleicht zufällig vom Ufer her mit einem Fernglas herüberschauten. Schließlich hatte auch die Wasserschutzpolizei eine Einheit und ein Boot in Lindau stationiert.

Die Windsurfer blieben in Position, während der große Blonde seine Schlächterei zu Ende brachte. Dann ließ er sich vom Motorboot ins Wasser gleiten und richtete sein Segel wieder auf. Die Surfer formierten sich neu und hielten auf das verlassene Ufer zwischen Lindau und der österreichischen Grenze am Ende des Sees zu.

»Lauter Stichwunden – sieht aus, als wäre ein Geisteskranker am Werk gewesen.«

Kommissar Dorner von der Wasserschutzpolizei richtete sich wieder auf, nachdem er die Leiche in dem steuerlos treibenden Motorboot untersucht hatte. Er sah zu dem Boot hinüber, das längsseits lag und auf dessen Rumpf in blauen Buchstaben ›Polizei‹ geschrieben stand. Der jüngste der Polizisten an Bord hatte Dorner bei seiner Untersuchung zugesehen und erbrach sich jetzt über die Reling. Feuertaufe, dachte Dorner.

Dorner runzelte die Stirn, als er etwas Glänzendes zu seinen Füßen bemerkte. Als er das Ding aufhob und sah, was er gefunden hatte, ließ er es schnell in seine Tasche gleiten. Es war eine dreieckig geformte Anstecknadel, die dem griechischen Buchstaben Delta sehr ähnlich sah. Dorner blickte zur Leiche hinunter; ein ekliger Anblick. Er schlug den Paß auf, den er zusammen mit einer Brieftasche aus dem Jackett der Leiche gezogen hatte.

»Ein Engländer. Und die Brieftasche strotzt ja von Geld ...«

»Vielleicht sind diese Windsurfer in Panik geraten ...« Von seinem Standort hoch über der Brücke der Barkasse schirmte Busch, Dorners Stellvertreter und gleichzeitig der dritte Mann in seinem Team, die Augen gegen das Sonnenlicht ab und blickte angestrengt nach Osten. »Nichts mehr zu sehen von den Schweinehunden. Die haben sich fix aus dem Staub gemacht ...«

»Aber man braucht doch nur Sekunden, um jemandem die Brieftasche wegzunehmen«, sagte Dorner mit Nachdruck. »Das ist der seltsamste Mordfall, der mir je untergekommen ist ... Herrgott Sakrament!«

Er blätterte den Inhalt der Brieftasche weiter durch und fand ein kleines rechteckiges Plastikstück, fast wie eine Kreditkarte. Aber das ist keine Kreditkarte, dachte Dorner finster, während er die grünen und roten Streifen und die eingeprägte Nummer studierte – die Kenn-Nummer des Kartenbesitzers – und außerdem den Code aus fünf Buchstaben, der ›London‹ bedeutete.

»Was gibt's denn?« rief Busch hinunter.

Etwas im Gesichtsausdruck seines Vorgesetzten sagte ihm, daß es Ärger geben würde. Dorner steckte die Karte zurück in die Brieftasche und winkte Busch von der Brücke herunter zu sich ans Motorboot. Als Busch schließlich über den schmalen Wasserstreifen herübersah, hielt Dorner seine Stimme gesenkt.

»Die Sache darf kein Aufsehen erregen. Jetzt geben wir erst dem Bundesnachrichtendienst in Pullach Bescheid – sofort ...«

»Sie wollen damit sagen, daß er ...«

»Ich will gar nichts sagen. Aber ich glaube, da gibt's ein paar Leute in London, die noch vor Sonnenuntergang wissen sollten, was hier passiert ist ...«

Kommissar Dorner war sehr schweigsam, als er auf der Brücke der Polizeibarkasse stand. Während sie sich dem Hafen von Lindau näherten, überließ er das Ruder seinem Untergebenen. Das Motorboot mit seiner grausigen Fracht hing an einem starken Tau im Schlepp. Über die Leiche war sorgfältig ein Stück Segeltuch gezogen.

Was Dorner nicht einmal Busch gegenüber erwähnt hatte und was ihn beunruhigte, war der entsetzliche Zustand des Rückens der Leiche. Der Schock dieser Entdekkung stand in einem schwer faßbaren Kontrast zu der Ferienatmosphäre von Lindau, wo die Touristen im Sonnenschein die Uferstraße entlangspazierten.

»Achtung, Gruppe von sechs Windsurfern hält wahrscheinlich auf Ihren Uferbereich zu. Sofortige Festnahme erforderlich. Waffengebrauch ist zu befürchten.«

Dies war das Funksignal der höchsten Dringlichkeitsstufe, das der junge Funker auf Dorners Geheiß herausgegeben hatte, bevor sie sich darangemacht hatten, nach Lindau zurückzukehren. Bis dahin hatte sich das jüngste Mitglied seiner Crew von seiner Spuckerei erholt. Der Funkspruch war sowohl ans Polizeihauptquartier in Bregenz am österreichischen Seeufer wie auch an Dorners Heimatdienststelle gesendet worden.

»Ich glaube, ich habe da irgendwelche merkwürdigen Zeichen in den Rücken eingeritzt gesehen«, bemerkte Busch, als er die Sirene kurz vor der Einfahrt in den Hafen aufheulen ließ. »Irgend etwas wie ein Symbol – aber da war soviel Blut . . .«

»Bitte keine Ablenkung jetzt«, sagte Dorner barsch.

Mit der brennenden Sonne im Genick fuhren sie in den kleinen Hafen ein und wandten sich ostwärts zu dem Kai, wo die Barkasse immer anlegte. Dorner war in Sorge, wie er den Leichnam das kleine Stück vom Hafen bis zum Polizeigebäude schmuggeln konnte, ohne daß irgend jemand ihn zu Gesicht bekam. Diese Sorge hätte er sich nicht zu machen brauchen. Das rasche Auffinden von Charles Warners Leichnam war bereits beobachtet worden.

Die alte Stadt Lindau mit ihren mittelalterlichen Bauwerken und den engen, gepflasterten Straßen und noch engeren Seitengäßchen liegt auf einer Insel im östlichen Teil des Bodensees. Es gibt zwei recht unterschiedliche Möglichkeiten, diesen auffällig gelegenen Ort zu erreichen.

Wenn man mit dem Wagen kommt, überquert man die Seebrücke – das ist die Straßenverbindung. Wenn man aber mit dem internationalen Schnellzug von Zürich kommt, erreicht man Lindau über den Eisenbahndamm weiter westlich. Der Zug hält im Hauptbahnhof, direkt am

Ufer, und fährt dann über denselben Damm zurück auf der Strecke weiter nach München.

Der Pflastermaler hockte vor dem ›Bayerischen Hof‹, einem der luxuriösesten Hotels von Lindau, und gegenüber dem Ausgang des Hauptbahnhofs gelegen. Von hier konnte er jeden, der per Zug oder Schiff die Stadt erreichte, genau beobachten.

Er war ein magerer Bursche mit hagerem Gesicht, Anfang Zwanzig, in verblichenem Parka und Jeans. Seine Kleidung war aber fleckenlos sauber. In Deutschland gibt es nur wenige Bettler, und diese wenigen bemühen sich meist um ein respektables Äußeres. Nur so können sie hoffen, ein paar Münzen von den Passanten zu ergattern.

Das Bild stellte das Forum Romanum dar und war mit bunter Kreide auf die Steinplatten des Bürgersteigs gemalt. Eine kleine Pappdose für Münzen stand daneben. Häufig hielt der Maler inne, stand auf und ging langsam hin und her, die Hände hinter dem Rücken verschränkt.

Jetzt sah er gerade zu, wie die Polizeibarkasse in den Hafen einlief. Während das Schiff herumschwang und – die Breitseite ihm zugewandt – auf den Anlegeplatz zuhielt, sah der Maler das Motorboot, das im Kielwasser nachgeschleppt wurde. Der Maler drehte sich um, vergewisserte sich, daß niemand ihn beobachtete, und sah auf die Armbanduhr, die er ein Stück am Unterarm hochgeschoben trug. Dann schlenderte er quer über die Straße, drückte eine Tür auf und betrat die Halle des Hauptbahnhofs.

Bevor er in die Telefonzelle hineinging, sah er nach, ob auch niemand aus der Bürotür, die mit ›Polizei‹ markiert war, herauskam. In der Zelle warf er dann seine Münzen ein und wartete. Die Stimme des Mädchens, das sich dann meldete, kam aus einem Wohnblock in Stuttgart.

»Edgar Braun«, sagte der Maler.

»Hier ist Klara. Ich verlasse gerade das Haus und habe nur eine Minute ...«

»Mehr als eine Minute wird es auch nicht dauern ...«

Der Maler schwieg. Das war die vereinbarte Eröffnungsformel gewesen, mit der sie sich beide gegenseitig ihre Identität bestätigten. »Ich dachte mir, Sie hätten gerne gewußt, daß die erwartete Sendung angekommen ist ...«

»So rasch?«

Die Frauenstimme klang unruhig. Der Mann, der sich selbst Braun nannte, runzelte die Stirn. Das Mädchen verlor sonst nie die Fassung. Was immer das für eine Leiche in dem Motorboot sein mochte, sie war offenbar viel früher entdeckt worden als erwartet.

»Sind Sie sich Ihrer Sache sicher?« fragte die Frau.

»Natürlich bin ich mir meiner Sache sicher.« Er brauste fast auf. »Oder soll ich mit Einzelheiten dienlich sein?« setzte er böse hinzu.

»Das ist wohl nicht nötig.« Die Frauenstimme hatte ihren üblichen kühlen Ton wiedergefunden. »Danke für Ihren Anruf ...«

»Und mein Geld?« Braun wollte noch nicht aufhängen.

»Liegt für Sie wie üblich übermorgen im Postamt bereit. Und – bleiben Sie bei Ihrer Aufgabe. Denken Sie daran, Jobs sind im Augenblick nicht so leicht zu finden ...«

Der Maler stand da und starrte den Hörer an. Hatte die Schlampe doch einfach aufgelegt! Er zuckte die Achseln, verließ die Telefonzelle und kehrte zu seinem Platz auf dem Bürgersteig zurück. Braun wußte genau, auf was er aufpassen sollte. Er hatte mit einem Mädchen namens Klara telefoniert, dem er noch nie begegnet war, und er wußte, daß er zu diesem Zweck eine Stuttgarter Nummer anwählen mußte. Sonst aber war ihm nichts über die Organisation bekannt, für die er spionierte.

In der luxuriösen Stuttgarter Penthouse-Wohnung stand Klara vor dem Spiegel. Sie war früher Fotomodell gewesen, war großartig gewachsen und jetzt siebenundzwanzig Jahre alt. Um ihre glatten, schwarzen Haare kümmerte sich der beste Coiffeur der Stadt einmal in der Woche, und in ihrer Garderobe steckte ein kleines Vermögen.

Sie hatte dunkle, schläfrig blickende Augen, einen zarten Knochenbau und war Kettenraucherin. Bevor sie das weiße Telefon noch einmal aufnahm und den Mann anrief, dem das Appartement gehörte, zögerte sie. Sie zündete sich eine Zigarette an und wählte dann die südbayerische Nummer.

In dem Schloß mit dem Wassergraben, viele Meilen nordöstlich von Lindau, griff eine feste, ledrige Hand nach dem Hörer. Am Ringfinger trug der Mann einen großen Diamanten. Unter seinem starken Kinn glänzte eine Krawattenklammer aus massivem Gold. An seinem linken Handgelenk trug er eine Armbanduhr von Philipe Patek.

»Ja!«

Kein Name, nur das einzelne, kurze Wort.

»Klara hier. Kann ich sprechen?«

»Ja! Haben Sie den Pelz bekommen, den ich abgeschickt habe? – Gut. Sonst noch etwas?«

Die Stimme polterte leicht, und es war ein Hauch von Ungeduld zu spüren, daß die beiden zur gegenseitigen Erkennung diesen Unsinn austauschen mußten, bevor man zur Sache kommen konnte. Wie vorher Klara, so klang er jetzt beunruhigt, als die junge Frau ihm die Botschaft von Braun durchgab.

»Sagten Sie, die Sendung ist jetzt schon eingetroffen?«

»Ja. Ich wußte, Sie würden erleichtert sein . . .«

Der Mann in den Sechzigern, mit dem Klara sprach, war keineswegs erleichtert. Er verbarg seine Reaktion, aber die Geschwindigkeit, mit der die Polizei die Leiche des Engländers gefunden hatte, alarmierte ihn.

Der Ausdruck ›Sendung‹ deutete darauf hin, daß Warner planmäßig liquidiert worden war. Und das ›ist eingetroffen‹ hieß, daß sich die Leiche bereits in der Obhut der Polizei befand. Er benutzte fast dieselben Worte, die Klara Braun gegenüber gebraucht hatte.

»Und Sie sind sich Ihrer Sache sicher? Das war sehr rasch . . .«

»Ich selbst habe das Eintreffen nicht überwacht«, sagte sie, und ihre Stimme triefte vor Sarkasmus. »Ich berichte nur, was mir unser Beobachter vor weniger als fünf Minuten hinterbracht hat . . .«

»Denken Sie daran, mit wem Sie reden«, sagte er. Er legte auf, entnahm dem Kästchen auf seinem Schreibtisch eine Havanna, schnitt sie an und zündete sie mit einem Goldfeuerzeug an.

In ihrer Stuttgarter Wohnung war Klara vorsichtig genug, erst den Hörer aufzulegen, bevor sie gotteslästerlich fluchte. Schön, er teilte das Bett mit ihr, bezahlte ihre Miete, kaufte ihre Kleidung – aber, verdammt noch mal, sie war nicht sein Eigentum.

Sie steckte sich eine neue Zigarette an, betrachtete sich im Spiegel und pinselte an ihrem Augen-Make-up herum. Die Schwierigkeit lag einfach darin, daß Reinhard Dietrich gleichzeitig ein millionenschwerer Industrieller, ein bedeutender Großgrundbesitzer und ein prominenter Politiker war. Und außerdem vergaß sie nie, daß sie sich mit einem der gefährlichsten Männer Westdeutschlands eingelassen hatte.

## *2. Kapitel*
## Dienstag, 26. Mai

Tweed saß hinter seinem Büroschreibtisch im ersten Stock eines Hauses, das eben noch in Sichtweite des Regent's Parks lag. Durch seine dicken Brillengläser blickte er das Häufchen von ›Effekten‹ an, das die Lindauer Wasserschutzpolizei dem toten Charles Warner abgenommen hatte.

Die Zentrale des britischen Geheimdienstes liegt nicht – wie mehrfach berichtet wurde – in einem Betonbau in der Nähe des Waterloo-Bahnhofs. Sie liegt vielmehr hinter einer der vielen Empire-Fassaden, die in einem Halbkreis zusammenstehen und sich meist im Besitz von Industriekonzernen befinden.

Diese Lage bietet eine Reihe von Vorteilen. Nach Verlassen des Gebäudes kann man die verschiedensten Richtungen einschlagen. Und wer nachprüfen will, ob er verfolgt wird, geht am einfachsten geradewegs in den Regent's Park hinein. In dem offenen Gelände wäre es jedem ›Schatten‹ unmöglich, seine Anwesenheit geheimzuhalten. Nur ein paar Schritte entfernt liegt der Eingang zur U-Bahn-Station Regent's Park. Das ist einer der wenigen U-Bahnhöfe, wo man sich per Aufzug zu den Bahnsteigen begeben muß. Wieder muß sich jeder Verfolger zu erkennen geben, da er notgedrungen denselben Lift benutzen muß.

»Trauriger Anblick, was ein Mann so alles mit sich herumträgt«, bemerkte Tweed.

Keith Martel, der einzige andere Anwesende im Raum, zündete eine Zigarette an und fragte sich, ob Tweed an den Sachen herumnörgelte, weil sie seinen Ordnungssinn beleidigten, oder ob er eine Bemerkung über die Armut des Verblichenen hatte machen wollen. Er entschied sich, es müsse das letztere gewesen sein.

Die beiden Männer lagen im Alter ungefähr zwanzig Jahre auseinander. Martel, großgewachsen, gutaussehend, dunkelhaarig und mit der Aura unbedingten Selbstvertrauens, war neunundzwanzig. Am auffallendsten war seine römische Nase. Und vom Charakter her neigte er dazu, sich nicht unterzuordnen.

Er war Kettenraucher und benutzte dabei eine schwarze Zigarettenspitze. Deutsch, Französisch und Spanisch sprach er fließend. Soweit es Sportflugzeuge und Hubschrauber betraf, war er ein erstklassiger Pilot. Er konnte schwimmen wie ein Fisch und haßte alle Mannschaftssportarten.

Tweeds Alter war niemandem bekannt. Etwa einsfünfundsiebzig groß, drahtig und mit einem Rücken, der so gerade war, als hätte Tweed einen Ladestock verschluckt, sah er genauso aus wie ein ehemaliger Armeemajor – und das war er auch. Sein grauer Schnurrbart entsprach in der Farbe seinem Haarschopf und war sauber gestutzt. Seine Augen hinter den Brillengläsern traten leicht hervor und gaben ihm den gepeinigten Blick eines Menschen, der immer nur das Schlimmste erwartet.

»Meistens tritt es ein – das Schlimmste. Damit sollte man rechnen«, war sein Lieblingsausspruch.

Es war direkt unangenehm, daß die Wirklichkeit ihm dauernd recht gab. Diese Tatsache – sein Ruf, daß er Probleme zu lösen vermochte – und seine sarkastische Art hatten den Leiter der Dienststelle davon überzeugt, daß Tweed auf einem Seitengleis besser aufgehoben war. So war er Leiter der Zentralregistratur geworden. Auch der neue Boß, Frederick Anthony Howard, war beim ersten Zusammentreffen der beiden, irgendwann in nebelhafter Vergangenheit, sofort von einem Widerwillen gegen Tweed erfaßt worden.

»Was reimen Sie sich aus all dem zusammen, Keith?«

Tweed machte eine Bewegung über die Warnerschen Besitztümer hin, die in einem Häufchen auf einer zwischen Aktenstapeln sorgsam freigemachten Stelle des Schreibtisches lagen. Martel griff nach ein paar Fahrscheinen und Papierstreifen, die man der Brieftasche des Toten entnommen hatte.

Wie ein Eichhörnchen hatte Warner seine Brieftasche mit merkwürdigen Zettelchen vollgestopft, die ein anderer weggeworfen haben würde. Aber Martel wußte, daß das nicht aus Gedankenlosigkeit geschehen war: Warner hatte nach dem Grundsatz gearbeitet, einem eventuellen Nachfolger Anhaltspunkte zu hinterlassen, wenn ihm selbst während eines Auftrages einmal etwas zustoßen sollte.

»Was hat er denn in Deutschland gemacht?« fragte Martel, während er die Sammlung betrachtete.

»Ich hatte ihn an Erich Stoller vom Bundesnachrichtendienst ausgeliehen. Ich habe bei Erich noch etwas gutzumachen, und er brauchte einen Außenstehenden, der notfalls für einen Deutschen durchgehen konnte, um an diesen Delta-Haufen da in Bayern ranzukommen – Neonazis, wie Sie ja wohl wissen. Halten sich gerade noch innerhalb der Legalität, so daß es keine rechtliche Handhabe gegen sie gibt.«

Bundesnachrichtendienst – BND –, so heißt der im Ausland kaum bekannte bundesdeutsche Geheimdienst, der sein diskretes Hauptquartier in der Nähe von München unterhält. Als Tweed jetzt etwas aus der Tasche zog und auf den Schreibtisch fallen ließ, gab es einen dumpfen Aufklang. Es war ein silberner, dreieckiger Anstecker, der wie der griechische Buchstabe Delta aussah.

»Das ist nun deren jüngste Variation des Hakenkreuzes«, bemerkte Tweed. »Der Anstecker ist unter Warners Leiche gefunden worden. Der Killer muß ihn unbemerkt fallengelassen haben . . .«

»Wie ist er denn nun umgebracht worden?«

»Brutal.« Tweed nahm die Brille ab, lehnte sich in seinem Drehstuhl zurück und machte es sich zu seiner Suada gemütlich. »Der Gerichtsmediziner des BND sagt aus, daß auf Warner mit einer Art Messer fünfundzwanzigmal eingestochen worden ist. Fünfundzwanzigmal! Und zum Abschluß haben sie ihm dann noch ihr Markenzeichen in den nackten Rücken geschnitten – das Delta.«

»Und daraus entnehmen wir, daß ›Delta‹ ihn umgebracht hat?«

»Nein, dabei verlassen wir uns auf einen unparteiischen Augenzeugen – Stoller nennt noch nicht einmal mir gegenüber den Namen. Irgendein deutscher Urlauber hat auf einer erhöhten Terrasse über dem Hafen von Lindau gesessen . . .«

»Hört sich an wie die Römerschanze«, warf Martel ein.

»Natürlich, ich hatte es vergessen. Sie kennen ja Lindau. Merkwürdiger Ort – habe mir das auf der Karte angesehen. Von oben muß es wie ein Floß aussehen, das durch zwei Planken mit dem ›bayerischen Festland‹ verbunden ist . . .«

»Eine Straßenbrücke und ein eigener Bahndamm, auf dem auch ein Weg für Radfahrer und Fußgänger entlangführt.«

»Schön, wenn man ein Auge fürs Detail hat«, kommentierte Tweed mit einer Spur von Sarkasmus. Martel schien das nicht zu bemerken: Für ihn hieß das, daß Tweed einiges an Nervosität zu verbergen versuchte.

»Wie ich schon sagte«, fuhr Tweed fort. »Dieser Urlauber hat Warner durchs Fernglas beobachtet, als er im Motorboot auf den See hinausfuhr. Er hat auch die Gruppe von Windsurfern beobachtet – sechs waren es, um genau zu sein –, wie sie Warner quer vor den Bug fuhren und ihn so angehalten haben. Als sie wieder abgezogen waren, hat er gesehen, wie Warners Boot steuerlos trieb und er über dem Steuerrad zusammengesackt hing. Der Urlauber nahm an, da sei jemandem schlecht geworden, und hat der Wasserschutzpolizei Bescheid gesagt, die ihre Barkasse gleich unterhalb dieser Römer-Dingsbumsterrasse liegen hat . . .« Tweed blickte in Stollers Bericht. »Ein Bursche namens Dorner ist dann rausgefahren und hat mal nachgesehen . . .«

»Und der Rest ist dann unglücklicherweise bereits Geschichte.«

»Bis auf die Tatsache, daß ich möchte, daß Sie losziehen und Warner ersetzen«, sagte Tweed ruhig.

Frederick Anthony Howard kam ohne anzuklopfen in das Büro. Besser wäre vielleicht zu sagen, daß er hereinstürmte. Es machte geradezu Howards Persönlichkeit aus, daß er jeden Raum beherrschte, sowie er eintrat.

Er wurde von Mason, einem Neuling, begleitet. Mason hatte ruhelose Augen und wirkte mager und hungrig. Er sagte gar nichts, sondern blieb einfach aufmerksam hinter seinem Chef stehen.

»Tweed, Sie sind sich doch wohl darüber im klaren, daß wir all die aktiven Mitarbeiter, die dazu ausersehen sind, auf die Premierministerin während ihrer Reise zur Gipfelkonferenz in Wien aufzupassen, auch tatsächlich brauchen?«

Er gebrauchte das Wort ›aktiv‹ mit einer Betonung, die deutlich machte, daß Martel inbegriffen und Tweed ganz deutlich ausgeschlossen war. Howard war ein stattlicher Mann von fünfzig Jahren mit rotem Gesicht und cholerischem Temperament, einer ungekämmten Matte von grauem Haar und sehr dezidiertem Auftreten. Er stand in dem Ruf, bei Frauen äußerst erfolgreich zu sein, und diesen Ruf genoß er.

Der Umstand, daß Cynthia, seine Frau, in der ›Villa‹ auf dem Land lebte, während Howard selbst in Knightsbridge seine ›Bleibe‹ hatte, hätte nicht günstiger sein können. Tweeds eigener bei Gelegenheit privat abgegebener Kommentar dazu war eher desillusionierend gewesen.

»Bleibe? Ich war mal da. Wenn er da ein Mädchen bei sich hat, dann kann sich das Bleiben nur noch im Stehen abspielen . . .«

»Was ist denn das für'n Zeug?« fragte Howard, indem er die Brieftasche aufnahm. Martel hatte, als Howard den Raum betrat, die Papierstückchen, über denen er brütete, in der hohlen Hand verborgen und steckte sie jetzt in die Tasche.

»Das ›Zeug‹ da«, sagte Tweed grimmig, »das sind die persönlichen Effekten des verstorbenen Charles Warner. Der BND hat sie freundlicherweise von München nach London einfliegen lassen, damit wir unverzüglich mit unseren Nachforschungen beginnen können.«

Nachdem er diese Bemerkung mit kalter, ruhiger Stimme losgeworden war, setzte Tweed seine Brille wieder auf. Ohne sie fühlte er sich nackt – besonders in der Gegenwart von Menschen wie Howard. Und er wußte genau, daß es unmöglich war, seinen Gesichtsausdruck zu deuten, wenn er die dicken Gläser auf der Nase trug.

»Der Herr werden empfindlich im hohen Alter, was?« stichelte Howard leichthin und versuchte damit von seinem, wie er jetzt erkennen mußte, äußerst schlechten Benehmen abzulenken.

»Der Mann ist tot«, gab Tweed zurück. Er ließ nicht locker.

»Das gefällt mir genausowenig wie Ihnen.« Howard schlenderte zum Fenster hinüber, das mit einem schweren Netzstoff verhängt war, und blickte durch das Panzerglas hinaus. Bevor er wieder zum Sprechen ansetzte, legte er seine Hände in einer theatralischen Geste zusammen.

»Ich muß einfach darauf bestehen, daß wir alles dazu verfügbare aktive Personal in exakt einer Woche von heute an gerechnet an Bord des Gipfelexpreß von Paris nach Wien haben. Am Dienstag, dem zweiten Juni . . .«

»Ich besitze selbst einen Kalender«, gab Tweed zum besten.

Howard wandte seinen Blick betont von Tweed ab und sah Martel an, der gar nichts sagte und statt dessen seine Zigarettenspitze im Mund behielt – für Howard eindeutig dienstlicher Ungehorsam. Er hatte bereits deutlich klargemacht, daß diesem ekligen Laster in seiner Gegenwart nicht gefrönt werden durfte.

»Also?« drängte er.

Martel seinerseits blickte Howard an, paffte, und sein Gesichtsausdruck war hart und feindlich. »Ich bin anderweitig beschäftigt«, sagte er schließlich, immer noch die Zigarettenspitze zwischen den Zähnen. Howard wandte sich zu Tweed und explodierte.

»Verdammt noch mal, das reicht mir jetzt. Ich nehme mir Martel und stecke ihn in meine Bewachertruppe. Er spricht fließend Deutsch . . .«

»Und das ist genau der Grund, weshalb er nach Bayern soll«, fiel Tweed ein. »Wir hatten das Gefühl, daß etwas faul ist im Staate der Bavaria. Und es sieht so aus, als hätten wir recht gehabt. Oder warum wäre Warner sonst wohl umgebracht worden?«

Howard warf einen Blick zu Mason hinüber, der immer noch wie ein stummer Diener neben der Tür stand. Es war mal wieder Zeit, aufzutrumpfen. »Wir?« fragte er höhnisch. »Darf ich mich erkundigen, wer mit ›Wir‹ gemeint ist?«

»Erich Stoller vom BND und ich«, antwortete Tweed knapp.

Langsam war es Zeit, Howard wieder loszuwerden. »Der Minister hat mir eine Notiz geschickt – ich soll das bayerische Rätsel lösen und habe Vollmacht, meine Leute so einzusetzen, wie ich es für richtig halte. Und ich darf vielleicht noch darauf hinweisen, daß der Gipfelexpreß, der die vier wichtigsten westlichen Politiker nach Wien zu ihren Treffen mit dem Ersten sowjetischen Generalsekretär bringt, ebenfalls Bayern durchquert?«

Sie waren wieder allein. Howard war in dem Moment aus dem Büro hinausgestürmt, als er von der Existenz der speziellen ministeriellen Notiz erfahren hatte. Mason war auf dem Fuße gefolgt und hatte die Tür leise hinter sich geschlossen.

»Der hat sich eingeprägt, wie ich aussehe«, sagte Martel.

»So, dann machen wir weiter. Moment mal, wer hat was?«

»Dieser Neue, Mason. Wer hat denn den aufgelesen und wo?«

»Spezialeinheit, wenn ich das richtig verstanden habe«, antwortete Tweed. »Und Howard hat ihn selbst für uns rekrutiert – hat persönlich das Einstellungsgespräch mit ihm geführt, wie ich gehört habe. Ich glaube, der hat sich schon länger bemüht, bei uns Fuß zu fassen . . .«

»Wir nehmen aber doch niemanden, der sich bewirbt«, entfuhr es Martel.

»Diesmal aber wohl, augenscheinlich. Wie wollen Sie denn jetzt Warners Spur aufnehmen? Und da Sie ja jetzt Ihr Frühstück intus haben, sollte Ihr Magen widerstandsfähig genug sein, daß Sie sich mal die Fotos ansehen können, die Stollers Kollege da geschossen hat. Auf zweien davon sieht man deutlich das dreieckige Zeichen der Delta-Partei – in Warners Rücken eingeschnitten . . .«

»Also, Delta, das sind die Neonazis«, murmelte Martel, während er die Hochglanzvergrößerungen studierte. »Und Delta wird von Reinhard Dietrich geleitet, diesem Millionär aus der Elektronikindustrie. Er hat sich doch auch für die bayerische Landtagswahl aufstellen lassen, die stattfindet am . . .«

»Am Donnerstag, dem vierten Juni – einen Tag, nachdem der Gipfelexpreß Bayern durchquert hat«, warf Tweed ein. »Das hat Howard wohl auch wieder übersehen. Also wissen Sie, Keith, ich habe das verrückte Gefühl, daß das alles irgendwie zusammenpaßt – daß der Zug durch Bayern muß, dann die Landtagswahl und daß Warner umgebracht worden ist, bevor er mit uns reden konnte.«

Martel legte die Hochglanzfotos wieder auf den Schreibtisch zurück und holte die Papierchen aus der Tasche, die er in Howards Gegenwart versteckt gehalten hatte. Eins von den Papierstückchen zeigte er jetzt Tweed.

»Um herauszufinden, weshalb Warner ermordet worden ist, fange ich in Zürich an.«

»Warum Zürich? Mir ist der Erste-Klasse-Fahrschein von München nach Zürich aufgefallen – und die andere Fahrkarte von Lindau nach München, aber . . .«

»Hier, das kleine Stück Papier. Sehen Sie sich das doch mal richtig an.«

Tweed betrachtete es durch ein Vergrößerungsglas. Es war auch irgendeine Art von Fahrschein mit dem Aufdruck VBZ ZURI...LINIE. Und die Worte RENN-WEG/AUGUST waren in Violett auf den Fahrschein gestempelt, zusammen mit dem Preis: 0.80.

»Von meiner letzten Reise nach Zürich her bin ich mir sicher, daß Sie da einen Straßenbahnfahrschein in der Hand halten«, erklärte Martel. »Eine Straßenbahn, deren Strecke die Bahnhofstraße entlangführt – der Rennweg ist eine Seitenstraße der Bahnhofstraße. Warner ist also innerhalb der Stadt herumgefahren. Warum? Wohin? Er hat seine Zeit nie verschwendet.«

Tweed nickte sein Einverständnis, schloß eine Schublade auf und nahm eine Akte heraus. Den Aktendeckeln entnahm er ein kleines schwarzes Notizbuch, das er durchblätterte. Dann machte er eine Bewegung mit dem Schreibtischschlüssel.

»Ich nehme an, Sie wissen, daß Howard abends immer wartet, bis alle nach Hause gegangen sind – und dann schnüffelt er rum und hofft, irgend etwas herauszufinden, das man ihm nicht erzählt hat. Der verbringt mehr Zeit damit, seine eigenen Leute auszuspionieren als den Gegner. Aber so halten wir ihn wenigstens beschäftigt...«

»Und jetzt spielen Sie offenbar gerade Ihre stärkste Karte aus«, bemerkte Martel. »Sie spannen mich absichtlich auf die Folter. Dürfte ich denn mal sehen, was Sie so an Assen haben?«

»Das war bei Warners Hinterlassenschaft, die Stoller mir mit solch lobenswerter Eile hatte zukommen lassen.« Tweed blätterte die Seiten des kleinen Notizbuches mit dem Daumen durch. »Aber ich weiß, daß Warner immer zwei Notizbücher bei sich hatte – das große war in der Brusttasche, und das fehlt. Möglicherweise von dem Schwein geklaut, das auf ihn eingestochen hat. Das große war voll von bedeutungslosem Unsinn. Aber diesen kleinen Kameraden hier, den hatte er immer in einer Geheimtasche mit sich getragen. Erst Stoller hat es gefunden, nachdem er von der Wasserschutzpolizei benachrichtigt worden war und nach Lindau – oder jedenfalls zum nächstgelegenen Flugplatz – geflogen ist.«

»Wird es mir erlaubt sein, mal einen Blick da reinzuwerfen?«

»Sie werden ja richtig ätzend, Mr. Martel.« Tweed reichte das Notizbuch hinüber. »Der Kummer ist nur, daß man aus dem Gekritzel nicht schlau wird.«

Martel blätterte. Die Eintragungen schienen zusammenhanglos. Hauptbahnhof, München ... Hauptbahnhof, Zürich ... Delta ... Centralhof ... Bregenz ... Washington D.C., Clint Loomis ... Pullach, BND ... Operation Krokodil.

»Charles ...«

Sie hatten ihn immer Charles genannt. Bei einem Menschen wie Warner hätte man nicht im Traum daran gedacht, ihn Charly zu rufen – davor hätte er sich bestimmt verwahrt.

»Charles«, wiederholte Martel, »war ja regelrecht auf die Bahnstationen fixiert – die Hauptbahnhöfe in München und Zürich. Warum wohl? Und wenn die Reihenfolge der Notizen bedeutet, daß Delta irgendeine Verbindung zu Zürich hat, dann wäre das doch merkwürdig, oder was würden Sie sagen?«

»Delta ist die offizielle Partei von Neonazis, die ihre Kandidaten für die bayerischen Landtagswahlen aufgestellt hat«, bemerkte Tweed. »Aber gleichzeitig arbeitet Delta auch im Untergrund. Den Gerüchten nach operieren Zellen von Delta in der Nordostschweiz zwischen St. Gallen und der österreichischen Grenze. Ferdy Arnold von der Schweizer Spionageabwehr ist beunruhigt ...«

»Beunruhigt genug, um uns zu unterstützen?« wollte Martel wissen.

»Mit spitzen Fingern. Sie kennen doch die Schweizer – Neutralitätspolitik; da glauben sie immer, sie müßten besonders vorsichtig sein ...«

»Bei so einer Gangsterbande? Soll sich doch mal einer

ansehen, was die mit Warner gemacht haben. Und wer ist Clint Loomis – Washington, D.C.?«

»Daraus werde ich nicht schlau.« Tweed lehnte sich zurück und drehte sich auf seinem Stuhl hin und her. »Clint ist ein alter Freund von mir. Ex-CIA. Wurde einst rausgeworfen von Tim O'Meara, der jetzt die Geheimdienstabteilung leitet, die den US-Präsidenten im Gipfelexpreß auf dem Weg nach Wien beschützen wird. Da seh' ich keinen Zusammenhang . . .«

»Wer trägt denn die Kosten dieser Verbindung mit dem BND, falls Howard dagegen ist?«

»Erich Stoller vom BND – der hat eine Menge Geld zur Verfügung. Bonn macht sich wegen Delta Sorgen . . .«

»Dann hätte also Charles in seiner üblichen Geheimniskrämerei schnell mal von München nach Washington fliegen können, ohne daß Sie davon erfahren hätten?«

»Ja, das nehme ich schon an.« Tweed schien zu zweifeln. »Ich sehe bloß nicht ein, warum.«

»Aber hier ist doch überhaupt noch nichts, was wir einsehen können, oder? Und am wenigsten wissen wir, was Warner herausgefunden hat, das dann zu seiner kaltblütigen Ermordung führte.« Martel sah noch einmal in das Notizbuch. »Centralhof. Erinnert mich an irgendwas.«

Tweed regte sich in seinem Stuhl, und der Blick hinter seinen Brillengläsern wurde nichtssagend. Martel wußte aus Erfahrung, daß er jetzt etwas Unangenehmes zu hören bekommen würde. Er zündete eine neue Zigarette an und steckte sich die Spitze zwischen die Zähne.

»Na, wenigstens Sie können sich einen Reim daraus machen, Keith«, sagte Tweed fröhlich. »Ferdy Arnold hat Warner die beste Hilfe an die Seite gestellt, die er hatte. Und vielleicht kann Ihnen diese Beistandsperson etwas mehr erzählen. Von den Mördern mal abgesehen, war sie wahrscheinlich die letzte, die Warner lebend gesehen hat . . .«

»Sie?«

»Richtig, dieses Fürwort bezeichnet eine Frau. Claire

Hofer. Ihre Mutter war Engländerin, ihr Vater Schweizer – und obendrein einer von Ferdys besten Leuten; so ist sie dann auch zum Geheimdienst gekommen. Sie wohnt Centralhof fünfundvierzig in Zürich. Daher die Eintragung, wie ich vermute ...«

»Bleibt bloß zu bedenken, daß Warner das Geheimnotizbuch benutzt zu haben scheint, um Verdachtsmomente einzutragen ...«

»Sie werden jede Hilfe nötig haben, die Sie bekommen können ...«

»Vor allen Dingen Hilfe, der ich vertrauen kann ...«

»Die Frau könnte eine bedeutende Unterstützung darstellen«, beharrte Tweed.

»Aber dann denken Sie doch daran«, begann Martel mit Nachdruck, »daß Warner von jemandem verraten worden ist, der wußte, daß er mit dem Motorboot in die Schweiz wollte – von jemandem also, dem er vertraut hat. Und jetzt sagen Sie mir bitte noch einmal, warum Stoller Hilfe von draußen angefordert hat.«

»Weil er glaubt, daß sich jemand in den BND eingeschlichen hat. Überall wo sie hinkommen, werden Sie auf lauerndes Mißtrauen stoßen. Und da der Gipfelexpreß Paris am Dienstag, dem zweiten Juni, um dreiundzwanzig Uhr fünfunddreißig verläßt, bleiben Ihnen exakt sieben Tage, um hinter all diese Geheimnisse zu kommen.«

## *3. Kapitel*
## Mittwoch, 27. Mai

Mr. Keith Martel, Passagier nach Genf, wird dringend gebeten, sich am Swissair-Schalter zu melden ...

Im Flughafengebäude von Heathrow war Martel gerade auf dem Weg zum Flugsteig, als diese Durchsage über Lautsprecher kam. Langsam stieg er die Stufen wieder hinunter und hielt inne, als er den Swissair-Schalter überblicken konnte. Erst als noch zwei andere Passagiere am Schalter standen, schlenderte er hinüber.

Das Mädchen von der Swissair sagte ihm, er würde dringend am Telefon verlangt, und ließ ihn allein zurück, während er schäumend den Hörer aufnahm. Es war Tweed. Seine Stimme klang nach dieser mühsamen Beherrschung, die bei ihm ein Zeichen großer Aufregung war. Sie brachten die Erkennungsprozedur hinter sich, und dann explodierte Martel so leise wie möglich.

»Um Himmels willen, wie kommen Sie nur dazu, hier meinen Namen so ausposaunen zu lassen, daß jeder in diesem gottverdammten Flughafen . . .«

»Ich hab' Ihren Bestimmungsort geändert, Sie fliegen jetzt nach Genf. Haben die nicht . . .«

»Sie haben. Danke für die Art, wie Sie mich umsorgen. Jetzt bleiben mir gerade noch zehn Minuten, um an Bord zu gehen . . .«

»Mein Büro ist abgehört worden – gestern, während wir miteinander gesprochen haben. Über Delta und das alles . . .«

»Von wo rufen Sie jetzt an?«

»Von einer Telefonzelle am Bahnhof Baker Street natürlich. Sie glauben doch nicht, daß ich so dämlich bin, von einem anderen Apparat in unserem Gebäude anzurufen, oder? Ich habe die verdammte ›Wanze‹ ganz zufällig entdeckt. Die Putzfrau hatte mir einen Zettel hingelegt, daß die Birne in der Deckenlampe hinüber war. Ich hab' dann nachgesehen – die ›Wanze‹ klebte am Lampenschirm . . .«

»Dann könnte also irgend jemand unsere Unterhaltung abgehört haben, möglicherweise auf Tonband, und würde jetzt wissen, wohin ich fliege und warum?«

»Ich hatte mir gedacht, Sie sollten das wissen – noch bevor Sie an Bord gehen.«

Tweed klang ehrlich besorgt. Eigentlich ungewöhnlich für Tweed, soviel Gefühl zu zeigen.

»Danke«, sagte Martel kurz. »Ich werde die Augen offenhalten . . .«

»Vielleicht sollten Sie besonders in Zürich aufpassen. Könnte sein, daß Sie ein Empfangskomitee erwartet . . .«

»Nochmals tausend Dank. Ich muß jetzt los . . .«

Die Swissair-Maschine hob pünktlich um elf Uhr zehn ab. In London hatte die Temperatur etwa bei zehn Grad Celsius gelegen. Als das Flugzeug über der Schweiz an Höhe verlor, schaute Martel, der am Fenster saß, auf die Ketten des Juragebirges hinunter, die aussahen, als brauche man nur hinunterzufassen, um sie zu berühren. Die Maschine war über Basel gekommen und hielt nun östlich auf Zürich zu.

Als sich die Maschine in die Kurve legte, bot sich durch die Seitenfenster ein phantastisches Bild: das sonnenbeleuchtete Panorama der verschneiten Alpen. Martel erkannte das schroffe Dreieck des Matterhorns, das in der Form der Delta-Anstecknadel nicht unähnlich war. Dann landeten sie.

Am Flughafen Kloten, zehn Kilometer außerhalb von Zürich, wurde Martel beim Aussteigen von einer Hitzewelle regelrecht eingehüllt. Kaum zehn Grad in London, mehr als dreiundzwanzig Grad in Zürich. Nach Heathrow schien hier alles geradezu unnatürlich ruhig und ordentlich zu sein. Als er Zoll und Paßkontrolle hinter sich hatte, begann er, nach Schwierigkeiten Ausschau zu halten.

Er war versucht, von der unterirdischen Eisenbahnstation des Flughafens aus den Zug zum Hauptbahnhof zu nehmen, der zweiten Stelle, die in Warners Notizbuch verzeichnet war. Statt dessen nahm er ein Taxi zum Hotel Baur au Lac.

Damit würde er in einem der drei besten Schweizer Hotels wohnen; und der Zimmerpreis hätte bei Howard sicherlich einen Schlaganfall hervorgerufen. Aber Howard zahlte ja die Spesen nicht. Kurz bevor Martel London verlassen hatte, hatte Erich Stoller an Tweed per Telex einen dicken Stapel D-Mark überwiesen.

»Die Deutschen zahlen, also genießen Sie's«, hatte Tweed dazu bemerkt. »Sind offenbar betroffen von der Tatsache, daß der erste Agent, den ich ihnen zur Hilfe geschickt habe, nicht länger unter uns weilt . . .«

»Und daß ich möglicherweise der nächste bin?« gab Martel zurück. »Trotzdem ist es natürlich eine gute Tarnung – im besten Hotel der Stadt abzusteigen, statt in irgendeiner bemoosten kleinen Pension . . .«

Gute Tarnung? Er rief sich diese Bemerkung zynisch ins Gedächtnis, während das Taxi das Autobahnstück in Richtung Zürcher Innenstadt entlangsauste. Die Bemerkung war in Tweeds Büro gefallen, von dem sie nun wußten, daß es abgehört wurde. Natürlich könnte er das Hotel wechseln – aber umgekehrt, wenn die gegnerische Seite ihn im Baur au Lac ausfindig machte, dann konnte ihm damit vielleicht auch selbst eine überraschende Möglichkeit geboten werden.

Hauptsache, ich bemerke die anderen als erster, dachte er, während er sich eine neue Zigarette anzündete.

Es war schön, wieder in Zürich zu sein und die blauen Straßenbahnwagen ihre Schienen entlangrumpeln zu sehen. Die Route, die der Taxifahrer nahm, verlief durch die Unterführung, dann scharf rechts über die Limmat-Brücke zum Hauptbahnhof. Martel blickte auf das gewaltige Bahnhofsgebäude und fragte sich wieder, warum es in Warners Notizbuch erwähnt worden war.

Links erhaschte er gerade noch einen Blick auf die baumgesäumte Bahnhofstraße, seine Lieblingsstraße in seiner Lieblingsstadt auf dem europäischen Kontinent. Hier lagen die großen Banken mit ihren unglaublichen Sicherheitssystemen, ihren unterirdischen Stahlkammern, die mit Goldbarren vollgestapelt lagen. Aber dann fuhren sie schon die Talstraße hinunter, die Straße, an deren Ende das Baur au Lac zum See hin lag.

Eine dicke, graue Wolkendecke lastete über der Stadt, und die ganze Atmosphäre dampfte vor Feuchtigkeit – wie es so oft bei hohen Temperaturen der Fall ist. Das Taxi bog unter einem Tor hindurch ins Hotelgelände ein und hielt am Haupteingang. Der Oberportier hielt die Wagentür auf, und Martel zählte fünf Mercedeswagen und einen Rolls-Royce auf dem Hotelparkplatz. Gegenüber dem Hoteleingang erstreckten sich die grünen Wiesen des Miniparks bis zum See hinunter.

Vom Flughafen zum Hotel war ihm niemand gefolgt. Dessen war er sich ziemlich sicher. Aber irgendwie beruhigte ihn das nicht, während er jetzt hinter dem Portier her hineinging. Das Hotel war fast voll besetzt. Am Telefon war er mit einem Doppelzimmer, das zum Park hin lag, einverstanden gewesen. Als der Gepäckträger hinausgegangen war, überprüfte Martel Schlafraum und Badezimmer nach verborgenen Mikrofonen. Er fand nichts. Glücklich war er immer noch nicht.

Nach der Überprüfung des Raums ging er über die Treppe nach unten – den Lift vermied er, weil jeder Aufzug eine Falle sein konnte. Die Atmosphäre war luxuriös, friedvoll und beunruhigend normal. Er schlenderte durch das Hotelgelände zu der Stelle, wo unter einem Vordach in der Nähe des französischen Restaurants Tee und Drinks serviert wurden. Er bestellte Kaffee, zündete sich eine Zigarette an, wartete und sah zu, wie die Elite unserer Welt ankam und abfuhr. Er hielt nach einem ›Schatten‹ Ausschau.

Seine Verabredung in Claire Hofers Wohnung hatte er erst um acht Uhr abends, einem Zeitpunkt, den er als seltsam empfunden hatte. Normalerweise hätte er ja die Gegend vorher in Augenschein genommen, aber die Abhöranlage in Tweeds Büro hatte ihn seine Taktik ändern lassen. Er war immer schon gut gewesen, wenn es darum ging, zu warten, und er rechnete fest mit der Ungeduld der Gegenseite.

Gegen sieben Uhr dreißig war er von Kaffee geradezu durchweicht, und die Gäste fanden sich langsam zum Abendessen in dem nahegelegenen Restaurant ein. Auf einmal kritzelte Martel rasch seine Unterschrift und seine Zimmernummer auf die Rechnung, erhob sich und trat nach draußen unter den Torbogen. Er überquerte die Talstraße und ging dann nach links die Bahnhofstraße hoch, weg vom See. Er hatte zwar niemand Verdächtigen entdeckt, aber sein ungemütliches Gefühl war er auch nicht losgeworden.

Bei einem Fahrkartenautomaten auf der verlassenen Straße hielt er an, steckte vier Zwanzig-Centime-Münzen in den Schlitz, die er sich vom Kassierer des Baur au Lac hatte geben lassen, nahm seinen Fahrschein an sich und wartete auf eine von Zürichs ›Heiligen Kühen‹. Diese lackglänzenden Straßenbahnzüge hatten die absolute Vorfahrt vor dem gesamten übrigen Verkehr – daher die etwas despektierliche Bezeichnung durch die Zürcher.

Der Fahrschein ließ eine leichte Unruhe in ihm erwachen. In seiner Brusttasche war ein Umschlag, der den Inhalt von Warners Brieftasche enthielt – und darunter befand sich auch ein Straßenbahn-Fahrschein, auf dem »Rennweg/August« stand. Diese Haltestelle war nicht weit entfernt, und Warner könnte den Fahrschein benutzt haben, als er zu Claire Hofer fuhr. Eine Straßenbahn glitt die Straße entlang, stromlinienförmig und frisch lackiert. Martel kletterte hinein und setzte sich in die Nähe einer der Türen.

Vom Hotel aus hätte es ihn nur fünf Minuten gekostet, um zum Centralhof Nummer fünfundvierzig, der Adresse von Claire Hofer, zu Fuß zu laufen. Indem er die Straßenbahn benutzte und lediglich eine Haltestelle weit fuhr, hoffte er ans Licht zu bringen, ob ihm jemand folgte. An der nächsten Haltestelle wandte er ein Täuschungsmanöver an. Er stand auf und drückte den schwarzen Knopf, mit dem sich die Doppeltüren beim Halt des Wagens automatisch öffnen ließen.

Die Türen gingen auf, Martel sah auf seinen Fahrschein und blickte sich dann erstaunt um, so, als sei er sich auf einmal seines Fahrziels nicht mehr sicher. Andere Fahrgäste stiegen aus, neue stiegen ein. Immer noch wartete Martel. Die Türen begannen sich zu schließen. Und jetzt kam Bewegung in Martel . . .

Er wußte genau, wie die Straßenbahn funktionierte. Er stieg genau in dem Moment auf das Trittbrett hinunter, als es sich langsam hochhob, während die Türen sich wieder schlossen. Infolge einer eingebauten Sicherung bleiben die Türen offen, solange das Trittbrett belastet ist – oder sie öffnen sich, wenn sie schon dabei waren, sich wieder zu schließen. Auf dem Bürgersteig hielt Martel inne, um sich eine Zigarette anzuzünden und um zu beobachten, ob sich noch jemand nach ihm nach draußen drängte. Die Türen schlossen sich, die Straßenbahn fuhr weiter.

Centralhof, das ist ein von Gebäuden umstandener Platz. Mit einer Seite grenzt er an die Bahnhofstraße. Es gibt vier überwölbte Eingänge – je einen an jeder Seite des Platzes, also auch einen von der Bahnhofstraße her –, und sämtliche vier Torbögen führen durch bis in den inneren Garten.

Martel überquerte die Straße, ging die Poststraße entlang, bog nach rechts ab und ging weiter, jetzt an der dritten Seite des Wohnblocks entlang. Als er im Eingangsgewölbe war, sah er die Bäume und den Brunnen, an die er sich erinnerte. Nichts hatte sich verändert. Er setzte sich auf eine Bank.

In dieser speziellen Wohnung im Centralhof war er noch nie zuvor gewesen – aber bei einem früheren Besuch hatte er genau dieselbe Taktik angewandt, um einen Schatten hervorzulocken. Und damals hatte es geklappt.

Das einzige Geräusch hier im Halbdunkel war das Zirpen unsichtbarer Spatzen im Blätterwerk der Bäume, das sanfte Plätschern des Brunnenwassers. Eine friedlichere Szenerie konnte man sich kaum vorstellen. Er blickte zu den gardinenverhangenen Fenstern hoch, und die Stille war fast durchdringend.

Niemand war ihm in diese Oase des Friedens gefolgt. Er wagte zu vermuten, daß er bisher jeder Entdeckung entgangen war. Er stand auf und ging auf den Bogengang zu, in dem der Eingang zu dem Appartement lag und den ihm Tweed auf einer Straßenkarte gezeigt hatte.

Er fand nur ein Namensschild mit einem Klingelknopf, daneben C. Hofer. Er drückte auf die Klingel, und fast im selben Augenblick hörte er die Stimme einer Frau durch das Metallgitter der Sprechanlage. Die Frau sprach deutsch – kein Schweizerdeutsch, was Martel nicht verstanden haben würde.

»Wer ist da?«

»Martel.«

Er sprach leise, den Mund dicht an dem Gitter. Die andere Stimme klang, durch die Elektrik verfremdet, fast körperlos.

»Ich habe geöffnet. Ich bin im ersten Stock . . .«

Martel trat in den kahlen Hausflur, und der Türschließer ließ die Haustür hinter ihm automatisch ins Schloß fallen. Martel sah sich einem altmodischen Aufzug mit offenem Gitterwerk gegenüber. Er beachtete ihn nicht, sondern rannte leichtfüßig die Treppe hinauf, um ein paar Sekunden, bevor Claire Hofer ihn erwartete, oben zu sein.

Größe: fünf Fuß, sechs Zoll. Gewicht: neun Stone, zwei Pfund. Alter: fünfundzwanzig. Haarfarbe: schwarz. Augenfarbe: tiefblau.

Das war die Beschreibung der Hofer, die Tweed Martel in London gegeben hatte. Es war typisch für die überlegte Art und die Tüchtigkeit von Ferdy Arnold, daß er seine Angaben über das äußere Erscheinungsbild des Mädchens in dieser Terminologie gegeben hatte: Er kannte Tweeds Abscheu gegenüber dem Europa des gemeinsamen Marktes und dem metrischen System.

Als er den ersten Stock erreichte, war Martel unbewaffnet. Er rechnete damit, daß die Hofer ihn mit einer Pistole versorgen würde. Auf dem verlassenen Treppenabsatz sah er sich einer geschlossenen Tür gegenüber, und er bemerkte – fast versteckt in dem hochglanzlackierten hölzernen Zierat der Tür – ein kleines Guckloch. Wenigstens eine Vorsichtsmaßnahme für den Fall, daß Fremde kamen.

»Willkommen in Zürich, Mr. Martel. Bitte, kommen Sie schnell herein . . .«

Die Tür war rasch geöffnet worden, und die junge Frau blickte Martel prüfend an, während sie ihn in die Wohnung winkte, die Tür wieder schloß und einen Riegel vorlegte. Martel hatte seine Zigarette ausgetreten, während er unten in dem Bogengang gestanden hatte. Er hielt die schwarze Zigarettenspitze zwischen den Fingern und musterte die junge Frau ohne besonderen Enthusiasmus.

Sie trug eine dunkle Sonnenbrille mit übergroßen, extravagant geformten Gläsern, wie junge Mädchen sie heute mögen. Ihr Haar war tatsächlich sehr schwarz, sie war auch ungefähr einssiebenundsechzig groß, und er nahm an, daß die Waage tatsächlich etwa achtundfünfzig Kilogramm anzeigen würde. Außerdem war die junge Frau sehr attraktiv, trug eine geblümte Bluse und einen pastellfarbenen Rock, der wohlgeformte Beine sehen ließ.

»Zufrieden?« fragte sie spitz.

»Man kann nie vorsichtig genug sein«, sagte er zu ihr und ging durch den kleinen Flur ins Wohnzimmer hinüber, dessen Fenster auf den Innengarten des Centralhofs hinaussahen. Er benahm sich leicht von oben herab, steckte eine Zigarette in die Spitze und zündete sie an, ohne die junge Frau um Erlaubnis zu bitten.

»Aber bitte sehr, Sie können rauchen«, sagte sie zu ihm.

»Gut. Es hilft mir, mich zu konzentrieren . . .«

Er blickte sich in dem Zimmer um, das mit schweren Ledersesseln und Sofas und dem üblichen gewichtigen Buffet vollgestellt war. Die deutschen Schweizer verwendeten gern solche Möbel, die wohl irgendwie die handfeste Persönlichkeit der Besitzer widerspiegelten. Martel glaubte zu wissen, was die Hofer im Augenblick dachte. Teufel auch, muß ich jetzt mit diesem ungehobelten Burschen zusammenarbeiten?

»Ich mach' uns eben mal einen Kaffee«, sagte sie in freundlicherem Ton.

»Nett von Ihnen ...«

Martel ging zum Fenster, aber er änderte die Richtung, als die junge Frau durch die Schwingtür in die Küche verschwand. Soweit er es so rasch erkennen konnte, schien die Küche hervorragend ausgerüstet zu sein. Leise drückte Martel die Klinke einer geschlossenen Tür nieder, öffnete sie und warf einen Blick in den Raum.

Das Schlafzimmer. Breites Doppelbett. Breiter Frisiertisch mit ein paar sorgfältig geordneten kosmetischen Artikeln. Breite Flügeltüren, die wahrscheinlich in einen großen eingebauten Wandschrank führten. Alles blitzsauber. Er ließ die Tür halb offenstehen.

Als Martel jetzt ohne Aufforderung die Küche betrat, blubberte die Kaffeemaschine schon. Auf einer Arbeitsplatte standen Teller mit Speiseresten, ein ungespültes Glas, ungespültes Besteck, und außerdem lag da eine Schere, die an der einen Schneide ein kleines Stück Heftpflaster kleben hatte. Die Hofer drehte sich rasch um. Ihre Lippen waren zusammengepreßt.

»Tun Sie sich keinen Zwang an, Martel ...«

»Tu ich nie ...« Er lächelte kurz, die Zigarettenspitze immer noch zwischen die Zähne geklemmt. »Hat Warner hier oft übernachtet?«

Sie war offensichtlich schockiert. Fast hätte sie die ganze Kaffeemaschine umgestoßen. Martel wartete, beobachtete sie und rauchte. Sie zog den Stecker der Kaffeemaschine, die zu blubbern aufgehört hatte, aus der Steckdose, ging zu einem Hängeschrank und öffnete ihn.

»Frühjahrsputz – da räume ich die Sachen immer ein bißchen um, damit das Leben nicht langweilig wird ...«

Sie nahm dann die Tassen aus einem anderen Hängeschrank neben dem, den sie zuerst geöffnet hatte, und Martel war erleichtert, als er sah, wie groß sie waren. Kaffee trank er literweise. Er sagte: »Danke, keine Milch«, und sie goß zwei Tassen schwarzen Kaffee ein, setzte sie auf Untertassen und blickte Martel an.

»Sie stehen mir im Weg . . .«

»Darf ich . . .«

Er nahm die beiden Tassen und trug sie ins Wohnzimmer, wo er sie auf Sets auf den Couchtisch stellte. Die Hofer folgte ihm durch die Schwingtüre und sprach dabei.

»Geschickt sind Sie – ich schaffe es nicht durch die Schwingtür mit zwei Tassen in der Hand. Ich muß immer eine nach der a . . .«

Martel blickte auf, als sie mitten im Satz innehielt. Die Hofer blickte durch ihre dunkle Brille auf die halbgeöffnete Schlafzimmertür. Es war unmöglich, den Ausdruck ihrer Augen zu erkennen, aber ihr Mund war zu einem blassen Schlitz zusammengepreßt.

»Sie sind im Schlafzimmer gewesen . . .«

»Ich sehe immer gern nach, ob sonst noch jemand da ist . . .«

»Sie nehmen sich vielleicht Sachen heraus . . .«

Sie bewegte sich in Richtung Schlafzimmer, aber Martel griff nach ihr, packte sie am Arm und zog sie auf das Sofa neben sich. Mit einer Hand hielt er sie immer noch fest, und mit der anderen versuchte er, ihre übergroße Sonnenbrille zu greifen. Sie wehrte sich mit ihrer freien Hand und hätte ihm mit ihren Fingernägeln, die wie Raubvogelkrallen aussahen, fast das Gesicht zerkratzt. Nur ein rascher Griff nach ihrem Handgelenk rettete ihn: Sie hatte sich schnell wie ein Peitschenhieb bewegt.

»Sie gehen mir auf die Nerven, Martel«, zischte sie durch ihre perfekt geformten Zähne. »Falls wir beide zusammenarbeiten sollten, dann müssen wir jetzt ein paar Dinge klären . . .«

»Sie haben meine Frage über Warner und Sie nicht beantwortet . . .«

Er ließ sie los und nahm aus seiner Tasse Kaffee einen kleinen Schluck, während er sie beobachtete. Sie hatte sich sehr schnell wieder in der Gewalt, nahm ihre eigene Tasse auf und antwortete dann erst.

»Wie das eben ist. Erstens geht es Sie verdammt noch mal nichts an. Und zweitens ist die Antwort nein – seit ich ihn kenne, hat er mir nicht ein einziges Mal Avancen gemacht. Es war eine strikt dienstliche Beziehung – genau wie es unsere sein wird . . .«

»Darauf, Claire, können Sie sich verlassen. Wann haben Sie Warner vor seinem Tod zum letztenmal gesehen? Und übrigens, ich darf Sie doch Claire nennen?«

»Bitte sehr! Charly habe ich zuletzt drei Tage vor seiner Abreise nach Lindau gesehen. Er war völlig frustriert – hatte den Eindruck, daß er nirgendwo weiterkam . . .«

»Mit Delta?«

Sie machte eine Pause. Martel saß da und dachte daran, daß sie wohl sehr überrascht gewesen wäre, wenn sie jetzt seine Gedanken hätte lesen können. Er hatte sich Tweeds Bemerkung ins Gedächtnis gerufen, daß die Akten nie logen.

»Wenn die Fakten Ihren Erwartungen widersprechen, dann glauben Sie immer den Fakten« – diese Maxime hatte Tweed regelrecht in Martel hineingehämmert. Die Hofer hatte sich inzwischen ihre Antwort ausgedacht.

»Sie denken an diese Neonazigeschichte?«

»Ich denke an die Untergrundorganisation von Delta, der er auf der Spur war.«

Martel wirkte jetzt äußerlich völlig gelassen, aber innerlich war er äußerst angespannt, während er sich dazu zwang, sich zurückzulehnen und die Beine übereinanderzuschlagen. Die Hofer trank noch etwas Kaffee und stand dann auf. Als sie ihm aus der Küche gefolgt war, hatte sie eine Umhängetasche mitgebracht, die sie auf einem Stuhl hinter dem Sofa und dicht beim Fenster liegengelassen hatte. Während sie jetzt sprach, stand sie bereits hinter der Rücklehne des Sofas.

»Er hat ein Notizbuch bei mir zurückgelassen. Da steht eine Menge drin, aber der Name Delta wäre mir bestimmt aufgefallen . . .«

Martel war gespannt wie eine Stahlfeder. Ein schwaches, dumpfklopfendes Geräusch drang durch die halbgeöffnete Schlafzimmertür. Die Hofer redete weiter, während sie den Bügel der Handtasche öffnete.

»Diese Handwerker in der Nachbarwohnung bringen mich noch um. Die Wohnung wird von Grund auf renoviert. Bis alles fertig ist, ist die Familie nach Tanger in Urlaub gefahren . . .«

Martel hatte das Sofa als Sitzplatz gewählt, weil es dem großen Spiegel über dem Kamin gegenüberlag. Zwar standen Blumenvasen auf dem Kaminsims, aber zwischen den Pflanzen hindurch konnte er beobachten, wie sich die Hofer hinter ihm bewegte. Als er sich so sorgfältig vergewissert hatte, daß ihm niemand zum Centralhof gefolgt war, hatte er einen geradezu dämlichen Fehler gemacht. Genau anders herum wäre es richtig gewesen. Die Gefahr hatte vor ihm gelegen, nicht hinter ihm. Der Gegner hatte in der Wohnung auf ihn gewartet . . .

»Tut mir leid, daß ich eben so kurz angebunden war«, fuhr die Hofer fort. »Aber die Nachricht von Charlys Tod hat mir einen solchen Schock versetzt . . .«

Martel hörte das Klicken und beobachtete im Spiegel in einer Lücke zwischen den Blumen, wie die Hofer von hinten an ihn herantrat. Mit einem blitzartigen Schwung drehte er sich um und packte die Hofer am rechten Handgelenk. In der Hand hielt die Frau einen Gegenstand. Das klickende Geräusch war entstanden, als die Hofer irgend etwas gedrückt hatte und eine Klinge aus dem Gerät herausgeschnellt war. Eine Klinge, wie er sie noch nie gesehen hatte, fast wie ein winziges Stilett mit einer nadelscharfen Spitze. Die Frau war gerade dabeigewesen, ihm diese Spitze mitten ins Genick zu stechen.

Martel drehte das Handgelenk brutal um, die Hofer jaulte auf, ließ die Waffe fallen, und dann riß Martel die Frau über die Rücklehne der Länge nach zu sich aufs Sofa. Ihr Rock war bis über die Oberschenkel heraufgerutscht und enthüllte ein großartiges Paar Beine. Die Hofer wölbte ihm jetzt ihren geschmeidigen Körper in einer hocherotischen Bewegung entgegen und versuchte mit der freien Hand, Martel auf sich hinunterzuziehen.

»Blöde Kuh . . .«

Martel gab ihr einen Boxhieb seitlich an die Kinnlade, und sie erschlaffte. Martel stand auf, nahm seinen Hosengürtel ab und knöpfte den Hosenbund rechts und links an den Hüften fester. Als er sich über das Gesicht der Frau beugte, war sie auf einmal wieder wach und wollte ihm zwei steifgemachte Finger in die Augen stoßen. Martel gab ihr eine fürchterliche Backpfeife.

»Versuch dich zu wehren, und ich brech dir dein Genick, verdammt noch mal . . .«

Zum erstenmal sah er, daß sich ihre Miene vor Angst verzog, und sie wehrte sich nicht mehr, als er ihren Oberkörper zu sich heranzog und ihr dann mit seinem Gürtel Hand- und Fußgelenke zusammenschnürte. Es war eine äußerst unbequeme Körperstellung, in die er sie da gezwungen hatte. Wenn sie gegen die Fesseln ankämpfte, würde sie sich furchtbar weh tun. Er zog den Gürtel mit seiner ganzen Kraft stramm. Ihre Hände und Füße würden bald vom Blutkreislauf abgeschnitten sein. Nachdem er sein Taschentuch als Knebel benutzt hatte, ließ er sie auf dem Sofa liegen.

»Ist nicht besonders sauber«, versicherte er.

Dann ging Martel in das Schlafzimmer hinüber, von wo das dumpfe Klopfen noch immer zu hören war. Er öffnete beide Flügeltüren des eingebauten Kleiderschranks und blickte nach unten. Das dunkelhaarige Mädchen auf dem

Schrankboden war wie ein Brathähnchen verpackt. Ein Streifen Heftpflaster klebte über ihrem Mund.

»Tag, Claire Hofer«, sagte er. »Danke für die Warnung. Jetzt wollen wir's Ihnen mal etwas bequemer machen. Haben sich tapfer gehalten . . .«

## *4. Kapitel*
## Mittwoch, 27. Mai

Claire Hofer erholte sich langsam von dem Schockzustand, der ihrem Aufenthalt im Schrank zuzuschreiben war. Sie hatte in der Küche aufgeräumt und machte jetzt Kaffee für sich selbst und Martel.

»Wie haben Sie rausgefunden, daß das Mädchen versucht hat, in meine Rolle zu schlüpfen?« fragte sie.

Ihre Gefangene lag auf dem Wohnzimmerfußboden. Martel hatte seinen Gürtel wieder an sich genommen und ihn durch die Stricke ersetzt, mit denen Claire Hofer gefesselt gewesen war. Ihr Mund war mit einem frischen Streifen von dem Heftpflaster verklebt, den Claire Hofer aus der Küche mitgebracht hatte.

»Sie hat eine ganze Menge Fehler gemacht«, erklärte Martel. »Obwohl sie äußerlich mit der Beschreibung übereinstimmte, die ich bekommen habe, fiel mir auf, daß sie eine dunkle Sonnenbrille trug. Und das in einem Raum, der halb im Dämmerlicht lag. Inzwischen wissen wir ja, warum – ihre Augen sind braun . . .«

»Aber da ist wohl noch mehr gewesen . . .«

»Als ich ins Schlafzimmer hineingesehen habe, da waren Ihre Kosmetikartikel sauber und ordentlich auf dem Frisiertisch aufgestellt – ein auffallender Kontrast zu den Essensresten und dem Schmutz hier drinnen. Das Stückchen Heftpflaster, das an der Schere klebte, hat mich auch neugierig gemacht. Sie hatte keine sichtbare Verletzung. Normal wäre es gewesen, wenn sie das Pflaster gebraucht hätte, um sich etwa einen kleinen Schnitt an der Hand zu verbinden. Und da waren noch andere Sachen ...«

»Wie zum Beispiel?«

»Noch verräterischer war die Tatsache, daß sie offensichtlich nicht wußte, in welchem Hängeschrank die Tassen standen. Und sie hat auch abgestritten, daß Warner ihr Avancen gemacht habe. Ich kenne keine attraktive Frau, bei der er es nicht wenigstens einmal versucht hätte. Und sie hat ihn Charly genannt. Er hat immer darauf bestanden, Charles zu heißen.«

»Sie beobachten wirklich genau. Den Kaffee hier drinnen?«

»Nein, im Wohnzimmer. Wir müssen jetzt dringend Ferdy Arnold anrufen. Außerdem haben wir noch ein paar Fragen an unsere kleine Hochstaplerin.«

Claire Hofer schlug die Nummer in ihrem kleinen Notizbuch nach, und Martel telefonierte mit Bern. Während er mit Claire Hofers Boß, Ferdy Arnold, sprach, beobachtete er seine Kollegin im Spiegel.

Claire Hofer stimmte zwar mit Tweeds Beschreibung überein; aber Martel war verwirrt, weil sie so passiv wirkte. Sie war eine nette junge Frau mit langen, schwarzen Haaren, einer sanften Stimme und anmutigen Bewegungen. Er mochte sie, hatte aber jemand Dynamischeren erwartet.

Die Gefangene dagegen reagierte dann durchaus dynamisch, als Martel ihr das Pflaster vom Mund riß, sie packte und mit der nadelspitzen Waffe bedrohte, die ihn vorher selbst fast das Leben gekostet hätte. Sie schrie, er hielt ihr den Mund zu. »Ruhe – jetzt wird geantwortet! Name?«

»Hau ab ...«

»Sollen wir das Ding mal testen?«

Voller Haß und Angst starrte sie ihn an. Er gab nicht

nach. So kam es schließlich heraus: Name – Gisela Zobel. Basis – München. Und der Auftraggeber – Reinhard Dietrich ...

Zwei Stunden später war der Chef der schweizerischen Gegenspionage mit einem Privatflugzeug nach Zürich gekommen. Die Atmosphäre änderte sich in dem Augenblick, als er eintrat. Ferdy Arnold war klein, hatte ein ernsthaftes Gesicht und trug randlose Brillengläser. Er ähnelte einem Bankier. Er traf seine Entscheidungen sehr rasch.

»Wir schmuggeln sie in einem Krankenwagen raus«, verkündete er und deutete auf Gisela Zobel, die jetzt halb in einem der tiefen Sessel lag. »Wir bringen sie in ein spezielles Hospital. Da bleibt sie unter schwerer Bewachung. Wir werden sie äußerst gründlich verhören.«

Er sah Martel an; Claire Hofer beachtete er nicht. »Rufen Sie mich morgen früh um zehn Uhr unter dieser Nummer an. Er kritzelte eine Nummer auf ein kleines Stück Papier und reichte es dem Engländer. »Für den Fall, daß Sie den Zettel verlieren, habe ich die Zürcher Vorwahl weggelassen ...«

Arnold, der mit seinem dunkelblauen Anzug tadellos gekleidet war, sah Martel mit einem etwas gepreßten Lächeln an. »Es ist ja nicht so, als ob ich Ihnen nicht trauen würde ...«

»Aber einen englischen Agenten, Warner, hat man entdeckt – selbst als er sich als Deutscher ausgegeben hat –, und so wollen Sie auf Nummer Sicher gehen. Und warum soll ich um zehn Uhr vormittags anrufen? Sie werden dann mit dem Verhör der Dame doch gerade erst begonnen haben. Sie heißt übrigens Gisela Zobel ...«

»Im Gegenteil, wir sind dann zu Ende. Wir werden sie nämlich die ganze Nacht ohne Unterbrechung verhören ...«

Martel war mit all dem nicht glücklich. Irgendwie stimmte die Atmosphäre nicht. Irgend etwas in der Beziehung zwischen Ferdy Arnold und seiner ›Topagentin‹ Claire Hofer. Zum Teufel noch mal, er wußte nicht, wo er da reingelegt wurde – aber sein Instinkt hatte ihn in dieser Beziehung noch nie im Stich gelassen.

»Kommen Sie mit ins Schlafzimmer«, schlug Arnold vor und warf einen Seitenblick auf Gisela Zobel, die bewegungslos dasaß und zuhörte. »Halten Sie sie im Auge«, befahl er der Hofer. Nachdem er die Schlafzimmertür hinter sich zugezogen hatte, nahm er eine Zigarette von Martel an.

»Alles, was ich im Nebenraum gesagt habe, war im Grunde für die Zobel bestimmt. Manchmal beschleunigt es den Zusammenbruch während eines Verhörs, wenn man diese Verbrecher darüber im unklaren läßt, was sie eigentlich erwartet.«

»Sie hat bereits zugegeben, daß sie für Reinhard Dietrich arbeitet«, erklärte Martel.

»Na gut.«

Arnold ging auf die Bemerkung weiter nicht ein. Und Martel erinnerte sich an das, was Tweed in London gesagt hatte. Auf Armeslänge ... Sie kennen ja die Schweizer Neutralitätspolitik ... Es war verständlich – schließlich wollte es die Schweizer Gegenspionage nicht zu einem offenen Krieg zwischen ihr und den westdeutschen Neonazis kommen lassen. Verständlich, aber wenig hilfreich. Martel hatte Grund zu der Annahme, daß Arnold sich erst einmal zurückhalten wollte.

Arnold fuhr fort: »In Bern ist man darüber beunruhigt, daß es Gerüchte gibt, nach denen eine gewisse Untergrundorganisation ihre Fühler in die Nordschweiz ausstreckt ...«

»St. Gallen?«

»Wieso nennen Sie ausgerechnet St. Gallen?« fragte Arnold.

»Weil es eine der wichtigeren Städte in der Nordostschweiz ist«, antwortete Martel leichthin. »Für mich ist interessant, daß sie die Bezeichnung Delta gewählt haben – das Rheindelta liegt schließlich gerade jenseits der Schweizer Grenze in Österreich. In Vorarlberg ...«

Martel gab scharf auf Arnolds Reaktionen acht. Einer der Hinweise in Warners kleinem Notizbuch hatte Bregenz gelautet. Das war der einzige Hafen, den Österreich an seinem kleinen Stück Bodenseeufer besaß.

»Wir halten Fühlung mit der österreichischen Gegenspionage«, sagte Arnold, ohne näher darauf einzugehen. »Hat bisher nichts ergeben. In Bern macht man sich Sorgen wegen der kürzlichen Studentenunruhen in Zürich, die bisher ohne Beispiel sind. Es besteht der Verdacht, daß eine geheime Delta-Zelle da ihre Finger im Spiel hatte.« Er sah auf seine Armbanduhr und schien unwillig, sich noch länger aufzuhalten. »Ich muß jetzt weg.«

Er verließ ohne ein weiteres Wort die Wohnung. Lediglich an der Tür machte er eine kurze Bemerkung zu Claire Hofer. Martel runzelte die Stirn, während er sich im Wohnzimmer umsah. Gisela Zobel war verschwunden. Bevor er noch fragen konnte, begann Claire Hofer mit einer Erklärung.

»Ein paar Männer, die wie Sanitäter gekleidet waren, haben sie mitgenommen. Auf einer Tragbahre.«

»Arnold verliert nicht viel Zeit, was? Übrigens, beim Hinausgehen hat er zu Ihnen etwas gesagt. Haben Sie vielleicht Ihrerseits erwähnt, daß wir praktisch auf dem Weg nach St. Gallen sind?«

»Nein.« Sie schaute überrascht. »Stimmt etwas nicht? Ich fange an, etwas aus Ihrem Tonfall herauszuhören ...«

Martel versuchte, darüber hinwegzugehen, während er die beiden bereits gepackten Reisetaschen in der Diele aufnahm. »Wenn Sie mich besser kennen, werden Sie merken, daß ich manchmal Fragen ins Blaue hinein stelle. Nehmen wir die Straßenbahn zum Hauptbahnhof?«

»Das wäre die rascheste Möglichkeit – die Straßenbahn

fährt geradewegs zum Bahnhof. Linie acht. Und es ist eine sehr unauffällige Art zu reisen . . .«

»Warner hat das auch gemeint . . .«

Der brutale Anschlag – der wahnsinnige Schock – nahm seinen Anfang, als sie die Haustür zuzogen und durch den Bogengang in die Bahnhofstraße hinaustraten. Zehn Uhr abends. Die Straßenlaternen brannten, und Schatten fielen auf das breite Pflaster einer der berühmtesten Straßen der Welt. Es war sehr ruhig, und nur wenige Menschen waren unterwegs.

Eine der wesentlichsten Bereicherungen von Martels Ausrüstung, seit er in der Wohnung im Centralhof angekommen war, bestand aus dem Fünfundvierzigercolt, den er nun in einem Schulterhalfter trug, das per Sprungfeder betätigt wurde. Claire Hofer hatte ihm die Waffe gegeben, nachdem sie sie aus einem Geheimfach unter dem Kleiderschrank, in dem sie selbst eingesperrt gewesen war, genommen hatte. Für Munition hatte sie auch gesorgt.

Natürlich war es völlig ungesetzlich, daß Martel die Waffe bei sich hatte, aber auf ihrem Weg nach St. Gallen würden sie wenigstens keine Grenzen überschreiten. Martel hatte sie gebeten, Ferdy Arnold gegenüber die Tatsache nicht zu erwähnen, daß er nun bewaffnet war. Er war sich selbst nicht sicher, weshalb er darum gebeten hatte.

»Der Fahrkartenautomat ist hier drüben«, sagte Claire Hofer, und Martel folgte ihr mit den beiden Reisetaschen. »Wenn wir in der Straßenbahn sind, nehme ich meine Tasche selbst.«

Er sah zu, wie sie die Münzen einwarf. Das Licht einer Straßenlaterne beleuchtete sie direkt von oben. Sie war wirklich eine äußerst hübsche junge Frau, und Martel fragte sich, warum sie überhaupt zum Geheimdienst gegangen war. Er würde es herauszufinden versuchen, wenn er sie einmal besser kannte . . .

Eine Straßenbahn näherte sich in einiger Entfernung vom See her; und falls es die Linie acht war, konnten sie direkt zum Hauptbahnhof fahren. Das war der Grund, weshalb er jetzt mit einer Reisetasche in jeder Hand dastand, bereit, sofort einzusteigen - natürlich war er so von Anfang an gleich im Nachteil.

Die Straßenbahn näherte sich, und Martel hörte das Rumpeln, das schwache Zischen der Fahrdrähte, und dann tauchte plötzlich ein großer sechssitziger Mercedes auf und griff mit der Wucht eines Panzerwagens an. Der Wagen war aus dem Nichts gekommen, kurvte ohne abzubremsen auf den Bürgersteig und stoppte dann mit einem Ruck - direkt neben dem Fahrkartenautomaten, direkt neben Claire Hofer . . .

Der Schock traf Martel wie ein körperlicher Schlag. Männer sprangen aus dem Mercedes, Männer, die wie smarte Geschäftsleute gekleidet waren und dunkle Sonnenbrillen trugen. Martel sah, wie zwei von ihnen Claire Hofer packten - einer preßte ihr dabei ein Tuch über das Gesicht. In der grellen Straßenbeleuchtung war ein anderes gemeinsames Zeichen zu erkennen - eine dreieckige silberne Anstecknadel mit dem griechischen Buchstaben Delta an den Jackettaufschlägen.

Martel hörte die Straßenbahn ihre Warnglocke läuten - der Mercedes stand diagonal, die Vorderräder auf dem Bürgersteig, das Heck immer noch auf der Straße, wo es die Straßenbahnschienen blockierte. Ein zweites Fahrzeug erschien, ein Rolls-Royce, stellte sich auf den Schienen quer und blockierte die Straßenbahn vollständig. Immer noch schrillte die Warnglocke, während der Straßenbahnfahrer hart auf die Bremse trat und seinen Zug kaum einen Meter vor dem Rolls-Royce zum Stehen brachte.

Martel hatte seine Reisetasche fallen lassen und sich in Bewegung gesetzt. Während der Rolls-Royce sich noch einmal leicht bewegte und nun seine beiden Scheinwerfer voll auf Martel richtete, hatte dieser bereits den Fünfundvierzigercolt in der Hand. Mit einer Hand schützte Martel seine Augen vor dem grellen Licht, und gleichzeitig feuerte er zweimal. Das Splittern von Glas war zu hören, und beide Scheinwerfer erloschen. Einer der Männer aus dem Mercedes zog seine Automatik und zielte direkt auf Martel. Der Engländer schoß auf ihn, und der Pistolero sackte gegen den Mercedes zurück, wobei ihm ein Blutstrom aus der Stirn quoll.

Martel rannte zu den beiden hinüber, die sich noch immer mit Claire Hofer abmühten. Sie hatte sich das Tuch vom Gesicht weggerissen, und in der feuchten Nachtluft spürte Martel eine Wolke von Chloroform. In dem Augenblick, als Martel zutrat, drehte sich der eine der beiden um. Der bösartige Tritt erreichte sein Ziel – die Kniescheibe des Angreifers. Der Mann schrie auf und brach zusammen. Jetzt tauchten noch andere Männer an der abgewandten Seite des Mercedes auf, und Claire Hofer schrie so laut sie konnte.

Martel war wie in einem Alptraum. Anarchie, Gewalt, Kidnapping mitten auf der Hauptstraße von Zürich. Ein weiterer Angreifer hielt eine Automatik auf Martel, und der feuerte wie im Reflex, während er immer noch versuchte, an Claire Hofer heranzukommen. Der Mann packte sich an die Brust, und als er die Hand wieder wegnahm, triefte sie bereits von Blut. Er stürzte vornüber auf das Pflaster.

Noch mehr Männer erschienen jetzt – aus dem Rolls-Royce. Martel duckte sich und schlug Haken; er war immer in Bewegung, schlug mit dem Colt um sich und erwischte einen von den Männern mit einem schrecklichen Schlag am Kopf. Mit dem Revolverlauf riß er ihm die Gesichtshälfte vom Ohr bis zur Kinnspitze auf.

Als neue Verstärkungen eintrafen, wurde Martel abgelenkt. Er kämpfte um sein Leben. Aber weiterhin benutzte er den Colt nur als Keule; die letzten Patronen sparte er sich auf. Er zog sich zurück, bis er mit dem Rücken gegen den Fahrkartenautomaten stand. So konnte die Bande ihn nur von vorne angreifen. Aber dann traf ihn etwas sehr hart am Kopf, und für einen Augenblick konnte er nichts mehr klar erkennen. Als sich der Nebel von seinen Augen wieder hob, bot sich ihm ein schrecklicher Anblick. Claire Hofer wurde eben mit dem Kopf zuerst in den Fond des Mercedes gezogen. Sie trat mit den Beinen aus, bis sie schließlich ein anderer Mann an den Fußgelenken packte und ihr fast die Knochen verdrehte. Es sah aus, als versuchte ein Haifisch Claire Hofer zwischen seine Kiefer zu ziehen.

Und nun war da auf einmal Rauch. Einer hatte eine Rauchbombe – und vielleicht auch mehrere – in Richtung der Straßenbahn geworfen. Die Straße füllte sich mit Dunst. Ein Auto wurde angelassen. Der Mann, der immer noch Martel packen wollte, versuchte auf einmal zu fliehen. Sie hatten die Hofer jetzt im Mercedes. Martel mußte unbedingt den Wagen erreichen! Als der Mann davonrannte, schoß Martel auf ihn, und er schlug schlaff und dumpf auf das Pflaster auf.

Der Mercedes setzte vom Bürgersteig zurück. Die Verletzten und die Toten waren eingesammelt worden, und die beiden Wagen hatten sie mitgenommen – ausgenommen den letzten Mann auf dem Pflaster. Der Rolls-Royce fuhr auch schon. Der Mercedes voran, rasten beide Wagen die Bahnhofstraße hinauf und bogen dann links in den Paradeplatz ein.

Plötzlich war es sehr ruhig, und die blockierte Straßenbahn war immer noch von Nebelschwaden verborgen. Martel rutschte in einer Blutpfütze aus. Er stolperte zu dem Mann zurück, den sie liegen gelassen hatten, den, der ihn zuletzt hatte packen wollen.

Der Körper lag mit dem Gesicht nach unten, und Martel fühlte rasch nach der Halsschlagader. Er fluchte, als er feststellen mußte, daß der Mann tatsächlich tot war. Genauso tot, wie er es jetzt selbst wäre, wenn Claire Hofer ihm nicht den Colt gegeben hätte. Er steckte die Waffe zurück in den Halfter, beugte sich nach vorn und wuchtete den Mann herum auf den Rücken. Ja, auch dieser trug sein silbernes Abzeichen am Mantelaufschlag. Martel riß es ab und steckte es in die Tasche.

Eine Zehnsekundendurchsuchung ergab, daß der Mann nichts in den Taschen hatte. Keine Möglichkeiten der Identifizierung – ausgenommen die Anstecknadel. Martel zweifelte nicht daran, daß auch von der Kleidung sämtliche Hinweise entfernt worden waren. Er richtete sich auf und blickte sich um. Er war enttäuscht und verwirrt.

Die Straßenbahn stand immer noch hinter den Schwaden, aber ihre Umrisse wurden jetzt klarer. Vom Fahrer keine Spur. Vernünftigerweise war er in seinem Führerstand geblieben. Martel war sich sicher, daß er zum Schutz seiner Fahrgäste auch die automatischen Türen geschlossen gehalten hatte. Neben der Straßenbahn bot sich ein kläglicher Anblick – zwei Reisetaschen, die auf dem Pflaster standen.

Jeden Moment mußte der Straßenbahnfahrer jetzt aussteigen. Martel kratzte mit seinen Schuhen auf der Bordsteinkante hin und her. Er wollte das Blut von den Sohlen loswerden. Dann nahm er die beiden Reisetaschen auf und verließ die Szene des Alptraums, während in der Ferne die Sirene eines Streifenwagens zu hören war.

Die Schockwelle einer Explosion kam die Bahnhofstraße entlang und traf Martel in den Rücken. Er bog in eine Seitenstraße in Richtung Altstadt ab, weil er einen Umweg zum Hauptbahnhof nehmen wollte. Er vermutete nicht, daß irgend jemand in der Straßenbahn ihn gesehen hatte, aber ein Mann mit zwei Reisetaschen konnte um diese Uhrzeit schon auffallen.

Er hatte keine Ahnung, was die Explosion verursacht hatte. Und er war auch nicht sehr daran interessiert. Im Augenblick mußte er sich um drei Dinge kümmern. Er wollte Claire Hofers Reisetasche im Bahnhof in einem Schließfach verstecken. Als nächstes mußte er sich selbst in einem Hotel in der Nähe des Bahnhofs einmieten – denn wenn er zum Baur au Lac zurückkehrte, würde er dem Gegner direkt in die Arme laufen. Und schließlich mußte er Ferdy Arnolds Dienststelle in Bern anrufen.

Martel fühlte sich wie am Rande eines Strudels. Er verstand nicht recht, was sich da in der Bahnhofstraße eigentlich abgespielt hatte. Die Schweizer Sicherheitsbehörden waren für ihre Härte und Kompetenz berühmt. Was war bloß so fürchterlich schiefgegangen?

Er rief die Berner Nummer an, die Arnold ihm gegeben hatte, und als er eine Frauenstimme hörte, gab er seinen Erkennungssatz zum besten. Die Frau reagierte nicht.

»Was haben Sie da gesagt? Wen wollen Sie sprechen? Wissen Sie eigentlich, wie spät es ist . . .«

»Ich bitte um Entschuldigung«, gab Martel zurück. »Ich wollte . . .« Er wiederholte noch einmal die Nummer, die Arnold ihm gegeben hatte, trotz des Risikos – schließlich war Arnold ein gebräuchlicher Name.

»Nein, so heißt hier niemand – Sie haben sich verwählt. Das ist hier zwar die Nummer, die Sie genannt haben – aber, um's noch mal zu sagen – hier heißt niemand so. Gute Nacht.«

Martel saß da, starrte den Hörer an und legte dann auf. Er war in dem Zimmer im dritten Stock, das er im Schweizerhof genommen hatte – das Hotel lag dem Hauptbahnhof gegenüber. Claire Hofers Reisetasche war in einem der Schließfächer abgestellt; und den Schlüssel dazu hatte Martel in seiner Tasche. Warum hatte Ferdy Arnold ihm in der Wohnung am Centralhof diese unsinnige Telefonnummer gegeben? Die offensichtliche Antwort war, daß es sich nicht um den echten Ferdy Arnold gehandelt hatte – mit dem war Martel nie zusammengekommen.

Wenn dieser Mann auch den brutalen Überfall auf ihn

und Claire Hofer organisiert hatte, dann erklärte das die Nervosität, mit der er die Wohnung so eilig verlassen hatte. Er hatte gewußt, was draußen auf sie wartete. Also wollte er auf jeden Fall aus der Schußlinie sein, wenn Martel mit seiner Begleiterin auf die Straße trat. Aber warum hatte Claire Hofer ihn dann als Arnold anerkannt? Martel hatte das Gefühl, als ob der Strudel in ihm wuchs.

Er verließ das Zimmer, ging über die Treppe nach unten und ließ dabei den Aufzug schon fast instinktiv links liegen. Auf der anderen Straßenseite fand er am Bahnhof zwei Reihen von Telefonzellen. Er betrat eine und wählte die Nummer, die ihm Tweed in London als die von Ferdy Arnold gegeben hatte.

Natürlich hatte er gemerkt, daß ›Arnold‹ ihm eine andere Telefonnummer angegeben hatte, aber er hatte dahinter eine Sicherheitsmaßnahme vermutet, und daß Tweed wohl von diesem Wechsel nicht mehr rechtzeitig informiert worden war. Diesmal war die Reaktion am Berner Ende der Leitung anders. Martel hatte seinen Codesatz benutzt, und eine Mädchenstimme forderte ihn auf, einen kleinen Moment zu warten.

»Wer ist da?«

Die Stimme klang knapp, fast unhöflich, klang dienstlich und kompetent. Martel gab sich zu erkennen.

»Von wo rufen Sie an?« fragte Arnold.

»Das spielt im Augenblick keine Rolle«, gab Martel zurück. »Ich muß Ihnen bedauerlicherweise mitteilen, daß Ihre Assistentin Claire Hofer von Delta gekidnappt worden ist . . .«

»Dann waren Sie bei diesem Massaker in der Zürcher Bahnhofstraße dabei?«

»Massaker?«

»Delta – wenn es tatsächlich Delta war – hat bei einem größeren Banküberfall Mist gebaut. Am Haupteingang einer wichtigen Bank hatten sie eine Haftmine befestigt. Die ist hochgegangen, und einige Fahrgäste einer Straßenbahn, die aufgehalten worden war, sind im Moment des Aussteigens schwer verletzt worden. Was war das für eine Geschichte mit Claire Hofer? Und ich wäre Ihnen auch sehr verbunden, wenn Sie mir sagen, von wo Sie anrufen ...«

»Das lassen wir jetzt mal. Dieser Anruf läuft über Ihre Vermittlung ...«

»Aber das ist doch Spinnerei.« Aus Ferdy Arnolds Stimme klang beleidigter Unglaube. »Unsere Sicherheitsmaßnahmen ...«

»Sie haben da was von einem Bankraub gesagt, der schiefgegangen ist.« Martel wußte überhaupt nicht mehr, wo er dran war. »Ich möchte diesen Anruf unter zwei Minuten halten – so reden Sie doch schon ...«

»Wie ich bereits sagte – eine Bombe, wahrscheinlich mit einem Kurzzeitzünder, war am Bankeingang angebracht. Die Türen sind in Trümmer gegangen, aber in die Bank ist niemand eingedrungen. Der Fahrer der Straßenbahn, die angehalten wurde, hat nichts gesehen, weil sie offenbar Rauchbomben benutzt haben ...«

»Und was soll mit dem Rolls-Royce gewesen sein, der sich quer auf die Schienen gestellt und die Straßenbahn gestoppt hat?«

»Davon weiß ich nichts. Auf der Straße haben wir eine kleine silberne Anstecknadel gefunden, die wie ein Dreieck aussah – oder wie ein Delta ...«

»Dann schicken Sie sofort eine Suchmeldung nach Claire Hofer aus.« Martel überprüfte die Dauer des Anrufs am Sekundenzeiger seiner Armbanduhr. »Ich mache mir große Sorgen um sie ...«

»Sie können aufhören, sich Sorgen zu machen.« Arnold machte eine Pause, und irgend etwas war in seinem Tonfall, das Martel nicht mochte. »Wir wissen, was ihr zugestoßen ist – wenigstens einen Teil der Geschichte.«

»Dann sagen Sie's mir um Gottes willen – und bitte schnell. In der kurzen Zeit, die wir zusammen waren, habe ich gelernt, die junge Frau, nun sagen wir mal, zu bewundern . . .«

»Vor weniger als einer halben Stunde hat man ihre Leiche aus der Limmat gefischt. Und bevor man sie ins Wasser geworfen hat, hat jemand sie brutal gefoltert. Ich möchte, daß wir uns treffen, Martel. Ich möchte, daß Sie zu folgender Adresse in Bern . . .«

Arnold hörte auf zu sprechen. Martel hatte die Verbindung unterbrochen.

## *5. Kapitel*
## Mittwoch, 27. Mai

Falls Arnold hatte nachforschen lassen, woher der Anruf kam, dann war Martel sicher, daß er zeitig genug abgebrochen hatte, um seine Spuren zu verwischen. Bei dem echten Arnold war es ihm keineswegs lieber, daß sein Aufenthalt bekannt wurde, als es ihm bei dem falschen gewesen wäre. Und die Neuigkeiten über Claire Hofer hatten ihn hart getroffen.

Er verließ die Telefonzelle, ging über das ausgedehnte Hauptbahnhofsgelände, machte an der Abfahrtstafel halt und sah aus wie jemand, der auf seinen Zug wartet. Dieser große Bahnhof – genau wie sein Gegenstück in München – hatte den ermordeten Warner fasziniert. Warum nur?

Martel sah sich rasch einmal um. Gleis eins bis sechzehn: sechzehn Bahnsteige für alle Schienen, die hier endeten. Die lange Reihe der Telefonzellen und – er bemerkte das, während er durch die bevölkerte Halle schlenderte – zahlreiche Ausgänge.

Es gab auch ein Kino – das Cine-Rex – und ein Schnellrestaurant.

Martel ging einen der breiten Gänge hinunter, die von

den Bahnsteigen an einem breiten Gepäckaufbewahrungsschalter vorbeiführten. Gegenüber lag eine Tür, auf der Kantonspolizei stand. Zwei Männer kamen heraus, die in blaue Uniformen mit flachen Mützen gekleidet waren. Ihre Hosen hatten sie in die Stiefel gesteckt. Sie sahen aus wie Fallschirmjäger.

Martel kam am ›Quick‹ vorbei, einem Erste-Klasse-Restaurant, wo zwei weitere Ausgänge lagen. Dann trat er hinaus auf die Straße. Wenn man wollte, konnte man aus dem Hauptbahnhof sehr schnell wieder draußen sein – man konnte aber auch sehr lange drinnen bleiben, ohne aufzufallen. Martel spürte, wie ihm ein Gedanke kam, ohne aber Konturen anzunehmen. Er kreuzte zwei Straßen und blickte dann auf das schwarze Wasser der Limmat hinunter. Verwirrende Spiegelungen von Straßenlaternen tanzten in der Nacht.

In diesem Gewässer hatte noch während der letzten Stunde der verstümmelte Körper der armen Claire Hofer getrieben. Martel war nicht sentimental, aber er beschloß doch, daß irgend jemand für diesen barbarischen Akt würde bezahlen müssen.

Martel blickte sich um und entdeckte rechts am Bahnhofskai ein gewaltiges vierstöckiges Quadergebäude. Die Stadtpolizei. Hier arbeitete ein Freund von ihm, David Nagel, Chefinspektor beim Geheimdienst. Martel sah auf die Uhr. Es war zweiundzwanzig Uhr fünfundvierzig.

Noch im Hotel Schweizerhof hatte er sich einen Fahrplan ausgeborgt und herausgefunden, daß der letzte Zug vom Hauptbahnhof um dreiundzwanzig Uhr neununddreißig abfuhr. Um null Uhr neunundvierzig würde er in St. Gallen sein. Es blieb ihm also weniger als eine Stunde, um aus Zürich herauszukommen, das immer mehr zu einer Todesfalle wurde.

Er betrat das Polizeihauptquartier durch die doppelten Eingangstüren an der Lindenhofstraße. Am Empfang bestätigte ihm ein vierschrötiger Polizist in Hemdsärmeln, daß Chefinspektor Nagel in seinem Büro war. Martel wurde aufgefordert, einen Vordruck auszufüllen.

»Zum Kuckuck noch mal, sagen Sie ihm einfach, daß ich da bin.« Martel wurde ärgerlich. »Sie werden sich nicht gerade beliebt machen, wenn Sie mich hier warten lassen. Hier handelt es sich um einen Notfall.«

»Selbst unter diesen Umständen . . .«

»Und außerdem werde ich erwartet«, log der Engländer. »Er braucht nur meinen Namen zu hören . . .«

Kurz darauf stand Martel in Nagels Büro, das im dritten Stock auf die Limmat hinaussah. Die Fenster waren weit offen und ließen die dicke, feuchte Nachtluft herein. Es gab die üblichen schweren Bürovorhänge, das übliche Neonlicht, hart und ungemütlich, die üblichen Aktenschränke an einer Wand.

»Ich hatte gehofft, daß Sie mich aufsuchen würden«, sagte Nagel, nachdem sie sich die Hand gegeben hatten. »Tweed hat mich von London aus angerufen und mir Bescheid gesagt, daß Sie kommen würden. Er meinte, daß Sie vielleicht Hilfe brauchen . . .«

»Und ich glaube, das tu ich auch . . .«

David Nagel war ein gutaussehender Schweizer mit einem dichten Schnurrbart, humorvollen Augen und dichtem, gut gebürstetem schwarzen Haar. Einige seiner Kollegen taten ihn ein wenig als einen Playboy ab, dessen größtes Interesse im Leben die Frauen waren.

»Nein, das ist mir nur das Zweitliebste auf der Welt«, berichtete er jedesmal, wenn jemand eine Andeutung fallen ließ. »Zuerst kommt bei mir die Arbeit – und das ist der Grund, weshalb ich nicht verheiratet bin. Welche Ehefrau könnte sich schon mit meinen Arbeitsstunden abfinden? Tja, und weil ich im übrigen normal bin, ist also mein Zweitliebstes auf der Welt . . . Aber jetzt raus mit Ihnen.«

Martel mochte ihn. Tweed behauptete, Nagels Hirn sei eines der fähigsten im gesamten Schweizer Sicherheitssystem – den Geheimdienst eingeschlossen. Wie immer kam Nagel gleich zur Sache.

»Ich hoffe doch, Sie haben nicht etwa ein Formblatt ausgefüllt, bevor Sie zu mir heraufgekommen sind, oder?« Er wirkte nervös, während er diese Frage stellte, und Nervosität zeigte er eigentlich selten – gleich, wie kritisch die Situation war. »Und so sind Sie also gekleidet?« fuhr der Schweizer rasch fort. »Und Sie haben nicht etwa die verdammte Zigarettenspitze in der Hand gehalten . . .«

»Auf alle Fragen: Nein! Und die Brille hier hatte ich auf.« Martel nahm die Hornbrille mit Fensterglas ab. »Um zu Ihnen durchzukommen, mußte ich aber sagen, wer ich bin. Wenn Sie sich deshalb beschweren wollen . . .«

»Bitte, bitte, Keith . . .!« Nagel hob beschwichtigend die Hand. »Aber aus Ihrer Sicht wäre es besser, wenn niemand weiß, wo Sie sind. Ferdy Arnolds Bande kehrt das Unterste zuoberst, um Sie ausfindig zu machen.«

Martel zündete sich eine Zigarette an und leistete sich den Luxus, seine Spitze zu benutzen. Er wußte, daß Nagel Arnold nicht mochte und daß er Tweed einmal gesagt hatte, es handele sich »um ein rein politisches Arrangement«. Der Schweizer redete weiter.

»Ihr Name ist nicht so wichtig. Wenn Sie wieder weg sind, gehe ich zu dem Mann am Empfang und sage ihm, Sie wären einer meiner wichtigsten Informanten und daß Sie einen Codenamen benutzt hätten – und daß Sie offiziell nie dieses Gebäude betreten haben. Ohne einen schriftlichen Vermerk werden Sie auch vor Arnolds zähen Burschen sicher sein.«

»Das klingt ja sehr beruhigend . . .« Martel wollte gerade von dem Debakel in der Bahnhofstraße berichten, aber da redete Nagel schon weiter.

»Ich habe hier eine Telefonnummer, die Sie unbedingt anwählen müssen. Die Frau hat vor noch nicht einmal zehn Minuten angerufen – sie wußte, daß wir beide befreundet sind. Und obwohl ich meine Vorbehalte gegen ihren Chef habe, mag ich Claire Hofer einfach . . .«

Martel wurde schwindelig. Der Strudel in ihm drehte sich schneller.

## *6. Kapitel*
## Mittwoch, 27. Mai

In völliger Verblüffung hielt Martel die Zigarettenspitze zwischen die Zähne geklemmt. Um zu verbergen, was er fühlte, nahm er die Spitze aus dem Mund und korrigierte den Sitz der Zigarette. Vor zehn Minuten hatte sie angerufen!

Da stimmte doch irgend etwas mit den Zeitangaben nicht. Vor dreißig Minuten hatte Arnold ihm am Telefon gesagt, daß man die Leiche vor weniger als einer halben Stunde aus der Limmat geborgen habe. Das bedeutete doch, daß Claire Hofer von nun an gerechnet vor etwa einer Stunde gefunden worden war. Und jetzt hatte Nagel – dieser absolut in allem präzise Mensch – behauptet, ein Anruf von Claire Hofer sei »vor zehn Minuten« durchgestellt worden. Auf dem Zettel, den Nagel ihm gab, stand eine St. Gallener Telefonnummer.

Nagel würde die Stimme der jungen Frau ja wohl erkannt haben. Wenn er selbst Nagel gewesen wäre, dann hätte er auf irgendeine Weise über die Identität der Anruferin im klaren sein wollen. Und das ohne den Schatten eines Zweifels. Martel überlegte schon, ob er nicht langsam dabei war, verrückt zu werden.

»Stimmt irgend etwas nicht?« fragte Nagel leise.

»Ach, ich bin müde.« Martel faltete den Zettel und steckte ihn in seine Brieftasche. »Wie läuft es denn so heute nacht?«

»Bis jetzt alles Routine.«

Wieder war Martel wie vom Donner gerührt. David Nagel, Chef der Geheimabteilung der Polizei, hatte keine Ahnung davon, was sich in der Bahnhofstraße Schreckliches zugetragen hatte. Und es gab keinen Grund für ihn, etwas zu verheimlichen – dessen war sich Martel sicher. Jetzt hieß es, sehr vorsichtig zu sein.

»Warum mißtrauen Sie Ferdy Arnold?« fragte er.

»Er hat seinen Posten aus politischen Gründen bekommen – das war keine verdiente Beförderung ...«

»Und warum ruft Claire Hofer – die doch immerhin für Arnold arbeitet – ausgerechnet Sie an, wenn sie für mich eine Botschaft hat?«

»Weil sie weiß, daß Sie und ich eng befreundet sind.« Der Schweizer machte eine Pause. »Und sie hat für mich gearbeitet, bevor sie zur Gegenspionage versetzt wurde ...«

»Und bisher war heute abend also alles Routine«, tastete Martel weiter.

»Bis auf die Explosion auf einem Touristenboot draußen auf dem See. Da hat irgendein armer Idiot offenbar weder etwas von Motoren noch von Booten verstanden – und da hat es dann gebumst, und er ist dabei umgekommen. Wir haben den Explosionsknall sogar noch ganz schwach gehört ...« Er deutete auf die offenen Fenster, deren Vorhänge bewegungslos in der windstillen Nachtluft hingen. »Der Knall ist vom See her über die Limmat gekommen ...«

Nein, so war es nicht, dachte Martel. Der Knall ist von der Bahnhofstraße und dann die Uraniastraße entlanggekommen – die Seitenstraße, die direkt zum Polizeipräsidium führt. Er beobachtete Nagel, und das ungewöhnliche war, daß er überzeugt war, daß der Geheimagent nicht log. Irgend jemand versuchte, den Vorfall zu vertuschen; so zu tun, als sei nie etwas geschehen.

»Schön, Sie mal wiederzusehen, David«, sagte Martel und stand auf. »Ich rufe Claire Hofer gleich an, aber vorher muß ich noch etwas anderes erledigen, etwas, das Sie wahrscheinlich nicht interessieren wird . . .«

»Da ist eine direkte Leitung, die nicht über die Telefonvermittlung läuft«, schlug Nagel vor und zeigte auf eins der drei Telefone auf seinem Schreibtisch. »Dann laß ich Sie jetzt allein . . .«

»Das muß nicht sein, David. Aber ich bin einfach knapp mit der Zeit.«

»Wünsche angenehmen Aufenthalt in Zürich . . .«

Als Martel das Polizeipräsidium verließ, war es dreiundzwanzig Uhr zehn. Er hatte zwar noch eine halbe Stunde bis zur Abfahrt des Zuges nach St. Gallen um dreiundzwanzig Uhr neununddreißig, aber er hatte auch noch etwas zu erledigen. Er ging an einem Streifenwagen vorbei, der draußen geparkt stand, einem Volvo in den Farben Beige und Rot. Zwei Uniformierte saßen hinter den heruntergedrehten Seitenscheiben. Wo zum Teufel waren die geblieben, als ganz in der Nähe in der Bahnhofstraße die Hölle los gewesen war?

Während er jetzt zum Hauptbahnhof zurücklief, rief sich Martel ins Bewußtsein, daß er Nagel angelogen hatte. Er war sich sicher, daß er dem Schweizer vertrauen konnte, aber das Telefon, dessen Leitung nicht mit der Zentrale verbunden war, war ihm verdächtig vorgekommen. Das unsichere Gefühl hatte sich nun einmal bei ihm eingenistet, und er wollte kein Risiko mehr eingehen.

»Vielleicht habe ich schon Wahnvorstellungen«, murmelte er vor sich hin, während er in eine der leeren Telefonzellen am Bahnhof schlüpfte. Diese Anschlüsse waren sicher. Wieder erinnerte er sich an den toten Warner, der sich auch dauernd in Hauptbahnhöfen herumgetrieben hatte. Während er die Nummer wählte, die Nagel ihm gegeben hatte, fing er langsam an, Sympathie für Charles Warner zu entwickeln. Martel selbst fühlte sich inzwischen regelrecht gejagt.

Die Dame am Empfang des Hotel Hecht in St. Gallen bestätigte, daß Claire Hofer dort abgestiegen war. Dann bat sie ihn, einen Moment dranzubleiben, während sie es im Zimmer von Fräulein Hofer versuchen wollte. Dann war plötzlich die Stimme einer jungen Frau zu hören – entschieden, scharf und auf der Hut.

»Wer ist da?«

»Unser gemeinsamer Freund, Nagel, hat mir Ihre Botschaft übermittelt, und ich will, daß Sie sich sofort in Bewegung setzen. Können Sie nach draußen in eine Telefonzelle gehen? – Gut. Laufen Sie sofort, und rufen Sie mich unter dieser Nummer an.« Er las die Nummer der Telefonzelle von der Wählscheibe ab. »Mit Zürcher Vorwahl«, fügte er gepreßt hinzu. »Die Zeit läuft mir davon ...«

»Bis dann!«

Martel merkte, daß er schwitzte. Die Luft in der Telefonzelle war drückend. Er fühlte sich gefangen in dem kleinen Raum und gleichzeitig wie auf dem Präsentierteller. Das Telefon klingelte in erstaunlich kurzer Zeit. Rasch griff er nach dem Hörer. Dieselbe Stimme wie vorhin stellte eine knappe Frage.

»Ist dort ...? Bitte nennen Sie den Namen unseres gemeinsamen Freundes ...«

»Nagel. David Nagel ...«

»Hier ist Claire Hofer ...«

»Dann los, tun Sie weiterhin, was ich Ihnen jetzt sage, ohne zu fragen – und so schnell Sie können. Bezahlen Sie Ihre Rechnung im Hotel Hecht – und denken Sie sich etwas Vernünftiges aus, warum es so schnell gehen muß ...«

»In Ordnung, ich bin nicht blöde! Und dann?«

»Nehmen Sie ein Zimmer in einem anderen Hotel in St. Gallen. Reservieren Sie ein Zimmer für mich. Sagen Sie, daß ich etwa gegen ein Uhr in der Nacht eintreffen werde ...«

»Brauchen Sie einen Parkplatz für einen Wagen?«

»Nein. Ich komme mit dem Zug . . .«

»Ich rufe in ein paar Minuten zurück. Ich suche mir jetzt die neue Unterkunft und gebe Ihnen dann durch, wohin Sie kommen müssen. Bis dann!«

Martel stand da und starrte den Telefonhörer an. Wieder war kostbare Zeit vergangen. Aber Claire Hofer hatte gut reagiert, verdammt gut. Das mußte er ihr zugestehen. Der Strudel drehte sich wieder einmal schneller. Ihm war zumute, als hätte er mit einem Gespenst geredet. Claire Hofer war doch eben erst aus der Limmat gezogen worden – jedenfalls Arnold zufolge . . .

Obwohl die Hitze in dem Häuschen immer stärker wurde, steckte er eine Zigarette in die Spitze, fluchte, nahm die Zigarette wieder heraus und steckte sie sich ohne die Spitze zwischen die Zähne. Noch während des Gesprächs hatte er sich herumgedreht, stand jetzt mit dem Rücken zum Apparat und konnte so das verlassene Gelände überblicken. Er nahm mehrere tiefe Züge, und dann klingelte das Telefon zum zweitenmal. Ihre Stimme . . .

»Spreche ich mit . . .? – Gut. Unser gemeinsamer Freund . . .«

»Nagel. Martel hier . . .«

»Ich hatte Glück. Zwei Doppelzimmer im ersten Stock. Hotel Metropol. Gegenüber dem Bahnhofseingang. Sie sehen es gleich, wenn Sie da rauskommen. Ich lasse einen verschlossenen Umschlag mit meiner Zimmernummer am Empfang zurück. Okay?«

»Sehr . . .«

»Bis dann!«

In den nächsten Minuten ging Martel sehr rasch vor. Er kaufte sich seine Fahrkarte nach St. Gallen. Im Hotel Schweizerhof bezahlte er das Zimmer, das er jetzt nicht länger benötigte. Er tat sein Bestes, um die rasche Abreise normal erscheinen zu lassen.

»Ich bin Fachberater - Medizin -, und in Basel verlangt ein Patient dringend nach mir...« Fachberater, das war der Begriff, den er unter der Sparte »Beruf« ins Anmeldeformular eingetragen hatte. Das war eindrucksvoll, und man konnte sich alles mögliche dabei denken.

Er hatte seine Reisetasche nicht ausgepackt - eine Vorsichtsmaßnahme, an die er sich immer hielt, wenn er irgendwo neu ankam -, und so mußte er bloß Rasierzeug und Zahnbürste wieder hineinstecken und die Verschlüsse zuschnappen lassen. Er rannte die Treppen hinunter - der Nachtportier würde an seiner Eile jetzt nichts Verdächtiges mehr finden - und eilte zu dem ersten Wagen in der Taxischlange hinüber, die vor dem Bahnhof wartete.

»Ich möchte, daß Sie mich zum Paradeplatz bringen. Können Sie dann an der Straßenbahnhaltestelle ein paar Minuten warten, während ich etwas abliefere? Und dann bitte gleich hierher zurück.«

»Bitte steigen Sie ein...«

Die letzten Minuten vor der Abfahrt des Zuges nach St. Gallen verstrichen jetzt - aber Martel kannte Zürich und wußte, wie ruhig die Straßen um diese Tageszeit waren - und so glaubte er, daß er es noch schaffen würde. Schließlich *mußte* er einfach in der Bahnhofstraße nachsehen, wo immerhin Schüsse gefallen waren, Blut auf den Bürgersteig geflossen war und es eine Explosion vor einer Bank gegeben hatte.

Martel fing ein Gespräch mit dem Taxifahrer an. Auf der ganzen Welt sind die Taxifahrer direkt ans Gerüchtenetz der Städte angeschlossen.

»Haben Sie denn diese fürchterliche Explosion vorhin gehört? Hat sich angehört wie eine Bombe.«

»Ich hab's gehört.« Der Fahrer hielt inne, so, als ob er seine Worte sehr sorgfältig wählte. »Es heißt, irgendein dämlicher Tourist hätte sich zusammen mit seinem Boot auf dem See in die Luft gejagt...«

»Hat sich aber näher angehört...«

Martel ließ das Fragezeichen in der Luft hängen und wunderte sich, daß sich der Fahrer so vorsichtig ausdrückte. Sie waren schon dicht am Paradeplatz: Bald würde dieses Gespräch sein Ende finden.

»Für mich hat es sich auch näher angehört«, stimmte der Fahrer zu. »Ich hatte gerade eine Fuhre in der Talstraße, und dann kam dieser Mordsknall. Immerhin, es wäre möglich, daß das Geräusch vom See her gekommen ist...« Er machte wieder eine Pause. »So hat's uns schließlich die Polizei erzählt.«

»Die Polizei?«

»Ein Streifenwagen hat neben uns am Hauptbahnhof angehalten. Der Fahrer hat ein bißchen mit uns geschwätzt. Er hat uns von dem blöden Touristen erzählt, der sich auf dem See in die Luft gesprengt hat.«

»Haben Sie den gekannt? Den Polizisten?« fragte Martel beiläufig.

»Witzig, daß Sie das fragen.« Die Blicke der beiden Männer begegneten sich im Rückspiegel. »Ich hätte gedacht, ich kenne jeden Polizisten in der ganzen Stadt. Schließlich fahre ich das Taxi hier seit zwanzig Jahren – aber den Mann hatte ich noch nie vorher getroffen...«

»Vielleicht so ein Neuer, ganz frisch von der Polizeischule.«

»Der war aber mindestens fünfzig. Soll ich jetzt hier warten?«

Die Stelle war Martel sehr recht. Der Fahrer hatte ein Stück weit auf dem Paradeplatz angehalten. Das bedeutete, er würde nicht sehen können, wohin sich Martel auf der Bahnhofstraße wandte. Martel zündete sich eine neue Zigarette an und ging rasch. Es würde jetzt eine Sache von Sekunden sein, ob er den Zug noch erwischte oder nicht.

Die Straße war verlassen, und das einzige Geräusch waren seine Schritte auf den Platten des Bürgersteigs. Er ging hinüber auf die andere Straßenseite und blieb dann völlig verblüfft stehen. Der Strudel drehte sich wieder.

Kein Anzeichen deutete auf den blutigen Zwischenfall hin, den Martel vor zwei Stunden miterlebt hatte und an dem er beteiligt gewesen war. Es gab überhaupt keinen Zweifel daran, daß er an der richtigen Stelle stand. Er konnte den Bogen sehen, durch den er und die junge Frau auf die Bahnhofstraße hinausgetreten waren. Und da war tatsächlich ein bedeutend aussehendes Bankgebäude, exakt an der richtigen Stelle – gegenüber von dem Fleck, an dem die Straßenbahn angehalten hatte, eine Bank mit doppelten Glastüren. Aber das Glas war völlig intakt.

Martel konnte auf der Straße noch nicht einmal einen einzigen Glassplitter entdecken. Die Schweizer waren zwar gut im Aufräumen – schließlich hielten sie ihr Land immer tadellos und sauber –, aber das hier war reiner Wahnsinn.

Jetzt suchte Martel auf dem Bürgersteig nach Blut, nach dem Blut, in dem er ausgerutscht war und das immer noch an den Sohlen seiner Schuhe trocknete. Der Bürgersteig war ohne ein Fleckchen. Er wollte schon fast aufgeben, als er dann etwas sah. Die frischen Narben an dem Stamm, wo die Explosion Stücke von Baumrinde weggerissen hatte. Selbst die Schweizer konnten einen Baum nicht in zwei Stunden nachwachsen lassen.

## *7. Kapitel*
## Donnerstag, 28. Mai

In dem einsamen Schloß im Allgäu war es gerade kurz nach Mitternacht. Reinhard Dietrich stand am Fenster seiner Bibliothek und sah auf die Lichtreflexe im Schloßgraben hinaus. In der einen Hand hielt er ein Glas Napoleon-Cognac, in der anderen eine Havanna-Zigarre. Ein Summer tönte aufdringlich.

Dietrich setzte sich hinter einen breiten Schreibtisch,

schloß eine Schublade auf, nahm das Telefon heraus, das darin verborgen gewesen war, und hob ab. Als Erwin Vinz sich zu erkennen gab, war Dietrichs Ton kurz angebunden.

»Blau hier«, bellte Dietrich. »Irgendwas Neues?«

»Der Engländer hat Zürich verlassen. Er hat den Zug um dreiundzwanzig Uhr neununddreißig vom Hauptbahnhof genommen.« Der Mann drückte sich präzise aus, die Stimme war rauh. »Unsere Leute haben es nicht geschafft, mitzukommen, so schnell ist er eingestiegen ...«

»Hat Zürich verlassen! Was zum Teufel meinen Sie damit? Was ist in der Wohnung im Centralhof passiert?«

»Die Operation war nicht in allem erfolgreich ...« Vinz war nervös. Dietrichs Lippen wurden schmal. Irgend etwas war fürchterlich schiefgegangen.

»Erzählen Sie mir genau, was passiert ist«, sagte er kalt.

»Das Mädchen ist für dauernd in Urlaub, und sie hat uns nichts über ihren Job sagen können. Wir mußten den Eindruck gewinnen, daß sie einfach keine Informationen hatte. Wegen ihr brauchen Sie sich keine Sorgen zu machen ...«

»Aber wegen Martel muß ich mir Sorgen machen! Verdammt nochmal, wo steckt er jetzt? Was war das für ein Zug?«

»Der Bestimmungsbahnhof war St. Gallen ...«

Mit wütendem Gesicht packte Dietrich den Hörer fester. In knappen, gepreßten Sätzen gab er seine Anweisungen, knallte den Hörer auf die Gabel und stellte den Apparat wieder in die Schublade. Er leerte sein Glas und drückte auf einen Klingelknopf. Ein Buckliger betrat den Raum. Seine spitzen Ohren lagen eng am Kopf an, so daß sie fast eins mit dem Schädel waren. Er trug einen beigen Overall und roch nach Reinigungsmitteln. Sein Herr und Meister reichte ihm das Glas.

»Noch Cognac! Hör zu, Oskar. Vinz und sein ganz spezieller Haufen haben die Sache versaubeutelt. Sieht aus, als hätte es Martel bis nach St. Gallen geschafft, verflucht noch mal . . .«

»Mit dem ersten Engländer sind wir fertiggeworden«, erinnerte ihn Oskar.

Reinhard Dietrich war ein Mann von etwa sechzig Jahren, hatte eine dicke Matte von silbernem Haar auf dem Kopf und trug einen dazu passenden Schnurrbart. Er war einsachtzig groß, sah gut aus und hatte kein Gramm Fett zuviel an sich. Er war so gekleidet, wie er es in seinem Schloß bevorzugte – ein in London geschneidertes Lederjackett und Kavallerie-Reithosen, die in maßgefertigten Reitstiefeln steckten. Während er dastand und seine Havanna genoß, sah Dietrich genau nach dem aus, was er auch tatsächlich war – einer der reichsten und mächtigsten Industriellen Nachkriegsdeutschlands.

Bereits ganz zu Anfang hatte er sich auf die Elektronikentwicklung geworfen und geschäftstüchtig abgeschätzt, daß hier das Gebiet industrieller Produktion mit den größten Zuwachsraten zu finden war. Seine Unternehmenszentrale war in Stuttgart, und einen weiteren, großen Komplex besaß er in Phoenix in Arizona. Er nahm einen kleinen Schluck aus seinem wieder aufgefüllten Glas und blickte in Oskars starr geöffnete Augen.

»Wir werden mit diesem neuen Störenfried aus London schon fertig werden. Vinz wird St. Gallen mit unseren Leuten regelrecht überschwemmen. Bis zum Abend werden wir wissen, wo Martel steckt. Diese Claire Hofer, das Schweizer Flittchen, haben sie schon aus dem Weg geräumt.« Seine Stimme wurde lauter, das Gesicht färbte sich rot. »Nichts darf der Operation Krokodil entgegenstehen! Am dritten Juni fährt der Gipfelexpreß durch Deutschland. Am vierten Juni finden die bayerischen Wahlen statt – und Delta wird mit einem Ruck an der Macht sein!«

»Und Martel . . .«

»Mein Befehl lautet: Bringt ihn um!«

Als Martel aus dem Nachtzug in St. Gallen ausstieg, war er sich sicher, daß ihm niemand gefolgt war. In Zürich hatte er den Zug noch Sekunden vor der Abfahrt erwischt. Einmal an Bord, hatte er sich ans Fenster gestellt, um zu sehen, ob da im letzten Augenblick noch andere Fahrgäste kamen. Aber niemand war aufgetaucht, und so war Martel durch den beinahe leeren Zug gegangen und hatte sich ein Erste-Klasse-Abteil gesucht. Mit einem überwältigenden Gefühl der Erleichterung hatte er sich in die Ecke gesetzt.

In St. Gallen ließ er sich mit dem Aussteigen Zeit. Während er seinen Koffer langsam zum Ausgang trug, war der Bahnsteig verlassen. Es gibt kaum einen bedrückenderen Anblick als einen Bahnhof in den späten Nachtstunden. Genau wie Claire Hofer es ihm gesagt hatte, lag das Hotel Metropol dem Bahnhof gegenüber.

Der Nachtportier bestätigte die Reservierung, und Martel fragte nach dem Zimmerpreis. Er zählte die Geldscheine ab, redete währenddessen weiter, um den Mann abzulenken, und legte ein reichhaltiges Trinkgeld dazu, das die Aufmerksamkeit des Nachtportiers weiter in Anspruch nahm.

»Das hier ist für zwei Nächte – und das hier ist für Sie. Ich bin so müde, daß ich mich kaum noch auf den Beinen halte. Morgen früh trage ich mich ein. Hat jemand irgend etwas für mich hinterlassen?« fragte er rasch.

»Nur dieser Umschlag . . .«

Es hatte geklappt – er hatte das Registrierungsformular nicht ausgefüllt, das jeder Gast eines Schweizer Hotels unmittelbar nach der Ankunft auszufüllen hat. Das Formular hat zwei Durchschläge. Während der Nacht fährt die Polizei die Hotels ab und sammelt die für sie bestimmten Zettel ein. Indem er das Formular nun nicht sofort ausfüllte, hatte Martel die allgemeine Kenntnis seiner Ankunft in St. Gallen um vierundzwanzig Stunden hinausgezögert.

In seinem Doppelzimmer öffnete er den zugeklebten Umschlag. In säuberlicher, weiblicher Handschrift stand da ›Zimmer zwölf‹. Das war das Zimmer neben seinem. Er klopfte sehr leise an die Tür, und sie öffnete ihm sofort. Sie sagte nichts, bis er die Tür zugezogen und abgeschlossen hatte. Über ihrer rechten Hand hing ein Handtuch.

»Der gemeinsame Freund?«

»David Nagel, zum Kuckuck noch mal . . .«

»Ich habe Sie von meinem Fenster aus aus dem Bahnhof kommen sehen – aber Sie werden es mir nicht übelnehmen, wenn ich auf Nummer Sicher gehe . . .«

»Tut mir leid. Ich möchte ja, daß Sie vorsichtig sind. Aber ich habe heute morgen im Flugzeug den letzten Bissen zu mir genommen, und ich bin müde . . .«

»Sie sehen erschöpft aus.« Sie nahm das Handtuch weg und ließ die Neunmillimeterpistole sehen, die sie darunter verborgen gehalten hatte und die sie jetzt unter ihr Kopfkissen steckte. »Sie müssen durstig sein. Es ist eine warme Nacht. Tut mir leid, daß ich nur Perrier-Wasser habe . . .«

»Ich trink's gleich aus der Flasche.«

Er ließ sich auf das Bett nieder, das weiter vom Fenster weg stand, und zwang sich, sie anzusehen, während er trank. Sie hatte die richtige Größe, das korrekte Gewicht, und ihr dunkles Haar fiel ihr in einem Pony über die Stirn und war hinten schulterlang. Im Licht der Nachttischlampe glänzten ihre Augen tiefblau. »Wenn ich beweisen soll, wer ich bin . . .« Er zog seinen Paß, reichte ihn ihr hinüber und trank das Mineralwasser aus.

Sie wollte ihm ihre eigene Kennkarte zeigen, aber er war so fertig, daß er abwinkte. Was zum Teufel machte es noch für einen Unterschied? In Zürich hatte ihm Delta jemanden untergeschoben – Gisela Zobel. Dann hatte er ein anderes Mädchen gerettet – auf das die Beschreibung zutraf und das er gefesselt in einem Schrank in der Wohnung am Centralhof gefunden hatte. In seinem Kopf drehte sich mal wieder der Strudel . . .

Aber bei dieser jungen Dame hier hatte er das Gefühl, daß alles stimmte. Das war sein letzter Gedanke, bevor er sich auf das Kissen zurückfallen ließ und einschlief.

Mit einem beunruhigenden Gefühl wachte er auf. Es war dunkel, und die Luft lag schwer auf ihm wie eine Decke. Er war sich nicht sicher, wo er sich befand – so viel war in so kurzer Zeit geschehen. Er lag auf dem Rücken auf einem Bett. Und dann erinnerte er sich.

Er entspannte sich gerade wieder, als ihn ein zweiter Schreck durchfuhr. Er versuchte, seine Atmung regelmäßig zu halten. Jemand hatte ihm die Krawatte gelöst, das Hemd aufgeknöpft und die Schuhe ausgezogen. Was ihn aber munter machte, war das leere Gefühl unter seiner linken Achsel. Das Schulterhalfter hatte er immer noch an, aber jemand hatte seinen Colt fortgenommen. Vorsichtig, ohne ein Geräusch, wandte er den Kopf und streckte seine rechte Hand aus. Eine andere Hand berührte ihn, hielt ihn fest. Noch bevor die Nachttischlampe anging, hörte er eine junge Frau flüstern.

»Alles in Ordnung. Sie sind in St. Gallen im Hotel Metropol. Ich bin Claire Hofer. Es ist vier Uhr in der Früh, und das bedeutet, daß Sie bisher nur zwei Stunden Schlaf gehabt haben . . .«

»Damit kann ich leben.«

Martel war jetzt hellwach. Seine Kehle fühlte sich an wie Sandpapier. Er setzte sich auf und stellte das Kopfkissen hinter seinem Rücken hoch. Claire Hofer trug immer noch das blaßgraue Kostüm und saß ebenfalls gegen ihr Kopfkissen gelehnt. In dem schwachen Licht bemerkte Martel, daß sie neues Make-up aufgelegt hatte. Kein blutroter Nagellack dabei, Gott sei Dank!

»Ihr Colt liegt auf Ihrem Nachttisch«, sagte sie ihm. »Nicht sehr bequem, wenn man damit schläft. Die Tür ist zweimal gesichert – und wie Sie sehen, habe ich noch einen Stuhl unter die Klinke gestellt . . .«

»Sie haben aber auch an alles gedacht ...«

Martel, der erst einmal jedem gegenüber mißtrauisch war, machte sich daran, Claire Hofer einzuordnen. Sie war der zweiten jungen Frau, die er in der Züricher Wohnung getroffen hatte, erstaunlich ähnlich; der, die er gerettet hatte – nur damit sie dann gekidnappt wurde und schließlich ... Martel hatte Schwierigkeiten, die scheußlichen Geschehnisse zu verdrängen.

»Woran denken Sie gerade?« fragte sie.

»Dies hier ...«

Aus der Jackentasche zog er die silberne Delta-Anstecknadel, die er dem Mann vom Aufschlag gerissen hatte, der ihn in der Bahnhofstraße hatte ermorden wollen. Nachlässig warf er sie auf ihr Bett hinüber. Die junge Frau zuckte wie vor etwas Lebendigem zurück und starrte Martel mit vor Furcht weit aufgerissenen Augen an.

»Wo haben Sie das her?«

Sie war schnell und geschickt. Während der wenigen Sekunden, in denen sie ihre Frage stellte, griff sie mit ihrer rechten Hand, die auf der Martel abgewandten Seite im Schatten lag, unter ihr Kissen, zog die Neunmillimeterpistole heraus und zielte Martel jetzt genau in den Magen.

»Macht Ihnen die Nadel angst?« fragte er.

»Sie machen mir angst. Ich werde sofort schießen ...«

»Ich glaube Ihnen ja.«

Er paßte auf, daß er seine Hände zusammengelegt im Schoß hielt, in sicherer Entfernung von der Nachttischschublade. Da war nichts Weiches mehr in ihrer Stimme, in ihrem Gesichtsausdruck, in der Haltung ihres wohlentwickelten Körpers. Wenn er sich jetzt verrechnete, würde die junge Schweizerin abdrücken.

»Ich habe das Delta-Zeichen einem Mann abgenommen, den ich letzte Nacht in der Bahnhofstraße erschossen habe. Die Delta-Bande hat auf uns gewartet, als wir die Wohnung verließen. Nicht solche Burschen mit Strumpfmasken und Kapuzen. Männer in Geschäftsanzügen! Und jeder hatte die Nadel an seinem Aufschlag. Eine Menge Blut ist da geflossen – aber eine Stunde später war alles wieder adrett und sauber für die Touristen von morgen . . .«

»Sie sagen, Blut ist geflossen. Sie haben gesagt, ›wir‹ . . .«

»Warum haben Sie die Verabredung im Centralhof nicht eingehalten?« fragte er scharf.

»Arnold wollte mich nach Warners Ermordung von den Delta-Nachforschungen abziehen – und da bin ich in den Untergrund gegangen. Lisbeth sollte Sie eigentlich hierherbringen und sicherstellen, daß Ihnen niemand folgt. Im Gegensatz zu Ihnen kennt sie ein paar von Arnolds Spürhunden . . .«

»Und kennt sie auch Ferdy Arnold selbst?«

»Nein, dem ist sie nie begegnet. Warum?«

»Lassen Sie mich Arnold beschreiben«, schlug er vor. »Dünn, drahtig, in den späten Dreißigern. Braunes Haar, ohne Scheitel, zurückgekämmt. Schiefergraue Augen . . .«

»So sieht er überhaupt nicht aus . . .«

»Dachte ich mir. Jemand, der in seine Rolle schlüpfen wollte, ist aufgetaucht, während wir in der Wohnung waren. Ich hatte sogar Lisbeth im Verdacht, weil sie seine Telefonnummer in ihrem Notizbuch nachschlagen mußte – wenn sie die richtige Claire Hofer gewesen wäre, dann hätte sie die doch auswendig gewußt. Der falsche Arnold muß sie noch vor meiner Ankunft angerufen haben und sich irgend etwas ausgedacht haben, warum sie, falls nötig, diese bestimmte Nummer anrufen sollte. Es ist . . .« Er war, was die grammatische Zeitenfolge anbetraf, sehr vorsichtig. ». . . das Mädchen, das Sie dargestellt hat?«

»Bevor sie geheiratet hat, haben wir beide bei der Geheimabteilung der Polizei unter David Nagel gearbeitet. Wir haben ihm mal einen Streich gespielt – wir haben dieselben Sachen angezogen und sind nacheinander zu ihm ins Büro gegangen. Mit einem Abstand von vielleicht zehn

Minuten. Er hat überhaupt nichts gemerkt und war sehr böse, als wir es ihm erzählt haben. Kein Wunder, daß auch Sie sich haben täuschen lassen.«

Sie zeigte, daß ihr Vertrauen zu ihm wiederhergestellt war, indem sie die Pistole wieder unter das Kopfkissen schob. Sie lächelte entschuldigend, beugte sich vor und stellte die Frage, vor der sich Martel gefürchtet hatte.

»Wo ist Lisbeth? Ist sie gleich im Bahnhof geblieben und hat den Zug zurück nach Zürich genommen? Sie haben ja mitbekommen, daß sie mir furchtbar ähnlich sieht – so, als wären wir Zwillinge. Haben Sie schon gemerkt, daß sie tatsächlich meine Schwester ist?«

In London saß Tweed immer noch an seinem Schreibtisch und las in einer Akte, als er die beängstigende Neuigkeit erfuhr. Er rieb sich die Augen und warf einen Seitenblick auf das Feldbett, das er »für alle Fälle«, wie er es nannte, aufgestellt hatte. Miß McNeil, seine treue Assistentin, brachte den Funkspruch. Sie war eine gutaussehende, grauhaarige Frau, die sich aufrecht hielt – die Männer auf der Straße drehten sich um, wenn sie vorbeiging –, und niemand kannte ihr Alter oder ihren Vornamen, mit Ausnahme von Tweed, der beides vergessen hatte. Sie war schlicht McNeil – immer zur Hand, wenn man sie brauchte, zu jeder Tages- oder Nachtzeit. Sie hatte einen schlauen Kopf, eine scharfe Zunge und ein enzyklopädisches Gedächtnis.

»Das hier ist gerade aus Bayreuth gekommen . . .«

Bayreuth. Das hieß Alarm. Tweed schloß die Stahlschublade auf, die sein Codebuch enthielt. Fürs erste las sich der Funkspruch wie eine völlig normale geschäftliche Nachfrage wegen des Abgangs eines Warentransports.

Bayreuth lag in Bayern. Lindau, wo Charles Warner gewesen war, kurz bevor er ermordet wurde, lag in Bayern. Delta, die Neonazipartei, hatte ihre Zentrale in Bayern. Er machte sich an die Entzifferung, wobei er dickes Papier benutzte, das auf eine Metallunterlage geheftet war, so daß sich sein Schreibstift nirgendwo durchdrücken konnte.

»Wäre es Ihnen lieber, wenn ich hinausgehe?« schlug NcNeil vor.

»Natürlich nicht! Muß mich nur eben konzentrieren . . .«

Das war ein Kompliment – daß sie bleiben durfte –, und Tweed ahnte, daß er nach dem Entzifferungsprozeß Gesellschaft würde gebrauchen können. Miß McNeil setzte sich, schlug die hübschen Beine übereinander und sah zu. Es war ein glücklicher Umstand, daß sie – genau wie Martel – mit zwei oder drei Stunden Schlaf täglich auskommen konnte. Als er fertig war, bekam Tweed auf einmal einen nichtssagenden Gesichtsausdruck – und das sagte wiederum McNeil eine große Menge.

»Schlechte Nachrichten?«

»Die übelsten, die allerübelsten.«

»Damit werden Sie schon fertig. Sie schaffen es immer . . .«

»Ich bin's gar nicht, der damit fertigwerden muß. Manfred hat gerade die Grenze von der DDR nach Bayern überschritten. Heiliger Himmel . . .«

Manfred!

Tweed war geschockt, als er den Funkspruch noch einmal durchlas. Er hatte ihn auf Umwegen erreicht, die sich Tweed genau vorstellen konnte. Zuerst hatte sein Agent, der für ihn in einer Abteilung des Ministeriums für Staatssicherheit in Leipzig, DDR, tätig war, die Botschaft auf seinem tragbaren Funkgerät abgesetzt. Dann war der Spruch von Tweeds Stützpunkt in Bayreuth aufgefangen worden.

Von Bayreuth war dann ein Kurier in halsbrecherischer Fahrt zur Britischen Botschaft nach Bonn gerast. Dort war der Funkspruch dem Sicherheitsoffizier Hand zu Hand übergeben worden. Der wiederum hatte nach Prag Crescent gefunkt. Der entzifferte Funkspruch war in seinen Schlußfolgerungen tödlich und entnervend:

»Heute, Mittwoch, 27. Mai, Manfred Grenzüberschreitung von DDR in die Bundesrepublik, Nähe Hof. Ziel unbekannt.«

Er reichte den Funkspruch wortlos zu Miß McNeil hinüber, stand auf und sah sich die Wandkarte von Zentraleuropa an, die er aufgehängt hatte, als Martel zum Flughafen gefahren war. Tweed kannte sich auf dieser Karte ziemlich gut aus. Er hatte ein klares Bild der Geographie Westeuropas im Kopf. Aber er wollte doch sichergehen, welche Route Manfred da genommen hatte.

Aus der Gegend um Hof führte eine Autobahn exakt südlich über Nürnberg bis zur bayerischen Hauptstadt München. Das war die wahrscheinlichste Strecke. Und Warner hatte eine Menge Zeit in München zugebracht, wobei er aus einem nicht bekannten Grund den Hauptbahnhof besonders im Auge behalten hatte. Tweed ging zu seinem Drehstuhl zurück, korrigierte den Sitz seiner Brille und ließ sich in das Polster sinken.

»Viel wissen wir über Manfred nicht, oder?« versuchte McNeil den Faden aufzunehmen.

»Wir wissen nichts – und wir wissen auch wieder zuviel«, brummte Tweed. Er klopfte auf einen Aktendeckel. »Mit fortschreitendem Alter bekomme ich offenbar einen sechsten Sinn – ich habe mir gerade sein Dossier angesehen, als Sie mit dem Funkspruch kamen.«

»Er ist Topagent der Ostdeutschen, nicht wahr? Und bei seiner Herkunft und Nationalität gibt es Unstimmigkeiten. Ein erstklassiger Berufskiller – und ein hervorragender Organisator. Sehr ungewöhnlich, diese Kombination . . .«

»Aber Carlos ist ein ungewöhnlicher Mann«, sagte Tweed und schob sich die Brille hoch in die Stirn.

»Glauben Sie wirklich, daß er mit Carlos identisch ist? Von dem hat man doch ewig nichts mehr gehört . . .«

»So glauben es die Amerikaner. Aber da gibt's etwas sehr Merkwürdiges, das ich nicht verstehe. Delta, das sind die Neonazis. Manfred ist ein freischaffender kommunistischer Experte für Untergrund-Operationen. Wer steckt also hinter diesem Unternehmen Krokodil – was immer das auch sein mag? Und überhaupt, Krokodil – das erinnert mich an etwas, das ich einmal gesehen habe ...«

»Sie sehen wirklich besorgt aus. Soll ich einen Kaffee machen?«

Tweed blickte das stumme Telefon auf seinem Schreibtisch an. Er sprach halb zu sich selbst. »Melden Sie sich, Martel, um Gottes willen! Ich muß Sie warnen – bevor es zu spät ist. Sie haben's jetzt mit den Nazis und mit den Kommunisten gleichzeitig zu tun. Das heißt: Gefahr von zwei Seiten ...«

In einer abgedunkelten Wohnung in einem großen Gebäude nahe dem Münchener Polizeipräsidium in der Ettstraße hob eine behandschuhte Hand einen Telefonhörer ab. Der Mann, der da Nylonhandschuhe trug, war der einzige Anwesende. Die Beleuchtung kam von einer verhängten Schreibtischlampe. Er wählte eine Nummer. Es war vier Uhr morgens.

»Wer zum Teufel ist das? Wissen Sie nicht, wie spät es ist ...«

Reinhard Dietrich war in seinem Schloß aus tiefem Schlummer geweckt worden, und seine Stimme ließ seine Wut erkennen. Wenn das schon wieder Erwin Vinz war, dann würde er ihn ...

»Manfred hier.« Der Ton der Stimme war fast unheimlich sanft und beherrscht. »Wir hören, Sie haben ein Problem, und das hat uns sehr beunruhigt.«

Dietrich erwachte schlagartig. Die Person des Anrufers hatte ihn aus dem Gleichgewicht gebracht, und aus den Worten konnte er entnehmen, daß Manfred von der Zürcher Katastrophe wußte. Dietrich setzte sich in seinem

Bett auf, und er klang auf einmal sehr höflich und zur Zusammenarbeit bereit.

»Nichts, womit wir nicht fertigwerden könnten, versichere ich Ihnen.«

»Aber in Zürich sind nun einmal Fehler gemacht worden; was steht denn nun in St. Gallen zu erwarten?«

Dietrich, der seit eh und je daran gewöhnt war, Befehle zu erteilen, fürchtete sich vor dem schläfrigen Ton von Manfreds Stimme. Als Manfred damals in seinem Stuttgarter Büro aufgetaucht war und ihm Waffen und Uniformen mit Rabatt angeboten hatte, da hatte er sofort zugepackt. Inzwischen bedauerte er seine Entscheidung schon halb – aber jetzt war es zu spät.

»Machen Sie sich wegen St. Gallen keine Sorgen.« Er ließ seine Stimme betont zuversichtlich klingen. »Nach dem, was ich in die Wege geleitet habe, behalten wir die Situation im Griff . . .«

»Wir sind erfreut, das zu hören. Waffen und weitere Uniformen liegen im selben Lagerhaus zur Abholung bereit. Wo und wann werden Sie diese Sendung unterbringen?«

Dietrich sagte es ihm. Es gab ein klickendes Geräusch, und der Industrielle merkte, daß Manfred eingehängt hatte. Arroganter Schweinehund! Und was Dietrich auch verabscheute, war dieses andauernde ›Wir‹ – als ob er, Dietrich, Befehle von irgendeinem allmächtigen Komitee entgegennehmen würde. Wenigstens waren weitere Waffen auf dem Weg – verloren hatten sie ja auch schließlich genug. Wie Erich Stoller vom BND das Lager aufgespürt hatte, konnte er sich nicht vorstellen.

In München knipste Manfred die Schreibtischlampe aus. Wo immer er sich auch im Westen aufhielt, jedesmal trug er Handschuhe – wenn er ging, würden von ihm keine Fingerabdrücke in der Wohnung zurückbleiben. Ein dünnes Lächeln huschte über sein Gesicht. Unternehmen Krokodil lief nach Plan.

In dem Zimmer im Hotel Metropol durchlitt Claire Hofer gerade einen nachhaltigen Schockzustand, nachdem Martel ihr von der Ermordung Lisbeths berichtet hatte. Einen Hinweis darauf, daß sie auch gefoltert worden war, verbiß er sich. Als sie schließlich reagierte, traf ihn das unerwartet.

»Und du Schweinekerl hast zugelassen, daß sie Lisbeth gefaßt haben?« Claire Hofer schlug Martel mit der flachen Hand an den Kopf. Als sie die Hand zum zweitenmal hob, packte er ihr Gelenk und drückte sie aufs Bett hinunter. Sein Gesicht war nur Zentimeter von ihrem entfernt, während sie ihn voll Wut anstarrte. Diese Haltung erinnerte ihn daran, wie er Gisela Zobel auf das Sofa im Centralhof gedrückt hatte, als sie ihn ermorden wollte, und wie sie dabei versucht hatte, ihn mit ihren erotischen Spielchen abzulenken.

Aber diese junge Frau hier war anders. Zäh wie Leder, aber verletzlich – eine Verletzlichkeit, die sie mit erzwungener äußerer Ruhe überdeckte. Die tiefblauen Augen schienen im Licht der Nachttischlampe größer denn je. Martel küßte Claire Hofer zärtlich auf die Stirn und fühlte, wie sich ihre lederharten Muskeln entspannten.

»An dem Überfall haben wenigstens ein Dutzend bewaffnete Soldaten von Delta teilgenommen«, sagte er sanft, während er ihr immer noch das Handgelenk festhielt. »Aus zwei Autos kamen sie nur so herausgeströmt. Drei habe ich erschossen. Ich habe gesehen, wie sie Lisbeth in den großen Mercedes gezerrt haben, der dann auf der Stelle losfuhr. Ich habe es verpatzt . . .«

»Ein Dutzend Bewaffnete!« Ihre Augen suchten seinen Blick. »Aber wie hätten Sie dann für Lisbeth etwas tun können? Und warum haben die das überhaupt gemacht – sie mitzunehmen?« Claire Hofer war völlig erschlafft. Martel lockerte seinen Griff um ihr Handgelenk.

»Die haben angenommen, sie hätten Sie geschnappt . . .«

»Mich? Warum denn mich?«

»Irgend etwas Großes braut sich da zusammen.« Martel hockte auf der Bettkante und steckte sich eine Zigarette an. »Deshalb räumt Delta jeden Agenten aus dem Weg, der ihnen irgendwie in die Quere kommen könnte. Zuerst Warner, dann der Anschlag auf Sie. Ich soll dann als nächster drankommen. Ganz nebenbei, warum hat Warner denn nicht den Zug genommen, um von Lindau in die Schweiz zu kommen – warum diese Geschichte mit dem Boot?«

»Er war früher bei der Marine und mißtraute engen Räumen – er meinte immer, ein Zugabteil könne eine Falle sein. Nichts, wohin man fliehen könnte. Können wir denn gegen diese Leute nicht zurückschlagen?«

»Doch, und wir werden es auch. Deshalb bin ich in St. Gallen. Hier ist doch ein Museum für antike Spitzenklöppeleien, oder? Der Empfangschef im Baur au Lac hat es behauptet . . .«

»Ja, hier gibt es eins.« Sie hatte sich jetzt aufgesetzt, hielt einen Handspiegel und versuchte mit einer Bürste, ihre durcheinandergebrachte Frisur wieder in Ordnung zu bringen. »Und dort hat Charles sich mit seinem Kontaktmann von Delta getroffen. Wieso haben Sie das gewußt?«

»Darauf komme ich noch. Wissen Sie, wieweit es Warner gelungen ist, Delta zu infiltrieren?«

»Er hatte seinen Kontaktmann, den ich gerade erwähnt habe. Ich habe keine Ahnung, wie der aussieht. Charles hat sich ganz besondere Mühe gegeben, seine Identität geheimzuhalten, aber sein Codename ist Stahl. Haben Sie übrigens das Neueste über Delta gelesen?«

Sie griff nach einer Zeitung und reichte sie ihm. Sie stammte von gestern. Die Schlagzeile sprang ihm in die Augen, und darunter war der Hauptartikel der Titelseite zu lesen:

»Waffen- und Uniformlager der Neonazis im Allgäu entdeckt.«

Im Text wurde das noch etwas umschrieben, aber die

Meldung war eigentlich einfach. Nachdem ihr eine Information zugespielt worden war, hatte die bayerische Polizei kurz vor Morgengrauen ein einsames Bauernhaus umstellt und das Waffenlager entdeckt. Es gab Spuren, die darauf hinwiesen, daß sich vor kurzem jemand in dem Bauernhaus aufgehalten hatte, aber zur Zeit der polizeilichen Suchaktion war es verlassen gewesen . . .

»Das ist das siebente Waffenlager von Delta, das man in den letzten vier Wochen entdeckt hat«, bemerkte Claire. »Allzuviel scheinen die ja nicht zu können . . .«

»Tja, merkwürdig, nicht wahr?«

»Woran denken Sie?« fragte sie. »Sie haben wieder diesen Gesichtsausdruck . . .«

Martel starrte die Wand an und rief sich sein Gespräch mit Tweed in Erinnerung. Bruchstücke dieser Unterhaltung gingen ihm einfach nicht aus dem Kopf.

Die Anstecknadel wurde unter Warners Leichnam gefunden. Der Mörder muß sie verloren haben, ohne es zu bemerken . . . und am Schluß haben sie ihm ihr Markenzeichen in den nackten Rücken geschnitten – das Delta-Symbol . . .

»Ich glaube, wir übersehen da etwas – einfach, weil es zu augenfällig ist.« Er blickte auf seine Armbanduhr. Vier Uhr dreißig. »Wir können die Schweine hereinlegen. Im Spitzenmuseum hier in St. Gallen. In weniger als acht Stunden, von jetzt an gerechnet.«

## *8. Kapitel*
## Donnerstag, 28. Mai

»Ich hoffe doch, wir sprechen von dem hier . . .«

Sie saßen an einem abseitsstehenden Frühstückstisch im Speiseraum des Hotels. Martel hatte aus seiner Brieftasche eine orangefarbene Eintrittskarte gezogen und sie

Claire gereicht. Die Karte trug eine Nummer, einige aufgedruckte deutsche Worte, aber keinen Hinweis auf eine bestimmte Stadt. Industrie- und Gewerbemuseum . . . Eintritt: FR. 2.50.

»Als er umgebracht wurde, hatte Warner diese Eintrittskarte in seiner eigenen Brieftasche«, fuhr Martel fort. »Ich drück' uns jetzt mal selbst die Daumen . . .«

»Brauchen Sie nicht«, sagte Claire Hofer fröhlich. »Das ist tatsächlich eine Eintrittskarte für das Spitzenmuseum St. Gallen. Es liegt in der Vadianstraße – in der Nähe der Altstadt. Keine zehn Minuten zu Fuß von hier . . .«

»Sehen Sie mal hinten drauf.«

Claire drehte die Eintrittskarte um und sah Worte in einer Handschrift, die sie wiedererkannte. Die von Charles Warner. Möglicherweise blickte sie gerade auf die letzten Worte, die er geschrieben hatte, bevor er sich auf seine tödliche Bootsreise vom Lindauer Hafen aus machte.

St. 11.50. Mai 28.

Sie blickte Martel an, und er entdeckte in ihrem Gesichtsausdruck eine Andeutung von Erregung, während er selbst gerade seine achte Tasse Kaffee trank. Er hatte schon sieben Croissants konsumiert, drei Scheiben Schinken und ein großes Stück Käse. Jetzt fühlte er sich schon etwas besser.

»Achtundzwanzigster Mai – das ist heute«, sagte sie und blickte auf die Uhr. »Punkt neun. St. bedeutet wahrscheinlich Stahl. In weniger als drei Stunden werden wir mit ihm reden . . .«

»Ich werde mit ihm reden«, korrigierte Martel sie.

»Ich denke, ich gehöre zum Team . . .«

»Sie haben mir doch gesagt, Warner hat Sie an solchen Treffen nie teilnehmen lassen. Und wer da auch immer auftaucht, er könnte Angst bekommen, wenn er Sie sieht . . .«

»Aber Sie wird er nicht erkennen«, ließ Claire Hofer nicht locker.

Martel beherrschte sich, aber es wurde ihm zuviel. »Jetzt hören Sie mir mal zu, Claire Hofer. Auch wenn es Ihnen keinen Spaß macht, es gibt offenbar keine Art, Ihnen das höflich beizubringen. Ich arbeite allein – weil ich dann der einzige bin, um den ich mir Sorgen machen muß. Und ich selbst bin alles, was ich habe – und deshalb sorge ich mich um mich eine ganze Menge.«

»Aber ich müßte doch gar nicht mit ins Museum hinein . . .«

»Ich bin noch nicht zu Ende, also halten Sie freundlicherweise den Mund! Seit ich in Zürich gelandet bin, ist nichts so gewesen, wie es zuerst den Anschein hatte. In die Wohnung am Centralhof hatte Delta ein Mädchen gesetzt, das mich auspusten sollte. Und dann finde ich eine andere junge Dame in einem Schrank – tut mir leid, daß ich das noch einmal erwähnen muß, aber es ist nötig –, und wieder einmal soll ich denken, daß es sich um Claire Hofer handelt . . .«

»Verdammt noch mal, ich habe Ihnen doch gesagt, warum wir das so gemacht haben!«

Ihr Gesicht wurde rot vor Ärger, und ihre Augen blitzten. Er bewunderte ihren Widerstandsgeist – vielleicht konnte er ihn sich sogar einmal nützlich machen –, aber er mußte ihr trotzdem seinen Standpunkt klarmachen.

»Das nächste«, fuhr er geduldig fort, »ist dann das Massaker in der Bahnhofstraße – und innerhalb einer Stunde ist nichts mehr davon zu entdecken . . .«

»Ferdy Arnolds Reinigungstruppe«, sagte sie kurz angebunden.

»Wie bitte?«

»Sie haben doch selbst vermutet, daß die das Schlachthaus aufgeräumt haben, um alles unter den Teppich zu kehren – damit sich die lieben Touristen nicht beunruhigen müssen. Arnold hat tatsächlich ein Spezialistenteam von Ingenieuren, Glasern, Maurern – alles, was Sie wollen –, die für den Fall in Bereitschaft stehen, daß durch

Terroristen oder Demonstranten irgendwas zu Bruch geht. Die sperren dann kurz die ganze Gegend ab, und ihr Motto lautet: ›So gut wie neu in dreißig Minuten‹. Die haben sogar Experten, die der Presse jedesmal einen Bären aufbinden, falls es nötig sein sollte . . .«

»Das meine ich ja gerade«, sagte Martel, während er sich Butter auf ein neues Croissant strich. »Nichts ist, was es zu sein scheint. Delta – und zwar aus irgendeinem Grund, den ich noch herausbekommen muß – tritt ganz offen auf. Arnold tut so, als wäre überhaupt nichts passiert. Er erzählt sogar eine Lügengeschichte, die ausgerechnet Nagel von der Geheimabteilung aufs Glatteis führt. Glauben Sie denn wirklich, daß meine Begegnung mit Stahl so einfach wird? Verdammt noch mal, ich glaube das jedenfalls nicht.«

»Und trotzdem laufen Sie da einfach so rein?«

»Ich werde exakt um elf Uhr fünfundvierzig eintreffen. Nach dem Frühstück zeigen Sie mir, wo das ist . . .«

»Aber das Rendezvous soll doch um elf Uhr fünfzig stattfinden«, erinnerte sie ihn.

»Und ich komme fünf Minuten früher, damit ich sehen kann, wer da hinter mir reinkommt. Könnte ja sein, daß Warner beschattet worden ist.«

»Er war da immer äußerst vorsichtig«, bemerkte Claire Hofer.

»Und jetzt ist er äußerst tot . . .«

In München führt die breite Maximilianstraße geradewegs wie ein Lineal vom Max-Joseph-Platz zum Bayerischen Landtag, der auf einer Anhöhe die Isar überragt. Zum Ostufer hinüber führt die Straße über zwei Brücken, die eine größere Insel überqueren. Die Leiche hatte sich in einer der gewaltigen Schleusen unter der ersten Brücke verfangen. Dort wurde sie gefunden.

Und gefunden wurde sie zwei Stunden bevor Martel sich niedersetzte, um sich im Metropol in St. Gallen an seinem beachtlichen Frühstück zu stärken. Ein Rechtsanwalt auf dem Weg zur Arbeit hatte zufällig über das Brükkengeländer gesehen. Im Fluß bremst eine Serie von gewaltigen Stufen wie vier große Wehre die rasche Strömung des Wassers. An jedem Wehr steht eine Reihe von viereckigen Zementsäulen. Die Leiche hatte sich zufällig um eine dieser Säulen gelegt.

Die Kriminalpolizei erschien mit einem Arzt und war dabei, Beweise sicherzustellen, als ein Froschmann auftauchte und meldete, daß der Mann durch den Kopf geschossen worden war. In einem Krankenwagen am Flußufer wurde bereits eine erste Untersuchung vorgenommen. Nach ein paar Minuten blickte Hauptkommissar Krüger den Arzt an.

»Nun sagen Sie schon was. Auf meinem Schreibtisch stapelt sich die Arbeit meterhoch, und wenn ich nach Hause komme, fängt meine Frau schon an, sich über meine Sekretärin zu erkundigen.«

»Schaffen Sie sich eine weniger attraktive Sekretärin an«, schlug der Arzt vor. »Dreimal durch den Kopf geschossen. Schmauchspuren sichtbar. Todeszeitpunkt – aber nageln Sie mich nicht fest – innerhalb der letzten zwölf Stunden. Und keine Fesselungsspuren an den Gelenken; die haben ihn also nicht festgebunden, bevor sie ihn ermordet haben . . .«

»Dann kann ich jetzt wenigstens seine Sachen nach irgendwelchen Identifikationsmerkmalen durchsuchen? Sehr freundlich von Ihnen, Herr Doktor . . .«

Krüger durchsuchte die Leiche mit geübten Fingern, während Weil, sein Stellvertreter, sich vorsichtig zurückhielt. Er sah seinem Chef an, daß dieser nicht gerade erfreut war. Die Suche förderte aus den Taschen der durchweichten Leiche keinen einzigen Gegenstand zutage.

»Keine Möglichkeiten der Identifikation«, verkündete Krüger. »Das ist genau, was ich brauche. Ich seh' schon, was das für ein Tag wird . . .«

»Seine Uhr«, wandte Weil ein.

Er hob den linken Arm der Leiche an, der furchtbar schwer zu sein schien, und nahm die Armbanduhr vom Handgelenk. Sie hatte exakt um zwei Uhr aufgehört zu laufen. Er zeigte Krüger die Bodenplatte der Uhr, die aus Stahl gefertigt war und ein einziges eingraviertes Wort trug.

»Das hilft uns ja wirklich eine Menge«, kommentierte Krüger.

Das eingravierte Wort auf der Bodenplatte der Uhr war ›Stahl‹.

Auf ihrem Weg zum Spitzenmuseum gingen Martel und Claire Arm in Arm. Martel hatte das vorgeschlagen.

»Ein Pärchen fällt viel weniger auf«, sagte er dazu.

»Wenn Sie meinen . . .«

Er wurde zornig. »Gebrauchen Sie doch Ihren Kopf. Zwei Gruppen sind vielleicht auf der Jagd nach uns. Delta hat's auf mich abgesehen – also suchen sie nach einem einzelnen Mann. Arnolds Haufen ist hinter Ihnen her – und dementsprechend suchen die nach einer einzelnen jungen Frau . . .«

»Scheint ja ganz logisch«, sagte Claire Hofer unbeeindruckt.

»Und lassen Sie Ihre Gefühle aus dem Spiel, wenn's um Entscheidungen geht. Jetzt ist es elf Uhr dreißig; ich habe also noch fünfzehn Minuten, bevor ich in das Museum hinein muß. Auf dem Schild da steht Vadianstraße . . .«

»Das Spitzenmuseum ist am anderen Ende der Straße links – und ich bin nun mal entschlossen, mit Ihnen zu gehen . . .«

»Nicht hinein. Ich werde schon ein Plätzchen finden, wo ich Sie solange abstellen kann.«

»Ich bin doch kein dämliches Auto!« brauste sie auf. Sie spielte ihre Rolle gut, hielt seinen Arm eng umfaßt und blickte verliebt zu ihm auf, während sie die Worte zischte.

»Sie erwarten doch deutlich Schwierigkeiten – Sie haben den Schalldämpfer für Ihren Colt mitgenommen.«

»Ich hab' Ihnen doch gesagt – bisher war nichts so, wie es anfangs zu sein schien, und ich habe die Vermutung, daß sich dieser Trend fortsetzen wird.«

Während ihres Spazierganges hatte Martel bemerkt, daß St. Gallen in einer Art engem Tal oder Schlucht lag. An beiden Seiten stiegen die Hänge fast senkrecht auf, und auf dem engen Talgrund hatten sich die Einkaufsstraßen ausgebreitet. Höher an den Berghängen standen in Reihen übereinander solide aussehende Villen aus dem neunzehnten Jahrhundert.

Die Luft war wieder feucht, die Bewölkung dick, und irgendwie lag ein Gewitter in der Luft. Martel ging langsamer, als sie sich jetzt dem Eingang näherten, und seine Blicke schweiften hin und her auf der Suche nach einem Anzeichen von Gefahr. Wieder einmal hielt er vor einem Schaufenster an, aber niemand folgte seinem Beispiel. Augenscheinlich war die Gegend sauber – lediglich hübsch angezogene Hausfrauen auf Einkaufstour schlenderten die Bürgersteige entlang.

»Ein Polizeirevier gibt's hier wohl nicht in der Nähe?« murmelte Martel.

»Doch. In der Neugasse fünf gibt's die Stadtpolizei – die erste links von der Straße da drüben ...«

»Großartig! Wie weit weg ist denn das zu Fuß – wenn man schnell geht? Die Schweizer Polizei kann ziemlich schnell laufen.«

»Kaum fünf Minuten – zwei mit dem Auto. Warum?«

»Ich möchte schon wissen, wo überall die Figuren auf dem Brett stehen – für alle Fälle.«

Sie liefen weiter und gingen das Gebäude, in dem sich das Museum befand, ganz entlang. Claire zeigte ihm, wo die Altstadt begann, und Martel sah sich nach einem geeigneten Café um, wo er Claire ›parken‹ konnte. Sie hätten sich mehr Zeit nehmen sollen.

»Na, schauen Sie sich um, wo Sie das Auto abstellen können?« fragte sie. »Ich für meinen Teil habe die ideale Stelle gefunden – und ich könnte den Eingang des Museums beobachten, ohne daß mich jemand sieht . . .«

Sie zeigte über die Straße hinüber zu einem orangefarbenen Häuschen, vor dessen Eingang ein schwarzer Vorhang weggezogen war. Man konnte einen Metallhocker erkennen. In großen Buchstaben standen über dem Häuschen die Worte PRONTOFOT PASSFOTOS.

»Ich setz' mich besser auf das Stühlchen, bevor jemand anders auf die Idee kommt, daß er Paßfotos gebrauchen könnte«, sagte sie. »Viel Glück. Und vergessen Sie nicht, mich abzuholen, wenn Sie wieder gehen. Ich möchte da nicht den ganzen Tag sitzen und Fotos von mir machen – die Ergebnisse sind meist sehr dürftig . . .«

Martel blickte sich noch ein letztes Mal um. Er wurde einfach das Gefühl nicht los, daß hier irgend etwas nicht stimmte. Schließlich zuckte er mit den Schultern, ging quer über die Vadianstraße, öffnete die Tür und trat ein.

Alles war genauso, wie Claire es ihm beschrieben hatte: eine breite Treppe, die in eine große Eingangshalle führte. Am Schalter gab er der Frau zwei Franken fünfzig für sein Kärtchen, und das war genau die Summe, die auf der Eintrittskarte stand, die Warner seinerzeit gekauft hatte. Während er das Kärtchen kaufte, hielt er sich ein Taschentuch vors Gesicht und putzte sich umständlich die Nase. Die Frau hinter dem Schalter würde niemals in der Lage sein, ihn später zu identifizieren.

Ein Schild verwies darauf, daß sich das Museum im ersten Stock befand. Martel mußte zwei längere Treppen hochsteigen. Sonst war niemand zu sehen, und die Atmosphäre war gedämpft. Er verstand jetzt, warum Warner diesen Ort und Zeitpunkt für sein Treffen mit dem Delta-Kontaktmann gewählt hatte. Draußen vor dem Eingang hatten die Öffnungszeiten gestanden. Zehn Uhr – zwölf und vierzehn Uhr – siebzehn Uhr. Wenn hier Punkt zwölf Uhr geschlossen wurde, wer würde dann schon um elf Uhr fünfzig hineingehen?

Linker Hand auf einem breiten Treppenabsatz führten Doppeltüren in die Bibliothek. Sehr leise und ohne daß seine weichbesohlten Schuhe irgendein Geräusch machten, ging Martel zur Bibliothek hinüber und drehte den Türgriff. Verschlossen. Er ging quer über den Treppenabsatz zurück und probierte es rasch an der Tür zum Spitzenmuseum. Die gab dem Druck seiner Hand nach. Er trat hinein, schloß die Türe hinter sich und sah sich in dem stillen Raum um.

Die Ausstellungsstücke befanden sich in gläsernen Vitrinen, die unregelmäßig in dem großen Raum verteilt waren, dessen Fenster auf die Vadianstraße hinaussahen. Martel untersuchte mehrere Nischen und war dann überzeugt, daß er sich allein in dem Raum befand. Jetzt nahm er den Colt aus dem Schulterhalfter und schraubte den Schalldämpfer auf. Seine Armbanduhr zeigte exakt elf Uhr fünfzig, als er sah, wie sich der Türgriff langsam drehte.

Den Colt hinter dem Rücken, schaute er fasziniert zu, wie der Türgriff seine Umdrehung vollendete und dann in seiner Position verblieb, ohne daß sich die Tür öffnete. Gut zehn Sekunden verstrichen, bevor die Tür langsam nach innen aufging. Martel trat zurück, so daß er nicht mehr gesehen werden konnte.

Da sein Hörvermögen ausgezeichnet war, vernahm er ein leises Klicken – offenbar war die Tür wieder geschlossen und der Türgriff losgelassen worden. Martel paßte auf seinen Atem auf. Die Stille in dem Museumsraum war so vollständig, daß eine Maus auf dem Parkettfußboden zu hören gewesen wäre.

Bald würde Stahl, der Ankömmling, in Sicht kommen. Überprüfte er gerade, ob er allein war? Oder spürte er –

wie Martel es an seiner Stelle gespürt haben würde –, daß noch jemand anderes da war, in diesem stillen Archiv der Zeitalter, diesem endgültigen Ruheplatz der Kunstfertigkeit von Menschen, die vor Jahrhunderten gestorben waren ...

Es war ein Mann in einem leichten Regenmantel und einem schicken Filzhut. Ganz geschäftsmäßig sah er aus. Genau wie die Männer, die der Rolls und der Mercedes in der Bahnhofstraße ausgespien hatten. Unter dem Hut ein bleiches, knochiges Gesicht. Am Aufschlag das silberne Dreieck, das Symbol von Delta.

In seiner rechten Hand hielt er einen Gegenstand, der aussah wie ein Filzschreiber – die nadelscharfe Lanzette war schon für den tödlichen Angriff vorgeschoben. Das Klicken, von dem Martel angenommen hatte, daß es vom Türgriff kam, war der Druck auf den Knopf gewesen, der die Klinge vorschnellen ließ.

Als er in Martels Gesichtsfeld trat, war der knochengesichtige Mann nur noch ein paar Fuß entfernt. Jetzt packte er sein Instrument fester, warf sich nach vorn und zielte mit dem spitzen Mordgerät auf Martels Magen. Der Engländer blieb genau, wo er war, riß den Colt hoch und feuerte in rascher Folge zweimal. Das leise Zischen der schallgedämpften Waffe klang in der Stille fast unnatürlich laut.

Das Knochengesicht ließ seine Waffe fallen und taumelte nach hinten. Der Mann krachte gegen eine der Vitrinen, prallte seitwärts ab, und sein Kopf brach durch eine der gläsernen Scheiben. Seine Beine gaben jetzt nach, und als er zu Boden sank, kratzten seine Absätze zwei parallele Spuren über das polierte Parkett. Ein Strom von Blut brach aus seinem zerrissenen Gesicht.

Martel konnte das Museum verlassen, ohne daß ihn jemand bemerkte. Als er am Schalter in der Eingangshalle vorbeihuschte, sah er kurz den Rücken einer Frau. Sie trank etwas aus einer Tasse. Den Colt hatte Martel sich in den Gürtel gesteckt. In weniger als fünf Minuten würde man schließen. Er mußte raus auf die Straße. Aber da draußen, da wurde er erwartet. Delta.

Sie hatten einen einzelnen zum Morden hineingeschickt, aber draußen würde Verstärkung bereitstehen. Die waren nun einmal gut organisiert. Martel hatte den Alptraum in der Bahnhofstraße nicht vergessen. Diese bösartige Tollkühnheit. Er öffnete die Tür und trat auf die Vadianstraße hinaus.

Alles schien normal. Die Hausfrauen kauften ein – einzeln oder zu zweit. Ein Mann in gelbem Ölzeug und mit einer Mütze, der irgendeine Art Sack hielt, stand auf der gegenüberliegenden Straßenseite an eine Wand gelehnt. Er versuchte, sich eine Zigarette anzuzünden, aber das Feuerzeug schien defekt zu sein.

Claire! Er mußte Claire schützen; mußte den Gegner von ihr weglocken. Eine Hofer – Lisbeth – war schließlich schon tot. Und da draußen waren die Burschen – irgendwo. Er konnte Claires Beine unter dem geschlossenen Vorhang in dem Fotohäuschen erkennen. Martel ging los.

Er teilte es sich sorgfältig ein. Damit er so auffällig wie möglich wirkte, nahm er zuerst seine Spitze heraus und steckte eine Zigarette hinein. Dann hielt er neben dem Fotohäuschen an und tat so, als ob er mit der Hand das Feuerzeug abschirmte, damit niemand sah, daß er redete. Der Vorhang war gerade einen Zentimeter zurückgezogen. Martel sah nicht hinein, während er sprach.

»Die haben einen Delta-Agenten geschickt. Liegt tot im Museum. Ich gebe Ihnen jetzt einen Befehl. Bleiben Sie, wo Sie sind, und geben Sie mir zwei Minuten, damit ich jeden, der sonst noch hier ist, weglocken kann. Und dann so schnell wie möglich zurück zum Metropol mit Ihnen, und warten Sie da, bis ich mit Ihnen Kontakt aufnehme . . .«

Dann ging Martel schon wieder weiter in Richtung Altstadt, wo die Straßen gepflastert, die Häuser alt und die

Läden neu waren. Er bog in die Neugasse ein und folgte deren Biegung.

Neugasse fünf, hatte Claire gesagt. Polizeirevier. Fünf Minuten zu Fuß; zwei oder weniger mit dem Auto. Er mußte den Gegner an sich binden; und das hier würde ihm mehr Zeit dazu geben. Direkt draußen vor dem Polizeigebäude würde die Schweinebande ja wohl schwerlich etwas unternehmen können. Martel hielt an und sah in ein Schaufenster.

Er hätte nicht sagen können, was da verkauft wurde. Sein ganzes Interesse galt den Spiegelbildern in der Scheibe. Der Mann im gelben Ölzeug hatte auf der anderen Seite der schmalen Straße angehalten. Er schaute sich ebenfalls ein Schaufenster an, hielt dabei seinen großen Tragebeutel und zog an seiner Zigarette. Das Feuerzeug hatte sofort wieder funktioniert, als Martel seinen Weg aufgenommen hatte.

Der Engländer sog an seiner Zigarettenspitze. Irgend etwas stimmte nicht. Und zwar nicht nur, daß es so aussah, als würde der Ölzeugbursche da drüben ihn beschatten. Martel nahm seinen Gang wieder auf. Stadtpolizei. Die Wände schmutziggrauer Putz, graue Fensterläden, die sich fast nicht von der Hauswand abhoben. Ein Torbogen, der gerade breit genug für ein einzelnes Auto war. Martel ging weiter.

Martel näherte sich jetzt einer etwas geräumigeren Kreuzung. Hier war, wie er sich von der Straßenkarte her, die ihm Claire gezeigt hatte, erinnerte, die Marktgasse. Er bog nach links ab und hielt inne, um seine halbgerauchte Zigarette mit dem Absatz auszutreten. Ein Zufall kam jetzt nicht mehr in Frage. Der Ölzeugmann stand wieder einmal vor einem Schaufenster. Etwas stimmte hier tatsächlich nicht.

Dabei war es eigentlich nicht zu übersehen: als Schatten ausgerechnet ein Mann, der so gekleidet war, daß man ihn auf Hunderten von Metern erkennen konnte. Es war, als ob er so verdächtig wie irgend möglich aussehen wollte – um Martels Aufmerksamkeit von jemand anderem abzulenken. Die Gefahr würde aus einer ganz anderen Richtung kommen.

Martel stand am Bordstein und sah einem merkwürdigen Spektakel zu. In der Straßenmitte stand ein kleiner Zug für Kinder, der aus hölzernen, seitlich offenen Wagen mit Stoffdächern bestand. Eine schwarze, goldbemalte Lokomotive war vorgespannt, und der Fahrer ließ gerade eine Pfeife ertönen und gab so das Abfahrtssignal. In jedem der Wagen saßen vier Kinder, jeweils zwei einander gegenüber. Einige Abteile waren auch von Müttern mit ihrem Nachwuchs besetzt. Dieser Spielstraßenbahnzug war eigentlich groß genug, um auch Erwachsene zu befördern.

Gelbes Ölzeug stand immer noch vor dem Schaufenster – ausgerechnet Damenunterwäsche, Himmel noch mal! Martel bewegte sich schnell, während der Zug mit den Kindern immer noch stand. Wenn es hier wieder nach dem Muster von Zürich rundgehen sollte, dann bitte nicht ausgerechnet in der Nähe der Kinder. Weiter vorn sah er ein buntbemaltes Gebäude, das Hotel Hecht – da, wo Claire ursprünglich abgestiegen war. Martel überquerte die Straße und konzentrierte seine Aufmerksamkeit auf alles und jedes, mit Ausnahme des Gelben Ölzeugs.

Der Angriff kam dann aus der Richtung, aus der er ihn am wenigsten erwartet hatte; und ausgerechnet in dem Moment, wo seine Aufmerksamkeit kurz durch einen erstaunlichen Anblick abgelenkt war. Martel ging gerade am Hotel Hecht vorbei, als er ein durchdringendes Kreischen hörte, die Pfeife des Kinderzuges. Der Zug war ihm treulich mitten durch den Verkehr gefolgt und wollte ebenfalls am Hotel Hecht vorbei. Im letzten Wagen an der ihm zugewandten Seite saß Claire Hofer.

Auf dem Sitz neben ihr saß ein kleines Mädchen, und zwei weitere Kinder saßen den beiden gegenüber. Alle guckten vom Hotel Hecht weg, und Claire blickte geradewegs in Martels Richtung. Unter ihrer Handtasche, die sie als Sichtschutz benutzte, hielt sie ihre Pistole. Der Lauf war auf Martel gerichtet.

Martel glaubte, jemanden links von sich zu spüren. Er wandte seinen Blick von dem Zug ab und sah eine großgewachsene Frau, die einen schwarzen Hut trug, von dem ein Schleier über ihr Gesicht herabfiel. Den linken Arm stützte sie auf ihrer Umhängetasche ab. Und in ihrer rechten Hand hielt sie einen nun schon vertrauten Gegenstand – die Waffe mit dem Nadelskalpell.

Das also war die Hintergrundfigur, von der Gelbes Ölzeug ihn so mühevoll abzulenken versucht hatte. Martel erinnerte sich undeutlich daran, daß er diese verschleierte, elegant gekleidete Dame in der Neugasse gesehen hatte, und für eine Sekunde war er verwirrt. Fast hätte er die Hand ausgestreckt, um sie abzuwehren – aber das hätte sehr leicht seine letzte Bewegung sein können, denn dann hätte sie ihm die Waffe in die Hand gestochen und ihm so das Gift in den Körper gejagt.

Irgendwo in der Nähe hatte ein Wagen eine Fehlzündung; ein Geräusch, das sofort von einer plärrenden Autohupe übertönt wurde. Die elegante Dame trug ein Kleid mit einem tiefen V-Ausschnitt, der einen üppigen Busen preisgab. Ein neues Ablenkungsmanöver? Da lehnte sie sich auf einmal zurück gegen die Hotelwand. Ein kleines Loch erschien mitten in dem V ihres Ausschnitts, so, als ob ein Chirurg es sorgfältig hineingebohrt hätte. Rot verbreitete sich aus dem Loch, während die Dame zu Boden sackte.

Im Fallen verrutschte ihr Hut, und der Schleier gab ihr Gesicht frei. Martel zwang sich dazu, weiterzugehen und sich seinen Pfad durch die verschiedenen Kauflustigen zu bahnen. Das Gesicht, das nun frei zu sehen war, war ihm keineswegs unbekannt. Es war die Totenmaske von Gisela Zobel.

Er sah, wie sich der Kinderzug weiter auf das Tor in der alten Stadtmauer zu bewegte, die irgendwann einmal dem Schutz der Bewohner gedient hatte. Claire war immer noch an Bord und hielt ihre geschlossene Handtasche umklammert, während sie mit dem Mädchen neben ihr plauderte. Die junge Schweizerin hatte Martels Möchtegern-Attentäterin von einem fahrenden Fahrzeug aus erschossen. Eine solche Treffsicherheit war Martel noch nie untergekommen. Gelbes Ölzeug aber war jetzt nicht mehr zu sehen, als sich vor dem Hotel Hecht langsam eine Menschengruppe um etwas versammelte, das da am Boden lag.

## *9. Kapitel*
## Donnerstag, 28. Mai

In ihrem Zimmer im Hotel Metropol saß Claire und zitterte vor Angst. Sie hielt sich in der Gewalt, bis Martel ein paar Minuten nach ihr eintraf. Jetzt setzte die Reaktion ein, und sie brach zusammen. Martel setzte sich auf die Bettkante neben sie, und Claire preßte ihr Gesicht an seine Brust und schluchzte leise. Martel streichelte ihr weiches, schwarzes Haar; er sagte nichts, bis er fühlte, daß das Zittern nachließ.

»Sie haben meine Befehle mißachtet«, meinte er herrisch. »Als Sie in der Fotokabine saßen, habe ich Ihnen doch gesagt, Sie sollten schleunigst hierher zurückkehren. Und das nächste, was ich dann sehe, ist, daß Sie in diesem Kinderzug da sitzen . . .«

»Habe ich Sie denn anschließend nicht da rausgepaukt, verdammt noch mal?« Sie wollte auffahren, aber dann hatte sie plötzlich einen bestürzten Gesichtsausdruck.

»Oh, mein Gott – wollen Sie damit sagen, daß die Frau überhaupt nicht versucht hat, Sie umzubringen – ich hab' doch das Messer in ihrer Hand gesehen . . .«

»Das war kein Messer – es war eine von diesen Giftspritzen, die Delta bevorzugt. Sie haben mir das Leben gerettet«, fuhr er in seinem normalen, ausdruckslosen Ton fort, der sie beruhigen sollte. »Wie zum Teufel sind Sie mir denn gefolgt? Ich hab' Sie überhaupt nicht gesehen . . .«

»Das wäre auch nicht im Sinne des Erfinders gewesen«, fuhr sie dazwischen und putzte sich die Nase. »Tut mir leid, wenn ich was verdorben habe.«

»Falls es ›etwas verderben‹ heißt, wenn man einen Mörder aus der Bewegung heraus präzise mit der Pistole locht, dann nur weiter so.«

»Habe ich sie getötet?«

»Sie haben das Schweinebiest getötet«, sagte er kurz. »Es war Gisela Zobel, das Mädchen, das sich im Centralhof für Lisbeth ausgegeben hat. Dem skrupellosen Einfallsreichtum von Delta scheint kein Ende gesetzt. Erst schicken sie einen Agenten zur Verabredung ins Museum – einen Mann, der das Delta-Zeichen an seinem Aufschlag trägt . . .«

»Sie haben ihn da liegen lassen – etwa mit dem Abzeichen?«

»Ja. Ist das nicht merkwürdig, die Art, wie die ihr Abzeichen herzeigen? Als ob irgend jemand wollte, daß sie ihre Rolle als Mörder laut ausposaunen. Langsam fange ich an, mir meinen Reim darauf zu machen. Und dann diese Reservemannschaft. Ein sehr auffälliger Mensch in gelber Segeljacke folgt mir, während eine sehr unauffällige Dame in Hut und Schleier auf ihre Chance wartet, mich zu erledigen . . .«

»Ich hab' die beiden durch den Ritz in meinem Vorhang entdeckt. Deshalb bin ich Ihnen nachgekommen . . .«

»Dem Himmel sei Dank, daß Sie's getan haben«, gab Martel zurück und stand auf. »Sie haben doch Ihren Koffer noch nicht ausgepackt?«

»Sie haben mir gesagt, ich sollte das nicht – bloß mein Kosmetikkram liegt jetzt im Badezimmer . . .«

»Packen Sie's wieder ein. Wir nehmen den ersten Zug raus aus St. Gallen.«

»Warum denn? Ich bin völlig erschöpft . . .« protestierte sie.

»Dann können Sie sich im Zug erholen. Wir fahren nach Osten, nach Bayern . . .«

»Wozu denn die blödsinnige Hast?«

»Dann sollten Sie erst mal sehen, wie blödsinnig die Polizei hasten wird. Das dauert doch nicht mehr lange, dann merken die, daß sie's mit zwei Mordfällen zu tun haben. Zwei! Ich hab' den Mann im Museum auf dem Gewissen, und Sie haben die Frau vor dem Hotel Hecht umgelegt. Die werden dann jeden Zug, der St. Gallen verläßt, unter die Lupe nehmen . . .«

Als sie dann in dem Erste-Klasse-Abteil saßen, das sie im Expreß nach München für sich alleine hatten, da gab es etwas, was Martel vor Claire verbarg. Er war nämlich überzeugt, daß sie sich jetzt erst in die wirklich gefährliche Gegend begaben – nach Bayern. Irgendwo in diesem landschaftlich so wunderschönen Teil Deutschlands hatte Delta sein Hauptquartier.

Die Schweiz, das neutralste, stabilste Staatengebilde Europas, war schon fast zur Todesfalle geworden. Aber die Gefahren, die in Zürich und St. Gallen gelauert hatten, waren gar nichts im Vergleich zu dem, was jetzt noch vor ihnen lag.

Als sie im Bahnhof von St. Gallen auf den Zug warteten, hatte Martel zweimal Tweed in London angerufen. Das war wieder einmal ein Vorteil der Schweiz: das vorzügliche Fernmeldesystem, das einem erlaubte, von jeder Telefonzelle aus ins Ausland anzurufen. Da war es so gut wie ausgeschlossen, daß jemand mithörte.

Martel hatte bei seinem Gespräch mit Tweed seine übliche Technik benutzt – er wußte ja, daß das Telefonat aufgezeichnet werden würde. Er hatte in einer Art Steno gesprochen – hatte einfach alles an Fakten durcheinander auf Tweed abgefeuert, jedes bißchen an Information, das er inzwischen aufgeschnappt hatte. Später würde Tweed, weit weg vom Schlachtfeld, die Informationsbrocken schon zu einer Art Muster zusammensetzen.

»Donnerstag hier«, sagte er, als er Tweed in der Leitung hatte und dieser auf Martels Identifizierung wartete.

»Zwei-acht spricht ...«

Es war Donnerstag, der achtundzwanzigste Mai. Martel benutzte den Wochentag, während Tweed damit antwortete, der wievielte Tag des Monats es war. Martel begann, seine Fakten herunterzuspulen.

»Delta sehr aktiv in der Schweiz ... Agenten tragen Bürokleidung ... Delta-Zeichen immer offen an den Aufschlägen ... Merkwürdig wenig Zusammenarbeit seitens der örtlichen Behörden ... Falsche Claire wartet im Centralhof; versucht mich umzubringen ... Verhaftet von falschem Arnold ... Hofer im Schrank gefesselt = Lisbeth Hofer ... Claires verblüffend ähnliche Schwester ... Lisbeth während Blutbad in der Bahnhofstraße gekidnappt ... Wiederhole, in der Bahnhofstraße ... Ferdy Arnold berichtet später, Leiche in der Limmat gefunden ... Nagel streitet jede Kenntnis der Ereignisse in der Bahnhofstraße ab ... Jetzt mit echter Claire Hofer in St. Gallen ... Fahre sofort mit ihr weiter, um Tatort von Warners Ermordung auszukundschaften ... Claire berichtet, Warner hat dreimal Unternehmen Krokodil genannt ... Irgendwas stimmt mit diesen Delta-Neonazis nicht ... Muß jetzt gehen ...«

»Moment mal!« Tweeds Stimme hatte einen dringlichen Klang. »Bayreuth meldet, daß Manfred bei Hof über die Grenze in die Bundesrepublik eingereist ist. Manfred – haben Sie das mitbekommen?«

»Um Gottes willen!«

Martel knallte den Hörer auf die Gabel, griff seine Reisetasche und rannte über den Bahnsteig zu der offenen Eisenbahnwagentür, von wo Claire ihn schon mit wilden Gesten heranwinkte. Er stieg ein, schlug die Tür hinter sich zu, als der Zug sich bereits bewegte, ließ die Reisetasche auf einen Sitz fallen und setzte sich.

Sogar am frühen Nachmittag war die Wohnung im dritten Stock der finsteren Münchener Mietskaserne so dämmrig, daß der Bewohner die Schreibtischlampe angeknipst hatte. Als er die Wohnung betreten hatte, klingelte gerade das Telefon. Seine behandschuhte Hand nahm den Hörer ab.

»Vinz – ich bin in Lindau ...«

»Wir sind hier«, antwortete Manfred in seiner sanften, ruhigen Stimme. »Rufen Sie an, um zu bestätigen, daß die Sache in St. Gallen einen befriedigenden Abschluß gefunden hat?«

»Bedauerlicherweise ist die Sache nicht zum Abschluß gekommen ...« Erwin Vinz mußte sich dazu zwingen, weiterzureden. »Kohler hat von dort aus berichtet ...«

»Und warum ist die Angelegenheit nicht zu Ende gebracht worden?«

»Der Mann von der Gegenseite war nicht zur Zusammenarbeit bereit ...« Vinz schwitzte, seine Achselhöhlen fühlten sich feucht an. »Und über zwei unserer Leute können wir nicht länger verfügen ...«

*»Nicht länger verfügen?«*

Manfred stellte seine Frage überdeutlich und gedehnt, so als habe er sich tatsächlich verhört. Eine Pause entstand. Das Licht der Schreibtischlampe wurde von den dunklen Gläsern von Manfreds Sonnenbrille reflektiert. In

Lindau nahm Vinz sich zusammen und setzte das Gespräch fort.

»Der Engländer sitzt inzwischen in einem Schnellzug nach München. Er muß etwa in einer halben Stunde hier eintreffen . . .«

»Das heißt also«, warf Manfred ganz sanft ein, »daß Sie alle Vorbereitungen getroffen haben, um in Lindau zu dem Herrn in den Zug zu steigen und die Angelegenheit voranzutreiben.« Jetzt war es an Manfred, zu zögern. »Ich hoffe doch, daß Sie sich darüber im klaren sind, daß die Sache endgültig abgewickelt sein muß, bevor der Zug München erreicht?«

»Ich habe alles persönlich in die Wege geleitet. Dachte mir nur, ich sollte mich mit Ihnen abstimmen . . .«

»Stimmen Sie alles mit mir ab, Vinz. Immer. Und danach wäre es eine Sache der Höflichkeit, daß Sie Herrn Reinhard Dietrich auf dem laufenden halten . . .«

»Ich werde über den weiteren Fortgang berichten . . .«

»Nun, man hat ja schon davon gehört, daß ein Fahrgast auch mal aus einem Zug gefallen ist«, schnurrte Manfred. »Den Erfolg werden Sie melden.«

Eingezwängt in seinem bayerischen Telefonhäuschen, wurde Erwin Vinz klar, daß Manfred die Verbindung unterbrochen hatte. Fluchend drückte er die Tür der Telefonzelle auf und eilte durch die grauen Nebelschwaden davon.

Die mittelalterliche Stadt Lindau – einstmals freie Reichsstadt – war im Nebel, der vom See heraufstieg, wie weggewischt. Die Altstadt ist ein Netz von kopfsteingepflasterten Straßen und Gäßchen, in das sich nachts nur die unerschrockensten Naturen begeben. Nicht, daß es dort normalerweise gefährlich wäre – Lindau hat fast nur gesetzestreue Bürger.

Kurz nach dem Telefonanruf bei Manfred kamen drei Wagen über die Straßenbrücke und hielten auf den Hauptbahnhof zu. Der Bahnhof gehört ja zu den Merkwürdigkeiten von Lindau. Die großen Schnellzüge von Zürich nach München machen hier den bewußten kleinen Umweg: Die Schienen führen über den Bahndamm zum Westteil der Insel. Die Züge halten dann am Hauptbahnhof, direkt neben dem Hafen.

Wer dort aus einem D-Zug aussteigt, muß durch den Zoll – hier werden auch die Pässe kontrolliert –, weil soeben die österreichisch-deutsche Grenze überschritten wurde. Wer aber einfach von Lindau nach München fahren will, muß nicht durch den Zoll – schließlich befindet er sich ja schon in Deutschland.

Diese Tatsache war bedeutungsvoll für die acht Männer, die jetzt unter der Führung von Vinz aus den Wagen stiegen und zum Hauptbahnhof hinübergingen. Die Chauffeure fuhren augenblicklich weiter. Alle waren wie Geschäftsleute angezogen, aber zwei von den acht Fahrgästen hatten Koffer in der Hand, in denen sich Uniformen befanden. Die würde man im Zug anziehen, sobald er sich aus Lindau heraus in Bewegung setzte.

Die Uniformen waren die eines Bundesbahn-Fahrkartenkontrolleurs und die eines deutschen Paßbeamten. Der letztere der Herren, der sich so rasch wie möglich durch den Zug bewegen würde und dabei zu erklären hatte, daß die Pässe kurz noch ein zweitesmal überprüft werden müßten, erwartete, Keith Martel ausfindig zu machen. Der Plan war einfach. Erwin Vinz, achtunddreißig Jahre alt, kleingewachsen, dünn und mit ständig etwas herabhängenden Augenlidern, leitete das ganze Exekutionskommando.

Vinz selbst würde die Uniform des Paßkontrolleurs tragen. Er würde das ›Ziel‹ ausmachen. Falls Martel allein in einem Abteil saß, würden vier Männer dort bei ihm eindringen, sobald der Zug seine volle Geschwindigkeit erreicht hatte. Dann würde Martel zur Tür geschleppt werden, und man würde ihn an die frische Luft befördern.

Die ganze Angelegenheit, so rechnete Vinz, würde weniger als zwanzig Sekunden in Anspruch nehmen.

Falls in Martels Abteil noch andere Mitreisende saßen, würde Vinz ihn bitten, in einer Paßangelegenheit kurz mit hinaus auf den Gang zu kommen. Und von da an würde alles weitergehen wie im ersten Fall. Vinz wußte, daß der fragliche Schnellzug an diesem Wochentag immer halb leer war.

Der Bahnsteig, an dem der Zug fällig war, lag verlassen, als die acht Männer einzeln auf ihn hinaustraten. Der Nebel ließ alles schemenhaft erscheinen, und die Männer wirkten wie Gespenster. Vinz sah auf die Uhr. Sie waren rechtzeitig zur Stelle. Der D-Zug war erst in zwanzig Minuten fällig.

## *10. Kapitel*
## Donnerstag, 28. Mai

»Lindau wird Ihnen gefallen, Keith«, sagte Claire, während Martel aus dem Abteilfenster des dahinsausenden Zuges hinaussah. »Eine der hübschesten Städte in ganz Deutschland . . .«

»Weiß ich doch.« Er war in Gedanken woanders. »Sobald wir können, möchte ich mit Erich Stoller von BND Kontakt aufnehmen – möchte ihn mal einen Blick hier draufwerfen lassen . . .«

Er schloß seine Reisetasche auf und nahm etwas heraus, das in ein Taschentuch eingewickelt war. Ein blaues glänzendes Röhrchen, fast wie ein Filzschreiber. Das Röhrchen hatte zwei Knöpfe: einen am oberen, einen am unteren Ende.

»Ich habe dieses kleine Spielzeug der Delta-Leute vom Boden des Spitzenmuseums aufgelesen, wo der Killer es fallen gelassen hat. Der eine Knopf läßt das Ministilett mit der Giftkanüle vorschnellen und zieht es bei Bedarf auch wieder zurück. Ich glaube, mit dem anderen Knopf wird dann das Gift injiziert. Genial ausgedacht – der Injektionsmechanismus kann mit der vollen Kraft der Handfläche bedient werden. Stollers Gerichtsmediziner werden uns erzählen können, was für eine Flüssigkeit die damit spritzen . . .«

»Die Frau, die ich vor dem Hotel Hecht erschossen habe . . .«

»Die hätte auch eins von diesen Dingern benutzt. Witzig in dem Zusammenhang, daß Reinhard Dietrich ausgerechnet ein Elektronikwerk besitzt – da hat er ja auch eine feinmechanische Abteilung . . .«

»Wollen Sie damit sagen, er stellt diese scheußlichen Dinger her?«

»Worauf Sie sich verlassen können.« Martel legte die Waffe wieder in seine Reisetasche zurück und blickte wieder aus dem Fenster. Bis jetzt hatten da draußen grüne Äkker und die sanften Hügel der Schweiz gelegen – in einer der reizvollsten und am wenigsten bekannten Gegenden dieses Landes. Völlig abseits vom Touristenstrom.

Jetzt änderte sich die Landschaft. Sie rollten durch das flache Gelände dicht am Bodensee, das im kreisenden Nebel kaum zu erkennen war. Sie sahen wenig Anzeichen menschlicher Siedlungen, und die Gegend wirkte hier kahl und verlassen. Martel blickte hinaus, als könne ihm sonst irgend etwas Bedeutungsvolles entgehen.

»Das ist doch das Rheindelta hier?« fragte er.

»Ja. Wir überqueren den Rhein auf einer Brücke, kurz bevor er in den See fließt.«

Delta. Lag irgendeine Bedeutung in der geographischen Besonderheit des äußersten Ostende des Sees? Das Südufer gehörte mit Ausnahme der Enklave Konstanz zur Schweiz. Das Nordufer war deutsch. Aber ein Uferstreifen am östlichen Ende des Sees war österreichisch.

Martel korrigierte den Sitz seiner Hornbrille mit den

Fenstergläsern, die sein Aussehen verändern sollte. Er steckte sich eine Zigarette an, wobei er darauf achtgab, die Zigarettenspitze in der Tasche zu lassen. Wieder schien er in seine Gedankenwelt versunken.

»Bald sind wir in Lindau«, meinte Claire fröhlich und versuchte, Martel aus einer finsteren Stimmung zu holen. »Irgendwas müssen wir da doch entdecken – schließlich war es ...« Ihre Stimme schwankte, aber dann hatte sie sich wieder unter Kontrolle. »Warner ist hier zum letztenmal lebendig gesehen worden.«

»Außer, daß wir eine Station vorher aussteigen werden – in Bregenz in Österreich.«

»Warum denn?«

»Bregenz könnte wichtig sein. Und Delta wird bestimmt nicht vermuten, daß wir ausgerechnet dort aussteigen ...«

Hauptbahnhof, München ... Hauptbahnhof, Zürich ... Delta ... Centralhof ... Bregenz ... Washington, D.C., Clint Loomis ... Pullach, BND, Unternehmen Krokodil.

Das alles hatte Charles Warner in das kleine schwarze Notizbuch geschrieben, das er in seiner Geheimtasche verborgen gehalten hatte und das Erich Stoller vom BND bei der Leiche entdeckt und nach London geschickt hatte.

Bregenz.

Der D-Zug fuhr jetzt langsamer, und durch die Fenster im Gang erhaschte Claire einen Blick auf den Bodensee – eine weite Fläche von grauem, ruhigem Wasser. Der D-Zug hielt, aber als Martel am Ende des Wagens die Tür öffnete, sah er keinen Bahnsteig – also stiegen sie einfach auf den Schotter hinunter. Martel stellte die Reisetasche ab, nahm Claires Koffer an sich und hielt ihren Ellbogen, während die junge Frau die steile Stufe hinunterkletterte.

Sie zitterte leicht, als sie ihren Koffer wieder aufnahm, und dann machten sich die beiden auf den Weg über den Bahndamm zum Stationsgebäude, einem alten, einstöckigen Häuschen.

»Sie zittern ja . . .«

»Kommt vom Nebel«, sagte sie kurz.

Eine klamme Kälte schlug ihr feucht ins Gesicht, und Claire fühlte, wie sie durch ihren leichten Mantel drang. Sie hatte gelogen. Teilweise kam's vom Nebel – aber hauptsächlich war es die ganze Atmosphäre, die durch die grauen Schwaden nur noch verstärkt wurde. Nur hier und da war in dem Dunst etwas zu erkennen.

Direkt hinter Bregenz ragt der Pfänder auf, ein Gebirgszug mit dichtbewaldeten Hängen. Während sie zum Bahnhof hinübergingen, sah Claire, als der Nebel gerade zurückwich, Felswände aus Kalkstein, dann waren sie wieder verschwunden. Eine Bahnsteigsperre gab es nicht – die Fahrkarten waren schon im Zug kontrolliert worden. Die beiden stellten ihr Gepäck in einem Schließfach ab und gingen dann in die Stadt.

Bregenz schien verlassen wie an einem Sonntag. Eine Reihe von alten, kastenförmigen Gebäuden lag dem Bahnhof gegenüber. Martel hielt an, zog an seiner Zigarette und blickte sich um. Er wartete darauf, daß ihm etwas ungewöhnlich vorkam. Claire sah ihn an.

»Mit dieser Brille sehen Sie so gelehrt aus – die verändert tatsächlich Ihre ganze Erscheinung. Und Sie wirken beim Gehen auch irgendwie gewichtiger. Sie können sich verwandeln wie ein Chamäleon. Übrigens, was machen wir eigentlich hier?«

Er nahm zwei Fotos von Charles Warner aus der Tasche, die ihm Tweed gegeben hatte, bevor er das Gebäude am Park Crescent verlassen hatte. Eins davon reichte er Claire Hofer. Die blickte jetzt auf das Bild des Mannes, mit dem sie mehr als sechs Monate zusammen gearbeitet hatte; des Mannes, der auf dem See hinter ihnen so brutal ermordet worden war – nur eine kurze Strecke von dort entfernt, wo sie jetzt gerade standen.

»Wir sagen, daß wir nach einem Freund suchen – Warner«, sagte Martel. »Seine Frau ist schwer erkrankt, und wir vermuten, daß er hier irgendwo steckt. Wir kaufen uns einen Stadtplan, teilen uns die Stadt ein – und in zwei Stunden treffen wir uns dann wieder an einem vereinbarten Platz . . .«

»Klingt aber ziemlich hoffnungslos«, gab sie zum besten, während sie den Stadtplan ansahen, den sie an einem Kiosk gekauft hatten.

»Warner ist hiergewesen – schließlich hat er die Stadt in seinem Notizbuch erwähnt. Konzentrieren Sie sich auf alle Geschäfte, wo Zigaretten verkauft werden – Warner hat gequalmt wie ein Schlot. Er hatte eine starke Persönlichkeit und hat auf alle, mit denen er je gesprochen hat, einen starken Eindruck gemacht. So, und jetzt wollen wir mal sehen, wer von uns beiden wohin zu gehen hat. Zur Hälfte geht's hier um Beinarbeit . . .«

In der Münchener Wohnung klingelte das Telefon, und Manfred, der schon auf den Anruf wartete, nahm mit seiner behandschuhten Hand den Hörer ab. Es war Erwin Vinz. Manfred, der Risiken, die er einging, stets sorgfältig abschätzte, goß sich Mineralwasser ein, während er intensiv zuhörte.

»Ich bin hier im Münchener Hauptbahnhof«, begann Vinz, nachdem er sich identifiziert hatte. »Vor ein paar Minuten bin ich aus dem Zug gestiegen . . .«

Manfred wußte sofort, daß wieder mal etwas nicht stimmte. Vinz druckste herum, wollte nicht zur Sache kommen. Manfred spielte mal wieder sein altes Spielchen.

»Ausgezeichnet! Dann dürfen wir ja annehmen, daß alles geklappt hat. Verabredung eingehalten und Angelegenheit besiegelt?«

»Der Engländer war nicht im Zug. Daran besteht kein Zweifel – ich stehe selbst dafür gerade. Falls er tatsächlich in St. Gallen eingestiegen ist, dann muß er noch in der Schweiz, in Romanshorn oder St. Margarethen, wieder ausgestiegen sein.«

»Kohler hat gesehen, wie er in St. Gallen nach dem Einsteigen die Tür hinter sich zugezogen hat . . .«

Manfreds Stimme klang sanft und höflich, er verbarg seinen wütenden Zorn. Unverschämt, wie Vinz mit seinem ›Falls‹ Zweifel an Kohlers Kompetenz geweckt hatte. Nicht daß der verdammte Kohler Manfred irgendwie am Herzen gelegen hätte – aber Vinz versuchte die Schuld von sich abzuwälzen, und das würde er nicht tolerieren.

»Kohler würde gewußt haben«, fuhr Manfred fort, »wenn unser Freund den Zug noch in der Schweiz wieder verlassen hätte . . .« Manfred hielt es für unnötig, zu erklären, daß Kohler an jedem Schweizer Bahnhof Leute mit einer genauen Beschreibung von Martel gehabt haben würde. Er ließ Vinz weiter schwitzen.

»Ihr Bereich hat an der Schweizer Grenze angefangen. In Lindau sind Sie in den Zug gestiegen . . .«

»Der Schweinekerl muß in Bregenz ausgestiegen sein«, warf Vinz ein. »Das war der einzige Bahnhof, den wir nicht abgedeckt hatten . . .«

»Aha, den Sie nicht abgedeckt hatten . . .«

Bregenz! Manfred packte den Hörer fester. Ihm paßte überhaupt nicht, daß Martel in Bregenz herumschnüffelte. Am liebsten hätte er Vinz angebrüllt, aber er mußte um jeden Preis verheimlichen, wie empfindlich die ganze Situation auf einmal geworden war.

»Innerhalb einer Stunde kann ich meine Leute in Bregenz haben«, erbot sich Vinz, den das Schweigen am anderen Ende der Leitung beunruhigte.

»Uns wäre es lieb, wenn Ihr Team die Verabredung mit dem Kunden bereits in einer halben Stunde halten könnte. Ich mache Sie persönlich dafür verantwortlich, daß Sie die Transaktion diesmal erfolgreich zu Ende bringen . . .«

In der Telefonzelle im Münchener Hauptbahnhof wurde wieder geflucht. Wieder einmal hatte Manfred das Gespräch abrupt beendet. Und nun mußte Vinz seine Mannschaft rasch von München zum nächstgelegenen

Flugplatz bei Bregenz fliegen. Diesmal mußte es dem Engländer an den Kragen gehen.

Nachdem er den Anruf von Martel aus St. Gallen bekommen hatte, verließ Tweed in London das Büro und machte sich auf den Weg zu seiner Wohnung in Maida Vale. Mason, Howards neuer Stellvertreter, hatte versucht, ihn aufzuhalten. Hagerer und mit einem hungrigeren Ausdruck denn je, kam er gerade, als Tweed gehen wollte.

»Der Chef möchte gerne, daß Sie in sein Büro kommen, Sir. Er sagt, es ist äußerst wichtig . . .«

»Ist es bei ihm doch immer. Ich spreche mit ihm, wenn ich zurückkomme.«

Tweed nahm dann ein Taxi zu seiner Wohnung. Er hatte Miß McNeil bei sich, und sie hatte in ihrem großen Umhängesack das Tonband mit Martels Telefongespräch versteckt. Im Taxi stellte Tweed seine Frage.

»Dieser Neue, Mason – taugt der was?«

»Als Leibwächter wäre er hervorragend«, gab die McNeil in ihrem schottischen Akzent zurück. »Er ist Experte in Judo und Karate. Ein hervorragender Schütze mit der Pistole. Die Spezialabteilung war glücklich, daß Howard ihn genommen hat.«

»Warum?«

Miß McNeil hatte ein feines Ohr für die Gerüchteküche. Vielleicht erfuhr sie soviel, weil sie stets konzentriert und mit anscheinend unendlicher Geduld zuhören konnte.

»Der war ihnen zu gewalttätig – hat jedem Verdächtigen gleich ein paar Beulen verpaßt. Und ich fürchte, es hat dann ein paar Beulen zuviel gegeben.«

In der Wohnung spielte Miß McNeil dann das Tonband mit Martels Telefongespräch ab. Das Abspielgerät stand hier immer zur Verfügung, und McNeil saß daneben und machte in einer säuberlichen runden Handschrift Notizen. Sie hatte sich erboten, Tee zu machen, aber Tweed bestand darauf, daß nur er selbst ihn so machen könne, wie er ihn haben wolle. Typisch der ewige Junggeselle, dachte Miß McNeil, während sie weiter ihre Notizen machte. Tweed kam mit dem Teetablett, als das Band gerade abgelaufen war.

In der Wohnung, in der er lebte, mußte Tweed selbst für Sauberkeit sorgen. Er hatte eine Sizilianerin als Zugehfrau, die sich oft darüber beklagte, daß sie ›eine Analphabetin in drei Sprachen‹ sei. Im Erdgeschoß gab es ein Restaurant. In diesem Gebäude führte Tweed, der nun allein stand, seine selbstgenügsame Existenz. Er goß den Tee ein und fragte Miß McNeil: »Haben Sie etwas Interessantes in Martels Angaben gefunden?«

»Zwei Dinge. Delta scheint in furchtbarer Eile zu sein – so, als ob es da einen äußersten Termin gäbe. Blutbad. Das ist für einen Bericht von Martel eine starke Wortwahl. Und dann noch etwas – irgendwas stimmt nicht mit den Delta-Neonazis. Ich verstehe nicht genau, worauf er da hinaus will ...«

»McNeil, Sie sind ein Schatz. Sie legen den Finger immer genau in die Wunde. Ich fühl' mich direkt überflüssig. Ich bin mir ziemlich sicher, daß es sich bei dem Termin um den zweiten Juni handelt, wenn der Gipfelexpreß von Paris abfährt – denn morgens wird er dann durch Bayern fahren ...«

»Sie denken dabei an die bayerischen Landtagswahlen?«

»Genau. Drei große Parteien, die den Ministerpräsidenten stellen wollen. Dietrichs Delta – die Neonazis –, die Regierungspartei unter Kanzler Kurt Langer und der linke Verein unter Tofler, dem angeblichen Exkommunisten. Wenn irgend etwas Dramatisches am dritten Juni, dem Tag vor den Wahlen, passiert, dann könnte das einen Linksrutsch zu Toflers Gunsten bedeuten. Für die westliche Welt wäre das ein böser Schlag.«

»Was könnte sich denn Dramatisches ereignen?«

»Wenn ich das nur wüßte.« Tweed schlürfte seinen Tee.

»Ich bin überzeugt, Delta hat da einen geheimen Plan – deshalb diese außerordentliche Hektik, mit der sie jeden aus dem Weg befördern wollen, der sich mit ihnen befaßt.«

»Und was soll es bedeuten, daß mit denen ›irgend etwas nicht stimmt‹?«

Miß McNeil saß ruhig da, und Tweed blickte wie eine Eule durch seine Brillengläser ins Weite. Er war, das wußte Miß McNeil, durchaus zu plötzlichen Eingebungen fähig – aus diesem Durcheinander, das Martel da angeliefert hatte, war Tweed imstande, einen regelrechten Blick in die Zukunft zu tun.

»Für mich fühlt es sich so an, als ob noch innerhalb von Delta eine wiederum abgesonderte Zelle operiert«, sagte Tweed langsam. »Das ist das einzige, was erklären könnte, warum sie sich in letzter Zeit so verhalten, als ob sie die Wahlen absichtlich verlieren wollten ...«

»Also da komme ich jetzt nicht mehr mit«, bemerkte Miß McNeil schroff.

»Wo sind Sie beide gewesen?«

Howard wartete bereits, als Miß McNeil und Tweed schließlich zu ihm ins Büro kamen. Er stand steif aufgerichtet vor dem Fenster – sein eigenes Gesicht lag so im Schatten, während die Neuankömmlinge von dem vollen Sonnenlicht getroffen wurden, das durch die geschwungenen Fenster hereindrang. Howard hielt seine Hände über dem Bauch verschränkt, der obendrein mit einer doppelten, goldenen Uhrkette verziert war.

Aha, zu kämpfen aufgelegt, dachte sich Tweed, als Howard sich dann hinter seinen Schreibtisch setzte. Dieser Typ Mensch war ihm nur zu gut bekannt. Ein Minderwertigkeitskomplex, riesig wie der Mount Everest – und da mußte dann immer fleißig Autorität hervorgekehrt werden, damit der Betreffende sicher war, daß er überhaupt welche besaß.

»Sind im Regent's Park spazierengegangen«, log Tweed leichthin.

»Arbeiten Sie an einem Problem?« beharrte Howard.

Der Chef der SIS war nervös, stellte Miß McNeil fest. Sie hatte die leere Tasche umgehängt, in der sie Martels Tonband in die Wohnung in Maida Vale geschmuggelt hatte.

»Was haben Sie denn da in Ihrer Tasche?« wollte Howard wissen.

»Käsebrote – Quark, wenn Sie es genau wissen wollen«, warf Tweed dazwischen. »Ist besser als dieser künstliche Weißkäse – mehr Geschmack, wissen Sie ...«

»Ob Sie sich freundlicherweise irgendwo anders nützlich machen könnten?« wandte sich Howard an Miß McNeil, die auf dem Absatz kehrtmachte und das Zimmer verließ. Die Tasche behielt sie bei sich.

»Haben Sie etwas von Keith Martel gehört?« bellte Howard, sobald die beiden allein waren.

»Ich dachte, Sie hätten genug damit zu tun, für die Sicherheit der Premierministerin während der Reise zur Gipfelkonferenz in Wien zu sorgen. Warum fragen Sie dann nach Martel ...«

»Weil es eine Verschwendung von Personal ist. Gerade jetzt, wo ich jeden einzelnen Mann gebrauchen könnte ...«

»Das sagten Sie bereits. Wenn Sie's ganz amtlich machen wollen, dann senden Sie mir doch eine Aktennotiz, und die zeige ich dann dem Minister.« Tweed ließ seine Brille auf die Nasenspitze hinuntergleiten und sah seinen Besucher über den Brillenrand hinweg an – eine Geste, die, wie er wußte, Howard zur Weißglut trieb. »Ganz nebenbei, ich nehme doch an, daß sich die üblichen Leute um die Sicherheit der anderen Teilnehmer kümmern – die Präsidenten von Amerika und Frankreich und den deutschen Bundeskanzler?«

»Tim O'Meara in Washington, Alan Flandres in Paris

und Erich Stoller in Bonn. Waren Sie darüber tatsächlich im Zweifel?«

»Eigentlich nicht. Ich wollte nur wissen, ob all meine alten Freunde ihre Jobs noch haben.« Tweed sah seinen Vorgesetzten an. »So viele beißen jetzt neuerdings ins Gras, von denen man es am wenigsten erwartet . . .«

Mit zusammengekniffenem Mund verließ Howard das Büro, seine Bewegungen waren so steif wie bei einem Offizier während der Parade. Noch tagelang würde er wegen des Wortwechsels schäumen, der gerade stattgefunden hatte, und Tweed aus dem Weg gehen; und genau dies hatte Tweed bezweckt.

Miß McNeil steckte ihren Kopf durch die Tür. »Ist er weg?«

»Ja, meine Gute, der britische Löwe hat gebrüllt. Die Luft ist wieder rein.« Er schlug sein Exemplar des Times-Atlas auf. »Krokodil – ich befürchte, ich habe die Auflösung zu diesem Codewort direkt vor der Nase . . .«

Erwin Vinz holte seine Mörderbande auf dem schnellsten Weg in das Operationsgebiet – Bregenz. Von einem kleinen privaten Flugplatz außerhalb von München brachte er seine Männer zu einem anderen Flugplatz in der Nähe von Lindau. Hier setzten sich die acht Männer in drei bereitstehende Autos und wurden in voller Fahrt zur Grenze und dann weiter nach Bregenz gebracht. Es war drei Uhr nachts, als sie alle vor dem Bahnhof hielten.

»Ich denke, Martel ist hier aus dem Zug gestiegen«, sagte Vinz zu den beiden, die hinten bei ihm im Wagen saßen. »Könnte gut sein, daß er noch hier in Bregenz ist. Sie bleiben also hier. Wir anderen werden uns die Stadt aufteilen und einfach so lange herumfahren, bis wir ihn gefunden haben . . .«

»Und wenn wir sehen, wie er wieder in einen Zug will?« fragte einer der beiden Männer, während sie alle aus dem Wagen stiegen.

»Dann hat er eben einen tödlichen Unfall!« Vinz war wütend über die Blödheit des Mannes. »Was auch immer passiert, er darf nicht in München ankommen ...«

Vinz hielt mit den übrigen fünf Männern eine kurze Konferenz ab. »Für den, der Martel entdeckt, liegen zwanzigtausend Mark bereit. Sie alle haben die Beschreibung. Sagen Sie den Leuten, daß er aus einer Heilanstalt ausgebrochen ist und daß er eine Waffe hat. In zwei Stunden von jetzt an treffen wir uns wieder hier. Und jetzt kehrt das Unterste zuoberst!«

Bei seinem zwölften Versuch nahm Martel die Spur wieder auf, die Charles Warner in Bregenz hinterlassen hatte. Der Kontaktmann war ein Buchhändler, ein Österreicher Anfang der Vierzig, der seinen Laden am Ende der Kaiserstraße hatte. Draußen vor dem Laden befand sich die Fußgängerunterführung, wo Martel Claire in einer halben Stunde treffen wollte. Er sagte sein Sprüchlein, zeigte Warners Fotografie und wurde mit einer positiven Reaktion belohnt.

»Ihren Freund da kenne ich. Die Trauer scheint sein ständiger Begleiter zu sein ...«

»Trauer?« fragte Martel vorsichtig und wartete.

»Ja. Sein engster Freund ist während seines Aufenthaltes hier gestorben. Es war in der Zeit, als die Franzosen Vorarlberg und Tirol besetzt hielten – gleich nach dem Krieg. Sein Freund liegt hier, und er wollte das Grab besuchen.«

»Ich verstehe.«

Martel verstand überhaupt nichts und war vorsichtig genug, so wenig wie möglich zu sagen. Der Buchhändler unterbrach sich, um einen Kunden zu bedienen, und fuhr dann fort.

»In Bregenz gibt es zwei katholische und einen protestantischen Friedhof. Der Freund dieses Mannes hier hat seinen Glauben auf merkwürdige Weise gewechselt. Als

Protestant geboren, ist er zum katholischen Glauben konvertiert. Und später ist er dann wohl zum Atheisten geworden. Wegen dieser merkwürdigen Umstände ist der Mann auf dem Foto damals in meinen Laden gekommen und hat nach allen drei Friedhöfen gefragt. Ich hab' sie ihm auf dem Stadtplan gezeigt.«

»Wie lange ist das her, daß er sie besucht hat?«

»Weniger als eine Woche. Letzten Samstag ...«

»Können Sie mir einen Stadtplan verkaufen und die drei Friedhöfe noch mal ankreuzen?«

Der Buchhändler nahm einen Plan heraus und kreiste die Stellen ein. »Da haben wir die Blumenstraße, das Vorkloster – beide katholisch. Und das hier, das ist der protestantische Friedhof ...«

Claire wartete schon, als Martel die Stufen in die verlassene Fußgängerunterführung hinunterstieg. Claire Hofer stand da und blickte durch ein beleuchtetes Fenster, das in die Mauer eingelassen war. Ausgestellt waren die Ergebnisse einer archäologischen Grabung, welche die römische Stadt zeigten, die einmal an der Stelle des heutigen Bregenz gestanden hatte.

»Gespenstisch, nicht wahr?« bemerkte Claire und schauderte scherzhaft. »All die unendlichen Jahrhunderte. Und heute, bei dem Nebel, kommt mir die ganze Stadt gespenstisch vor – und obendrein hab' ich nicht einmal eine Spur von Warner gefunden ...«

»Letzten Samstag ist er keine dreißig Meter von hier entfernt gewesen ...«

Claire hörte zu, während Martel von seinem Gespräch mit dem hilfreichen Buchhändler erzählte. Als er zu Ende war, runzelte Claire die Stirn. »Ich verstehe nicht, was das soll ...«

»Ich doch auch nicht – bis auf das eine, das nun wohl unverrückbar feststeht. Letzten Samstag ist er hiergewesen. Am Sonntag ist er dann draußen auf dem See ermordet worden. Was auch immer er in Bregenz herausgefunden hat, möglicherweise hat es den Mord ausgelöst . . .«

»Aber, zum Kuckuck noch mal, wann war denn Österreich von den Franzosen besetzt? Das muß doch schon fast vierzig Jahre her sein . . .«

»Nicht unbedingt. Die alliierte Besetzung Österreichs endete am 15. Mai 1955 – dann kann also alles, was Warner ausgegraben hat, noch mit diesem späten Datum zu tun haben . . .«

»Trotzdem, ein gutes Vierteljahrhundert ist auch das schon her«, beharrte Claire. »Was kann denn damals passiert sein, das heute noch so wichtig ist?«

»Ich schwöre drauf, daß ich's nicht weiß – und deshalb müssen wir's ja herausfinden. Mit dieser Geschichte von seinem engsten Freund, der da gestorben sein soll, da hat er dem Buchhändler ja wohl etwas vorgesponnen; aber irgend etwas Konkretes muß dahinterstecken. Die Zeit der französischen Besetzung – irgendeine Bedeutung muß das haben . . .«

»Aber wie finden wir das heraus, wo fangen wir an?«

»Ich hab' eine Autovermietung gesehen, da mieten wir uns erst einmal einen Wagen. Dann fahren wir die drei Friedhöfe ab, nach denen Warner gefragt hat. Da muß das Geheimnis begraben sein, ganz wörtlich . . .«

Erwin Vinz betrat den Buchladen in der Kaiserstraße. Obwohl er später in Bregenz eingetroffen war, hatte er, ohne es zu wissen, einen Vorteil vor Martel: Sechs Männer suchten die Stadt ab. Er sprach zuerst mit einer jungen Verkäuferin und fragte dann nach dem Geschäftsinhaber. Das Mädchen ging nach oben, um den Buchhändler zu holen, der vorher mit Martel gesprochen hatte.

»Ich komme besser mal runter und sehe mir den Burschen an«, entschloß sich der Buchhändler.

Im Erdgeschoß hörte er genau zu, während Vinz seine Geschichte erzählte. Die Beschreibung, die Vinz gab, war deutlich genug. Dachte man sich die Brille weg und fügte eine Zigarettenspitze hinzu, dann erkannte der Buchhändler in der Beschreibung exakt seinen Besucher von vorhin. Der Österreicher sah Vinz an und ließ ihn weiterreden.

»Und Sie behaupten, der Kerl ist aus einer Irrenanstalt ausgebrochen?« fragte er schließlich.

»Ja. Ein gewalttätiger Geisteskranker. Bedauerlicherweise ist er in der Lage, ganz normal und sanft wie ein Lamm zu erscheinen, und das macht ihn nur noch gefährlicher. Haben Sie den Mann gesehen?«

## *11. Kapitel*
## Donnerstag, 28. Mai

> REQUIESCAT IN PACE ALOIS STOHR 1930/1953
> MÖGE ER IN FRIEDEN RUHEN . . .

Auf dem nebelverhangenen Friedhof an der Blumenstraße starrten drei Menschen auf den Grabstein. Martel und Claire waren verblüfft. Alois Stohr? Der Name bedeutete ihnen beiden nichts. Martel drehte sich zu dem Totengräber um, der sie an diese Stelle geführt hatte. Noch einmal zeigte er ihm die Fotografie von Warner.

»Sehen Sie noch mal hin, sind Sie sich ganz sicher, daß dies hier der Mann war, der genau das Grab hier sehen wollte?«

Der alte Totengräber trug eine uralte Mütze, und von seinem Schnurrbart tropfte die Feuchtigkeit, die aus den grauen Nebelschwaden kondensiert war, welche um die Gräber wirbelten. Soweit Martel es sehen konnte – und weit sehen konnte er keineswegs –, waren sie die einzigen Besucher. Es war kein Tag, der zu solchen Besuchen ermutigte.

»Das ist er.«

Der Totengräber, bemerkte Martel, war sich genauso sicher wie der Buchhändler, nachdem er das Foto gesehen hatte. Und er hatte Warner schon erkannt, bevor Martel ihm das kleine Bündel Schillingnoten gegeben hatte.

»Wann ist er hiergewesen?« fragte Martel.

»Letzte Woche. Samstag.«

Das hatte der Buchhändler auch gesagt. Es war zum Wahnsinnigwerden. Martel hatte keinen Zweifel mehr daran, daß Charles Warner kurz vor seiner Ermordung dieses spezielle Grab besucht hatte. Aber wo war das verbindende Glied – was machte Alois Stohr so wichtig, daß seine Ruhe unter keinen Umständen gestört werden durfte?

»Hat er etwas gesagt, irgend etwas?« wollte Martel wissen.

»Hat mich einfach nur gefragt, ob ich ihm das Grab von Alois Stohr zeigen könnte . . .«

Von ihrem Platz neben dem Grab her hatte Claire den Eindruck, daß sich der Totengräber vor Martels drängenden Fragen in sein Schneckenhaus zurückzog. Der Engländer fuhr fort.

»Hat er Stohrs Sterbetag angegeben?«

»Er hat nur gesagt, daß es gegen Ende der französischen Besatzungszeit gewesen ist . . .«

Warner hatte sich dem Buchhändler in der Kaiserstraße gegenüber ähnlich ausgedrückt. Es war während der Zeit der Besatzung durch das französische Militär . . . Warum hatte er den Zeitpunkt so umschrieben, anstatt ein ungefähres Datum anzugeben?

Claire verhielt sich ruhig, sah den Totengräber an, und als sie dann plötzlich sprach, klang ihre Stimme so zuversichtlich, als wisse sie die Antwort bereits im voraus.

»Wer besucht das Grab denn sonst?«

»Weiß nicht, ob ich über so was überhaupt reden sollte«, sagte der alte Bursche nach einer langen Pause. Martel hielt fast den Atem an. Claire hatte mit weiblicher

Intuition ihren Finger auf etwas gelegt, von dem der Mann sonst nichts erzählt haben würde. Sie drängte weiter nach.

»Mein Bekannter hier hat Ihnen ein großzügiges Trinkgeld gegeben, und da möchten wir, daß Sie offen mit uns sind. Wer kommt sonst noch her?«

»Ihren Namen kenne ich nicht. Sie kommt jede Woche. Immer am Mittwoch und immer um acht Uhr morgens. Sie bringt einen Blumenstrauß, steht ein paar Minuten lang da, und dann geht sie wieder . . .«

»Wie kommt sie denn her?« insistierte Claire. »Mit dem Auto? Mit dem Taxi?«

»Sie kommt mit dem Taxi – und das wartet, bis sie wieder abfährt . . .«

»Und wie sieht sie aus? Haarfarbe? Ihr Alter – wenigstens ungefähr. Wie ist sie gekleidet? Eher bescheiden? Oder teuer?«

Der Schwall von Fragen provozierte erneut den Widerstand des Totengräbers gegen weitere Auskünfte. Er gab Martel Warners Fotografie zurück und nahm seine Schaufel vom Boden auf; er wollte gehen.

»Teuer – ihre Sachen . . .«

»Haarfarbe?« fuhr Claire unerbittlich fort.

»Kann ich nicht sagen – sie hat immer ein Kopftuch an . . .«

»Und dasselbe haben Sie dem Mann hier auf dem Foto bei seinem Besuch auch gesagt?« fragte Martel.

Der Totengräber, der seine Schaufel über die Schulter gelegt hatte wie ein Soldat sein Gewehr, ging bereits. Er verschwand im Nebel zwischen den Grabsteinen. Seine Stimme klang geisterhaft aus dem Dunst.

»Ja. Und ich glaube auch, er hat herausgefunden, wo sie wohnt. Während sie am Grab stand, habe ich gesehen, wie er mit dem Taxifahrer gesprochen hat. Hat ihm Geld gegeben . . .«

»Haben Sie diesen Mann schon einmal gesehen?«

Der Buchhändler, der mit Martel gesprochen hatte, berichtigte den Sitz seiner Brille und blickte Erwin Vinz an. Er ließ sich Zeit mit seiner Antwort.

»Haben Sie irgendeine Art Ausweis dabei?« wollte er wissen.

»Dann haben Sie also den ausgebrochenen Patienten gesehen?« drängte Vinz begierig nach. »Und was den Ausweis angeht – wir sind nicht von der Polizei, wir tragen keine Dienstmarke mit uns herum ...«

»Die Beschreibung, die Sie da gegeben haben, sagt mir gar nichts. Ich habe niemals jemanden hier im Laden gehabt, der diesem Mann auch nur entfernt ähnlich sah. Und wenn Sie mich jetzt entschuldigen wollen, ich muß mich um mein Geschäft kümmern ...«

Der Buchhändler sah zu, wie Vinz mit hängenden Schultern und zusammengepreßtem Mund hinausging. Draußen stieg der Besucher in einen Wagen, sagte etwas zu dem Fahrer, und das Fahrzeug verschwand. Die Verkäuferin sagte zögernd: »Also, ich glaube, der Mann war heute morgen hier ...«

»Aber Sie glauben doch nicht, daß der Bursche, der eben da war, irgend etwas mit einer Irrenanstalt zu tun hat?« In der Stimme des Österreichers lag ein Vorwurf.

»Und außerdem war er Deutscher. Und wenn seine Geschichte gestimmt hätte, dann hätte er sich doch an die Behörden gewandt ...«

»Dann glauben Sie, er war ...«

»Er hat das Blaue vom Himmel heruntergelogen. Sie haben soeben einen Neonazi kennengelernt – ich kenne die Sorte, der hätte sein Abzeichen am Aufschlag überhaupt nicht gebraucht. Wenn er nochmal wiederkommt, dann sagen Sie mir Bescheid, und ich rufe die Polizei ...«

Die Sonne hatte inzwischen den Nebel weggebrannt, und es war klarer Nachmittag geworden. Bei seiner Ankunft hatte Vinz zwei Männer zur Überwachung des Bahnhofs zurückgelassen; und so war eine Mannschaft von sechs geblieben – ihn selbst eingeschlossen. Die hatte er dann zu zwei und zwei aufgeteilt. Jedes Pärchen hatte einen der drei Wagen genommen und war den ihm zugewiesenen Sektor abgefahren.

Eines der Zweierteams fuhr gerade die Gallusstraße entlang, eine reiche Wohngegend – genau in dem Moment, als Vinz seinen vergeblichen Besuch im Buchladen machte. Vinz' Männer hatten gerade wieder einmal in einem Hotel nachgefragt und sich erneut eine Abfuhr geholt. Der Wagen, der ihnen jetzt auf der Gallusstraße entgegenkam, war mit Martel und Claire besetzt. Beide Wagen fuhren mit mäßiger Geschwindigkeit, und der Abstand zwischen beiden wurde immer enger.

Vinz' Leute, in einem BMW, hielten ihre Geschwindigkeit niedrig, so daß sie die Bürgersteige nach irgendeinem Anzeichen von Martel absuchen konnten. Claire steuerte den gemieteten Audi langsam durch die ihr unbekannte Gegend, während Martel vom Beifahrersitz her ihr mit Hilfe eines Stadtplanes Anweisungen gab.

»Damit wir nicht am Bahnhof vorbei müssen, biegen wir am Ende der Straße . . .«

»O Gott, Keith! Da, in dem BMW, der uns entgegenkommt. Ich habe am Aufschlag des Mannes auf dem Beifahrersitz etwas blitzen sehen. Ich bin sicher, daß es ein Abzeichen war. Delta . . .«

»Bleib weg vom Gas, schau nicht hin. Mach genau weiter wie bisher – fahr einfach geradeaus.«

»Die wissen bestimmt, wie Sie aussehen.«

»Ja, dann viel Glück!«

Der Mann auf dem Beifahrersitz des BMW hatte eine Nullacht-Pistole in seinem Schulterhalfter stecken. Er sah sich die beiden in dem vorüberfahrenden Audi an. Es war ihm zur zweiten Natur geworden, möglichst nichts zu übersehen. In sein Gehirn eingebrannt hatte er Martels genaue Beschreibung, so wie sie jedem einzelnen Mann des Kommandos gegeben worden war.

In der Gallusstraße war es ungewöhnlich ruhig für die Tageszeit. Claire merkte auf einmal, wie krampfhaft sie das Steuerrad festhielt, und sie zwang sich, sich zu entspannen – vor allen Dingen wollte sie es vermeiden, den Fahrer des BMW anzusehen, der inzwischen seine Scheibe heruntergelassen hatte, damit der Beifahrer freies Schußfeld hatte.

»Ganz ruhig jetzt ...!«

Martel sprach leise – seine Lippen bewegten sich kaum, während er den Kopf immer noch auf den Stadtplan vor sich heruntergebeugt hielt. Die beiden Wagen waren jetzt auf gleicher Höhe. Der Beifahrer in dem BMW blickte den Mann neben der jungen Fahrerin fest an. Und dann entfernten sich die beiden Autos wieder voneinander. –

»War irgend etwas mit dem Audi?« fragte der Mann hinter dem Steuer.

»Nein, ich wollt's nur genau wissen. Sah ihm überhaupt nicht ähnlich ...« –

Am Ende der Gallusstraße dirigierte Martel Claire so, daß sie sich sowohl vom See als auch vom Bahnhof fernhielten. Claire stieß einen erleichterten Seufzer aus.

»Das hätten wir geschafft«, bemerkte er. »Ich frage mich, wie die so schnell hierhergekommen sind ...«

»Dann waren die also von Delta ...«

»Ich habe die Anstecknadeln aus dem Augenwinkel erkannt, als sie neben uns waren. Und für alle Fälle war ich vorbereitet ...« Er hob eine Ecke des Stadtplanes an, und Claire sah, wie er mit der rechten Hand den Griff seines Fünfundvierzigercolts umklammert hielt. »Eine falsche Bewegung, und ich hätte die beiden weggepustet. Ich hätte ja schießen können, ohne andere zu gefährden. Aber wie sind Sie darauf gekommen, daß die mich erkennen könnten?«

Claire blickte zu ihm hinüber. Er trug einen Tirolerhut mit angesteckter Hahnenfeder, den er gekauft hatte, während sie den Audi gemietet hatte. Zwischen die Zähne geklemmt hielt er eine große scheußliche Pfeife, die er in einem anderen Laden erstanden hatte. Hoch auf seiner Nase saß eine dicke Hornbrille. Der Gegensatz zu seinem normalen Aussehen mit der keß im Mundwinkel gehaltenen Zigarettenspitze war vollständig.

»Eigentlich«, sagte sie, »bin ich ja dämlich, daß ich nicht Ihre Zuversicht besitze . . .«

»Sie haben sich völlig korrekt verhalten«, sagte Martel schnell. »An dem Tag, an dem Sie in so einer Situation nicht mehr nervös werden, hat wahrscheinlich Ihr letztes Stündlein geschlagen. So, aber jetzt los in Richtung Grenze und zum nächsten Hexenkessel – nach Lindau.«

Im Laufe des Spätnachmittags rief Vinz von Bregenz aus Reinhard Dietrich an. Der Mann war erschöpft. Und seine Leute genauso. Indem er das Schloß anrief, vermied er es wenigstens, mit dem Mann zu sprechen, den er am meisten fürchtete: Manfred.

»Hier Vinz. Wir sollten eine Angelegenheit erledigen . . .«

»Weiß ich.« Dietrich klang irritiert. »Der Herr, der den Auftrag herausgegeben hat, hat mich informiert. Ich nehme an, daß Sie Ihren Lohn diesmal verdient haben?«

In der Telefonzelle am Bregenzer Bahnhof schaute Vinz in den Nebel hinaus, der wieder vom See heraufzog. »Das war von Anfang an eine unmögliche Aufgabe«, sagte er. »Wir stecken völlig fest. Der Engländer ist einfach nicht hier . . .«

»Was soll das heißen? Der muß doch in Bregenz aus dem Zug gestiegen sein. Kapieren Sie das denn nicht – das hat er doch gemacht, weil er befürchtet hat, daß in Lindau die Konkurrenz auf ihn wartet. Und Bregenz ist schließlich nur eine kleine Stadt . . .«

»So klein auch wieder nicht«, sagte Vinz böse. Er war so müde, daß er aufsässig wurde. »Die Straßen hier sind ein Labyrinth – und wir haben schon wieder Nebel. Man erkennt doch die Hand nicht mehr vor den Augen ...«

»Dann kommen Sie sofort wieder her! Sie alle! Wir werden unseren nächsten Schachzug dann nach Ihrer Ankunft besprechen. Und unterstehen Sie sich, irgendwo zum Essen oder Trinken anzuhalten ...«

»Aber wir haben doch seit heute morgen nichts mehr im Magen ...«

»Das will ich aber auch schwer hoffen! Auf der Stelle kommen Sie zurück! Verstehen Sie mich?«

Dietrich knallte den Hörer auf die Gabel. Er war hochrot im Gesicht. Er fuhr sich mit der Hand durch sein silbernes Haar und blickte sich in der Bibliothek um. Vinz würde nie erfahren, daß er soeben nicht vor Zorn, sondern vor Furcht laut geworden war. Er klingelte nach Oskar, und als der Bucklige kam, befahl er ihm, einen großen Cognac einzugießen.

»Die haben den Engländer wieder nicht erwischt.« Er schrie fast.

»Muß der aber schlau sein. Der erste von den Spionen, Warner, war auch schlau – aber schließlich hat er sich zu erkennen gegeben. Der zweite Engländer jetzt wird genau denselben Fehler machen ...« Oskar reichte Dietrich den Cognac. Dieser nahm einen großen Schluck und schüttelte den Kopf.

»Der Mann ist doch einfach nicht zu packen. Der ist jetzt fast zwei Tage da, und mit jeder Sekunde kommt er Bayern und dem Unternehmen Krokodil immer näher. In sechs Tagen von heute an kommt der Gipfelexpreß hier durch!«

»Dann bleiben uns also sechs Tage, um ihn aufzustöbern«, meinte Oskar beschwichtigend. Er füllte das Glas seines Herrn und Meisters nach.

»Aber Himmel noch mal, Oskar! Merken Sie denn

nicht, daß das auch andersherum funktioniert? Er hat noch sechs Tage, um uns am Schlafittchen zu packen!«

Nahe dem Haupteingang zu Dietrichs ummauertem Besitztum zog sich neben der Straße ein kleines Wäldchen hin. Der Eingang war mit einem schmiedeeisernen Gittertor verrammelt. Daneben stand ein Wachhäuschen. Es war früher Abend; ein großer Vogel strich gerade über das Tor hin, und da brach die Hölle los.

Hinter dem Gitter tauchten auf einmal bösartige Schäferhunde auf – brutale Biester, die an dem Gittertor hochsprangen, bellten, knurrten und bereit waren, jeden Eindringling in Stücke zu reißen.

In einem Mercedes, der außer Sichtweite an den Bäumen geparkt war, hörte Erich Stoller, der Chef des BND, die Hunde. Er trommelte mit den Fingern auf das Lenkrad. Stoller war dreiundvierzig Jahre alt, einen Meter achtzig groß und sehr dünn. Sein Gesicht war hager und ausdrucksvoll.

Sein erster Assistent, Otto Wilde, saß neben ihm. Er hielt eine Schmalfilmkamera mit Teleobjektiv in den Händen. Wilde war klein und dick; er fürchtete sich vor bösartigen Hunden. Er blickte seinen Chef von der Seite an.

»Und wenn die jetzt das Tor öffnen . . .«

»Ach, damit werden wir fertig.« Stoller öffnete das Handschuhfach, nahm eine Gaspistole heraus und gab sie seinem Begleiter. »Ein bißchen Tränengas in die Nasen gepustet, und dann werden die Tierchen schon zahm werden . . .«

»Aber die wissen doch, wo wir sind – die riechen uns doch . . .«

»Unsinn! Der große Vogel, der da über das Gitter geflogen ist, der hat die aufgeregt. Wenn wir Ihren Film entwickelt haben, dann bin ich gespannt, ob ein paar alte Freunde drauf sind. Ich glaube, einen habe ich erkannt – den Fahrer des ersten Wagens . . .«

Von ihrem Platz außer Sichtweite hatten sie zugesehen, wie drei Fahrzeuge zum Schloß zurückgekehrt waren. Erwin Vinz hatte in dem ersten Auto gesessen. Während die Wagen vor dem Eingang halten mußten, hatte Vinz natürlich nicht bemerkt, daß in der Zeit, in der erst einmal die Hunde eingesperrt werden mußten, Otto Wilde mit seiner Kamera fleißig am Werk gewesen war.

Stoller war zum erstenmal in der Nähe des Grundstükkes, auf dem sich das Schloß von Dietrich befand. Und genau in diesem Augenblick kam zufälligerweise die Mannschaft von Vinz von ihrer vergeblichen Suche nach Martel zurück, als Stoller sich die Gegend einmal ansehen wollte. Stoller war immer noch dabei, das Hauptquartier von Delta ausfindig zu machen.

»Ich bin überzeugt, Otto«, bemerkte er, während er nach dem Zündschlüssel tastete, »daß Delta seinen Hauptstützpunkt genau hier hat.«

»Warum?«

»Weil es nun mal das Zuhause von Reinhard Dietrich ist. Von hier aus will er Ministerpräsident von Bayern werden. Und außerdem ist das Grundstück riesig . . .«

»Wie ich Ihnen auf der Karte gezeigt habe. Schauen Sie sich bloß die Strecke an, die wir um die Mauer herumfahren mußten, um zum Haupteingang zu kommen . . .«

»Ja, dann paßt doch eigentlich alles zusammen. Das Schloß ist von keiner Seite der Straße her einsehbar. Es liegt abseits und unerreichbar – ideal, um ganze Horden von Störenfrieden unterzubringen. Und wer weiß, was die noch alles vorhaben – man sehe sich nur die Krawalle der letzten Zeit an. Fast so schlimm wie in England . . .«

»Da, die machen das Tor auf!«

Stoller hatte den Motor angelassen und fuhr jetzt zwischen den Bäumen hinaus auf die Straße, die am Eingangstor zum Schloß vorbeiführte. Das war der direkte Weg nach München, und Stoller hatte keineswegs die Absicht, einen Umweg zu machen, bloß weil ein millionenschwerer Gangster seine menschenfressenden Hunde losließ.

»Drehen Sie Ihr Fenster hoch«, befahl er Wilde. Er selbst drehte sein eigenes hoch. Die Hunde liefen jetzt tatsächlich frei auf der Straße und galoppierten auf den unauffälligen Polizeiwagen zu. Ihre Köpfe tauchten an den Seitenfenstern auf. Die Reißzähne blitzten, Geifer tropfte, hornige Krallen kratzten böse auf dem Lack bei dem Versuch der Hunde, an die beiden Männer heranzukommen. Stoller trat aufs Gas.

Der Wagen schoß vorwärts. Zwei der Biester tauchten blitzartig vor dem Kühler auf. Die beiden Männer fühlten den dumpfen Aufschlag, als vorwärtsschießendes Metall auf tierische Körper traf. Dann sauste der Wagen schon an dem geöffneten Gittertor vorbei, aus dem unter Führung eines großen Blonden soeben mehrere Männer herausströmten. Wilde drehte sich um.

»Die wollen uns mit dem Auto nach . . .«

»Diesem dämlichen Vogel haben wir das zu verdanken«, sagte Stoller ruhig. »Die Hunde werden wild, und dann wird die Wachmannschaft munter – und wir haben die Viecher auf dem Hals. Haben Sie diesen blonden Adonis bemerkt, der der Anführer zu sein scheint? Das war Werner Hagen – geschickter Windsurfer übrigens. Wir müssen sehen, daß wir wegkommen – die dürfen unter keinen Umständen merken, daß wir sie beobachtet haben . . .«

»Wegkommen? Wie denn?«

In halsbrecherischer Fahrt fuhren sie die gewundene Landstraße entlang. Wilde saß verkrampft da. Vor Stollers Fahrweise fürchtete er sich fast genauso wie vor bösartigen Hunden: Sein Chef stand in dem Ruf, der fixeste Fahrer in ganz Bayern zu sein. Stoller gab eine neue Anweisung.

»Wenn ich jetzt an der nächsten Kreuzung anhalte, dann bleiben Sie im Wagen – und ducken Sie sich. Ich brauch' jetzt die Gaspistole – ich werde versuchen, die Straße abzusperren. Wird schon irgendwie klappen . . .«

Wilde blickte über die Schulter zurück und sah nur die leere Landstraße. Stoller hatte einen Vorsprung herausgefahren – aber Wilde wußte, daß die Straße vor ihnen leer sein würde. Und kilometerweit kamen jetzt nur lange, gerade Abschnitte. Es konnte ja nicht klappen . . .

Weiter voraus führte ein Feldweg nach rechts ab. Stoller stieg auf die Bremsen; er bog von der Straße ab und blieb nach einer kurzen Strecke auf dem Feldweg ruckartig stehen. Nur weil Stoller wie immer darauf bestanden hatte, daß Wilde sich anschnallte, flog der Assistent nicht durch die Windschutzscheibe. Es war noch nichts ausgestanden.

In rasender Eile setzte Stoller jetzt zurück, bis sein Fahrzeug wieder quer auf der Landstraße stand und sie blokkierte. Wilde duckte sich tief in den Fußraum, und Stoller schnappte sich die Gaspistole, die sein Assistent ihm gegeben hatte, stieg aus und knallte die Tür wieder zu. Er rannte hinüber zu einem dicken Baum neben der Straße und versteckte sich hinter dem mächtigen Stamm.

Das Verfolgerfahrzeug – gesteuert von Werner Hagen, der noch zwei Männer bei sich hatte – kam um die nächste Kurve. Hagen sah sich plötzlich einem querstehenden und offensichtlich leeren Mercedes gegenüber. Er bremste, hielt an, zog die Pistole unter seiner Achselhöhle hervor und befahl seinen beiden Kumpanen, im Wagen sitzen zu bleiben.

Hagen öffnete die Wagentür und blickte sich vorsichtig um, während einer der beiden Männer auf dem Rücksitz sein Seitenfenster herunterdrehte, damit er sehen konnte, was vor sich ging. Stoller legte am Baumstamm entlang an, zielte sorgfältig und zog durch. Das Geschoß explodierte auf dem Fahrersitz – ein Gasexplosionsgeschoß, das sofort eine Wolke von Qualm verbreitete. Hagen krümmte sich, ließ seine Pistole fallen, hustete und konnte auf einmal nichts mehr sehen.

Ähnlich ging es dem Mann auf dem Beifahrersitz. Innerhalb von Sekunden hatte Stoller neu durchgeladen und gezielt. Das zweite Geschoß ging durch das geöffnete hintere Seitenfenster und explodierte im Fond des Wagens. Stoller rannte zu seinem eigenen Fahrzeug zurück.

Nur Minuten später war er schon viele Kilometer weit weg und fuhr alleine die endlosen, geraden Landstraßenabschnitte entlang. Kein Anzeichen eines anderen Fahrzeuges war im Rückspiegel zu sehen. Wilde merkte, daß sein Chef die Stirn runzelte.

»Das haben Sie doch prima gemacht. Warum der Mißmut?«

»Ich dachte gerade an Martel. Tweed hat mir gesagt, daß er kommt – aber das ist ein Einzelgänger . . .«

»Dann wird er wohl genausowenig zur Zusammenarbeit bereit sein wie Warner?«

»Im Gegenteil, der spricht mich schon an, wenn er mich braucht. Hat ein tadelloses Urteilsvermögen. Ich frage mich nur, wo er sich jetzt gerade befindet . . .«

## *12. Kapitel*
## Donnerstag, 28. Mai

Martel fuhr den gemieteten Audi über die Straßenbrücke, die das bayerische Festland mit der Inselstadt Lindau verband. Den Tirolerhut, den er in Bregenz als Verkleidung benutzt hatte, trug er nicht mehr auf dem Kopf, und die Pfeife hatte er auch nicht mehr im Mund.

Ohne Hut war das Profil mit der starken römischen Nase wieder deutlich zu erkennen, auch hatte der Engländer wieder seine Zigarettenspitze schräg im Mundwinkel stecken. Es sah fast so aus, als wollte er irgendwelchen Aufpassern, die es vielleicht in Lindau gab, seine Ankunft deutlich zeigen.

»Was soll denn das?« hatte Claire gefragt, als Martel kurz nach ihrem Grenzübertritt nach Deutschland seine Verkleidung weggeworfen hatte.

»Ich zeige Flagge«, gab Martel zurück. »Wenn ich einen Union Jack hätte, dann würde ich ihn jetzt am Mast hochgehen lassen . . .«

»Aber früher oder später wird uns Delta so entdekken . . .«

»Früher, wie ich hoffe.«

»Sie bieten sich selbst als Ziel dar?« protestierte sie. »Sie müssen ja verrückt geworden sein – haben Sie denn Zürich oder St. Gallen vergessen . . .«

»Im Gegenteil, ich erinnere mich nur zu deutlich – aber ich denke auch daran, daß die Zeit gegen uns arbeitet. Wie sagten Sie doch, der Bayerische Hof ist hier das beste Hotel?«

»Ja, und es liegt gleich beim Hauptbahnhof . . .«

»Dann müssen wir es so aussehen lassen, als wären Sie ganz allein mit dem Zug angekommen. Jeder trägt sich einzeln ein; und wir sitzen auch im Speiseraum nicht zusammen. Wir kennen uns gar nicht. Auf diese Weise können Sie mir den Rücken freihalten. Und setzen Sie die dunkle Sonnenbrille auf – die macht Sie so schön unkenntlich . . .«

»Wünschen der Herr sonst noch was?«

»Ja, zeigen Sie mir, wo das Hotel ist«, sagte er. »Die Stadt hier ist ja ein regelrechter Kaninchenbau, und ich weiß nicht mehr, wo es langgeht. Nehmen Sie den Stadtplan.«

Als sie über die Brücke fuhren und dann an dem grünen Park vorbei, der bis zum See hinunterführte, da hatten sie beide einen Eindruck von der Schönheit dieser Insel. Der Nebel hatte sich für den Augenblick gehoben, und die Sonne glühte durch den Dunst. Claire sah auf den Stadtplan und gab die Richtungen an. Schon kurz danach legte sie die Hand auf Martels Arm.

»Wir sind fast da. Lassen Sie mich besser hier aussteigen. Am Ende der Straße fahren Sie nach links. Der Bayerische Hof ist dann auf der linken Seite, der Hauptbahnhof rechts und der Hafen geradeaus. Wo treffen wir uns?«

»Auf der Terrasse über dem Hafen, der Römerschanze – das ist die Stelle, von wo ein Tourist durch sein Fernglas dem Mord an Warner zugeschaut hat, ohne zu wissen, was da eigentlich vor sich ging . . .«

Claire stieg mit ihrem Koffer aus. Es war ein ruhiger Straßenabschnitt, und nur zwei oder drei Touristen schlenderten herum, aber Claire ging kein Risiko ein. Laut rief sie auf deutsch: »Danke, daß Sie mich mitgenommen haben. Jetzt erwische ich meinen Zug ja noch.«

»War mir ein Vergnügen . . .«

Braun, der Pflastermaler, entdeckte Martel, sobald der Wagen um die Ecke bog.

Das Bild, das Braun heute mit seinen Kreidestiften auf das Pflaster gemalt hatte, war eine Ansicht des Amphitheaters von Verona. Der kleine Karton für die Münzen stand neben dem Gemälde. Wieder trug er Parka und Jeans, patrouillierte auf und ab und hielt dabei die Hände hinter dem Rücken verschränkt, als wolle er gerade einmal eine Pause von seiner anstrengenden Arbeit machen.

In Wirklichkeit hielt er natürlich das Portal des Hauptbahnhofs im Auge. Der Schnellzug aus der Schweiz war fällig. In dem Moment, als Keith Martel erschien, drehte er sich gerade einmal um, und augenblicklich wußte er, wen er vor sich hatte. Viel Beobachtungsgabe war dazu auch wirklich nicht nötig.

Dichtes schwarzes Haar, Anfang der Dreißig, groß gewachsen, gutaussehend, glatt rasiert, vorstehende, semitisch wirkende Nase, üblicherweise eine Zigarettenspitze im Mundwinkel . . .

Der Pflastermaler war bei Martels plötzlichem Auftauchen so überrascht, und so genau traf die Beschreibung zu, daß er beinahe wie festgefroren stehengeblieben wäre. Aber das wäre natürlich ein grober Fehler gewesen, denn damit hätte er die Aufmerksamkeit auf sich lenken können. Er schlenderte also weiter, während der Audi an ihm vorbeifuhr, und hörte dann, wie der Wagen hielt. Er warf einen verstohlenen Blick über die Schulter, nur für den Fall, daß er den Engländer später einmal von hinten erkennen mußte.

»Na, schöne Aussicht, du Blödmann . . .?«

Martel murmelte die Worte vor sich hin, während er, immer noch im Auto, in den Rückspiegel sah. Das war bei ihm wie ein Reflex – noch einmal einen prüfenden Blick um sich zu werfen, bevor er mit seinem Koffer aus dem Wagen stieg. Die Art, wie der Pflastermaler sich über die Schulter umsah, war im Rückspiegel deutlich zu erkennen.

Martel stieg aus dem Wagen und sah, wie der Nebel vom See in den Hafen hineinkroch. Er betrat die geräumige, gut möblierte Hotelhalle und ging die paar Schritte zur Rezeption hinüber. Das Mädchen hinter dem Schalter war flink und hilfreich. Ja, sie hatten ein wunderbares Doppelzimmer im dritten Stock mit Blick auf den See. Aber gewiß, er könne selbstverständlich im voraus zahlen, für den Fall, daß er überstürzt abreisen müsse.

»Und würden Sie sich bitte eintragen, Sir?«

Die Unterhaltung wurde auf englisch geführt – Martel trug sich mit richtigem Namen und Nationalität ein. In der Sparte Beruf schrieb er Fachberater.

Ein Hotelboy brachte ihn im Lift nach oben und zeigte ihm das geräumige Zimmer und das Bad. Martel reiste gern komfortabel, und Erich Stoller zahlte ja. Sobald er allein war, ging Martel zu dem seitlichen Fenster hinüber, das, wie er erwartet hatte, sowohl den Blick auf den Hauptbahnhof als auch auf den Eingang des Hotels freigab. Er sah, wie Claire aus dem Bahnhof heraustrat.

Ihr ganzes Vorgehen war ein Modellfall geschickter Tarnung gewesen. Mit ihrer dunklen Sonnenbrille und dem

Kopftuch hatte sie die Straße bereits überquert gehabt, noch bevor Martel um die Kurve herum war. Der Pflastermaler hatte sie überhaupt nicht bemerkt. Schließlich hielt er ja auch nicht nach einer jungen Frau Ausschau, sondern nach einem Mann, Martel . . .

Einmal in der Halle des Hauptbahnhofs, hatte Claire dann gewartet, bis sonst noch jemand wieder auf den Vorplatz hinauswollte. Ein Pärchen, das in dem Hotel wohnte, war herübergekommen, um sich den Fahrplan anzusehen. Mit ihnen zusammen trat Claire dann wieder hinaus, wobei sie ein wenig von der auf deutsch geführten Unterhaltung mitbekam.

»Ich suche den Bayerischen Hof«, sagte sie zu dem älteren Herrn, der jetzt neben ihr stand. Es war aber die Frau, die Antwort gab.

»Gleich da drüben auf der anderen Straßenseite, Kindchen. Wir wohnen auch da. Sie werden feststellen, es ist ausgezeichnet . . .«

»Lassen Sie mich Ihren Koffer tragen«, sagte der Deutsche und hatte den Griff schon gepackt.

Falls überhaupt jemand herüberschaute, würde das eine wunderbare Tarnung abgeben. Es sah so aus, als hätte das ältere Paar Claire vom Zug abgeholt. Aber der Pflastermaler schaute gar nicht hin, als das Trio im Hoteleingang verschwand.

Vom Fenster seines Zimmers im dritten Stock aus konnte Martel den Bürgersteig genau unter sich sehen, wo noch immer sein Wagen geparkt stand. Der Pflastermaler hielt einen kleinen Notizblock in der Handfläche verborgen und schrieb sich gerade die Autonummer auf.

Der Künstler war dabei so geschickt, daß aus dem Blickwinkel der Passanten niemand erkannt hätte, was er da gerade tat. Natürlich dachte er nicht im Traum daran, daß jemand ihm von oben zuschaute.

»Schweinekerl . . .«

Martel murmelte vor sich hin, während er zu seiner Reisetasche ging. Er öffnete das Schloß und nahm zwischen seinen säuberlich gefalteten Sachen ein kleines Instrument heraus. Das steckte er in die Jackentasche, verließ das Zimmer und fuhr mit dem wartenden Lift nach unten.

Unten würdigte er Claire, die sich gerade eintrug, nachdem sie sich ein Einzelzimmer mit Bad genommen hatte, keines Blickes. Martel ging zur Tür, schaute hinaus und schlenderte dann auf die Straße. Wie er vermutet hatte, überquerte der Pflastermaler bereits gelassenen Schrittes die Straße in Richtung Hauptbahnhof.

Irgendwie mußte der Beobachter ja rasch Verbindung mit seinen Auftraggebern aufnehmen können – was wäre dazu geeigneter als die Telefonzellen, die es ja mit Sicherheit in der Bahnhofshalle geben würde. Die Flügel der Doppeltür wären Martel fast ins Gesicht geschlagen, als der Pflastermaler vor ihm den Bahnhof betrat. Der Engländer drückte einen der Flügel langsam wieder auf und war jetzt in der weiten Halle mit den Fahrkartenschaltern. Die Telefonzellen standen in einer Reihe links.

Der Pflastermaler hatte eine der mittleren Zellen betreten – die einzige, die jetzt besetzt war. Martel wartete. Er steckte die Hand in die Jackentasche und sah zu, wie sein ›Schützling‹ den Hörer abnahm und wählte. Dann ging Martel in die nächste Telefonzelle rechts und zog knallend die Tür hinter sich zu.

Der Radau machte den Pflastermaler neugierig. Den Kopf über das Notizbuch gebeugt, in dem er nachzulesen schien, wagte er einen Blick aus dem Augenwinkel. Martel spürte regelrecht den ungläubigen Schreck. Für die nächsten paar Sekunden hielt er den Atem an. Alles war jetzt eine Frage der Psychologie.

Der Pflastermaler wandte Martel jetzt den Rücken zu und wollte mit seinem Anruf fertig werden. Das war genau die Reaktion, um die Martel gebetet hatte. Der Mann war wirklich kein erstklassiger Professioneller. Wäre Martel an seiner Stelle gewesen, dann hätte er jetzt einfach

Zahlen gewählt, die ihm gerade in den Sinn kamen, dann für einen Moment am Hörer gelauscht, so getan, als habe er das Besetztzeichen bekommen, den Hörer aufgeknallt und dann die Zelle verlassen.

Martel wußte genau, was statt dessen geschehen war. Der Mann war überrascht, seine Zielperson in der nächsten Telefonzelle vor sich zu sehen, und sekundenlang war er unentschlossen gewesen. Aber weil er nun einmal mit Wählen angefangen hatte – und weil er sich sicher war, daß Martel ihn nicht im Verdacht hatte –, setzte er seinen Anruf einfach ganz normal fort.

Martel hielt den Telefonhörer in der einen Hand, während er mit der anderen etwas ganz anderes tat. Er nahm das Instrument, das er aus seiner Reisetasche genommen hatte, und drückte einen kleinen Gummisauger in Hüfthöhe auf die Glasscheibe, die die beiden Telefonzellen trennte. Dann steckte er sich die Hörhilfe an und benutzte dabei den linken Unterarm, um den Draht zu kaschieren, der von dem Saugnapf zum Ohrhörer führte.

Der Engländer vertraute dabei darauf, daß der Pflastermaler eben nur zweite Wahl war – daß er Martel weiter den Rücken zuwenden würde, damit man ihm nicht ins Gesicht sehen konnte. Das kleine Gerät arbeitete perfekt. Jedes Wort von dem Telefongespräch in der Nachbarzelle kam klar und deutlich zu Martel herüber.

»Ist das Stuttgart . . .?«

Martel prägte sich die Nummer ein. Natürlich war er nicht in der Lage zu hören, was der Mann am anderen Ende der Leitung sagte.

»Hier spricht Edgar Braun«, sagte der Pflastermaler förmlich. »Ist dort Klara . . .«

»Idiot! Das ist jetzt schon Ihr zweiter Fehler!« sagte die junge Frau in bösartigem Ton. »Telefonnummern oder Namen dürfen einfach nicht genannt werden. Oder haben Sie Lust auf eine kleine Verabredung?«

»Tu-tut mir leid . . .« murmelte Braun. Martels plötzliches Auftauchen in der nächsten Telefonzelle hatte ihn einfach aus dem Konzept gebracht. Er wünschte sich jetzt dringend, er hätte gar nicht erst angerufen – aber jetzt traute er sich nicht mehr, das Gespräch zu unterbrechen, denn Klara hätte sonst gemerkt, daß irgend etwas nicht stimmte – daß er wieder einmal etwas verpatzt hatte. Seine einzige Möglichkeit war, weiterzumachen.

»Die zweite Lieferung, die Sie erwartet haben, ist eingetroffen«, fuhr Braun fort. »Sie ist vor ein paar Minuten sicher im Hotel Bayerischer Hof angekommen ...«

»Wo genau ist das?« wollte Klara wissen. Ihr Ton war eisig.

»Liegt genau dem Hauptbahnhof und dem Hafen gegenüber. Die Lieferung steht im Zusammenhang mit der folgenden Autonummer ... Soll ich bei meiner Aufgabe bleiben?«

»Ja! Wir werden sofort etwas unternehmen. Und außerdem werde ich Ihre Unvorsichtigkeiten melden ...«

»Bitte ...«

Aber in Stuttgart war die Verbindung schon unterbrochen worden. Hinter Brauns Rücken hatte Martel den Saugnapf wieder vom Glas abgezogen, den Ohrhörer herausgenommen und die ganze Apparatur wieder in seiner Jackentasche verstaut. Brauns plötzlich veränderter Tonfall hatte ihm angedeutet, daß die Unterhaltung zu Ende war.

Während Braun sich ohne einen Blick in seine Richtung aus der Telefonzelle stahl, gab Martel eine Vorstellung als Pantomime. Laut redete er auf englisch sinnloses Zeug in den Hörer. Als Braun durch die Bahnhofstüren hinausgegangen war, verließ auch Martel die Zelle. Jetzt besaß er solides Material, das Stoller überprüfen konnte.

Die luxuriöse Wohnung lag im zehnten Stock eines Gebäudes, das sich nur gut einen Kilometer von der Hauptverwaltung der Dietrich GmbH entfernt befand. Klara schmiß den Hörer auf die Gabel. Mit ihren langen Fingernägeln, die wie rote Krallen wirkten, riß sie ein neues Päckchen auf und steckte sich die einundvierzigste Zigarette dieses Tages an.

»Der Braun hat ja wohl nicht mehr alle Tassen im Schrank«, sagte sie zu sich selbst.

Sie brauchte die Zigarette, um ihre Nerven zu beruhigen – und auch ihre Stimme –, bevor sie mit Reinhard Dietrich sprach. Obwohl sie in erotischer Hinsicht eine hochattraktive Frau war, wußte sie, daß der bayerische Millionär am meisten von ihrer äußeren Kühle angezogen wurde. Dietrich hatte sie zu seiner Geliebten gemacht. Ihre scheinbare Ruhe in allen Situationen stand in äußerstem Kontrast zu Dietrichs cholerischem Temperament – und auch im Kontrast zu seiner ewig greinenden Ehefrau.

Sie nahm einige tiefe Züge und blies den Rauch jedesmal wieder kräftig aus. Ihre Brüste hoben und senkten sich merkbar, als jetzt die beruhigende Wirkung des Nikotins einsetzte. Nun war es Zeit für den Anruf. Sie wählte das Schloß an. Dietrich hob selbst ab.

»Ja!«

Nur dieses eine knappe Wort.

»Klara hier. Kann ich reden?«

»Ja! Haben Sie den Smaragdring bekommen? – Gut!«

Das war die gegenseitige Identifizierungsprozedur. Bei den verschiedenen Telefonaten würde Dietrich sie immer fragen, ob sie einen Pelzmantel oder irgendein teures Schmuckstück bekommen hatte – und jedesmal wurde Klara wütend, denn in Wirklichkeit bekam sie so etwas kaum jemals geschenkt. Rasch redete sie weiter.

»Die zweite Lieferung ist eingetroffen. Ich habe es gerade gehört – befindet sich jetzt im Hotel Bayerischer Hof in Lindau . . .«

»Wir sehen uns da heute abend!« antwortete Dietrich ohne zu zögern. »Nehmen Sie den Direktions-Jet, und fliegen Sie zum nächstgelegenen Flugplatz bei Lindau.

Dann mieten Sie sich einen Wagen. Ich lasse ein Zimmer für Sie reservieren. Kann sein, daß ich Sie brauche . . .«

»Da gibt's noch eine Autonummer. Lautet folgendermaßen . . .«

Dietrich wiederholte die Nummer und unterbrach die Verbindung mit einem ›Auf Wiedersehen‹. Klara legte den Hörer langsam wieder auf. Sie hatte sich immer noch unter Kontrolle. Trotz ihrer Verstimmung war sie beeindruckt. Eben noch hatte sie Dietrich durch die Blume gesagt, daß Keith Martel – der Bursche, den sie immerhin in der Schweiz, in Österreich und in Bayern zu finden versucht hatten – aufgetaucht war. Und ohne zu zögern hatte Dietrich die Neuigkeit verarbeitet und nur Sekunden gebraucht, um seine nächsten Schritte zu planen.

Ein Satz hatte sie neugierig gemacht. Kann sein, daß ich Sie brauche . . . Wer weiß, was sich da anbahnte – vielleicht wollte Dietrich, daß sie mit Martel ins Bett ging. Sie ging ins Schlafzimmer, schlüpfte aus ihrem Kleid – sonst hatte sie nichts an bei der hohen Luftfeuchtigkeit – und betrachtete ihren wohlproportionierten, nackten Körper in dem deckenhohen Spiegel.

Könnte schon ein Vergnügen werden – mit dem Engländer herumzuspielen. Und schließlich – genau im richtigen Moment – würde sie ihm dann die Nadel zwischen die Rippen jagen und dabei auf den Knopf drücken, der die tödliche Injektion freisetzte.

Im Schloß hatte Dietrich Oskar beauftragt, den kleinen Reisekoffer mit Sachen für eine Nacht zu packen. Der aufmerksame Oskar packte jeden Tag eine ganze Reihe von Koffern ein und wieder aus.

Es gab Koffer für kurze Trips, Koffer für längere Reisen, Koffer für heißes Klima und Koffer für Länder wie Norwegen im tiefsten Winter. Sinn des Ganzen war es, daß Dietrich jederzeit überallhin aufbrechen konnte. Durch die Sprechanlage rief der Millionär Erwin Vinz zu sich. Vinz war gerade mit seiner Mannschaft aus Bregenz eingetroffen. Dietrich legte seine Worte nicht auf die Goldwaage.

»Jetzt muß jemand anderes die Arbeit für Sie erledigen! Und dazu noch eine Frau! Ich fahre sofort in den Bayerischen Hof nach Lindau – Martel ist da eben angekommen. Nehmen Sie Ihre besten Leute, folgen Sie mir, und nehmen Sie sich da ebenfalls Zimmer ...«

»Jetzt müßten wir ihn aber schnappen ...« begann Vinz.

»Diesmal werden Sie ihn schnappen, Kreuzdonnerwetter noch mal! Und zwar noch vor morgen – bis dahin wird er todmüde sein von dem, was heute abend noch auf ihn wartet ...«

»Der Wagen ist vorgefahren«, berichtete Oskar, der mit einem Gucci-Koffer zurückgekommen war.

In seinem Tweedanzug aus der Gegend von Savile Row verließ Dietrich die Bibliothek, ging quer durch die gewaltige Eingangshalle des Schlosses, und Oskar hielt ihm einen der Flügel der Doppeltür auf. Dietrich lief rasch die Stufen hinunter und setzte sich in den Fond seines schwarzen Mercedes 600. Der uniformierte Chauffeur hatte kaum den Schlag zugeworfen, als sein Meister schon per Knopfdruck das Fenster hinuntergleiten ließ und einen Befehl gab.

»Lindau. Und drücken Sie auf die Tube ...«

In der Hauptbahnhofshalle von Lindau blieb Martel vor der Telefonzelle stehen, steckte eine Zigarette in seine Spitze und zündete sie sich an. Braun war durch den Ausgang verschwunden, aber Martel wartete noch ab, um herauszufinden, ob der Deutsche vielleicht doch schlauer war, als es den Anschein hatte – ob er seinen Kopf noch einmal rasch durch die Bahnhofstür stecken würde, um nach dem Engländer zu sehen. Das tat er jedoch nicht.

Martel schlenderte zum Ausgang, öffnete eine der Türen einen Spaltbreit und lugte hinaus. Auf dem Bürgersteig vor dem Bayerischen Hof hockte Braun auf den Knien – den Rücken Martel zugekehrt – und strichelte an seinem Gemälde. Der Engländer trat aus dem Bahnhof hinaus und bestieg eines der Taxis, die unter einem gewaltigen Baum warteten.

»Zur Post«, sagte er. »Und bitte rasch – die machen gleich zu.«

»Aber das ist doch nicht weit ...«

»Wenn Sie mich hinbringen, bekommen Sie ein gutes Trinkgeld ...«

In der Hauptpost erklärte Martel, er wolle London anrufen, und gab dem Mädchen hinter dem Schalter die Nummer am Park Crescent. Er vertraute darauf, daß Tweed seinen Anruf erwartete. Kaum zwei Minuten später wies ihn das Mädchen zu einer Telefonzelle.

»Donnerstag hier«, sagte er rasch, sobald Tweed sich meldete.

»Hier spricht zwei-acht ...« gab die vertraute Stimme zurück.

Martel begann wieder seinen Redeschwall, der für das Bandgerät bestimmt war.

»Warner in Bregenz gesehen worden ... Hat Friedhof besucht, Grab eines Alois Stohr ... Inschrift 1930–1953 ... Hinweis auf französische Besatzungszeit ... Teuer gekleidete Frau, Identität nicht bekannt, besucht Grab jeden Mittwochmorgen ... Warner hatte mit ihr Kontakt ... Delta überall aktiv ... Zwei Männer im Auto in Bregenz ...«

»Haben die einen von Ihnen beiden erkannt?« unterbrach Tweed in dringlichem Ton.

»Wir haben sie gesehen ... umgekehrt keine Identifizierung ... jetzt abgestiegen im Bayerischen Hof Lindau ... ein Pflastermaler namens Braun hat für Delta aufgepaßt und meine Ankunft gemeldet – wiederhole meine ... Stoller sollte eine Stuttgarter Telefonnummer überprüfen ...

Kontaktperson in Stuttgart heißt Klara ... Hier wird jetzt geschlossen ...«

»Moment! Moment mal! Verdammt! Hat eingehängt ...«

Tweed legte den Hörer auf und sah Miß McNeil an, die gerade das Bandgerät abstellte. Fixe, drahtige Schottin, diese Miß McNeil. Tweed war sich sicher, daß sie nie in ihrem Leben ein Taxi benutzt hatte. Busse und U-Bahn, das waren ihre einzigen Beförderungsmittel.

»Dieser Wahnsinnige bietet sich selbst als Köder an, damit sich Delta endlich einmal zeigt«, sagte Tweed wütend. »Ich kenne ihn doch.«

»Ein Einzelkämpfer. Aber er bringt Resultate«, sagte Miß McNeil beruhigend.

»Er befindet sich in äußerster Gefahr«, gab Tweed grimmig zurück. »Verbinden Sie mich mit Stoller. Und bitte rasch. Ich glaube, wir haben einen Notfall.«

## *13. Kapitel*
## Donnerstag, 28. Mai

Das Zeichen war zwischen Martel und Claire ausgemacht worden, bevor sie getrennt und als seien sie einander völlig fremd den großartigen Speisesaal betraten. Der Engländer hatte einen Einzeltisch an dem großen Aussichtsfenster, von dem aus man den Hafen im Nebel liegen sehen konnte.

Das Zeichen sollte eine Zigarette sein, die sich Claire anzünden würde, sobald jemand Wichtiges den Speisesaal betrat, in dem sie beide ihre getrennten Mahlzeiten einnahmen. Und mitten beim Nachtisch tat sie dann genau das; sie zündete sich eine Zigarette an.

Eine äußerst eindrucksvolle Gestalt hatte den Raum betreten, und genauso wie der Mann wirkte, war er auch hereingekommen, fast wie ein selbstsicherer Bühnenschauspieler. Überall verstummten die Gespräche: Köpfe drehten sich, und die Blicke gingen in die Richtung des Eingangs. Der Neuankömmling hielt inne und betrachtete die Menschen an ihren Tischen.

Er fuhr sich mit der Hand durch das dichte silberne Haar, zupfte gelassen an seinem Schnurrbart, und der Blick aus seinen eisblauen Augen schweifte über die versammelten Menschen hin. Wer diesem Blick begegnete, senkte den Kopf. Die Haut des Mannes war ledrig und sonnengebräunt. Er trug einen untadelig eleganten blauen Anzug.

Der Oberkellner geleitete Reinhard Dietrich zu seinem Tisch. Der stand auch am Fenster, aber von Martel aus gesehen am anderen Ende des Raumes. Seit der Mann eingetreten war, hatte sich die Atmosphäre im Speisesaal geändert. Die Unterhaltung wurde jetzt in gemurmeltem Ton weitergeführt. Die besseraussehenden Frauen warfen verstohlene Blicke zu dem Millionär hinüber. Martel amüsierte das.

»Am Golde hängt, zum Golde drängt doch alles, ach, ihr Armen«, dachte er.

Zwei oder drei Minuten, nachdem Claire aufgestanden war, verließ auch Martel seinen Tisch. Er ging den breiten Korridor entlang und fand sie schließlich am Empfang, wo sie hinter einem Neuankömmling, der gerade das Anmeldeformular ausfüllte, Schlange stand. Der Neuankömmling war eine attraktive Brünette Ende der Zwanzig mit vollschlanker, aber tadelloser Figur.

Der Empfangsbereich öffnete sich in die geräumige und tadellos möblierte eigentliche Hotelhalle. Bequeme Sessel standen dort. In einem davon machte es sich Martel gemütlich und griff nach einer Illustrierten. Er steckte eine Zigarette in die Spitze, zündete sie an und wartete.

Der attraktive neue Gast war zusammen mit einem Hotelboy in einem Lift nach oben gefahren. Claire fragte die junge Frau am Empfang nach der Abfahrt der Züge nach Kempten – etwas anderes war ihr so rasch nicht eingefallen. Die junge Frau war sehr zuvorkommend, schlug im Fahrplan nach und notierte die Abfahrtszeiten auf einem Zettel.

»Danke sehr.« Claire wandte sich ab und drehte sich dann noch einmal um. »Die junge Frau, die eben hier abgestiegen ist, ich glaube, die kenne ich. Wohnt die hier oft?«

»Soviel ich weiß, ist sie das erste Mal hier, Madam . . .«

Claire hatte ihre Handtasche geöffnet und den Zettel hineingesteckt. Jetzt schlenderte sie durch die Hotelhalle. Als sie an Martels Sessel vorbeikam, ließ sie die Tasche absichtlich fallen, und der Inhalt verstreute sich über den Boden. Ihre Neunmillimeterpistole blieb in dem speziellen, mit Reißverschluß gesicherten Geheimfach gut aufgehoben.

»Darf ich Ihnen helfen«, sagte Martel und fing an, die Sachen einzusammeln.

»Tut mir so leid.«

Die Köpfe der beiden waren dicht zusammengesteckt. Bis zum Empfangstresen war es von hier aus eine ganze Strecke. Flüsternd unterhielten sich die beiden.

»Das Mädchen, das da gerade gekommen ist«, sagte Claire. »Ich hab' den Namen auf dem Anmeldeformular lesen können. Klara Beck – aus Stuttgart . . .«

»Aha. Die Hyänen kommen aus den Löchern. Und der Mann, der da gerade in den Speisesaal hereingekommen ist, als ob ihm die ganze Welt gehörte – war das Reinhard Dietrich?«

»Ja – er war in der Zeitung abgebildet . . .«

Der Handtascheninhalt war jetzt wieder eingesammelt. Claire, die sich mit dem Rücken zum Empfang halb auf die Knie gelassen hatte, stand jetzt auf und hob die Stimme: »Das war aber sehr freundlich von Ihnen – und sehr tölpelhaft von mir . . .«

Claire wanderte zur gegenüberliegenden Seite des Raumes und wählte einen Sessel, von dem aus sie alles überblicken konnte, ihren Rücken aber zur Wand hatte. Sie öffnete ihre Handtasche, zog den Reißverschluß ihres Geheimfaches auf, fischte die Pistole heraus und ließ sie so in der Handtasche liegen, daß sie sie jederzeit rasch greifen konnte. Kaum war sie mit dieser Vorsichtsmaßnahme fertig, als Erwin Vinz und sein Kumpan Rolf Groß, jeder mit einem kleinen Koffer bewaffnet, in die Halle traten.

Claire erstarrte – dann zog sie die Pistole aus der Tasche und bedeckte sie in ihrem Schoß mit einer Zeitung. Rolf Groß war der Fahrer des Delta-Fahrzeuges gewesen, dem sie in der Gallusstraße in Bregenz begegnet waren.

Beide sahen seitwärts in die Hotelhalle, während sie zum Empfang hinübergingen. Claire hatte das Gefühl, daß Groß Martel genau ansah. Der las inzwischen in seiner Zeitschrift und rauchte. Vinz schien keine Notiz davon zu nehmen, und erst recht bemerkte keiner der beiden Männer die junge Frau im hinteren Teil des Raumes.

Claire steckte ihre Waffe wieder in die Handtasche, schloß sie, stand auf und ging zum Empfang hinüber, wo die beiden Männer gerade ihre Formulare ausfüllten. Sie wartete geduldig und schaute sich währenddessen ein Ölgemälde an der Wand an.

»Wir brauchen zwei Einzelzimmer mit Bad«, sagte Vinz in einem Tonfall, wie man ihn nur Leibeigenen gegenüber benutzte. »Wenn Sie keine mehr haben – Doppelzimmer tun's auch. Und wir wollen Essen . . .«

»Hier habe ich zwei Einzelzimmer . . .« Der Empfangschef sah Vinz nicht an; sein Ton blieb aber höflich. »Und ich möchte vorschlagen, daß Sie sich rasch in den Speisesaal begeben, denn er schließt um . . .«

»Sagen Sie denen, daß wir kommen! Für uns beide Steaks, reichlich Kartoffeln. Die Steaks blutig – und eine sehr gute Flasche Rotwein. Wir kommen nach unten, sobald wir soweit sind . . .«

»Aber gewiß, die Herren. Der Boy wird Ihnen Ihre Zimmer zeigen.«

Deutlich erleichtert wandte sich der Mann lächelnd an Claire. Sie fragte nach einem Stadtplan von Lindau, und der Empfangschef erklärte ihr, welcher Teil der Altstadt jetzt Fußgängerzone war. In diesem Augenblick kam Reinhard Dietrich, eine dicke Zigarre zwischen den Zähnen, vom Speisesaal her durch den Korridor. Am Empfang vorbei ging er direkt in die Halle und ließ seinen gewichtigen Körper in den Sessel neben Martel sinken.

»Darf ich mich vorstellen – Reinhard Dietrich. Sie sind Engländer?«

Martel sah die dargebotene ledrige Hand, machte eine Bewegung, als ob er sie ergreifen wollte – und ließ sie dann in der Luft hängen, als er sich statt dessen eine neue Zigarette in die Spitze steckte.

Dietrich ging auf diese Beleidigung nicht ein. Er faßte einfach mit der ausgestreckten Hand nach dem Cognacglas, das der Kellner soeben auf den Tisch gestellt hatte, und ließ es so aussehen, als habe er von Anfang an nichts anderes gewollt. Er hob das Glas.

»Ja«, sagte Martel.

»Wie bitte?«

»Ja, ich bin Engländer.«

»Ach, ja, natürlich! Machen Sie Urlaub in unserem schönen Bayern?«

Martel drehte sich um und wandte sich dem Industriellen direkt zu. Er sprach jetzt Deutsch, was sein Gegenüber für einen Augenblick deutlich überraschte.

»Sie sind ein Nazi. Die gehören alle vom Erdboden vertilgt.«

»Außer, der Erdboden gehört eines Tages uns«, gab Dietrich barsch zurück. »Bei den Landtagswahlen demnächst muß doch jemand sicherstellen, daß dieser Tofler nicht gewinnt. Was würden Sie denn davon halten, wenn so ein Sozialist seine Hand auf eins der größten Bundesländer Deutschlands legte? Das wichtigste Bollwerk des Westens gegen die Sowjets wäre damit angeknackst . . .«

»Also da sehe ich keinen Unterschied. Beide sind unmenschliche Diktatoren. Und beide regieren nur mit der Geheimpolizei – KGB oder Gestapo. Die beiden Systeme sind doch austauschbar. Ich für meinen Teil ziehe die Partei von Kanzler Langer vor. Und wenn Sie mich jetzt bitte entschuldigen wollen . . .«

»'ne Zigarre gefällig? Echte Havanna . . .«

»Aus Kuba?« Martel stand jetzt mit ironischem Gesichtsausdruck da und blickte auf den Deutschen hinunter. »Vielen Dank – aber ich rauche nur Zigaretten. War sehr aufschlußreich, Sie kennenzulernen. Gute Nacht.«

War sehr aufschlußreich, Sie kennenzulernen . . . Der Satz hatte Dietrich in Unruhe versetzt, weil er dahinter nach einer verborgenen Bedeutung suchte. Er sah zu, wie der Engländer zum Lift hinüberging, und seine Augen wurden schmal, während er sich die Unterhaltung Wort für Wort ins Gedächtnis rief. Dietrich versuchte herauszufinden, ob er irgendwo einen Fehler begangen hatte.

Die junge Frau, die mit dem Empfangschef gesprochen hatte, hatte den Lift vor dem Engländer erreicht und wollte ihn gerade betreten, als Martel ihr auf deutsch zurief, ob sie den Aufzug wohl noch eine Sekunde festhalten könnte. Mit seinen beiden Fahrgästen verschwand der Lift dann aus Dietrichs Gesichtskreis.

Als Martel und Claire aus dem Fahrstuhl stiegen, lag der Flur im dritten Stock verlassen da. Martel schloß die Tür zu seinem Zimmer auf, schob Claire rasch hinein, schloß die Tür wieder und packte Claire Hofer am Arm. Claire blieb in der Dunkelheit ganz ruhig, während Martel jetzt das Badezimmer überprüfte. Dann zog er alle Vorhänge zu und drehte die Nachttischlampen an, die nur ein mattes Licht gaben. Claire begann sofort mit ihrem Bericht.

»Als die beiden Werwölfe kamen, habe ich denselben Trick angewandt. Ich habe ihre Anmeldeformulare gesehen, und der eine, der der Boß zu sein scheint, heißt Erwin Vinz. Sein Adlatus – der Fahrer des Wagens in Bregenz . . .«

»Ich weiß . . .«

»Der läuft unter dem Namen Rolf Groß. Beide haben angegeben, daß sie aus München kommen . . .«

»Was möglicherweise gelogen ist. Das sind trainierte Killer. Die Dinge entwickeln sich genau, wie ich's gehofft habe – aber ein bißchen schneller, als ich es erwarten konnte. Der Feind ist zuhauf erschienen. Ich vermute, daß Dietrich dabei ist, weil er aufpassen will, daß die den Mord an mir nicht wieder so verpatzen wie in Zürich, St. Gallen und Bregenz. Vinz und Groß werden dann zuschlagen. Klara Beck stellt die Nachhut . . .«

»Die ist doch eine falsche Schlange«, gab Claire böse zu bedenken. »Auf die sollten Sie aufpassen – könnte sein, daß die beiden anderen nur zur Ablenkung da sind. Und warum haben Sie Dietrich so provoziert? Ich konnte jedes Wort verstehen – das war ja wie ein Duell . . .«

»Sollte es auch sein. Er hat einfach mal bei mir Maß genommen – und ich bei ihm. Ich hatte geglaubt, er wäre so ein verkalkter Ewiggestriger, aber der Mann ist nicht dumm. Und er glaubt an das, was er tut. Er ist rücksichtslos, und er weiß, was er will. Wir müssen beide sehr vorsichtig sein . . .«

»Ob er heute nacht losschlägt?«

»Nein – er wohnt ja auch hier im Hotel. Das wird er nicht riskieren, daß er dabei ist, wenn seine Schlächter in Aktion treten. Trotzdem werden wir unsere Vorsichtsmaßnahmen treffen. Sie bleiben die Nacht hier drin, und wir beide wechseln uns ab – einer schläft, und der andere sitzt im Sessel mit der Pistole in der Hand.«

»Und morgen?«

»Dann gehen wir erst mal zu Kommissar Dorner von

der Wasserschutzpolizei Lindau – der Mann, der damals Warners Leiche aufgefischt hat.«

»Und des weiteren?« fragte sie und blickte Martel genau an.

»Und dann stellen wir Delta eine Falle.«

»Trotzdem gefällt mir das nicht mit heute nacht«, ließ Claire nicht locker. »Hier im Hotel haben wir es mit zwei Burschen zu tun, die mit größter Wahrscheinlichkeit Berufsmörder sind – und mit dieser weiblichen Giftschlange. Sie sagten doch, Dietrich weiß, was er will – ich habe das ungute Gefühl, daß er schneller etwas unternimmt, als Sie es erwarten . . .«

## *14. Kapitel*
## Donnerstag, 28. Mai

Gegen elf Uhr in der Nacht wurde Martel klar, daß Claire recht gehabt hatte. Er hatte Reinhard Dietrich unterschätzt. Es war dunkel in dem Zimmer, und Martel hatte die erste Wache, während Claire fest eingeschlafen auf dem Bett lag. Da hörte Martel vom Hoteleingang her Geräusche.

Martel spähte durch den Vorhang des Seitenfensters nach unten. Dort, vor dem Hoteleingang, war ein schwarzer Mercedes 600 am Bordstein geparkt. Der Motor blubberte sanft. Ein uniformierter Chauffeur stand neben dem Wagenschlag im Nebel – einem Nebel, der das Licht der Straßenlaternen dämpfte, die jetzt nur noch verwaschene Kreise in den treibenden Dünsten bildeten. Eine vertraute Gestalt tauchte aus dem Hotel auf. Der Wagenschlag wurde aufgerissen, und Reinhard Dietrich kletterte hinein.

Sekunden später war die gewichtige Limousine davongefahren, und die Straße lag wieder schweigend da. Vom Hafen her kamen die klagenden Schreie der Möwen. Sie hörten sich an wie die Sirenen von Schiffen, die vergeblich nach einem Hafen suchten. Weit entfernt stöhnte ein Nebelhorn. Und auf einmal gab es da noch ein Geräusch – das Quietschen einer Tür des Hauptbahnhofs.

Martel ging zu seinem Koffer hinüber, tastete darin herum, zog einen leichten Regenmantel heraus und warf ihn sich über. Bettfedern knarrten, und Claire rief etwas; es war nicht mehr als ein Flüstern.

»Ist irgendwas los, Keith?«

Martel ging zu dem Bett hinüber, wo Claire voll angezogen lag, und legte ihr eine Hand beruhigend auf die Schulter. Ganz schwach konnte er den Duft ihres Parfüms wahrnehmen. Wie brachten es die Frauen nur fertig, immer daran zu denken, wie sie auf andere wirkten – selbst, wenn sie völlig erschöpft und am Ende ihrer Nervenkraft waren?

»Sie haben recht gehabt«, sagte er, »Dietrich hat uns ausgetrickst. Hat so getan, als würde er die Nacht über hierbleiben; und gerade hat er sich von seinem Chauffeur wieder wegfahren lassen. Irgendwas ist da im Busch . . .«

»Und was machen wir dagegen?« fragte Claire ruhig.

»Nun, eine Trumpfkarte haben wir ja. Die wissen nicht, daß wir zwei sind – die glauben doch, ich versuch's ganz alleine . . .«

»Und weiter?«

»Gehen Sie schnell in ihr eigenes Zimmer zurück – und passen Sie auf, daß niemand Sie sieht.«

»Und was wollen Sie dann machen?«

»Ich werde mit der Polizei Kontakt aufnehmen. Es ist zwar schon spät, aber ich möchte mit Kommissar Dorner sprechen. Ich glaube, das ist der einzige hier in Lindau, dem wir trauen können . . .«

»In den Nebel da wollen Sie hinaus? Es ist doch noch neblig, oder?«

»Wird sogar immer dichter. Und das ist hilfreich. Es wird dadurch schwieriger, mich beim Verlassen des Hotels zu beobachten oder zu entdecken, wo ich hingehe. Der Weg ist ja nicht weit – Sie haben's mir doch auf dem Stadtplan gezeigt...«

»Ich komme mit!« Claire setzte sich auf und tastete auf dem Fußboden nach ihren Schuhen. »Ich decke Ihnen den Rücken...«

»Sie gehen in Ihr Zimmer, oder ich leg' Sie übers Knie...«

»Sie sind ein idiotisches Mannsbild – und leiden kann ich Sie auch nicht. Aber passen Sie trotzdem auf sich auf, verdammt noch mal!«

Martel wartete, bis sie gegangen war, bevor er selbst das Zimmer verließ. Die quietschende Bahnhofstür hatte er absichtlich nicht erwähnt. Wenn er es getan hätte, wäre er Claire überhaupt nicht losgeworden.

Martel spürte die Bedrohung schlagartig, sobald er das Hotel verließ. Nebeltröpfchen bedeckten bald sein Gesicht. Die Kälte drang feucht durch seinen dünnen Mantel. Als er sich nach rechts wandte und auf die Ludwigstraße zuhielt, konnte er das massive Gebäude des Hauptbahnhofs gerade noch im Dunst erkennen. Die Ludwigstraße war eng, kopfsteingepflastert und führte direkt zum Polizeirevier.

Niemand war zu sehen, aber er hörte es wieder – das Geräusch, das er schon von seinem Zimmerfenster im dritten Stock ausgemacht hatte – das Quietschen einer der Bahnhofstüren. Er vermied es, den Kopf in diese Richtung zu drehen, während er jetzt wiederum nach rechts abbog und mitten auf der Fahrbahn der Ludwigstraße entlang ging. Soweit wie irgend möglich hielt er sich von dunklen Ecken und finsteren Hauseingängen entfernt.

Obwohl er fest auftreten mußte – die Straße war glitschig vor Feuchtigkeit –, machten seine Gummisohlen auf den Pflastersteinen kein Geräusch. Seinen graufarbenen Regenmantel, der ihn fast mit der Umgebung verschmelzen ließ, trug er nur lose umgehängt. Jeder, der ihn von hinten packte, würde dann bloß den Mantel in der Hand halten. Den Colt in seinem Schulterhalfter konnte er blitzschnell erreichen. Martel blieb stehen.

Vom See her tönte wieder das Nebelhorn. Aber Martel hatte noch ein anderes Geräusch ausgemacht – das wispernde Rascheln eines Mantelärmels aus irgendeinem gummierten Material. Direkt hinter ihm.

Der Posten im Hauptbahnhof hatte nichts gehört, aber er war zufrieden. Selbst bei dem Nebel würde er Martels Silhouette wenigstens für ein paar Sekunden im Licht der Lampen des Hoteleingangs gesehen haben – falls er das Gebäude verlassen hätte.

Das wispernde Rascheln hatte jetzt aufgehört. Der Verfolger hatte gemerkt, daß Martel angehalten hatte. Der Ärger war, daß die Schweine wahrscheinlich Lindau kannten wie ihre Westentasche. Aber deren Problem war wiederum, daß sie nicht wußten, wohin Martel wollte.

Plötzlich setzte sich Martel wieder in Bewegung, irgendwie spürte er, daß mehrere Männer im Nebel versteckt sein mußten. Natürlich würden es mehrere sein: Delta schickte doch immer gleich eine ganze Kompanie. Martel hatte Zürich nicht vergessen, wo sie sogar mit zwei Wagen erschienen waren. Er war jetzt mehrmals abgebogen und stand nun bei einer Straßenlaterne, einer milchigen Kugel, die mit einem Metallarm an einer Hauswand befestigt war. Krummgasse.

Martel hatte keine Wahl. Um hinüber zur Hauptstraße, der Maximilianstraße, zu kommen, mußte er die zweifelhafte Sicherheit der engen Ludwigstraße verlassen und seinen Weg durch die noch schmalere Krummgasse nehmen. Er trat aus dem verwaschenen Schein der Lampe heraus und starrte in die Finsternis vor sich. Wenn er die Krummgasse erst hinter sich hatte, dann war er schon in Rufweite von der Polizei.

Wieder hörte er hinter sich ein Rascheln von Stoff. Der

Ring zog sich zu. Reinhard Dietrich würde schon viele Kilometer entfernt sein – und niemand würde seine Anwesenheit am Vorabend mit dem Mord an einem zweiten Engländer in Lindau in Verbindung bringen. Martel ging in die Krummgasse hinein – er machte jetzt längere Schritte, um den Mann hinter sich zu verwirren, der an sein bisheriges, langsameres Tempo gewohnt sein mußte.

Martels Nachtsicht war außergewöhnlich gut, und er starrte angestrengt voraus. Für den Augenblick hatte er seinen Verfolger abgehängt. Wieder hielt er an, und diesmal hörte er das Rascheln nicht. Sein taktischer Plan war es, die breite Maximilianstraße zu erreichen und dann die letzten Meter bis zur Polizei zu rennen. Aber jetzt hörte er einen Schuh knarren – vor sich.

Die klassische Mausefalle. Jemand – vielleicht mehrere? – kam von hinten. Und jetzt war der Gegner auch vor ihm; gerade, als er das Ende der Krummgasse fast erreicht hatte. Delta hatte gut geplant. Gleich, als er in die Ludwigstraße eingebogen war, mußten sie vermutet haben, wo er hin wollte – oder wenigstens waren sie sich über das Gebäude in Lindau klargeworden, das er auf keinen Fall erreichen sollte. Die Polizei.

So hatten sie also an das Ende jeder Gasse, die von der Ludwigstraße zur parallel verlaufenden Maximilianstraße führte, einen ihrer Soldaten aufgestellt. Der knarrende Schuh schien anzudeuten, daß der Mann weiter vorn jetzt die Krummgasse hinunter auf Martel zu ging; und dabei schloß sich die Zange jede Sekunde mehr. Blitzschnell zog sich Martel in einen düsteren Toreingang zurück und flehte Quietschsohle im stillen an, sich zu beeilen.

Irgendeine massive Gestalt tauchte aus dem wirbelnden Nebel auf, die rechte Hand vorgestreckt wie bei einem angreifenden Fechter. Martel zog mit seiner Linken eine Schweizer Fünf-Franken-Münze aus der Tasche und warf sie auf die Straße. Kling!

Das Geräusch war in der Stille überraschend laut, und

der Mann, der Martel bekannt vorkam – da war irgend etwas in seinen marionettenartigen Bewegungen –, hielt direkt vor der Haustür an, in der der Engländer stand, und blickte in die andere Richtung. Das Rascheln des Mantelärmels war noch nicht wieder aufgetaucht – also mußte der ursprüngliche Verfolger noch ein Stück entfernt sein. Martel setzte sich in Bewegung.

Der Mann spürte Gefahr, drehte sich um und war sofort wieder bereit, seine Rechte nach vorn schnellen zu lassen. Der Lauf von Martels Colt traf den Möchtegern-Attentäter mit fürchterlicher Kraft. Martel spürte, wie seine Waffe einen Hut mit der Kraft eines Schmiedehammers durchschlug, dann auf Schädelknochen traf und schließlich abprallte. Der Angreifer brach zusammen und lag dann wie ein Haufen alter Kleider mit verrenkten Gliedern auf dem Pflaster.

Martel lief los. Am Ende des Gäßchens bog er rechts ab und konnte dann im Schein einer Straßenlaterne an einer Gebäudemauer das Schild Stadtpolizei entziffern. Der Eingang lag um die Ecke am Bismarckplatz. Er stieß die Tür auf und hielt vor einem Schalter an, hinter dem ein Polizeibeamter überrascht aufblickte.

Er knallte ein Stück Plastik, das wie eine Kreditkarte aussah, auf das Schalterbrett und ließ den Colt zurück in sein Halfter gleiten, während der Polizist schon selbst nach der Pistole fingerte. Immer noch außer Atem stieß Martel die Worte heraus.

»Kommissar Dorner! Und bitte fix! Wenn er zu Hause ist, holen Sie ihn aus dem Bett. Hier ist mein Ausweis. Und schicken Sie ein paar Leute in die Krummgasse. Die müßten da über jemanden stolpern . . .«

»Wir haben schon nach Ihnen gesucht, Herr Martel – eigentlich müßte man Sie an der bayerischen Grenze bemerkt haben . . .«

Martel war von Kommissar Dorner beeindruckt. Er war

vierschrötig, Anfang Vierzig, hatte sandfarbene Haare, listige Augen, die ein humorvolles Blitzen zeigten; und er machte überhaupt den Eindruck eines Mannes, der wußte, was er tat und sich nicht vor Entscheidungen scheute.

Martel saß dem Polizeibeamten im zweiten Stock des Gebäudes, das auf den Bismarckplatz hinaussah, an einem Tisch gegenüber. Er hatte eine Tasse starken Kaffee vor sich. Ausgezeichneten Kaffee.

Sie hatten den Mann in der Krummgasse gefunden, den Toten, den Martel als Rolf Groß identifiziert hatte, als einen von den beiden, die später noch im Bayerischen Hof aufgetaucht waren. Aber es war noch mehr gefunden worden. Unter der Leiche – Martels Schlag hatte Groß den Schädel gespalten – hatte etwas gelegen, das Dorner eine ›Stilettspritze‹ genannt hatte. Er hielt den Plastikbeutel mit der Waffe hoch.

»Glück haben Sie gehabt«, meinte Dorner. »Durch das Ding hier sind Sie entlastet. Die Fingerabdrücke von Groß sind auf dem Handgriff. Das muß ja wie ein Filzschreiber aussehen, bevor der Knopf gedrückt wird und die Nadel herausschnellt. Wir haben die Gerichtsmediziner aus den Betten geholt, und die haben mir gesagt, was drin ist . . .«

»Und was ist da drin?«

»Eine Zyankalilösung. Eigentlich sollte man vermuten, daß die Russen sich so etwas ausgedacht haben . . .«

»Vielleicht haben sie's auch . . .«

»Aber diese Burschen gehören doch zu Delta – Neonazis. So ein Mordinstrument habe ich bisher noch nie in der Hand gehabt . . .«

»Aber ich. Ist eine Spezialität von Delta«, erwiderte Martel grimmig. »Wie reimen Sie sich denn zusammen, daß ausgerechnet die Neonazis so etwas benutzen?«

»Kann ich nicht«, gab Dorner zu. »Ich kann mir überhaupt keinen Reim auf das machen, was da passiert. Diese Waffenverstecke mit den Uniformen und Delta-Abzeichen waren doch viel zu leicht zu finden . . .«

»Zu leicht?«

»Ja. Erich Stoller vom BND ist auf dem Weg nach hier. Hab' ihn auch aus dem Bett geholt ...« Dorner senkte die Stimme. »Als Stoller nach der Entdeckung von Warners Leiche hierhergeflogen war, da hat er mir erzählt, daß er einen Informanten hat, der ihm regelmäßig die Lage der Waffenverstecke durchgibt. Immer sind es irgendwelche unbewohnten Plätze – ein verlassener Bauernhof, eine leerstehende Villa.«

»Mit anderen Worten, es gibt die Waffen, die Uniformen – die Pressenotizen –, aber Sie schnappen dabei niemanden?«

»Tja, verrückt, nicht wahr?« Dorner stand auf, zündete sich einen Zigarillo an und blickte aus dem Fenster, das er wegen des Nebels geschlossen hatte. »Wir kriegen niemanden zu fassen, und auch die Eigentumsverhältnisse der Gebäude bringen uns nicht weiter. Genausowenig wie die Tatsache, daß wir bisher noch keinen einzigen Kollegen von Groß geschnappt haben ...«

»Ich habe Ihnen doch gesagt, daß Erwin Vinz im Bayerischen Hof abgestiegen ist ...«

»Hat sein Zimmer bezahlt und das Hotel verlassen – gerade zehn Minuten bevor meine Leute eintrafen. Hat behauptet, er hätte unverzüglich geschäftlich fortgemußt. Meinen besten Mann habe ich vor dem Zimmer von Claire Hofer postiert – als Hausdiener verkleidet. Der schlägt sich jetzt die Nacht mit Schuheputzen um die Ohren.«

»Danke.« Obwohl ihm vor Müdigkeit fast die Augen zufielen, bewunderte Martel Kommissar Dorner mehr und mehr. »Und wie ich schon sagte, Reinhard Dietrich hat auch in dem Hotel Station gemacht ...«

»Ist aber nicht da abgestiegen«, berichtigte ihm Dorner. »Er kommt in seiner Mercedes-Staatskarosse an, hat ein gemütliches Abendessen, einen Schwatz mit Ihnen – und dann zieht er wieder ab. Was soll ich ihm denn anlasten?

Daß er zu große Portionen ißt und kubanische Zigarren raucht?« Er setzte sich mit seiner fülligen Hinterbacke auf einen Schreibtisch. »Verdammt frustrierend ...«

»Dann stellen wir ihnen doch eine Falle – bieten ihnen etwas an, wo sie nicht nein sagen können.«

Dorner nahm den Zigarillo aus dem Mund und runzelte die Stirn. »Was genau schlagen Sie vor?«

Es brauchte eine Stunde, die Ankunft von Erich Stoller, acht Tassen Kaffee und vier Zigarillos, ehe Martel die Unterstützung des Polizeibeamten für seinen Plan hatte.

## *15. Kapitel*
## Freitag, 29. Mai

»Claire sagt, Warner hat dreimal das Unternehmen Krokodil erwähnt ...«

Während Martel nach seiner entscheidenden Begegnung mit Stoller und Dorner endlich im Bayerischen Hof den verlorenen Schlaf nachholte, spielte sich Tweed – in seiner Wohnung in Maida Vale – immer wieder dieselbe Stelle des Tonbands mit Martels Bericht aus St. Gallen vor. Er hörte das Band jetzt zum fünften Male ab, war einsam und müde.

Während des Tages hatte er wieder einmal Krach mit Howard gehabt, der auf dem Sprung nach Paris gewesen war. Dort hatte er an einem Treffen der vier obersten Sicherheitsbeamten teilzunehmen, die für die VIPs zu sorgen hatten, die – in fünf Tagen – ihre Reise an Bord des Gipfelexpreß von Paris nach Wien antreten würden.

Die britische Premierministerin würde zum Flughafen Charles de Gaulle fliegen und von dort aus direkt zum Gare de l'Est gefahren werden. Zur gleichen Zeit würde sich die Kolonne des französischen Präsidenten ebenfalls auf den Weg zum Bahnhof machen.

Kopf des französischen Geheimdienstes und verantwortlich für die Sicherheit seines Präsidenten war Alan Flandres, ein alter Freund von Tweed. Und der amerikanische Präsident, der in seiner Air Force One über den Atlantik direkt nach Orly geflogen kam, würde sich den anderen ebenfalls zügig anschließen.

Der Sicherheitsverantwortliche – der Chef des amerikanischen Geheimdienstes –, und damit für seinen Staatschef verantwortlich, war Tim O'Meara, ein Beamter, dem Tweed nur ein einziges Mal begegnet war. Das war erst kürzlich gewesen. Der vierte VIP – der westdeutsche Kanzler Kurt Langer – sollte den Zug am folgenden Morgen in München besteigen. Erich Stoller würde ein schlafloses Auge auf seinen Schützling halten.

»Warum überhaupt diese blöde Idee mit dem Zug?« hatte Tweed Howard während ihres Zusammenpralls in dessen Büro gefragt. »Die könnten doch alle auf direktem Weg nach Wien fliegen und da den sowjetischen Parteisekretär treffen. Das wäre doch ein ganzes Stück sicherer ...«

»Der französische Präsident«, hatte Howard schroff erklärt, »haßt das Fliegen. Offiziell heißt es dann, die Herren wollten die Gelegenheit nutzen, in Muße ihre Strategie abzusprechen, bevor der Zug in Wien ankommt. Und ich brauche jeden einzelnen Mann. Und Martel ...«

»Wie sieht denn die Fahrstrecke aus?«

»Der direkte Weg«, hatte Howard steif zurückgegeben. Er setzte offenbar voraus, daß Tweeds geographische Kenntnisse begrenzt waren. »Von Paris nach Straßburg ...«

»Ulm, Stuttgart, München, Salzburg – dann Wien ...«

»Warum fragen Sie dann?« zischte Howard.

»Um sicherzustellen, daß kein Umweg eingeplant worden ist ...«

»Und warum zum Teufel sollte einer eingeplant sein?«

»Das wollte ich ja gerade von Ihnen hören«, hatte

Tweed geantwortet und mit innerer Genugtuung zugesehen, wie Howard sein Büro im Sturmschritt verlassen hatte.

Aber Howard hatte schon Grund, sich Sorgen zu machen, dachte Tweed später vor dem Morgengrauen in seiner Wohnung. Der ›Times‹-Atlas lag vor ihm aufgeschlagen. Doppelseite vierundsechzig – Südwestdeutschland und Nordschweiz. Auf dieser Karte konnte er einen großen Teil der Strecke von Straßburg quer durch Bayern bis nach Salzburg verfolgen.

Unternehmen Krokodil ...

Was konnte das nur sein? Er nahm die Brille ab und rieb sich über die Augen. Ohne die Gläser sah er alles – einschließlich der Landkarte – nur noch verschwommen. Alle Formen waren vereinfacht. Gerade wollte er den Atlas zuklappen, als er innehielt, wie festgefroren mitten in der Bewegung. Er hatte das Krokodil vor Augen!

Nach dem Frühstück am Morgen machte Martel eine große Schau daraus, sich im Hafen von Lindau ein Boot zu mieten – im selben Hafen, in dem Warner damals eins für seine letzte Reise gemietet hatte.

Es wurde viel gestikuliert. Ausführliche Diskussionen über die Vorzüge des einen oder anderen Wasserfahrzeugs folgten. Ausgiebig wurde debattiert, für wie lange Martel das Boot mieten wollte. Schließlich einigte man sich nach langem Hin und Her auf den Preis.

Aus einiger Entfernung beobachteten zwei Frauen diese sorgfältig inszenierte Pantomime. Von ihrem Sitzplatz auf der Römerschanze über dem Hafen spielte Claire ihre Rolle als Touristin. Und Martel hatte ihr noch einmal ausdrücklich eingeschärft, daß kein Beobachter auch nur vermuten durfte, daß sie beide sich kannten.

Ganz willkürlich richtete sie ihren Feldstecher mal hierhin, mal dorthin. Der Bodensee wurde wieder einmal seinem Ruf als unberechenbares Gewässer gerecht. Am vergangenen Abend hatte er im Nebel gelegen – und nun war es ein kristallklarer Tag geworden mit einem Himmel, der ans Mittelmeer erinnerte. Im Süden, jenseits des friedlichen Wassers, lag das unvergleichliche Panorama der schneebedeckten Alpen. Darunter die Liechtensteiner ›Dreischwestern‹. Eine Handvoll Touristen, die den Strand entlangstapften, trugen zu der friedlichen Szenerie bei.

Klara Beck, ebenfalls mit einem Fernglas ausgerüstet, saß auf einer Bank am Ufer mit dem Hotel im Rücken. Martel hatte sie keineswegs vergessen und sowohl Dorner als auch Stoller letzte Nacht über ihre Anwesenheit informiert.

»Meine Leute berichten, daß Klara Beck offensichtlich die Nacht über im Hotel bleibt«, hatte Dorner nach einem Telefonanruf an Martel weitergegeben.

»Hatte ich mir schon gedacht«, bemerkte Martel.

»Und wieso, wenn ich fragen dürfte?« wollte Stoller wissen.

»Weil Delta nicht vermutet, daß ich weiß, daß sie dazugehört. Sie hat seit ihrer Ankunft keine Berührung mit Dietrich gehabt, keine Berührung mit Erwin Vinz oder mit Rolf Groß – sie bietet sich geradezu an, als Spionin zurückgelassen zu werden. Und ich benutze sie dann für meine Zwecke . . .«

Und jetzt war Martel gerade dabei, die Beck zu benutzen, stellte Claire fest, während sie ihr Fernglas auf die junge Frau richtete. Genau wie Claire, benutzte auch die Beck gerade ihr Fernglas, das nun seinerseits auf Martel gerichtet war.

»Da werde ich mich jetzt wohl in Bewegung setzen müssen«, murmelte Claire vor sich hin.

Sie verließ ihren Sitzplatz, schlenderte die Stufen zum Wasser hinunter und wanderte langsam im Sonnenlicht auf das Hotel zu. Sie hatte es genau abgepaßt: Gerade als sie die Beck fast erreicht hatte, stand die junge Deutsche auf und hielt rasch auf den Eingang des Bayerischen Hofs zu. Draußen auf der Mole hatte Martel gerade mit dem Bootsvermieter einen übertriebenen Handschlag gewechselt.

Aber hinter der Biegung hielt die Beck dann plötzlich nicht mehr auf das Hotel zu. Statt dessen überquerte sie die Straße, ging an dem hohen Baum vorbei, unter dem die Taxis warteten, und verschwand im Bahnhofsgebäude. Ihr Schatten folgte.

Claire drückte die Tür auf, blickte nach links und sah, was sie erwartet hatte. Die Beck stand in einer der Telefonzellen und machte einen Anruf. Claire ließ sich von der Menge auf einen Kiosk zutreiben und blätterte in den Taschenbüchern. Die neue Entwicklung beunruhigte sie.

In dem Telefonhäuschen wählte die Beck eine Lindauer Nummer, klemmte sich den Hörer an die Schulter und beobachtete den Bahnhofseingang. Niemand Verdächtiges. Am anderen Ende antwortete ein Mann so rasch, als hätte er auf den Anruf gewartet.

»Hagen hier . . .«

»Hier ist Klara.«

»Wir sind bereit. Gibt's was zu melden?«

»Die Ware befindet sich auf einem grauen Motorboot. Abfahrt unmittelbar bevorstehend . . .«

Die Beck legte auf, verließ den Bahnhof und ging langsamen Schrittes zum Hotel hinüber, wobei sie deutlich das warme Sonnenlicht genoß. Auf den Stufen hielt sie dicht neben einem Pflastermaler an, der gerade ein neues Gemälde anfing. Sie zog ein Päckchen Zigaretten heraus.

»Halten Sie Ausschau, ob die Polizei ein graues Motorboot in den Hafen zurückbringt«, murmelte sie. »Sie zündete die Zigarette an und ging ins Hotel hinein. Sie hatte soeben die Exekution des zweiten Engländers in die Wege geleitet.

Kommissar Dorner achtete nicht auf den Weg, während er die Ludwigstraße hinunter auf den Hafen zuging. Er prallte direkt auf die junge Frau und hätte sie wohl zu Boden gestoßen, wenn er sie nicht rasch mit beiden Händen an den Schultern festgehalten hätte. Claire Hofer, die genau im ausgemachten Moment aufgetaucht war, bewegte sich nicht. Dorner, der Zivilkleidung trug, sprach laut.

»Ich bitte um Entschuldigung. Was bin ich doch für ein dämlicher Trottel . . .« Seine Stimme wurde ganz leise, die Lippen bewegten sich kaum noch. »Alles läuft wie ausgemacht. In einer Viertelstunde ist die Insel abgeriegelt . . .«

Dorner ging weiter, und auch Claire machte sich nach einem Blick auf die Armbanduhr wieder auf den Weg. Minuten, Sekunden zählten jetzt, wenn die Falle erfolgreich zuschnappen sollte. Claire nahm eine Abkürzung zum Hafen hinunter. Martel war schon an Bord seines Bootes. Er war dazu die steile Leiter an der Molenwand hinuntergeklettert.

Claire blickte nach rechts hinüber, sah Braun, den Pflastermaler, der gerade mit hinter den Rücken verschränkten Händen in Sicht kam. Claire nahm ein leuchtendrotes Tuch aus der Tasche und band es sich um den Kopf.

Von Bord seines Bootes aus sah Martel das hellrote Tuch blitzen – das Signal, daß alles auf Gefechtsstation war. Martel erhaschte auch einen Blick auf Kommissar Dorner, der um den Hafen herum zur Anlegestelle der Polizeibarkasse schlenderte. Er zündete sich eine Zigarette an und beobachtete Claire aus dem Augenwinkel. Die ging jetzt eilig auf das Freibad unterhalb der Terrasse der Römerschanze zu.

Als sie an dem Schwimmbecken angekommen war, benutzte sie die bereits vorher gekaufte Eintrittskarte und betrat eine der Umkleidekabinen. Sie schloß die Tür ab, wand sich aus ihrem synthetischen Jerseykleid heraus und stand dann in dem Bikini da, den sie darunter getragen hatte. Sie steckte das fest zusammengerollte Kleid und ihre Pistole in einen wasserdichten Beutel und band ihn dann mit einem Lederriemen ans Handgelenk.

Ihre Handtasche, die jetzt leer war, ließ sie in der Kabine, verschloß die Tür, blickte auf ihre wasserdichte Armbanduhr und ging dann an der äußeren Mauer entlang. Um diese Tageszeit war es hier fast leer. Und dann machte Claire Hofer von der Mauer aus einen Kopfsprung in den See.

Martel machte die Leine los, ging in das enge Steuerhäuschen seines Motorbootes und blickte ebenfalls auf die Uhr - die er vorher mit den Uhren von Claire und Kommissar Dorner verglichen hatte. Noch zwei Minuten. Er steckte eine Zigarette in seine Spitze und zündete sie an.

Die letzten Nebelwölkchen vom vergangenen Abend lagen vor dem österreichischen Ufer. Die Meteorologen hatten einen warmen, sonnigen Tag vorhergesagt. Das war von Martel als bedeutender Faktor in Rechnung gestellt worden, als er seinen Plan mit Dorner und Stoller endgültig festgelegt hatte. Genau in diesem Moment leitete der BND-Beamte das Unternehmen von einem Büro der Stadtpolizei aus.

Martel paßte auf, daß er nicht zur Ostseite des Hafens hinübersah. Dort an der Löwenmole lag die Barkasse der Wasserschutzpolizei festgemacht, die von Kommissar Dorner befehligt wurde. Der Deutsche war schon unter Deck und schlüpfte jetzt, nachdem er unbemerkt an Bord gekommen war, in seine Uniform. Noch einmal blickte Martel auf die Armbanduhr, holte dann tief Atem und steuerte aus dem Hafen hinaus.

In seinem Büro bei der Stadtpolizei stand Erich Stoller am Fenster und blickte auf die Hauptstraße hinaus. Für die Leute draußen war es ein Tag wie jeder andere. Vor dem Café Hauser saßen die Touristen, tranken Kaffee und verspeisten Buttercremetorte. Hinter Stoller saß an einem schweren Tisch ein Funker vor seinen Gerät - Stollers ›Kommandozentrale‹.

Mit diesem Funkgerät konnte er sofort mit den Streifenwagen Kontakt aufnehmen, die unauffällig in der Nähe der Straßenbrücke geparkt waren. Und ebenfalls mit anderen Fahrzeugen, die auf dem Festland, am Ende des Bahndamms, ihre strategischen Posten bezogen hatten.

Über das Funkgerät hielt er auch die Verbindung mit Kommissar Dorner aufrecht, dessen Barkasse immer noch im Hafen lag. Jetzt kam ein Funkspruch.

»Siegfried reitet . . .«

Dorner hatte durchgegeben, daß sich Martel auf den Weg gemacht hatte.

Weiter entfernt, wo das Ufer noch etwas dunstiger war, rannten fünf Windsurfer über den schmalen Strand auf ihre wartenden Geräte zu. Der Punkt befand sich fast in der Mitte zwischen Lindau und dem österreichischen Bregenz. Der Anführer, Werner Hagen, der einsachtzig große blonde Riese, der bisher in einer Telefonzelle in einem verlassenen Lagerhaus auf den Anruf von Klara Beck gewartet hatte, lief auf seine Gefährten zu und gestikulierte in Richtung des Weges.

»Er verläßt gerade den Lindauer Hafen«, rief er, während er auf sein eigenes Surfbrett zurannte. »Graues Motorboot. Martel ist allein an Bord . . .«

Die Windsurfer, die jetzt in der leichten Brise manövrierten, trugen Badehosen. Jeder von ihnen trug ein großes Wurfmesser um den Unterarm geschnallt. Das silberne Dreieck, das Symbol von Delta, trugen sie an ihre Badehosen gesteckt. Das Exekutionskommando hielt unter der Führung von Werner Hagen auf einen Punkt etwa einen halben Kilometer vor dem Hafen von Lindau zu.

»Gott sei Dank, ich hab's bis zu Ihnen geschafft, war nicht ganz einfach . . .«

Claire saß gegen die Bordwand gelehnt, über die Martel sie hereingezogen hatte. Sie hatte die Beine ausgestreckt und atmete nach der Anstrengung noch schwer. Martel knotete den Lederriemen auf und legte den wasserdichten Beutel neben sie.

Das Motorboot dümpelte. Martel war langsam aus dem Hafen herausgefahren und hatte dabei seine Sirene, wie es für ein- oder ausfahrende Boote Vorschrift war, ertönen lassen. Aber etwas länger als nötig, damit Claire ihn besser ausmachen konnte. Jetzt kam Wind auf und machte ein leises, pfeifendes Geräusch, das Claire auf die Nerven ging.

»Sie meinen also, die kommen jetzt?« fragte sie.

»Da können Sie Gift drauf nehmen . . .«

Claire nahm ihr Kleid und die Neunmillimeterpistole aus dem Beutel. Martel sah das Kleid an, nahm es auf und brachte es ins Steuerhaus. »Das sollten Sie jetzt besser nicht anziehen . . .« Er kam wieder heraus, überprüfte seinen Fünfundvierzigercolt und steckte ihn zurück ins Schulterhalfter.

»Das ist synthetischer Jerseystoff«, sagte Claire. »Ich hab's gewählt, weil es praktisch knitterfrei ist . . .«

Sie hielt inne, als sie merkte, daß Martel auf etwas anderes achtete. Der Motor war ausgeschaltet, und Martel blickte angestrengt in den grauen, immer dünner werdenden Nebel hinüber. Der leichte Wind vertrieb die letzten Dunstwolken über dem Ostteil des Sees.

»Meinen Sie, die kommen von da drüben?« fragte Claire.

»Das ist die kürzeste Entfernung zu einem Uferstreifen, an dem sie aller Wahrscheinlichkeit nach nicht entdeckt werden. Und jetzt ziehen Sie bitte die Maske hier über – wenn einer von denen davonkommt, dann möchte ich nicht, daß Sie später wiedererkannt werden . . .«

»Und das hier?« Claire zeigte auf ein klobiges Instrument auf dem kleinen Kartentisch im Steuerhaus. »Ist das ein Radargerät?«

»Das ist ein Funkgerät mit einem Tonband; und es bewirkt zweierlei – einmal sagt es Stoller in seinem Hauptquartier, daß wir angegriffen werden, wenn ich diesen Knopf hier drücke. Und dann sendet es noch einen ständigen Peilton aus, mit dessen Hilfe Dorner auf seiner Polizeibarkasse feststellen kann, wo wir gerade sind.«

»Das haben Sie aber prima ausgetüftelt«, sagte Claire.

»Weil ich seit dem Mord an Warner weiß, daß wir einen erstklassigen Kopf als Gegner haben, der seine Hirnrädchen auch ganz schön kreisen läßt...«

»Reinhard Dietrich etwa?«

»Nein. Ein internationaler Anarchist, der Manfred genannt wird.« Martel stand im Steuerhaus und war dabei, den Motor wieder anzulassen. »Und ich hätte nie zulassen sollen, daß Sie mit auf dem Boot sind...«

»Haben Sie aber!«

»Dann setzen Sie sich endlich die Maske auf und halten den Mund«, sagte Martel brüsk, und dann brummte der Motor auf.

Im Westen, wo sich der See wie ein öliges, blaues Tuch ausbreitete, war der Nebel schon ganz verschwunden. An der Ostmole des Lindauer Hafens war der bayerische Löwe als massive Silhouette zu erkennen, während sie jetzt losfuhren.

Claire hatte die Gesichtsmaske aufgesetzt und die Pistole nach einer kurzen Überprüfung in das Gummiband ihres Bikinihöschens gesteckt. Martels Anweisungen – die er ihr bereits im Hotelzimmer gegeben hatte – waren äußerst genau gewesen.

»Wenn die auftauchen – so wie sie's bei Warner getan haben –, dann möchte ich, daß ein Mann am Leben bleibt, damit ich ihn mir vornehmen kann. Bei dem, was sie Warner angetan haben, kann der Rest meinetwegen ertrinken...«

Martel hielt die Geschwindigkeit des Motorbootes niedrig und steuerte geradewegs über den See auf das entfernte Rheindelta zu. Das – davon war er überzeugt –

mußte der einsame Uferstreifen sein, wo Warner hatte an Land gehen wollen.

Etwas machte ihm aber Kummer. Immer noch hielten sich im Osten, zwischen dem Boot und dem österreichischen Ufer, graue Nebelschwaden. Wie konnte ihn denn jemand finden, der aus dieser Richtung kam? Und wenn sie ihn fanden, dann würden sie wahrscheinlich blitzschnell da sein, bevor er sie selbst bemerkte. Er blickte immer noch in Richtung Österreich, als er Bewegung in dem Nebel sah.

Werner Hagen hielt mit einer Hand das Segel fest, während er den Blick auf das kompakte Gerät gerichtet hielt, das am Mast befestigt war. Es war ein Miniaturradarschirm, der in Dietrichs elektronischen Werken in Arizona entwickelt worden war. Martels Boot war deutlich auf dem kleinen Bildschirm zu sehen.

»Er hat denselben Kurs wie Warner«, dachte Hagen.

Er machte eine Geste zu den anderen fünf Windsurfern hinüber, die heute dichter als gewöhnlich zusammen fuhren. Sie durften sich ja auf keinen Fall aus den Augen verlieren. Die Geste sagte den Männern, daß das Ziel in Sicht war. Der Nebel hob sich, als sie über das leichtgekräuselte Wasser des Sees dahinglitten.

Hagen hatte es gut abgepaßt – immer ein Auge auf den Radarschirm, das andere auf die sich langsam auflösende Dunstwand voraus. Die linke Hand hielt das Segel, und mit der rechten lockerte er den rasiermesserscharfen Dolch, mit dem er seinerzeit Warner das ungelenke Delta in den Rücken geschnitten hatte. Dann sah er das Boot, gab wieder ein Zeichen, und die Mannschaft bildete einen Halbkreis, um Martel zum Halten zu zwingen.

Das lief alles mit unangenehmer Schnelligkeit ab. Eine Sekunde lang war vom Steuerhaus aus nur schemenhaft etwas im Nebel zu sehen – Gestalten, die auch Einbildung hätten sein können. Und dann waren die sechs Windsurfer da, drei von ihnen quer auf Martels Kurs, so daß er sofort die Maschine stoppen mußte.

»Die sind da«, rief er Claire zu und drückte auf den Knopf am Funkgerät.

»Ich hab' sie gesehen!«

Claire kniete mit dem Rücken zum Steuerhaus und hielt ihre Pistole versteckt, umfaßte aber den Knauf mit beiden Händen.

»Es geht los!«

Kommissar Dorner hockte auf der Brücke der Polizeibarkasse und sah auf das blinkende, helle Echo, das plötzlich auf seinem Spezialradarschirm erschienen war. Er richtete sich zu voller Größe auf, drehte die Zündung, und der Motor erwachte brüllend zum Leben.

Dorner wußte, daß sich im Augenblick kein Touristendampfer der Hafeneinfahrt näherte, aber er hielt sich trotzdem an die Regeln. Während er mit voller Fahrt ablegte, ließ er die Sirene ertönen – die Leinen waren schon losgemacht worden, als er sich heimlich an Bord geschlichen hatte.

An der Hafenausfahrt drehte er das Rad und schwang die Barkasse in einem Winkel von neunzig Grad hinüber, wobei er das ganze Hafenbecken in ein Durcheinander von Schaum und Wellen verwandelte. Mit voller Fahrt voraus und unaufhörlich plärrender Sirene ging es zwischen den beiden Molen hindurch. Immer schneller schoß die Barkasse vorwärts, während Dorner den Blick nicht vom Radarschirm abwandte.

»Laß mich rechtzeitig ankommen«, betete Dorner.

Klara Beck hatte sich entschieden, daß Braun die ganze Aufregung nicht allein genießen sollte. So hatte sie ihren Sitz am Ufer wieder eingenommen. Zufrieden, daß sie den wichtigen Telefonanruf jetzt hinter sich hatte, hatte sie sich entspannt und ihre Blicke wie eine Touristin hin und her schweifen lassen. Die plötzliche Abfahrt der Polizeibarkasse erschreckte sie.

Sie eilte die Promenade entlang und sauste über die Straße hinüber zum Hauptbahnhof. Sie war schon halbwegs die Reihe der Telefonhäuschen entlang, als sie innehielt. Am Fenster jeder einzelnen Zelle klebte ein gummiertes Schildchen mit der Aufschrift »Außer Betrieb«. Ein Polizist in Uniform kam auf sie zugeschlendert, und sie mußte aufsteigende Panik niederkämpfen.

»Wollten Sie telefonieren?« fragte der Mann.

»Aber die können doch nicht alle außer Betrieb sein«, protestierte sie.

»Aber Sie können doch lesen«, gab der Polizist schon weniger höflich zurück. »An dem Fehler wird gerade gearbeitet.«

»Danke sehr . . .«

Langsam verließ Klara Beck den Hauptbahnhof wieder. Als sie dann hinüber zum Bayerischen Hof ging, wurden ihre Schritte wieder schneller. In ihrem Zimmer nahm sie den Telefonhörer ab und wählte eine Nummer. Die Stimme einer jungen Frau ertönte.

»Ich bedaure, aber die Fernsprechleitungen sind im Augenblick zusammengebrochen. Geben Sie mir bitte die Nummer des Teilnehmers – ich verbinde Sie dann, sobald ich kann . . .«

»Ist nicht so wichtig . . .«

Dank ihrer ungewöhnlichen Selbstbeherrschung war Klara Beck in der Lage, ruhig aufzulegen und sich eine Zigarette anzuzünden. Um Himmels willen, wenn Dietrich nicht gewarnt würde, würde das auf sie zurückfallen. Was, um Gottes willen, ging da vor?

»Unterbrechen Sie sämtliche Telefonverbindungen mit dem Festland . . .«

Im Polizeipräsidium hatte Erich Stoller diesen Befehl gegeben, sobald er Martels Funkspruch aufgefangen hatte. Mit ihm im selben Raum saß ein Polizist mit dem Hörer am Ohr – die Verbindung zum Fernmeldeamt, wo man genau auf diesen Befehl wartete, war ständig offengehalten worden. Drei Schalter wurden umgelegt, und Lindau war vom Fernsprechverkehr mit der übrigen Welt abgeschnitten.

Sobald er diesen Befehl hörte, rannte ein zweiter Polizist aus dem Büro in den Funkraum. Die vorher bereitgestellten Streifenwagen wurden benachrichtigt. Die Straßenbrücke zum Festland war abgesperrt. Andere Wagen tauchten am jenseitigen Ende des Bahndamms auf, sperrten die Schienen und schlossen den Fußweg.

Die Signalanlage für den Zugverkehr mit Lindau zeigte plötzlich einen ›Fehler‹. Alle Züge hielten. Nur jemand mit Stollers Amtsbefugnissen hatte das bewerkstelligen können. Aber jetzt war seine größte Sorge, was da draußen auf dem See passierte.

Werner Hagen war äußerst zuversichtlich, als er das Motorboot mit seiner Mannschaft von Windsurfern einkreiste. Überraschung war alles. Der blonde Riese war der erste, der die Backbordseite des treibenden Motorbootes erreichte, und er stieg barfuß an Bord, bevor er sein Segel losließ. In der rechten Hand hielt er das Messer mit der breiten Klinge – bereit, zuzustoßen.

Als er das Mädchen mit seiner Gesichtsmaske sah, fand er gerade noch Zeit, überrascht zu sein – dann beschäftigte ihn etwas anderes. Martel kam aus dem Steuerhaus und schwang den Bootshaken. Martel hatte vermutet, daß Hagen der Anführer sein mußte – so wie er aussah, war es gar nicht anders möglich.

Der bösartige Hieb mit dem Bootshaken traf Hagen seitlich am Kopf. Hagen fiel der Länge nach auf das Deck und hob gerade rechtzeitig noch einmal den Kopf, um Martels wohlberechneten Hieb mit dem Revolverlauf aufzufangen. Er verlor das Bewußtsein.

Ein zweiter Mann kam jetzt mit dem Messer in der

Hand an Bord. Claire zielte und schoß ihm dreimal in die Brust. Blut spritzte und bildete einen kleinen See auf den Deckplanken. Martel blickte sich um und schätzte die Situation ab. Vier Killer waren übrig. Drei bildeten immer noch einen Halbmond vor seinem Bug, der vierte kam gerade über das Heck geklettert. Martel stemmte Claires Gegner über Bord, huschte zurück in das Steuerhaus und ließ den Motor aufheulen.

Das Trio, das seinen Kurs blockierte, konnte nicht rechtzeitig reagieren. Zu schnell und zu plötzlich bewegte sich das Motorboot. Einen Augenblick trieb es noch dahin, und dann kam es auf einmal wie eine Rakete auf sie zu. Der Bug zerschmetterte die leichten Surfbretter, und gut abgelagertes Holz schnitt auf einmal durch nachgiebiges Körpergewebe.

Einer von den Männern gab noch einen Todesschrei ab und wurde dann buchstäblich kielgeholt, als das Motorboot den bereits schwerverletzten Mann zu Brei zerdrückte. Die anderen beiden trieben dicht beieinander, und das Wasser um sie herum färbte sich plötzlich rot. Ihre verrenkten Körper glichen den zerknäulten Segeln dicht daneben.

»Da hinter uns ist noch einer«, rief Claire.

Aber Martel reagierte schon entsprechend. Er legte den Rückwärtsgang ein und schoß ein Stück zurück, wobei er mit einem Blick über die Schulter steuerte. Das Heck des Motorbootes traf den überlebenden Angreifer. Die Schiffsschraube ging über ihn weg.

»Und jetzt machen wir uns aus dem Staub«, sagte Martel zu Claire. »Ich glaub', da kommt schon Dorner . . .«

## *16. Kapitel*
## Freitag, 29. Mai

An dem Tag, als Howard am Flughafen Charles de Gaulle eintraf, herrschte in Paris sonniges und ausgesprochen heißes Wetter. Er wollte an der Konferenz teilnehmen, auf der abschließend die Sicherheitsmaßnahmen an Bord des Gipfelexpreß besprochen werden sollten. Es war typisch für ihn, daß er allein reiste. Und typisch war auch, daß er eine Tweedjacke trug wie ein Gutsbesitzer.

Alan Flandres hatte ihm einen Wagen geschickt, der ihn vom Flughafen in die Rue des Saussaies Nummer elf brachte, das offizielle Hauptquartier des Sûreté. Diese enge, gewundene Straße – nur ein paar Minuten zu Fuß vom Elysée-Palast entfernt – wird von den meisten Touristen überhaupt nicht bemerkt. Unter einem Torbogen bewachen uniformierte Polizisten den Eingang.

Flandres wählte diesen alten, düsteren Gebäudekomplex des öfteren für ein heimliches Treffen. Der Komplex war gut bewacht, Agenten in Zivilkleidung kamen und gingen – und so konnte die Ankunft von drei Zivilisten in getrennten Wagen kaum Aufmerksamkeit erregen. Der Chef des französischen Geheimdienstes erwartete Howard im zweiten Stock. In dem Zimmer standen nur ein Tisch, Stühle und sonst fast gar nichts.

»Schön, Sie zu sehen, Alan«, sagte Howard knapp.

»Ich bin entzückt, Sie in Paris willkommen zu heißen, mein Freund«, erwiderte Flandres enthusiastisch, während er ihm die Hand schüttelte und sich dem Mann zuwandte, der bereits am Tisch saß.

»Sie kennen doch Tim O'Meara? Ist gerade aus Washington angekommen . . .«

»Wir hatten einmal das Vergnügen«, warf der Amerikaner ein. Er streckte seine Hand aus, ohne sich von seinem Stuhl zu erheben, und zog weiter an seiner Zigarre.

Sie saßen um die polierte Tischplatte herum, während Flandres die Drinks eingoß. Howard hielt sich steif aufgerichtet und spielte mit Block und Bleistift herum, die er vor sich liegen hatte. O'Meara gewann bei näherer Bekanntschaft wenig an Sympathie, dachte er. Der Amerikaner war schwergewichtig, Anfang Fünfzig, hatte einen großen Kopf, war glattrasiert, trug eine randlose Brille und strahlte Selbstbewußtsein aus. Er führte sich überhaupt nicht wie ein Neuling in diesem Kreis auf.

Tatsache war, daß Tim O'Meara erst ein Jahr lang die Geheimdienstabteilung leitete, die für die Sicherheit des Präsidenten verantwortlich war. In seiner grellfarbenen karierten Jacke – er spielte nach außen hin offensichtlich den Touristen – saß er gewichtig auf seinem Stuhl, so, als gehöre er schon Jahrzehnte zu diesem Club.

Während er die Getränke eingoß, nahm Alan Flandres all dies mit einer Spur von gallischem Amüsement auf. Flandres war kleingewachsen und schlank, und trotz der Hitze war er untadelig in Krawatte und Anzug gekleidet. Auch er war Anfang Fünfzig. Seine Gesichtszüge waren fein gemeißelt, und er trug einen bleistiftschmal gestutzten Schnurrbart in der gleichen Farbe wie sein gut gebürstetes, dunkles Haar.

»Erich Stoller aus Deutschland muß jeden Moment kommen«, verkündete er, während er sich in seinem eigenen Stuhl niederließ und das Glas hob. »Meine Herren – seien Sie willkommen!«

Er nippte an seinem Cognac und bemerkte dabei, daß Howard gleich einen tiefen Schluck nahm, während O'Meara sein Glas Scotch schon halb ausgetrunken hatte. Flandres bemerkte die Spannung unter der Oberfläche. Hier waren ein paar nervöse Burschen zusammengekommen. Wer würde der Katalysator sein?

Die Tür ging auf, und Erich Stoller wurde in den Raum geführt. Groß und mager, bildete er einen äußersten Kontrast zu den anderen dreien, und genauso entgegengesetzt war sein Benehmen. Er neigte dazu, sehr wenig zu sagen und nur zuzuhören. Er bat für sein spätes Eintreffen um Entschuldigung.

»Ein unerwartetes Problem hat meine Anwesenheit dringend nötig gemacht . . .«

Dabei beließ er es. Der halbe Nachmittag war schon vorbei, und Stoller hatte keine Absicht, kundzutun, daß er den Morgen noch in Lindau verbracht hatte, um die Insel abzuriegeln, während Martel seine Fahrt im Motorboot machte. Er hatte sich höllisch beeilen müssen, um noch nach Paris zu kommen – mit dem Hubschrauber direkt zum Münchener Flughafen, wo die Maschine auf ihn gewartet hatte.

»Nur etwas Bier«, sagte er zu Flandres und setzte sich kerzengerade auf seinen Stuhl. Da er ein ausgezeichneter Psychologe war, ging er jetzt daran, Howard völlig von Martels Spur abzubringen, indem er ihn fragte: »Und wie geht's meinem Freund Tweed? Ich habe gedacht, ich treff' ihn hier . . .«

»Tweed bleibt diesmal zu Hause«, gab Howard kurz zurück, wobei er seinem Gesicht einen eisernen Ausdruck verlieh. »Kommt langsam in die Jahre, müssen Sie wissen . . .«

»Tatsächlich? Ich dachte, Sie beide wären gleich alt«, bemerkte Stoller trocken und trank von seinem Bier.

»Das hier ist nicht sein Gebiet«, entgegnete Howard scharf. »Können wir jetzt vielleicht zur Tagesordnung kommen?«

»Aber natürlich!« stimmte Flandres zu, der seinen Spaß an diesem Schlagabtausch gehabt hatte. »Ich habe hier die Karte mit der Strecke des Gipfelexpreß . . .« Er machte sich daran, eine Karte großen Maßstabs von Nordeuropa aufzurollen, auf der die Strecke in Rot markiert war. Dann setzte er sich in seinem Stuhl zurück und zündete sich eine Zigarette an, während er zusah, wie die anderen die Karte betrachteten.

Alan Flandres, dessen Charme und gutes Aussehen ihn so unwiderstehlich bei den Damen machten, hatte auch einen Hang zum Dramatischen. Ganz obenhin machte er eine Bemerkung, und die drei Köpfe zuckten von der Karte hoch.

»Carlos – oder Manfred – nennen Sie ihn doch, wie Sie wollen, ist gestern morgen in London gesichtet worden – am Piccadilly Circus, um genau zu sein . . .«

»Manfred!? Und wie zum Teufel wissen Sie denn, was in London los ist? Und will mir freundlicherweise jemand sagen, ob er tatsächlich mit Carlos identisch ist?«

Es war Howard, der da explodiert war. Flandres bemerkte, daß der Mann noch nervöser war, als er vermutet hatte. Warum, fragte er sich? In beiläufigem Ton gab der Franzose seine Erklärung.

»Renée Duval, eine Agentin von mir, arbeitet im Moment in der Französischen Botschaft. Sie hat dieses Telex hier eben mit einem Auszug aus der Mittagszeitung zusammen geschickt.« Während Howard den Streifen durchlas, den der Franzose ihm hinübergereicht hatte, klärte ihn Erich Stoller über Carlos auf.

»Carlos hat keine feste Basis. Manfred hat keine feste Basis, von der aus er operiert. Niemand weiß, wie Carlos wirklich aussieht. Dasselbe gilt für Manfred. Von Carlos weiß man, daß er sich zeitweise hinter den Eisernen Vorhang zurückgezogen hatte – genau wie Manfred. Beide sind unabhängig und arbeiten mit dem KGB nur dann zusammen, wenn es ihnen paßt . . .«

»Dann sind es also zwei?« unterbrach ihn Howard.

»Oder«, warf O'Meara mit brummelnder Stimme ein, »Carlos hat beide Masken selbst erfunden – und falls das so ist, welcher ist der Wirkliche? Und, Erich, Sie haben ausgelassen, daß beide Männer – falls überhaupt zwei existieren – ausgezeichnete Attentäter sind . . .«

Flandres sah sich den Amerikaner näher an. Da haben Sie aber den Finger auf etwas gelegt, mein Freund, dachte er sich. Bei Stollers nächster Frage wurde Howard rot vor Ärger.

»Können Sie mir etwas Näheres über diese Londoner Beobachtung sagen? Wie war er angezogen? Wieso haben Sie ihn überhaupt so leicht erkannt?«

»Na, seine übliche ›Uniform‹ «, murmelte Howard widerstrebend. »Parka, Jeans, dunkle Baskenmütze und Sonnenbrille mit sehr großen Gläsern.«

»Könnten Sie das noch etwas weiter ausführen?« beharrte der Deutsche.

»Ein Polizist auf Fußstreife hat ihn erkannt. Carlos – wenn es tatsächlich Carlos gewesen ist – ist in der Swallow Street verschwunden, die geradewegs zur Regent Street führt. Der Polizist hat ihn verfolgt, hat ihn aber in der Menge verloren. Später hat einer der Verkäufer von Austin Reed, einem Herrenausstatter ganz in der Nähe, auf einem Stuhl den Parka gefunden mit der Baskenmütze und der Sonnenbrille. Unter dem Parka hat eine geladene Achtunddreißiger Smith & Wesson gelegen ...«

»Ein Polizist auf Fußstreife«, fuhr Stoller fort. »Der ist also immer ein bestimmtes Stück Straße auf und ab gegangen?«

»Ja, ich denke doch. Hat vielleicht nach Verdächtigen von der IRA Ausschau gehalten. Worauf wollen Sie denn hinaus?« wollte Howard wissen.

»Da könnte doch jemand, der genauso angezogen war, dafür gesorgt haben, daß der Polizist ihn gesehen hat, und dann verschwunden sein?«

»Das wäre schon möglich, obwohl ich nicht sehe, wieso ...«

O'Meara zündete sich eine Zigarre an. »Eine Havanna«, erklärte er. »Ich muß mit der Kiste fertig sein, bevor ich in die Staaten zurückfliege. Sie wissen ja, da sind die Dinger verboten.«

Stoller war nach seinem ungewohnten Redeschwall wieder in Schweigen verfallen, und Flandres hatte den etwas unheimlichen Eindruck, daß der Deutsche nur auf einen einzigen der Anwesenden konzentriert war. Aber er konnte nicht entdecken, wer nun aus unbekannten Gründen die Aufmerksamkeit des Chefs des BND auf sich gezogen hatte.

Sie fuhren mit ihrem eigentlichen Problem fort – der Sicherheitsplanung für die Spitzenpolitiker, die in Wien dabeisein würden. Erst einmal wurde die Eisenbahnstrecke in zwei Sektoren aufgeteilt. Diese Aufteilung wurde in der Karte eingezeichnet.

Von Paris nach Straßburg – französische Angelegenheit. Von Straßburg über Stuttgart und München nach Salzburg – deutsche Sache. Das letzte Teilstück, von Salzburg nach Wien – Aufgabe der Amerikaner, offiziell immer in Zusammenarbeit mit den Österreichern. Alan Flandres hatte in glänzender Laune das Reden übernommen.

Howard bekam die ›bewegliche Rolle‹ zugeteilt – sein Team würde in allen drei Sektoren präsent sein. Flandres harkte seinen Sektor im Detail ab. Er deutete auf sämtliche Gefahrenpunkte für eine mögliche terroristische Attacke – Überführungen, Brücken. O'Meara, der an seiner Zigarre zog, dachte sich, daß der Franzose etwas von seinem Job verstand.

Dann war Erich Stoller dran, und wieder war O'Meara beeindruckt. Als Stoller einen bestimmten Punkt auf der Karte erreicht hatte, hielt er inne und schwieg eine Weile. Er deutete mit dem Finger, und etwas in seinem Benehmen erhöhte noch die Spannung in dem ungelüfteten Raum.

»Hier kommt der Expreß auf bayerisches Gebiet. Die Gegend ist im Augenblick nicht gerade die ruhigste. Unglücklicherweise finden die Landtagswahlen einen Tag später statt, nachdem der Zug hier durchgefahren ist . . .«

»Sie denken an die Neonazis? An Delta?« wollte Howard wissen.

»Tofler«, sagte O'Meara mit Überzeugung. »Jedesmal,

wenn wieder Waffen oder Uniformen von Delta gefunden werden, wächst seine Anhängerschaft. Und Tofler ist praktisch ein Kommunist. Sein Programm schließt Pläne ein, nach denen Bayern von Westdeutschland abgetrennt werden soll und eine Art ›neutrale‹ Provinz oder Staat werden könnte wie Österreich. Damit wäre die Nato am Ende, und die Sowjets hätten Westeuropa auf dem silbernen Tablett . . .«

»Kanzler Langer ist sich dieses Problems voll bewußt«, sagte Stoller ruhig. »Seine Berater haben ihm gesagt, daß Tofler nicht gewinnen wird . . .«

Flandres sorgte dafür, daß die Männer tadellos mit Essen und Trinken versorgt wurden, während sie bis spät in den Abend hinein die Fahrstrecke durchgingen. Der Franzose nippte an seinem Glas Wein und blickte in die Runde seiner Kollegen, die inzwischen alle in Hemdsärmeln dasaßen. Der Abend war warm und schwül. Die Bombe platzte, als Flandres gerade seine nächste Bemerkung gemacht hatte.

»Ich fange an zu glauben, meine Herren, daß die wichtigste Vorbedingung für unsere Arbeit Durchhaltevermögen ist . . .«

Er unterbrach sich, als ein bewaffneter Wachposten den Raum betrat und ihm eine Botschaft übergab. Flandres las sie, runzelte die Stirn und blickte Howard an. »Hier steht, daß der britische Botschafter draußen mit einer dringenden Mitteilung wartet, die er Ihnen unverzüglich übergeben muß.«

»Der Botschafter?« Howard war betroffen, gab sich aber ruhig. »Sie meinen, er hat jemand geschickt.«

»Ich meine, der Botschafter persönlich«, sagte Flandres fest. »Und so wie ich das verstehe, möchte er Ihnen die Mitteilung von Hand zu Hand übergeben, während Sie noch an diesem Treffen teilnehmen.«

»Bitten Sie Seine Exzellenz doch herein«, wandte sich Howard an den Wachposten.

Ein großgewachsener, distinguiert wirkender Herr mit weißem Schnurrbart betrat das Zimmer. In der Hand hielt er ein gefaltetes Blatt Papier. Alles erhob sich, die Männer wurden vorgestellt, und Sir Henry Crawford reichte Howard das gefaltete Blatt.

»Kam direkt zu mir, Anthony – in meinem persönlichen Code. Niemand außer mir kennt ihn. War von der Bitte begleitet, daß ich es selbst überbringen sollte. Verständlich genug – wenn Sie den Inhalt erst mal kennen.« Der Botschafter blickte sich um. »War mir ein Vergnügen, Sie kennenzulernen. Und wenn Sie mich jetzt bitte entschuldigen wollen ...«

Howard hatte das Papier entfaltet und las es mehrere Male durch, bevor er sich wieder setzte und in die Runde blickte. Sein Gesichtsausdruck war unergründlich, aber die Atmosphäre im Zimmer hatte sich verändert. Der Engländer sprach ruhig, ohne eine Spur von Anteilnahme.

»Die Meldung kommt von Tweed aus London. Er gibt einer Vermutung Ausdruck – und ich betone ausdrücklich, daß er die Anhaltspunkte für seine Vermutung nicht preisgibt. Lediglich die Bedeutung dessen, was er für möglich hält, bringt mich dazu, Sie unter diesen Umständen davon in Kenntnis zu setzen ...«

»Wenn Tweed eine Vermutung äußert«, bemerkte Flandres, »dann können wir sicher sein, daß er seine Gründe dafür hat. Je gewichtiger sein Verdacht, um so weniger wird er uns die Quelle angeben. Das Leben des Informanten könnte ja bedroht sein ...«

»Richtig.« Howard merkte, daß seine Achselhöhlen feucht geworden waren. Er räusperte sich, blickte jeden am Tisch an und verlas dann die Mitteilung.

»Aus zuverlässigen Quellen verlautet, daß ein unbekannter Attentäter vorhat, auf einen – ich wiederhole einen – der vier VIPs an Bord des Gipfelexpreß einen Anschlag zu verüben. Es existiert bisher keinerlei Hinweis darauf, wem der Anschlag gelten soll. Tweed.«

## *17. Kapitel*
## Freitag, 29. Mai

Am Morgen desselben Tages, an dem nachmittags die Konferenz der vier Sicherheitschefs in Paris stattfand, hielt Martels Motorboot auf einen entlegenen Landungssteg am Ostufer des Bodensees zu.

Werner Hagen, der einzige Überlebende des Exekutionskommandos von Windsurfern, lag hilflos auf den Planken des Bootes. In seinem Mund steckte ein Knebel; Handgelenke, Knie und Fußknöchel waren mit einem starken Seil zusammengeschnürt, und die Augen waren mit einem Stoffstreifen verbunden. Alles, was er hören konnte, war das Brummen des Motors. Alles, was er fühlen konnte, waren die straff angezogenen Fesseln und die warmen Sonnenstrahlen auf seinem Gesicht.

Im Steuerhaus lenkte Martel das Fahrzeug immer näher auf das Ziel zu. Claire, die neben ihm stand, unterstützte ihn dabei. Der Nebel war jetzt völlig verschwunden, das Ufer war klar zu sehen, und Martel drosselte jetzt den Motor, bis sie beinahe nur noch trieben, während er das verlassene, steinige Ufer mit den Augen absuchte. Er entdeckte die halb verfallene, hölzerne Anlegebrücke.

»Sind Sie sicher, daß wir nicht doch irgend jemandem in die Arme laufen werden – Campern oder solchen Leuten«, fragte er besorgt, während das Boot noch mit einem letzten Schwung dahinglitt.

»Jetzt regen Sie sich nicht auf«, schimpfte Claire. »Ich habe Ihnen doch gesagt – ich kenne die Gegend. Hier habe ich Warner getroffen, wenn er aus München kam. Und letzte Nacht habe ich den gemieteten Audi unter den Bäumen dort drüben geparkt, bevor ich zum nächsten Bahnhof getigert bin und den Zug nach Lindau genommen habe.«

»Ich sehe den Audi aber nicht.«

»Ja, zum Kuckuck, Sie sollen ihn auch nicht sehen«, explodierte Claire. »Wann glauben Sie endlich, daß ich auch einmal etwas für mich allein erledigen kann? Wissen Sie, was Ihnen fehlt, Martel?«

»Wenn ich mich nicht selbst um alles kümmere, fange ich an, mir Sorgen zu machen.«

»Exakt! Sie haben zu wenig Vertrauen. Und, bevor Sie mich jetzt fragen – ich kenne tatsächlich den Weg zu der alten Wassermühle, die ich erwähnt habe. Das ist nämlich auch eine Stelle, wo Warner und ich uns immer getroffen haben. Trotzdem weiß ich nicht, warum wir jetzt dahin fahren wollen . . .«

»Um den blonden Knaben hier auszuhorchen . . .«

Er hatte Werner Hagen zum Auto getragen und ihn vor den Rücksitz auf den Wagenboden fallen lassen. Da lag er nun wie eine übergroße Spielzeugpuppe mit verrenkten Gliedern, und nichts von ihm ragte über die Unterkante der Seitenfenster hinaus. Dann konnte Martel ausspannen, während Claire sich ans Steuer setzte und ein Stück weiter zu einer anderen halb verfallenen Konstruktion fuhr – der Wassermühle, die auf einem verlassenen Fleckchen der bayerischen Landschaft stand.

Alles war genauso, wie Claire es beschrieben hatte. Es war nicht zu ahnen, wozu die Mühle irgendwann einmal gedient haben mochte – aber das große Rad drehte sich immer noch gewichtig, weil sich immer noch schäumendes Wasser von der Rückseite des Gebäudes her darüber ergoß. Martel betrachtete das Mühlrad und sah, wie die Schaufeln unter der Wasseroberfläche verschwanden, bevor sie sich triefend erneut auf ihre Kreisbahn machten.

»Ja«, entschied er. »So wird's gehen.«

»Was wird gehen?«

»Meine neue Version der alten chinesischen Wasserfolter. Der Blonde muß einfach zum Reden gebracht werden . . .«

Gemeinsam mußten sie sich abmühen, den Deutschen in die gewünschte Position zu bringen. Bevor sie anfingen, wies Martel Claire an, ihre Gesichtsmaske wieder aufzusetzen. »Damit er richtig verrückt vor Angst wird, muß er sehen können – wir müssen ihm also die Augenbinde abnehmen. Stecken Sie sich auch Ihr Haar unter die Maske. Jetzt, wo Sie die lange Hose tragen, die noch im Auto gelegen hat, da wird er meinen, Sie wären ein Mann . . .«

Nachdem die Gesichtsmaske richtig saß, half Claire Martel wieder, der jetzt auf einer hölzernen Plattform oberhalb des sich langsam drehenden Rades stand. Sie legten Hagen ausgestreckt auf den Teil des Wasserrades, der gerade frei zu erreichen war. Sie mußten schnell arbeiten und banden seine von den früheren Fesseln befreiten Gelenke mit starken Seilen an die Schaufelblätter.

Um es noch schlimmer zu machen, hatte Martel den Deutschen mit dem Kopf nach unten angebunden, so daß er mit dem Kopf schon unter Wasser sein würde, wenn der Rest seines Körpers noch in die Luft ragte. Sie brauchten aber doch zehn Minuten, bis sie Hagen richtig festgezurrt hatten, und dann nahmen sie ihm die Augenbinde ab. Haßerfüllt blickte er Martel an, und dann huschte ein zweifelnder Ausdruck über sein Gesicht, als er Claires finstere Gestalt entdeckte.

Claire stand gerade aufgerichtet da, und sie trug Martels Jacke, um ihre Brüste zu kaschieren. Sie blickte den Deutschen durch den Sehschlitz in ihrer Maske hindurch an. Ihre Pistole hielt sie in der rechten Hand. Sie wirkte wie das Urbild eines Berufskillers.

Dann drehte sich auf einmal das Rad wieder frei, und Hagen holte tief Atem, bevor er untertauchte. Das ärgerliche war, daß sich das Rad so langsam drehte, daß er länger unter Wasser blieb, als er den Atem anhalten konnte. Als er auftauchte, spuckte und keuchte er, und sein Brustkorb hob und senkte sich verzweifelt. Er wußte genau, daß er diese Tortur nicht lange würde durchstehen können.

Es gab noch einen weiteren Faktor, mit dem Hagen nur schwer fertig wurde. Bei der kreisenden Bewegung verlor er die Orientierung, und ihm wurde zusehends schwindlig. Er hatte Angst, das Bewußtsein zu verlieren und dann Wasser in seine Lungen einzuatmen.

Martel machte eine Bewegung, und die beiden zogen sich von der Plattform zum Flußufer zurück. Martel steckte eine Zigarette in die Spitze und zündete sie an, während das Rad seine langsamen, endlosen Drehungen weiter fortführte. Außerhalb des Schattens der Mühle brannte die Sonne aus einem messingfarbenen Himmel.

»Wir können reden; hier kann er uns nicht hören«, bemerkte Martel. »Jetzt ist er natürlich dabei, langsam zu ertrinken . . .«

»Von mir aus«, sagte Claire ruhig. Sie hatte ihre Maske etwas hochgezogen, so daß sie frei sprechen konnte. »Er ist doch wahrscheinlich einer von denen, die Charles zerschlitzt haben . . .«

»Das Weibchen der Gattung . . .«

»Wie lange wollen Sie ihn da noch lassen?« wollte sie wissen.

»Bis ich vermuten kann, daß sein Widerstand gebrochen ist. Wenn wir ihn da befreien, muß er sofort anfangen zu reden. Ich hoffe, daß er wenigstens etwas weiß . . .«

Sie warteten so lange, bis Hagen tatsächlich kurz davorstand, das Bewußtsein zu verlieren. Bei jeder Drehung hatte er beträchtlich Wasser geschluckt. Claire zog sich die Gesichtsmaske wieder zurecht, und dann liefen die beiden zu der Plattform hinüber. Es war keine leichte Aufgabe, Hagen loszuschnüren: Die Seile waren so durchweicht, daß man sie fast nicht mehr aufknoten konnte. Martel benutzte schließlich das Messer, das er in einer Scheide um seinen linken Unterschenkel geschnallt trug.

Als sie den durchweichten Mann zum Ufer getragen hatten, hatte Martel schwer damit zu tun, ihn wiederzubeleben. Claire saß ein Stück entfernt auf einem Felsbrocken und hielt ihre Pistole auf den Deutschen gerichtet. Seine erste Frage stellte Martel aufgrund einer vagen Vermutung.

»Wer sind Sie?«

»Der Neffe von Reinhard Dietrich und sein Erbe ...«

Nur die Gesichtsmaske verbarg Claires Überraschung bei dieser Antwort. Da waren sie ja auf eine Goldader gestoßen. Sie verhielt sich still und wirkte weiter bedrohlich, während Martel die Befragung fortsetzte.

»Name?«

»Werner Hagen – das müßten Sie doch wissen ...«

»Sie sollen hier bloß antworten!« Martel wartete ab, bis Hagen sich wieder einmal ausgehustet hatte. »Bis wann muß Delta mit dem Unternehmen Krokodil fertig sein?«

»Am dritten Juni – dem Tag vor der Wahl ...« Hagen hielt inne, und Claire spürte, wie seine Widerstandskraft sich wieder regte. Sie hob mit der Rechten ihre Pistole, balancierte mit dem linken Arm aus und zielte sorgfältig.

»Um Gottes willen, der soll aufhören!« flehte Hagen Martel an. »Ich antworte ja. Ich will sowieso raus aus der verdammten Angelegenheit. Irgend etwas stimmt dabei nicht. Vinz ...«

»Sie sagten, dritter Juni. Und wollten gerade etwas hinzufügen«, bohrte Martel.

»Ja, der Gipfelexpreß fährt doch dann durch Bayern ...«

»Das wissen wir doch alles bereits«, log Martel. »Warner hat das doch nach London durchgegeben.« Martel sog an seiner Zigarette, damit seine letzte Bemerkung wirken konnte. »Von Ihnen will ich jetzt die Bestätigung, wie Delta mit dem dritten Juni zusammenhängt ...«

»Das haben Sie gewußt!« In Hagens Tonfall zeigte sich die Überraschung. Er war immer noch nicht wieder ganz klar.

»Dann sagen Sie uns doch mal, was Sie bekümmert – das hat doch etwas mit dem Gipfelexpreß zu tun, oder?«

»Einer der vier westlichen Staatsmänner an Bord soll ermordet werden . . .«

Der Schock traf Martel, obwohl sein Mienenspiel nichts davon ahnen ließ. Seine Zähne bissen nur etwas fester auf die Zigarettenspitze, und dann setzte er die Befragung fort.

»Wer soll es sein?«

»Ich weiß es nicht! Himmel, Herrgott, ich weiß es wirklich nicht . . .!«

Hagens Angstschrei – hervorgerufen durch Martels Seitenblick in Richtung des sich drehenden Mühlrades – war überzeugend.

»Woher wissen Sie das denn überhaupt? Sie sind doch noch fast ein Halbstarker«, spottete Martel. »Aber gleichzeitig auch ein bestialischer Gangster . . .«

»Weil ich doch Reinhard Dietrichs Neffe bin!« blitzte Hagen. »Ich gelte doch als sein Sohn; als sein Sohn, den seine Frau ihm nie geboren hat. Er vertraut mir völlig . . .«

»Eben haben Sie noch gesagt: ›Ich will raus aus der ganzen Sache. Da stimmt irgendwas nicht.‹, jetzt versuchen Sie nicht, mir was vorzumachen! Sagen Sie's schnell – was stimmt da nicht?«

»Ich bin mir da nicht ganz sicher«, Hagen blickte brütend vor sich hin.

»Ich warte auf Antwort«, erinnerte ihn Martel. »Wissen Sie, ich bin nicht so schrecklich geduldig.«

»Es wird doch angenommen, daß mein Onkel nach der nächsten Wahl in Bayern die Macht übernimmt. Die Wähler kommen doch zu uns, weil sie sich vor Toflers Bolschewiken fürchten.« Er erholte sich jetzt rasch, saß da und runzelte die Stirn. »Aber jedesmal, wenn wir wieder ein Lager mit Uniformen und Waffen für die Miliz angelegt haben, die wir nach dem Wahlsieg aufstellen wollen, dann findet es schon der BND – als ob jemand den Bundesnachrichtendienst auf dem laufenden hielte . . .«

»Und wer soll nun den Staatsmann ermorden?«

Als Martel ihm diese Frage zuwarf, stand Hagen langsam auf. »Ich habe einen Krampf...« Er bückte sich, massierte seine linke Wade, richtete sich dann wieder auf und spreizte die Finger.

»Ich habe Ihnen doch gesagt, ich bin nicht sehr geduldig«, fuhr ihn Martel an.

»Der Mörder – und bitte, ich schwöre noch einmal, daß ich nicht genau weiß, wer es machen soll – wird einer der vier Sicherheitschefs sein, die die Staatsmänner beschützen sollen...«

Für einen Augenblick war Martel völlig konsterniert. Das war alles, was Hagen benötigte. Er warf sich nach vorn und versetzte Claire einen Stoß, der sie von ihrem felsigen Sitz herunterwarf. Natürlich hätte sie schießen können, aber sie wußte, daß Martel den Deutschen lebendig brauchte.

Hagen hatte im Sturmlauf hinter der Mühle Deckung nehmen wollen, bevor einer seiner Peiniger Zeit hatte zu reagieren. Sein eigener Schwung riß ihn vorwärts, so wie er das geplant hatte, aber dann stolperte er dicht vor der Mühle über einen vorstehenden Felsstein.

Er schrie und warf die Hände nach vorn, um sich abzustützen. Claire hörte das fürchterliche Geräusch, als Hagens Schädel gegen eine der abwärtsrauschenden, metallenen Schaufelblätter des Mühlrads stieß; und dann wurde der Schrei zu einem Gurgeln. Hagen lag bewegungslos da, Kopf und Schultern unter Wasser. Blut strömte und vermischte sich mit dem friedlich plätschernden Wasserfall.

Claire rannte nach vorn und hielt dann vorsichtig vom Abhang aus den Finger an Hagens Halsschlagader, während Martel hinter ihr herankam. Sie richtete sich auf, sah den Engländer an und schüttelte den Kopf.

»Er ist tot. Und was machen wir jetzt?«

»Schaffen wir ihn in eine zivilisiertere Gegend und setzen uns sofort mit Stoller oder Dorner in Verbindung.

Und ich brauche ein abhörsicheres Telefon, damit ich Tweed anrufen kann.«

Als sie beim Polizeipräsidium Lindau ankamen, hatten sie die Leiche auf dem Rücksitz unter Martels Regenmantel verborgen liegen. Dorner setzte die beiden ohne lange Vorrede ins Bild.

»Erich Stoller hat etwas hochvertraulich, nur für Sie beide, hinterlassen – er ist zur Konferenz über die Sicherheitsmaßnahmen nach Paris geflogen. Ich werde mich um Hagen kümmern – Stoller würde wollen, daß er mit einem speziellen Krankenwagen nach München in ein Leichenhaus gefahren wird. Und was nun das abhörsichere Gespräch mit London angeht, da würde ich doch die Hauptpost vorschlagen . . .«

Dorner fuhr die beiden eigenhändig dorthin. Das Postamt sollte gerade geschlossen werden, aber der Deutsche drückte die Tür sanft noch einmal auf und führte seine beiden Begleiter hinein.

Nur ein paar Worte von Dorner genügten, damit das Mädchen an der Vermittlung die Londoner Nummer anwählte. Martel versuchte es erst in der Wohnung in Maida Vale und war erleichtert, als er tatsächlich Tweeds Stimme hörte. Der Mann wirkte müde. Aber als Tweed dann merkte, wer da anrief, wurde er wieder munter. Er stellte das Tonbandgerät an, brachte eilig die Identifikationsprozedur hinter sich und sprach dann, bevor Martel noch etwas sagen konnte.

»Keith, es geht um das Unternehmen Krokodil. Sie sind mitten drin. Sehen Sie sich mal die Karte von Süddeutschland mit halb geschlossenen Augen an – und konzentrieren Sie sich dabei auf die Umrisse des Bodensees. Das blöde Ding sieht doch genau wie ein Krokodil aus – die Schnauze nach Westen hin aufgerissen, und die beiden Kiefer sind der Überlinger See und der Untersee . . .«

»Das bestätigt meinen Wissensstand – irgend etwas ist

für Bayern geplant. Werner Hagen, der Neffe von Reinhard Dietrich, hat geredet, bevor er sich für immer verabschiedet hat ...«

Über den Tisch in seiner Wohnung gebeugt, packte Tweed den Telefonhörer fester. Die Ereignisse überschlugen sich – so etwas war immer eine empfindliche und gefährliche Phase während eines Unternehmens. Er hörte zu, während Martel fortfuhr.

»Einer der vier VIPs an Bord des Gipfelexpreß' soll während der Zugfahrt ermordet werden. Haben Sie mich verstanden ...«

»Habe ich.« Tweeds Stimme und seine Art zu sprechen waren ruhiger denn je. »Numerieren Sie sie durch – gehen sie geographisch vor von Westen nach Osten. Welche Nummer soll umgebracht werden ...«

»Das wußte der Informant nicht ...«

»Dann sind wir wenigstens auf der Hut. Während der Zugfahrt – soweit hab ich's mitgekriegt. Und wer soll der Mörder sein?«

Das war die Frage, vor der Martel sich gefürchtet hatte. Würde Tweed annehmen, er hätte den Verstand verloren? Er holte tief Atem und war dankbar dafür, daß Dorner bei der Telefonistin geblieben war, so daß wirklich niemand bei dem Gespräch mithören konnte.

»Ich bin davon überzeugt – und das gilt auch für meine Kollegin –, daß die Information, die ich darüber von Hagen habe, absolut echt ist. Sie müssen da auf mein Urteil vertrauen ...«

»Nun legen Sie schon los ...«

»Der Mörder soll einer der vier Chefs der Sicherheitsdienste sein. Und bevor Sie jetzt nachfragen: Ich hab' auch nicht die leiseste Ahnung, wer der faule Apfel ist. Ich hätt' wohl besser mein Maul halten sollen, oder?«

»Also ich meine, jeder vernünftige Vorschlag ...«

Tweed machte Übles durch, möglicherweise die schlimmsten Stunden, an die er sich erinnern konnte. Es gelang ihm, rasch ein Taxi zu finden und zum Park Crescent zu fahren, aber da fingen seine Probleme erst an. Howard, dieser oberflächliche Karrierist, war zu dem Sicherheitstreffen nach Paris geflogen, ohne irgend jemandem zu sagen, wo die Konferenz tatsächlich stattfand. Oberflächlicher Karrierist? Plötzlich ging Tweed auf, daß Howard einer der vier Hauptverdächtigen war ...

Sich niemals ungewöhnlicher Methoden bedienen – Tweed folgte auch jetzt dieser strengen Regelung. Er kannte zwar Sir Henry Crawford, den britischen Botschafter in Paris, aber zuerst rief er doch einen Freund im Foreign Office an.

»... ein Notfall«, erklärte Tweed. »Ich muß einen Funkspruch rausschicken, und der muß den Botschafter innerhalb von zwei Stunden erreichen ...«

»Warum denn nicht zuerst die Botschaft anrufen, um sicherzustellen, daß er auch da ist, um die Mitteilung entgegenzunehmen?« schlug sein Freund vor.

Wenn Tweed das selbst vorgeschlagen hätte, dann wäre das wohl als ein Bruch des Protokolls unweigerlich zurückgewiesen worden – aber wenn die Idee vom Foreign Office selbst kam, dann war ja wohl alles in Ordnung.

Er machte seinen Anruf, sprach mit dem Botschafter, und dieser versicherte ihm, daß es gar keine Probleme gab. Er würde auf Tweeds verschlüsselten Funkspruch warten und dann, da die Angelegenheit so delikat war, den entschlüsselten Text selbst überbringen.

»Ja«, schloß er. »Ich weiß, wo die fragliche Konferenz stattfindet ...«

Crawford war sehr herzlich am Telefon – und gleichzeitig diskret, was den Tagungsort anging. Diese Reaktion hatte Tweed vorausgesehen. Wieder nahm er ein Taxi und fuhr zu seinem Freund ins Foreign Office.

»Ich habe mit Sir William Crawford gesprochen«, verkündete er, als er in dem unbequemen Armstuhl Platz genommen hatte. Jetzt war eine Brücke zwischen dem Botschafter in Paris und seinem Kontaktmann hergestellt – und der Kontaktmann sollte die Brücke jetzt benutzen.

»Was beinhaltet der Funkspruch?« fragte der andere Mann in dem Raum.

»Wir waren übereingekommen, das nur dem Beamten an der Verschlüsselungsmaschine zu sagen. Ich hoffe, das macht Ihnen nichts aus?«

Tweed war von geradezu demütigender Unterwürfigkeit. Deutlich bemüht, die erhabene Institution, durch deren Pforten zu treten ihm das Privileg zuteil geworden war, nicht vor den Kopf zu stoßen. Für jemanden von außerhalb war es nämlich äußerst ungewöhnlich, innerhalb des Foreign Office einen privaten Code zu benutzen. Tweed machte sich die Waffe des Schweigens zunutze und setzte seine Brille richtig auf, während sein Gegenüber nach einem Ausweg suchte. Er fand aber keinen.

»Kommen Sie bitte mit«, sagte er, und sein Ton war deutlich kühler geworden.

Zehn Minuten später war der Funkspruch auf dem Weg nach Paris. Außer Tweed kannte jetzt nur der Beamte an der Entschlüsselungsmaschine den Inhalt. Und der würde zu niemandem etwas sagen. Tweed stieß einen Seufzer der Erleichterung aus, während er sich in Whitehall wieder ein Taxi heranwinkte, die Adresse am Park Crescent angab und sich in den Sitz sinken ließ.

Die gemeine Kriegslist hatte wieder einmal gewonnen. Für den Fall, daß irgendwann einmal ein Zeuge benötigt wurde, daß der Funkspruch wirklich abgesendet worden war, würde der Botschafter ja den Inhalt kennen. Und der Botschafter würde die Mitteilung an Howard im Konferenzraum persönlich übergeben. Damit würde Howard gezwungen sein, die Warnung den anderen drei Sicherheitschefs laut vorzulesen.

»Ich wünsch' mir, ich könnte die Gesichter sehen, wenn

das vorgelesen wird«, dachte Tweed, während das Taxi die Charing Cross Road entlangfuhr. »Einen der vier wird der Schlag treffen ...«

»Jeder der vier könnte es sein. Sie müssen die Akten auf Jahre zurück durchblättern ...«

Tweed gab Miß McNeil diese Instruktion, während sie zusammen an dem Abend dieses schwülen Tages durch den Regent's Park schlenderten. Es war immer noch hell, die Bäume standen in vollem Laub, und das Gras hatte die federnde Elastizität, die Tweed so mochte. Alles war, wie es sein sollte – außer, daß da jetzt irgendwo eine Zündschnur brannte.

»O'Meara, Stoller und Flandres ...«

»Vergessen Sie Howard nicht«, fügte Tweed rasch hinzu.

»Und wonach soll ich suchen?« fragte Miß McNeil beinahe verzweifelt.

»Einen Bruch.« Tweed war unter einem Baum stehengeblieben und blickte über die Rasenfläche hin. »Ein Bruch in den Lebensläufen – in den Akten – eines dieser vier vertrauenswürdigen Herrn. Vielleicht handelt es sich nur um zwei Monate. Ein Zeitraum, über den nichts nachzulesen ist. Der Mann wird eine Ausbildung hinter dem Eisernen Vorhang genossen haben – dessen bin ich sicher. Der Bursche muß vor sehr, sehr langer Zeit ›gepflanzt‹ worden sein ...«

»Also mit Howards Akte wird das eine trickreiche Kiste ...«

»Da müssen wir uns etwas ausdenken – einen Grund, warum Sie sich all diese Dossiers aus der Zentralregistratur kommen lassen. Mir wird schon was einfallen ...«

Er nahm seinen Spaziergang mit hängenden Schultern und glanzlosem Blick wieder auf. »Miß McNeil, es mag witzig klingen, aber ich bin sicher, wir haben unseren Hinweis schon irgendwann einmal bekommen – und zum

Kuckuck noch mal, ich weiß nicht, worauf ich meinen Finger legen sollte ...«

»Tim O'Meara wird auch nicht leichter als Howard zu überprüfen sein – er ist doch erst seit einem Jahr der Kopf der Sicherheitsabteilung des Präsidenten.«

»Und deshalb werde ich morgen eine Concorde nach Washington nehmen, falls ich noch einen Sitz erwische. Ich kenne da jemanden, der mir da vielleicht helfen könnte. Der mag O'Meara nicht. So eine kleine vorgefaßte Meinung kann manche Türe öffnen ...«

»Howard wird den Grund wissen wollen«, gab Miß McNeil zu bedenken. »Die Kosten für das Concorde-Tikket tauchen doch in der Buchhaltung auf.«

»Nein, werden sie nicht. Ich zahle das Ticket aus der eigenen Tasche. Ich habe immer noch etwas von meinem Erbonkel übrig. Und bevor Howard zurückkommt, bin ich schon abgezogen. Sagen Sie ihm doch, ich hätte mal wieder mein Asthma – und daß ich in mein Wochenendhäuschen gefahren wäre ...«

»Aber da wird er bestimmt mit Ihnen Kontakt aufnehmen wollen ...«

»Wegen meines Funkspruchs via Pariser Botschaft?« Tweed war amüsiert. »Ich hege keinen Zweifel, daß er sofort nach seiner Rückkehr in mein Büro stürmen wird. Lassen Sie ihn ein bißchen im unklaren – wegen meiner Fahrt ins Wochenendhäuschen. Sagen Sie, ich hätte einfach mal aus London rausgemußt. Das paßt dann alles zusammen«, bemerkte er mit eulenhaftem Ausdruck. »Er denkt dann, ich wollte ihm für ein paar Tage aus dem Wege gehen. Nicht im Traum wird ihm einfallen, daß ich über den Atlantik geflogen bin.«

Miß McNeil blickte starr voraus. »Drehen Sie sich nicht um – Mason ist hinter uns – tut so, als müßte er seinen blöden Hund Gassi führen ...«

Tweed hielt an, nahm die Brille ab, rieb die Gläser sauber und hielt sie dann mit einem prüfenden Blick durch die Linsen hoch. Gespiegelt in den Brillengläsern war deutlich das Bild von Howards hagerem, erst kürzlich von der Special Branche abgestellten Adlatus zu sehen. Der hatte ebenfalls neben einem passenden Baum angehalten, und sein Scotchterrier schnüffelte daran herum.

»Also, ich ziehe den Hund seinem Besitzer vor«, meinte Tweed, während er seine Brille wieder aufsetzte und weiterging. »Setzen Sie ihn mit auf die Liste. Wenn irgend jemand eine Unstimmigkeit in den Akten finden kann, dann sind Sie es . . .«

Howard hatte sich für die Nacht in dem diskreten und gut beleumundeten Hotel de France et Choiseul in der Rue St. Honoré eingemietet. Während er auf seinen Gast wartete, rief er Park Crescent an. Als der Nachttelefonist antwortete, idenfizierte er sich und sprach dann weiter.

»Ich möchte mit Tweed reden«, sagte er brüsk.

»Einen Augenblick, Sir. Ich stell' Sie in sein Büro durch.«

Howard blickte auf die Armbanduhr und sah, daß es zweiundzwanzig Uhr fünfundvierzig war. Er war verwirrt: Das ganze Gebäude war mit Sicherheit verlassen, aber Tweed war noch in seinem Büro. Er hatte gar nicht gewußt, daß es schon so spät war. Die nächste Überraschung erlebte er, als er die Stimme von Miß McNeil hörte. Rasch sagte er ihr, daß er nicht über eine abhörsichere Leitung sprach.

»Ich telefoniere von meinem Hotelzimmer aus. Ich muß dringend mit Tweed sprechen . . .«

»Tut mir leid, aber Mr. Tweed ist krank geworden. Nichts Ernsthaftes – nur ein böser Asthma-Anfall. Er ist für'n paar Tage aufs Land gefahren . . .«

»Kann ich ihn denn nicht irgendwo telefonisch erreichen?«

»Ich fürchte nein, Sir. Wann können wir Sie denn zurückerwarten?«

»Kann ich noch nicht sagen. Gute Nacht!«

Howard hatte das Gespräch etwas steif beendet. Fragen nach dem, was er vorhatte, mochte er nicht. Bei Miß McNeil kam ihm das merkwürdig vor – daß sie eine Frage stellte, von der sie wußte, daß er sie nicht gutheißen würde.

In dem Büro im Park Crescent legte Miß McNeil lächelnd den Hörer auf. Sie war sich sicher gewesen, daß ihre letzte Frage Howard dazu bringen würde, das Gespräch abzubrechen, bevor er weiterbohren konnte. Sie wandte sich wieder der Akte vor ihr zu. Das Dossier war mit einem roten Stern gekennzeichnet – höchste Geheimhaltungsstufe –, und dann stand da ein Name: Frederick Anthony Howard.

Howard ging in seinem Pariser Zimmer ungeduldig hin und her, als er plötzlich an seiner verschlossenen Tür ein unregelmäßiges Klopfen hörte, das Signal, das er mit Alan Flandres ausgemacht hatte. Trotz des Klopfzeichens entnahm er seinem Aktenkoffer die 7,65er-Automatikpistole, mit der Flandres ihn versorgt hatte, und steckte sie sich in die Jackentasche, bevor er zur Tür ging. Er ließ Flandres ein.

»Chez Benoit, mon ami!«

Der schlanke, drahtige Flandres war unschlagbar: immer optimistisch, immer sprühend. Lächelnd ging er einmal durch den Raum und hatte seine Augen überall.

»Chez was?« wollte Howard wissen.

»Benoit! Benoit! Bei denen kriegt man das beste Essen in ganz Paris. Die letzten Bestellungen werden zwar um neun Uhr dreißig abends entgegengenommen – aber der Patron wird für mich schon eine Ausnahme machen. Der Polizeipräfekt ißt da oft. Sind Sie bereit? Gut ...«

Flandres hatte sein Taxi vor dem Hoteleingang warten lassen. Die Fahrt nahm nur zehn Minuten in Anspruch, und der Engländer blieb in dieser Zeit ruhig und in seine Gedanken versunken. Obwohl er normalerweise so gesprächig war, sagte auch Flandres jetzt nichts; aber dafür sah er sich seinen Begleiter aufmerksam an. Schließlich waren sie da und wurden zu einem Tisch geführt. Sie durchforschten gerade die Speisekarte, als Flandres seine Bemerkung machte.

»Sind Sie wegen meines Telex aus London – daß Carlos heute morgen am Piccadilly Circus gesichtet worden ist – beunruhigt? Sie fragen sich wohl, mit wem er in London verabredet war? Waren Sie heute morgen in London?«

Howard klappte die Speisekarte zu. »Worauf, zum Teufel, wollen Sie da hinaus, Alan?« fragte er ruhig.

»Ach, ich hab' Sie beleidigt?« Flandres war erstaunt. »Ist doch immer dasselbe – ich rede zuviel! Und was diese Renée Duval angeht, die junge Frau, die mir das Telex geschickt hat – ich habe sie von London abgezogen. Es war sowieso nur eine Routineversetzung gewesen. Aber nun ist erst mal wichtig, was wir essen wollen . . .«

Flandres plauderte weiter und steuerte das Gespräch langsam aber sicher von dem Telex weg. Er war nun überzeugt davon, daß den Engländer etwas beunruhigte, etwas, das er vor seinem französischen Kollegen unbedingt verbergen wollte.

## *18. Kapitel*
## Samstag, 30. Mai

Washington D. C., Clint Loomis . . .

Tweed dachte daran, daß diese Bemerkung in dem geheimen Notizbuch, das man bei Warners Leiche entdeckt hatte, bisher noch zu nichts geführt hatte.

Die Concorde war planmäßig in Dulles Airport gelandet. Tweed stieg nicht als einer der ersten aus, aber auch nicht als einer der letzten. Er glaubte nicht an die Wirksamkeit von Verkleidungen, aber bevor er von Bord ging, nahm er die Brille ab. Diese schlichte Handlung veränderte immerhin seine Erscheinung.

Clint Loomis wartete draußen. Ohne weitere Umstände schob er Tweed in eine unscheinbare blaue Limousine. Der Amerikaner, der Ende Fünfzig war, hatte sich seit ihrer letzten Begegnung nicht verändert. Er hatte ein ernstes Gesicht, und seine dunklen Augen blickten aufmerksam und durchdringend. Er trug ein offenes Hemd und eine blaßgraue Freizeithose. Sein Haar war etwas dünner geworden.

»Richtig guten Tag können wir uns sagen, wenn wir da sind«, bemerkte er, während sie vom Flughafen wegfuhren. »Ziehen Sie lieber Ihre Jacke aus . . .«

Die Sonne brannte, und die Luftfeuchtigkeit war fürchterlich. Die beiden fühlten sich wie im Kesselraum eines Dampfschiffes.

»Ist es hier im Mai immer so?« wollte Tweed wissen, während er sich aus seiner Jacke wühlte, sich dann umdrehte, um das Kleidungsstück auf den Rücksitz zu werfen, und dann aus dem rechten Seitenfenster heraus den Verkehr beobachtete. »In Washington gibt es kein ›immer‹«, gab Loomis zurück. »Wir in den Vereinigten Staaten sind eine ruhelose Bande – und dann ändern wir einfach mal das Wetter, wenn wir sonst nicht wissen, was wir ändern sollen. Wir unterhalten uns, wenn wir da sind – und keine Namen bitte, einverstanden?«

»Könnte denn hier im Auto eine ›Wanze‹ sitzen?«

»Abgehört wird doch hier heutzutage alles – selbst abgetakeltes, ehemaliges CIA-Personal. So werden Arbeitsplätze geschaffen. Und dann legt man brav seinen Bericht ab, damit der Boß weiß, daß man auch was tut.«

»Warum diese Eile am Flughafen? So einfach meine Tasche hier auf den Rücksitz zu schleudern . . .«

»Es könnte uns ja einer folgen, deshalb. Wenn wir ankommen, wo wir hinwollen, dann werden wir jeden abgeschüttelt haben . . .«

»Das ist ja, als käme man nach Moskau«, sagte Tweed trocken.

Die Wegweiser sagten Tweed, daß sie in Richtung Alexandria fuhren. Tweed blickte noch einmal durch das Rückfenster, und Loomis sah ihn mit einem verärgerten Stirnrunzeln an.

»Wir werden nicht verfolgt, wenn es das ist, was Ihnen Sorgen macht...«

»Wenn wir irgendwo halten können, dürfte ich dann mal für eine Weile fahren, Clint?«

»Aber sicher. Wenn Ihnen danach ist...«

Das war eines von den vielen Dingen, die Tweed an Loomis mochte – wenn er jemandem vertraute, dann stellte er keine Fragen. Er tat, was man von ihm wollte und wartete die Erklärungen ab.

Später, als sie ausgestiegen waren und gerade die Plätze tauschen wollten, blickte der Engländer über den Highway zurück. Ein grüner Wagen hatte ebenfalls auf dem Seitenstreifen angehalten, und einer der zwei männlichen Insassen machte sich an der Motorhaube zu schaffen. Ein blauer Wagen, ebenfalls mit zwei Männern besetzt, fuhr vorbei – keiner der beiden Insassen würdigte die geparkte Limousine eines Blickes, beobachtete Tweed. Er setzte sich hinter das Steuer und fuhr los.

»Welche Marke ist denn der grüne Wagen hinter uns – der hinter dem Lastwagen? Jetzt in der Kurve können Sie ihn sehen...«

»Ein Chevrolet«, erwiderte Loomis. »Er hat mit uns zusammen angehalten...«

»Ich weiß. Und der blaue Wagen da vor uns – der jetzt wieder einen Zahn zulegt, damit er seinen Vorsprung behält. Die haben uns zwischen sich, Clint. Vom Flughafen an waren die beiden immer bei uns. Und tauschen immer die Positionen aus – mal der eine vorne, dann wieder der andere...«

»Jesus Maria! Ich werde wohl alt...«

»Kommt nur, weil ich hier neu bin, daß mir alles auffällt«, versicherte ihm Tweed. »Wir sollten unsere Freunde jetzt wohl besser einzeln loswerden, meinen Sie nicht auch?« Sie näherten sich jetzt der Verkehrsampel an einer Kreuzung, und der grüne Chevrolet hing immer noch eine Fahrzeuglänge zurück, als Tweed loslegte. Rechts von ihm befand sich einer dieser gewaltigen Sattelschlepper, die die Hälfte aller amerikanischen Warentransporte von Küste zu Küste bewerkstelligen. Tweed drückte das Gaspedal durch . . .

»Passen Sie auf – die Ampel . . .« schrie Loomis.

Gummi quietschte, als Tweed wie ein Torpedo vorwärtsschoß. Der Wagen schlitterte wie verrückt, aber dann war er dem Sattelschlepper ausgewichen, der in dem Moment losgefahren war, als für ihn die Ampel auf Grün umsprang. Wieder ein Kreischen – diesmal von Luftdruckbremsen. Loomis blickte zurück und sah dann wieder Tweed an, der auf seine richtige Fahrspur zurückgefunden hatte. Tweed machte auf den Amerikaner einen reichlich ungerührten Eindruck.

»Sie hätten uns beinahe beide umgebracht . . .«

»Den grünen Chevrolet kann ich aber nicht mehr sehen«, meinte Tweed nach einem Blick in den Rückspiegel.

»Geht ja wohl auch schlecht – der ist dem Sattelschlepper frontal in die Seite gefahren. Der wollte uns gerade überholen, als Sie die rote Ampel überfahren haben . . .«

»Um mit dem blauen Wagen da vor uns mal wieder den Platz zu tauschen. Und jetzt . . .« Tweed trommelte mit den Fingerspitzen auf dem Steuerrad.

». . . jetzt werden wir den auch noch los, und dann sind wir wieder allein; das finde ich viel gemütlicher . . .«

»Aber bitte nicht noch einmal mit der Methode! Ich dachte, ihr Briten wärt ernsthafte, gesetzestreue Typen. Sie wissen wohl nicht, was ein Streifenwagen mit uns angestellt hätte . . .«

»War aber keiner da. Hab' ich überprüft.«

Der Treffpunkt war ein großes weißes Motorboot, das an einer Boje auf dem Potomac festgemacht lag. Tweed war dem Wegweiser nach Fredericksburg gefolgt und war dann unter Anleitung von Loomis nach Osten auf eine Nebenstraße abgebogen. Inzwischen hatten sie den blauen Wagen in einem genauso haarsträubenden Manöver abgehängt, das für den blauen schließlich im Straßengraben geendet hatte.

Als Tweed die Zündung abstellte, war alles ruhig und verlassen. Er stieg aus und genoß für einen Augenblick die Brise vom Wasser her.

»Ist das Ihrer?« fragte er und zeigte auf den Luxuskreuzer.

»Hab' ihn gekauft mit meiner – Abfindung, oder wie würden Sie das nennen? – als ich den Verein verlassen habe. Liegt natürlich noch 'ne Hypothek drauf, von der ich nicht weiß, ob ich sie je zurückzahlen kann. Das Boot gibt mir Sicherheit – hoffentlich . . .«

»Sicherheit?«

Tweed verbarg den Schock, den er verspürte. Seine Reise nach Washington entwickelte sich in einer Weise, wie er es nie vermutet hätte. Zuerst einmal waren sie vom Flughafen Dulles an verfolgt worden – und auf eine Weise, die zeigte, daß Geld dahintersteckte. Es kostet immerhin ein paar Dollar, gleich vier Mann zum Beschatten abzustellen. Und außerdem hatte Clint Loomis, der ehemalige CIA-Agent, seit Tweeds Ankunft dauernd nervös gewirkt.

»Der Verein mag es nicht, wenn ihn Leute lebend verlassen.«

Loomis zog ein mit einem Außenmotor bestücktes Beiboot aus dem Gebüsch, wo es am Flußufer versteckt gelegen hatte. Als das Fahrzeug dann startfertig war, lächelte er schief und bat seinen Besucher mit einer Geste an Bord. »Ich glaube, das kommt von all den Idioten, die im Laufe der Zeit ausgestiegen sind und dann Bücher geschrieben haben, die, wie es im Klappentext der Verlage steht, alles enthüllen.«

»Schreiben Sie denn an einem Buch?« fragte Tweed, während er sich vorsichtig in dem Boot niederließ und Loomis den Außenbordmotor anwarf.

»Ich doch nicht«, sagte Loomis und schüttelte den Kopf. »Und wenn wir jetzt auf der ›Oasis‹ sind ...« Er deutete zu dem weißen Kreuzer hinüber. »... dann können wir uns erst mal richtig die Hand geben.«

»Wie Sie meinen«, gab Tweed zurück.

Sie überquerten den Streifen glattes Wasser, und Loomis drosselte den Motor, bis sie nur noch langsam auf den Schiffsrumpf zutrieben. An Bord der ›Oasis‹ tauchte ein gewaltiger Schäferhund auf, rannte auf den Planken auf und ab und bellte sich die Lunge aus dem Hals. Dann stellte sich das Vieh oben an die Jakobsleiter und starrte nach unten. Das Maul stand offen, und Tweed bekam Zähne zu sehen, die ihn eher an einen Haifisch erinnerten.

»Jetzt geben wir uns die Hand«, erklärte Loomis. »Daran erkennt er, daß Sie ein Freund sind, und Sie werden nicht gefressen.«

»Ich verstehe«, sagte Tweed und gab sich Mühe, aus dem vermeintlichen Freundschaftsbeweis eine richtige Zeremonie zu machen. Als er ohne viel Selbstvertrauen die Leiter hochstieg, ging der Hund tatsächlich ein paar Schritte zurück. Loomis machte derweil das Beiboot fest und folgte Tweed an Bord.

»Über die Reling!« befahl Loomis.

Der Hund sprang über Bord und schwamm einmal um das ganze Schiff herum. Loomis beugte sich die Leiter hinunter, packte den Hund am Halsband und half ziehend mit, als sich das Biest ungeschickt die Stufen empormühte. Dann stand der Hund wieder an Deck und schüttelte sich. Tweed stand natürlich genau daneben.

»Sieht aus, als ob er Sie mag«, sagte Loomis. »Jetzt, wo

wir sicher sind, gehen wir besser unter Deck. Ein Bier gefällig?«

»Wäre mir recht«, stimmte Tweed zu und folgte seinem Gastgeber nach unten, wo ihm der Amerikaner schließlich ein Handtuch reichte, damit er sich abtrocknen konnte. Tweed hatte inzwischen ernsthafte Zweifel daran, ob es klug gewesen war, den Atlantik zu überqueren, um diesen pensionierten Agenten zu treffen.

»Was sollte all der Umstand mit dem Hund?« wollte er wissen.

»Daß ich ihn hab' schwimmen lassen?« Der Amerikaner setzte sich mit ausgestreckten Beinen auf eine Bank. Die Füße hatte er gekreuzt. Zum erstenmal machte er einen wirklich entspannten Eindruck. »Waldo hat eine Ausbildung als Sprengstoffhund. Da kommen wir also zurück und finden ihn auf Deck. Schlußfolgerung? Niemand ist auf dem Schiff – sonst wäre entweder Waldo nicht mehr am Leben oder eine Leiche läge mit zerrissener Kehle auf den Planken. Okay?«

Tweed schauderte, und er nahm einen Schluck von seinem Bier. »Okay«, sagte er.

»Nächster Punkt. Waldo ist darauf abgerichtet, unter allen Umständen an Bord zu bleiben. Da benutzt der Gegner dann Froschmänner, die Haftminen am Rumpf anbringen – entweder mit Zeitzünder oder mit Klöppelzünder –, da braucht man nur fest auf die Planke zu treten, dann gehen die schon hoch. Also schicke ich Waldo über Bord, und er schwimmt einmal rund, ohne sich irgendwo aufzuhalten. Schlußfolgerung? Wären Minen angebracht worden, dann würde Waldo bellen; der stellt sich ganz verrückt an, wenn er Explosivstoffe riecht. Und jetzt wissen wir also, daß uns nichts passieren kann . . .«

»Was für eine Art zu leben! Wie lange geht denn das schon so? Und wer würde denn hier schon Haftminen anbringen?«

»Ein Säugling von Tim O'Meara – der hat mich ja damals rausgeschmissen, als er noch Direktor war, bevor er der Boß vom gesamten Geheimdienst wurde.«

»Und warum sollte O'Meara auf den Gedanken kommen?«

»Weil ich weiß, daß er seinerzeit zweihunderttausend Dollar abgezweigt hat, die eigentlich für eine Waffenlieferung nach Afghanistan bestimmt gewesen waren.«

In seiner Münchener Wohnung konzentrierte sich Manfred auf sein Ferngespräch. Wichtig war ihm dabei vor allem, ob er irgendeine Spur von Anspannung in der Stimme des Anrufers entdeckte. Nur Code-Namen waren bisher gebraucht worden.

»Tweed weiß, daß ein Opfer bestimmt worden ist«, berichtete der Anrufer.

»Weiß er, um wen es geht?«

Manfred hatte die Frage sofort gestellt. Seine Stimme war ruhig, fast gelangweilt, aber die Neuigkeit traf ihn doch wie ein Hammerschlag. Er hätte sich denken können, daß es am Ende Tweed sein würde, der die Wahrheit herausroch. Verdammter Kerl!

»Nein«, gab die Stimme zurück. »Nur daß ein Anschlag geplant ist. Empfehlen Sie irgendein Vorgehen?«

»Danke, daß Sie mich auf dem laufenden halten«, gab Manfred in neutralem Ton zurück. »Und rufen Sie mich bitte morgen wieder an. Zur selben Zeit . . .«

Manfred legte den Hörer auf, fluchte gotteslästerlich und wurde dann bei dem Gedanken, daß er nicht den geringsten Streß in der Stimme des Anrufers entdeckt hatte, wieder etwas ruhiger. Er sah in seinem kleinen Notizbuch nach und wählte dann eine Londoner Nummer an.

Dies alles spielte sich einen Tag vor Tweeds Abreise nach Washington ab. Spät am Abend desselben Tages, an dem die vier Sicherheitschefs im Gebäude der Sûreté in Paris ihre Konferenz abgehalten hatten.

Tweed merkte, daß er in einen Alptraum hineingeraten war. Die Frage, die er sich selbst gegenüber nicht befriedigend beantworten konnte, war, ob Clint Loomis paranoid war – ob er an einem Verfolgungswahn litt, der ihn überall Feinde sehen ließ. Das hätte diesen ganzen Sicherheitsirrsinn an Bord der ›Oasis‹ erklären können.

Dagegen stand aber die Tatsache, daß sie tatsächlich nach der Abfahrt vom Flughafen Dulles von vier unbekannten Männern in zwei Wagen verfolgt worden waren. Loomis wechselte schließlich das Thema – sehr zu Tweeds Erleichterung.

»Charles Warner hat mich vor zwei Wochen hier besucht – er war an Tim O'Meara interessiert. Und Sie sind auch nur in die Staaten geflogen, um mit mir zu reden? Ich kann das kaum glauben . . .«

»Glauben Sie's mal!«

Tweeds Benehmen war plötzlich brüsk. »Als O'Meara noch Direktor der Operationsabteilung des CIA war – da hat er also dafür gesorgt, daß Sie aus dem Verein ausgeschieden sind?«

»Da bin ich mir todsicher . . .«

»Sie kennen doch seinen Werdegang. Wie war denn das?«

»Früher war er Agent im Außendienst. Ich habe damals zu Hause gesessen und seine Berichte überprüft . . .«

»Nachdem er eine Zeitlang in Langley gedient hat, da ist er doch für einige Jahre nach West-Berlin geschickt worden? Richtig?« wollte Tweed wissen.

»Korrekt. Ich weiß nicht, worauf Sie hinauswollen, Tweed. Und so was beunruhigt mich immer . . .«

»Sie müssen mir vertrauen!« Der Engländer strahlte eine ruhige, überzeugende Autorität aus. Er mußte dafür sorgen, daß Loomis weitersprach – daß er beim Thema blieb. Bei O'Mearas dienstlichem Werdegang. »Sie sagen, Sie haben seine Berichte aus West-Berlin auf dem Schreibtisch gehabt. Spricht er denn deutsch?«

»Fließend. Der könnte als Einheimischer durchgehen...«

»Ist er mal als Geheimagent tätig gewesen – in Ost-Berlin?«

»Das war strikt verboten.« Loomis war sich seiner Sache offenbar sehr sicher. »Das stand in seinen Arbeitsanweisungen...«

»Hat damals irgend jemand mit ihm zusammengearbeitet?«

»Jemand namens Lou Carson. Er war O'Meara unterstellt...«

»Und Sie sind sich sicher, daß sich O'Meara während seiner ganzen Zeit in West-Berlin an die Direktive gehalten hat – daß er unter keinen Umständen in den Osten gehen sollte?«

Tweed beobachtete Loomis genau. Der Amerikaner hatte seine hochgelegten Beine wieder heruntergenommen und öffnete gerade eine neue Bierdose. Tweed schüttelte den Kopf; sein Blick blieb auf Loomis fixiert, der ins Weite schaute.

»Vielleicht hat er mich genau seit damals nicht gemocht«, sagte er schließlich.

Tweed saß ruhig da. Er hatte diesen Augenblick schon manchmal bei Verhören erlebt – man spürte einfach, wenn einem glückliche Umstände etwas in die Hände spielten. Das eigene Schweigen spielte dabei genauso eine Rolle wie das Reden.

Loomis stand auf und sah durch ein Bullauge über das friedliche Wasser hin. Das Boot dümpelte sanft, es bewegte sich kaum. Tweed blickte sich in der ordentlichen Kabine um. Der Amerikaner hielt sein Schiff sauber. Tweed erinnerte sich, daß er seinen Schreibtisch in Langley genauso ordentlich gehalten hatte – und hinter diesem Schreibtisch sollte Loomis eigentlich heute noch sitzen. Jetzt sprach der Amerikaner wieder.

»Diese spezielle Gruppe in West-Berlin bestand nur aus

den beiden Männern – sie sollten den ostdeutschen Nachrichtendienst im Auge behalten. Einmal hieß es damals, Carlos sei in Ost-Berlin ...«

»Tatsächlich?«

»Jeder Agent hatte damals sein eigenes Zeichen«, fuhr Loomis fort. »Und da wußte ich immer genau, wenn ein Funkspruch von O'Meara kam oder wenn er von Lou Carson stammte – und die beiden wußten nicht, daß jeder sein eigenes Zeichen hatte. Wissen Sie, nach dem Debakel damals haben wir uns von niemandem mehr in die Karten gucken lassen ...«

»Lassen Sie mich das noch mal klarstellen. Jeder Agent hatte also sein eigenes Identifizierungsmerkmal, und Sie haben gewußt, wer jeweils den Bericht geschickt hat. Aber sowohl O'Meara als auch Carson haben geglaubt, die Sache mit dem Erkennungszeichen gelte nur für sie selbst – und nicht für den anderen?«

»Sie haben's erfaßt. Wissen Sie, Tweed, man bekommt ein Gefühl dafür, wenn irgend etwas nicht stimmt. Es kamen da auf einmal Funksprüche von O'Meara, aber der ganze Satzbau klang einfach nicht nach O'Meara – obwohl der Erkennungscode stimmte. Also hüpfte ich ins Flugzeug und machte mich unangemeldet auf den Weg nach Berlin. Lou Carson war peinlich berührt. Der stand ganz schön im Regen, als ich ihn da alleine vorfand ...«

»Und wo war O'Meara?«

»Der ist zwei Tage später wieder aufgetaucht. Hat Stein und Bein geschworen, er hätte für ein paar Monate die Stelle eines anderen Agenten im Untergrund übernehmen müssen. Der sei nämlich von den DDR-Sicherheitsdiensten erwischt worden ...«

»Und haben Sie ihm geglaubt?« stieß Tweed nach.

»Nein, aber das war nur, weil ich so ein blödes Gefühl dabei hatte. Und mit einem blöden Gefühl kann man nicht beim Direktor auftauchen. Der verlangt nämlich handfeste Beweise ...«

»Wie hatte denn O'Meara die Sache mit dem persönlichen Erkennungszeichen geregelt?«

»Ganz einfach – er hat Lou Carson schlicht sein Codebuch gegeben, damit dieser Funksprüche aussenden konnte, die so wirkten, als kämen sie von O'Meara. Carson hat auf O'Mearas Anweisung hin bei der Geschichte mitgemacht ...«

»Und was ist dann passiert?« fragte Tweed, solange Loomis noch voll im Redefluß war.

»Beide wurden nach Washington zurückgerufen, und andere Agenten haben ihre Plätze eingenommen. O'Meara hatte in West-Berlin gute Arbeit geleistet; und hier hatte er Kontakte zu den richtigen Leuten; und bei seiner Ausstrahlung schwatzt der doch einen Menschen in den Sack und wieder raus. Also, bevor ich mich versah, war er befördert und mein Vorgesetzter, und dann sendet er mich nach Bahrain per Sonderflug und mit zweihunderttausend Dollar im Koffer ...«

»Sie sagen doch, er hätte das Geld unterschlagen.«

»Lassen Sie mich ausreden, verdammt noch mal! Als die Leute, die die Waffen für Afghanistan hatten, das Geld nachzählen wollten, das ich ihnen gegeben hatte, da hieß es auf einmal, alles wäre gefälscht. Die hatten da so'n schlauen Inder, der schon in einer Banknotendruckerei gearbeitet hatte ...«

»Und die Blüten waren gut genug, um Sie selbst zu täuschen?«

»Ich habe da gar nicht groß drauf geachtet. O'Meara hatte den Koffer in seinem Bürosafe, und dann hat er ihn rausgenommen und mir einfach gegeben. Mit dieser Geschichte hat er mich glatt aus dem Sattel gehoben.« Loomis schäumte. »Die haben mich einfach ganz ruhig vor die Tür gesetzt, weil es schon zu viele Skandale gegeben hatte und sie um ihren Ruf besorgt waren ...«

»O'Meara hat Sie also vor die Tür gesetzt? Und sonst noch jemanden?«

»Lou Carson ist auch gegangen. Und ein paar andere. O'Meara hat seine eigenen Leute dafür reingebracht. Und nachdem er ein halbes Dutzend Existenzen ruiniert hat, da stiefelt er einfach über die Leichen hinweg und wird Sicherheitschef des Präsidenten. Burschen wie den gibt's doch überall ...«

»Kann sein – aber dadurch wird's nicht erträglicher«, murmelte Tweed und wechselte dann das Thema. Er wollte sich in halbwegs freundschaftlicher Stimmung verabschieden, bevor er am nächsten Tag wieder die Concorde nach London bestieg.

Während Tweed noch an Bord der ›Oasis‹ war, bekam Manfred genau zur verabredeten Zeit sein zweites Ferngespräch. Manfred begann die Unterhaltung.

»Sie haben nichts zu befürchten. Tweed ist in Washington.«

»Blödsinn! Woher wollen Sie denn das wissen?«

»Weil ich meine Leute überall habe. Ist kein besonderes Problem. Es sind bereits Maßnahmen eingeleitet ...«

»Sie meinen, Sie wollen Tweed ...«

»Das reicht! Und die Antwort auf Ihre Frage ist nein. Das wäre keine kluge Taktik. Krokodil läuft weiter nach Plan. Und jetzt muß ich mich um etwas anderes kümmern ...«

Es wäre keine kluge Taktik ... Manfred stand da und blickte ruhig vor sich hin. Er war seinem Anrufer gegenüber nicht gerade offen gewesen, aber das war häufig Manfreds Art. Er würde den Teufel tun und zugeben, daß es eine verdammt schwierige Sache werden würde, Tweed aus dem Weg zu schaffen. Was Gefahren anging, war der Engländer mit einem sechsten Sinn ausgestattet.

Da gab es einen viel besseren Weg, um mit dem Problem fertigzuwerden. Er nahm den Telefonhörer wieder auf und wählte eine Washingtoner Nummer.

Es war Sonntag, der 31. Mai. Tweed hatte die Nacht an Bord der ›Oasis‹ verbracht, die der Amerikaner inzwischen an einen anderen Anlegeplatz gefahren hatte. Das bestätigte wieder einmal die Nervosität, die Tweed schon bei seiner Ankunft bei ihm festgestellt hatte.

»Man sollte nie zu lange an derselben Stelle bleiben«, bemerkte Loomis, während er den Kreuzer an der neuen Boje festmachte. »Und Stellungswechsel immer nachts und immer ohne Beleuchtung.«

»Ist doch ungesetzlich, oder?« fragte Tweed. »So ohne Positionslichter herumzuschippern.«

»Äußerst sogar . . .«

Bei einer Mahlzeit, die der Amerikaner in der kleinen Schiffsküche zubereitet hatte, sprachen sie von alten Zeiten. Loomis meinte, er hätte gehört, daß Tweed für den Fall in Reserve gehalten wurde, daß »dieser Howard mal über seine großen Füße stolperte. Und dann sollen Sie wahrscheinlich Kehricht aufschaufeln. Nein, sagen Sie nichts«, sagte Loomis und hob dabei abwehrend den Bratwender. »Meine Zuträger sind in Ordnung.«

Unmittelbar bevor es zum Flugplatz gehen sollte, bemerkte Tweed zwei Dinge, die ihn verstörten. Er war schon mit seinem Koffer an Deck und wartete darauf, daß Loomis zuerst die Leiter ins Beiboot hinunterstieg, als er am Ufer eine Bewegung ausmachte.

»Geben Sie mir den Feldstecher, Clint«, rief er.

Irgend etwas im Tonfall seines Gastes ließ Loomis sich beeilen. Tweed hob das Glas an die Augen, stellte es ein und suchte kurz das Ufer ab. Dann gab er das Fernglas zurück. Seine Lippen waren zusammengepreßt.

»Sind Sie Vogelkundler?« wollte Loomis wissen.

»Drüben in den Bäumen, da waren zwei Männer. Einer hatte eine Kamera mit Teleobjektiv – ein ziemlich gewichtiges Gerät. Ich glaube, er hat die ›Oasis‹ fotografiert . . .«

»Vielleicht nur so ein Fotoamateur. Die machen doch von allem Bilder.«

Sie kletterten in das Beiboot, und Waldo, der Hund, stand oben an der Jakobsleiter und paßte auf, als aus der Richtung der Chesapeake Bay ein Hubschrauber über das Wasser direkt auf sie zugeflogen kam. Während sie von dem Kajütkreuzer wegfuhren, bog Tweed den Kopf zurück, um noch einen Blick auf die Maschine zu erwischen.

»Seit meiner Ankunft ist das jetzt das drittemal, daß dieser Hubschrauber uns überflogen hat«, bemerkte Tweed.

»Die fliegen aber hier die ganze Zeit herum. Küstenwache, Privatmaschinen ...«

Loomis war voll damit beschäftigt, das Beiboot zu der Stelle zurückzufahren, wo sein Wagen geparkt stand. Tweed, der im Heck kauerte, blickte weiter dem Hubschrauber nach. Das Sonnenlicht wurde in dem Plexiglas der Kanzel reflektiert, und es war unmöglich, in das Cockpit hineinzusehen.

»Ich glaube, es war aber immer dieselbe Maschine«, insistierte er.

Loomis war nicht beunruhigt. »Ist schon in Ordnung – wir haben ja Waldo an Bord gelassen.«

Am Flughafen lief alles ab wie am vorangegangenen Tag – eilig. Tweed stieg aus dem Wagen und ging rasch und ohne einen Blick zurück auf das Flughafengebäude zu. Er hörte, wie Loomis hinter ihm schon wieder wegfuhr.

Nach dem Abheben schien es Tweed an Bord der Concorde, als sei er überhaupt nicht in Amerika gewesen – so schnell ging alles. Und er war so in Gedanken, daß er noch nicht einmal bemerkte, als sie die Schallmauer durchbrachen. Bruchstücke seiner Gespräche mit Loomis kamen ihm wieder ins Gedächtnis.

... O'Meara ... zwei Tage später wieder aufgetaucht ... war woanders untergetaucht ... einige Monate ... hatte Lou Carson sein Codebuch übergeben ...

Tweed fühlte sich schläfrig. Er schloß die Augen und

schlief ein. Er erwachte, als die Maschine zur Landung ansetzte. Sie waren in London. Alles war nur ein Traum gewesen. Er war überhaupt nie weg. Als er im Park Crescent ankam, bereitete ihn schon der Gesichtsausdruck von Miß McNeil auf den Schock vor.

## *19. Kapitel*
## Sonntag, 31. Mai

Als er vom Flughafen Dulles allein zurückkam, parkte Clint Loomis seinen Wagen an einer anderen Stelle. Er kannte jeden Zentimeter des Ufers an beiden Seiten des Wasserweges, und diesmal wählte er einen verlassenen Schuppen am Ende einer unbefestigten Fahrspur, um den Wagen unterzustellen. Dann begab er sich auf den langen Weg dorthin, wo das Beiboot verborgen lag.

Es war wieder einmal heller Sonnenschein, und während Loomis das Boot ins Wasser zog, einstieg und den Motor anließ, brannte die Hitze in seinem Nacken. In einiger Entfernung lag der Kajütkreuzer ›Oasis‹ – er leuchtete regelrecht, die Sonnenstrahlen wurden von dem polierten Messing reflektiert. Als er den Hubschrauber hörte und sah, wie die Maschine in Richtung der Chesapeake Bay verschwand, mußte Loomis für einen Augenblick an Tweed denken. Aber dann wandte er seine Aufmerksamkeit wieder dem kleinen Motorboot zu.

Waldo wartete schon auf ihn. Er bellte wie verrückt an der Reling. Während er das Beiboot festmachte, bemerkte Loomis halb unbewußt einen weiteren Kajütkreuzer, der seinem ganz ähnlich sah und der von der Chesapeake Bay heraufkam. Wieder machte er sich an seine Routineüberprüfung – er scheuchte Waldo über Bord und wartete, bis der Hund einmal um das Schiff herum geschwommen war, bevor er ihn wieder heraufholte.

Merkwürdig war, daß Waldo erst dann wieder Zeichen von Erregung von sich gab, als er wieder an Deck stand. Der Hund schüttelte sich trocken – und Loomis mußte grinsen, als er sich daran erinnerte, wie Tweed am Tage zuvor den ganzen Wasserschwall abbekommen hatte. Aber dann stand der Hund, immer noch triefend, auf einmal ruhig da. Der Körper des Tieres spannte sich, die Ohren legten sich flach, und mit gebleckten Zähnen stieß der Hund ein tiefes, langgezogenes Knurren aus.

»Was ist denn los, Junge? Hat Tweed dich nervös gemacht?«

Loomis folgte der Richtung von Waldos Blick, und sein Gesichtsausdruck veränderte sich. Waldo blickte dem Kajütkreuzer entgegen, der die ›Oasis‹, wenn er nicht sofort den Kurs wechselte, auf seinem Weg stromauf sehr dicht passieren würde. Merkwürdig, Loomis konnte niemanden an Deck ausmachen. An so einem schönen Tag lag doch gewöhnlich immer jemand auf den Planken. Loomis rannte in die Kabine.

In einem verschlossenen Wandschrank unterhielt der Ex-CIA-Agent ein kleines Arsenal. Er öffnete die Tür und sah die Maschinenpistole, die doppelläufige Schrotflinte und drei Pistolen vor sich. Er wählte die Schrotflinte.

Wie ein Geisterschiff sah der Kreuzer aus, dachte Loomis, als er wieder an Deck war. Getönte Scheiben verbargen den Mann im Ruderhaus, der ja einfach dort stehen mußte. Verdammt noch mal, da mußte doch jemand am Ruder stehen! Langsam und bedrohlich stampfend näherte sich das Schiff der ›Oasis‹. Ein Stück Stoff hing über dem Bug und verdeckte den Schiffsnamen.

Waldo stand da wie eine gespannte Feder. Seine Nackenhaare standen senkrecht, und das sanfte Grummeln tief in seiner Kehle wirkte viel bedrohlicher als ein normales Gebell. Loomis blickte sich nach Hilfe um. Aber da war nur die weite, leere Wasserfläche.

Loomis duckte sich und hielt die Schrotflinte verdeckt.

Wenn es Schwierigkeiten geben würde – eine Ladung ins Ruderhaus, und der Mann da drinnen hatte es hinter sich. Und das würde mit Sicherheit der Rudergänger sein – was bedeutete, daß das Schiff dann seinen unerbittlichen Kurs nicht weiter halten konnte.

Der Kreuzer würde in Meterabstand an Backbord vorbeilaufen, der Schiffsseite, an der Loomis sich aufhielt. Das verflixte war nur, daß er selbst nicht die Initiative ergreifen konnte, denn es war ja immer noch möglich, daß eine friedliche Besatzung an Bord ›der christlichen Seefahrt oblag‹, wie es früher wohl einmal geheißen haben mochte. Er wünschte sich Tweed an Bord zurück. Er hatte das Gefühl, Tweed hätte nicht einfach dagesessen und abgewartet. Aber was zum Teufel konnte er denn tun?

Sich hinstellen und die Burschen durch das Megaphon anrufen? Um damit eine wunderbare Zielscheibe abzugeben? Er war doch tatsächlich drauf und dran, das Schiff für den herannahenden Feind zu halten – und das ohne die Spur eines Beweises. Doch! Waldo war der Beweis – seine Reaktion war ungewöhnlich aggressiv . . .

Sie gingen dann in einer Weise vor, wie Loomis es nicht vorausgesehen hatte. Sie waren fast längsseits der ›Oasis‹, als ein Schwarm von dunklen, ananasförmigen Geschossen den Wasserstreifen zwischen den beiden Booten überquerte und an den verschiedensten Stellen landete. Auf dem Deck, im Bug, am Niedergang. Granaten! Herr im Himmel . . .!

Die Zeitzünder waren knapp gestaffelt. Eine Granate landete dem Hund zwischen den Füßen und detonierte schon beim Aufschlag. Das Tier löste sich in einer wirbelnden Masse von blutigem Fleisch und Knochen auf und klebte überall am Holz der Aufbauten. Loomis verlor fast den Verstand. Er richtete sich auf.

»Ihr Schweine!«

Seine Schrotflinte war schon auf die getönten Scheiben des anderen Schiffes gerichtet, aber bevor er den Finger krumm machen konnte, explodierte die Granate, die direkt hinter Loomis gelandet war. Plötzlich spürte er seine Beine nicht mehr und fiel rückwärts die Kajütstreppe hinunter. Unten landete er gerade in dem Moment, als eine der Granaten, die in die Kabine gerollt waren, hochging. Sie riß ihm den halben Kopf ab.

Als zehn einzelne Explosionen zu hören gewesen waren, wurde die ›Oasis‹ mit einem Bootshaken gepackt. Der Mann, der ihn hielt, trug einen Kampfschwimmeranzug. Die Maschine des Mörderschiffs war abgestellt worden, und ein anderer Mann, ebenfalls wie ein Froschmann gekleidet, tauchte mit der Maschinenpistole in den Händen auf.

Es kostete ihn nur zwei Minuten, die ›Oasis‹ zu durchsuchen, festzustellen, daß Loomis tot war und daß sich sonst niemand an Bord befand. Dann kehrte er gelenkig an Bord des eigenen Kabinenkreuzers zurück, der Motor wurde wieder angelassen, und das Schiff nahm seinen neuen Kurs auf, der es so rasch und so weit wie möglich von der ›Oasis‹ wegführte.

Hoch oben unter dem blauen Brennglas des Himmels drehte ein Hubschrauberpilot seine Maschine ab und flog in die Washington entgegengesetzte Richtung. Über Funk wiederholte er nur ein einziges Wort.

Erledigt . . . erledigt . . . erledigt . . .

## *20. Kapitel*
## Sonntag, 31. Mai

Die Zentrale des Bundesnachrichtendienstes liegt nur wenige Kilometer südlich von München in Pullach. Erich Stollers Nervenzentrum war von einem Wall von Bäumen umgeben, und weiter innen gab es noch einen Zaun unter Starkstrom. Stoller nannte das Ganze mit seinem trockenen Humor ›meine ganz private Berliner Mauer‹. Gerade hatte er sich diesen Witz Martel gegenüber bei einer Tasse Kaffee erlaubt.

Tweed, der um dreizehn Uhr fünf zurück nach London fliegen sollte, lag, dank des Unterschiedes zwischen den verschiedenen Zeitzonen, an Bord der ›Oasis‹ noch in tiefem Schlummer. Die beiden Männer saßen in Stollers Büro in dem massiven einstöckigen Betonhaus. Durch die Fensterscheiben aus Panzerglas war ein Streifen kahlen Erdbodens sichtbar, auf dem bewaffnete Posten patrouillierten. Weiter hinten lag der elektrische Zaun und noch einmal dahinter das dichte Kiefernwäldchen. Es war ein heißer Vormittag, und die Temperatur stieg immer noch stetig.

»Ich habe vier Jahre in Wiesbaden bei der Kriminalpolizei verbracht«, sagte der Deutsche zu Martel. »Dann bin ich zum BND versetzt worden.«

»Und danach?«

Martel nahm einen Schluck von seinem schwarzen Kaffee und beobachtete dabei Stollers dunkle Augen. Er war entspannt; seine Stimme drückte freundliches Interesse aus.

»Ein Jahr hier und dann zwei in der Sowjetzone.« Stollers Stimme nahm einen finsteren Klang an, als er sich an die Zeit in der DDR erinnerte. »Sie wissen ja, wie das ist – im Untergrund zu leben. Für mich war das wie zehn Jahre. Den ganzen Tag in ständigem Alarmzustand – in jeder Sekunde erwartet man, daß einem von hinten jemand an die Schulter packt. Und nachts kann man nicht schlafen«, beendete er den Satz mit einem schiefen Lächeln. »Sie haben sicher schon von meinem Werdegang gehört . . .«

»Also, alles erzählt mir Tweed auch nicht«, log Martel leichthin. »Und wie lange sind Sie schon wieder zurück in der Zivilisation?«

»Vier Jahre – falls Sie Bayern zur zivilisierten Welt rechnen wollen. Im Augenblick werden doch die Tumulte immer schlimmer. Die Neonazis marschieren, die Linken marschieren dagegen, die beiden treffen aufeinander – und dann peng!«

»Aber die Landtagswahlen in ein paar Tagen sollten dem doch ein Ende setzen«, gab Martel zu bedenken.

»Falls Langers gemäßigte Partei gewinnt. Schwierig ist das Ganze, weil Dietrichs Partei und die dauernden Funde von Delta-Waffen die Leute ganz nach links in Toflers Arme treiben können. Und der macht aus Bayern dann seine eigene Version eines Freistaates – ohne die Bundesrepublik . . .«

»Also, Erich, irgendwie kann ich das Ganze nicht glauben . . .«

»Und ich glaube, daß Sie dabei sind, mich im Augenblick einem ganz privaten Verhör zu unterziehen, und ich frage mich, warum.«

Martel fluchte innerlich. Er hatte riskieren müssen, daß Stoller etwas merkte. Vielleicht war es dumm von ihm gewesen, so etwas bei einem Professionellen und Kollegen zu versuchen. Er machte sich daran, den Schaden wiedergutzumachen.

»Warum so nervös? Ich möchte doch wissen, mit wem ich zusammenarbeite. Vielleicht kann ich Ihnen mal meine eigene Personalakte zu lesen geben . . .«

»'tschuldigung!« Stoller hob die Hand und verzog den Mund langsam und bewußt zu einem Lächeln. Unbewußt tat der Deutsche überhaupt nichts. Sogar wenn er seinen Kaffee schlürfte, wirkte das, als habe er den Verdacht, man hätte ihm etwas hineingemischt.

»Ich bin im Streß«, fuhr er fort. »Wären Sie auch, wenn Sie kurz vor einer so entscheidenden Wahl stünden – und gerade in dem Moment, wenn ein Gipfelexpreß mit den bedeutendsten Staatsmännern des Westens durch Ihre Gegend rollt. Ich bin für den Streckenabschnitt von Straßburg bis nach Salzburg verantwortlich . . .«

»Und der Bundeskanzler?«

»Kurt Langer steigt am Münchener Hauptbahnhof zu – aber auf die anderen drei muß ich hinter Straßburg auch eine ganze Nacht aufpassen.«

»Hört sich an, als ob Sie Ärger erwarten«, tippte Martel an.

»Tu ich auch.« Stoller stand hinter seinem Schreibtisch auf. »Sollen wir jetzt Ihre Freundin Claire Hofer holen und nach München fahren?«

»Kann ich London anrufen, bevor wir gehen?«

»Dann gehe ich schon mal und kümmere mich um Fräulein Hofer. Nein, nein! Sie wollen doch sicher bei Ihrem Gespräch allein sein.« Wenn er so dastand, überlegte Martel, war der Deutsche schon eine eindrucksvolle Gestalt; eigentlich nicht der Mann, von dem man erwarten konnte, daß er zwei Jahre hinter dem Eisernen Vorhang unentdeckt blieb.

»Ich geh' dann schon mal rüber in die Kantine, wo wir Mademoiselle geparkt haben«, meinte Stoller. »Geben Sie der Telefonistin nur Ihre Nummer, und drücken Sie dann den roten Knopf, damit haben Sie den Zerhacker eingeschaltet . . .«

Während er auf seine Verbindung mit Park Crescent wartete, sah sich Martel die Wandkarte von Bayern an. Überall, wo Waffen und Uniformen von Delta gefunden worden waren, waren die Stellen markiert. Kleine Fähnchen gaben das Funddatum an.

Ihm kam es merkwürdig vor, daß die Funde sich in letzter Zeit so häuften. Kein Wunder, daß die Meinungsumfragen anzeigten, daß Toflers Partei um so mehr Unterstützung fand, als sich der Wahltag näherte. Jeder neue Fund erhöhte die Furcht der Wähler vor einem Wahlsieg von Delta. Das Telefon klingelte, und er hörte Miß McNeil am anderen Ende der Leitung. Er bat sie um Fotos ›der vier leitenden Herren . . .‹

»Tweed ist nicht in London«, ließ sich Miß McNeil rasch hören. »Hat gesagt, ich soll Ihnen etwas ausrichten,

Keith. Montag, also morgen, sollen Sie den frühestmöglichen Flug nach Heathrow nehmen, und da werden Sie abgeholt. Ob Sie mir die Flugnummer durchgeben könnten? Gut. Und die voraussichtliche Ankunftszeit? Und bringen Sie ein Paßbild von Miß Hofer mit. Unmittelbar nach dem Treffen fliegen Sie wieder zurück nach Bayern. Die Zeit läuft uns davon ...«

»Als ob ich das nicht wüßte«, gab Martel zurück.

In Paris war es schon am Sonntagmorgen heiß.

Howard war in der Stadt geblieben, nachdem Alan Flandres dringend noch einmal ein Gespräch mit O'Meara über die Sicherheitsmaßnahmen an Bord des Gipfelexpreß angeregt hatte. Der Zug sollte den Gare de l'Est am Abend vom Dienstag, dem zweiten Juni verlassen – in nur noch drei Tagen.

Trotz Howards Protest hatte Flandres darauf bestanden, seinen britischen Kollegen persönlich zum Flughafen Charles de Gaulle zu fahren, damit er seinen Flug nach London erwischte. Als Howard reisefertig und mit der Tasche in der Hand aus dem Lift in die Halle des Hotels de France et Choiseul hinaustrat, traf ihn der Schock.

»Tim fliegt mit Ihnen nach London«, verkündete der Franzose.

»Hab' mich entschlossen, zur Londoner Botschaft zu fliegen und da ein paar Dinge zu erledigen. Und dann hierher zurück zu unserem großen Tag«, erklärte O'Meara. »Und wir beide haben dabei die Gelegenheit, uns besser kennenzulernen ...«

Howard sagte gar nichts und sah sich die beiden unterschiedlichen Männer nur an. Es waren Gegensätze – der schlanke, elegant gekleidete Alan, jedes Härchen an seinem Platz, die Bewegungen gelenkig und präzise – und dagegen der massive Amerikaner mit seinem karierten ›sportlichen‹ Jackett und seinem nicht kleinzukriegenden Selbstbewußtsein.

»Ich muß noch bezahlen«, sagte Howard und ging zum Empfangsschalter hinüber. Sein Blick überflog die Gäste, die in der Halle saßen. Eine schlanke, blonde junge Frau saß da und las in der ›Vogue‹. Sie war elegant gekleidet und hatte ein paar phantastische Beine übereinandergeschlagen. Ein blaues Köfferchen von ›Vuiton‹ stand neben ihrem Stuhl, und als Howard vorbeiging, blickte sie kurz auf.

Er brauchte nur einige Augenblicke, um die Rechnung zu begleichen; dann nahm er sein Gepäck auf und ging zum Hoteleingang, von wo Flandres zu einem blauen, geparkten Citroën vorausging. Flandres öffnete die hintere Tür, und Howard war gezwungen, sich mit O'Meara den Fond zu teilen. Als der Wagen losfuhr, tauchte die Blondine mit ihrem ›Vuiton‹-Köfferchen auf und kletterte in ein wartendes Taxi.

Während der Fahrt ließ der Engländer O'Meara reden und verharrte selbst in nahezu ununterbrochenem Schweigen. Ohne daß er sich den Anschein gab, beobachtete er Alan hinter dem Steuer. Der seinerseits warf häufige Blicke in den Rückspiegel. Howard gewann den Eindruck, daß sie verfolgt wurden.

Er wollte schon fragen, ob der Franzose irgendeinen ›Schatten‹ ausgemacht hatte, aber irgend etwas brachte ihn dann doch dazu, sich ruhig zu verhalten. Am Flugplatz brachte Alan die beiden bis zur Paßkontrolle und nahm dann ausgiebig Abschied.

». . . bis wir uns wiedersehen hier in Paris, im Gipfelexpreß«, murmelte er.

Er sah zu, wie die beiden Männer auf dem Rollband im Inneren der durchsichtigen Röhre steil nach oben gefahren wurden. Eine blonde junge Frau ging an ihm vorbei. Sie trug ein Köfferchen von ›Vuiton‹, und ein kleiner, vierschrötiger Mann mit einem Filzhut auf dem Kopf begleitete sie. Die Posten waren also bezogen. Renée Duval würde melden, was Howard tat und mit wem er sprach. Georges Lepas würde dasselbe bei O'Meara machen. Alan

Flandres war ein Professioneller, und sein Wahlspruch lautete: Traue niemandem – am wenigsten deiner engsten Umgebung. – Und hier stimmte was nicht.

München, Hauptbahnhof. Hier hatte sich Charles Warner bei seinen Besuchen in der bayerischen Hauptstadt herumgetrieben. Martel und Claire hatten Stoller gebeten, sie beim Hotel Vierjahreszeiten in der Stadtmitte abzusetzen. Sobald der Deutsche sich wieder entfernt hatte, nahm Martel die beiden Reisetaschen auf und schüttelte seinen Kopf in Richtung des Hausdieners.

»Wir bleiben nicht hier . . .«

Eine kurze Strecke liefen sie zu Fuß, und dann winkte Martel ein Taxi heran und nannte eine Adresse in der Nähe des Hauptbahnhofes. Nachdem er bezahlt hatte, trennten sie sich – jeder trug seine eigene Tasche. Als sie in die große Bahnhofshalle traten, deutete nichts mehr darauf hin, daß sich die beiden kannten. Claire folgte Martel in einiger Entfernung und dachte dankbar an die Pistole in ihrer Handtasche.

Beide stellten sie ihre Koffer in Schließfächern ab, und dann begann Martel mit seiner Suche. Warum hatte Warner diesen Bahnhof – genau wie das Gegenstück in Zürich – für so wichtig gehalten, daß er es in seinem Notizbuch vermerkt hatte? In dem Bewußtsein, daß er damit jedem, der ihn beschattete, helfen würde, schlenderte Martel mit schräg zwischen die Zähne gesteckter Zigarettenspitze durch das sonntägliche Gewimmel. Hinter ihm hielt Claire nach eben solchen ›Schatten‹ Ausschau. Sie waren nun mitten in dem Spinnennetz.

Erwin Vinz war verzweifelt – und er wußte, das war schlecht, weil das zu Fehlern führen konnte. Nach den beiden Fehlschlägen in Lindau – der wenig erfolgreiche Versuch, Martel während des Nebels umzubringen, und dann auch noch dic Ausschaltung der surfbrettbewährten

Henkerbande – war Reinhard Dietrich voller Wut in seine Münchener Penthousewohnung zurückgeflogen.

»Sie haben doch Martel schon gehabt! In Lindau hatten Sie ihn auf dem silbernen Tablett. Und was passiert? Martel legt Groß praktisch vor Ihren Augen um! Werden Sie so langsam zum Amateur? Falls ja, dann wüßte ich da ein gutes Mittel . . .«

»Aber ich habe einen Plan . . .« begann Vinz.

»Na prima! In Lindau hatten Sie ja auch einen Plan! Und hoffentlich ist Ihnen klar, daß ich Sie zumindest teilweise für das verantwortlich mache, was meinem Neffen Werner zugestoßen ist?« Er hielt inne und erstickte fast an seiner eigenen, inneren Bewegung. Ausgerechnet Erich Stoller hatte ihm die Neuigkeit über Telefon durchgegeben, dieser schmierige Agent, den Dietrich so haßte. Vinz hob noch einmal an.

»Ich bin mir sicher, daß Martel hier in München auftaucht. Und wahrscheinlich kommt er mit dem Zug. Der fährt doch immer Eisenbahn. Ist doch auch von Zürich nach St. Gallen per Bahn gefahren. Und letzten Dienstag hat er St. Gallen im D-Zug nach München verlassen . . .«

»Wo Sie ihn aus den Augen verloren haben«, unterbrach ihn Dietrich sarkastisch.

»Ich habe den Münchener Hauptbahnhof voll mit unseren Leuten«, beharrte Vinz. »Die haben seine Beschreibung. In der Bahnhofshalle ist es so voll, daß ein eventueller ›Unfall‹ niemandem auffallen wird. Schon mancher ist vom Bahnsteig vor den Zug gefallen . . .«

»Ist aber gefährlich«, meinte Dietrich nachdenklich, während er sich eine Zigarre anzündete. »Direkt im Hauptbahnhof Aufsehen zu erregen . . .«

»Nur wenn der Engländer die Bedeutung herausfindet – wenn er überlebt und die Information weitergibt . . .«

»Bringt ihn um!« Dietrich schlug mit der Faust auf den Tisch. Sein Gesicht war rot vor Zorn. »Bringt ihn um für das, was er Werner angetan hat! Und jetzt – raus . . .«

Der Hauptbahnhof war das reinste Inferno; der Krach, das Chaos waren unglaublich. Martel steckte mitten in dem Strom der Fahrgäste, die am Sonntag aus der Stadt hinauswollten und zu ihren Bahnsteigen hasteten. Züge kamen und fuhren wieder nach draußen ...

Saarbrücken, Bremen, Frankfurt, Zürich, Dortmund, Würzburg ... Die Tafeln zeigten Zielbahnhöfe in ganz Europa an. Unter dem hohen Hallendach lagen die Bahnsteige elf bis sechsundzwanzig. Ein Schild wies die Richtung zu einem zweiten Bahnhof daneben – dem Starnberger Bahnhof. Und es gab sogar noch eine dritte Bahnhofshalle für die Bahnsteige eins bis zehn.

Der Wartesaal. Ganze Reihen von Telefonzellen. Ein Café. Ein Kino – durchgehend geöffnet von neun bis einundzwanzig Uhr, Eintritt etliche Mark, für die man den ganzen Tag und bis in den Abend sitzen bleiben konnte. Zig Ausgänge, darunter einer, der in das verwirrende U-Bahn-System hinunterführte.

Wie ein Schwamm saugte Martel alles in sich auf, rauchte an seiner Zigarette und schlenderte quer durch die drängende, schiebende Menschenmenge. Langsam formte sich ein Gedanke in ihm. Warner hatte diesen Treffpunkt von völlig fremden Menschen als wichtig bezeichnet. Hatte er die Lösung buchstäblich vor Augen?

Der Lärm unter dem gewölbten Dach war fürchterlich, all die Stimmen, das Schlurfen und Trampeln, die Bahnhofslautsprecher. Ein einziger Anschlag auf die Nerven. Und auch die Hitze, die sich in dieser gewaltigen Konstruktion gefangen hatte, war zermürbend – ein feuchter Dunst, der Schweiß von Gott weiß wie vielen dahinhastenden Fahrgästen.

Geduldig, die Tasche unter dem linken Arm, die rechte Hand dicht an der Verschlußklappe und damit an der Pistole, schien Claire Hofer in dem Mahlstrom einfach mitzutreiben, während sie in Wirklichkeit dem Engländer unauffällig folgte. Und dann sah sie ihn. Erwin Vinz ...

Sie war sich sicher, daß der Killer sie nicht erkennen würde. Als er damals spät abends in die Empfangshalle des Bayerischen Hofs gekommen war, hatte er noch nicht einmal in ihre Richtung geblickt. Aber Claire Hofer war darin ausgebildet, keine voreiligen Schlußfolgerungen zu ziehen. Sie nahm eine Sonnenbrille aus ihrer Handtasche und setzte sie auf. Sie mußte Martel warnen.

Keith Martels Aufmerksamkeit war von etwas anderem eingenommen. Er hatte das ungemütliche Gefühl, daß er von feindlichen Kräften umgeben war, daß sich mitten in der wirbelnden Menge auch Männer befanden, die untereinander Zusammenhalt hatten, die regelrecht organisiert waren. Und dann sah er jemanden, der das Abzeichen von Delta am Aufschlag trug, einen Mann, der an dem Bahnsteig wartete, an dem der D-Zug Zürich-München ausrollte.

Noch mehr Menschen strömten jetzt vom Bahnsteig in die Bahnhofshalle. Martel tat so, als ob er den Fahrplan studierte, während er in Wirklichkeit den Mann im Auge hielt. Einer der Fahrgäste, die eben ausgestiegen waren, zeigte dem Mann seinen Fahrschein und nahm ihn dann wieder an sich – also war es eine Rückfahrkarte. Das alles passierte sekundenschnell – das Zeigen der Fahrkarte, das Händeschütteln mit dem wartenden Delta-Agenten, und dann waren die beiden schon hinüber auf dem Weg in das Café. Der Neuankömmling trug ebenfalls ein silbernes Dreieck am Aufschlag.

»Erwin Vinz ist hier. Er trägt dasselbe wie in Lindau. Er steht neben dem beladenen Gepäckwägelchen hinter Ihnen – er hat Sie erkannt . . .«

Claire Hofer rieb sich das Gesicht, um zu verbergen, daß ihre Lippen sich bewegten, während sie neben Martel stehengeblieben war, der immer noch so tat, als sähe er sich den Fahrplan an.

»Passen Sie auf sich selber auf«, sagte er warnend. »Ich

glaube, hier wimmelt es nur so von diesen Delta-Typen. Zwei davon sind gerade ins Café gezogen ...«

Er ließ Claire Hofer vor dem Fahrplan stehen, und sie tat auch für ein paar Augenblicke lang so, als notiere sie sich Abfahrtszeiten in ihrem Büchlein. Als sie sich umdrehte, verschwand Martel gerade in dem Eingang des Cafés. Erwin Vinz hatte offenbar mit einem Mann gesprochen, auf den sie nur noch einen kurzen Blick erhaschte: gebräunte Haut, eine große Sonnenbrille; und dann war der Mann schon in Richtung Ausgang verschwunden.

In dem Café bestellte sich Martel eine Tasse Kaffee, zahlte und suchte sich dann einen Tisch in der Nähe des Eingangs. Er saß mit dem Rücken zur Wand. Die zwei Leute von Delta waren in ihr Gespräch vertieft. Der Neuankömmling übergab seinem Gefährten einen dicken Umschlag, der sofort in der Brusttasche des Mannes verschwand.

Ein Blick, eigentlich nur ein kurzer Augenaufschlag in Martels Richtung, sagte dem Engländer, daß er in eine Falle gegangen war.

Sie hielten sich am nächstgelegenen Ausgang auf und blockierten seinen Fluchtweg – fünf kräftige Kerle mit Tirolerhüten und Maßkrügen in der Hand. Martel griff sich den Pfefferstreuer, während einer der Burschen sich zu ihm an den Tisch setzte. Der Mann setzte seinen Maßkrug an, faßte in die Tasche und zog ein Notizbuch hervor. Das legte er vor sich auf den Tisch. Martel hatte er immer noch nicht angeblickt.

Wieder steckte er die Hand in die Tasche, und als er sie herauszog, hatte er einen Filzschreiber zwischen den Fingern. Den hielt er unter der Tischplatte versteckt, drückte dann auf den Knopf, und die Stilettkanüle schoß gebrauchsbereit nach vorn. Martel riß den Deckel des Pfefferstreuers ab und stieß dem Mann den Inhalt in die Augen. Der schrie – aber der Schrei ging in einem noch lauteren Geräusch unter. Im Explosionsknall von Pistolenschüssen.

Martel sprang auf, stieß den Tisch um und warf dabei sein Gegenüber samt Stuhl zu Boden. Die Männer an der Tür stolperten sich gegenseitig in den Weg, und auf ihren Gesichtern zeichnete sich Furcht ab. Sie wollten so schnell wie möglich fort von dem Eingang, den sie noch Sekunden zuvor so selbstsicher blockiert hatten.

»Hier raus!«

Ganz kurz sah Martel Claire in der Türe, die die Pistole, aus der sie geschossen hatte, in beiden Händen hielt und auf die Delta-Leute zielte. Ihre ersten Schüsse waren noch in die Luft gegangen. Martel rannte los und ließ dann einen Mann, der ihn aufhalten wollte, mit einem Handkantenschlag zu Boden gehen.

Als er draußen war, steckte Claire ihre Pistole schnell in die Handtasche zurück, und Martel griff sie beim Arm. Zusammen hasteten sie über den Vorplatz. Hinter ihnen herrschte schreiendes, fluchendes Durcheinander. Die verängstigten Cafégäste waren in Panik geraten und stolperten ins Freie.

»U-Bahn!«

Martel rief das Wort Claire direkt ins Ohr, während er sie rasch durch die Menge steuerte. Er stieß Menschen mit dem Ellbogen auf die Seite und drängte sich rasch zu der Rolltreppe durch, die zur U-Bahn hinunterführte.

»Fahrscheine . . .« erinnerte ihn Claire.

»Habe ich eben schon ein paar gekauft – damit wir einen raschen Fluchtweg haben . . .«

Bevor man die U-Bahn besteigt, muß man seine Fahrkarte kaufen, sie an einem Automat abstempeln lassen, und dann erst kann man auf der Rolltreppe hinunterfahren. Immer noch sehr rasch und immer noch Claires Arm sehr fest gepackt haltend, hielt Martel auf den U-Bahn-Eingang zu. Wie ein Slalomläufer kurvte er dabei um die anderen Passagiere herum.

Aber dabei paßte er auf, daß er sich nicht allzu ruppig benahm – es sollte ja unauffällig wirken. Immerhin hatten sie einen kurzen Vorsprung; ihre U-Bahn würde schon losgefahren sein, bevor die Delta-Leute vom Hauptbahnhof her ankamen. Die mußten sich erst ihre Fahrkarten kaufen, sie abstempeln und dann nach unten kommen. Sie erschienen auf dem Bahnsteig, als der Zug gerade einfuhr.

Als der Zug wieder losfuhr, war sich Martel sicher, daß ihnen niemand an Bord gefolgt war. Er sah Claire an, die neben ihm saß. Claire nahm ihre Sonnenbrille ab. Auf ihrer Stirn standen Schweißtropfen – aber da ging es anderen Passagieren, die in Hemdsärmel im Wagen saßen, auch nicht besser. Unsicher blickte Claire Martel an.

»Wir gehen jetzt geradewegs zum Clausen«, sagte er ruhig. »Das ist ein kleines Hotel in einer Seitenstraße. Unser Gepäck holen wir dann später – sehr viel später.«

»Und was hat uns das Ganze gebracht?« fragte sie.

»Eine ganze Menge. Ich weiß jetzt, warum Hauptbahnhöfe so wichtig sind.«

Die Concorde ging sonntags von Washington um dreizehn Uhr fünf Ortszeit ab und erreichte Heathrow um einundzwanzig Uhr fünfundfünfzig westeuropäischer Zeit. Das Taxi setzte Tweed am Park Crescent ab, wo Miß McNeil – die er schon telefonisch vom Flughafen Dulles benachrichtigt hatte – in seinem Büro auf ihn wartete. Die Wanduhr zeigte dreißig Minuten vor Mitternacht.

»Die Nachricht ist gerade über Telex gekommen.«

Miß McNeil machte gar keine Anstrengungen, Tweed den Schock, der ihm jetzt bevorstand, zu erleichtern. Jede Art von Getue war schließlich etwas, das ihr Chef verabscheute.

»Was für Nachrichten?« wollte er wissen.

»Ihr alter Freund, Clint Loomis, ist ermordet worden . . .«

Sie gab Tweed das Telex und setzte sich mit aufgeschlagenem Notizblock bereit. Sie wartete und kritzelte vor sich hin. Tweed, der sich langsam in seinen Drehstuhl mit dem abgewetzten Polster sinken ließ, blickte sie nicht an. Tweed las die Meldung dreimal durch.

Ex-CIA-Agent Clint Loomis unbekannten Mördern zum Opfer gefallen . . . an Bord Kabinenkreuzer Oasis . . . Staatsanwalt, der in der Nähe geangelt hat, hat zweites Wasserfahrzeug längsseits gehen sehen . . . Loomis und Wachhund durch Handgranaten getötet . . . CIA unterstützt FBI-Untersuchungen . . .

»Dieser verdammte Hubschrauber«, murmelte Tweed. »Er wollte ihn ja partout nicht im Auge behalten . . .«

»Wie war das bitte?« fragte Miß McNeil.

»Entschuldigung, hab' nur laut gedacht.« Tweeds Stimme wurde wieder lebendiger, er setzte sich aufrecht hin und schob das Blatt aus dem Fernschreiber vor sich auf den Tisch. »Stecken Sie das in den Reißwolf. Soll niemand zu sehen kriegen. Irgendeine Nachricht von Martel?«

»Er hat mich von Bayern aus angerufen. Er kommt morgen früh an, und ich habe für ihn ein Hotelzimmer in der Nähe von Heathrow bestellt. Er hat mir die Einzelheiten des Fluges durchgegeben, und Sie können ihn dann morgen treffen.«

Tweed drehte sich in seinem Stuhl um und blickte auf die heruntergelassenen Rollos. Die Fläche war so leer wie sein Gehirn. Er war aufs äußerste beunruhigt.

»Die Sache spitzt sich so langsam zu«, meinte Miß McNeil.

»Und uns bleiben nur noch zwei Tage, die unmögliche Aufgabe zu lösen. Der Gipfelexpreß verläßt den Gare de l'Est in exakt achtundvierzig Stunden, von jetzt an gerechnet.«

Er drehte sich wieder zu Miß McNeil um. »Sie haben sich doch jetzt sämtliche Akten angesehen. Nichts Greifbares, wie ich vermute . . .«

»Doch, da war was«, gab Miß McNeil zurück.

Das Ferngespräch aus Washington kam kurz vor Mitternacht, als Manfred sich in seiner Münchener Wohnung bereits schlafen gelegt hatte. Er knipste die Nachttischlampe an, zog sich die Handschuhe über und nahm ab. Die Erkennungsprozedur war abgeschlossen, und die Stimme mit dem amerikanischen Akzent gab kurz ihre Botschaft durch.

»Der Vertrag von Loomis ist abgeschlossen. Wir haben uns entschlossen, ihn nicht zu erneuern . . .«

»Danke sehr . . .«

Manfred legte auf, stieg aus dem Bett und tappte im Zimmer umher. Alles lief prächtig. Nichts konnte Krokodil mehr aufhalten. Das große Morden würde genau nach Plan laufen.

## *21. Kapitel*
## Montag, 1. Juni

»Uns bleibt noch, was vom heutigen Tag übrig ist, und ein Teil des Dienstags, bevor morgen abend der Gipfelexpreß seinen Weg von Paris nach Wien beginnt«, sagte Tweed.

»Und in diesen wenigen Stunden«, bemerkte Martel, »müssen wir herausfinden, welchem der westlichen Politiker der Anschlag gelten soll. Und wir müssen den Sicherheitschef herausfinden, der den faulen Apfel darstellt – wieder einmal aus vier möglichen Kandidaten . . .«

Im Londoner Flughafenhotel hatte Miß McNeil drei Zimmer reserviert – jede Reservierung unter einem anderen Namen. Die Zimmer würden nur in der kurzen Zeitspanne benutzt werden, in der Tweed mit Martel konferierte; aber das würde kein Aufsehen erregen: So etwas war beim internationalen Management durchaus gebräuchlich.

Sie hielten ihr Treffen in dem mittleren Zimmer ab. Zuvor hatte Tweed überprüft, daß die Zimmer zu beiden Seiten tatsächlich leer waren. Nach seiner Bemerkung steckte Martel eine Zigarette in seine Spitze. Er war gerade erst per Flugzeug aus München eingetroffen. Unmittelbar im Anschluß an das Gespräch würde er nach Deutschland zurückfliegen.

»Irgendeine Idee?« fragte Martel. »Sagt uns der Mord an Loomis irgend etwas?«

»Es ist ziemlich sicher, daß, nachdem der britische Botschafter in Paris den Funkspruch während der Konferenz verlesen hat. einer der vier Sicherheitschefs etwas unternommen haben muß. Er hat mich bis zum Londoner Flughafen beschatten lassen, wo ich die Concorde bestieg. Offenbar war einfach nicht genug Zeit, Loomis umzubringen. bevor ich mit ihm sprechen konnte ...«

»Was ist denn mit Alan Flandres? Über sein Vorleben schweigen sich die Akten ziemlich aus. Und dann haben wir O'Meara – diese zweimonatige Abwesenheit von seinem Berliner Posten, von der Loomis Ihnen erzählt hat. Die Zeit könnte er in Ost-Berlin zugebracht haben.«

»So sehe ich das auch ...«

»Aber ich habe auch noch einen anderen Kandidaten – Erich Stoller vom BND. Er hat zwei Jahre in dem. was er die ›sowjetische Besatzungszone‹ nennt, im Untergrund zugebracht.«

»Das wußte ich nicht«, gab Tweed zurück. Interessiert beugte er sich über den Couchtisch nach vorn. »Haben Sie das rausbekommen?«

»Nein, er hat es mir freiwillig gesagt. Hat geglaubt, Sie wüßten das bereits. Er hat auch gemerkt, daß ich ihn ausfragte, aber seine Bereitschaft zur Zusammenarbeit schien dabei nicht zu leiden ...«

»Nun, ich war nicht informiert. aber Erich ist schlau«, sagte Tweed, lehnte sich in dem Stuhl zurück und blickte an die Decke. »Er mag angenommen haben, daß wir es aus seiner Akte herauslesen konnten. Da haben wir also zwei Möglichkeiten – O'Meara und Stoller. Und wenn wir hier fertig sind, dann fliege ich nach Paris und treffe mich mit Alan. Ich möchte mal seine eigene Version von seiner Vergangenheit hören.«

»Und Howard?«

»Wohl kaum.« Tweed nahm seine Brille ab und rieb sich die Augen. Martel bemerkte die Anzeichen der Müdigkeit. »Ich mag ihn nicht«, fuhr er fort. »Aber das hat keine Bedeutung. Wir suchen nach einem Verräter, der seinem ekligen Gewerbe bereits seit Jahren nachgeht...«

»Dann wollen Sie also Howard draußen vor lassen?«

Tweed antwortete nicht, sondern suchte in seiner Aktenmappe herum, die er seitlich an seinem Stuhl abgestellt hatte. Er nahm die Fotokopie einer Akte heraus und gab sie Martel. Vorne drauf standen die Einstufungen als Geheimmaterial, eine Registraturnummer und drei Worte. Frederick Anthony Howard.

Martel machte sich daran, die Akte zu überfliegen, und Tweed erklärte. »Dafür müssen wir uns bei Miß McNeil bedanken. Ich habe nicht die blasseste Ahnung, wie es ihr gelungen ist, die Papiere aus der Zentralregistratur herauszukriegen und die Fotokopie zu machen. Ich nehme an, sie besitzt einen zweiten Schlüssel zum Aktenraum...«

»Junge, Junge!« Martel blickte auf. Der Gedanke an das Risiko, das Miß McNeil eingegangen war, beunruhigte ihn. »Und davon hat sie Ihnen nie etwas gesagt?«

»Nein«, sagte Tweed ruhig. »So ist sie nun mal. Und ich stelle keine Fragen. Sind Sie schon da?«

»Wo?«

»Auf Seite zwölf. Vor ein paar Jahren hat Howard mal einige Zeit bei der Nachrichtenabteilung der Pariser Botschaft verbracht. Dabei hat er mal Urlaub genommen – sechs Wochen. In Wien.«

»Normalen Erholungsurlaub?«

»Nein, er hatte sich krank gemeldet. Er stand kurz vor einem Nervenzusammenbruch – ›vegetative Dystonie‹

hatte der Medizinmann es genannt. Der ärztliche Bericht liegt an. Von Januar bis Februar war er abwesend. Denken Sie an das Wetter in Österreich. Merkwürdiger Aufenthaltsort für einen Rekonvaleszenten . . .«

»Wenn er sich in Wien auskennt, dann wird ihm das dabei helfen, auf die Premierministerin aufzupassen.«

»Das ist ebenfalls merkwürdig«, gab Tweed zu bedenken. »Diesen Umstand hat er, soviel ich weiß, nie erwähnt.«

Martel gab die Fotokopie zurück, saß da und zog an seiner Zigarette. Tweed nahm einen Umschlag mit vier Hochglanzfotos heraus. »Sie wollten doch Fotos von Flandres, O'Meara, Howard und Stoller . . .« Martel steckte den Umschlag in die Tasche, drückte seine Zigarette aus und sagte ohne sonderliche Begeisterung: »Uns bleibt so wenig Zeit, daß wir alle vier Sicherheitschefs aufs äußerste unter Druck setzen müssen – in der Hoffnung, daß der unbekannte Attentäter eine falsche Bewegung macht. Klopfen wir doch mal ordentlich auf den Busch . . .«

»Aber wie?«

»Indem wir jeden einzeln auf die Seite nehmen und ihm das sagen, was wir bisher ausgelassen haben. Ich erledige das bei Stoller – und Sie müssen mit Howard, Alan und O'Meara sprechen . . .«

»Was soll ich denen denn sagen?«

»Daß wir aus derselben zuverlässigen Quelle, aus der wir wissen, daß einer der westlichen Politiker im Gipfelexpreß ermordet werden soll, auch davon Kenntnis haben, daß einer der vier Sicherheitschefs der Mörder sein wird.«

Aus einer Innentasche zog Tweed eine plastikumhüllte Karte und reichte sie seinem Gegenüber. Martel sah sich die Karte, die sein Foto trug, an, während Tweed, der ruhelos im Raum auf und ab ging, seine Erklärung dazu abgab. Bisher hatte er auf Martels provozierenden Vorschlag noch nicht reagiert.

»Keith, wir werden uns nicht mehr sehen, bevor der Gipfelexpreß morgen abend den Gare de l'Est verläßt. Mit dieser Karte können Sie überall auf der Strecke zusteigen. Niemand könnte Ihnen das verwehren – noch nicht einmal Howard ...«

Erlaubnis zu passieren ... Dem Inhaber, Keith Martel, ist jede Hilfe zu gewähren ... insbesondere Erlaubnis, Waffen jeglicher Art mit sich zu führen ...

Quer über seine Unterschrift hatte die Premierministerin säuberlich und deutlich lesbar unterschrieben. Den Hinweis auf mögliche Bewaffnung hatte sie noch einmal gesondert paraphiert. Martel starrte Tweed an.

»Um Gottes willen, wo haben Sie denn das her?«

»Ich habe Mylady über den Minister direkt angesprochen. War eine halbe Stunde bei ihr. Ich habe ihr gesagt, daß einer der Sicherheitschefs möglicherweise ein Attentäter ist ...«

»Da wird sie ja höchst erfreut gewesen sein!«

»Hat es sehr gefaßt aufgenommen«, gab Tweed zurück. »Sie meinte sogar, dann wäre sie ja bei uns beiden in guten Händen. Sie hat Ihre Akte durchgeblättert, während ich da war. Apropos, haben Sie ein gutes Paßbild von Claire Hofer dabei? Gut. Und Sie vertrauen ihr?«

»Selbst wenn es um Leben und Tod geht – ich hatte schon Gelegenheit. Zweimal ...«

»Geben Sie mir ihr Foto.«

Tweed setzte sich an den Tisch und zog eine zweite Karte heraus. Exakt wie die von Martel, aber ohne das Foto und ohne die Unterschriften. Mit einer Tube Klebstoff, die er aus seiner Tasche holte, befestigte Tweed Claires Foto sorgfältig an seinem Platz. Und dann holte er einen Füller heraus, den Martel bisher noch nie gesehen hatte, und machte sich daran, die Unterschrift der Premierministerin geschickt und sorgfältig zweimal zu fälschen. Über den Brillenrand blickte er Martel an.

»Ich habe ihre Erlaubnis – und sie hat mir dazu sogar

ihre Füllfeder geliehen. So, hier ist die Karte für Miß Hofer. Und jetzt darf ich vor allen Dingen eins nicht vergessen.«

»Und das wäre?«

»Der Premierministerin ihren Federhalter zurückzugeben. Die macht mir die Hölle heiß, wenn ich es vergesse. Und noch etwas beschäftigt mich – bevor wir gehen. Manfred . . .«

»Sie meinen, was er als nächstes vorhat?«

»Das weiß ich«, gab Tweed zurück. »Auf Entfernung habe ich schon mit ihm zu tun gehabt; und eigentlich müßte ich inzwischen wissen, wie er denkt. Versetzen Sie sich für einen Augenblick an seine Stelle. Er ist nun darüber informiert, daß wir wissen, daß einer der vier westlichen Staatsmänner umgebracht werden soll. Und wenn wir jetzt den Sicherheitschefs sagen, daß einer von ihnen der Mörder sein wird, dann wird er reagieren – vielleicht läuft schon die nächste Phase seiner Strategie . . .«

»Und das wäre?«

»Vernebelungstaktik. Um den Killer zu decken, wird er unseren Verdacht auf jemand anderes lenken. Er wird soviel Verwirrung wie möglich bei uns erregen wollen – in einfachen Worten, wir sollen überhaupt nicht mehr wissen, woran wir sind. Damit wir praktisch keine Zeit mehr haben, den Richtigen herauszufinden.«

»Dann stimmen Sie also mit mir überein«, sagte Martel, stand auf und blickte auf die Uhr.

»Ja. Wir sagen den Sicherheitschefs, daß einer von ihnen ein schwarzes Schaf ist. Und wir sehen zu, wie dann die Hölle losbricht . . .«

Reinhard Dietrich schäumte vor unterdrückter Wut, während er den Mercedes 450 SEL von seiner Wohnung zu der Tiefgarage steuerte, die Manfred als Treffpunkt angegeben hatte. Am Telefon hatte sich die Aufforderung, daß Dietrich sofort – allein, und am besten schon vorgestern – zu erscheinen hätte, fast wie ein Befehl angehört.

In der verlassenen Tiefgarage saß Manfred hinter dem Steuer seines BMW, den er unter falschem Namen und mit falschen Ausweisen gemietet hatte. Er war absichtlich etwas zu früh angekommen und hatte seinen Wagen so abgestellt, daß Dietrich bei seiner Ankunft direkt auf ihn zukommen mußte. Er hörte Dietrich mit quietschenden Bremsen herankommen.

Die Garage lag im Dämmerlicht, und Manfred paßte alles genau ab. Als der Millionär auftauchte und auf ihn zusteuerte, schaltete er das Fernlicht ein. Das unerwartet grelle Licht blendete den Industriellen. Er riß eine Hand vor die Augen und fluchte, während er langsamer wurde und neben dem BMW hielt. Sofort knipste Manfred die Scheinwerfer aus, und in der plötzlichen Dunkelheit konnte Dietrich kaum noch etwas sehen.

Undeutlich erkannte er einen Mann in dunkler Baskenmütze, dessen Gesicht mit einer gewaltigen Sonnenbrille unkenntlich gemacht worden war. Dietrich stellte die Zündung ab und ließ das Seitenfenster herunter. Noch während der elektrische Fensterheber surrte, sprach Manfred bereits.

»Wenn Sie die Wahl verlieren sollten, dann geht es mit dem Putsch wie geplant weiter. Ihre Leute in voller Uniform. Sie marschieren auf München – lassen Sie es Hitlers Marsch von 1923 so ähnlich sehen wie nur irgend möglich.«

»Hitler hat es nicht geschafft«, gab Dietrich zu bedenken. »Den haben sie in Landsberg eingesperrt . . .«

»Wo ist das neue Waffenversteck?« warf Manfred ein. »Ich verstehe . . .« Er hielt inne. »Wir stehen jetzt so dicht vor der Stunde X, daß wir diesmal bewaffnete Posten aufstellen sollten. Das ist alles . . .«

»Einen Augenblick!«

Manfred hatte den flehentlichen Ausruf noch nicht einmal gehört. Er fuhr schon aus der Garage hinaus, und seine roten Rücklichter verschwanden um die Ecke. Dietrich fluchte wieder, nahm eine Zigarre heraus und zündete sie an. Es war abgemacht, daß er nach einer Wartezeit von zwei Minuten ebenfalls hinausfahren sollte.

Wieder am Münchener Flughafen, nahm sich Martel ein Taxi bis an die Einmündung einer Seitenstraße in der Innenstadt. Er wartete, bis das Taxi wieder abgefahren war, und dann hatte er noch knapp vierhundert Meter zu gehen, bevor er am Hotel Clausen war, wo die junge Schweizerin abgestiegen war. Er war erleichtert, als er Claire sicher in ihrem Zimmer vorfand.

»Während Sie weg waren, bin ich nicht untätig gewesen«, verkündete sie. »Ich habe eine Menge Zeit im Hauptbahnhof zugebracht . . .«

»Idiotisch – Sie hätten entdeckt werden können . . .«

»Wann werden Sie endlich mal lernen, daß ich nicht dämlich bin?« fuhr sie auf. »Ich habe mich jedesmal vorher umgezogen. Morgens ein Hosenanzug – Rock, Bluse und Sonnenbrille nach dem Essen . . .«

»Tut mir leid.« Martel warf seine Aktenmappe auf das Bett und reckte sich. »Ich bin einfach angespannt. Der Gipfelexpreß verläßt Paris morgen abend, und wir sind immer noch nicht weiter, was das Opfer, geschweige denn den Mörder angeht . . .«

»Und die Unterlagen, die diese Frau da in London überprüft hat? Sie hat wohl nichts gefunden?«

»Es könnte Flandres sein, Howard, O'Meara – selbst Erich Stoller. Jeder von ihnen. Aber sie arbeitet weiter dran. Der Hauptbahnhof . . .«

»Bevor wir da weglaufen mußten – Sie haben mir noch nicht erzählt, was Ihnen da alles aufgefallen ist«, erinnerte sie ihn.

»Bitte zuerst Ihre Eindrücke.«

Er streifte seine Schuhe ab und setzte sich mit dem Rükken gegen das Kopfende auf das Bett. Während Claire redete, saß er rauchend da und beobachtete sie. Ihm fiel auf, wie frisch und appetitlich sie aussah. Er selbst fühlte sich schlapp, schmutzig und schweißig: In München war es inzwischen noch schwüler geworden.

»Der Hauptbahnhof hier«, begann sie, »und wahrscheinlich auch in Zürich ist – wohl aus demselben Grund – das bewegliche Hauptquartier von Delta. Das ist der Grund, warum Stoller die Zentrale nie gefunden hat. Dietrichs Schloß auf dem Land ist nur eine Sackgasse ...«

»Weiter.«

»Als Hauptquartier sind die Bahnhöfe wegen ihrer Möglichkeiten geradezu ideal. Da ist immer Betrieb. Also wird es keinem auffallen, wenn sich da zwei – oder mehrere – zu einem Treffen verabreden. Kuriere können mit dem Zug kommen, ihre Botschaften abliefern und in einem anderen Zug wieder wegfahren. Richtig nach München hinein muß niemand. Na, wie finden Sie das?«

»Vielversprechend. Bitte weiter.«

»Eins von diesen Treffen haben Sie ja selbst beobachtet – der Mann, der aus dem Züricher D-Zug ausgestiegen ist. Viele mögliche Treffpunkte – weit weniger riskant als ein sogenanntes sicheres Haus, das irgendwann doch entdeckt werden und unter Beobachtung stehen könnte. Das Café, der Imbiß, das Kino und so weiter. Sogar die Nachrichtenverbindungen sind idiotensicher und können praktisch nicht abgehört werden. Die Telefonzellen.«

»Ich glaube, Sie haben recht«, stimmte Martel zu. »Aber wenn die nun doch einmal entdeckt werden?«

»Dann sehen Sie doch mal, wie viele Ausgänge es gibt. Und sogar auf einen Zug, der eben ausfährt, kann man noch aufspringen. Erinnern Sie sich daran, wie wir da rausgekommen sind – einfach in den U-Bahn-Schacht getaucht ...«

»Ich glaube, Warner hat das alles herausgefunden – alles, was Sie eben erzählt haben. Und das erklärt auch die Hinweise auf Hauptbahnhöfe in seinem kleinen Notizbuch.«

»Ich habe etwas beobachtet, das mich beunruhigt hat«, fuhr Claire fort. »Ich habe gesehen, wie mit verschiedenen Zügen Männer ankamen – zähe Burschen, die sich alle sofort auf den Weg zu den Schließfächern machten. Die hatten die Schlüssel schon bei sich und haben große Stoffbeutel herausgenommen – wie man sie nehmen würde, um automatische Waffen zu verstecken. Und dann sind sie in die Stadt gegangen ...«.

Rasch nahm Martel seine Beine vom Bett und zog die Stirn in nachdenkliche Falten. »Sie meinen, Dietrich hat jetzt seine Elitetruppe geschickt – damit die sich vielleicht in der Nähe strategischer Punkte im Hotel einmieten; wie zum Beispiel beim Sender, beim Fernmeldeamt – und in der Nähe ähnlicher Nervenzentren?«

»Das hatte ich vermutet ...«

»Dann sollten wir uns mit Stoller in Verbindung setzen«, sagte Martel und ging in dem Zimmer auf und ab. »Das schlimme ist nur die Frage, ob Stoller nicht selbst der Killer ist, den wir festnageln wollen. Falls ja, wird er sich herzlich bedanken – und gar nichts unternehmen.«

»Können wir denn nicht irgendwas machen?« protestierte Claire.

»Wir könnten's versuchen ...«

»Alan«, sagte Tweed ruhig. »Wir wissen, einer der vier Passagiere an Bord des Gipfelexpreß morgen abend nach Wien soll ermordet werden ...«

»Davon müssen wir wohl ausgehen, mein Freund«, gab Flandres zurück.

Sie aßen in einem kleinen Restaurant am Ende eines Innenhofes neben der Rue St. Honoré zu Abend. Der ›Patron‹ hatte sie zu einem Tisch in einer geschützten Ecke gebracht, wo sie sich ungestört unterhalten konnten. Es war ein exklusives Lokal, und das Essen war ausgezeichnet. Alan war glänzender Laune.

»Was ich Ihnen jetzt sage, muß aber absolut unter uns bleiben – es ist absolut vertraulich –, aber wir kennen uns nun ja schon seit Jahren. Seit wann eigentlich?« wollte Tweed wissen.

»Seit meinem Austritt aus der Armee 1953 – ich war beim militärischen Geheimdienst, erinnern Sie sich? Und dann bin ich zur Direktion der ›Surveillance du Territoire‹ gegangen. Ich bin ein Waisenkind; und mein ganzes Erwachsenenleben lang habe ich mit Geheimnissen gehandelt. Eine merkwürdige Beschäftigung.« Flandres nippte an seinem Glas Wein. »Ich mag Ihren Frederick Anthony Howard nicht«, sagte er plötzlich. »Irgendwie scheint ihn nichts zu berühren – wie jemand, der nicht reden will, weil er befürchtet, damit etwas preiszugeben ...«

»Das ist ein interessanter Eindruck, Alan.« Tweed sprach in aller Ernsthaftigkeit: Er hatte Hochachtung vor der Erfahrung des Franzosen. »Und bei der Armee sind Sie gleich zum Nachrichtendienst gegangen?«

Flandres lachte herzlich. »Mein Gott, nein! Mein ganzes Leben war eine Serie von merkwürdigen Zufällen. Der militärische Geheimdienst hat mich ausgewählt! Können Sie sich das vorstellen? Ich war gerade zwei Wochen in Uniform, da war ich auch schon Offizier. Ganz über Nacht – und weil zwei Dinge zusammentrafen! Mein Vorgänger hatte sich betrunken, war aus dem Fenster gefallen und hatte sich das Genick gebrochen! Und meine zweite Muttersprache war Deutsch – ich stamme aus dem Elsaß. Und so kam ich dann zum Stab von General Dumas. In dem Augenblick, als er aufbrach, um durch Bayern zu marschieren, wurde ich Geheimdienstoffizier. Zu komisch!«

»Und später wurden Sie aus der Armee entlassen ...«

»So ist es. Ich kehre also nach Paris zurück. Meine einzige Trumpfkarte ist die Empfehlung von General Dumas. Die zeige ich dem DST, und, man höre und staune, die nehmen mich. Sogar die Empfehlung war Zufall. Dumas hatte die Papiere verwechselt! Eigentlich wollte er sie für einen ganz anderen Offizier schreiben! Die Welt ist doch verrückt. Und Sie, was wollten Sie mir sagen? Ich hoffe, doch etwas Amüsantes?«

»Im Gegenteil, fürchte ich . . .«

Tweed blickte sich in dem kleinen Restaurant um und schüttelte den Kopf, als der Patron seinen Blick auffing und sich in Richtung der beiden in Bewegung setzte. Er war nicht glücklich über das, was er jetzt sagen mußte – schließlich genoß er gerade einen angenehmen Abend mit einem alten Freund.

»Ich komme mit der Botschaft eines Toten – ich möchte nicht sagen, wer der Mann war. Ich glaube, er hat die Wahrheit gesagt; aber beweisen kann ich es nicht. Der hat mir berichtet, daß der Attentäter, der es im Gipfelexpreß auf einen der westlichen Staatsmänner abgesehen hat, einer der vier Sicherheitschefs ist, die damit beauftragt sind, die Politiker zu schützen.«

»Das sind ja scheußliche Aussichten«, sagte Flandres langsam. Er trank noch etwas von seinem Wein, und seine dunklen Augen wurden nachdenklich. »Irgendwelche Hinweise darauf, welcher der vier der Betreffende sein könnte?«

»Nicht die allergeringsten . . .«

»Dann könnte sogar ich es sein? Ist es das, was Sie denken?«

»Ich bin da ganz offen – man könnte sagen, meine Gedanken sind leer wie eine gekalkte Wand . . .«

»Das kann ich nicht ganz glauben. Sie haben bestimmt Überlegungen angestellt. Wahrscheinlich haben Sie sogar nachgeforscht. Wie lange wissen Sie es schon?«

Flandres hatte einen seiner seltenen, tiefschürfenden

Momente. Aber oberflächlich gesehen hatte seine Stimmung immer schon schnell gewechselt. Nur wer ihn genau kannte, wußte, daß er wahrscheinlich der nachdenklichste Sicherheitschef der westlichen Welt war.

»Seit ein paar Tagen«, antwortete Tweed. »Ich habe es bisher noch niemandem erzählt – noch nicht einmal Howard. Offiziell habe ich ja mit dieser Gipfelkonferenz gar nichts zu tun . . .«

»Und inoffiziell?«

»Ich guck' mich mal um«, antwortete Tweed vage.

»In Europa? In Amerika?«

»In meinem eigenen Kopf. Ich habe einen Hauptverdächtigen. Es gab da, wie sollen wir das nennen, einen Unfall? Der deutet eigentlich nur in eine Richtung. Ich muß das aber weiter überprüfen. Und was den Gipfelexpreß angeht, lassen Sie niemanden in den Zug, der sich nicht ohne den Schatten eines Zweifels ausweisen kann«, warnte Tweed.

»Ein bißchen Schlaf wird es mich schon kosten«, versicherte ihm Flandres. »Ich bin gar nicht glücklich bei dem Gedanken, daß der Zug vom Gare de l'Est erst abends um zweiundzwanzig Uhr fünfunddreißig abfährt und daß immer noch dunkle Nacht herrschen wird, wenn es über die Grenze nach Deutschland hinübergeht.«

»Wenn ich das richtig sehe, ist das doch der normale Schnellzug, nur mit ein paar zusätzlichen, vom Rest des Zuges abgetrennten Wagen für unsere illustren Passagiere? Mit einem extra Speisewagen . . .«

»Ja, das stimmt. Das heißt, vor München wird sechsmal angehalten. Und da steigt Kanzler Langer dann zu . . .«

Flandres warf beide Hände in einer Geste der Hilflosigkeit hoch. »Und alles nur, weil mein Präsident das Flugzeug nicht nehmen wollte – und fix stimmen die anderen zu, weil sie darin eine Chance sehen, schon während der Fahrt zu konferieren und dem sowjetischen Staatsführer dann in Wien geschlossen gegenüberzutreten.«

»Tja, da kann man nichts mehr machen, reden wir also über etwas Vergnüglicheres ...«

Für den Rest des Abendessens war Flandres wieder quicklebendig wie immer – was lediglich seiner Selbstkontrolle zu verdanken war. Aber Tweed dachte doch, daß er im Blick des Franzosen eine unausgesprochene Frage entdecken konnte. Wen hatte der Engländer unter Verdacht?

Der Anrufer gab dem Telefonisten in Stollers Pullacher Hauptquartier den Code-Namen Franz an und sagte, er würde in zwanzig Sekunden wieder auflegen, wenn man ihn nicht sofort durchstellte. Es war schon spät am Montagabend, aber der BND-Chef saß noch hoffnungsvoll wartend in seinem Büro.

»Hier Erich Stoller ...«

»Hier noch einmal Franz. Ich hab' eine weitere Information für Sie – die Lage des bisher größten Waffenverstecks. Und diesmal wird es von Delta-Leuten bewacht ...«

»Einen Augenblick, ich muß mir gerade das Notizbuch holen ...«

»Halt! Den Trick kenne ich! Machen Sie sich Ihre Notizen hinterher. Warten Sie, bis sie das Lager angelegt haben – und organisieren Sie die Razzia für morgen, den Tag vor der Wahl. Das Waffenlager befindet sich ...«

Nachdem er nun Stoller mit der Information versorgt hatte, die er von Reinhard Dietrich in der Tiefgarage bekommen hatte, legte Manfred den Hörer wieder auf.

## *22. Kapitel*
## Dienstag, 2. Juni

FREISTAAT BAYERN! TOFLER! TOFLER!! TOFLER!!!

Die Transparente und Plakate waren über Nacht erschienen, und sie waren überall. Über den größeren Städten drehten kleine Sportflugzeuge ihre Runden und warfen Tausende von Flugblättern mit derselben Botschaft herab. Zwei Tage vor der Wahl war ganz Bayern in Aufruhr.

Überall marschierten die Männer von Delta in Uniformmützen und braunen Hemden.

Die Hosen hatten sie in Kanonenstiefel gesteckt. Auf ihren Armbinden hatten sie das Delta-Symbol.

Dagegen marschierten Toflers Anhänger. Sie ließen ihre Banner flattern und trugen Zivilkleidung. Jede Marschkolonne wurde von kleinen Gruppen blumenschwingender Mädchen im Alter zwischen zwölf und vierzehn Jahren angeführt – das machte es schwierig für die Polizei, die es vermeiden wollte, diese Mädchen in Gefahr zu bringen.

Ganz München war ein Hexenkessel. Die Autohupen plärrten, und oben kreisten die Flugzeuge, die ihre Pamphlete wie Konfetti verstreuten. Am Fenster des für ihn im Polizeipräsidium reservierten Büros stand Erich Stoller. Seine Miene war grimmig, als er Martel ansprach, der neben ihm stand.

»Die Lage gerät außer Kontrolle. Und morgen wird die Nachricht, daß wir das bisher größte Waffenlager von Delta ausgehoben haben, auch nicht gerade hilfreich sein . . .«

»Wieder Ihr Informant?« fragte Claire, die hinter den beiden Männern stand. »Bei diesen vielen Waffenfunden in letzter Zeit müssen Sie doch einfach einen Informanten haben . . .«

»Ja, Franz hat wieder angerufen . . .«

»Franz?«

»Der Code-Name für meinen Informanten.« Stoller machte eine ohnmächtige Geste. »Ich habe keine Ahnung, wer das ist – aber jedesmal, wenn wir auf seine kurzen Durchsagen reagieren, finden wir ein neues Versteck ...«

»Die Zeitplanung dabei finde ich interessant«, bemerkte Martel. »Diese Waffenfunde sind doch immer mehr geworden – und witzigerweise fällt der Höhepunkt jetzt genau auf den Tag, an dem der Gipfelexpreß durch Bayern fährt. Es gibt da übrigens noch etwas, das ich an Sie weitergeben sollte. Kurz bevor Werner Hagen sich bei der Wassermühle zu Tode gestolpert hat, hat er etwas Beunruhigendes gesagt.«

»Und was war das?« fragte Stoller ruhig, während er zum Tisch hinüberging und noch Kaffee eingoß.

»Er hat behauptet – und sowohl Claire als auch ich haben ihm das geglaubt –, daß ...« Martel drehte sich um und blickte den Deutschen fest an, während er seinen Satz zu Ende brachte, »... der Attentäter, der einen der westlichen Staatsmänner ermorden wird, einer der vier Sicherheitschefs ist, die eben diese Politiker beschützen sollen ...«

Schweigen senkte sich über den großen Raum. Auch Claire verhielt sich ruhig, sie spürte die Spannung. Stoller hielt mitten in der Bewegung des Kaffee-Eingießens inne. Draußen auf dem Fensterbrett ließen sich vier Spatzen nieder, was Claire direkt komisch vorkam. Vier. Um vier Sicherheitschefs ging es.

»Haben – Sie – gesagt – Hagen?« fragte Stoller mit langen Abständen zwischen den einzelnen Worten.

»Ja.«

»Und das hat er kurz vor seinem Tod gesagt?«

»Ja.«

»Was bedeutet, Sie haben mit dieser Information drei Tage lang hinter dem Berg gehalten?«

»Ja.«

Die beiden Männer standen sich wie Kampfhunde gegenüber. Stoller war ganz blaß geworden, seine Arme hingen dicht am Körper herunter. Martel beobachtete den Deutschen und zündete sich eine neue Zigarette an. Dann stellte er leichthin eine Frage.

»Wie war das eigentlich – die zwei Jahre, die Sie im Untergrund in der sowjetischen Besatzungszone – wie Sie das immer noch nennen – verbracht haben? Da müssen Sie doch so eine Art Rekord aufgestellt haben – so lange unentdeckt zu bleiben . . .«

»Was wollen Sie damit sagen?« fragte Stoller sehr ruhig.

»Schlicht und einfach, daß es meine Hauptaufgabe ist, den faulen Apfel in unserem Fäßchen zu entdecken – O'Meara, Flandres, Howard – oder Sie. Und heute abend fährt in Paris der Zug ab. An Bord werden Sie eine geladene Stimmung vorfinden. Stellen Sie sich das doch mal vor, Erich, wie Sie alle vier vorsichtige Blicke über die Schultern werfen werden . . .«

»Und warum glauben Sie Hagen?«

»Weil mein Job es so mit sich bringt, daß ich weiß, wann ein Mann lügt – und ich glaube, Hagen hat die Wahrheit gesprochen.«

»Halten Sie mich für unhöflich, wenn ich Sie jetzt bitte zu gehen? Und Sie wenigstens werden ja nicht im Zug sein . . .«

»Warum haben Sie Stoller das angetan? Weiß Gott, der Mann hat uns doch geholfen«, schäumte Claire.

Sie waren ins Hotel Clausen zurückgekehrt, und Martel saß auf dem Bett, während Claire wütend im Zimmer auf und ab ging. Die junge Schweizerin war richtig zornig. Sie setzte sich vor den Schminktisch und begann grob ihr Haar zu bürsten.

»Alle bekommen das gesagt – und möglichst im letzten

Moment. Das ist der Plan, den Tweed und ich ausgeheckt haben, als wir in London miteinander sprachen. Es wird hoffentlich den Killer aus dem Gleichgewicht bringen; und vielleicht macht er dann einen Fehler . . .«

»Und die wissen es jetzt alle? War das eine gute Idee?«

»Sie werden sich jetzt gegenseitig im Auge behalten.«

»Wie Sie schon sagten, die Stimmung wird höllisch sein. Aber eins ist sicher – Stoller haben Sie sich zum Feind gemacht . . .«

»Nur, wenn er schuldig ist . . .«

Claire drehte sich auf ihrem Hocker um und blickte böse. »Ja, aber erinnern Sie sich doch mal, was Sie zu ihm gesagt haben. Dem können wir doch nicht mehr unter die Augen treten.«

»Sie meinen, wir beide sind jetzt ganz auf uns allein gestellt?«

»Etwa nicht?« sagte Claire herausfordernd.

Als er von Paris zurückkam, hatten sie auf Tweed bereits in seinem Büro gewartet. Hinter ihrem Schreibtisch machte Miß McNeil schmale Augen, um ihren Boß zu warnen. Ärger lag in der Luft.

»Das hier ist Tim O'Meara«, begann Howard sehr förmlich und stellte den großgewachsenen Amerikaner vor, der am Fenster stehenblieb, damit er mit Tweed nicht Hände schütteln mußte. »Als Sie bei Clint Loomis an Bord des Kabinenkreuzers auf dem Potomac waren, hat jemand dieses Foto aufgenommen . . .«

Tweed nahm den glänzenden Abzug und studierte ihn sorgfältig. Es war eine sehr geschickt hergestellte Vergrößerung, zweifellos aus den CIA-Laboratorien in Langley. Tweed, der gerade in die Sonne zu blinzeln schien, war auf dem Foto deutlich zu erkennen.

»Also?« wollte Howard wissen.

»Wie sind Sie zu diesem Foto gekommen? Es ist wichtig, daß ich das erfahre.«

Als er sein Büro betrat, hatte Tweed O'Meara nur einen kurzen Blick zugeworfen. Jetzt war die Frage direkt an ihn gerichtet. Bei diesem Verhalten von Tweed lief Howard violett an.

»Herrgott, das werden Sie noch bereuen . . .«

»Nein«, korrigierte Tweed ihn forsch. »Sie werden es bedauern, wenn ich auf meine Frage keine Antwort bekomme. Zufälligerweise habe ich es gemerkt, als das Foto aufgenommen wurde.« Er blickte wieder direkt O'Meara an. »Ich muß jetzt wissen, wie Sie zu dem Bild gekommen sind . . .«

»Ist durch Boten in Langley eingetroffen«, sagte O'Meara brüsk. »Der Bote ist, glaube ich, am Portal zurückgehalten worden – das wäre auch ganz normal. Er hat gesagt, er sei angerufen worden, und man hätte ihn zum Empfang eines Washingtoner Hotels bestellt, wo unter seinem Namen ein Umschlag niedergelegt worden sei. Ein weiterer Umschlag enthielt die Zustellgebühr und ein dickes Trinkgeld.«

»Glauben Sie das denn selber?«

»Verdammt noch mal, wir haben die Geschichte überprüft«, brauste der Amerikaner auf. »Was den Fotografen angeht, da tappen wir völlig im dunkeln. Ist doch offenbar aufgenommen worden mit einer . . .«

»Einem Teleobjektiv – und dann haben Ihre Techniker diese bemerkenswerte Vergrößerung hergestellt. Hat da noch etwas Schriftliches bei dem Originalfoto und dem Negativ gelegen?«

»Ja«, sagte O'Meara und beantwortete damit unwillkürlich Tweeds Frage, ob sowohl ein Abzug als auch ein Negativ angeliefert worden waren. »Es hieß da, ich würde mich vielleicht dafür interessieren, daß vor dem unglückseligen Geschehen ein Engländer namens Tweed an Bord der ›Oasis‹ gewesen ist. All das Zeug ist unter höchster Dringlichkeitsstufe von Langley zu mir geflogen worden.«

»Manfred«, murmelte Tweed.

»Bis heute sieben verschiedene Geliebte ...« Miß McNeil las von einem dünnen, gelben Blatt ab. »Möchten Sie die erotischen Details?«

»Nein. Sämtliche Frauen Französinnen?«

»Auf mich wirken die Namen alle französisch. – Wer ist jetzt dran?«

»O'Meara.« Tweed beugte sich in seinem Stuhl vor. Die Augen hatte er vor innerer Konzentration zusammengekniffen. »Das ist wohl eine dünne Akte, wie ich vermute?«

»Hier ist sie.« Sie reichte ihm das dünne Dossier. »Und, wie Sie schon sagen, mager ...«

Name: Timothy Patrick O'Meara. Nationalität: Amerikaner. Geburtsdatum: 3. August 1930. Geburtsort: New York City.

Beruflicher Werdegang: Dienst in der Dechiffrierungsabteilung des CIA, Langley, 1960–1965. Zu anderen Aufgaben abkommandiert 1965–1972. 1972–1974 unter Leitung des Heimatbüros von Clint Loomis in der Außenstation West-Berlin. Eine Zweimanneinheit; das andere Mitglied (rangniedriger) Lou Carson. Während der Zeit in Berlin Affäre mit Klara Beck, einer 18jährigen Deutschen. Nach der Rückkehr in die Vereinigten Staaten befördert zum stellvertretenden Direktor der Operationsabteilung in Langley. Übergewechselt zum Secret Service am ...

Tweed hörte auf zu lesen. »Verheiratet?« fragte er.

»Ja.« Miß McNeil nahm wieder einen gelben Zettel vor. »Hat's nicht schlecht erwischt. Nancy Margret Chase, zur Schule gegangen in Vassar, und das sagt ja wohl alles. Tochter eines einflußreichen Bankiers aus Philadelphia. Das, was man ›altes Vermögen‹ nennen würde.«

»Seine erste und einzige Frau?«

»Ja. Das gelbe Blättchen deutet an, daß die Verbindungen seines Schwiegervaters zum Weißen Haus ihm bei seinem raschen Aufstieg geholfen haben. Von O'Meara kann man einiges erwarten. Möglicherweise bewirbt er sich als nächstes um einen Sitz im Senat ...«

»Das steht auch auf dem gelben Blatt?«

»Nein, das ist Originaltext McNeil. Und Sie haben mir immer noch nicht erklärt, warum Sie heute morgen Howard und O'Meara Feuer unter dem Hintern gemacht haben . . .«

»Ich will nur, daß die wichtigsten Figuren vor dem Eröffnungszug richtig auf dem Spielbrett stehen. Ich fechte doch wieder mal mein Fernduell mit Manfred aus – und der Schweinehund sitzt mir schon wieder im Nacken.«

»Und Ihr Dolch im Gewande – Martel? Ich frage mich, was der jetzt vorhat.«

»Ich werde jetzt mal Reinhard Dietrich in seinem Schloß besuchen«, informierte Martel Stoller, der ihn bei seiner Rückkehr zum Polizeipräsidium München mit Entschuldigungen begrüßte.

»Sie sind ja völlig verrückt«, protestierte der Deutsche.

»Da geht irgend etwas sehr Merkwürdiges vor«, fuhr Martel fort. »Ich vermute, daß Erwin Vinz – ohne daß Dietrich davon Kenntnis hat – eine geheime Zelle innerhalb von Delta leitet, eine Zelle, die direkt von den Ostdeutschen gelenkt wird, und das heißt natürlich letztlich von den Sowjets. Dietrich wird manipuliert, übers Ohr gehauen – und ich meine doch, ich kann ein paar Zweifel in ihm erwecken. Das könnte diese ganze Krokodil-Kiste im letzten Augenblick zu Fall bringen – und da der Gipfelexpreß heute abend Paris verläßt, ist es wirklich der allerletzte Moment . . .«

Der große Deutsche ging mit ausdruckslosem Gesicht zum Fenster hinüber. »Wie kommen Sie denn auf diese bizarre Idee – beruht das auf irgend etwas?«

»Herr im Himmel. Es hat vier Anschläge auf mein Leben gegeben. In Zürich, zwei in St. Gallen und einmal draußen auf dem See vor Lindau. Und jedes unglückselige Mal trugen die Killer die Delta-Abzeichen – ist doch wohl die übelste Art von Publicity für Dietrichs Bewegung. Unter Warners Leiche haben sie sogar ein Abzeichen liegen lassen – und sicher nicht zufällig.«

»Und wie wollen Sie das jetzt machen?« bohrte Stoller nach.

»Ich habe mit Dietrich, der offensichtlich gerade ins Schloß zurückgekehrt war, am Telefon gesprochen. Ich gehe als Auslandskorrespondent. Dietrich genießt solche Aufmerksamkeiten ...«

»Und welche Zeitung vertreten Sie angeblich?«

»Die Londoner ›Times‹. Ich habe immer Ausweise bei mir, die meinen Reporter-Status bestätigen. Ich habe einen für die ›Welt‹ ...«

»Auf Ihren eigenen Namen lautend?«

»Nein, die sind ausgestellt auf Philip Johnson – und den gibt's wirklich ...«

Er unterbrach sich, als das Telefon klingelte. Stoller hob ab, hörte einen Moment zu, sprach dann ein paar Worte und gab den Hörer an den Engländer weiter. »Ist für Sie – aus London ...«

Am anderen Ende wählte Tweed seine Worte sehr sorgfältig. Immerhin war es möglich, daß der Anruf heimlich mitgeschnitten wurde, damit Stoller ihn sich später vorspielen lassen konnte.

»Keith, ein Kurier, der unter dem Schutz diplomatischer Immunität reist, überbringt Ihnen gewisse Dokumente, die Sie sich durchsehen sollten. Vielleicht können Sie den Finger auf irgend etwas legen. Bei dem Kurier handelt es sich um meine Assistentin. Sie wird mit einem Abendflug in München eintreffen. Lassen Sie sie abholen. Und jetzt Flugnummer und Ankunftszeit ...«

»Vielen Dank», sagte Martel. »Und auf Wiedersehen ...«

»Ich glaube immer noch, daß Sie nicht mehr alle Tassen im Schrank haben«, wiederholte Stoller, als Martel den Hörer aufgelegt hatte. »Sie können umgebracht werden, wenn Sie Dietrich in seinem Schloß besuchen.«

Der Engländer blickte zu Claire hinüber, die während der ganzen Unterhaltung geschwiegen hatte. »Wenigstens können Sie sich nicht beschweren, Erich, daß ich Sie über meine Bewegungen auf Ihrem Hühnerhof nicht informiere. Ich fahre jetzt sofort zu Dietrich.«

»Lassen Sie sich nicht aufhalten . . .« Stoller hielt inne. »Ganz spät am Abend muß ich heute noch nach Bonn fliegen . . .«

»Ich habe nicht verstanden, was da in Stollers Büro eigentlich vor sich gegangen ist«, sagte Claire später, als sie die Vororte von München schon hinter sich hatten. Martel saß am Steuer seines gemieteten Audi. »Ich hatte das Gefühl, daß Sie beide irgendwelche Signale ausgetauscht haben . . .«

»Er hat mir damit nur gezeigt, daß ihm sein vorangegangener Ausbruch leid tat. Und Tweed sendet mit dem Abendflug seinen Kurier mit den Akten nach München. Jetzt greifen wir wirklich nach dem allerletzten Strohhalm.«

»Und warum haben Sie Stoller von Ihrem Verdacht gegen Vinz und seine geheime Zelle erzählt? Wenn Stoller nun ›derjenige welcher‹ ist . . .«

»Dann wird mir seine Reaktion – oder daß er nicht reagiert – eine ganze Menge sagen. Übrigens, Reinhard war ganz leutselig, als Philip Johnson von der ›Times‹ angerufen hat. Der freut sich darauf, sich mit mir zu treffen.«

»Das ist es ja gerade, was mir Sorgen macht«, gab Claire zurück.

»Sie sagen, dieser britische Reporter, der sich Philip Johnson nennt, hat mit Ihnen eine Verabredung im Schloß? Um wieviel Uhr denn? Dietrich, warum haben Sie eingewilligt, sich mit dem Mann zu treffen?«

In der Münchener Wohnung hielt Manfreds behandschuhte Hand den Hörer fest umklammert, während er auf eine Antwort wartete. Es war reiner Zufall, daß er noch einmal im Schloß angerufen hatte und daß der Millionär freiwillig mit dieser Information herausgerückt war.

»Weil ich überzeugt bin, daß es sich dabei um Martel handelt, der Mann, der den Mord an meinem Neffen auf dem Gewissen hat ...«

»Wieso das denn?«

»Weil ich sofort bei der ›Times‹ in London angerufen habe.« In Dietrichs Tonfall war auf einmal Begeisterung zu spüren. Manfred zweifelte jede Entscheidung an, die dieser Mann fällte. »Die haben mir bestätigt, sie haben gar keinen Korrespondenten dieses Namens in Bayern ...«

»Sie haben keinen Korrespondenten dieses Namens?«

»Das habe ich nicht gesagt!« gab Dietrich böse zurück. »Die haben schon jemanden, der so heißt, er ist auch Auslandskorrespondent – aber im Augenblick hält er sich in Paris auf. Der Mann, der sich Johnson genannt hat, kommt heute nachmittag in einem blauen Audi direkt von München. Brauchen Sie sonst noch Angaben?«

»Seien Sie vorsichtig mit Ihren Äußerungen ...«

Als er einmal München hinter sich hatte, raste Manfred mit seinem BMW wie ein Irrer. Das Gewehr mit dem Zielfernrohr hatte er auf dem Beifahrersitz in einem zugezogenen Golfsack liegen. Seine Gesichtszüge waren hinter einer übergroßen Sonnenbrille versteckt. Sein Haar war unter einem Filzhut verborgen, den er sich tief in die Stirn gezogen hatte.

Er bremste etwa einen Kilometer vom Haupteingang zu Dietrichs Grundstück entfernt. Sein phänomenales Gedächtnis hatte ihn nicht im Stich gelassen. Ja, das Tor in der Mauer war immer noch da. Und dahinter stand schon lange ein halb verfallener Bauernwagen, an den er sich seit seinem Geheimtreffen mit Erwin Vinz an dieser Stelle der Straße erinnerte.

Auch das Gelände war für sein Vorhaben genau richtig. Hinter dem Tor stieg eine Wiese bis zu einem felsigen Hügelkamm an. Ein tadelloser Stand für einen Schützen. Manfred stieg aus, öffnete das Tor, hob die Deichsel des Bauernwagens an und mühte sich ab, ihn in Bewegung zu setzen.

Manfred verfügte über außergewöhnliche Körperkräfte. Einmal hatte er einem Mann, der fast zweieinhalb Zentner wog, das Genick gebrochen. Er zog den Wagen bis auf die Straße, und da stellte er ihn sorgfältig hin. Er hätte die Fahrbahn auch völlig damit blockieren können – aber das wäre psychologisch falsch gewesen.

Wer nicht gerade auf den Kopf gefallen ist und die Straße vor sich plötzlich blockiert findet, der wird wie der Blitz auf dem Bankett wenden und wie der Teufel dorthinfahren, wo er hergekommen ist. Also stellte Manfred den Wagen so auf, daß er die Straße nur teilweise sperrte – damit brachte man ein herankommendes Fahrzeug dazu, abzubremsen und im Schrittempo um das Hindernis herumzufahren.

Diese Methode sorgte auch für den Fall vor, daß zuerst einmal der falsche Wagen kam und die Insassen vielleicht einfach ausstiegen und den Karren auf die Seite schoben. Aber so würden sie einfach darum herumkurven. Als nächstes versteckte Manfred den BMW hinter einer Baumgruppe neben der Straße; und er dachte auch daran, das Tor wieder zu schließen. Der, auf den er es abgesehen hatte, pflegte solche Einzelheiten zu bemerken.

Fünf Minuten später – und nach dem, was Dietrich ihm am Telefon gesagt hatte, war er sicher, rechtzeitig angelangt zu sein – ging Manfred zwischen den Felsen auf dem Hügelkamm in Position und sah probeweise durch das Zielfernrohr. Im Fadenkreuz erschien die Straße so nah, daß er meinte, er könne sie mit Händen greifen. Und dann hörte er das Geräusch eines sich nähernden Wagens. Der blaue Audi von Martel kam in Sicht.

»Also ich kann mich mit der Idee, Dietrich zu besuchen, immer noch nicht anfreunden«, sagte Claire, die neben Martel in dem Audi saß. »Aber sehen Sie doch mal, das hier muß eine der schönsten Stellen auf der ganzen Welt sein.«

Der Karte zufolge, die sich Martel vorher angesehen hatte, waren sie jetzt weniger als drei Kilometer vom Haupteingang zum Schloß entfernt. Um sie herum lag das bayerische Alpenvorland grün in der grellen Sonne. Oben auf den kalksteinernen Höhenzügen, die sich manchmal steil wie Felsvorsprünge erhoben, drängten sich Gruppen von Föhren. Seit einiger Zeit schon hatten sie keinen anderen Wagen mehr zu Gesicht bekommen.

»Aber Sie besuchen doch Dietrich gar nicht«, meinte Martel. »Kurz bevor wir da sind, lasse ich Sie im Auto und gehe selbst den Rest zu Fuß. Wenn ich in einer Stunde nicht wieder da bin, dann fahren Sie wie der Henker zurück nach München und berichten Stoller ...«

»Ich bin kein Angsthase. Ich gehe mit Ihnen ...«

»Das heißt dann, daß ich niemanden habe, der Hilfe holt, wenn etwas schiefgeht ...«

»Der Kuckuck soll Sie holen, Keith Martel! Das ist ja Erpressung ...«

»Richtig. Und was bitte soll das da sein?«

»Das ist ein Bauernwagen, den jemand auf der Straße stehengelassen hat. Fahren Sie doch einfach über das Bankett daran vorbei.«

Als er das Hindernis bemerkte, fuhr Martel knapp achtzig Stundenkilometer. Er ließ die Geschwindigkeit abfallen, weil er mit Claire übereinstimmte: Auf dem Bankett wäre genug Raum, um das Hindernis zu umfahren. Er warf einen Blick in den Rückspiegel, weil er annahm, daß sich von hinten jetzt doch ein Fahrzeug näherte. Aber der Rückspiegel zeigte nur das endlose Band der verlassenen Landstraße.

Martel blickte nach rechts und sah ausgedehnte Felder

bis zum Fuß einer entfernten Hügelkette. Er blickte nach links und sah weiter vorn, ganz dicht bei dem Bauernkarren, ein geschlossenes Tor. Jenseits des Tors stieg eine Wiese steil an und endete in einem Felsenkamm, der über der Straße emporragte. Mit dem Blick überflog er die Hügelkette und senkte dabei seine Geschwindigkeit weiter, so daß er, wenn er schließlich um den alten Bauernwagen herumkurvte, kaum noch fünfzehn Stundenkilometer fahren würde.

Die Hügel waren verlassen. Claire folgte seinem Blick und schützte dabei die Augen vor der glänzenden Sonne. Der Kamm der Hügelkette war zerrissen. Fast wie ein riesiges Messer mit großen Scharten. In einer dieser Scharten sah Claire eine Bewegung. Sie preßte ihren Rücken fest in den Sitz und rief aus: »Da oben ist jemand . . .!«

Im Fadenkreuz von Manfreds Zielfernrohr lag gewaltig die Windschutzscheibe des blauen Audi. Die Sonne war in der idealen Position – hinter ihm. Er krümmte den Finger und nahm Druckpunkt. Das Gesicht des Engländers war klar zu erkennen – selbst die frech in den Mundwinkel gesteckte Zigarettenspitze. Die junge Frau neben ihm trug eine dunkle Brille. Nicht zu erkennen, wer das war. Machte auch nichts. Der Wagen kroch jetzt nur noch . . .

»Festhalten!«

Martel schrie das warnend heraus, und dann tat er genau das Gegenteil von dem, wozu ihn sein Instinkt verleiten wollte – nämlich zurückzusetzen und auf dem Bankett zu wenden. Er stieß das Gaspedal bis zum Wagenboden durch. Der Audi schoß vorwärts. Der Bauernwagen flog nur so auf sie zu. Claire verkrampfte sich. Der Zusammenprall würde furchtbar werden. Glas klirrte.

Martel hörte das Pfeifen, als das Hochgeschwindigkeitsgeschoß hinter seinem Genick vorbeizischte. Er hielt das Gaspedal durchgedrückt, schleuderte mit dem Audi um den Karren herum, bekam das Fahrzeug wieder unter Kontrolle, lenkte vom Bankett auf die Fahrbahn zurück und raste dann die nun wieder freie Straße vor ihm entlang.

Vorbeigeschossen! Manfred war wie vom Donner gerührt. Das hatte es noch nicht gegeben. Aber er hatte sich so lange in der Szene halten können, weil er Vorsicht für die Mutter der Porzellankiste hielt – also machte er sich sofort aus dem Staub und fuhr zurück nach München.

## *24. Kapitel*
## Dienstag, 2. Juni

Name: Frederick Anthony Howard. Nationalität: Brite. Geburtsdatum: 12. Oktober 1933. Geburtsort: Chelsea, London.

Werdegang: Juni 1958 ins Auswärtige Amt eingetreten . . . Mai 1962 der Nachrichtenabteilung zugeteilt . . . Mai 1974 Nachrichtenoffizier bei der Pariser Botschaft . . . Januar 1978 sechs Wochen Sonderurlaub wegen Arbeitsüberlastung . . . Mai 1980 Chef des SIS.

Als sich Tweed die Akten noch einmal mit Miß McNeil in seiner Wohnung in Maida Vale ansah, überflog er noch einmal die einzelnen Angaben zu Howard. Er hätte sie sowieso auswendig gewußt. Dann reichte er die Akte seiner Assistentin zurück.

»Was gefunden?« fragte sie.

»Ich weiß nicht. Ich habe mich an diesen sechs Wochen Krankenurlaub festgebissen, die er in Paris genommen und dann in Wien verbracht hat. Festgebissen deshalb, weil er es nie erwähnt hat . . .«

»Hätten Sie das denn von ihm erwartet?«

»Da bin ich mir nicht so sicher.« Tweed nahm die Brille ab und kaute auf einem der Bügel. »Obwohl er sehr extrovertiert erscheint und sehr redselig ist, sagte er bei genauem Hinhören doch eigentlich nicht viel Konkretes.«

»Also der geborene Diplomat?«

»Jetzt werden Sie zynisch«, tadelte Tweed. »Aber die Sache mit Wien erinnert mich an jemanden . . .«

»Und wen?«

»Kim Philby.« Tweed setzte die Brille wieder auf. »In Wien hat sich Philby mit der Seuche angesteckt – bei einer Frau. Jetzt bleibt also, Gott sei Dank, nur Erich Stoller übrig – ich fange schon an, doppelt zu sehen. Ziehen Sie noch mal seine Akte raus, und dann werden wir sehen, was wir finden.«

Am Eingangstor zu Reinhard Dietrichs Schloß war der Lärm ohrenbetäubend. Und die Quelle des Lärms war furchterregend. Ein Rudel von Schäferhunden wäre Martel knurrend und bellend fast an die Kehle gesprungen. Nur die Leinen, an denen sie von den Wachposten gehalten wurden, hielten sie zurück. Der Engländer erkannte sofort Erwin Vinz. Der Deutsche kam vor und blieb dicht bei dem Besucher stehen.

»Ja?« sagte er, und seine schiefergrauen Augen sahen Martel prüfend an.

»Philip Johnson von der ›Times‹. Mr. Dietrich erwartet mich . . .«

»Wieso kommen Sie zu Fuß?« wollte Vinz wissen.

»Weil mein blödes Auto vor ein paar Kilometern eine Panne hatte. Oder dachten Sie, ich wäre zu Fuß von München gekommen? Ich bin spät dran mit meinem Interviewtermin – könnten wir also damit aufhören, hier die Zeit zu vertrödeln?«

»Ausweis?«

Vinz streckte eine Hand aus und nahm den Presseausweis an sich, den Martel ihm gab. Irgendwo hoch aus dem warmen, blauen Himmel hörte man das entfernte Murmeln eines Hubschraubers. Martel erinnerte das Geräusch an eine summende Biene. Vinz gab die Karte zurück.

»Wir fahren jetzt zum Schloß . . .«

Er ging den Weg zu den großen, schmiedeeisernen Torflügeln voraus, die geöffnet wurden und sich dann gleich wieder schlossen. Jetzt waren sie drinnen bei den Hunden und den Wachmannschaften. Die Leute trugen Zivil und hatten die Delta-Abzeichen an ihren Aufschlägen.

Vinz setzte sich hinter das Steuerrad eines Landroverähnlichen Geländewagens und bedeutete Martel, sich auf den Beifahrersitz zu setzen. Als sie losfuhren, warf Martel einen Blick zurück und bemerkte, daß die hinteren Sitze von zwei stämmigen Wachleuten eingenommen waren.

Er zündete eine Zigarette an und sah umständlich auf die Uhr. Dabei suchte er unauffälig das blaue, bayerische Himmelsgewölbe ab. Der Helikopter war ein immer kleiner werdender, winziger Punkt.

Es waren gut fünf Minuten durch einen locker mit Bäumen bestandenen Park, bevor sie wieder in eine Einfahrt einbogen und das Schloß in Sicht kam. Kein sehr beruhigender Anblick – das graue, massive Gebäude wirkte wie eine Festung, komplett mit Burggraben, Zugbrücke, Fallgitter und schließlich dem überwölbten eigentlichen Eingang.

Vinz fuhr langsamer, als sie über die hölzerne Zugbrücke rumpelten und dabei den breiten Graben mit seinem grünen Wasser überquerten. Sie fuhren unter dem Torbogen durch, und dann kam das Hauptgebäude in Sicht. Es umschloß den kopfsteingepflasterten Hof. Oben an einer Treppe warteten ein Mann und eine Frau auf den Besucher.

Reinhard Dietrich trug sein bevorzugtes ländliches Kostüm: Reitjacke, Reithosen und diese wieder in glänzende Stiefel gesteckt. In der Rechten hielt er eine Zigarre. Seine eiskalten Augen schauten Martel an, während dieser aus dem Fahrzeug stieg, aber der Anblick der Frau versetzte dem Engländer tatsächlich einen Schock.

Sie war dunkelhaarig, sehr gepflegt und trug einen Hosenanzug, dessen offenes Jackett ihre üppige Figur betonte. Auf dem feingemeißelten Gesicht lag die Andeutung eines Lächelns, eines Lächelns, in dem sich Triumph widerspiegelte. Klara Beck war offensichtlich hoch erfreut, den Gast zu begrüßen.

Sie führten ihn durch die offene Doppeltüre in die riesige Schloßhalle mit ihrem hochglanzpolierten Fußboden, auf dem verstreut kostbare persische Teppiche lagen. Vinz und seine beiden Trabanten hatten Nullachtpistolen gezogen und geleiteten Martel quer durch die Halle in eine große Bibliothek, die auf den Burggraben hinaussah.

Martel amüsierte diese halbmilitärische Schau – Dietrich war es nun einmal nicht ganz gelungen, Hitlers Leibwache nachzuäffen –, und dieses Amüsement half Martel, die kalte Furcht, die in seiner Magengegend wuchs, zu unterdrücken. Mit Klara Beck hatte er nicht gerechnet.

»Bleiben Sie bei uns, Vinz – nur für den Fall, daß unser Gast seine Manieren vergißt.« Dietrich gestikulierte mit der Zigarre, die er jetzt angezündet hatte. »Die anderen beiden können ja den Garten umgraben ...«

Durch Vinz' ›Nullacht‹ zur Vorsicht gemahnt, nahm Martel sein Päckchen langsam heraus, steckte eine Zigarette in die Spitze und zündete sie an. Er setzte sich in einen knopfgehefteten Lederstuhl, der vor einem großen Empire-Schreibtisch stand. Ein kristallener Aschenbecher war mit Zigarettenstummeln gefüllt.

»Setzen Sie sich doch, Martel«, sagte Dietrich sarkastisch. »Dieses Spielchen mit Philip Johnson können wir ja jetzt wohl lassen ...«

»Wir sind doch hier alle sozusagen zu Hause ...«

Martel deutete dabei auf Klara Beck. die es sich auf der Armlehne seines Stuhls bequem gemacht hatte. Sie hatte die Beine übereinandergeschlagen, und nicht einmal die Hose konnte die tadellosen Proportionen verbergen. Als sie jetzt ihre Jacke auszog, enthüllte sie noch ein Stück mehr von ihrem großartigen Busen. Dietrich sah sie scharf an, begab sich dann hinter den Schreibtisch und ließ sich schwer in den Stuhl sinken. Seine Stimme war barsch, als er nun seinen Besucher ansprach.

»Welcher selbstmörderische Einfall hat Sie denn hierhergetrieben? Und jetzt erzählen Sie mir nicht, daß Stoller mit seinen Kumpanen zu Ihrer Rettung eilen wird, wenn Sie in einer halben Stunde nicht wieder auftauchen. Ich lese auch Zeitung. Der BND-Chef fliegt nach Bonn – zweifellos, um der Schmach zu entgehen, meinen Wahlsieg mit ansehen zu müssen . . .«

»Sie meinen Ihre Niederlage . . .«

Während er sprach, hielt Martel die Beck im Auge und sah dabei das Aufblitzen von Überraschung in ihren dunklen Augen. Überraschung – nicht Beunruhigung oder Unglauben. Dietrich explodierte.

»Sie blutiger Anfänger! Was verstehen Sie denn schon von der deutschen Politik? Sie bilden sich doch nicht etwa ein, daß Sie hier lebend wieder rauskommen? Wer soll denn schon bezeugen, daß Sie jemals dieses Grundstück betreten haben, ganz zu schweigen vom Schloß? Warum zum Teufel sind Sie hergekommen . . .«

»Um Ihnen zu sagen, daß Sie aufs Kreuz gelegt werden, Dietrich«, gab Martel genauso barsch zurück. Er drückte seine halb gerauchte Zigarette in dem Aschenbecher aus und zündete sich eine neue an. »Sie sind manipuliert worden. Von Anfang an waren Sie nichts als ein kleiner Bauer in einem Spiel, für das Sie nicht im mindesten gerüstet waren . . .«

Die Atmosphäre in der Bibliothek hatte sich verändert. Martel konnte diese Veränderung spüren, und während er sich in seinem Stuhl zurücklehnte, beobachtete er hinter der Maske äußerer Gleichgültigkeit jeden im Raum. Die Nervosität der Beck spürte er regelrecht körperlich, die plötzliche Muskelspannung, die sich durch die Polsterung des Stuhls übertrug.

Vinz reagierte anders. Er versuchte, seine Aufregung

nicht zu zeigen, aber er verlagerte doch sein Gewicht unruhig von einem Fuß auf den anderen. Dietrich, der schließlich nicht dumm war, bemerkte die Bewegung. Er runzelte die Stirn, aber seinen Zorn hielt er auf Martel konzentriert.

»Verflucht noch mal! Was soll das Gerede . . .«

»Ich rede davon, daß jemand Sie verraten hat«, fuhr Martel im gleichen gelassenen Ton fort. »Jemand, dem Sie vertraut haben. Warum gelingt es denn Stoller dauernd, die Waffenlager von Delta so leicht und so schnell zu finden? Er hat einen Informanten – das ist doch wohl die einzige Antwort . . .«

Vinz machte einen Schritt nach vorn und gestikulierte mit der Nullacht. »Ich soll Ihnen wohl die Zähne einschlagen . . .«

Weiter kam er nicht. Dietrich stand auf und bewegte sich erstaunlich rasch um den Schreibtisch herum. Mit dem Handrücken schlug er Vinz ins Gesicht. Der Deutsche stand kerzengerade, während Dietrich wütete.

»Halten Sie das Maul! Was glauben Sie, wer hier die Befehle gibt? Verlassen Sie diesen Raum, und gehen Sie angeln!«

Martel wartete, bis Vinz gegangen war und sprach dann weiter. »Fragen Sie sich das einmal selbst, Dietrich. Gibt es jemanden, der als einziger sonst noch die Lage der Waffenverstecke kannte? Und falls ja, dann ist das Stollers Informant. Wie würde denn da eine Serie von anonymen Telefonanrufen hineinpassen? Und wenn Sie sich jetzt noch fragen, warum das Ganze – jede neue Schlagzeile, die wieder von einem entdeckten Waffenlager berichtet, bringt die Wähler wieder ein bißchen mehr gegen Sie auf. Ich behaupte, Sie werden von einem brillanten Kopf manipuliert . . .«

Plötzlich kam Bewegung in die Szene. Die Tür zur Bibliothek flog auf, und eine der Wachen stürmte herein. Dietrich blickte den Eindringling böse an.

»Was ist los, Karl?«

»Das Tor. Die haben gerade angerufen. Eine ganze Wagenkolonne nähert sich dem Eingang – die glauben, es ist die Polizei . . .«

Dietrich überlegte ein paar Sekunden und sah Martel an. Dann bellte er einen Befehl, und zwei weitere Männer kamen aus der Halle durch die offene Tür.

»Steckt ihn in den Keller – da kann er schreien, soviel er will, niemand hört ihn. Und durchsuchen Sie ihn erst . . .«

Er ging zum Bücherregal hinüber und zog einen Band heraus. Dahinter lag ein Knopf, auf den drückte er. Ein Teil der Regale glitt unter dem Summen hydraulischer Apparaturen zur Seite. Zweifellos hatten Dietrichs Stuttgarter Techniker diese Spielerei hier eingebaut. Martel sah absichtlich nicht zu Klara Beck hinüber, als er den Zigarettenstummel aus der Spitze nahm und ihn in dem fast vollen Aschenbecher ausdrückte.

»Hoch mit Ihnen!«

Karl hatte das gesagt, und seine Nullachtpistole war auf Martel gerichtet.

In der dunklen Höhlung hinter der Geheimtür konnte Martel eine gewundene Stiege erkennen, die nach unten verschwand. Als Karl eine entsprechende Bewegung mit seiner Pistole machte, folgte Martel einem der Wachposten über den Teppich. Er spürte den Pistolenlauf im Rükken. Als er durch die Öffnung trat, hörte er, wie Klara Beck in dringlichem Tonfall etwas sagte.

»Leeren Sie den Aschenbecher aus – da drin sind seine Zigarettenkippen . . .«

Dieses Biest übersah auch nicht die kleinste Einzelheit. Ein feuchter, dumpfer Geruch kam ihm entgegen, während er – den Wachmann vor sich und Karl hinter sich – die Wendeltreppe hinunterstieg. Dietrich rief noch eine letzte Drohung hinter ihm her.

»Später werden Sie reden – oder wir öffnen die

Schleuse zum Burggraben, und Sie ertrinken langsam in dem Loch da unten . . .«

Am Fuß der Wendeltreppe führte eine Tür in einen steingemauerten Keller. Karl stieß Martel die Hand in den Rücken, und Martel verlor die Balance. Er fiel der Länge nach auf den Boden. Als er wieder aufstand, war er allein, und die Tür war zu und abgeschlossen.

Die Kolonne des BND, die aus drei Mercedes-Sechssitzern mit schwerbewaffneten Beamten in Zivilkleidung bestand, hatte vor dem schmiedeeisernen Tor einen Halbkreis gebildet. Drinnen geriet der Wachhabende in Panik und gab einen Befehl.

»Laßt die Hunde los!«

Die Torflügel gingen auf, und das Rudel Schäferhunde stürmte hinaus. Knurrend und mit offenen Fängen sprangen sie an den Wagen hoch. Neben dem Fahrer des ersten Wagens saß Erich Stoller. Sofort gab er sein Kommando.

»Erschießt die Biester . . .«

Ein Fenster wurde heruntergedreht, eine Maschinenpistole erschien, und dann ratterten die Schüsse. Als die Kugeln schwirrten, erwischte es manche der gefährlichen Biester mitten im Sprung. Innerhalb von Sekunden lagen alle Hunde bewegungslos da. Stoller stieg mit zwei Mann aus.

»Zerstört die Verbindungen zum Wachhaus«, befahl er.

Die zwei Leute rannten los, aber im Wachhaus war schon jemand dabei, telefonisch das Schloß zu informieren. Einer packte ihn, der zweite riß den Telefondraht aus der Wand. Der Wachposten protestierte nur noch schwach.

»Das ist ungesetzlich . . .«

»Sie sind verhaftet. Grund der Festnahme: Widerstand gegen die Staatsgewalt . . .«

Draußen rief ein anderer Wachmann Stoller etwas zu. »Dafür bezahlen Sie noch – die Hunde umzubringen . . .«

»Ich habe gesehen, wie einer von denen Schaum vor

dem Maul hatte«, gab Stoller zurück. »Tollwutverdacht. Eine veterinärmedizinische Untersuchung wird folgen.« Er ging zu seinem Wagen zurück und sagte etwas zu dem Fahrer. »Und jetzt mit qualmenden Reifen zum Schloß . . .«

Die Autokolonne raste den gewundenen Weg entlang und legte sich in die Kurven. Eine Minute nachdem sie den Eingang hinter sich hatten, sah Stoller die Mauern des Schlosses vor sich.

»Halten Sie das Tempo - vielleicht lassen die das Fallgitter herunter . . .«

Er hatte recht – als sie sich der Zugbrücke näherten, begann sich das hydraulisch betätigte Fallgitter zu senken. Aber alle drei Wagen kamen durch das Tor, und erst hinter ihnen schloß sich das Gitter. Oben auf seiner Schloßtreppe stand wieder Reinhard Dietrich, die Hände in die Seite gestemmt. Stoller sprang aus dem Wagen und rannte, gefolgt von seinen Männern, die Treppe hinauf.

»Hier können Sie nicht rein«, sprach ihn Dietrich an. »Und wenn ich gewählt bin, dann kriegen Sie meinen Stiefel in den Hintern und fliegen aus Bayern raus . . .«

»Diese Vollmacht . . .« Stoller wedelte mit einem Stück Papier vor Dietrichs Gesicht herum. ». . . unterschrieben vom bayerischen Ministerpräsidenten, erlaubt mir, alles zu tun, was ich für richtig halte. Notfalls nehme ich Ihr Schloß Stein für Stein auseinander. Wollen Sie uns jetzt hereinbitten, oder leisten Sie Widerstand?«

Dietrich drehte sich um und ging, Stoller voraus, in die Halle.

Drinnen steuerte der Industrielle auf ein Zimmer an der linken Seite zu. Stoller bemerkte, daß rechts eine Tür halb offenstand. Sofort ging er hinüber und betrat die große Bibliothek. Eine attraktive, dunkelhaarige Frau saß mit einem Glas in der Hand auf dem Sofa und sah ihn, während sie trank, über den Rand des Glases hinweg an.

»Name?« wollte Stoller wissen.

»Also das geht zu weit!« Dietrich war Stoller nachgeeilt und stand nun hinter seinem großen Schreibtisch. »Ich werde mich beim Ministerpräsidenten persönlich beschweren ...«

»Bitte, da steht das Telefon.« Stoller wandte sich wieder der Frau zu und wurde höflich. »Wir haben Durchsuchungsvollmachten. Würden Sie uns bitte Ihren Namen angeben ...«

»Sagen Sie nichts«, ließ sich Dietrich hören und fischte nach einer Zigarre.

»Klara Beck«, gab die Frau zurück und lächelte. »Ich bin Herrn Dietrichs Sekretärin und persönliche Assistentin. Kann ich Ihnen sonst noch irgendwie helfen?«

»Sie können mich über den gegenwärtigen Aufenthaltsort eines Engländers aufklären, der innerhalb der letzten Stunde hier eingetroffen ist. Sein Name ist Philip Johnson ...«

Klara Beck. Das war doch einer der Namen, die Stoller hatte überprüfen lassen, als ihm Martel von dem mitgehörten Telefongespräch am Hauptbahnhof von Lindau berichtet hatte. Die Stuttgarter Nummer war bis zu einer Penthousewohnung zurückverfolgt worden, die der Dietrich GmbH gehörte. Die Beck hatte auch eine ganze interessante Akte, die bis zurück in ihre Jugend in Berlin reichte.

»Ich habe oben in meinem Büro gearbeitet und bin gerade, als Sie kamen, in die Bibliothek hinuntergegangen«, sagte die Beck. »Den Namen habe ich noch nie gehört ...«

»Leben Sie hier im Schloß?«

»Frechheit ...!« Dietrich explodierte hinter seinem Schreibtisch regelrecht.

Stoller beachtete den Industriellen gar nicht, sondern wandte seine ganze Aufmerksamkeit darauf, den Raum zu überprüfen und die Beck zu befragen. Seine Männer durchsuchten in diesem Augenblick den Rest des Schlosses. Dietrich wußte das, aber Erich Vinz würde ein Auge auf die Leute haben. Er selbst schien unwillig, die Bibliothek wieder zu verlassen – und das sagte Stoller, daß er bereits genau im richtigen Zimmer war.

»Ich habe eine Wohnung in Stuttgart«, gab die Beck zurück, zog ein Päckchen Zigaretten heraus und steckte sich eine davon zwischen die Lippen. Stoller beugte sich zu ihr hinüber und gab ihr Feuer. Dabei bemerkte er in ihren großen Augen einen einladenden Funken. Eine gefährliche Frau.

»Die Wohnung gehört dem Betrieb«, fuhr sie fort. »Das ist einer der Vorteile, wenn man für den Besitzer arbeitet.« Wieder blickte sie Stoller direkt in die Augen. »Und ich darf sagen, ich bin in jedem Aspekt meiner Aufgaben hervorragend.«

»Das kann ich glauben.«

Stoller verbeugte sich höflich und schlenderte dann langsam durch das Zimmer. Der Aschenbecher auf dem Schreibtisch war vor kurzem hastig gereinigt worden. Er konnte noch verwischte Asche darin entdecken. Als einer seiner Männer zusammen mit einem Kollegen hereintrat, blickte er auf.

»Bis jetzt irgend etwas gefunden, Peter?« wollte Stoller wissen.

Der Mann schüttelte den Kopf, und Stoller wies die beiden an, mit ihm in der Bibliothek zusammen zu warten. Er bemerkte, daß Dietrich langsam Vergnügen an seiner Zigarre bekam und sich bequem zurücksetzte.

»Wer hat Ihnen denn diese phantastische Geschichte von diesem sagenhaften Mann erzählt, der sich irgendwo in der Nähe meines Hauses aufhalten soll?«

»Die Luftkamera – und dazu der Feldstecher des Copiloten. Wenn der Film entwickelt ist, werden wir Beweise haben. Wir haben einen Spezialfilm benutzt, der die exakten Aufnahmezeiten der jeweiligen Bilder angibt – Ihre Gesellschaft produziert doch so etwas, nicht wahr?«

»Kamera? Pilot? Sind Sie verrückt geworden?«

»Ein Hubschrauber ist Johnson bis zum Schloß gefolgt – und eine Filmkamera hat alles, wie ich eben erklärt habe, aufgenommen. Was für Zigaretten rauchen Sie, Herr Dietrich? Die Marke, meine ich.«

»Ich rauche nur Zigarren – Havanna.« Dietrich war sich im ungewissen darüber, welche Wendung die Ereignisse nun nehmen mochten, und er setzte sich unruhig in seinem Stuhl zurecht.

»Und Fräulein Beck raucht ›Blend‹ – wie ich bemerken konnte, als sie ihr Päckchen herausgenommen hat . . .«

Stoller ging die Reihe der Buchregale entlang. Er hielt inne und bückte sich, um einen Zigarettenstummel aufzuheben, der halb verborgen in dem dicken Teppich am Fuß des Regals lag. Den Stummel hatte er schon vor ein paar Minuten entdeckt, und jetzt zeigte er ihn jedem im Raum.

»Interessant. Dietrich – so sagte er jedenfalls selbst – raucht Zigarren. Fräulein Beck raucht ›Blend‹. Und das hier ist ein ›Silk-Cut‹-Stummel – eine britische Zigarette. Er hat hier unten an diesem Buchregal gelegen. Wie kann denn der nur hierhergekommen sein – es sei denn, jemand hat ihn fallen lassen und ist dann durch die Wand weitergegangen. Ob das denn überhaupt eine Wand ist . . .«

Stoller fing jetzt an, Bücher aus den Regalen herauszunehmen und sie auf den Boden zu werfen. Damit das Ganze etwas schneller ging, wischte er ganze Stapel der rindsledergebundenen Bücher auf den Teppich und nickte seinen beiden Männern zu. Die zogen automatische Walther-Pistolen heraus und machten sich schußfertig. Zornig kam Dietrich um seinen Schreibtisch herumgestiefelt.

»Das sind höchst kostbare Bände . . .«

»Dann zeigen Sie mir, wo der Hebel ist, mit dem die Geheimtür geöffnet wird.«

»Sie sind ja wahnsinnig . . .!«

Dietrich hörte auf zu reden, als jetzt ein weiteres halbes Dutzend Bücher zu Boden ging und Stoller plötzlich den roten Knopf in seinem Plastikrähmchen sah, den er freigelegt hatte. Er drückte den Knopf, und ein Teil der Buchregale glitt zur Seite und enthüllte die verborgene Wendeltreppe dahinter.

»Peter«, befahl er, »gehen Sie runter, und gucken Sie nach, was da unten ist. Wenn Sie auf Widerstand stoßen, schießen Sie.« Er blickte sich in dem Zimmer um. »Ich brauche hier ja wohl nicht zu sagen, daß auf jede Art von terroristischer Geiselnahme eine hohe Gefängnisstrafe steht . . .«

»Ich war oben und habe Klara geholfen«, begann Dietrich.

»Stimmt das, Fräulein Beck?« wollte Stoller wissen. »Passen Sie auf, was Sie antworten. Hier kann es um Mittäterschaft gehen.«

»Ich bin ganz verwirrt . . .« Die Beck hatte sich am Zigarettenrauch verschluckt und hustete, aber jetzt brauchte sie nichts mehr zu sagen, weil Martel erschien und sich den Staub von den Ärmeln wischte. Er hatte mit den Fäusten gegen die Steinwände seines Gefängnisses gehämmert, und seine Knöchel waren voll von geronnenem Blut. Hinter ihm kam Peter zurück und wandte sich an Stoller.

»Er war in so einem Schweinestall von Keller gefangen, aber der Schlüssel hat noch außen gesteckt – ich brauchte das Schloß nicht aufzuschießen.«

»Also, Dietrich?« fragte Stoller.

»Das ist doch ein Hochstapler . . . Ich war mir sicher, daß er einen Anschlag auf mich vorhatte . . . Nachdem er die Verabredung mit mir getroffen hatte, habe ich die ›Times‹ in London angerufen . . . Die haben mir gesagt, daß Johnson in Paris ist . . . Ich habe viele Feinde . . .«

Der Führer von Delta redete immer noch wie ein Maschinengewehr, wedelte besorgt mit den Armen, und die Worte strömten nur so heraus, während er sich abmühte, seine Geschichte so überzeugend klingen zu lassen, daß Stoller vielleicht davon Abstand nahm, die Sache an den

Staatsanwalt weiterzugeben. Es war Martel, der Stoller schließlich zu einer Entscheidung brachte.

»Ich glaube, wir verschwinden jetzt mal aus diesem widerlichen Irrenhaus. Hier oben stinkt die Luft ja noch mehr als in dem dreckigen Keller . . .«

Die drei BND-Fahrzeuge kamen wieder zum Ausgang, kurvten um den Haufen von Hundeleichen herum, der auf der Straße lag, und machten sich auf den Weg zurück nach München.

»Jetzt gleich«, sagte Stoller zu Martel, »kommen wir zu der Stelle, wo ich Claire Hofer in Ihrem Audi zurückgelassen habe oder besser: wo Sie sie zurückgelassen haben. Sie hat mich erkannt und wie verrückt gehupt, damit wir anhielten. Und dann hat sie mir die Hölle heiß gemacht, damit wir so schnell wie möglich zum Schloß fuhren. Das Mädchen mag Sie«, meinte Stoller noch mit einem Seitenblick.

»Werde ich mir merken – und danke, daß Sie mich per Hubschrauber im Auge behalten haben – und dafür, daß Sie diese Festung gestürmt haben . . .«

»Warum haben Sie Dietrich aufgesucht?« fragte der Deutsche.

»Weil ich wollte, daß der Feind sich gegenseitig an die Kehle geht. Um ihn zu überzeugen, daß er verraten worden ist – und ich glaube übrigens, daß das stimmt. Vielleicht haben wir auf diese Weise noch fünf Sekunden vor zwölf einen Schraubenschlüssel ins Getriebe von Unternehmen Krokodil geworfen. Und, Himmel noch mal, viel mehr als fünf Sekunden bleiben uns auch nicht . . .«

Claire machte ihre Bemerkung, während Martel sie in dem Audi zurück nach München fuhr. Stollers Kolonne war schon lange verschwunden. Er hatte sich beeilen müssen, um seinen Flug nach Bonn noch zu erwischen.

»Ich nehme an, wir streichen Erich Stoller jetzt von der Liste der möglichen Attentäter?«

»Warum?«

»Ja, Herrgott noch mal, schließlich hat er Sie aus den Klauen dieses Schweinehundes Dietrich befreit...«

»Und was wird der Sicherheitschef, der in Wirklichkeit der geheime Attentäter ist, als erstes versuchen?« bohrte Martel nach.

»Da kann ich nicht ganz folgen«, sagte Claire verwirrt.

»Nun, er wird so handeln, daß weder Tweed noch ich vermuten, daß er derjenige ist, nach dem wir suchen.«

»Aber Sie können doch Erich Stoller nicht immer noch im Verdacht haben.«

»Doch. Er ist genauso wenig reingewaschen wie die anderen. Hoffen wir, daß uns die Akten, die wir jetzt am Münchener Flughafen abholen, etwas mehr sagen.«

## *25. Kapitel*
## Dienstag, 2. Juni: 14.00 bis 22.00 Uhr

Name: Erich Heinz Stoller. Nationalität: Deutscher. Geburtsdatum: 17. Juni 1950. Geburtsort: Haar/München.

Werdegang: Dienst bei der Kriminalpolizei, Wiesbaden, 1970–1974... Übergewechselt zum BND, 1974... Als Untergrundagent in Ostdeutschland, 1975–1977... Zum Leiter des BND ernannt, 1978...

Tweed überflog noch einmal die Akte, die Miß McNeil ihm gegeben hatte. Das Aktenstudium brachte das so mit sich: Je mehr Material man sich ansah, um so schneller nahm man den Stoff in sich auf. Tweed schob die Akte über den Schreibtisch zu Miß McNeil zurück. Er rieb sich die Augen und gähnte, bevor er seine Frage stellte.

»Was halten Sie von Stoller? Sie haben ihn ja nie kennengelernt – das kann von Vorteil sein. Der persönliche Eindruck verstellt Ihnen dann nicht den Blick auf die Fakten.«

»Er ist bei weitem der Jüngste der Vier – Anfang Dreißig. Ist das nicht ungewöhnlich – in diesem Alter Chef des BND zu werden?«

»Bundeskanzler Langer hat ihn persönlich über die Köpfe von wer weiß wie vielen älteren Kandidaten hinweg befördert. Er gilt als glänzender Kopf . . .«

»Ich höre da ein ›aber‹ in Ihrem Tonfall«, bemerkte Miß McNeil.

»Ja, nun, er hat zwei Jahre hinter dem Eisernen Vorhang verbracht . . .«

»Aber Sie sagten, er sei ein brillanter Kopf . . .«

»Womit wir wieder am Anfang wären.« Tweed legte die Stirn in Falten, beugte sich nach vorn und klopfte auf den säuberlichen Aktenstapel, den Miß McNeil aufgebaut hatte.

»Ich bin überzeugt, in diesen Heftern steckt die Antwort – irgend etwas, das regelrecht mit Fingern auf den Schuldigen deutet. Irgendwie liegt es mir sogar auf der Zunge, aber, verdammt noch mal, es fällt mir einfach nicht ein.«

»Vielleicht entdeckt Martel irgend etwas, wenn er sich die Kopien durchsieht, die ich ihm heute abend nach München bringe . . .«

»Das beunruhigt mich, Miß McNeil«, sagte Tweed ruhig. »Sogar wenn Sie Kopien dieser Akten außer Landes bringen, verletzen Sie damit sämtliche Vorschriften . . .«

»Ich bin ja durch meinen Diplomatenpaß gedeckt. Und ich treffe Martel, sobald ich ankomme. Im Erste-Klasse-Abteil des Flugzeugs wird mir schon nichts passieren. Ich freue mich sogar auf die Reise . . .«

»Ich lasse auf jeden Fall einen bewaffneten Schutz mit nach München fliegen«, entschied Tweed. Er griff nach dem Telefonhörer, wählte eine Nummer, gab kurze Instruktionen und horchte dann. »Der Mann kommt in einer halben Stunde«, sagte er zu Miß McNeil, während er wieder auflegte. »Mason wird es machen – er sagt, er ist der einzige, der zur Verfügung steht.«

»Dann habe ich ja während des Fluges auch noch Gesellschaft.«

Tweed sah Miß McNeil an und wunderte sich wieder einmal. Engländerinnen in den mittleren Jahren waren ja manchmal direkt außergewöhnlich. So eine begab sich auf eine lebensgefährliche Kurierfahrt, als ob es ins Wochenende ginge. Er sah zu, während sie die Akten in einen speziellen Sicherheits-Diplomatenkoffer packte. Ihre eigene kleine Reisetasche war schon seit Stunden fertig.

»Sie sollten sich das Ding aber nicht ans Handgelenk ketten«, sagte er ihr.

»Und warum nicht? Das ist jetzt schließlich meine Sache.« Sie hatte das in scharfem Ton gesagt, verschloß jetzt den Koffer, zog die Kette aus dem Handgriff, legte sich den Stahlreifen ums Handgelenk und ließ das automatische Schloß zuschnappen. Beide wußten sie genau, weshalb Tweed seine Bemerkung gemacht hatte.

Tweed hätte bei dem ganzen Unternehmen lieber eine Niederlage erlitten, als Miß McNeil irgendeiner scheußlichen Geschichte auszusetzen – schließlich hatte es Fälle gegeben, in denen sich der Gegner auf höchst einfache Weise in den Besitz eines angeketteten Aktenköfferchens gebracht hatte. Man brauchte ja nur das Handgelenk durchzuhacken.

Amerikanische Botschaft, Grosvenor Square, 18.00 Uhr. In einem Büro im zweiten Stock stand Tim O'Meara mit seinem Aktenkoffer da, während sein Stellvertreter, James Landis am Telefon ja und nein sagte und dann auflegte.

»Also?« sagte O'Meara ungeduldig.

»Air Force One ist planmäßig über dem Atlantik. Die Maschine wird rechtzeitig in Orly landen, damit der Präsident sofort zum Gare de l'Est und damit zum Gipfelexpreß gefahren werden kann . . .«

»Dann also nichts wie weg von hier, damit wir ebenfalls rechtzeitig in Orly sind . . .«

»Sir, vor etwa einer halben Stunde ist ein merkwürdiger Bericht aus Washington gekommen – es geht um die Nachforschung wegen des Mordes an Clint Loomis auf dem Potomac. Es sieht so aus, als hätte ein vorwitziger Telefonist in Washington einen Anruf mitgehört, der aus ...«

»Ich habe gesagt, los jetzt!« brüllte O'Meara und schnitt seinem Stellvertreter mitten im Satz das Wort ab.

Elysée-Palast, Paris, 18.00 Uhr. Im Hof zwischen dem Gebäude und den Gittertoren, die zur Straße führten, stand Alan Flandres und sah zu, wie die Sprengstoffabteilung einen glänzenden, schwarzen Citroën durchsuchte. In wenigen Stunden würde der französische Präsident in diesem Auto zum Gare de l'Est fahren.

Wie immer konnte Flandres nicht einfach still dabeistehen – und außerdem traute er niemandem, außer sich selbst. Während zwei Mann an einer langen Stange einen Spiegel unter den Wagen hielten, stellte sich Flandres daneben und sah sich das reflektierte Bild an.

»Moment mal!«

Er sah noch einmal auf das Spiegelbild und rief dann einen in Leder gekleideten Mann aus der Nähe herbei.

»Kriechen Sie unter den Wagen, und suchen Sie jeden Quadratzentimeter ab. Im Spiegel übersieht man leicht etwas ...«

Er rannte die Stufen hinauf zurück in den Elysée-Palast und ging zum zentralen Befehlsraum, wo ihm ein bewaffneter Posten die Tür öffnete. Zwei Leute hockten über starke Funkgeräte gebeugt da, während der dritte, der Dechiffrierungsbeamte, die entschlüsselten Funksprüche noch einmal überprüfte. Er sah auf, als Flandres den Raum betrat, und wollte seinem Chef einen Stapel Meldungen überreichen.

»Sagen Sie mir nur, was drinsteht, guter Freund! Warum soll ich mir noch die Augen verderben, wenn

Sie schon dasselbe tun und auch noch dafür bezahlt werden?«

Alles grinste bei diesem Scherz, und die Atmosphäre wurde deutlich lockerer. So etwas gehörte zu Flandres' Technik, nirgendwo eine allzu gespannte Stimmung aufkommen zu lassen. Ruhige Leute treffen auch ruhige Entscheidungen.

»Der amerikanische Präsident landet um dreiundzwanzig Uhr in Orly...«

»Womit genau eine halbe Stunde bliebe, um ihn vom Flughafen zum Zug zu schaffen. Wir sollten die Straße absperren – die werden wie der Teufel fahren. Das ist die amerikanische Vorstellung von Sicherheitsmaßnahmen. Mr. Tim O'Meara wird mal wieder zeigen, wie fähig er ist! Ein Hoch auf die Yankees!«

»Die britische Premierministerin wird per Sonderflug um zweiundzwanzig Uhr am Flughafen Charles de Gaulle eintreffen...«

»Typisch für die Dame – da bleibt genügend Zeit, aber es wird auch keine Minute verschwendet. Ein idealer Passagier!«

»Es ist geplant, daß der deutsche Bundeskanzler morgen früh um neun Uhr dreiunddreißig im Münchener Hauptbahnhof zusteigt...«

»Ich weiß – ist schon lange geplant...«

»Aber da gibt's einen merkwürdigen Funkspruch aus Bonn, den ich nicht verstehe«, sagte ihm der Dechiffrierungsbeamte. »Wir werden mit Nachdruck gebeten, uns im Funkraum an Bord des Gipfelexpreß während der Nacht für eine dringende Durchsage aus Bonn bereitzuhalten.«

»Und das wäre alles?«

»Ja.«

Flandres verließ den Raum und ging langsam den Korridor entlang. Der Funkspruch aus Bonn deutete eine neue Entwicklung in letzter Minute an, die Flandres nicht verstand – und weil er diesen Funkspruch nicht verstand, war er beunruhigt.

Bundeskanzleramt, Bonn, 18.00 Uhr. Erich Stoller verließ das Arbeitszimmer von Bundeskanzler Langer in dem modernen Gebäude im Süden jener kleinen Stadt am Rhein. Der großgewachsene, hagere Deutsche zeigte einen befriedigten Gesichtsausdruck: Seine Blitzreise im Privatjet von München hierher war der Mühe wert gewesen.

Noch während des Fluges hatte sich Stoller gefragt, ob er es schaffen konnte: Bekanntermaßen war Langer schlecht einzuschätzen, ein hochintelligenter politischer Führer mit einem starken eigenen Willen. Aber es hatte dann doch nur eines Gespräches von zehn Minuten bedurft, um den Kanzler zu überzeugen.

Stoller hatte den codierten Funkspruch bereits im voraus abgesendet – während er sich noch in Langers Arbeitszimmer aufgehalten hatte. Es war der Funkspruch zum Befehlsraum des Elysée-Palastes in Paris gewesen. Alan Flandres würde inzwischen, so hoffte Stoller, davon Kenntnis haben. Aber der zweite Funkspruch, der später abgesendet werden sollte, wenn der Zug sich schon in Bewegung gesetzt hatte, würde der wichtigere sein ...

»Jetzt geht's los«, murmelte Stoller vor sich hin. »Der Plan läuft ...«

Flughafen Heathrow, 18.00 Uhr. Der Flug LH 037 war nach Plan gestartet, und jetzt stieg die Maschine steil in den blauen Abendhimmel. Sie ließ einen Kondensstreifen hinter sich, der sich nur ganz langsam wieder auflöste. Im letzten Moment waren noch zwei Passagiere zugestiegen und hatten es sich in der ersten Klasse bequem gemacht. Die Ankunft des Paares war durch Sonderanweisung vorbereitet gewesen.

Weder Miß McNeil, die ihren Aktenkoffer ans Handgelenk gekettet trug, noch Mason, ihr Gefährte, der eine

Achtunddreißiger Smith & Wesson im Schulterhalfter hatte, durchliefen die normale Abfertigung. Als sie sich ausgewiesen hatten, wurden sie eilig in ein Büro geführt, das an der Tür mit dem Schild ›Eintritt strengstens verboten‹ versehen war.

Die Bürotür wurde hinter ihnen abgeschlossen, und dort blieben sie, bis ein uniformierter Polizeibeamter, der mit ihnen in dem Raum war, die telefonische Durchsage bekam, daß alle anderen Passagiere an Bord waren. Dann liefen sie eilig durch den Tunnelgang bis zum Flugzeug, wo schon die Stewardessen warteten, um sie zu den reservierten Sitzplätzen zu geleiten. –

»Ist doch schön, einmal VIP zu sein, oder?« flüsterte Miß McNeil, während sie einen kleinen Schluck von ihrem Champagner nahm und das Flugzeug seinen Steigflug immer noch fortsetzte.

»Man nimmt's, wie's kommt«, gab Mason ausdrucksvoll zurück.

Flughafen Heathrow, 19.30 Uhr. Der Flug BE 026 nach Paris war planmäßig gestartet. Tweed – der absichtlich in der Economy-Klasse reiste – hatte schwer aufpassen müssen, als er an Bord gegangen war. Wie er von Miß McNeils ›Einmann‹-Geheimdienst wußte, flog Howard in derselben Maschine mit, aber erster Klasse.

Deshalb hatte Tweed den Flugsteig erst betreten, als gerade der letzte der anderen Passagiere die Rampe hinunter verschwand. Der diensttuende Steward winkte hektisch.

»Die Maschine startet sofort!«

»Da komme ich ja gerade noch rechtzeitig«, antwortete Tweed und eilte selbst rasch die Rampe hinunter. Zum Kuckuck, er hatte schließlich ein voll bezahltes Ticket in der Tasche.

Als die Stewardeß ihn ins Flugzeug schob, warf er einen Blick nach links in das Erste-Klasse-Abteil. Howards Hinterkopf war gerade noch zu sehen. Glücklicherweise war es bei der Ankunft üblich, die Erste-Klasse-Passagiere vor der Plebs von Bord zu geleiten.

Tweed wählte sich seinen Platz da, wo er gar nicht gerne saß: im hinteren Teil des Flugzeuges. Er haßte das Fliegen.

Er ließ sich in seinen Sitz zurücksinken, und nach dem Start zwang er sich dazu, aus dem kleinen Bullauge hinauszuschauen. Unten drehte sich im Licht der Abendsonne Schloß Windsor in seiner ganzen Pracht. Ein Hoch auf Königin und Vaterland. Ein bißchen altmodisch heutzutage, aber Tweed kümmerte sich nie darum, welchen Eindruck der Rest der Welt von ihm hatte.

Der Flug LH 037 hatte gerade die deutsche Grenze überquert, als Mason sich bei Miß McNeil entschuldigte. »Ich möchte Martel informieren, daß wir an Bord der Maschine sind – der Pilot kann das für mich durchgeben . . .«

»Aber er erwartet uns doch«, erinnerte ihn Miß McNeil.

»Erwarten bedeutet nicht dasselbe wie zu wissen, daß wir das Flugzeug auch erwischt haben. Bei dem, was Sie da bei sich tragen, dürfen wir kein Risiko eingehen . . .«

Er zwängte sich zur Pilotenkanzel durch, wo er von einer Stewardeß aufgehalten wurde. Er zog seinen Ausweis und gab ihn ihr.

»Zeigen Sie das dem Piloten. Ich muß einen dringenden Funkspruch absenden. Der Pilot weiß, daß wir an Bord sind . . .«

Nach kurzem Warten führte man ihn in die Kanzel, und die Tür wurde hinter ihm sofort wieder abgeschlossen. Mason stellte sich vor und wandte sich dann an den Funker. Der Pilot nickte sein Okay, und der Geheimdienstler bat um einen Notizblock, damit er seinen Funkspruch notieren konnte. Er war an eine Münchener Telefonnummer gerichtet.

»Bei der Unterschrift handelt es sich um einen Codenamen«, erklärte er, als der Funker den Zettel las. Mason nickte dem Piloten dankend zu und verließ die Kanzel wieder, während der Funker schon dabei war, die Meldung durchzugeben.

Münchener Telefonnummer . . . Miß McNeil und ich an Bord Flug LH 037 von London. Voraussichtliche Ankunftszeit . . . Bitte das Empfangskomitee bereithalten. Gustav.

In der Münchener Wohnung hob eine behandschuhte Hand gleich beim ersten Läuten den Hörer ab. Die Telefonistin überprüfte, ob sie auch die richtige Verbindung hatte und gab dann die Mitteilung durch.

»Miß McNeil und ich an Bord von Flug LH 037 . . .«

»Danke sehr«, sagte Manfred. »Alles verstanden. Auf Wiederhören.«

Die behandschuhte Hand unterbrach die Verbindung, hob dann aber wieder ab und wählte eine Münchener Nummer. Erwin Vinz ging an den Apparat. Seine Stimme bekam sofort einen anderen Klang, als cr merkte, wer da anrief.

»Sie nehmen sich ein paar Männer und gehen zum Flughafen . . .«

Manfreds Anweisungen waren präzise, dabei aber in eine unverfängliche Unterhaltung verpackt. Nach seinem Anruf sah Manfred auf die Armbanduhr. Wie praktisch, daß der Flughafen so dicht bei der Stadt lag – Vinz' ›Exekutionskommando‹ würde schon in Position sein, wenn Flug 037 aufsetzte.

Mason, der sich immer noch mehr als sechstausend Meter hoch über dem Boden befand, wäre entsetzt gewesen, hätte er diese Instruktionen gekannt.

»Erledigen Sie sie beide – den Mann genauso wie die Frau . . .«

Martel hielt sich in der Nähe eines Zeitschriftenstands beim Ausgang des Münchener Flughafens auf. Er schien sich ein Taschenbuch anzusehen. Und er schien auch allein zu sein, aber das war nicht der Fall. Am anderen Ende der weiten Halle stand Claire.

Sie trug ihre Sonnenbrille, hatte einen kleinen Koffer zu ihren Füßen stehen und wirkte wie ein Passagier.

Die Ankunft von Flug LH 037 aus London wurde über den Lautsprecher verkündet. Die ankommenden Passagiere eilten durch die Halle zu den Taxis oder zum Flughafenbus. Martel suchte die kleine Gruppe ab und sah Miß McNeil mit dem Aktenköfferchen in der einen und der Reisetasche in der anderen Hand. Und neben ihr sah er auch Mason.

»Wissen Sie was«, sagte Mason gerade zu ihr. »Ich gehe mal grad rüber zu dem Kiosk und hole mir eine Pakkung Zigaretten – gehen Sie schon los, und schnappen Sie sich ein Taxi; wir müssen dann nicht so lange warten . . .«

»Aber wir werden doch abgeholt . . .« Miß McNeil zuckte die Achseln. Mason war schon weg.

Martel sah, wie die beiden sich trennten und runzelte die Stirn. Er ließ das Taschenbuch fallen, nahm es wieder auf und ordnete es rasch in dem Drehständer wieder ein. Claire hatte auf dieses Signal gewartet, und nun erkannte sie Miß McNeil nach der Beschreibung, die Martel ihr gegeben hatte.

Und sie merkte auch, daß irgend etwas nicht stimmte. Daß Martel das Taschenbuch hatte fallen lassen, hatte sie vorgewarnt. Hätte er es einfach nur zurück ins Regal gestellt, dann wäre das nichts weiter als das Signal gewesen, das er mit Miß McNeil ausgemacht hatte. Claire griff in die Handtasche und packte ihre Neunmillimeterpistole. Miß McNeil, eine schlanke Frau, die sich aufrechthielt, ging auf den Ausgang zu.

Ein Mann, der in der Nähe des Ausgangs stand und der die Uniform eines Lufthansa-Piloten trug, zog eine Nullacht mit Schalldämpfer aus einer Aktenmappe. Erwin Vinz, der einen leichten Regenmantel locker über den Arm gelegt trug, kam in die Halle. Er ließ den Regenmantel zu Boden fallen und hielt dann die Maschinenpistole in Händen, die unter dem Kleidungsstück verborgen gewesen war.

»McNeil, hinlegen!« schrie Martel.

Claire war in hohem Maße verwundert, und es war auch tatsächlich erstaunlich. Die Engländerin, die ja nun nicht mehr die Jüngste war, ließ sich einfach vorwärtsfallen. Dabei ließ sie ihre Reisetasche los, benutzte die Hände, um den Aufprall etwas zu dämpfen und lag dann ruhig an den Boden gepreßt da.

Martel zog den Hahn seines Fünfundvierzigercolts durch, den er aus dem Schulterhalfter gerissen hatte, und zielte auf die größte Gefahr – Vinz und seine Maschinenpistole. Er feuerte rasch. Drei schwere Geschosse hämmerten Vinz mit fürchterlicher Kraft in die Brust und warfen ihn nach hinten. Sein Hemd war leuchtendrot, als er auf dem Boden aufschlug. Noch immer hielt er seine Waffe fest, aber er hatte nicht einen einzigen Schuß abgegeben.

Der ›Lufthansa-Pilot‹ zielte mit der Luger, wie abgesprochen, auf sein eigenes Opfer. Das war Mason, der neben einem Zigarettenautomat stand. Zwei Kugeln trafen Mason. Der fiel vorwärts gegen den Zigarettenautomaten und versuchte, sich an dem Gerät festzukrallen, während er langsam zu Boden sackte. Claire zielte und gab ihrer Waffe dabei mit dem linken Unterarm Halt. Das konnte man Schießkunst nennen – quer durch die ganze Halle. Zwei Kugeln trafen den Killer, und er brach vornüber zusammen.

»McNeil, unten bleiben!« schrie Martel wieder.

Drei Männer, die sich den Augenschein gegeben hatten, als wollten sie selbst Fluggäste abholen, hatten Handfeuerwaffen gezogen.

Martel hatte gerade auf Vinz geschossen ... Claire hatte ihren Piloten im Visier.

Die drei Profis von Delta zielten auf die immer noch ausgestreckt am Boden liegende Gestalt von Miß McNeil ... Panik kam unter den anderen Anwesenden auf ... Eine Frau schrie auf, und dann nahm ihr Schreien überhaupt kein Ende mehr ...

Aber dann bellte aufs neue ein ganzer Hagel von Schüssen durch die Halle, und Martel sah erstaunt zu, wie das Mördertrio von Delta zu Boden ging. Männer in Zivilkleidung tauchten an verschiedenen Stellen der Halle auf. In den Händen hielten sie automatische Walther-Pistolen. Einer von ihnen trat auf Martel zu und hielt dabei mit der linken Hand seinen Ausweis hoch.

»BND, Mr. Martel. Josef Gubitz, zu Ihren Diensten, Sir. Die anderen hier sind meine Leute.«

»Woher, zum Kuckuck, haben Sie gewußt ...«

»Der Pilot der Maschine hat die Botschaft, die er für einen englischen Passagier namens Mason durchgeben sollte, wie befohlen an Stoller weitergegeben.«

»Wer hatte ihm denn das aufgetragen?«

»Ein Mann namens Tweed in London. Jeder Funkspruch, den Mason an Bord aufgab, sollte sofort an uns weitergegeben werden. Stoller hat von Bonn aus reagiert und uns hierhergeschickt. Das war alles etwas kompliziert ...« Der Deutsche, ein kleiner gutangezogener Mann, blickte über die Schulter auf das Blutbad in der Halle. »... aber es hat funktioniert.«

»Dem Himmel sei Dank – und Ihnen auch.«

Claire half Miß McNeil auf die Füße, und als Martel zu den beiden trat, blickte die Engländerin gerade an sich hinunter auf ihre abgeschürften Knie. Dann sah sie Martel an. »Sehen Sie sich das an! Meine Nylonstrümpfe sind ruiniert. Meinen Sie, ich könnte ein Paar neue auf Spesen bekommen?«

Martel, Claire und Miß McNeil saßen gemeinsam in dem Zimmer des Engländers im Hotel Clausen. Die zwei Frauen tranken Tee, während Martel die vier fotokopierten Akten durchblätterte, die Miß McNeil ihm gebracht hatte. Miß McNeil saß in einem Sessel neben Claire und stellte ihre Tasche auf den Tisch. Die junge Schweizerin beobachtete ehrfurchtsvoll ihre Gelassenheit.

»Der Tee, den Sie mir eingeschenkt haben, war genau richtig«, verkündete Miß McNeil. »Ordentlich und stark – ein Tropfen Milch und keinen Zucker. Eine Tasse Tee nach einem solchen Wirbel ist durch nichts zu ersetzen.« Sie hielt inne. »Mason hat versucht, mich umbringen zu lassen, was?«

»Ja«, sagte Martel. »Und ihn haben sie erledigt, weil sie seine Talente als Verräter jetzt nicht mehr brauchten. Ich bin sicher, daß er Tweeds Büro abgehört hat. Und ich bin mir genauso sicher, daß er sich Anorak, Baskenmütze und Sonnenbrille angezogen hat, dann sichergestellt hat, daß ein Polizist am Piccadilly Circus ihn gesehen hat und daß er das Zeug dann wieder ausgezogen hat – möglicherweise in einer öffentlichen Bedürfnisanstalt – und die Sachen dann zusammen mit der Pistole auf einem Stuhl bei Austin Reed liegengelassen hat . . .«

»Und warum?« fragte Claire.

»Um uns zu verwirren. Manfred war nie auch nur im Umkreis von London. Und es muß auch Mason gewesen sein, der Tweed zum Londoner Flughafen gefolgt ist, bevor dieser an Bord der Concorde ging – und dann hat er auch das Manfred berichtet. Merkwürdig, daß Howard so einen Burschen eingestellt hat . . .«

Miß McNeil beobachtete Martel, der jetzt die letzte Akte schloß. »Haben Sie irgend etwas gefunden?« fragte sie.

»Tweed hat wohl nichts entdeckt, aber ich glaube, irgendwo muß es da drinstecken . . .«

Martel nahm ein Blatt von dem Notizblock des Hotels,

kritzelte etwas darauf und zeigte es Miß McNeil. Die las, was dastand, riß das Blatt in kleine Stücke, stand auf und ging hinüber zur Toilette. Die beiden hörten, wie sie die Wasserspülung betätigte, und dann kam sie heraus und setzte sich wieder.

»Nun?« fragte Martel.

»Ich hab's mir doch gleich gedacht«, gab Miß McNeil zurück. »Tweed kann man einfach nicht trauen, natürlich nicht – er behält zuviel für sich. Die Schwierigkeiten, die jetzt kommen, werden es an den Tag bringen . . .«

»Dann lassen wir Sie also hier, bis alles vorbei ist. Ein bewaffneter Posten von Stoller steht vor der Tür. Claire hat noch einen weiten Weg vor sich – und ich muß auch weg, aber woandershin. Was mir Angst macht, ist, daß wir so wenig Zeit haben . . .«

## *26. Kapitel*
## Dienstag, 2. Juni: 20.30 bis 23.35 Uhr

Flughafen Charles de Gaulle, 20.30 Uhr. Der Flug BE 026 war planmäßig gelandet. Howard war unter den ersten Passagieren, die ausstiegen. Sein Spezialausweis brachte ihn rasch durch die Zoll- und Paßkontrolle, und Alan Flandres wartete auf ihn mit einem großen Citroën.

»Das nenne ich Service«, bemerkte Howard, während es sich beide auf dem Rücksitz bequem machten und der chauffeurgelenkte Wagen davonglitt.

»Wir sind stolz auf unsere Organisation«, gab Flandres mit einem zynischen Lächeln zurück. »Seit die Regierung gewechselt hat, haben wir nicht mehr viel Grund, auf etwas anderes stolz zu sein.«

»Ist es so schlimm?« Howard sah seinen Begleiter scharf an, der jedoch, wie immer, die Ruhe selbst war. »Läuft alles nach Plan?«

»Da gibt es etwas, was ich nicht verstehe – und in der Lage, in der wir uns im Augenblick befinden, beunruhigen mich die Dinge, die ich nicht verstehe. Ich habe einen Funkspruch aus Bonn erhalten, der uns auffordert, während der Nacht auf eine dringende Nachricht aus Deutschland aufzupassen. Stoller ist nicht in Pullach . . .«

»Das ist sein Problem . . .« Howard wischte die ganze Angelegenheit mir einer kurzen Handbewegung weg.

»Es könnte aber auch unsere Angelegenheit werden«, gab Flandres zurück.

Gemäß den Anweisungen von Flandres überprüften die Sicherheitskräfte sowohl in Orly als auch am Flughafen Charles de Gaulle alle eintreffenden Passagiere nach bekannten Gesichtern. Aber die eine Person, die mit Flug LH 323 via Frankfurt aus München kam, übersahen sie. Die Maschine landete in Charles de Gaulle um zweiundzwanzig Uhr fünfzehn, und der Passagier, der erster Klasse gereist war, passierte unangefochten alle Kontrollen.

Die Dame trug ein elegantes Kleid von Givenchy mit dazu passender Perlenkette und einen Hut mit Schleier. Gepäckträger beförderten ihren Gucci-Koffer zu einer wartenden Limousine mit Chauffeur. An der Paßkontrolle hob sie kurz ihren Schleier.

»Ich frage mich, auf wieviel Goldbarren die in der Bahnhofstraße sitzt«, murmelte der Paßbeamte seinen Kollegen zu, als er Irma Romer ihren Schweizer Paß zurückgereicht hatte und sie gerade weiterging.

»Ich hätte nichts dagegen, wenn sie auf mir säße«, gab sein Kollege zurück. »Das ist aber auch eine Schönheit . . .«

Als der Chauffeur den Wagen vom Flughafengelände fuhr, sprach die Dame, die sich in dem geräumigen Fond niedergelassen hatte, mit dem Fahrer.

»Emil, wir haben noch eine Stunde, bevor der Zug abfährt – fahr also langsam, bring die Zeit irgendwie rum.

Ich muß den Gipfelexpreß fünf Minuten vor der Abfahrt besteigen.«

»Meine Instruktionen waren klar, Madame«, gab Emil zurück. »Es wird keine Probleme geben.«

»Es darf keine Probleme geben.«

Nachdem sie das klargestellt hatte, schlug Klara Beck ihre langen Beine übereinander und entspannte sich. Es war eine höllisch eilige Fahrt von dem bayerischen Schloß nach München gewesen, wo sie ihr Flugzeug noch erwischen mußte, aber sie hatte dabei den Mann, der ihr folgen wollte, erfolgreich abgeschüttelt. Den Burschen hatte sie natürlich Stoller zu verdanken gehabt.

»Stoller der Stinker«, dachte sie sehr undamenhaft und blickte auf ihre diamantenbesetzte Armbanduhr.

Gare de l'Est, 23.00 Uhr. Der Expreßzug mit seinen zwölf Wagen stand im Bahnhof. Die gewaltige Lokomotive, die bald ihre kostbare Fracht ziehen sollte, reflektierte die Bahnhofslichter. Sie war wieder und wieder poliert worden, bis sie wie ein Schmuckstück glänzte. Jacques Foriot, der Oberlokomotivführer, war der erfahrenste Mann in ganz Frankreich. Er überprüfte noch einmal seine Anzeigeinstrumente und Hebel und blickte dann aus seinem Führerstand hinaus.

Direkt hinter der Lokomotive waren die ersten sechs Wagen für die prominenten Passagiere des Zuges reserviert. Typisch, daß die britische Premierministerin zuerst erschienen war. Sie hatte sich sogleich in Wagen eins zu Bett begeben, dem Wagen, der direkt an die Lokomotive angehängt war.

Wagen zwei würde den französischen Präsidenten beherbergen, der gerade in diesem Moment nach seiner schnellen Fahrt vom Elysée-Palast zum Bahnhof an Bord kletterte. Alan Flandres stand auf dem Bahnsteig. Er hatte seine Augen überall, als der kurzgewachsene, vierschrötige Präsident die Stufen hinaufkletterte und drinnen verschwand. Flandres stieß einen hörbaren Seufzer der Erleichterung aus.

»Eine Sorge weniger«, bemerkte er zu seinem Stellvertreter, Pierre Buzier, einem wahren Riesen von einem Mann, der einen buschigen Schnurrbart trug und seinen Chef hoch überragte. »Und jetzt wieder eine Sorge mehr«, fuhr Flandres fort und zuckte die Achseln.

»Aber er ist doch jetzt sicher«, beruhigte ihn Buzier. »Die Fahrt vom Elysée hierher hat uns doch Kummer bereitet . . .«

»Und glauben Sie wirklich, daß die nächsten tausend Kilometer quer durch Europa mir keinen Kummer bereiten, mein Freund?« Flandres drückte Buziers gewaltigen Arm und lächelte zynisch. »Das wird noch eine lange Nacht - und dann ein langer Tag . . .«

Die Zusammenstellung des Expreßzuges war vom Sicherheitsstab des Elysée-Palastes lange und ausgiebig diskutiert worden. Maximaler Schutz sollte gewährleistet sein. Wagen drei war für den amerikanischen Präsidenten reserviert, der von Orly kommend hier erst im letzten Moment eintreffen sollte. Und Wagen vier sollte Kanzler Langers Reich werden, wenn er am folgenden Morgen um neun Uhr dreiunddreißig in München zustieg.

Hinter diese vier Wagen war der Verbindungs- und Nachrichtenwaggon gehängt, der mit den kompliziertesten Geräten ausgerüstet war. Ein Abteil war ausschließlich der Verbindung zwischen dem Zug und dem Weißen Haus in Washington vorbehalten. Der Präsident würde, wie immer und überall, von einem Offiziellen begleitet werden, der die ›Schwarze Kiste‹ bei sich trug - jener unheimliche Apparat, der dazu diente, je nach Dringlichkeit die verschiedenen Stufen eines nuklearen Alarms auszulösen.

Flandres und seine Techniker hatten eine Menge Energie darauf verwandt, diesen Wagen auszurüsten, und sie hatten dabei mit den Amerikanern zusammengearbeitet, die ihre eigenen Geräte installiert hatten.

Und gleichsam als Gegenstück zu diesem kühlen und ganz auf seinen Zweck ausgerichteten Waggon lag gleich dahinter der Speisewagen, der ausschließlich den vier westlichen Politikern vorbehalten war. Es wurde erwartet, daß sie dort während der Tagesstunden ausgiebig konferieren und eine gemeinsame Strategie schmieden würden, bevor sie der sowjetischen Führung in Wien gegenübertraten.

»Ich will noch ein paar Männer an dieser Barriere haben«, befahl Flandres, während er durch eine zweite Sperre schritt, die vorübergehend auf dem Bahnsteig errichtet worden war. Es war die Sperre, welche die VIP-Waggons vorn vom Rest des Expreßzuges trennte.

»Aber hier stehen doch schon genug Leute«, protestierte Buzier.

»Für die praktische Durchführung, ja«, stimmte Flandres zu. »Aber nicht genug für die optische Wirkung. Amerikaner glauben an große Zahlen. Holen Sie sich noch zehn Leute aus dem Revier. Das wird denen dann Eindruck machen, was meinen Sie, Pierre?« Wieder einmal lächelte er zynisch.

»Wenn Sie meinen . . .«

»Ich kenne doch O'Meara. Und wenn ich mich nicht täusche, höre ich den großen Mann bereits kommen . . .«

»Den amerikanischen Präsidenten?«

»Nein – O'Meara! Begleitet vom Präsidenten!«

Jenseits der zweiten Sperre lag der Rest des Zuges, sozusagen die öffentliche Abteilung, die wieder sechs Wagen umfaßte: zwei Waggons der ersten Klasse (davon ein Schlafwagen), drei Zweite-Klasse-Waggons und, ganz hinten an den Schnellzug angehängt, der öffentliche Speisewagen.

Während er allein den Zug entlangschritt – Buzier war schon losgeeilt, um sich die zehn Männer zu holen –, blickte Flandres durch jedes Fenster. Die meisten Rollos am Schlafwagen waren schon zugezogen, aber im Grunde vibrierte der ganze Bahnhof vor Erwartung. Als er zur eigentlichen Bahnsteigsperre weiterging, ließ der kleine Franzose seinen Blick auch über die anderen Fenster schweifen, und viele neugierige Gesichter schauten ihm entgegen. Er hielt an und forderte, daß ein Fenster geschlossen wurde. Es war strikte Anweisung ergangen, daß sämtliche Fenster geschlossen bleiben mußten, solange der Zug sich noch nicht in Bewegung gesetzt hatte.

In den Gängen auf der anderen Seite des Expreßzuges standen bewaffnete Männer des französischen Sicherheitsdienstes parat. Flandres verzog den Mund, als er an der Sperre Howard stehen sah. Nachdem sein eigener Schützling sicher an Bord war, wollte der Engländer jetzt dabeisein, wenn der amerikanische Präsident eintraf.

Entfernte Sirenen schrillten wie eine sich nähernde Geisterschar. Der muß sich ja richtig zu Hause fühlen, dachte Flandres. Er selbst hatte in Amerika wach gelegen, weil die ganze Nacht lang das höllische Heulen der Streifenwagen zu hören gewesen war.

»Gerade noch rechtzeitig«, bemerkte Howard, als Flandres zu ihm an die Sperre kam. »Warum müssen die Amerikaner immer erst in der letzten Minute kommen?«

»Weil sie nicht einsehen, warum sie warten sollten. Ob sie dann mit der eingesparten Zeit etwas anfangen können, ist eine andere Frage . . .«

Wie es der Franzose vorausgesehen hatte, machte O'Meara die Ankunft zu einer großen Schau. Als die Wagenkolonne vor dem Bahnhof einbog, sprang der amerikanische Sicherheitschef aus dem ersten Wagen, noch bevor dieser angehalten hatte. Mehrere Männer in offenen Mänteln folgten ihm und blickten angestrengt den Bahnsteig entlang. Der Präsident hätte die schöne Wirkung fast verdorben.

»Bevor der Präsident auf den Bahnsteig kommt, möchte ich vor jedem Zugfenster einen Mann«, forderte O'Meara.

»Wenn hier jemand auf mich schießen will, Tim, dann

macht er das auch«, sagte der Präsident, der aus seinem Wagen gestiegen war und so kühl und unbeteiligt wirkte wie ein Angestellter, der von der Arbeit nach Hause geht. »Und Ihre Bemerkung ist nicht gerade ein großes Kompliment für Monsieur Flandres ...« Er streckte eine Hand aus. »Sie sind Alan Flandres, nicht wahr?«

»Ich freue mich, Sie wiederzusehen, Herr Präsident ...«

Die beiden schüttelten sich die Hände, während O'Meara ruhelos hin und her lief und die amerikanischen Geheimdienstler anwies, einen Kreis um Flandres und den Präsidenten zu bilden. »Washington, vor zwei Jahren – habe ich recht?« sagte der Präsident.

»Sie haben ein bemerkenswertes Gedächtnis ...«

Spannung lag in der Luft, als die Prozession von Männern ihren Weg über den Bahnsteig nahm. Gefahr konnte aus so vielen Richtungen auftauchen – und das mögliche Opfer wäre der mächtigste politische Führer der westlichen Welt gewesen. Flandres fühlte sich unsicher und mußte das auch loswerden.

»Ich möchte hier nicht so eingekreist sein ...«

Der Präsident lächelte entgegenkommend und hielt inne. »Tim, ich denke, wir müssen Alan die Sicherheitsmaßnahmen hier überlassen. Schließlich ist das hier sein Gebiet.«

»Bitte mehr Raum!« sagte Flandres kurz angebunden zu O'Meara. »Im Notfall brauchen wir freies Schußfeld ...«

Am Fuß der Stufen, die zu seinem Waggon hinaufführten, verharrte der Präsident noch einen Augenblick und sprach mit dem Franzosen. »Ich möchte Ihnen nur noch sagen, wie sicher ich mich in Ihren fähigen Händen fühle. Und jetzt, wenn Sie mich bitte entschuldigen wollen, ich möchte früh schlafen gehen ...«

Drei Minuten vor Abfahrt des Zuges traten zwei unerwartete Ereignisse ein. Eine Limousine mit Chauffeur fuhr vor, eine elegante Dame stieg aus, und sie zeigte ihren Fahrschein vor, während der Chauffeur die Koffer herantrug. Der Kontrolleur stellte fest, daß für die Dame ein Schlafwagenabteil reserviert war. Zugleich stellte der Paßkontrolleur – der heute alle gewöhnlichen Passagiere überprüfte – fest, daß es sich um eine Schweizerin handelte.

»Sie sollten sich beeilen, Madame«, mahnte der Fahrkartenkontrolleur. »Der Zug fährt in drei Minuten ab.«

Weiter unten auf dem Bahnsteig sah Howard von der zweiten Sperre aus zu, wie die elegante Frau graziös auf ihn zukam, während der Chauffeur das Gepäck trug. Sie verschwand in dem Schlafwagen, und Howard wandte sich an seinen Stellvertreter, Peter Haines, einen kleinen, drahtigen Burschen.

»Ich hätte nichts dagegen, mit der die Koje zu teilen«, bemerkte er und stieg in den Zug.

Der Fahrkartenkontrolleur wollte gerade die Sperre schließen, als ein Taxi vorfuhr.

Eine massive Gestalt mit Brille und einem zerbeulten Hut stieg aus. Er hatte offensichtlich schon vorher bezahlt, denn er rannte mit einem kleinen Koffer in der Hand sofort zur Sperre.

Seinen Fahrschein hielt er schon bereit, und dem Paßbeamten zeigte er eine Plastikkarte. Der Beamte blickte überrascht auf die Karte, die das Foto des Inhabers trug, und dann drehte er sich um und hob die Hand, um der Wache anzuzeigen, daß der Zug noch warten mußte.

Der Spätankömmling bewegte sich rasch den Bahnsteig entlang zu der zweiten Sperre, der gegenüber Howard in der offenen Wagentür stand, weil er nochmals frische Luft schnappen wollte. Als er den Passagier sah, gefroren seine Gesichtszüge, und er stieg noch einmal auf den Bahnsteig hinunter.

»Tweed! Ich weiß nicht, was zum Teufel Sie hier wollen, aber ich verbiete Ihnen, diesen Zug zu besteigen . . .«

»Ich glaube nicht, daß das in Ihrer Macht steht.«

Tweed zeigte seine Karte mit den diagonal verlaufenden grünen und roten Streifen. »Und im Augenblick halten Sie den Zug auf . . .«

»Sagen Sie mal, was geht denn hier eigentlich vor?«

O'Meara erschien hinter Howard. Und nun stieg Flandres am anderen Ende des Waggons aus und rannte auf dem Bahnsteig zu den anderen hinüber. O'Meara lugte Howard über die Schulter.

»Du lieber Himmel! Sie hat den Paß selber unterschrieben!«

»Unverschämtheit!« explodierte Howard. »Ich war nicht informiert . . .«

»Aus Sicherheitsrücksichten sind Sie nicht informiert worden«, gab Tweed zurück. »Wenn Ihnen das nicht paßt, warum wecken Sie dann nicht die Lady auf und prüfen Sie das Ganze nach? Ich bezweifle jedoch, daß sie darüber sehr erfreut sein wird . . .«

»Steig ein, mein Freund.« Alan Flandres hatte Tweed am Ärmel gefaßt und zog ihn zu den Stufen. »Sie sind höchst willkommen.«

Tweed wartete im Gang, während Flandres der Wache zuwinkte, selbst in den Wagen stieg und die Tür schloß.

»Alan, hier gibt es jemanden, den ich unter allen Umständen sofort überprüft haben möchte. Der Paßbeamte an der Sperre hat mir von der Dame erzählt, die im letzten Moment eingestiegen ist. Sie reist mit Schweizer Paß, und der Name ist Irma Romer. Können Sie vom Verbindungswagen aus die Einzelheiten an Ferdy Arnold in Bern durchgeben? Bitten Sie ihn, zu bestätigen, ob wirklich ein Paß auf den Namen Irma Romer ausgestellt worden ist – ob die Frau tatsächlich existiert.«

»Warum machen Sie sich wegen ihr Sorgen?« wollte Howard wissen.

»Weil ihr Wagen einige Zeit in einer Scitenstraße geparkt hat, bevor er am Bahnhof vorfuhr. Ich selbst bin etwas früher gekommen, wissen Sie . . .«

Der Zug war jetzt in Bewegung. Während er aus der großen Wölbung des Gare de l'Est herausfuhr, drehten sich die Räder der Lokomotive langsam schneller. Auf seiner historischen Reise fuhr der Zug nach Osten. Bestimmungsbahnhof Wien. Über tausend Kilometer Fahrstrecke.

## *27. Kapitel*
## Mittwoch, 3. Juni: 1.00 bis 8.10 Uhr

»Ist bis jetzt irgend etwas Ungewöhnliches passiert, Haines?« fragte Tweed.

»Ungewöhnlich?« Howards Stellvertreter war vorsichtig. Jetzt, um ein Uhr morgens, wirkte er erschöpft.

»Na sagen wir, unerwartet.«

Sie saßen am Ende des Nachrichtenwaggons, wo zwei Kojen für die jeweils dienstfreien Sicherheitschefs reserviert waren. Haines warf einen Blick zum anderen Ende des Wagens hinüber, wo die drei Sicherheitschefs um den Fernschreiber versammelt waren.

Der Expreßzug hatte Paris seit eineinhalb Stunden hinter sich und donnerte mit etwa einhundertzwanzig Kilometern durch die dunkle Nacht. Der Wagen schwankte in einer Kurve. An Schlaf dachte niemand.

»Die Fragen hätten Sie besser Howard stellen sollen«, sagte Haines.

»Ich frage aber Sie.« Tweed griff in seine Tasche, während er fortfuhr. »Sie kennen vielleicht meine Befugnisse nicht?«

»Da war etwas, Sir«, begann Haines hastig. »Im Elysée-Palast hat Flandres einen Funkspruch aus Bonn bekommen, der uns vorgewarnt hat, daß wir hier an Bord des Zuges noch eine dringende Durchsage bekommen würden. Stoller ist verschwunden . . .«

»Verschwunden?«

»Ja. Wir haben keine Ahnung, wie wir mit ihm in Verbindung treten sollen. Diese Geheimniskrämerei an der ganzen Sache beunruhigt Flandres ...« Wieder blickte er zum anderen Ende des Wagens hinüber. »Ich glaube, da kommt gerade etwas durch den Fernschreiber.«

Howard, der jetzt langsam einen übernächtigten Eindruck machte, kam mit dem Telexstreifen zu Tweed herüber. Er winkte mit dem Papier und hatte einen befriedigten Gesichtsausdruck.

»Antwort von Ferdy Arnold auf Ihre Anfrage. Die Schweizer können ja verdammt fix sein. Irma Romer hat ihren Paß vor vier Jahren bekommen. Witwe eines Großindustriellen - Maschinenbau. Sie soll irgendwo in Europa auf Reisen sein. Können wir jetzt diese paranoiden Irrwege vergessen?«

»Kann ich mal bitte das Telex sehen?«

»Ich habe Ihnen das verdammte Ding doch praktisch vorgelesen!« Howard warf den Papierstreifen Tweed in den Schoß. »Geben Sie's doch zu«, fauchte er. »Sie jagen doch Gespenster.« Er drehte sich um und trat dabei O'Meara, der hinter ihm hergekommen war, auf den rechten Fuß. »Müssen Sie mir überallhin nachkommen?« wollte Howard wissen.

»Normalerweise entschuldigen sich die Leute, wenn sie mir auf die Füße treten«, gab O'Meara böse zurück.

Tweed sah die beiden über den Rand seiner Brille hinweg an. Schon jetzt gingen sich die beiden auf die Nerven. Schließlich lauerte unter der Oberfläche immer noch der furchtbare Verdacht, daß einer der Sicherheitschefs der Gegner war. Außerdem waren alle Fenster fest geschlossen, damit die Nachrichtenexperten nicht gestört wurden. Die Luft war unerträglich drückend. Irgend etwas mußte mit der Klimaanlage nicht in Ordnung sein.

Flandres, der gesehen hatte, was da vor sich ging, kam schnell herüber durch den Wagen. »Gentlemen, dieser

Auftrag geht uns wohl allen auf die Nerven wie selten etwas zuvor – bewahren wir Ruhe und versuchen wir, einander zu helfen . . .«

»Was ich mal wissen möchte«, begehrte O'Meara auf, »ist, wer nun eigentlich die britischen Sicherheitsmaßnahmen leitet – Tweed oder Howard . . .«

»Ich würde doch meinen, Alan ist hier im Moment die oberste Instanz«, sagte Tweed schnell. »Wir durchqueren französisches Gebiet . . .«

»Das ist immer noch keine Antwort auf meine Frage, verdammt noch mal«, beharrte O'Meara.

Tweed las das Telex aus Bern durch und sah Howard an. »Ein bißchen haben Sie aber ausgelassen, was? Arnold hat noch unten drunter geschrieben: Weitere Einzelheiten folgen, sobald sie verfügbar sind.«

»Was brauchen wir denn noch weitere Einzelheiten?« fragte Howard müde.

»Die Personenbeschreibung der Dame«, gab Tweed zurück.

Während der Expreßzug durch die Nacht fuhr, schlief im Verbindungswagen niemand. Die Luft wurde immer schwüler und drückender, und die Atmosphäre war scheußlich. Die dicke Zigarre, die O'Meara rauchte, während er auf die untere Koje geflegelt dalag, machte die Luft auch nicht besser.

Tweed ging ein Stück weiter weg und setzte sich in einen Drehstuhl, der am Boden festgeschraubt war. Sein Kopf sank nach vorn, und er schien zu schlafen. Aber er bemerkte genau, was um ihn herum vorging, während die Räder des Zuges weiter ihren hypnotisierenden Rhythmus klopften. Was ihn am meisten störte, war Stollers Abwesenheit.

Sie hatten einen Dienstplan aufgestellt, nach dem jeweils ein Sicherheitschef die Gänge der vier Waggons kontrollieren sollte, in denen die VIPs jetzt vermutlich schliefen. Das war Flandres' Idee gewesen, obwohl ja eigentlich schon die bewaffneten Posten der vier Kontingente in den Korridoren ihrer jeweiligen Wagen Wache hielten. Zur Zeit war Flandres selbst auf dem Posten.

Die dringende Nachricht aus Bonn kam zu einer unmenschlichen Zeit: um vier Uhr einunddreißig – nachdem der Expreß Straßburg verlassen hatte und zehn Minuten, bevor er Kehl an der deutschen Grenze erreichen sollte. Tweed richtete sich in seinem Sitz auf, weil er sah, wie der Funkspruch hereinkam.

Er streckte die Hand aus, als ein Beamter zu O'Meara hinübergehen wollte, der zu schlafen schien.

»Ich nehme das.«

»Was zum Teufel ist jetzt wieder los?« wollte O'Meara plötzlich wissen.

Der Amerikaner – der offensichtlich nicht geschlafen hatte – saß inzwischen in Hemdsärmeln da, und das Schulterhalfter unter dem linken Arm war deutlich zu sehen. Er beugte sich über Tweed, und der Engländer konnte den geronnenen Schweiß in seinen Achselhöhlen riechen. Howard, der gerade wieder in den Wagen gekommen war, trat dazu, und alle drei sahen sich den Funkspruch an.

»Gütiger Himmel, was geht da vor?« knurrte O'Meara und zündete sich eine neue Zigarre an. Tweed bemerkte, daß Howard daraufhin seinen Kiefer zusammenpreßte.

»Wichtige Änderung. Kanzler Langer wird den Gipfelexpreß in Kehl besteigen, nicht in München. Wiederhole, Kehl, nicht München. Stoller.«

»Das ist ja wie im Alptraum«, sagte Howard. »Was soll denn das bedeuten?«

Er hatte Ringe unter den Augen, die seine Müdigkeit verrieten. Der untergründige Streß der gegenseitigen Verdächtigungen forderte langsam seinen Tribut von den drei Sicherheitschefs. Flandres stand nun dabei und tupfte sich mit einem seidenen Taschentuch den Schweiß von der Stirn. Langsam konnte man hier Platzangst kriegen. Jeder der Männer war sich bewußt, daß er hier in einem engen Kasten steckte, aus dem er nicht heraus konnte. Während sie sich den Funkspruch noch einmal ansahen, wirkte nur Tweed entspannt.

»Da hat er uns nur zehn Minuten Vorwarnzeit gelassen. Das ist nicht in Ordnung. Wirklich, was soll das nur bedeuten?« wiederholte Howard.

»Es scheint anzudeuten«, schlug Tweed vor, »daß Stoller mal wieder seine beträchtliche Phantasie nutzt, um seinen Politiker zu schützen. Das heißt«, fügte er hinzu, »wenn wir einmal voraussetzen, daß Kanzler Langer das Opfer des Attentäters werden soll . . .«

Während er sprach, beobachtete er die drei Männer und suchte nach irgendeiner Reaktion auf seine brutale Erwähnung des Attentäters. Der Amerikaner kaute an seiner Zigarre und ließ dabei Asche auf sein Hemd fallen.

»Da werde ich nicht klug draus«, beklagte er sich irritiert.

»Der Zeitplan für die Reise der westlichen Politiker nach Wien ist ja allgemein bekanntgemacht worden«, erklärte Tweed geduldig. »Einschließlich der Tatsache, daß Langer in München zusteigen sollte, wo er vor dem Hauptbahnhof eine kurze Rede halten wollte. Wenn er jetzt viel früher zusteigt, dann könnte das den unbekannten Attentäter durcheinanderbringen.« Er blickte in die Runde der Männer, die sich über ihn gebeugt hatten. »Selbst Sie hier sind ja alle schon ganz durcheinander.«

»Dann nehmen Sie also an, daß Langer das Opfer sein soll«, stellte Howard noch einmal fest.

»Richtig«, gab Tweed zu. »Das Opfer kann aber auch schon an Bord sein. Sicher bin ich mir nicht . . .«

»Sie sind so wenig sicher wie irgend jemand sonst von uns«, sagte Flandres freundlich.

»Wiederum richtig. Und der Zug wird langsamer – wir

sind kurz vor Kehl. Dann wird nun also Stoller, der vierte Verdächtige, zu unserer fröhlichen Runde stoßen . . .«

Es gab eine weitere Überraschung, als der Expreß in Kehl einfuhr und Flandres die Tür zu Wagen vier öffnete. Kanzler Kurt Langer stand da und blickte ihm entgegen. Sein hageres Gesicht zeigte einen amüsierten Ausdruck. Wie der französische Sicherheitschef, so sprach auch der Deutsche fließend Englisch und hätte, in seinem tadellos geschnittenen Anzug, durchaus für einen Engländer durchgehen können.

»Alan Flandres, wie schön, Sie wiederzusehen. Ich hoffe, ich habe Sie durch meine frühere Ankunft nicht aus dem Bett geholt?«

»Von uns hat niemand viel Schlaf bekommen . . .«

Rasch führte Flandres den Kanzler weiter den Gang entlang, weg von der offenen Tür. Er hatte kurz in den frühen Morgen hinausgesehen. Der gespenstig wirkende Bahnsteig wirkte wie eine beleuchtete Katakombe. Er war gesäumt von BND-Leuten. Die Männer standen alle mit dem Rücken zum Zug. Flandres runzelte die Brauen und wandte sich an den Kanzler.

»Wo ist Erich Stoller, Herr Bundeskanzler? Er begleitet Sie doch sicher?«

»Ich habe keine Ahnung, wo er ist«, gab Langer betont freundlich zur Antwort. »Der ist doch nicht zu packen. Der Zug kann abfahren, sobald Sie bereit sind – ich muß hier entlang? Danke sehr . . .«

Flandres winkte dem Wachposten und schloß die Tür. Der Zug setzte sich wieder in Bewegung, nahm Geschwindigkeit auf, und die Waggons schwankten leicht, als sie nun ihre Fahrt durch Deutschland in Richtung Bayern begannen. Flandres verschwendete keine Zeit damit, für Langers Bequemlichkeit zu sorgen: Der Kanzler war bekannt dafür, daß er kein Getue mochte. Statt dessen eilte Flandres in die stickige Luft des Verbindungswagens zurück, wo die anderen saßen und auf ihn warteten.

»Stoller ist nicht mit an Bord gekommen«, verkündete er. »Und Langer erzählt mir, daß er keine Ahnung hat, wo er sich aufhält . . .«

»Das ist ja Irrsinn«, protestierte O'Meara.

»Es könnte auch sehr ernsthafte Folgen haben«, sagte Tweed.

Seine Bemerkung trug nicht dazu bei, die äußerst nervöse Stimmung zu verbessern, die sich nun unter den Technikern im Verbindungswagen breitgemacht hatte. Howard verließ den Wagen, um gemäß der Einteilung seinen Dienst aufzunehmen, und er blickte Tweed böse an, als er an dem Drehstuhl vorbeiging, wo der Engländer vornübergebeugt saß.

In den frühen Morgenstunden hat die Stimmung immer einen Tiefpunkt, und auch jetzt sprach niemand, wenn er es irgendwie vermeiden konnte. Freundschaftliche Zusammenarbeit war längst allgemeiner Nervosität und andauernder Aufgebrachtheit wegen Kleinigkeiten gewichen. Nur Tweed blieb wachsam in sich zurückgezogen – wie jemand, der auf etwas wartet, das er vorausgesehen hat und das sich nun unausweichlich nähert.

Als sich dann wenigstens eine Art neutrales Schweigen niedergesenkt hatte, kam der zweite Funkspruch aus Bern.

Personenbeschreibung, Irma Romer. Größe: ein Meter sechzig. Gewicht: einhundertzehn Pfund. Augenfarbe: Braun. Alter: Vierundsechzig. Vierunddreißig Jahre lang verheiratet mit dem Industriellen Axel Romer. Reiseziel: Lissabon – Arnold, Bern.

Der zweite Funkspruch, den Bern versprochen hatte, erreichte den Verbindungswagen des Gipfelexpreß, als dieser um acht Uhr fünf in den Ulmer Hauptbahnhof einfuhr. Tweed errechnete die Angaben automatisch vom Dezimalsystem in englische Werte um, und dann las er die Botschaft vor und gab den Zettel an Howard weiter.

»Die elegante Dame, die im letzten Augenblick in Paris zugestiegen ist«, bemerkte er. »Die, von der Sie gesagt haben, sie sei völlig unbedeutend. Die Beschreibung stimmt auch nicht in der winzigsten Einzelheit überein . . .«

»Dann gehen wir am besten sofort zum Schlafwagen hinüber«, sagte Flandres. »Und nehmen bewaffnete Posten mit«, setzte er hinzu. Er blickte zu Tweed. »Kommen Sie mit?«

Die zwei Männer gingen durch den Speisewagen, wo das Frühstück für die vier westlichen Politiker gerade vorbereitet wurde. Sie kamen zu der hinteren Tür. Die war ständig verschlossen und bildete so eine Trennwand zu den Wagen, die dem allgemeinen Reiseverkehr dienten. Ein Posten schloß die Tür auf, und Flandres, gefolgt von Tweed, eilte den Gang des Schlafwagens entlang.

»Kommen Sie mit«, befahl Flandres den zwei Posten, die im Korridor standen. »Machen Sie sich schußfertig. Gut, da ist der Schlafwagenschaffner . . .«

Der uniformierte Schaffner bereitete gerade den Frühstückskaffee vor und blickte ängstlich auf, als Flandres sich daranmachte, ihn zu befragen. Dann erklärte er, daß der Fahrgast Irma Romer in Stuttgart ausgestiegen war. Die Dame hatte sich nicht wohl gefühlt.

Stuttgart . . . Die Einzelheiten des Fahrplanes kamen Tweed ins Gedächtnis. Ankunft sechs Uhr einundfünfzig; Abfahrt sieben Uhr drei. Ein Aufenthalt von zwölf Minuten, der längste auf der ganzen Reise mit Ausnahme von München. Flandres sah Tweed an und machte den Korridor entlang eine Handbewegung.

»Da hatten Sie also wieder einmal recht, mein Freund. Sollten wir ihr Abteil durchsuchen?«

»Ja«, sagte Tweed.

Der Schaffner schloß die Abteiltür auf, die er verriegelt hatte, nachdem der Passagier ausgestiegen war. Tweed voran, gingen die beiden Männer hinein. Der Engländer hob den Deckel des Waschbeckens an.

»Die Seife ist unberührt. Sie hat das Abteil kaum benutzt . . .«

»In dem Bett hat auch niemand geschlafen«, bedeutete Flandres. »Dann ist sie also die ganze Nacht aufgeblieben . . .«

»Und hat darauf gewartet, daß sie nach Stuttgart kam«, sagte Tweed nachdenklich. »Mir gefällt das nicht, Alan, mir gefällt das überhaupt nicht. Warum sollte sie denn ein Schlafwagenabteil buchen, darin die Nacht zwischen Paris und Stuttgart verbringen und dann aussteigen? Das mit dem Unwohlsein ist natürlich Unfug.«

»Tja, sie ist nicht mehr im Zug – und wir fahren wieder, Gott sei Dank. Ich hasse diese Aufenthalte. Lassen Sie uns zurückgehen und uns mit Howard und unserem amerikanischen Kollegen besprechen . . .«

In Ulm betrug der Aufenthalt nur zwei Minuten. Ein wichtiger Punkt bei den Schutzmaßnahmen war es, daß einer der Sicherheitschefs bei jedem Halt ausstieg und sich vergewisserte, wer im öffentlichen Teil des Zuges ein- oder ausstieg. Als sie zurück durch den Speisewagen gingen, stellte Tweed seine Frage.

»Wer hat den Bahnsteig in Stuttgart im Auge behalten?«

»O'Meara, er hatte sich freiwillig gemeldet . . .«

»Und Irma Romer wäre ihm nicht aufgefallen«, bemerkte Tweed. »Er hat sie ja nie zu Gesicht bekommen.«

»Und in Stuttgart war ordentlich Betrieb. Das Ganze wird wohl ein Geheimnis bleiben . . .«

In dem Erste-Klasse-Wagen saß eine Frau und las in einer Nummer der amerikanischen Ausgabe von ›Vogue‹. Ihre Frisur wirkte künstlich in der Färbung, und sie trug eine Hornbrille, deren Gläser ebenfalls getönt waren. Sie war in einen amerikanischen Hosenanzug gekleidet, und im Gepäcknetz über ihr lag ein Koffer mit grellfarbenem Schottenmuster.

Sie reiste mit einem amerikanischen Paß, der auf den Namen Pamela Davis lautete, und als Berufsbezeichnung war Journalistin angegeben. Sie holte ein Päckchen ›Lucky Strike‹ heraus und zündete sich eine neue Zigarette an. Der Aschenbecher neben ihr war voll mit halbgerauchten Zigaretten – aber obenauf lagen zu Ende gerauchte Stummel.

Nachdem sie sich beim Schlafwagenschaffner über ihr Unwohlsein beklagt hatte, war Klara Beck, die Geliebte von Reinhard Dietrich, in Stuttgart mit ihrem großen Gucci-Koffer in der Hand ausgestiegen. Sie wußte, es würde ein Aufenthalt von zwölf Minuten werden. Sie machte sich auf den Weg zur Damentoilette.

Hinter der verschlossenen Toilettentür hatte sie sich dann den Hosenanzug angezogen. Als sie sich die Perücke über ihr dunkles Haar stülpte, hatte sie einen Handspiegel benutzt. Zwar lagen in ihrem Gucci-Koffer noch einige teure Kleidungsstücke, aber im wesentlichen füllte ihn ein kleinerer, schottengemusterter Koffer aus.

Die Schlösser des Gucci-Koffers hatte sie mit einer Nagelfeile aufgebrochen. Wenn er dann gefunden wurde, würde vermutet werden, daß er gestohlen, geleert und dann in der Toilette abgestellt worden war. Es gab keine Möglichkeit, den Koffer mit seiner Eigentümerin in Verbindung zu bringen.

Sie hatte die getönten Gläser aufgesetzt, ihre neue Handtasche mit dem Inhalt der alten gefüllt und ihren Schweizer Irma-Romer-Paß gegen den amerikanischen Paß auf den Namen Pamela Davis ausgetauscht. In ihrer Handtasche befand sich eine vorher gekaufte neue Fahrkarte von Stuttgart nach Wien. Die Verwandlung war nun vollständig.

Klara Beck hatte nichts übersehen. Sie hatte vorausgesehen, daß die Passagiere des Schlafwagens überprüft werden würden; aber nun war sie gegen so etwas abgeschirmt. Sie war bereit für den letzten Schritt des Unternehmens.

Normalerweise hätte sich Tweed während des zweiminütigen Aufenthalts in Ulm auf dem Bahnsteig aufgehalten – und Tweed war in der Lage, Claire Hofer zu erkennen. Martel hatte ihm während des Treffens in Heathrow nicht nur eine mündliche Beschreibung der jungen Schweizerin gegeben; er hatte auch noch die Spezialkarte mit dem Paßfoto dazugelegt. Aber an seiner Stelle war es jetzt Howard, der das Getriebe der Passagiere überwachte.

Claire stand schon auf dem Bahnsteig, als der Gipfelexpreß einfuhr. Sie hatte einen kleinen Koffer und ihre Handtasche bei sich. Und sie trug eine Brille mit Fensterglas, die ihr ein gelehrtes Aussehen verlieh. Als der Zug hielt, ging sie auf den Erste-Klasse-Waggon zu und zeigte dem wartenden Beamten ihren Fahrschein.

»Und Ihren Paß, Madam – oder irgendeinen anderen Ausweis«, verlangte ein zweiter uniformierter Beamter.

Claire zog ihren Schweizer Paß, und sofort war der Deutsche beruhigt. Sie stieg an Bord und machte sich daran, den Gang entlangzugehen, wobei sie in jedes Abteil einen Blick warf. In dem ersten saß nur ein einzelner, großgewachsener Fahrgast in Lederhosen – ein Kleidungsstück, das in Bayern noch oft zu sehen ist. Den Hut hatte er sich in die Stirn geschoben, und er schien zu schlafen. Claire Hofer betrat das Abteil, schloß die Tür und hob ihren Koffer in das Gepäcknetz. Die Tatsache, daß dies ein Raucher-Abteil war, hatte ihre Wahl beeinflußt. Und sie wollte auch einen ruhigen Sitzplatz, wo sie nachdenken konnte. Im nächsten Abteil – die Tür war nur eineinhalb Meter weiter den Gang entlang – saß ein anderer einsamer Fahrgast, eine Frau, die einen Paß auf den Namen Pamela Davis bei sich hatte.

»Was für eine nette Überraschung, Fräulein Hofer . . .«

Claire Hofer war zu Tode erschrocken. Mit der Hand zuckte sie zu ihrer Tasche hinüber, welche die Neunmillimeterpistole enthielt. Der großgewachsene Mann schob seinen Hut zurück, und als er dann sprach, hatte seine

Stimme einen sanften Tonfall. »Die Artillerie brauchen wir nicht. Ich bin harmlos«, setzte er hinzu.

Völlig verblüfft erkannte Claire Hofer Erich Stoller. Und er blickte genauso intensiv zurück. Der Expreßzug setzte sich wieder in Richtung Osten in Bewegung. Es war exakt acht Uhr sieben.

## *28. Kapitel*
## Mittwoch, 3. Juni, 8.00 bis 8.45 Uhr

»Zum Friedhof an der Blumenstraße. Ich habe nicht viel Zeit . . .« sagte Martel zu dem Taxifahrer in Bregenz.

»Da wo Sie hinwollen, haben die Leute aber normalerweise Zeit wie nie zuvor . . .«

Der Taxifahrer hatte eine typisch österreichische Antwort gegeben. Man nahm das Leben eben, wie es kam – und ging. Aber Martels Dringlichkeit übertrug sich doch, und das Taxi fuhr sofort sehr rasch dahin.

Der Engländer versuchte, seine Ungeduld zurückzuhalten. Weiter im Norden raste jetzt der Gipfelexpreß quer durch Deutschland und würde, falls er den Fahrplan einhielt, jetzt nahe bei Ulm sein. Am Ostufer des Bodensees verdeckten graue Wolken und Nieselregen den Blick auf die Berge. Durch das offene Wagenfenster drangen einzelne Tropfen ein und setzten sich auf sein Gesicht.

Am Eingang zum Friedhof bezahlte Martel das Taxi, fügte ein großzügiges Trinkgeld hinzu und bat den Fahrer zu warten. Dann tauchte er in das Gräbermeer ein und versuchte, sich in dem Labyrinth zurechtzufinden. Fast war es einfach ein Versuch ins Blaue hinein – aufgrund einer Bemerkung, die ein Totengräber gemacht hatte, als Martel das letztemal in Bregenz gewesen war.

Aber der Tag war richtig. Martel blickte auf seine Uhr. Die Zeit war auch richtig: acht Uhr in der Früh.

»Sie kommt jede Woche, unweigerlich«, hatte der Totengräber gesagt. »Immer am Mittwoch und immer um acht Uhr morgens, wenn sonst niemand da ist . . .«

Martel knöpfte in dem Nieselregen den Kragen seines Mantels zu. Das einzige Geräusch war ein leichtes Sausen des Windes. Die Wolken waren wie grauer Rauch und hingen so niedrig, daß man meinte, man brauche nur hinzufassen, um sie berühren zu können.

Wenn der Dunst sich einmal teilte, hatte man einen kurzen Blick auf den Wald und die steilen Wände des Pfänder. Dann sah Martel hinter einem Grabstein die gebeugte Gestalt des Totengräbers. Er war mit seinem Spaten an der Arbeit und häufte frisch abgestochene Erde auf.

»Schon wieder da, der Herr?«

Der alte Mann richtete sich auf und drehte sich um. Sein Schnurrbart tropfte vor Feuchtigkeit, und seine Kappe war durchweicht. Amüsiert bemerkte er Martels überraschten Ausdruck.

»Sie haben mich nicht erschreckt. Ich hab' Sie kommen sehen, gleich als Sie durch das Tor waren. Danke verbindlichst, der Herr . . .«

Er steckte das kleine Bündel von österreichischen Banknoten ein, das Martel schon vorher aus seiner Brieftasche abgezählt hatte, und dann stützte er sich auf seine Schaufel. Martel hielt eine Hand hinter dem Rücken. Die Fingernägel bohrten sich in seine Handfläche, so ungeduldig war er. Aber das brachte gar nichts, sofort gezielte Fragen zu stellen: So lief das nicht in Vorarlberg.

»Arbeiten Sie bei jedem Wetter?« wollte Martel wissen.

»Die Kunden warten nicht . . .« Dann überraschte ihn der Totengräber. »Sie suchen wohl die Frau, die hier jede Woche herkommt? Da kommt sie gerade durch das Haupttor. Drehen Sie sich nicht um – die geringste Veränderung hier könnte sie vergrämen . . . «

Martel wartete und warf dann einen vorsichtigen Blick über die Schulter. Jenseits einer Reihe von hohen Grabsteinen ging eine Frau sehr rasch. Sie trug ein rotes Kopftuch. Außerdem hatte sie einen Pelzmantel an, und in den Händen hielt sie einen Strauß Blumen, während sie jetzt diagonal auf die beiden Männer zukam.

»Hunger leidet die nicht«, flüsterte der Totengräber zu Martel. »Habe sie mal in der Stadt gesehen – meine Frau hat gesagt, der Pelz ist Zobel.«

»Irgendwo in Bregenz?«

»Kam aus einem Haus in der Gallusstraße. So, jetzt haben Sie Ihre Chance.«

Die Frau hatte sich mit dem Rücken zu den beiden hingehockt und legte die Blumen auf ein Grab. Geduckt lief Martel durch das Labyrinth der Grabsteine, die ihn an gewaltige Schachfiguren erinnerten.

Seine gummibesohlten Schuhe machten kein Geräusch, während er hinter der Frau herankam und dann anhielt. Es war dasselbe Grab. Alois Stohr. 1930–1953. Die Frau stand auf, drehte sich um und sah ihn.

»Du lieber Gott!« Panik! Eine schmale, gutgeformte Hand fuhr zum Mund, als sie einen Schrei unterdrückte. Große, leuchtende Augen starrten Martel furchtsam an. So eine Reaktion war ja wohl kaum gerechtfertigt. Überrascht – ja, Martel hätte das erwartet. Aber sie benahm sich viel zu übertrieben – wie jemand, dessen fürchterliches Geheimnis soeben entdeckt worden ist. Martel redete deutsch.

»Ich muß Ihnen gewisse Fragen stellen ...«

»Fragen?«

»Polizei.« Er zog seinen Spezialausweis für den Gipfelexpreß hervor und zeigte ihn ihr kurz. Solche Dokumente sind dazu erfunden worden, Unschuldige zu überrumpeln. »Sicherheitsdienst aus Wien ...«

»Wien!«

»Ich brauche Informationen über Alois Stohr – so wie er auf dem Grabstein heißt ...«

Später hätte Martel nicht erklären können, warum er instinktiv diese Methode der Annäherung gewählt hatte – nur ein anderer geübter Verhörtechniker hätte ihn verstanden. »Siebter Sinn«, hätte Tweed wahrscheinlich knapp zur Antwort gegeben.

»Wieso sagen Sie das?« In der Stimme der Frau lag ein Zittern. Sie war vielleicht Ende Vierzig, schätzte Martel. Immer noch sehr hübsch. Mit achtzehn oder so mußte sie eine Schönheit gewesen sein – 1953, als man Alois Stohr beerdigt hatte. »Ich bin hierhergekommen, um einem alten Freund Blumen auf das Grab zu legen«, fuhr sie fort.

»Ein Freund, der vor fast dreißig Jahren gestorben ist? Und da kommen Sie nach all dieser Zeit jede Woche hierher? Um eines Freundes zu gedenken? Der Mann ist 1953 gestorben, als Vorarlberg noch besetzt war ...« Die Worte strömten nur so aus Martel heraus, und er zielte blind, in jede Richtung, und hoffte, dabei einen wunden Punkt zu treffen. Er redete weiter, das erste, was ihm so in den Sinn kam. » ... besetzt durch französische Truppen – das heißt Offiziere, und die anderen waren Marokkaner ...«

Er hielt inne.

Er hatte tatsächlich getroffen – das konnte er an dem ängstlichen Aufblitzen in den Augen erkennen, das genausoschnell verschwand, wie es aufgetaucht war. Martel spürte, daß er eigentlich etwas Schändliches vorhatte, aber es führte kein Weg darum herum.

»Dann wissen Sie's also?« fragte sie ruhig.

»Ich bin hier«, antwortete er schlicht. Ein falsches Wort jetzt, und sie wäre wieder vom Haken.

»Mein Taxi wartet draußen ...« Sie bückte sich und nahm das Zellophanpapier, in das die Blumen eingewikkelt gewesen waren, vom Boden auf. Auf das Zellophan war der Name eines Blumenladens aufgedruckt, und es war feucht von dem Dunst. »Wollen Sie mit mir zurückfahren?« fuhr sie ruhig fort. Ihre Stimme war sanft und müde. »Hier ...« Sie deutete auf die Umgebung, » ... ist ja wohl kaum der richtige Platz dafür.«

»Natürlich . . .«

Ihr Taxi stand hinter seinem am Tor. Die beiden Fahrer schwatzten miteinander. Martel bezahlte seinen eigenen Fahrer und kletterte dann mit der Frau zusammen auf den Rücksitz des anderen Taxis. Als Adresse gab sie die Gallusstraße an.

Der Buchhändler, mit dem sich Martel bei seinem ersten Besuch unterhalten hatte, hatte ihn darüber informiert, daß dies einer der reicheren Wohnbezirke war. Als sie abfuhren, rief sich Martel die Bemerkung ins Gedächtnis zurück, die der Totengräber über die Frau gemacht hatte. Die muß nicht Hunger leiden. Auf fürchterliche Weise rückte sich langsam alles zurecht.

Die vierstöckige Villa in der Gallusstraße hatte cremefarbene Wände, braune Fensterläden, und im ganzen war sie ein solides, wuchtiges Gebäude. Acht Stufen führten zur Eingangstüre empor. Neben der Tür waren acht Namensschilder, jedes mit seinem eigenen Klingelknopf. Es gab auch das Gitter einer Sprechanlage. Einer der Namen, so bemerkte Martel, während die Frau die Tür öffnete, war Christine Brack.

Sie hatte eine teuer eingerichtete Wohnung im zweiten Stock. Als sie anbot, Kaffee zu machen, lehnte er ab – er hatte furchtbar wenig Zeit. Die Frau legte das Kopftuch ab, den Zobelmantel, und darunter trug sie ein schwarzes Kleid mit chinesischem Stehkragen. Wie Martel erwartet hatte, hatte sie eine ausgezeichnete Figur.

Sie setzte sich ihm dicht gegenüber in einen Stuhl und gebrauchte beide Hände, um ihr langes schwarzes Haar zu lösen. Sie war eine äußerst attraktive Frau.

»Ich glaube, ich habe mein ganzes Leben lang auf Sie gewartet – schon immer, seit es anfing . . .«

»Darf ich rauchen?« fragte Martel.

»Bitte sehr. Sie können mir auch eine geben . . .«

War es eine Reaktion auf die Spannung, die ihn immer

noch gepackt hielt? Jedenfalls hatte er ein verrücktes Verlangen danach, sie zu packen und zu dem Bett hinüberzutragen, das er durch eine halboffene Türe sehen konnte. Sie folgte seinem Blick und schlug ihre wohlgeformten Beine übereinander.

»Wird das mit dem Geld jetzt aufhören?« fragte sie. »Nicht, daß es mich groß berühren würde. Für mich ist es all die Jahre lang blutiges Geld gewesen. Und zur Post zu laufen und die Umschläge in Empfang zu nehmen war irgendwie entwürdigend. Ist das begreiflich, Herr . . .?«

»Stolz, Ernst Stolz . . .«

»Wie Sie ja wohl wissen, führe ich immer noch meinen Mädchennamen Brack.«

»Ja, und ich verstehe Ihr Gefühl mit dem blutigen Geld«, stocherte Martel vorsichtig nach. »Aber ich glaube, Sie sehen das falsch . . .«

»Wir waren so verliebt ineinander, Herr Stolz. Als der Unfall passierte, waren wir gerade frisch verheiratet . . .«

»War es denn ein Unfall?«

Martel wanderte – wieder einmal eine von Tweeds Formulierungen – über sehr dünnes Eis. Die Frau blickte überrascht.

»Aber natürlich. Mein Mann steuerte den amerikanischen Jeep ganz allein über eine gefährliche Straße im Bregenzer Wald, und es war Winter. Er ist ins Schleudern gekommen und über den Felsvorsprung gestürzt . . .«

»Hat das jemand bestätigt, daß es ein Unfall war?«

Verblüffung mischte sich in ihrem Gesichtsausdruck mit aufkeimendem Verdacht, während Martel geradezu darum kämpfte, daß sie endlich ihre Geschichte preisgab. »Trugen die Zivilsachen? Hatten Sie sie je vorher gesehen? Sprachen sie französisch?«

»Um Gottes willen, worauf wollen Sie da hinaus?« fragte sie.

»Es wäre hilfreich, wenn Sie meine Fragen beantworten würden . . .«

»Ja! Die beiden trugen Zivilkleidung. Nein! Ich hatte sie noch nie zuvor gesehen – und wiederum nein! Ich spreche nicht französisch ...«

»Also konnten Sie der Sprache nach nicht beurteilen, ob es sich bei den beiden tatsächlich um Franzosen gehandelt hat – weil die Unterhaltung natürlich auf deutsch geführt wurde?«

»Das ist richtig. Sie erklärten mir, wie wichtig es sei, daß der Tod meines Mannes geheimgehalten wurde – das gehörte zu einem lange vorbereiteten Unternehmen gegen die Sowjets. Sie sagten, ich sei es seinem Andenken schuldig und daß sein Werk fortgesetzt werden würde – vielleicht noch viele Jahre lang. Sie sagten mir, sein Rang sei in Wirklichkeit sehr viel höher gewesen – er hatte die Uniform eines Leutnants getragen – und daß ich deshalb von nun an jeden Monat per Post eine großzügig bemessene Pension erhalten würde. Der Summe nach muß er wenigstens Oberst gewesen sein ...«

»Und wie war das mit dem Begräbnis? Wer hat die Leiche identifiziert?«

»Ich natürlich! In der Leichenhalle eines Begräbnisunternehmens in den Bergen. Er hatte sich das Genick gebrochen, aber sonst waren kaum Verletzungen zu sehen.«

»Und wer wurde dann begraben? Alois Stohr?«

»Mein Mann natürlich ...« Christine Brack zitterte. »Er ist unter einem anderen Namen beerdigt worden, weil dieses langfristige Unternehmen gegen die Sowjets davon abhing, daß er offiziell immer noch am Leben war. Sie haben mir gesagt, er wäre mit dieser Täuschung sicher selber einverstanden gewesen ...«

Dann hatten sie also zwei Morde begangen, rechnete Martel nach. Der Mann mit dem gebrochenen Genick – und irgendein armer Teufel von Österreicher, der wahrscheinlich mit Gewichten beschwert in einen nahen See geworfen worden war. Es war wichtig gewesen, jenen unbekannten Stohr zu ermorden und die Leiche zu entfernen, und zwar wegen all der amtlichen Totenscheingeschichten und so weiter – alles, was sie benötigt hatten, war ja nur sein Name gewesen.

Christine Brack war natürlich nur um Haaresbreite dem gleichen Schicksal entgangen. Aber ein dritter Mord hätte die Waage des Glücks vielleicht doch zum Kippen gebracht. Statt dessen hatte die Mörderbande sie mit Lügen vollgestopft und für Geld gesorgt. Martel stand nun am entscheidenden Punkt der ganzen Geschichte. Während er in seine Manteltasche griff, um einen Umschlag herauszuholen, merkte er, daß seine Handfläche feucht war.

»Ich möchte, daß Sie sich diese Fotos ansehen und mir sagen, ob Sie jemanden erkennen. Bereiten Sie sich auf einen Schock vor. Die Bilder sind erst kürzlich aufgenommen worden.«

Martel wartete und verbarg die brodelnde Anspannung in ihm. Alles hing jetzt davon ab, was Christine Brack innerhalb der nächsten Minute sagte. Sie verteilte die Hochglanzabzüge in ihrem Schoß, und dann stieß sie einen kleinen Schrei aus. Mit eingefrorenem Gesicht hielt sie eine der Fotografien hoch.

»Das ist mein Mann, Herr Stolz. Älter, ja, aber das ist er. Ich habe dreißig Jahre in einem fürchterlichen Irrtum gelebt. Was bedeutet das . . .«

»Sind Sie sich ganz sicher?«

»Ich bin mir sicher. Und ich sage Ihnen jetzt auch, daß ich vor einiger Zeit schon einmal besucht worden bin, aber dem Mann habe ich nur sehr wenig gesagt.« Martel schloß, daß sie Charles Warner meinte. Dann gab ihm Frau Brack die Fotos zurück.

»Das ist nicht Ihr Mann«, sagte Martel sanft. »Er sieht ihm nur sehr ähnlich. Und Sie haben auch nicht im Irrtum gelebt – Ihr Mann ist tatsächlich vor dreißig Jahren gestorben.« Er stand auf.

»Jetzt, nachdem ich Sie aufgesucht habe, ist es möglich, daß man Sie beobachtet und daß Sie sich in ernsthafter

Gefahr befinden. Können Sie in fünf Minuten eine Tasche gepackt haben und mit mir dahin kommen, wo Sie für ein paar Tage sicher sind?«

Der Schock hatte sie nachgiebig gemacht, und sie ging auf den Vorschlag ein. Und sie war tatsächlich eine Frau, die in fünf Minuten packen konnte.

Martel zog die Frau eilig mit sich die Gallusstraße hinunter zum See, wo er ein Taxi auftrieb und dem Fahrer sagte, er solle sie zu dem nahegelegenen Flugplatz fahren. Der Pilot, der Martel von München nach Bregenz geflogen hatte, wartete dort noch mit seiner kleinen Maschine.

»Um neun Uhr dreißig muß ich in München am Hauptbahnhof sein, und zwar spätestens. Und vorher muß ich die Dame hier in einem Hotel absetzen . . .«

»Dann müssen wir uns sputen«, meinte der Pilot.

»Dann sputen Sie sich!«

Als sie in dem Flugzeug saßen, betete Martel zum Himmel, daß sie sich nicht verspäten würden. Mit Sicherheit waren es deutsche ›Sicherheitsbeamte‹ gewesen, die Christine Brack all die Jahre lang getäuscht hatten. Und er wußte jetzt mit Bestimmtheit, wer der Mörder war.

## *29. Kapitel*
## Mittwoch, 3. Juni, München

Als Erich Stoller, nachdem der Zug Ulm wieder verlassen hatte, im Verbindungswagen eintraf, war das eine Sensation. Howard war wütend, und zu diplomatischer Ausdrucksweise nahm er erst gar keine Zuflucht.

»Wo zum Teufel sind Sie gewesen? Ihnen ist doch wohl klar, daß wir drei – O'Meara, Flandres und ich selbst – die Verantwortung für die Sicherheit Ihres Kanzlers haben übernehmen müssen . . .«

»Der sich im Moment wo befindet?« unterbrach Stoller ihn.

»Immer noch verbarrikadiert in Abteil Nummer zwölf. Die anderen warten ungeduldig auf ihr Frühstück, aber sie meinen, daß sie warten sollten, bis er auftaucht . . .«

»Folgen Sie mir«, schlug der Deutsche vor. »Und das sollte doch sicherlich für Sie alle vier gelten?« Er warf einen Blick auf Tweed, der seltsam ruhig geblieben war. »Wenn also jetzt jemand eine Bombe durch das Fenster von Abteil zwölf geworfen hat, dann, meinen Sie, hätte das nur infolge meiner Nachlässigkeit geschehen können?«

»So sehe ich die Sache«, gab O'Meara zurück.

Sie folgten dem Deutschen, der auf dem Weg vom Verbindungswagen zu Wagen vier voranging. Vor Abteil sechzehn hielt er an, hob die Hand und klopfte an die Tür.

»So ein Blödsinn, das ist doch das falsche Abteil«, schnappte Howard.

Stoller klopfte in einem unregelmäßigen Rhythmus an die Tür, und diese wurde von innen geöffnet. In der Türöffnung stand Kanzler Kurt Langer, völlig angezogen und mit einer seiner unvermeidlichen Zigaretten in der Hand. Er trug einen frischen Anzug und hatte einen fragenden Ausdruck im Gesicht.

»Etwa Zeit fürs Frühstück, meine Herren? Die anderen sollten sich auf gutes deutsches Essen vorbereiten. Ist es mir erlaubt, die Kollegen selbst zu wecken, damit ich sie gleich offiziell auf deutschem Boden begrüßen kann?«

O'Meara, Howard und Flandres – die alle hinter Tweed hergeeilt waren – standen stumm in respektvollem und verwundertem Schweigen. Als Langer freundlich mit seinen Kollegen plaudernd zurückkehrte, gaben die Sicherheitschefs höflich den Weg frei und begleiteten die Politiker bis zum Speisewagen. Erst als sie wieder alleine waren, explodierte Howard.

»Stoller, Sie schulden uns eine Erklärung . . .«

»Gar nichts schuldet er uns«, warf Tweed ein. »Wir sind hier in Deutschland, und was er hier tut, ist seine Sache. Aber es kann sein, daß er uns den letzten Stand der Dinge berichten möchte. Irgend etwas im öffentlichen Teil des Zuges macht Ihnen doch Sorgen, Erich?«

»Ich habe das alles mit dem Kanzler vorher in Bonn abgesprochen«, sagte Stoller zu den anderen, als sie in den Verbindungswagen zurückgekehrt waren. »Ich selbst bin heimlich in Kehl als schlichter Fahrgast zugestiegen, während Sie Ihre Aufmerksamkeit dem Bundeskanzler geschenkt haben . . .«

»Aber warum?« wollte Howard wissen.

»Weil«, Tweed mischte sich wiederum ein, »er gespürt hat, daß Gefahr vom öffentlichen Teil des Zuges ausging. Ich vermute, er hat sich jeden einzelnen Fahrgast angesehen, während er vorgab, selbst einer zu sein . . .«

»Korrekt«, stimmte Stoller zu.

»Und«, fuhr Tweed fort, »ich vermute, Sie haben auch den Schlafwagen überprüft?«

»Wiederum korrekt.« Der BND-Chef erlaubte sich ein frostiges Lächeln. »Für den Schlafwagen habe ich mir eine Schaffneruniform angezogen und mir die Ausweise angesehen, kurz nachdem der Zug Stuttgart um sieben Uhr drei wieder verlassen hatte. Bis dahin mußten alle ja wohl ausgeschlafen sein. Und ich habe etwas Merkwürdiges herausgefunden – eine Frau hat in Stuttgart den Zug verlassen, hat behauptet, daß sie sich nicht wohl fühlt. Ich bin nicht ganz glücklich bei dem Gedanken . . .«

»Keiner von uns«, gab Tweed zurück und erklärte das geheimnisvolle Verschwinden von Irma Romer, von der sich herausgestellt hatte, daß der Name falsch war.

Die Beziehung zwischen den Sicherheitschefs hatte sich seit Stollers Ankunft unmerklich verändert. Bevor er erschienen war, hatte die Persönlichkeit von Alan Flandres die Gruppe dominiert. Und jetzt hatte Tweed, ohne daß es offen den Anschein hatte, die Führung übernommen.

»Ich gehe mal rüber in den Speisewagen, um nachzusehen, ob mit dem Frühstück alles klargeht«, schlug Howard vor. »Wollen Sie mitkommen, Tim?«

Tweed meinte, er würde bei Erich bleiben. Stoller wartete, bis die beiden alleine waren und führte Tweed dann an das eine Ende des Verbindungswagens, wo sie außer Hörweite der Techniker waren. Er setzte sich auf eine der Bänke und zündete sich ein Zigarillo an. Tweed dachte, daß Stoller offenbar dringend Schlaf brauchte. Der Deutsche hielt seine Stimme gedämpft.

»Die Schweizer Assistentin von Martel, Claire Hofer, ist in Ulm zugestiegen – sie sitzt alleine in dem Erste-Klasse-Wagen. Das beunruhigt mich ...«

»Ich gehe sofort hinüber und sehe nach ihr«, gab Tweed zurück.

»Wissen Sie, wo Martel ist? Der steht auf der Verlustliste.«

»Keine Ahnung. Es scheint, als ginge Ihnen etwas durch den Kopf ...«

»Ich weiß, wer das Opfer des Attentäters sein soll – im Grunde ist es mit Händen zu greifen«, sagte Stoller.

»Da stimme ich überein. Aber sagen Sie es mir – und auch, warum Sie es annehmen.«

»Mein eigener Kanzler. Die bayerische Landtagswahl steht auf des Messers Schneide – weil Tofler, diese Kreatur des Kreml, die Neonazis benutzt, um die Wähler derart zu ängstigen, daß sie für ihn stimmen werden. Und was wäre das Ergebnis, wenn Langer heute ermordet würde?«

»Panik. Ein möglicher Erdrutsch zugunsten Toflers, und letztlich würde Bayern eine Sowjetrepublik – wie es 1919 kurz einmal eine gewesen ist.«

»Dann stimmen wir also überein«, sagte Stoller. »Und wissen Sie, wo meiner Überzeugung nach der Mordversuch unternommen werden soll?«

»Machen Sie schon ...« Tweed beobachtete Stoller durch halb geschlossene Augen.

»München. Er besteht darauf, während des Aufenthalts seine kurze Rede draußen vor dem Hauptbahnhof zu halten, und ich kann ihn nicht davon abbringen. Haben Sie irgendwelche Fortschritte bei der Suche nach dem Mörder gemacht?« fragte er leichthin.

»Nein«, log Tweed. »Aber ich gehe jetzt und werde mal ein Wort mit Claire Hofer in ihrem Abteil reden. Haben Sie irgendeins von diesen neuen Alarmgeräten dabei, die Ihre Daniel Düsentriebs erfunden haben?«

»Ein halbes Dutzend davon sind an Bord. Ich hol' Ihnen eins . . .«

Stoller ging zum anderen Ende des Wagens und kam mit einem ziegelsteinförmigen Plastikkasten wieder, den er an einem Handgriff trug. »Das ist ›der Heuler‹. Soll aussehen wie eine starke Taschenlampe – aber wenn Sie diesen Knopf hier drücken, dann heult die Sirene auf. Und der Teufel ist los.«

Tweed nahm die ›Taschenlampe‹ an sich, ging durch den Speisewagen und machte sich weiter auf den Weg durch den dahinrasenden Zug. Die vier westlichen politischen Führer aßen ihr Frühstück, und der amerikanische Präsident, entspannt wie immer, hatte gerade einen Scherz gemacht, über den seine Kollegen lachten. Als Tweed an ihrem Tisch vorbeikam, blickte die Premierministerin auf und lächelte ihn an.

Tweed ging weiter, zeigte den Wachen seinen Paß und betrat dann den Erste-Klasse-Waggon. Er hörte, wie die Verbindungstür hinter ihm geschlossen wurde und nickte dann den beiden Posten davor zu. Langsam schritt er den Gang entlang und blickte dabei in jedes Abteil.

Das letzte Abteil vor Claire war von einer einzelnen Frau besetzt, die einen Hosenanzug trug. Er bemerkte, daß sie einen schottengemusterten Koffer im Gepäcknetz liegen hatte, daß sie rauchte und aus dem Fenster sah. – Als er sich zu Claire Hofer setzte, kam er gleich zur Sache und zeigte ihr den Ausweis mit seiner Fotografie.

»Miß Hofer, mein Name ist Tweed. Keith Martel wird Ihnen von mir erzählt haben. Wo ist er?«

Claire Hofer sah sich die Plastikkarte sorgfältig an, bevor sie sie zurückgab. »Gestern abend spät ist er nach Bregenz in Österreich geflogen. Er hat mir Anweisung gegeben, diesen Zug in Ulm zu besteigen.«

»Bregenz? Dann hatte ich recht. Aber wir brauchen Beweise. Wo wird er zusteigen?«

»In München – heute morgen sollte er zurückfliegen. Ich hoffe, daß er es geschafft hat ...«

»Er muß es schaffen. Das Opfer ist Langer. Das Attentat ist für München geplant. Da gibt es einen Aufenthalt von dreizehn Minuten. Langer besteht darauf, draußen vor dem Hauptbahnhof eine Rede zu halten – vor einer großen Menschenmenge. Der Mörder muß identifiziert und dingfest gemacht werden, bevor Langer das Podium besteigt ...«

»Das heißt, Martel muß schon auf dem Bahnsteig stehen und sofort in den Zug steigen ...«

»Also, ich mag diese sekundengenaue Planung nicht«, gestand Tweed. »Und ich muß jetzt gehen ...« Er klopfte auf den Plastikkasten und erklärte, wie das Gerät funktionierte. »Vergessen Sie den ›Heuler‹ nicht. Wenn irgend etwas nicht in Ordnung ist, drücken Sie auf den Knopf ...«

Als Claire in ihrem Abteil wieder alleine war, packte sie die Angst. Um Gottes willen, was konnte denn jetzt noch dazukommen, was nicht in Ordnung war?

»Verdammt noch mal, schneller! Ich hab' genug bezahlt«, fuhr Martel den Taxifahrer an. »Nehmen Sie doch die Seitenstraßen ...«

»Der Verkehr – das Einbahnstraßensystem ...«

Der Fahrer hob sekundenlang beide Hände vom Steuerrad, um zu zeigen, wie ungehalten er selbst war. München war vollgestopft mit Autos. Leute zu Fuß strömten zum Hauptbahnhof, um Langers Rede zu hören. Und Christine

Brack war inzwischen sicher im Hotel Clausen abgesetzt worden.

Sie fuhren über die Isar, da, wo sich der Fluß in ein kompliziertes Schleusensystem verteilt. Martel erinnerte sich an die Verabredung, die ein Mann namens Stahl im Stickereimuseum von St. Gallen nicht eingehalten hatte. Stoller hatte ihm später erzählt, daß sich die Leiche in einer dieser Schleusen verfangen hatte, eine Leiche, die nur anhand einer Armbanduhr, in die der Name ›Stahl‹ eingraviert gewesen war, hatte identifiziert werden können. Dann war der Erinnerungsfunke vorbei. Martel hatte schon daran gedacht, auszusteigen und den Rest des Weges zu Fuß zu laufen. Dann sah er, daß sie am Hotel Vierjahreszeiten vorbeifuhren. Noch zu weit. Durch diese Horden von Anhängern des Bundeskanzlers würde er nie schnell genug vorankommen.

Wieder blickte er bedeutungsvoll auf seine Armbanduhr, und der Fahrer nahm die Bewegung im Rückspiegel wahr. Es war neun Uhr dreiundzwanzig. Der Gipfelexpreß sollte planmäßig in genau zehn Minuten einlaufen. Der Aufruhr, der der Ermordung des Bundeskanzlers folgen würde, würde fürchterlich werden. Tofler hätte damit die Wahlen praktisch schon gewonnen.

Genau wie Tweed hatte sich auch Martel ausgerechnet, daß nur der politische Führer Deutschlands das Opfer sein konnte. Und jetzt wußte er auch, wer der Mörder sein würde – aber nur er konnte dem Killer gegenübertreten und es ihm beweisen. Martel sah in den Rückspiegel und begegnete dem Blick des Fahrers.

»Hier kann ich's mit einer Seitenstraße versuchen«, sagte der Mann. »Könnte uns ein paar Minuten bringen . . .«

Ein paar Minuten. Die könnten die Zukunft von ganz Westeuropa, der ganzen westlichen Welt bestimmen.

Manfreds Hand in dem Nylonhandschuh nahm den Telefonhörer beim ersten Läuten ab. Er spürte selbst, wie fest er den Hörer gefaßt hielt. Sein gepackter Koffer stand neben der Wohnungstür.

»Hier Ewald Portz«, sagte eine Stimme. »Ich bin in Position . . .«

»Passen Sie auf Ihre Zeitplanung auf – das muß perfekt sein . . .«

»Das haben wir doch schon tausendmal durchgesprochen«, schnappte Portz.

»Dann denken Sie daran – jetzt ist es keine Übung mehr . . .« In einer Telefonzelle des Münchener Hauptbahnhofs starrte Portz, ein kleingewachsener, vierschrötiger Mann Mitte Dreißig den Telefonhörer an, den er immer noch in der Hand hatte. Die Leitung war tot. Der Schweinehund hatte aufgelegt.

In der Wohnung nahm Manfred den Koffer auf, behielt aber die Handschuhe an, während er die Tür öffnete, zudrückte und abschloß. Erst dann zog er die Handschuhe aus und steckte sie in die Tasche. Die Hauptsache war, daß Portz – die Attrappe – bereit und in Position war. Bewaffnet mit einer Pistole, die mit Platzpatronen geladen war, hatte er zu zielen und auf den Kanzler zu feuern – und das im selben Moment wie der wirkliche Attentäter –, dann würde Portz in all der Verwirrung losrennen und in der U-Bahn verschwinden. Dabei sollte er sich so auffällig wie möglich benehmen.

Diese Taktik sollte die Aufmerksamkeit von dem wirklichen Mörder ablenken, der, nachdem er seine Arbeit hinter sich hatte, zum Starnberger Bahnhof hinübergehen sollte, der Station für die Züge in Richtung Gebirge. Dann würde er ein paar Stationen fahren, den Zug wieder verlassen, von einem wartenden Wagen aufgenommen werden, und dann würde man ihn zu einem nahen Flugplatz bringen.

Manfred setzte sich hinter das Steuer seines Wagens,

der am Bordstein geparkt stand, setzte seine Brille gerade und fuhr zu seinem letzten Treffen mit Reinhard Dietrich in die Tiefgarage.

Es war hoffnungslos. Je näher sie zum Hauptbahnhof kamen, um so schlimmer wurde der Verkehr. Martel klopfte dem Fahrer auf die Schulter und bedeutete ihm anzuhalten. Das Fahrgeld – das Trinkgeld hatte er schon vorher gegeben – hatte er abgezählt in der Hand, als er hinaussprang.

»Kriegen Sie Ihren Zug noch?« wollte der Fahrer wissen.

»Dies ist der einzige Zug auf der Welt, den ich absolut erwischen muß ...«

Martel verschwand, und der Fahrer schüttelte den Kopf. Was für ein großartiger Satz. Die Engländer waren doch alle Spinner. Vielleicht hatten sie deshalb den Krieg gewonnen?

Martel drängte sich durch die Menge. Mit den Ellbogen stieß er die Menschen zur Seite, die dann hinter ihm herschrien, und immer weiter bahnte er sich den Weg durch die wirbelnde Menge. Jetzt konnte er den Hauptbahnhof schon sehen. Es war neun Uhr einunddreißig. Nur noch zwei Minuten, bevor der Gipfelexpreß ankam – bevor der Kanzler, der für seine rasche Art bekannt war, den Zug verließ und sich auf den Weg zu dem extra errichteten Podium machte, das Martel ebenfalls sehen konnte. Martel versuchte, die schiebende und drängende Menschenmenge zu umgehen.

Als er die Straße vor dem Hauptbahnhof erreichte, wurde er mit einem neuen Problem konfrontiert, aber darauf war er vorbereitet. In der linken Hand hielt er den Spezialausweis, der ihm erlaubte, an Bord des Zuges zu gehen. Das neue Problem waren die Polizisten, die die Menschenmenge zurückhielten. Martel schrie so laut er konnte.

»Polizei! Machen Sie Platz! Polizei . . .!«

»Halt . . .!«

Ein uniformierter Polizeibeamter zog seine Walther aus dem Halfter, als sich Martel an ihm vorbeidrängte und über den offenen Platz rannte. Er lief im Zickzack und riskierte dabei eine Kugel im Rücken. Die Stimme rief jetzt dringlicher hinter ihm her.

»Stehen bleiben, oder ich schieße . . .!«

In diesem kritischen Moment hatte Martel wenigstens Glück. Er erkannte den Mann in Zivilkleidung als einen von Stollers Helfern – und der Helfer erkannte Martel. Er hob ein Megaphon und bellte einen Befehl zu dem Polizisten hinüber.

»Nicht schießen! Lassen Sie den Mann durch . . .!«

Martel rannte weiter. Der Bahnhofseingang lag jetzt vor ihm, und dort standen wieder Schaulustige hinter einem Polizeikordon. Sie hofften, einen Blick auf den Kanzler zu erhaschen. Weiter hinten sah er, wie die Lokomotive des Expreßzuges gerade anhielt. Er rannte weiter . . .

Während der Expreßzug langsamer wurde und hielt, ging Klara Beck langsam zur Waggontür. In der Hand hielt sie ihren schottengemusterten Koffer. Sie verschwendete keinen Blick auf Claire Hofers Abteil. Irgend etwas in der Art, wie sie sich bewegte, ließ Claire sich die Frau näher ansehen.

Lindau! Claire hatte gesehen, wie die Beck in der Halle des Bayerischen Hofes eingetroffen war. Von der Terrasse über dem Hafen hatte sie beobachtet, wie die Beck rasch zum Bahnhof hinüberging. Klara Beck!

Claire stand auf, schnappte sich den Heuler, verließ ihr Abteil und folgte der Frau im Hosenanzug. Als sie die Wagentür erreichte, stand sie offen, und Klara Beck bewegte sich bereits über den Bahnsteig zur Sperre. Claire stieg auf den Bahnsteig hinunter.

Als sie halb an dem Wagen vorbei war, hielt die Beck

inne, stellte den Koffer auf den Bahnsteig, drehte den Griff um einhundertachtzig Grad und ging dann weiter. Der Koffer blieb stehen. Alan Flandres war aus dem Speisewagen ausgestiegen und blickte sich rasch um, so, als suche er nach etwas Verdächtigem. Dann ging er eilig durch die Sperre – hinüber zu der einen Seite des Bahnhofs. Bundeskanzler Langer war ausgestiegen und winkte mit einer Hand, als der Jubel immer lauter wurde.

Claire stellte den Heuler auf den Bahnsteig und drückte auf den Knopf. Sie hätte fast einen Herzschlag bekommen, als ein wahrhaft höllisches Heulen wie eine Polizeisirene losging. Der schrille Ton übertönte die Jubelrufe. Langer hielt unsicher inne. Stoller tauchte mit der Pistole in der Hand neben ihm auf, gefolgt von O'Meara. Die Beck blickte zurück und erkannte Claire.

Es gab einen grellen Lichtblitz, als die Magnesiumfakkeln, die hinter dem papierdünnen Deckel des schottengemusterten Koffers lagen, explodierten. Das waren die fünf Sekunden Ablenkung, auf die der Mörder gewartet hatte. Erwin Portz hob die Pistole und feuerte die Platzpatronen ab. Hinter ihm tauchte Martel auf, den Fünfundvierzigercolt in der Hand. Er hielt den Griff mit beiden Händen umfaßt und hob den Lauf.

Von der Seitenwand der Bahnhofshalle her richtete Alan Flandres seine Nullachtpistole mit Schalldämpfer auf Langer. Martel riß seine Waffe herum und drückte in sehr rascher Folge dreimal ab. Die Kugeln trafen den Franzosen nicht, sondern prallten rings um ihn von der Mauer ab. Alan Flandres rannte auf den Eingang des Starnbergers Bahnhofs zu und verschwand.

Klara Beck wollte gerade den Abzug der Pistole durchziehen, die sie auf Claire gerichtet hielt, als Stoller einmal feuerte. Die Beck beugte sich vornüber, die Pistole fiel ihr aus der Hand, und sie sackte zu Boden.

O'Meara hatte den Achtunddreißiger Smith & Wesson gezogen und zielte sorgfältig auf Portz. Nachdem er die

Platzpatronen abgeschossen hatte, flüchtete der Deutsche jetzt in Richtung U-Bahn. Die Kugeln des Amerikaners hämmerten ihm in den Rücken, und Portz schlitterte über den Beton. Er ließ eine blutige Spur zurück und lag dann still.

Alan Flandres rannte den Bahnsteig entlang – gerade in dem Moment, als ein Zug aus dem Starnberger Bahnhof ausfuhr. Diese Zeitplanung war lebenswichtig gewesen. Er packte einen Türgriff und stemmte ihn auf. Ein Schaffner brüllte ihn an, aber da kam Martel schon um die Ecke gerannt. Flandres zog sich die Stufen hoch und wollte gerade in dem Wagen verschwinden. Martel schoß zweimal, und beide Kugeln schlugen dem Franzosen in den Rükken.

Der Zug beschleunigte, und Alan Flandres lag halb im Wagen und noch halb auf den Stufen. Für einen Moment hing er da wie festgefroren. Dann krampfte sich sein Körper langsam zusammen, er fiel nach rückwärts und schlug wie ein Sack Zement auf den Bahnsteig. Als Martel bei ihm war, war er schon tot.

## *30. Kapitel*
## Mittwoch, 3. Juni

»Vor dreißig Jahren haben die Sowjets einen jungen französischen Leutnant der Besatzungsarmee in Bregenz durch einen ihrer eigenen Leute ersetzt. Dabei haben sie Ostdeutsche vorgeschickt«, sagte Martel und nahm eine Zigarette von dem deutschen Bundeskanzler an, der ihm gegenüber im Speisewagen des Gipfelexpreß saß.

Der Zug hatte München wieder verlassen und hielt nun nach Osten auf Salzburg und Wien zu. Martel war bei dieser Audienz, die seine eigene Premierministerin, den amerikanischen und französischen Präsidenten und außerdem

Tweed, Stoller, O'Meara und Howard einschloß, nicht im geringsten verlegen. Er war nur furchtbar müde.

»Wie ist ihnen der Betrug denn gelungen?« fragte Langer.

»Durch einen Prozeß der Einkreisung, vermute ich. Jeder Mensch hat einen Doppelgänger. Zufällig weiß ich, daß Sie sich aus Sicherheitsgründen auch jemanden im Hintergrund halten – aber Sie benutzen ihn nie. Die Russen hatten jemanden – ich schätze, es war ein Armenier –, der dem wirklichen Alan Flandres sehr ähnlich sah. Zweifellos haben sie die französischen Truppen in Vorarlberg, Tirol und Wien nach dem Doppelgänger dieses Mannes abgesucht. Der arme Alan hat haargenau gepaßt.«

»Wieso denn?« drängte Langer nach. »Und nehmen Sie noch etwas Cognac . . .«

»Der wirkliche Flandres war ein Waise. In Frankreich kannte ihn niemand gut. Er sollte aus der Armee ausscheiden, und es war geplant, daß er der Direktion der Surveillance du Territoire beitreten sollte – einer Behörde, wo sich zunächst einmal alle fremd waren. Verdammt noch mal, Herr Bundeskanzler – wenn Sie's mir nicht übelnehmen, daß ich noch einmal auf diese Episode zurückkomme – Kanzler Willy Brandt mußte zurücktreten, weil sich sein wichtigster Helfer, Günter Guilleaume, als KGB-Agent entpuppt hat. Das war ein ›Schläfer‹, der noch viel schwieriger einzuschleusen gewesen sein muß als Alan Flandres.«

»Recht haben Sie«, stimmte Langer zu. »Und ich bin äußerst dankbar, daß Sie mir das Leben gerettet haben. Aber wie sind Sie auf Flandres gekommen?«

»Das ist eine tragische Geschichte. Wir hatten hier einen Agenten, Charles Warner; der wurde ermordet. In seinem Notizbuch fanden wir einen interessanten Hinweis auf Bregenz. Ich habe das Foto von Warner in der Stadt herumgezeigt, und das hat mich zu einem Friedhof gebracht – zu einem Grab, zu dem immer noch die Frau kam, die den wirklichen Flandres geheiratet hatte, kurz bevor er ermordet wurde . . .«

»Hat Sie gewußt, was da gespielt wurde?« fragte Langer.

»Die Ostdeutschen haben sie an der Nase herumgeführt. Haben ihr weisgemacht, man hätte ihren Mann unter falschem Namen beerdigen müssen. Das war nötig gewesen, weil der falsche Alan Flandres ja nach Frankreich gehen sollte, um dort den Geheimdienst ›zu unterwandern‹ . . .«

»Da waren wir ja nicht sehr aufmerksam«, warf der französische Präsident ein.

»Jeder Geheimdienst und alle Sicherheitsbehörden sind irgendwann einmal unterwandert worden – selbst der KGB hat Oberst Oleg Penkowsky übersehen. Auch wir haben die Einkreisungsmethode angewandt . . .«

»Was genau meinen Sie damit?« wollte Howard wissen.

»Lassen Sie Mr. Martel fortführen«, wies die Premierministerin Howard scharf zurecht.

»Eine Zeitlang deutete alles auf O'Meara«, sagte Martel und blickte zu dem Amerikaner hinüber. »Als Tweed Clint Loomis besuchte, um O'Mearas Vergangenheit zu überprüfen, da war Loomis bald ein toter Mann . . .«

»Also, das will mir nicht in den Kopf . . .«

»Dann kriegen Sie's eben aufs Haupt – und alles, was jetzt noch kommt«, sagte der amerikanische Präsident in mildem Ton zu O'Meara.

»Wie gesagt, Loomis war dann tot. Aber das Ganze war nur ein Ablenkungsmanöver – Manfreds Idee, wie wir annahmen. Und dann waren da noch die zwei Monate, als Sie sich in West-Berlin von Ihrem Posten entfernt hatten.« Martel hatte O'Meara angesprochen. Die Tatsache, daß O'Meara auch einige Zeit mit der jetzt dahingeschiedenen Klara Beck verbracht hatte, ließ er taktvoll aus.

»Sie, Sir«, Martel sah jetzt Howard an, »bildeten ein Problem. Während Ihrer Zeit bei der Pariser Botschaft haben Sie einen sechswöchigen Urlaub in Wien verbracht. Diese Tatsache haben Sie seit Beginn unserer gemeinsamen Unternehmungen nicht erwähnt – obwohl Wien doch unser Reiseziel ist.«

»Rein persönliche Gründe«, gab Howard steif zurück und verfiel in Schweigen.

»Und dann hatten wir noch Erich Stoller.« Martel blickte zu Tweed hinüber. »Vielleicht wollen Sie fortfahren . . .«

»Erich zu verdächtigen, lag auf der Hand«, begann Tweed in energischem Ton. »Er hat zwei Jahre in der DDR im Untergrund gelebt. Reichlich Zeit, um vom Staatssicherheitsdienst in Leipzig oder Ost-Berlin ausgebildet zu werden. Aber auch wieder zu augenfällig. Wäre er zur anderen Seite übergewechselt, dann hätten die wohl nach einem Jahr oder so einen kleinen Fall von Enttarnung inszeniert und ihn über die Grenze zurückgeschickt. Das hätte ihm dann hier eine gehörige Portion Vertrauen verschafft. Die Tatsache, daß er zwei Jahre drüben gewesen ist, zeigt eben nur, daß er verdammt gut bei seinem Job ist.«

»So kamen wir also zu Alan Flandres«, erklärte Martel. »Der freundliche, umgängliche Alan, der über jeden Verdacht erhaben schien. Bis uns dann auffiel, daß über die ersten Jahre seines Werdegangs im Gegensatz zu den drei anderen Sicherheitschefs fast nichts Konkretes herauszufinden war. Und wenn Sie's mir jetzt nicht übelnehmen, dann nehm' ich noch 'ne Mütze voll Schlaf. Ich steige in Salzburg aus . . .«

»Da verlasse ich auch den Zug«, sagte Tweed.

»Ja«, warf Howard überschwenglich ein. »Ich denke auch, ich kann die Sicherheitsprobleme für den Rest der Reise unseren eigenen Händen anvertrauen . . .«

»Ja, jetzt, wo die beiden den Mörder gefunden haben«, meinte die Premierministerin sarkastisch.

Manfred erhielt die erste Warnung, als er in die Tiefgarage einfuhr, wo er seine Verabredung mit Reinhard Dietrich hatte. Zu seiner Überraschung entdeckte er, daß der Mercedes von Dietrich schon dastand – obwohl fest vereinbart war, daß Manfred der erste sein sollte.

Er blickte auf seine Uhr. Nein, er war nicht zu spät gekommen – Dietrich war zu früh. In der verlassenen unterirdischen Höhle schwang Manfred seinen Wagen in einem Halbkreis herum und stieß dann rasch zurück, bis er längsseits des Mercedes-Sechssitzers stand. Eine Hand hatte er am Steuerrad, während er mit der anderen das automatische Fenster öffnete und dann vom Beifahrersitz die Nullachtpistole mit dem Schalldämpfer nahm. Als er seinen Motor abstellte, bemerkte er, daß Dietrichs Wagen noch im Leerlauf tickte.

»Sie sind zu früh«, rief Manfred. »Wieder mal ein Fehler – ich nehme an, es ist ganz in Ihrem Sinn, daß das Unternehmen schiefgegangen ist?«

»Und das haben wir nur Ihnen zu verdanken«, gab der Millionär zurück.

Dietrich saß in einem Wagen mit automatischem Getriebe. Der Fahrgang war eingelegt, die Handbremse gelöst – nur sein Fuß auf dem Bremspedal verhinderte, daß der Wagen sich vorwärts bewegte. Das Beifahrerfenster war offen, und Dietrich packte mit der rechten Hand seine Walther-Pistole und mit der linken eine metallische Kugel. Die Beifahrertür war nicht geschlossen.

»Ihre Meinung?« fragte Manfred ruhig. »Wo Langer jetzt nicht ermordet worden ist, wird seine Partei da gewinnen?«

»Das natürlich. Aber es war kein Vergnügen für mich, zu begreifen, daß ich von Anfang an aufs Kreuz gelegt worden bin. Sie haben Delta mit Waffen versorgt; ich habe Ihnen jedesmal das Versteck genannt. Sie ganz allein – und ich – waren im Besitz dieser Information. Stoller muß ja entzückt gewesen sein, wenn Sie ihm die Verstecke durchgegeben haben. Sie sind ein ekelhafter Bolschewik . . .«

Beide Männer handelten in derselben Sekunde. Manfred hob die Luger und feuerte zweimal. Fft-fft. Dietrich stieß mit dem rechten Fuß die Tür weit auf, beugte sich vorwärts und zielte mit der Walther. Aber zu spät.

Manfreds Kugeln schlugen ihm in die Brust, und er sackte seitwärts über den Beifahrersitz. Seine Hand, in der er die große Kugel hielt, lockerte sich, und ohne daß Manfred es merkte, plumpste die ›Rollbombe‹ auf den Betonboden und kullerte unter Manfreds Wagen.

Dieser neue Artikel, den Dietrichs Eierköpfe sich in einem Geheimlaboratorium seiner Stuttgarter Werke ausgedacht hatten, war eine Art übergroße Handgranate. Der Knopf, den Dietrich die ganze Zeit lang gedrückt hatte, war jetzt freigegeben, die Zündung war aktiviert, und bis zur Explosion blieben noch fünf Sekunden. Dietrichs Fuß rutschte von der Bremse, und der Mercedes glitt vorwärts.

Manfred drehte den Zündschlüssel im selben Moment, als die Bombe mit fürchterlicher Gewalt explodierte. Eingedämmt zwischen dem Betonboden und dem Fahrgestell, suchte sich der Explosionsdruck seinen Weg nach oben und schleuderte den Wagen hoch. Der Knall war ohrenbetäubend, die Zerstörung total. Trotz aller Mühe wurde später von Manfred nicht genug gefunden, um eine Identifizierung zu ermöglichen. Es hatte ihn buchstäblich in kleine Stücke zerrissen.

Martel, Tweed und Claire Hofer standen zu dritt auf dem Bahnsteig des Salzburger Hauptbahnhofs und sahen zu, wie der letzte Wagen immer kleiner wurde, als sich der Gipfelexpreß nun auf die letzte Etappe nach Wien machte.

»Ich fliege zurück nach Hause«, verkündete Tweed. »Mit Ihnen rechne ich nicht vor Ablauf von drei Wochen, Keith.« Er warf einen Blick auf Claire. »Ich schätze, ich kann Howard so lange besänftigen, bis Sie zurück sind . . .«

Die beiden sahen Tweeds massiver Gestalt hinterher, die sich rasch entfernte. Er hielt sich aufrecht und wandte den Kopf andauernd hin und her, als ob er immer noch beobachten müßte, was um ihn herum vorging. Martel wandte sich an Claire, die zuerst sprach.

»Das wäre doch ein tadelloser Chef für Ihren SIS. Unter Druck bleibt er so bewunderungswürdig kühl. Als er mir im Zug den Heuler kurz vor München gegeben hat, da muß seine Anspannung mörderisch gewesen sein. Und man hätte denken können, er sei auf einer Ferienreise.«

»Wo wir schon von Ferien reden, wollen Sie zurück nach Bern und Bericht erstatten?«

»Ja . . .«

»Aber andererseits brauchen wir uns auch nicht zu beeilen, oder? Ich hole jetzt Christine Brack wieder vom Hotel Clausen ab und bringe sie zurück nach Bregenz. Ich möchte sie wissen lassen, daß der Kerl, der sich für ihren Mann ausgegeben hat, jetzt tot ist – psychologisch kann das einem langen, schmerzlichen Kapitel ihres Lebens ein Ende setzen. Bregenz liegt doch auf dem Weg nach St. Gallen. Meinen Sie nicht auch, daß das ›Metropol‹ ein ganz angenehmes Hotel ist?«

»Ich glaube, diesmal wird's mir sogar noch angenehmer vorkommen«, gab Claire zurück und hakte sich bei Martel ein.

# QUELLENVERZEICHNIS

Colin Forbes: LAWINENEXPRESS
Titel der Originalausgabe: Avalanche Express
Aus dem Amerikanischen von Hans-Joachim Maass


Colin Forbes: ENDSPURT
Titel der Originalausgabe: Double Jeopardy
Aus dem Amerikanischen von Michael de Béziers